S0-BQY-550

Vladimir Nabokov

Lolita

*Traduit de l'américain et préfacé
par Maurice Couturier*

Nouvelle traduction

Gallimard

Vladimir Nabokov est né le 23 avril 1899 à Saint-Pétersbourg, au 47 rue Bolchaïa Morskaïa, dans un milieu aristocratique libéral et anglophile. Fils aîné d'une famille de cinq enfants, il bénéficie, avec ses frères et sœurs, d'une éducation trilingue qui sera déterminante pour son œuvre d'écrivain russe puis américain. Jusqu'en 1914, il voyage beaucoup dans le sud de l'Europe avec ses parents, il découvre les papillons et les échecs et commence à explorer la littérature, mettant à profit la très riche bibliothèque de son père. Entre 1911 et 1917, il suit sans grand enthousiasme les cours de l'Institut Ténichev ; au cours d'une idylle passionnée, il écrit une série de poèmes qu'il fera paraître à titre privé en 1916.

Le père de l'auteur, Vladimir Dmitriévitch Nabokov, fils d'un ancien ministre de la Justice, était un juriste éminent. Membre du Parti constitutionnel démocrate, il s'était toujours opposé de manière virulente au despotisme du tsar et s'était fait élire à la première et éphémère Douma de 1906. Ses prises de position lui avaient valu trois mois de prison en 1908. Après la révolution de Mars 1917, il participa au gouvernement Kérenski mais dut quitter Saint-Pétersbourg à la suite de la révolution d'Octobre et se réfugier avec toute sa famille en Crimée puis à Londres où les Nabokov arrivèrent en avril 1919.

Grâce à une bourse, Vladimir fit des études de littérature russe et française à Cambridge (Trinity College) entre 1919 et 1923, se distinguant surtout par ses talents de gardien de but dans l'équipe universitaire. Le père, qui était reparti pour Berlin avec le reste de la famille, dirigea avec Hessen le journal émigré *Roul* jusqu'au moment où, en mars 1922, il fut assassiné par des fascistes russes en voulant protéger Milioukov. C'est dans *Roul*, ainsi que dans d'autres journaux russes émigrés de Berlin et de Paris que Nabokov fit paraître ses poèmes, ses articles critiques, ses traductions du français et de l'anglais, ainsi que des extraits de ses premiers romans, *Machenka* et *Roi, dame, valet* qui sortirent en librairie en 1926 et 1928 respectivement.

À la fin de ses études, Nabokov vint s'installer à Berlin où il gagna sa vie surtout en donnant des cours privés et en faisant des petits boulots. Il épousa Véra Evséievna Slonim le 15 avril 1925 qui sera sa secrétaire et son égérie ; leur unique fils, Dmitri, naîtra en 1934. Nabokov, qui écrivait alors sous le nom de Sirine pour ne pas être confondu avec son père, lequel publiait des livres de droit, devint un des écrivains émigrés les plus en vue grâce notamment à des romans comme *La défense Lougine* (1930), *Chambre obscure* (1932), *La méprise* (1936) et surtout *Le don* (1937). Préférant mettre sa femme et son fils à l'abri de l'État nazi, il quitta l'Allemagne pour la France en 1937 sachant qu'il allait devoir se mettre à écrire dans une autre langue ; il avait déjà composé des textes en français, mais, comme il souhaitait s'installer en Angleterre ou aux États-Unis , il adopta l'anglais, langue dans laquelle il avait déjà traduit ou plutôt récrit deux de ses romans russes, *La méprise* et *Rire dans la nuit*. Son premier roman « anglais », *La vraie vie de Sebastian Knight*, écrit à Paris en 1938, paraîtra aux États-Unis en 1941, un an après son arrivée dans ce pays où il était venu se réfugier au moment de l'invasion de la France par les troupes allemandes.

Grâce à ses mentors américains Edmund Wilson et Harry Levin, Nabokov obtint des contrats d'édition et aussi d'enseignement à Wellesley College ou Stanford University, tout en travaillant à temps partiel, et pour un salaire dérisoire, au Museum of Comparative Zoology de Harvard où il remit de l'ordre dans les collections de lépidoptères, passant chaque année une partie de ses vacances à chasser les papillons dans le Grand Ouest. Il finira par être nommé professeur à temps plein à Cornell University en 1948, où il restera jusqu'en 1959, donnant notamment des conférences sur « les grands maîtres européens du roman ». Pendant ses années américaines, il écrivit en anglais non seulement son autobiographie, *Autres rivages* (1951), mais aussi trois romans, *Brisure à senestre* (1948), *Lolita* (Paris, 1955) et *Pnine* (1957). C'est seulement après le prodigieux succès de l'édition américaine de *Lolita* en 1958 qu'il pourra commencer à vivre de sa plume ; il démissionna de Cornell University en 1959 et partit pour l'Europe.

Installé en Suisse en 1961, dans le Montreux Palace Hotel, il continua à écrire, publiant encore quatre romans, dont notamment *Feu pâle* (1962) et *Ada* (1969), sa savante traduction annotée d'*Eugène Onéguine* de Pouchkine (1964), une nouvelle édition de son autobiographie, sa propre traduction russe de *Lolita* (1967), des recueils de nouvelles, de poèmes, de problèmes d'échecs et d'interviews, sans compter les traductions anglaises de ses romans et nouvelles russes établies pour la plupart en collaboration avec son fils Dmitri. C'est au sommet de sa gloire qu'il mourut le 2 juillet 1977 à Montreux, laissant un roman inachevé, *The Original of Laura*. Depuis sa mort, plusieurs textes inédits ont été publiés, notamment son petit roman *L'enchanteur* (1986) écrit en 1939 et qui préfigure un peu *Lolita*, ses conférences sur la littérature, et une sélection de ses lettres ; en Russie, où une édition savante de ses œuvres russes vient de paraître, il est enfin reconnu comme un des grands écrivains du XXe siècle.

INTRODUCTION

Depuis sa parution en 1955, *Lolita* est devenu une sorte de classique de la littérature mondiale sans que sa dimension scandaleuse s'étiole, bien au contraire peut-être. Le contexte culturel et éthique dans lequel paraît aujourd'hui cette nouvelle traduction est, à certains égards, moins permissif que celui des années cinquante, même si à l'époque les autorités politiques ou judiciaires n'hésitaient pas à interdire tel ou tel livre, celui-ci précisément, ou encore les œuvres de Sade. Face à une perversion comme la pédophilie, il devient plus malaisé de goûter sans réserve le plaisir esthétique que dispense généreusement cette œuvre. De sorte que cette traduction, indépendamment de ses différences, importantes comme on le verra, par rapport à la précédente, risque de constituer pour certains comme un nouveau texte, un nouveau roman. Certes, le présent traducteur n'a pas l'audace d'un Pierre Ménard, le personnage de Borges qui prétendait écrire un nouveau *Don Quichotte* alors qu'il ne faisait que produire une réplique exacte mot pour mot de l'original ; à travers lui, Borges tentait de montrer combien notre perspective de lecture pouvait changer si l'on considérait cet illustre roman comme une œuvre du XXᵉ siècle. Ce ne sont pas quatre siècles mais seulement quarante années qui séparent les deux traductions de *Lolita*, mais il s'agit, pour des raisons qui ne sont pas toutes analogues, d'œuvres passablement différentes.

Rappelons d'abord les circonstances dans lesquelles avait paru ce roman. Après avoir écrit, entre 1926 et 1938, neuf romans en langue russe, Nabokov décida, en 1939, alors qu'il résidait à Paris, d'écrire un premier roman en langue anglaise, entreprenant ainsi une seconde carrière au cours de laquelle il allait produire quelques-uns de ses chefs-d'œuvre, *Lolita* (1955), *Pale Fire* (*Feu pâle*) (1962) et *Ada* (1969) notamment. *Lolita* était son troisième roman « anglais » ou plutôt « américain », les deux précédents étant *The Real Life of Sebastian Knight* (*La vraie vie de Sebastian Knight*) (1941) et *Bend Sinister* (*Brisure à senestre*) (1947). Il avait déjà acquis une certaine popularité auprès du public intellectuel américain grâce notamment aux nouvelles et aux essais publiés dans le *New Yorker*. Pourtant, dans le contexte conservateur de l'époque (on était en plein maccarthysme), les quatre éditeurs américains auxquels il présenta le manuscrit de *Lolita* refusèrent poliment de le publier, craignant, comme le reconnut l'un d'eux, de se retrouver en prison. En désespoir de cause, Nabokov consentit à ce que son agent littéraire français présente le manuscrit à Maurice Girodias, directeur de l'Olympia Press, dont il n'avait bien sûr jamais entendu parler. Girodias, tout comme son père Jack Kahane qui avait fait paraître les

10

romans de Henry Miller, s'était spécialisé dans la publication en anglais de textes difficiles ou scabreux, travaillant parfois en parallèle avec Jean-Jacques Pauvert qui, lui, publiait souvent ces mêmes textes en langue française. Ainsi, pendant que Pauvert faisait paraître les œuvres du marquis de Sade ou *Histoire d'O* en français, Girodias les faisait paraître en anglais. Girodias n'éditait pas cependant que des romans pornographiques, comme on a pu le prétendre, mais aussi des ouvrages ambitieux tels ceux de Beckett, Cocteau, Genet, Donleavy, Harris, Miller et bien d'autres, même si la collection verte dans laquelle il publia *Lolita* avait une réputation sulfureuse partiellement méritée, ce que l'on omit de dire à Nabokov.

Le roman n'aurait peut-être pas provoqué autant de remous lors de sa parution à Paris en septembre 1955 si Graham Greene n'en avait pas fait une présentation aussi dithyrambique dans le *Sunday Times* trois mois plus tard. La polémique qui s'ensuivit dans la presse anglaise amena les autorités britanniques à s'intéresser à ce livre qui entrait clandestinement dans le pays. Horrifiées, elles intervinrent auprès du ministère de l'Intérieur français pour qu'il fût interdit. Dans le climat d'Entente cordiale qui régnait alors (on était en pleine crise de Suez), le ministre de l'Intérieur Maurice Bokanowski s'exécuta et interdit non seulement *Lolita* mais aussi vingt-quatre autres titres publiés par Girodias. L'arrêté d'interdiction invoquait la loi du 29 juillet 1881 sur la « liberté de la presse » et aussi le décret du 6 mai 1939 « relatif au contrôle de la presse étrangère ». Ni l'un ni l'autre de ces textes ne s'appliquait dans ce cas où il s'agissait de livres et non de journaux ou de revues. Girodias, dont la maison d'édition se trouvait ainsi mise en péril, décida de contester la décision du ministre devant le tribunal administratif et publia une plaquette, *L'affaire Lolita*, pour dénoncer l'illégalité de la décision et vanter les qualités littéraires du roman qu'il utilisait un peu comme paravent pour faire lever aussi l'interdit sur les autres livres, moins dignes d'intérêt pour la plupart. La presse française s'émut et prit la défense de *Lolita*, ce qui allait lui assurer un succès de scandale. Girodias finit par obtenir gain de cause, même si, lors du retour au pouvoir du général de Gaulle, le roman fut de nouveau frappé d'interdiction pendant quelque temps[1].

C'est Raymond Queneau qui incita les Éditions Gallimard à publier une traduction du roman ; n'était-il pas lui-même en train d'écrire *Zazie dans le métro* ? On confia à Éric Kahane, le frère de Maurice Girodias, le soin de traduire ce texte difficile. Nabokov, qui possédait une excellente connaissance du français, se garda un droit de regard sur le texte final ; il avait d'ailleurs écrit en français un fragment de son autobiographie présenté sous forme de nouvelle, « Mademoiselle O », et aussi divers articles dont l'excellent essai sur Pouchkine réédité récemment par la *NRF*[2]. Comme en témoignent certaines lettres qu'il adressa à l'époque à Maurice Girodias, la traduction de Kahane

1. Sur le détail de cette affaire, voir Maurice Couturier, *Roman et censure ou La mauvaise foi d'Éros,* Seyssel, Champ Vallon, 1996, p. 209-222.
2. « Pouchkine ou le vrai et le vraisemblable », *NRF,* n° 551, septembre 1999.

ne lui paraissait pas satisfaisante ; ainsi, dans un courrier daté du 14 mai 1957, il corrigeait un certain nombre d'erreurs commises par Kahane et concluait en disant : « Et ainsi de suite, il y en a au moins trois par page[1]. » Il fit de son mieux par la suite pour amender cette traduction mais n'eut manifestement pas le temps de la revoir toute en détail.

Lors de la sortie du roman, certains critiques peu regardants saluèrent le travail de Kahane. Ainsi, dans *Paris Presse*, Kleber Haedens écrivit : « La traduction de M. E.-H. Kahane est particulièrement chaleureuse et nous y trouvons un remarquable effort pour transmettre la richesse un peu écrasante du vocabulaire[2]. » Jean Mistler, plus pointilleux, ne partageait pas cette opinion : « La traduction de M. Kahane est très inégale. Certaines pages sont parfaitement réussies, d'autres sont écrites en galimatias, la langue n'est pas toujours sûre et il y a pas mal de barbarismes. Un livre de cette qualité aurait mérité une révision plus attentive[3]. » Ayant examiné moi-même très attentivement le texte de Kahane, je ne puis que confirmer ce verdict, certes sévère : certaines pages sont en effet écrites dans un français d'une grande élégance et d'une réelle richesse de vocabulaire, mais trop souvent les trouvailles stylistiques trahissent le sens du texte original et relèvent de l'adaptation plutôt que de la traduction.

1. *Lettres choisies,* trad. par Christine Raguet-Bouvart, Paris, Gallimard, 1992, p. 280.
2. Kleber Haedens, « "Lolita" de Nabokov », *Paris Presse,* 16 mai 1959.
3. Jean Mistler, « Un roman de Vladimir Nabokov "Lolita" », *L'Aurore,* 12 mai 1959.

Les contresens et les approximations ne manquent pas, ce qui rend parfois la compréhension du texte impossible. La transposition des références culturelles, la traduction de nombreux noms propres, tout cela a pour effet d'inscrire le récit dans un cadre par trop français et de faire oublier par moments que l'histoire se déroule en Amérique. Il faut, néanmoins, reconnaître que les techniques de traduction ont beaucoup évolué depuis une quarantaine d'années, en partie parce que l'analyse littéraire, influencée elle-même par la linguistique, a changé notre manière d'appréhender la littérature. Cette évolution n'a pas toujours eu que des effets positifs, la science « traductologique » (comme on dit) n'allant pas toujours de pair avec une parfaite connaissance de la langue de départ et une exigence suffisante en matière de style dans la langue d'arrivée. J'ai modestement tenté de concilier tous ces impératifs, au prix d'un long et douloureux labeur, sans avoir recours cependant aux procédés utilisés par le traducteur d'*Ada* dans le roman d'Orsenna, *Deux étés*. Chaque fois que le texte anglais paraissait flou ou indécidable, je me suis référé à la version russe du roman établie de son vivant par Nabokov, sans glisser pour autant dans mon texte ces gloses culturelles dont l'auteur estimait que le lecteur russe des années soixante, peu familier des mœurs américaines, devait avoir besoin.

Les différences importantes entre la présente traduction et celle de Kahane n'expliquent qu'en partie l'écart entre la *Lolita* de 1959 et celle d'aujourd'hui. Les temps ont beaucoup changé depuis. Certes, il s'est trouvé de nombreux critiques en France à l'époque pour dire leur embarras face à cette œuvre, tout en en vantant les éminentes qualités. L'article de Maurice Nadeau paru dans *L'Observateur littéraire* du 14 mai 1959 me paraît exemplaire à cet égard. Il relève d'abord la mauvaise foi de Nabokov, tant dans sa postface que dans la préface intratextuelle prétendument rédigée par John Ray. Il reconnaît que « *Lolita* choque et scandalise », qu'il suscite un « malaise qu'on n'éprouva pas plus à la lecture de Sade qu'à celle de Genet », ponctuant son propos sur le sujet par cette déclaration dont on se demande si elle ne vise pas avant tout l'auteur : « Je n'ai rien contre les hédonistes, sauf qu'ils montrent un peu trop de complaisance envers eux-mêmes pour m'intéresser et, sans doute, pour fournir de convenables héros de romans. » On sent, à la lecture de cet article, que Nadeau, lecteur pourtant fort averti, a éprouvé beaucoup de difficultés à distinguer l'auteur de son haïssable narrateur ; choqué par le peu d'égards que porte Humbert à Lolita, il s'interroge : « À moins que l'auteur n'ait voulu rendre son héros plus odieux encore en signalant par là le manque d'intérêt que lui inspire Lolita en dehors de parties qu'on soupçonne ne pas être pour elle des parties de plaisir. » Plus loin, il prétend que l'auteur « a éprouvé toutes les peines du monde à ne pas se glisser dans le personnage de son narrateur ». Malgré toutes ses réticences et ses doutes, il s'étonne cependant de prendre un tel plaisir à la lecture de ce surprenant roman : « D'où vient pourtant que *Lolita* se lit allégrement et qu'on prend intérêt aux aventures qui nous sont contées ? »

Comme la plupart des lecteurs, il avoue ne pas pouvoir s'empêcher d'admirer, d'aimer, ce qu'il pense devoir haïr, à savoir l'immoralité, la perversité, cette cruauté du désir et ce désir de cruauté que Nabokov semble célébrer avec une certaine complaisance à travers son narrateur.

Tel était à l'époque le dilemme de la majorité des lecteurs avertis. On était plus ou moins disposé à accepter l'idée qu'il ait pu s'agir là d'un authentique roman d'amour, malgré la perversité du protagoniste-narrateur. On ne demande pas aux nymphes ou aux dieux de l'Olympe d'avoir un comportement moral correspondant aux exigences de nos sociétés ! On reprochait essentiellement à Humbert d'avoir manqué de sollicitude à l'égard de Lolita une fois que celle-ci était tombée entre ses griffes, d'avoir mis en scène une exécrable parodie d'idylle. Il eût suffi d'un rien pour que Humbert devienne un Dante ou un Pétrarque du XXᵉ siècle, et Nadeau, comme beaucoup d'autres, fait indirectement reproche à Nabokov de n'avoir pas voulu qu'il en fût ainsi.

Même si la question de la pédophilie était évoquée à l'époque par de nombreux critiques, le public choisit plus ou moins de l'ignorer. Alfred Appel, l'un des critiques les plus avisés de Nabokov, disait en 1997 à propos des étudiants avec qui il étudiait ce roman dans les années soixante : « Ils ne croyaient pas qu'il y avait des choses pareilles. Il me fallait sans cesse leur rappeler que Humbert était un criminel. Il y a encore dix ou douze ans, on ne parlait pas de pédophilie. Maintenant tout le monde ne parle que de cela[1]. » C'est parce que la pédophilie est devenue dans nos sociétés un sujet si brûlant que pendant plusieurs années le *Lolita* d'Adrian Lyne n'a pu être projeté aux États-Unis. Pourtant, ce film bien qu'apparemment plus explicite que celui, à juste titre plus illustre, de Stanley Kubrick, met en scène une actrice plus âgée et plus rouée que Sue Lyons, et un acteur, Jeremy Irons, plus jeune et moins pervers que James Mason, de sorte que la pédophilie (voire l'inceste) ne s'y affiche pas de manière aussi évidente. En fait, ce n'est pas tant le film lui-même que le public, américain notamment, a voulu censurer, mais le roman de Nabokov qui se trouvait placé de nouveau sur le devant de la scène et dans un contexte où il était devenu infiniment plus dérangeant. Nous ne songeons plus à reprocher à Flaubert, comme le faisait Me Pinard en 1857, de faire la « poésie de l'adultère » dans *Madame Bovary*, ni à Joyce d'exposer les fantasmes érotiques de Leopold et Molly Bloom dans *Ulysse*, en revanche nous hésitons à considérer avec indulgence la pédophilie dans *Lolita*, ce qui constitue peut-être une première dans l'histoire de la littérature où l'évolution des mœurs a souvent rendu caduques les préventions du public à l'égard des transgressions de certains personnages de romans. Il est donc devenu plus malaisé aujourd'hui, à bien des égards, de prendre un plaisir esthétique relativement serein à la lecture de ce roman incandescent. La lettre

1. *Chicago Tribune*, 17 avril 1997.

n'a que modestement changé, mais le contexte social et culturel, lui, est bien différent.

Cela soulève le problème, jamais vraiment résolu, du rapport entre l'éthique et l'esthétique, problème qui ne se pose d'ailleurs pas nécessairement dans les mêmes termes pour tous les genres littéraires. Si la poésie et le théâtre, soumis à des liturgies collectives et publiques, ont longtemps semblé promouvoir un consensus religieux, éthique et politique, même s'il ne manque pas d'exceptions à cette règle, le roman, surtout depuis *Don Quichotte* et *Pamela*, sans parler de ces lointains ancêtres que furent *Pantagruel* et *Gargantua*, a toujours été en rupture par rapport à ce consensus, mettant en scène des personnages socialement ou moralement déviants, tissant des discours souvent transgressifs qui font l'apologie d'un désir d'autant plus intense qu'il est a priori réprouvé par la société. Les grandes œuvres du canon romanesque occidental ont souvent eu maille à partir avec la censure, ainsi que je l'indiquais dans *Roman et censure ou La mauvaise foi d'Éros*. En même temps, elles sont caractérisées par des innovations narratives et stylistiques importantes qui instaurent une distance considérable entre l'auteur et ses personnages, l'auteur et le lecteur, ce qui a souvent pour effet de désarmer le censeur comme on le voit lorsque l'on examine nombre de procès, et aussi d'amadouer les éditeurs par trop timorés. De sorte que l'excellence esthétique de ces œuvres se trouve intimement liée à la transgression éthique qui s'y affiche. Voilà qui explique, bien sûr, l'embarras dont je faisais état précédemment.

Face à des romans comme *Madame Bovary* ou *Ulysse*, le lecteur contemporain demeure insensible à cette logique parce que les désirs qu'ils célèbrent ne paraissent plus faire scandale. Dans le cas de *Lolita*, au contraire, le lecteur d'aujourd'hui est infiniment plus embarrassé que le lecteur des années cinquante. Cela ne remet aucunement en question la valeur esthétique du roman mais démontre, au contraire, qu'il demeure d'une brûlante actualité et d'une troublante beauté. Car il existe une éthique de l'art qui transcende notre morale coutumière, souvent éphémère, ainsi que le dit Nabokov avec beaucoup de conviction dans sa postface : « À mes yeux, une œuvre de fiction n'existe que dans la mesure où elle suscite en moi ce que j'appellerai crûment une jubilation esthétique, à savoir le sentiment d'être relié quelque part, je ne sais comment, à d'autres modes d'existence où l'art (la curiosité, la tendresse, la gentillesse, l'extase) constitue la norme. »

MAURICE COUTURIER

N.B. : Conformément à la pratique adoptée dans la présente collection, les annotations ont été réduites au strict minimum ; elles interviennent chaque fois que la compréhension du texte risquerait d'être trop lacunaire. Il va de soi que les annotations seront infiniment plus étoffées dans l'édition qui paraîtra dans la Bibliothèque de la Pléiade.

Lolita

AVANT-PROPOS

Lolita, ou La confession d'un veuf de race blanche, *tel était le double titre sous lequel l'auteur de la présente note reçut les pages étranges auxquelles celle-ci sert de préambule. Leur auteur, « Humbert Humbert », était mort en détention d'un infarctus du myocarde, le 16 novembre 1952, quelques jours avant que ne devait débuter son procès. En me demandant de toiletter le manuscrit, son avocat, Me Clarence Choate Clark, cousin et ami de longue date, aujourd'hui membre du barreau du District de Columbia, s'appuyait sur une clause du testament de son client autorisant mon éminent cousin à faire comme bon lui semblerait pour tout ce qui touchait à la préparation de cette édition de* Lolita. *Il n'est pas impossible que la décision de Me Clark ait été dictée par le fait que le correcteur de son choix venait de recevoir le prix Poling pour un modeste essai (*Do the Senses Make Sense ?*) où étaient passés en revue quelques perversions et états morbides.*

Ma tâche se révéla plus aisée que nous ne l'escomptions l'un et l'autre. Hormis la correction de solécismes évidents et l'émondage méticuleux de certains détails tenaces qui, en dépit des efforts de « H. H. », subsistaient encore dans son texte comme autant de panneaux indicateurs et de pierres tombales (évoquant des lieux ou des personnes que le bon goût demandait de voiler et la compassion d'épargner), ce remarquable mémoire est présenté intact. L'étrange pseudonyme de l'auteur est de son invention ; et ce masque — à travers lequel semblent luire deux yeux hypnotiques — ne pouvait bien sûr être levé conformément au vœu de son possesseur. Si le nom réel de l'héroïne ne ressemble à « Haze » que par la rime, son prénom est trop intimement enchevêtré dans la fibre profonde du livre pour tolérer qu'on le change ; d'ailleurs (comme le lecteur le verra par lui-même), il n'y a aucune nécessité pratique de le faire. Les fouineurs pourront trouver des références au crime de « H. H. » dans les quotidiens de septembre et octobre 1952 ; le mystère serait encore entier quant à sa cause et à son objet si le sort n'avait placé ce mémoire sous ma lampe de travail.

À l'intention des lecteurs de la vieille école qui aiment à suivre la destinée des personnages « réels » au-delà de l'histoire « vraie », je me permets d'ajouter ici quelques détails tels qu'ils me furent communiqués par Mr. « Windmuller », de « Ramsdale », qui désire conserver l'anonymat afin que « l'ombre démesurée de cette sordide et lamentable affaire » n'atteigne pas la communauté à laquelle il est fier d'appartenir. Sa fille « Louise » est maintenant en seconde année de faculté ; « Mona Dahl » est étudiante à Paris ; « Rita » a récemment épousé le propriétaire d'un hôtel de Flo-

ride. Mrs. « Richard F. Schiller » est morte en couches le jour de Noël 1952 à Gray Star, un village perdu aux confins du Nord-Ouest, en mettant au monde une fillette mort-née. « Vivian Darkbloom » a écrit une biographie, My Cue, *qui va paraître bientôt, et les critiques qui ont lu le manuscrit considèrent que c'est son meilleur livre. Les gardiens des divers cimetières concernés disent n'avoir vu rôder aucun revenant.*

Considéré sous l'angle purement romanesque, Lolita *traite de situations et d'émotions qui, si le récit en avait été étiolé par des détours insipides, demeureraient d'une exaspérante obscurité aux yeux du lecteur. Certes, on ne trouve pas un seul terme obscène dans tout l'ouvrage ; et le solide philistin accoutumé par les conventions modernes à accepter sans broncher les mots orduriers qui foisonnent dans un roman banal sera sans doute très choqué de ne pas les rencontrer ici. Cependant, si, pour satisfaire la paradoxale pruderie de celui-ci, le correcteur entreprenait de diluer ou d'omettre telles scènes que des esprits d'un certain genre pourraient qualifier d'« aphrodisiaques » (voir à ce sujet le jugement capital prononcé le 6 décembre 1933 par l'honorable John Woolsey à propos d'un autre livre infiniment plus cru[1]), il faudrait tout simplement renoncer à publier* Lolita, *car les scènes susdites, que l'on pourrait accuser sottement de posséder en elles-mêmes une existence sensuelle, sont précisément celles qui sont le plus strictement fonc-*

---

1. Il s'agit bien sûr d'*Ulysse* de Joyce. (*Toutes les notes sont du traducteur.*)

tionnelles dans le déroulement de ce tragique récit qui tend sans relâche vers ce qu'il faut bien appeler une apothéose morale. Les cyniques vous diront que la pornographie commerciale a les mêmes prétentions ; les érudits riposteront en affirmant que la confession passionnée de « H. H. » est une tempête au fond d'une cornue, que 12 % au moins des adultes américains de sexe mâle — « au bas mot » selon le docteur Blanche Schwarzmann (communication verbale) — connaissent chaque année, sous une forme ou une autre, l'expérience très spéciale que décrit « H. H. » avec tant de désespoir, et que si notre mémorialiste dément avait consulté un psychothérapeute compétent, en ce fatal été de 1947, le désastre eût été évité — mais, bien sûr, le présent livre n'aurait pas vu le jour non plus.

On voudra bien pardonner au présent commentateur de répéter ce qu'il a maintes fois expliqué dans ses écrits et ses conférences, à savoir que l'épithète « choquant » n'est bien souvent qu'un synonyme d'« insolite », et que toute grande œuvre d'art est bien sûr toujours originale et devrait ainsi par nature exercer un effet de surprise plus ou moins choquant. Loin de moi l'intention de faire l'apologie de « H. H. ». Il est, à n'en pas douter, un personnage abject et horrible, un exemple insigne de lèpre morale, un composé de jovialité et de férocité qui masque peut-être une détresse sans fond mais n'est pas fait pour inspirer la sympathie. Il est pompeux et fantasque. La plupart des commentaires dont il accable au passage les habitants et le cadre de ce pays sont risibles. La sincérité désespérée que l'on sent vibrer tout au long de sa confession ne saurait pour autant l'absoudre de ses péchés qui sont d'une fourberie diabolique. C'est un être anormal et, à coup sûr, tout le contraire d'un gentleman. Mais son archet magique sait faire naître une musique si pleine de tendresse et de compassion pour Lolita que l'on succombe au charme du livre alors même que l'on abhorre son auteur.

En tant que document clinique, il est très vraisemblable que Lolita deviendra un classique dans les milieux psychiatriques. En tant qu'œuvre d'art, l'ouvrage transcende son aspect expiatoire ; toutefois, ce n'est pas tant son intérêt scientifique ou sa valeur littéraire qui nous importe que l'impact moral qu'il devrait avoir sur le lecteur sérieux ; car, à travers cette poignante analyse personnelle, transparaît une leçon universelle ; cette enfant rétive, cette mère égoïste et cet obsédé pantelant ne sont pas seulement les personnages hauts en couleur d'une histoire unique en son genre : ils nous mettent en garde contre de périlleuses tendances ; ils stigmatisent des maux redoutables. Lolita devrait nous inviter tous — parents, travailleurs sociaux, éducateurs — à redoubler d'efforts et à faire preuve de vigilance et de sagacité afin d'élever une génération meilleure dans un monde plus sûr.

Widworth, Massachusetts,   JOHN RAY JR,
5 août 1955.   docteur.

Première partie

1

Lolita, lumière de ma vie, feu de mes reins. Mon péché, mon âme. Lo-lii-ta : le bout de la langue fait trois petits pas le long du palais pour taper, à trois, contre les dents. Lo. Lii. Ta.

Le matin, elle était Lo, simplement Lo, avec son mètre quarante-six et son unique chaussette. Elle était Lola en pantalon. Elle était Dolly à l'école. Elle était Dolores sur les pointillés. Mais dans mes bras, elle était toujours Lolita.

Une autre l'avait-elle précédée ? Oui, en fait oui. En vérité, il n'y aurait peut-être jamais eu de Lolita si, un été, je n'avais aimé au préalable une certaine enfant. Dans une principauté au bord de la mer. Quand était-ce ? Environ autant d'années avant la naissance de Lolita que j'en comptais cet été-là. Vous pouvez faire confiance à un meurtrier pour avoir une prose alambiquée.

Mesdames et messieurs les jurés, la pièce à conviction numéro un est cela même que convoitaient les séraphins, ces êtres ignares, simplistes, aux ailes altières. Voyez cet entrelacs d'épines.

2

Je naquis à Paris, en 1910. Mon père, homme doux et accommodant, était une macédoine de gènes raciaux : il était lui-même citoyen suisse mais d'ascendance mi-française, mi-autrichienne, avec un soupçon de Danube dans les veines. Dans un instant, je vais faire passer de jolies cartes postales bleues et glacées. Il possédait un palace sur la Côte d'Azur. Son père et ses deux grands-pères avaient été respectivement négociants en vins, en bijoux et en soieries. À trente ans, il épousa une jeune Anglaise, fille de Jerome Dunn, l'alpiniste, et petite-fille de deux clergymen du Dorset, spécialistes en obscures matières — la paléopédologie pour l'un et les harpes éoliennes pour l'autre. Ma mère, femme très photogénique, mourut dans un accident bizarre (un pique-nique, la foudre) quand j'avais trois ans et, hormis un petit noyau de chaleur au fin fond du passé, il ne reste rien d'elle dans les concavités et les vallons du souvenir sur lesquels, si vous pouvez encore supporter mon style (j'écris sous observation), s'était couché le soleil de mon enfance : vous avez tous connu, j'en suis sûr, ces derniers vestiges de jour, imprégnés de parfums et piqués de moucherons, en suspens au-dessus d'une haie en fleur, ou soudain pénétrés et traversés par le promeneur, au pied d'une colline, dans le crépuscule d'été — la chaleur d'une fourrure, le brasillement des moucherons.

La sœur aînée de ma mère, Sybil, qu'un cousin de mon père avait épousée puis abandonnée, faisait office dans ma proche famille, à titre gratuit, de gouvernante et d'intendante. Quelqu'un m'apprit plus tard qu'elle avait été fort éprise de mon père, sentiment dont il avait profité allégrement un jour de pluie pour l'oublier dès le retour du beau temps. J'éprouvais pour elle une tendresse extrême, en dépit de la rigidité — de la funeste rigidité — de certains de ses principes. Peut-être voulait-elle faire de moi, avec le temps, un veuf plus exemplaire que mon père ne l'était. Tante Sybil avait des yeux d'azur bordés de rose, et un teint de cire. Elle écrivait des vers. Elle était superstitieuse comme peut l'être un poète. Elle savait, disait-elle, qu'elle allait mourir peu après mon seizième anniversaire, et elle tint parole. Son mari, un éminent représentant en parfumerie, passait le plus clair de son temps en Amérique, où il finit par fonder une entreprise et par faire quelques investissements dans l'immobilier.

J'étais un enfant heureux et en bonne santé, et je grandis dans un monde chatoyant de livres illustrés, de sable propre, d'orangers, de chiens affectueux, de perspectives marines et de visages souriants. Le fastueux hôtel Mirana gravitait autour de ma petite personne tel un univers bien à moi, cosmos blanchi à la chaux au cœur du cosmos plus vaste encore et tout bleu qui resplendissait au-dehors. De la souillon en tablier au potentat en flanelle, tout le monde m'aimait, me choyait. De vieilles Américaines appuyées sur leurs cannes clinaient au-dessus de moi pareilles à des tours de Pise. Des princesses russes ruinées m'offraient de coûteux bonbons, à défaut de pouvoir payer mon père. Et lui, *mon cher petit papa**[1], m'emmenait faire des sorties à bicyclette ou en bateau, il m'apprenait à nager, à plonger et à faire du ski nautique, me lisait *Don Quichotte* et *Les Misérables* — et je l'adorais, le vénérais et me réjouissais pour lui chaque fois que je surprenais les commentaires des employés sur ses différentes amies, ces belles et aimables créatures qui faisaient si grand cas de moi, roucoulaient et versaient de précieuses larmes sur l'enfant enjoué mais orphelin de mère que j'étais.

Je fréquentais un externat anglais à quelques kilomètres de notre domicile ; là, je jouais au jeu de paume et à la pelote, recevais d'excellentes notes et vivais en parfaite entente avec mes condisciples comme avec mes maîtres. Jusqu'à ma treizième année (c'est-à-dire jusqu'à ma première rencontre avec la petite Annabel), les seuls véritables épisodes sexuels qui soient arrivés, pour autant qu'il m'en souvienne, furent les suivants : une discussion solennelle, chaste et purement théorique, sur les surprises de la puberté, qui eut lieu dans la roseraie de l'école avec un petit Américain, fils d'une actrice de cinéma fort célèbre à l'époque et qu'il ne rencontrait presque jamais dans le monde tridimensionnel ; et quelques réactions singulières de mon organisme à la vue de certaines photographies, toutes de

---

1. Nous avons gardé les mots français en italique en les signalant par un astérisque.

nacre et d'ombres, avec des failles de chair infiniment douces, dans le somptueux ouvrage de Pichon, *La beauté humaine*, que j'avais dérobé dans la bibliothèque de l'hôtel où il croulait sous une montagne de *Graphics* aux reliures marbrées. Plus tard, mon père me communiqua, de sa façon charmante et affable, tout ce qu'il jugeait utile que je connusse sur le sexe ; cela se passait à l'automne 1923, juste avant qu'il ne m'envoyât dans un *lycée**, à Lyon (où nous allions passer trois hivers) ; mais hélas, cet été-là, il visitait l'Italie avec Mme de R. et sa fille, et je n'avais personne auprès de qui me plaindre, personne à consulter.

3

Annabel avait, tout comme le présent auteur, une double ascendance : moitié anglaise, moitié hollandaise, dans son cas. Je me rappelle ses traits beaucoup moins distinctement aujourd'hui qu'il y a quelques années, avant que je ne fasse la connaissance de Lolita. Il existe deux sortes de mémoire visuelle : l'une qui vous permet de recréer minutieusement une image dans le laboratoire de votre esprit, alors que vous avez les yeux grands ouverts (c'est ainsi que je me représente Annabel en termes généraux tels que « peau couleur de miel », « bras fluets », « cheveux courts et châtains », « longs cils », « grosse bouche éclatante ») ; l'autre qui vous conduit à visualiser instantanément, sur la sombre face interne de vos paupières, l'image rigoureusement fidèle et objective d'un visage aimé, petit fantôme en couleurs naturelles (et c'est ainsi que je vois Lolita).

Pour décrire Annabel, permettez-moi donc de dire simplement et pudiquement que c'était une fillette adorable, ma cadette de quelques mois. Ses parents étaient de vieux amis de ma tante et ils étaient tout aussi vieux jeu qu'elle. Ils avaient loué une villa non loin de l'hôtel Mirana. Mr. Leigh, chauve et basané, Mrs. Leigh (née Vanessa van Ness), opulente et poudrée. Comme je les haïssais l'un et l'autre ! Annabel et moi n'abordâmes d'abord que des sujets subalternes. Elle aimait à ramasser des poignées de sable fin qu'elle laissait couler entre ses doigts Nos esprits étaient façonnés comme ceux de tous les préadolescents intelligents d'Europe appartenant à notre milieu et à notre temps, et je doute que l'on puisse nous attribuer quelque marque de génie que ce soit du seul fait que nous nous intéressions à la pluralité des mondes habités, au tennis de compétition, à l'infini, au solipsisme, et cætera. La douceur et la fragilité des animaux nouveau-nés nous inspiraient la même douleur intense. Elle voulait être infirmière dans quelque région d'Asie ravagée par la famine ; je voulais devenir un espion célèbre.

D'emblée, nous fûmes passionnément, gauchement, scandaleusement, atrocement amoureux l'un de l'autre ; désespérément, devrais-je ajouter, car nous n'aurions pu apaiser cette frénésie de possession mutuelle qu'en absorbant et en assimilant jusqu'à la dernière particule le corps et l'âme l'un de l'autre ; or nous étions là tous les deux, incapables de nous accoupler comme des gamins des bas-fonds auraient cent fois trouvé l'occasion de le faire. Après une folle tentative de rencontre nocturne dans son jardin (dont il sera question plus tard), la seule intimité qu'on nous accordât fut de pouvoir nous éloigner hors de portée de voix mais non des regards dans le coin populeux de la *plage**. Là, allongés sur le sable tendre, à quelques pas de nos aînés, nous demeurions toute la matinée dans un paroxysme de désir pétrifié, guettant le moindre accroc dans l'espace ou le temps pour nous toucher : sa main, à demi enfouie dans le sable, se faufilait vers moi, ses doigts bruns et fuselés avançant à tâtons avec une lenteur somnambulique ; puis son genou opalescent commençait son long et prudent parcours ; parfois, un rempart fortuit érigé par des enfants plus jeunes nous offrait un refuge suffisant pour échanger des petits baisers salés ; ces contacts incomplets exaspéraient à tel point nos jeunes corps vigoureux et inexpérimentés que l'eau bleue et froide sous laquelle nous continuions à nous étreindre ne parvenait même pas à nous soulager.

Parmi les quelques trésors que j'ai perdus au cours de mes errances à l'âge adulte, il y avait une photographie prise par ma tante sur laquelle on voyait, assis en cercle autour d'une table à la terrasse d'un café, Annabel avec ses parents et le vieux monsieur très digne mais infirme — un certain docteur Cooper — qui courtisait ma tante cet été-là. On ne distinguait pas très bien Annabel, car l'objectif l'avait saisie au moment où elle se penchait sur son *chocolat glacé**, et seules (si je me rappelle bien cette photo) ses minces épaules nues et la raie de ses cheveux permettaient de la reconnaître dans le halo ensoleillé où se fondait sa grâce perdue ; moi, en revanche, assis un peu à l'écart, je me détachais avec un relief presque théâtral : garçon maussade, au front proéminent, en chemisette foncée et short blanc bien taillé, posant de profil, jambes croisées, le regard ailleurs. Cette photo fut prise le dernier jour de notre été funeste, quelques minutes seulement avant la deuxième et ultime tentative que nous fîmes pour déjouer le destin. Sous le plus futile des prétextes (c'était notre dernière chance et rien d'autre n'importait vraiment), nous nous enfuîmes du café, courûmes vers la plage et trouvâmes une bande de sable morne, et là, dans une pénombre violette, sous des roches rouges qui faisaient une sorte de grotte, nous eûmes un bref échange de caresses avides, avec pour unique témoin une paire de lunettes de soleil oubliée par quelqu'un. J'étais à genoux et sur le point de posséder ma bien-aimée quand deux baigneurs barbus, le vieil homme de la mer et son frère, sortirent des flots en nous criant des encouragements obscènes, et, quatre mois plus tard, elle mourut du typhus à Corfou.

4

Je ne cesse de feuilleter ces misérables souvenirs et de m'interroger : est-ce donc là, dans le scintillement de cet été lointain, que commença à s'ouvrir cette faille dans ma vie ? Ou bien mon désir excessif pour cette enfant n'était-il que le premier signe d'une singularité innée ? Lorsque je tente d'analyser mes désirs secrets, mes mobiles, mes actes même, je m'abandonne aussitôt à une sorte d'imagination rétrospective, laquelle offre à la raison analytique une multitude d'alternatives et fait bifurquer sans fin encore et encore chacune des voies envisagées dans l'affolant labyrinthe de mon passé. Je suis convaincu, cependant, que, d'une certaine manière, magie ou fatalité aidant, Lolita commença avec Annabel.

Je sais aussi que le choc provoqué par la mort d'Annabel renforça le sentiment de frustration que m'avait laissé cet été de cauchemar, et qu'il fut un obstacle permanent à toute autre idylle pendant les froides années de ma jeunesse. L'esprit et la chair s'étaient confondus en nous avec une perfection que les jeunes d'aujourd'hui, avec leur cerveau conformiste, obtus et terre à terre, seraient bien incapables de comprendre. Elle était morte depuis longtemps que je sentais encore ses pensées flotter au travers des miennes. Bien avant de nous rencontrer, nous avions fait les mêmes rêves. Nous échangeâmes nos impressions et nous découvrîmes d'étranges affinités. Au mois de juin de la même année (en 1919), un canari égaré était entré en voletant dans sa maison et la mienne, dans deux pays éloignés l'un de l'autre. Oh, Lolita, si seulement tu m'avais aimé ainsi !

J'ai réservé pour la conclusion de ma période « Annabel » le récit de notre premier et calamiteux rendez-vous. Un soir, elle parvint à tromper la vigilance perverse de sa famille. Nous nous perchâmes sur un muret en ruine, dans un bosquet de mimosas nerveux aux feuilles frêles, à l'arrière de leur villa. À travers l'obscurité et les arbres tendres, nous voyions les fenêtres illuminées dessiner des arabesques qui, retouchées par les encres colorées d'une mémoire sensible, m'apparaissent aujourd'hui comme des cartes à jouer — sans doute parce qu'une partie de bridge tenait l'ennemi occupé. Annabel tremblait et tressaillait tandis que je baisais la commissure de ses lèvres entrouvertes et le lobe brûlant de son oreille. Une grappe d'étoiles luisait faiblement au-dessus de nous, entre les silhouettes des longues feuilles graciles ; le ciel frissonnant semblait aussi nu que l'était Annabel sous sa robe légère. Je voyais son visage dans le ciel, si étonnamment distinct qu'il paraissait diffuser un faible éclat naturel. Ses jambes, ses jolies jambes ardentes, n'étaient pas trop serrées l'une contre l'autre, et quand ma main trouva ce qu'elle cherchait, une expression rêveuse et troublante, où se mêlaient plaisir et souffrance, envahit ces traits enfantins. Elle était assise un peu au-dessus de moi, et chaque fois que dans son extase solitaire elle voulait me donner un baiser, sa tête s'inclinait en un mouvement assoupi, doux et alangui, qui faisait presque peine à voir, et ses genoux dénudés happaient mon poignet, le serraient un instant puis relâchaient leur étreinte ; et sa bouche palpitante, déformée par l'amertume de quelque philtre mystérieux, s'approchait de mon visage avec une aspiration sifflante. Elle tentait alors d'apaiser la torture de l'amour en frottant d'abord violemment ses lèvres sèches contre les miennes ; puis ma bien-aimée s'écartait en rejetant ses cheveux en arrière d'un geste convulsif, et elle se rapprochait de nouveau d'un air sombre, me laissant m'abreuver à sa bouche ouverte, tandis que, avec une générosité qui ne demandait qu'à tout lui offrir, mon cœur, ma gorge, mes entrailles, je confiais à son poing malhabile le sceptre de ma passion.

Je me rappelle encore ce parfum douceâtre, musqué, modeste, d'une certaine poudre de toilette — elle l'avait volée, je crois, à la femme de chambre espagnole de sa mère. Il se mêlait à l'odeur de biscuit de son corps, et le trop-plein de mes sens faillit soudain déborder ; un vacarme subit dans un buisson voisin l'empêcha de se répandre — et comme nous nous écartions l'un de l'autre, les veines battantes, prêtant l'oreille à ce qui n'était sans doute qu'un chat en maraude, nous parvint de la maison la voix de sa mère qui l'appelait d'un ton de plus en plus frénétique — et le docteur Cooper apparut dans le jardin, claudiquant pesamment. Mais ce bosquet de mimosas, cette nuée d'étoiles, ce frisson, ce feu, cette miellée et cette lancinante douleur, tout cela est demeuré en moi, et cette fillette avec ses membres de nymphe marine et sa langue ardente n'a cessé de me hanter depuis — jusqu'au jour où enfin, vingt-quatre ans plus tard, je parvins à rompre son charme en la réincarnant dans une autre.

5

Quand je repense à ma jeunesse, j'ai l'impression que les jours s'enfuient loin de moi en un tourbillon sans fin de pâles lambeaux pareils à ces blizzards matinaux de papiers de soie chiffonnés que le voyageur voit voler en spirale dans le sillage du wagon panoramique. Dans mes rapports hygiéniques avec les femmes, j'étais pragmatique, ironique et expéditif. Durant mes années de faculté, à Londres et à Paris, les filles vénales me suffirent. Mes études furent méticuleuses et intenses bien qu'en vérité assez peu fécondes. J'avais d'abord projeté, comme tant d'autres talents *manqués**, de préparer un diplôme de psychiatrie, mais j'étais encore trop *manqué** pour cela ; une étrange lassitude, je me sens si oppressé, docteur, survint alors, et je me rabattis sur la littérature anglaise, où se réfugient tant de poètes ratés qui, endossant la veste de tweed et fumant la pipe, deviennent professeurs. Paris me convint à merveille. J'y discutais du cinéma soviétique avec des expatriés, m'installais aux Deux Magots avec des uranistes, publiais des essais tortueux dans d'obscures revues. Je composais des pastiches :

> ... *Fräulein von Kulp*
> *a beau se retourner, la main sur la porte ;*

je ne la suivrai pas. Ni Fresca. Ni
cette Mouette [1].

Un de mes essais intitulé « Le thème proustien dans une lettre de Keats à Benjamin Bailey » fut salué par les gloussements hilares des six ou sept intellectuels qui le lurent. J'entrepris, pour le compte d'un éditeur bien en vue, une *Histoire abrégée de la poésie anglaise** et m'attelai ensuite à la compilation de ce manuel de littérature française à l'usage des étudiants anglophones (avec des comparaisons tirées d'auteurs anglais) qui allait m'occuper durant les années quarante — et dont le dernier volume était presque prêt à mettre sous presse lors de mon arrestation.

Je décrochai un poste — comme professeur d'anglais à Auteuil auprès d'un groupe d'adultes. Puis une école de garçons m'employa pendant deux ou trois hivers. De temps à autre, il m'arriva de tirer parti de mes relations parmi les travailleurs sociaux et les psychothérapeutes pour visiter en leur compagnie diverses institutions, telles que des orphelinats et des maisons de redressement, où, profitant de cette impunité parfaite que l'on ne retrouve que dans les rêves, l'on pouvait contempler de pâles et pubescentes gamines aux cils emmêlés.

J'aimerais maintenant introduire l'idée suivante. On trouve parfois des pucelles, âgées au minimum de neuf et au maximum de quatorze ans, qui révèlent à certains voyageurs ensorcelés, comptant le double de leur âge

1. Pastiche de « Gerontion » de T. S. Eliot.

et même bien davantage, leur nature véritable, laquelle n'est pas humaine mais nymphique (c'est-à-dire démoniaque) ; et ces créatures élues, je me propose de les appeler « nymphettes ».

On notera que je m'exprime en termes de temps et non d'espace. J'aimerais, en fait, que le lecteur considère ces deux chiffres, « neuf » et « quatorze », comme les frontières — les plages miroitantes et les roches roses — d'une île enchantée, entourée d'une mer immense et brumeuse, que hantent lesdites nymphettes. Toutes les enfants entre ces deux âges sont-elles des nymphettes ? Bien sûr que non. Le seraient-elles que nous aurions depuis longtemps perdu la raison, nous qui sommes dans le secret, nous les voyageurs solitaires, les nympholeptes. Qui plus est, la beauté ne constitue nullement un critère ; et la vulgarité, ou du moins ce que l'on nomme ainsi dans une communauté donnée, n'amoindrit pas forcément certaines caractéristiques mystérieuses, cette grâce fatale, ce charme insaisissable, fuyant, insidieux, confondant, qui distingue la nymphette de telle ou telle de ses congénères qui sont infiniment plus dépendantes de l'univers spatial des phénomènes synchrones que de cet îlot intangible de temps enchanteur où Lolita s'ébat avec ses semblables. Entre ces âges limites, le nombre des nymphettes authentiques est notoirement inférieur à celui des fillettes provisoirement sans charme, ou simplement accortes, ou « mignonnes », ou même encore « délicieuses » et séduisantes, ordinaires, grassouillettes, informes, froides de peau, ces fillettes intrinsèquement humaines, avec leurs nattes et leur ventre rebondi, qui deviendront ou ne deviendront pas des femmes d'une grande beauté (songez à ces affreuses gamines boulottes, en bas noirs et chapeaux blancs, qui se métamorphosent en stars éblouissantes à l'écran). Présentez à un homme normal la photographie d'un groupe d'écolières ou de girl-scouts en le priant de désigner la plus jolie d'entre elles : ce n'est pas nécessairement la nymphette qu'il choisira. Il vous faut être un artiste doublé d'un fou, une créature d'une infinie mélancolie, avec une bulle de poison ardent dans les reins et une flamme supra-voluptueuse brûlant en permanence dans votre délicate épine dorsale (oh, comme il vous faut rentrer sous terre, vous cacher !), pour discerner aussitôt, à des signes ineffables — la courbe légèrement féline d'une pommette, la finesse d'une jambe duveteuse, et autres indices que le désespoir et la honte et les larmes de tendresse m'interdisent d'énumérer —, le petit démon fatal au milieu de ces enfants en bonne santé ; aucune d'entre elles ne la reconnaît et elle demeure elle-même inconsciente du fantastique pouvoir qu'elle détient.

Par ailleurs, et puisque le concept de temps joue un rôle si magique dans cette affaire, l'étudiant ne sera pas surpris d'apprendre qu'il doit y avoir un intervalle de plusieurs années, jamais moins de dix à mon avis, ordinairement trente ou quarante, et même jusqu'à quatre-vingt-dix dans certains cas notoires, entre la pucelle et l'homme pour que celui-ci succombe au charme de la nymphette. Il s'agit là d'un problème d'ajustement focal, d'une question de distance que l'œil intérieur se plaît à surmonter, et aussi d'un certain contraste que l'esprit perçoit avec un frisson de plaisir pervers. Lorsque j'étais enfant et que ma petite Annabel était enfant, celle-ci n'était pas pour moi une nymphette ; j'étais son égal, un petit faune à tous égards, sur cette même île enchantée du temps ; mais aujourd'hui, en ce mois de septembre 1952, alors que vingt-neuf années se sont écoulées, je crois pouvoir reconnaître en elle le premier farfadet fatal apparu dans ma vie. Nous nous aimâmes d'un amour précoce, avec cette ardeur sauvage qui si souvent ravage tant de vies adultes. J'étais un garçon robuste et je survécus ; mais le poison était dans la plaie, et cette plaie ne s'est jamais cicatrisée, de sorte que, bientôt, je mûris et me retrouvai plongé dans une civilisation qui permet à un homme de vingt-cinq ans de courtiser une fille de seize ans mais pas une fille de douze ans.

Pas étonnant, alors, que ma vie d'adulte pendant la phase européenne de mon existence se soit révélée monstrueusement double. J'entretenais au grand jour ce qu'on appelle des rapports normaux avec un certain nombre de femmes terrestres ayant des citrouilles ou des poires en guise de seins ; secrètement, j'étais consumé par la fournaise infernale d'une concupiscence restreinte à l'égard de toutes les nymphettes qui passaient mais, poltron respectueux des lois, je ne me permettais jamais de les approcher. Quant aux créatures femelles qu'on m'autorisait à manipuler, elles n'étaient que de simples palliatifs. Je veux bien croire que les sensations que j'éprouvais dans l'acte naturel de fornication étaient assez semblables à celles qu'éprouvent les grands mâles normaux lorsqu'ils s'accouplent avec leurs grosses femelles tout aussi normales en ce va-et-vient coutumier qui fait trembler le monde. Le seul inconvénient, c'était que moi, à la différence de ces messieurs, j'avais entrevu une félicité incomparablement plus poignante. Le plus terne de mes rêves libidineux était mille fois plus éblouissant que tous les adultères que pourraient imaginer l'écrivain de génie le plus viril ou l'impuissant le plus talentueux. Mon univers était clivé. J'avais conscience non pas d'un, mais de deux sexes, dont aucun n'était le mien ; l'anatomiste les qualifierait tous deux de sexes femelles. Mais pour moi, à travers le prisme de mes sens, « ils étaient aussi différents que mat et mât ». Je suis maintenant à même de rationaliser tout cela. Quand j'avais vingt ou trente ans, je ne comprenais pas aussi clairement mes affres. Alors que mon corps savait ce qu'il convoitait, mon esprit rejetait impitoyablement chacune de ses suppliques. J'étais tantôt submergé par la peur et la honte, et tantôt débordant d'un optimisme téméraire. J'étais étouffé par les tabous. Les psychanalystes m'appâtaient par des pseudo-libérations de pseudo-libidos. Le fait que pour moi les seuls objets qui déclenchaient des frémissements amoureux étaient les sœurs d'Annabel, ses demoiselles d'honneur et ses pages en jupon, m'apparaissait parfois comme un signe précurseur de la démence. D'autres fois, je me persuadais que tout cela était une question de point de vue et qu'il n'y avait rien de mal à ce que je fusse troublé à en perdre la raison par les petites filles. Je me permets de rappeler à mon lecteur qu'en Angleterre, depuis le vote en 1933 du *Children and Young*

Person Act, l'expression « petite fille » désigne « une fillette âgée de huit ans au moins et de quatorze ans au plus » (après cela, la fille âgée de quatorze à dix-sept ans est appelée statutairement une « jeune personne »). En revanche, dans l'État du Massachusetts aux États-Unis, l'« enfant délinquant » est, techniquement, une jeune personne qui a « entre sept et dix-sept ans » (et qui, par ailleurs, fréquente de manière habituelle des personnes perverses ou immorales). Hugh Broughton, un polémiste qui vivait sous le règne de Jacques Ier, a établi que Rahab exerçait le métier de prostituée dès sa dixième année. Tout cela est très intéressant, et je suppose que vous me voyez déjà l'écume aux lèvres frappé d'apoplexie ; eh bien non ! détrompez-vous ; je m'amuse tout bonnement à taquiner de joyeuses pensées dans la sébile de mon jeu de puce. Voici encore quelques images. Voyez Virgile, qui sut chanter la nymphette d'un ton égal, mais préférait sans doute le périnée d'un petit garçon. Voyez ces deux sœurs prénubiles du Nil, filles du roi Akhenaton et de la reine Néfertiti (ce couple royal eut une nichée de six), intactes après trois mille ans, vêtues seulement de leurs nombreux colliers de perles étincelantes, avec leurs crânes tondus, leurs longs yeux d'ébène et leurs corps impubères, bruns et tendres, allongées mollement sur des coussins. Considérez encore ces jeunes épousées de dix ans que l'on assied de force sur le fascinum, cet ivoire viril dans les temples de nos études classiques. Dans certaines régions à l'est de l'Inde, le mariage et la cohabitation avant l'âge de la puberté n'ont, encore de nos jours, rien d'exceptionnel. Chez les Leptchas, de vénérables octogénaires copulent avec des fillettes de huit ans sans que nul ne s'en formalise. Après tout, Dante tomba follement amoureux de Béatrice qui n'avait que neuf ans, enfant charmante et pétillante, au visage peint, vêtue d'une robe rouge et chargée de bijoux, et cela se passait en 1274, lors d'un banquet à Florence, au cours du joli mois de mai. Et quand Pétrarque s'éprit follement de sa petite Laure, celle-ci n'était qu'une nymphette blonde de douze ans courant dans le vent au milieu d'un nuage de pollen et de poussière, fleur en fuite, sur la plaine splendide que l'on apercevait des collines du Vaucluse.

Mais restons prudes et civilisés. Humbert Humbert s'efforça de demeurer dans le droit chemin. Il fit réellement, sincèrement, de son mieux. Il avait le plus grand respect pour les enfants ordinaires, si pures, si vulnérables, et jamais au grand jamais il ne se serait permis d'attenter à l'innocence d'une enfant s'il pressentait le moindre risque d'éclat. Mais comme son cœur battait quand, au sein d'une troupe innocente, il apercevait soudain une enfant démoniaque, « *enfant charmante et fourbe** », aux yeux ternes, aux lèvres luisantes — dix ans de prison pour peu que vous lui montriez que vous la regardez. Ainsi le temps passait. Humbert était parfaitement capable de forniquer avec Ève, mais c'était Lilith qu'il rêvait de posséder. Le premier bourgeonnement mammaire apparaît de très bonne heure (10,7 ans) dans le cycle des changements somatiques qui accompagnent la puberté. Et le second indice de maturation dont nous disposions est l'apparition de poils pigmentés sur le pubis (à 11,2 ans). Ma petite sébile déborde de jetons.

Un naufrage. Un atoll. Seul avec l'enfant frissonnante d'un passager noyé. Mignonne, ceci n'est qu'un jeu ! Mes aventures imaginaires étaient si merveilleuses lorsque, assis sur un banc dur dans un parc, je faisais semblant d'être plongé dans les pages tremblantes d'un livre. Tout autour du paisible érudit, des nymphettes folâtraient en liberté, comme s'il eût été une statue familière ou eût fait partie de l'ombre et de l'éclat de quelque arbre antique. Un jour, une petite beauté parfaite vêtue d'une robe en tartan posa avec fracas sur le banc à côté de moi son pied lourdement armé pour aussitôt plonger en moi ses minces bras nus et resserrer la courroie de son patin à roulettes, et je fondis sous le soleil, avec mon seul livre pour feuille de vigne, tandis que ses bouclettes châtain retombaient partout sur son genou écorché, et l'ombre des feuilles que je partageais avec elle palpitait et se dissolvait sur son membre radieux tout près de ma joue caméléonique. Un autre jour, une écolière aux cheveux roux demeura suspendue au-dessus de moi dans le *métro**, et la révélation d'une rousseur axillaire demeura dans mes veines pendant des semaines. Je pourrais dresser la liste d'une multitude de ces menues idylles à sens unique. Certaines d'entre elles se terminèrent en un puissant fumet d'enfer. Il m'arrivait par exemple de remarquer de mon balcon une fenêtre allumée de l'autre côté de la rue et d'y voir ce qui semblait être une nymphette en train de se déshabiller devant un miroir complice. Découpée et isolée de la sorte, cette vision irradiait un charme dont l'acuité me précipitait vers la gratification de mon extase solitaire. Mais, brusquement, traîtreusement, la tendre esquisse de nudité que j'avais adorée se révélait être le bras nu dégoûtant, éclairé par une lampe, d'un homme en sous-vêtements en train de lire son journal près de la fenêtre ouverte, dans la chaleur, la moiteur, le désespoir d'une nuit d'été.

Parties de corde à sauter, de marelle. La vieille femme en noir qui s'assit tout près de moi sur mon banc, le banc de supplice de ma jouissance (une nymphette cherchait à tâtons sous moi une bille perdue), et qui me demanda si j'avais des brûlures d'estomac, l'impudente harpie. Ah, laissez-moi seul dans mon parc pubescent, dans mon jardin moussu. Laissez-les jouer sans fin autour de moi. Ne grandissez pas.

6

À propos : je me suis souvent demandé ce qu'il advenait plus tard de ces nymphettes. Dans ce monde bardé de contraintes où s'enchevêtrent cause et effet, se pouvait-il que ce spasme secret que je leur avais dérobé n'affectât pas l'avenir de chacune d'elles ? Je l'avais possédée — et elle n'en avait rien su. Fort bien. Mais, plus tard, cela ne porterait-il pas à conséquence ? N'avais-je pas en quelque sorte compromis son destin en impliquant son image dans mes voluptas ? Oh, cela était et demeure toujours pour moi une immense et terrifiante source d'émerveillement.

J'appris, cependant, à quoi elles ressemblaient, ces charmantes, exaspérantes nymphettes aux bras fluets, lorsqu'elles grandissaient. Je me rappelle encore cette promenade le long d'une rue animée un après-midi gris de printemps quelque part près de la Madeleine. Une fille mince et de petite taille me croisa d'un pas rapide, trébuchant sur ses talons hauts, nous nous retournâmes au même moment, elle s'arrêta et je l'accostai. Elle m'arrivait à peine à hauteur des poils de ma poitrine et avait ce genre de petite bouille ronde à fossettes qu'ont si souvent les jeunes Françaises, et j'appréciai ses long cils et sa robe serrée et bien ajustée enveloppant de gris perle son jeune corps, lequel préservait encore — et c'était là l'écho nymphique, le frisson de délice, l'élan au creux de mes reins — un je-ne-sais-quoi d'enfantin qui se mêlait au *frétillement** professionnel de sa petite croupe agile. Je m'enquis de son prix et elle répondit prestement avec une mélodieuse et argentine précision (un oiseau, un véritable oiseau !) : « *Cent**. » Je tentai de marchander mais elle lut dans mes yeux baissés, qui plongeaient si bas vers son front rond et son chapeau rudimentaire (un bandeau, un bouquet), l'atroce désir du solitaire ; et, avec un simple battement de cils, elle dit : « *Tant pis** » et fit semblant de s'éloigner. Dire que trois ans plus tôt, peut-être, j'aurais pu la voir qui rentrait de l'école ! Cette évocation acheva de me décider. Elle s'engagea devant moi dans l'habituel escalier raide, donnant l'habituel coup de sonnette pour déblayer la voie au *monsieur** qui pouvait ne pas souhaiter rencontrer un autre *monsieur**, dans cette funeste ascension vers la chambre abjecte qui se résumait à un lit et à un *bidet**. Conformément aux coutumes, elle demanda tout de suite son *petit cadeau**, et conformément aux coutumes je lui demandai son nom (Monique) et son âge (dix-huit ans). Les usages banals des filles de joie m'étaient tout à fait familiers. Elles répondent toutes « *dix-huit ans** » — un pépiement limpide, une note de fermeté et de duperie mélancolique qu'elles articulent jusqu'à dix fois par jour, ces pauvres petites créatures. Mais, dans le cas présent, il était manifeste que Monique ajoutait un ou deux ans à son âge. C'est ce que je déduisis de diverses particularités de son corps compact, soigné, étrangement immature. Après s'être débarrassée de ses vêtements avec une rapidité fascinante, elle demeura un instant partiellement enveloppée dans la gaze miteuse du rideau de la fenêtre, à écouter avec un plaisir enfantin, sans remuer d'un pouce, un orgue de Barbarie qui jouait en bas dans la cour inondée de poussière. Quand, examinant ses petites mains, je lui fis remarquer que les ongles étaient sales, elle dit en fronçant les sourcils d'un air naïf : « *Oui, ce n'est pas bien** » et se dirigea vers le lavabo, mais je l'assurai que ça ne faisait rien, absolument rien. Elle était vraiment charmante avec ses cheveux bruns coupés court, ses yeux gris et lumineux, et sa peau pâle. Ses hanches n'étaient pas plus larges que celles d'un garçon accroupi ; en fait, je n'hésite pas à dire (et c'est la raison pour laquelle je m'attarde avec gratitude en compagnie de la petite Monique dans cette chambre grise et vaporeuse de la mémoire) que, parmi les quelques quatre-vingts *grues** dont j'avais utilisé les services, elle fut la seule qui me procura un spasme de plaisir authentique. « *Il était malin, celui qui a inventé ce truc-là** », commenta-t-elle aimablement, et elle renfila ses habits avec la même célérité et la même classe.

Je sollicitai un autre rendez-vous plus élaboré pour plus tard le soir même, et elle dit qu'elle me retrouverait au café du coin à neuf heures, jurant qu'elle n'avait jamais *posé un lapin** dans toute sa jeune existence. Nous retournâmes à la même chambre et je ne pus m'empêcher de lui dire qu'elle était vraiment très jolie, ce à quoi elle répondit avec modestie : « *Tu es bien gentil de dire ça** » et alors, remarquant ce que je n'apercevais que trop moi-même dans la glace qui réfléchissait notre Éden miniature — l'horrible rictus, dents serrées, qui me tordait la bouche —, la docile petite Monique (oh, elle avait bel et bien été une nymphette !) demanda si elle devait enlever la couche de rouge sur ses lèvres *avant qu'on se couche** au cas où j'envisagerais de l'embrasser. Bien sûr, je l'envisageais. Je me laissai aller avec elle plus totalement que je ne l'avais fait avec aucune jeune personne auparavant, et ma dernière image de la petite Monique aux longs cils ce soir-là demeure teintée d'une gaieté que je trouve rarement associée à quelque événement que ce soit de mon humiliante, sordide et taciturne vie amoureuse. Elle parut prodigieusement satisfaite du bonus de cinquante francs que je lui donnai tandis qu'elle s'éloignait dans la bruine de ce soir d'avril en

54

compagnie de Humbert Humbert qui marchait pesamment dans son étroit sillage. S'arrêtant devant une vitrine, elle dit avec beaucoup d'entrain : « *Je vais m'acheter des bas !** » et je n'oublierai jamais la façon dont ses lèvres puériles de Parisienne explosèrent sur le mot « *bas** », le prononçant d'un ton gourmand qui transforma pour ainsi dire le « a » en un « o » bref et enjoué comme dans « *bot** ».

J'eus un rendez-vous avec elle dans mon appartement le lendemain à deux heures et quart de l'après-midi, mais il fut moins réussi, elle semblait avoir perdu un peu de son air juvénile, être devenue plus femme depuis la veille au soir. Le rhume qu'elle me refila m'incita à annuler un quatrième rendez-vous ; à dire vrai, je ne fus pas fâché de rompre cet engrenage émotionnel qui menaçait de m'accabler de fantasmes bouleversants et de se perdre dans un morne désenchantement. Qu'elle demeure donc telle qu'elle fut pendant une minute ou deux, cette chère Monique lisse et menue : nymphette interlope papillotant à travers le masque de la jeune prostituée prosaïque.

Mon bref commerce avec elle déclencha un courant de pensée qui risque de paraître assez évident aux yeux du lecteur rompu à ce genre de choses. Une annonce dans une revue grivoise me mena, un jour héroïque, dans le bureau d'une certaine Mlle Édith qui commença par me demander de choisir une âme sœur parmi les photographies plutôt formelles rassemblées dans un album plutôt dégoûtant (« *Regardez-moi cette belle brune !** »). Lorsque je repoussai l'album et parvins finalement à avouer mon criminel penchant, je crus qu'elle allait me jeter à la porte ; cependant, après m'avoir demandé quel prix j'étais disposé à débourser, elle condescendit à me mettre en rapport avec une personne *qui pourrait arranger la chose**. Le lendemain, une femme asthmatique, horriblement fardée, bavarde et empestant l'ail, qui parlait avec un accent provençal presque risible et avait une moustache noire au-dessus d'une lèvre violacée, m'emmena à ce qui semblait être son propre domicile, et là, après avoir baisé avec moult effusions les extrémités réunies de ses gros doigts afin de souligner la qualité délectable de sa marchandise, un vrai bouton de rose, elle tira un rideau d'un geste théâtral et dévoila cette partie de la pièce qui tenait apparemment lieu de chambre à coucher à une famille nombreuse peu regardante sur le chapitre de l'hygiène. Pour lors, il n'y avait là personne d'autre qu'une fille âgée d'une quinzaine d'années au moins, monstrueusement empâtée, d'une fadeur répugnante, le teint cireux, avec d'épaisses tresses noires retenues par des rubans rouges, et qui était assise sur une chaise et serrait contre elle distraitement une poupée chauve. Lorsque, secouant la tête, je tentai d'échapper au guet-apens, la femme, qui parlait très vite, commença à enlever le pull-over en laine tout miteux enveloppant le torse de la jeune géante ; alors, voyant que j'étais résolu à partir, elle exigea son *argent**. Une porte s'ouvrit au fond de la pièce, et deux hommes qui étaient en train de dîner dans la cuisine vinrent se joindre à la dispute. Ils étaient difformes, très basanés, le cou nu, et l'un d'eux portait des lunettes sombres. Un petit garçon et un bébé crasseux, aux jambes arquées, se cachaient derrière eux. Avec cette insolente logique propre au cauchemar, la maquerelle furibonde montra du doigt l'homme à lunettes en disant qu'il avait servi dans la police, *lui**, et que je ferais mieux de faire ce qu'on me disait. Je m'approchai de Marie — car tel était son nom stellaire — qui avait déjà tranquillement transféré ses lourdes hanches sur un tabouret à la table de la cuisine et s'était remise à manger sa soupe après cette brève interruption tandis que le bébé ramassait la poupée. Pris d'un mouvement de pitié qui conféra à mon geste idiot une dimension dramatique, je glissai un billet dans sa main indifférente. Elle remit mon cadeau à l'ex-détective, et l'on daigna alors me laisser partir.

7

Je me demande si l'album de l'entremetteuse ne constitua pas un nouveau maillon dans la guirlande de pâquerettes ; toujours est-il que, peu après, par souci pour ma sécurité personnelle, je résolus de me marier. Il me parut que des heures régulières, des repas mitonnés à la maison, toutes les conventions du mariage, la routine prophylactique de ses activités d'alcôve et, qui sait, l'épanouissement en fin de compte de certaines valeurs morales, de certains succédanés spirituels, pourraient m'aider, sinon à me purger de mes désirs dégradants et dangereux, du moins à les maintenir pacifiquement sous contrôle. La petite somme d'argent dont j'avais hérité à la mort de mon père (rien de vraiment considérable : le Mirana avait été vendu depuis longtemps), combinée au charme indéniable, un peu brutal, certes, de ma personne, me permit de me lancer dans ma quête avec équanimité. Après mûre réflexion, mon choix se porta sur la fille d'un médecin polonais : le brave homme me traitait à l'époque pour des crises de vertige et de tachycardie. Nous jouions aux échecs : sa fille me guignait de derrière son chevalet et empruntait mes yeux et mes phalanges pour les insérer dans la camelote cubiste que les demoiselles accomplies d'alors aimaient à peindre au lieu d'agnelets et de lilas. Permettez-moi de le redire avec une tranquille assurance : j'étais, et je demeure, en dépit de *mes malheurs**, un mâle d'une exceptionnelle distinction ; grand, la démarche indolente, les cheveux brun foncé et souples, et une contenance mélancolique particulièrement séduisante. Une exceptionnelle virilité se reflète souvent dans les traits ostensibles du sujet par un je-ne-sais-quoi de maussade et de tuméfié qui tient à cela même qu'il doit dissimuler. Tel était mon cas. Je ne savais que trop, hélas, que je pouvais avoir, en claquant des doigts, n'importe quelle femme adulte de mon choix ; en fait, je m'étais parfaitement habitué à ne pas trop prêter attention aux femmes de crainte qu'elles ne tombent à la renverse, rouges à point, sur mes genoux glacés. Si j'avais été un *Français moyen** avec un penchant pour les dames tapageuses, j'aurais facilement pu trouver, parmi les nombreuses beautés hystériques qui venaient se jeter contre mon rocher austère, des créatures infiniment plus fascinantes que Valeria. Cependant, mon choix fut dicté par des considérations dont l'essence, ainsi que je m'en rendis compte plus tard, était un piteux compromis. Ce qui montre bien l'affligeante jobardise de ce pauvre Humbert en matière de sexe.

8

J'avais beau me dire que, tout ce que je voulais, c'était une présence réconfortante, un *pot-au-feu** amélioré, un minou postiche animé, ce qui m'attirait en fait chez Valeria c'était la façon qu'elle avait de se comporter comme une petite fille. Elle faisait cela non pas parce qu'elle avait deviné chez moi quelque chose ; c'était tout simplement son genre — et je mordis à l'hameçon. En fait, elle frôlait la trentaine (je ne parvins jamais à découvrir son âge exact car même son passeport mentait) et avait égaré sa virginité dans des circonstances qui changeaient selon les lubies de sa mémoire. Quant à moi, j'étais aussi naïf que peut l'être un pervers. Elle avait l'air vaporeuse et espiègle, s'habillait *à la gamine**, exhibait sans retenue ses jambes lisses, s'entendait à rehausser avec des escarpins noirs en velours la blancheur d'un cou-de-pied nu, faisait la moue, affichait des fossettes, batifolait et faisait valser ses cotillons, et elle secouait ses cheveux blonds, courts et bouclés, avec une grâce mutine dont la banalité était sidérante.

Après une brève cérémonie à la *mairie**, je la conduisis au nouvel appartement que j'avais loué et, avant de poser les mains sur elle, je lui demandai, à sa grande surprise, de passer la chemise de nuit tout ordinaire de petite fille que j'étais parvenu à subtiliser dans le placard à linge d'un orphelinat. Cette nuit de noces ne fut pas pour moi dépourvue d'agrément et, au lever du jour, j'avais tant excité l'idiote qu'elle frisait la crise de nerfs. Mais bientôt la réalité reprit ses droits. La bouclette décolorée divulgua sa racine mélanique ; le duvet se mua en piquants sur un mollet rasé ; la bouche moite et mobile, quoi que je fisse pour la gorger d'amour, trahit une ignominieuse ressemblance avec la partie correspondante d'un portrait religieusement conservé de sa défunte maman, laide comme un crapaud ; et bientôt, au lieu d'une pâle petite fille de gouttière, Humbert Humbert eut sur les bras une grosse *baba** bouffie, courtaude, à la poitrine opulente, et pratiquement sans cervelle.

Cet état de choses dura entre 1935 et 1939. Le seul mérite de Valeria était sa nature silencieuse, ce qui contribua à créer une étrange atmosphère de confort dans notre petit appartement sordide : deux pièces, un panorama brumeux dans l'une des fenêtres, un mur de brique dans l'autre, une cuisine minuscule, une baignoire sabot dans laquelle j'avais l'impression d'être comme Marat, mais sans pucelle au cou blanc pour me poignarder. Nous passâmes ensemble un grand nombre de soirées douillettes, elle plongée dans son *Paris-Soir*, moi en train de travailler à une table branlante. Nous allâmes au cinéma, à des courses cyclistes et à des matches de boxe. Je ne fis appel que très rarement à sa chair trop mûre, sauf en cas d'urgence ou de désespoir extrêmes. L'épicier d'en face avait une petite fille dont l'ombre seule suffisait à me faire perdre la tête ; mais, avec l'aide de Valeria, je parvins malgré tout à trouver quelques exutoires légaux à mon indicible penchant. Pour ce qui est de la cuisine, nous renonçâmes tacitement au *pot-au-feu** et prîmes la plupart de nos repas dans un endroit bourré de monde rue Bonaparte où il y avait des taches de vin sur la nappe et un brouhaha de langues étrangères. Et juste à côté, un marchand de tableaux exposait dans sa vitrine trop encombrée une splendide et flamboyante antiquité, une estampe américaine où s'alliaient le vert, le rouge, l'or et le bleu d'encre : on y voyait une locomotive équipée d'une gigantesque cheminée, de grosses lanternes baroques et d'un chasse-pierres impressionnant, qui tractait ses wagons mauves à travers la nuit de la Prairie balayée par l'orage et mêlait ses volutes de fumée noire émaillée d'étincelles aux nuages cotonneux où couvait la foudre.

Ceux-ci ne tardèrent pas à crever. Pendant l'été de 1939, *mon oncle d'Amérique** mourut en me léguant un revenu annuel d'environ mille dollars à condition que je vienne vivre aux États-Unis et manifeste quelque intérêt pour ses affaires. Cette proposition ne pouvait pas mieux tomber. Je sentais que ma vie avait besoin d'être dépoussiérée. Et puis, il y avait autre chose, aussi : des trous de mite étaient apparus dans la peluche de ma quiétude matrimoniale. Au cours des récentes semaines, j'avais remarqué à plusieurs reprises que mon opulente Valeria n'était plus tout à fait la même ; elle était devenue étrangement nerveuse ; elle manifestait même un brin d'irritation par moments, ce qui n'était pas conforme au personnage classique qu'elle était censée incarner. Lorsque je lui annonçai que nous allions bientôt prendre le bateau pour New York, elle parut perplexe et consternée. Ses papiers soulevaient de fâcheux problèmes. Elle avait un passeport Nansen [1], autant dire Non-sens, que, pour une raison mal définie, la solide citoyenneté helvétique de son mari, dont une part lui revenait, avait de la peine à transcender ; et je crus comprendre que c'était la perspective de devoir faire la queue à la *préfecture** et maintes autres formalités qui l'avaient rendue apathique, malgré toute la patience que je mettais à lui décrire l'Amérique, patrie des enfants radieux et des arbres géants, où la vie allait être tellement plus douce que dans ce Paris terne et miteux.

Un matin, comme nous sortions de quelque bâtiment administratif avec ses papiers pratiquement en règle, Valeria, qui marchait à côté de moi en se dandinant, se mit à secouer vigoureusement sa tête de caniche sans rien dire. Je la laissai faire un moment puis lui demandai si elle pensait avoir quelque chose à l'intérieur. Elle répondit (en un français convenu qui, j'ima-

---

1. Passeport particulier remis aux émigrés en Europe avant la Deuxième Guerre mondiale.

gine, était la traduction à son tour de quelque platitude slave) : « Il y a un autre homme dans ma vie. »

Voilà des mots qui sonnent mal aux oreilles d'un homme. Ils me stupéfièrent, je l'avoue. La rosser là en pleine rue, tout de suite, comme aurait pu le faire un honnête manant, ce n'était pas faisable. Toutes ces années de souffrance secrète m'avaient inculqué une maîtrise surhumaine. Je me contentai donc de la faire monter dans un taxi qui, depuis un petit moment, avançait au pas d'un air aguichant le long du trottoir, et, dans cette intimité toute relative, je lui suggérai tranquillement de commenter ses propos insensés. J'avais la gorge nouée par une rage grandissante — non pas que j'eusse une tendresse particulière pour *Mme Humbert**, ce personnage fantoche, mais j'estimais qu'il m'appartenait à moi seul de décider de ce qui touchait aux alliances légales et illégales, or voilà que Valeria, l'épouse d'opérette, se préparait effrontément à disposer à son gré de mon bien-être et de mon destin. Je demandai le nom de son amant. Je répétai ma question ; mais elle poursuivit son babillage burlesque, expliquant qu'elle était malheureuse avec moi et annonçant son intention de divorcer tout de suite. « *Mais qui est-ce ?** » m'écriai-je enfin, lui donnant un coup de poing sur le genou ; et elle, sans même faire la grimace, me regarda fixement comme si la réponse n'était que trop évidente, puis, d'un bref haussement d'épaules, elle m'indiqua le cou épais du chauffeur de taxi. Il s'arrêta devant un petit café et se présenta. Je ne me souviens pas de son nom ridicule mais, après toutes ces années, je le vois encore très clairement, cet ex-colonel de l'Armée blanche, trapu, la moustache en broussaille et les cheveux en brosse ; ils étaient des milliers comme lui à pratiquer ce métier absurde à Paris. Nous nous assîmes à une table ; le tsariste commanda du vin ; et Valeria, après avoir appliqué une serviette mouillée sur son genou, se remit à parler de plus belle — non pas à moi mais littéralement en moi ; elle déversait des mots dans ce réceptacle vénérable avec une volubilité dont je n'avais jamais soupçonné qu'elle fût capable. Et de temps à autre elle lançait une salve de mots slaves à son impassible amant. La situation était grotesque et le devint encore davantage lorsque le colonel-chauffeur de taxi, interrompant Valeria d'un sourire possessif, entreprit de dévoiler ses vues et ses projets personnels. S'exprimant en un français soigné dénaturé par un accent atroce, il dépeignit l'univers d'amour et de labeur dans lequel il se proposait d'entrer main dans la main avec Valeria, sa femme enfant, laquelle était assise entre lui et moi et se pomponnait pendant ce temps-là, appliquant du rouge sur ses lèvres pincées en cul de poule, triplant le menton pour tripoter le devant de son corsage et faisant toutes sortes de gestes, tandis que lui parlait d'elle comme si elle était absente, et aussi comme si ce n'était qu'une sorte de petite orpheline dont la garde allait passer, pour son plus grand bien, d'un sage tuteur à un autre plus sage encore ; il est certes possible que ma fureur et mon impuissance aient exagéré et déformé certaines impressions, mais je jure qu'il eut le front de me consulter sur des sujets tels que son régime alimentaire, ses règles, sa garde-robe et les livres qu'elle avait lus ou devait lire. « Je crois, dit-il, qu'elle aimera *Jean-Christophe*. » Oh, c'était un grand intellectuel, M. Taxovitch.

Je mis fin à ces boniments en suggérant que Valeria vienne empaqueter immédiatement ses maigres affaires, sur quoi le colonel, friand de platitudes, offrit galamment de les transporter dans son auto. Retrouvant les gestes de sa profession, il conduisit les Humbert à leur résidence et pendant tout le trajet Valeria parla et Humbert le Terrible tint conseil avec Humbert le Petit afin de décider si Humbert Humbert devait la tuer elle ou tuer son amant, les tuer tous les deux, ou ni l'un ni l'autre. Je me souviens d'avoir eu un jour entre les mains le pistolet automatique d'un camarade d'études, à une époque (dont je n'ai pas parlé, je pense, mais peu importe) où je caressais l'idée de posséder sa petite sœur, une merveilleuse nymphette diaphane avec un ruban noir dans les cheveux, puis de me brûler ensuite la cervelle. Je me demandai soudain si Valetchka (comme l'appelait le colonel) valait vraiment la peine qu'on lui brûle la cervelle, qu'on l'étrangle ou qu'on la noie. Elle avait des jambes très vulnérables, et je résolus tout simplement de la rosser de belle manière dès que nous serions seuls.

Mais nous ne le fûmes pas un seul instant. Valetchka — qui versait à présent des torrents de larmes que colorait son fard arc-en-ciel tout poisseux — se mit à remplir pêle-mêle une malle, deux valises et un carton qui menaçait d'éclater, et j'éprouvai l'envie d'enfiler mes chaussures de montagne, de fondre sur elle et de lui flanquer un gros coup de pied dans le popotin, mais l'idée était bien sûr impossible à mettre à exécution avec ce satané colonel qui rôdait alentour pendant tout ce temps. Je ne prétends pas qu'il se soit comporté de manière insolente ou équivoque ; bien au contraire, il affichait, en guise d'intermède au vaudeville dans lequel on m'avait enrôlé de force, une discrète courtoisie à l'ancienne, ponctuant ses gestes d'un chapelet d'excuses dans une prononciation horrible (*j'ai demannde pardonne, est-ce que j'ai puis**, et ainsi de suite), et se détournant avec tact lorsque Valetchka, d'un geste théâtral, décrocha son slip rose de la corde à linge au-dessus de la baignoire ; mais il semblait être partout à la fois, *le gredin**, son corps épousant l'anatomie de l'appartement : il lut mon journal dans mon fauteuil, défit le nœud d'une ficelle, roula une cigarette, compta les cuillers à thé, visita la salle de bains, aida sa dulcinée à empaqueter le ventilateur électrique qu'elle avait reçu de son père, et transporta ses bagages dans la rue. Je restai assis les bras croisés, une fesse sur le rebord de la fenêtre, suffoquant de haine et d'ennui. Enfin, ils s'en allèrent, laissant derrière eux un appartement trémulant — la vibration de la porte que j'avais claquée derrière eux résonnait encore dans chacun de mes nerfs, piètre substitut pour la gifle de revers que j'aurais dû assener à Valeria en travers de la pommette comme il est d'usage au cinéma. Jouant gauchement mon rôle, je me rendis d'un pas lourd dans la salle de bains pour vérifier s'ils n'avaient pas pris mon eau de toilette anglaise ; ils s'en étaient bien gardés ; mais je remarquai, avec un violent spasme de dégoût, que l'ancien conseiller du tsar, après avoir copieusement soulagé sa vessie, avait omis de tirer la chasse d'eau. Cette flaque d'urine étrangère et solennelle où se désagrégeait un mégot fauve tout détrempé me parut constituer l'insulte suprême, et je me mis frénétiquement en quête d'une arme. À dire vrai, je suis persuadé que seule cette espèce de courtoisie (épicée d'un je-ne-sais-quoi d'oriental, peut-être) typique de la bourgeoisie russe avait incité le brave colonel (Maximovitch ! son nom me revient soudain dans le carrosse de ma mémoire), un individu soucieux d'étiquette comme ils le sont tous, à noyer ses humbles besoins dans un silence bienséant afin de ne pas souligner l'étroitesse du domicile de son hôte par le jaillissement d'une insolente cataracte qui eût ponctué son propre flux feutré. Mais cela ne me vint pas à l'esprit sur le moment, tandis que, gémissant de rage, je mettais la cuisine à sac dans l'espoir de trouver quelque chose de plus efficace qu'un balai. Abandonnant alors ma quête, je sortis en trombe de la maison, résolu à m'attaquer héroïquement à lui à mains nues ; malgré ma vigueur naturelle, je suis loin d'être un pugiliste, alors que Maximovitch, trapu et large d'épaules, semblait coulé dans la fonte. La rue, où rien ne trahissait le départ de ma femme sinon un bouton en strass qu'elle avait laissé tomber dans la boue après l'avoir gardé inutilement pendant trois ans dans un coffret cassé, était totalement vide, ce qui m'épargna peut-être de me faire mettre le nez en compote. Mais peu importe. J'eus ma petite revanche en temps voulu. Un jour, un type de Pasadena me raconta que Mrs. Maximovitch, née Zborovski, était morte en couches vers 1945 ; le couple avait réussi, je ne sais comment, à se rendre en Californie, et on s'était servi d'eux là-bas, moyennant un salaire substantiel, pour une expérience d'un an conduite par un ethnologue américain de renom. L'expérience portait sur les réactions humaines et raciales à un régime alimentaire uniquement fait de bananes et de dattes, avec obligation pour les sujets de demeurer constamment à quatre pattes. Mon informateur, un médecin, jura qu'il avait vu de ses propres yeux l'obèse Valetchka et son colonel, alors grisonnant et aussi très corpulent, ramper avec application sur le sol soigneusement balayé des pièces brillamment éclairées qu'ils occupaient (fruits dans l'une, eau dans une autre, nattes dans une troisième et ainsi de suite) en compagnie de plusieurs autres quadrupèdes mercenaires choisis parmi les classes indigentes ou démunies. J'essayai de retrouver les résultats de ces tests dans *The Review of Anthropology* ; mais ils n'ont apparemment pas encore été publiés. Ces produits scientifiques prennent bien sûr du temps avant d'arriver à maturité. J'espère que l'article sera illustré de jolies photographies lorsqu'il sera enfin édité, même s'il y a peu de chances pour qu'une bibliothèque de prison héberge de telles œuvres érudites. Celle à laquelle je suis réduit ces temps-ci, en dépit des bons offices de mon avocat, est un bon exemple de cet éclectisme insane présidant au choix des livres dans les bibliothèques de prison. Ils ont la Bible, bien sûr, et Dickens (une vieille édition, New York, G. W. Dillingham, éditeur, MDCCCLXXXVII) et *The Children's Encyclopedia* (avec quelques jolies photographies de girl-scouts en shorts, les cheveux baignés de soleil) et *Un meurtre sera commis le...* d'Agatha Christie ; mais ils ont aussi des babioles rutilantes telles que *A Vagabond in Venice* de Percy Elphinstone, auteur de *Venice Revisited*, Boston, 1868, et un *Who's Who in the Limelight*, ouvrage relativement récent (1946) — acteurs, producteurs, dramaturges, avec aussi des photos de plateau. En consultant ce dernier volume hier soir, je fus récompensé par l'une de ces stupéfiantes coïncidences que détestent les logiciens et les poètes. Je retranscris l'essentiel de la page :

Pym, Roland. Né à Lundy, Massachusetts, en 1922. Fit ses études d'art dramatique au théâtre d'Elsinor, à Derby, dans l'État de New York. Obtint son premier rôle dans *Sunburst*. Il joua dans plusieurs pièces notamment dans *Two Blocks from Here, The Girl in Green, Scrambled Husbands, The Strange Mushroom, Touch and Go, John Lovely, I Was Dreaming of You*[1].

Quilty, Clare, dramaturge américain. Né à Ocean City, dans l'État du New Jersey, en 1911. Fit ses études à l'université de Columbia. Entreprit d'abord une carrière commerciale mais se consacra ensuite à l'écriture dramatique. Auteur de *The Little Nymph, The Lady Who Loved Lightning* (en collaboration avec Vivian Darkbloom),

1. *Coup de soleil, À deux rues d'ici, La fille en vert, Les maris brouillés, L'étrange champignon, C'était moins cinq, John Lovely, Je rêvais à vous.*

Dark Age, The Strange Mushroom, Fatherly Love
et autres titres. Il est connu pour ses nombreuses
pièces pour enfants. *Little Nymph* (1940) fit une
tournée de 22 000 kilomètres et fut représen-
tée 280 fois pendant l'hiver avant de terminer sa
carrière à New York. Hobbies : voitures de sport,
photographie, animaux de compagnie[1].

QUINE, Dolores. Née en 1882 à Dayton dans
l'Ohio. Étudia le théâtre à l'*American Academy*.
Joua pour la première fois à Ottawa en 1900. Fit
ses débuts à New York en 1904 dans *Never Talk
to Strangers*. A disparu depuis dans [suit une liste
de quelque trente pièces][2].

Je ne puis m'empêcher, en voyant ainsi le nom
de ma bien-aimée, certes accolé à celui de quelque
vieille virago d'actrice, d'être affligé d'une souffrance
extrême. Peut-être aurait-elle pu devenir une actrice
elle aussi. Née en 1935. Parut (je remarque l'incartade
de ma plume dans le paragraphe précédent, mais ne
la corrige pas, je t'en prie, Clarence) dans *The Mur-
dered Playwright*[3]. Quine, la Bête à Couenne. Ci-gît
Quilty, qui l'a occis ? Oh, ma Lolita, je n'ai que des
mots pour jouer !

1. *La petite nymphe, La dame qui aimait la foudre, L'âge obscur,
L'étrange champignon, Amour paternel.*
2. *Ne parle jamais aux inconnus.*
3. *Le dramaturge assassiné.*

9

Les procédures du divorce retardèrent mon voyage, et les ténèbres d'une autre guerre mondiale s'étaient répandues sur le globe quand, après un hiver d'ennui et de pneumonie au Portugal, j'atteignis enfin les États-Unis. À New York, j'acceptai sans hésitation le travail de tout repos que m'offrait le destin : il consistait surtout à concevoir et à éditer des publicités de parfums. Le caractère erratique et les aspects pseudo-littéraires de cet emploi n'étaient pas pour me déplaire, et je m'y consacrai chaque fois que je n'avais rien de mieux à faire. Par ailleurs, une université de New York, profitant de la guerre, me pressa vivement de terminer mon histoire comparée de la littérature française à l'usage des étudiants de langue anglaise. Le premier volume m'occupa deux longues années pendant lesquelles j'abattis rarement moins de quinze heures de travail par jour. Quand je repense à ces jours-là, je les vois impeccablement divisés en larges plages de lumière et en étroites plages d'ombre — la lumière correspondant aux joies de la recherche dans d'immenses bibliothèques, l'ombre à mes désirs et à mes insomnies insoutenables dont il n'a déjà été que trop question. Maintenant qu'il me connaît bien, le lecteur n'aura aucune peine à m'imaginer tout brûlant et poussiéreux en train de chercher à lorgner des nymphettes (hélas, toujours trop éloignées) batifolant dans Central Park, totalement rebuté que j'étais par les filles carriéristes splendides et désodorisées qu'un gai luron dans l'un des bureaux ne cessait de me jeter dans les pattes. Oublions tout cela. Une horrible dépression m'expédia dans une maison de santé pendant plus d'un an ; je retournai à mon travail — mais pour être aussitôt hospitalisé à nouveau.

Il apparut alors qu'une vie active au grand air pouvait m'apporter quelque soulagement. Un de mes médecins favoris, un type à la fois charmant et cynique qui arborait une barbiche brune, avait un frère, lequel s'apprêtait à prendre la tête d'une expédition dans la zone arctique du Canada. On m'invita à m'y joindre en tant qu'« observateur des réactions psychiques ». Avec deux jeunes botanistes et un vieux menuisier, je partageai épisodiquement (jamais avec beaucoup de succès) les faveurs de l'une de nos nutritionnistes, un certain docteur Anita Johnson — laquelle, je m'empresse de le dire, ne tarda pas à être renvoyée bientôt par avion. Je n'avais pas la moindre idée de l'objectif que poursuivait l'expédition. À en juger par le nombre de météorologues qui en faisaient partie, nous tentions peut-être de traquer jusque dans sa tanière (quelque part sur l'île du Prince-de-Galles, à ce que je crois comprendre) le pôle nord magnétique, nomade et imprévisible. Une équipe installa une station météorologique à Pierre Point, dans le détroit de Melville, conjointement avec les Canadiens. Une autre équipe, tout aussi peu inspirée, collecta du plancton. Une troisième étudia la tuberculose dans la toundra.

Un photographe de cinéma du nom de Bert — individu instable avec lequel, pendant un certain temps, je dus partager une bonne partie des tâches domestiques (lui aussi avait des problèmes psychiques) — prétendait que les responsables de notre équipe, les vrais chefs que nous ne voyions jamais, cherchaient surtout à vérifier l'influence de l'amélioration du climat sur la fourrure du renard polaire.

Nous habitions dans des cabanes en bois préfabriquées au milieu d'un univers de granit précambrien. Nous avions un tas de choses en réserve — le *Reader's Digest*, une sorbetière, des toilettes chimiques, des chapeaux en papier pour Noël. Ma santé devint florissante en dépit ou en raison de cette débauche de vide et d'ennui. Entouré de plantes chétives telles que de maigres touffes de saule et des lichens ; imprégné, et, j'imagine, purifié par la bise sibilante ; assis sur un rocher sous un ciel totalement translucide (à travers lequel ne transparaissait, pourtant, rien d'important), je me sentais étonnamment étranger à moi-même. Nulle tentation ne me tourmentait. Les petites Esquimaudes dodues, luisantes et empestant le poisson, avec leurs horribles cheveux fuligineux et lustrés et leurs visages de cochons d'Inde, suscitaient encore moins de désir en moi que ne l'avait fait le docteur Johnson. Les nymphettes ne s'épanouissent pas dans les régions polaires.

Je laissai à mes supérieurs le soin d'analyser la dérive de la banquise, les drumlins, les diablotins et les kremlins, et j'entrepris pendant quelque temps de consigner ce que je pensais naïvement être des « réactions » (je remarquai, par exemple, que les rêves, sous le soleil de minuit, tendaient à être richement colorés, ce que confirma mon ami le photographe). J'étais également censé interroger mes divers compagnons sur un certain nombre de sujets importants : nostalgie, peur des animaux inconnus, fringales, pollutions nocturnes, hobbies, programmes de radio préférés, nouvelles façons de voir les choses et ainsi de suite. Cela exaspéra si vite tout le monde que je ne tardai pas à abandonner totalement le projet, et ce ne fut que vers la fin de mes vingt mois de travaux glacés (pour reprendre la formule facétieuse d'un des botanistes) que je concoctai un rapport parfaitement fallacieux et très corsé que le lecteur pourra consulter dans les *Annals of Adult Psychophysics* de 1945 ou 1946, ainsi que dans le numéro de la revue *Arctic Explorations* consacré précisément à cette expédition ; laquelle, en définitive, n'avait en fait aucun rapport avec le cuivre de l'île Victoria ou quoi que ce soit du genre, ainsi que me l'apprit plus tard mon sympathique médecin ; son objectif réel était en fait ultra-confidentiel, pour reprendre la formule consacrée, aussi me bornerai-je à dire que, quoi qu'il ait été, il fut admirablement atteint.

Le lecteur sera peiné d'apprendre que peu après mon retour à la civilisation j'eus un nouvel accès de folie (à supposer que ce terme cruel soit applicable à la mélancolie et à cet insoutenable sentiment d'oppression). Je recouvrai totalement la santé grâce à une découverte que je fis dans cette clinique très spéciale et très coûteuse où l'on me soignait. Je découvris qu'en bluffant les psychiatres on pouvait tirer des trésors inépuisables de divertissements gratifiants : vous les menez habilement en bateau, leur cachez soigneusement que vous connaissez toutes les ficelles du métier ; vous inventez à leur intention des rêves élaborés, de purs classiques du genre (qui provoquent chez eux, ces extorqueurs de rêves, de tels cauchemars qu'ils se réveillent en hurlant) ; vous les affriolez avec des « scènes primitives » apocryphes ; le tout sans jamais leur permettre d'entrevoir si peu que ce soit le véritable état de votre sexualité. En soudoyant une infirmière, j'eus accès à quelques dossiers et découvris, avec jubilation, des fiches me qualifiant d'« homosexuel en puissance » et d'« impuissant invétéré ». Ce sport était si merveilleux, et ses résultats — dans mon cas — si mirifiques, que je restai un bon mois supplémentaire après ma guérison complète (dormant admirablement et mangeant comme une écolière). Puis j'ajoutai encore une semaine rien que pour le plaisir de me mesurer à un nouveau venu redoutable, une célébrité déplacée (et manifestement égarée) connue pour son habileté à persuader ses patients qu'ils avaient été témoins de leur propre conception.

10

À la sortie de la clinique, je me mis en quête d'un gîte dans un coin de campagne ou quelque bourgade somnolente de la Nouvelle-Angleterre (ormes, église blanche) où je pourrais passer un été studieux, avec pour viatique un plein carton de notes que j'avais accumulées, et me baigner dans quelque lac du voisinage. Mon travail recommençait à m'intéresser — je veux parler de mes occupations érudites ; l'autre affaire, à savoir ma contribution active aux parfums posthumes de mon oncle, s'était entre-temps réduite au minimum.

L'un de ses anciens employés, rejeton d'une illustre famille, me suggéra d'aller passer quelques mois chez ses cousins, un certain Mr. McCoo, retraité, et sa femme, lesquels avaient connu des revers de fortune et cherchaient à louer le dernier étage de leur maison où avait vécu douillettement une défunte tante. Il mentionna qu'ils avaient deux petites filles, l'une encore bébé, l'autre une gamine de douze ans, et aussi un joli jardin, non loin d'un superbe lac, et je dis que cela me convenait parfaitement.

J'échangeai une correspondance avec ces gens, les assurant que je savais me plier aux usages domestiques, et je passai une nuit hallucinante dans le train à imaginer dans les moindres détails l'énigmatique nymphette que j'allais instruire en français et lutiner en humbertien. Personne ne vint me chercher à la gare miniature où je descendis avec ma nouvelle et coûteuse valise, et personne ne répondit au téléphone ; cependant, le pauvre McCoo, bouleversé, tout trempé, finit par débarquer au seul hôtel qu'il y eût à Ramsdale, cette petite bourgade rose et verte, et il m'apprit que sa maison venait d'être détruite par un incendie — peut-être sous l'effet synchrone de la conflagration qui avait fait rage dans mes veines pendant toute la nuit. Il m'expliqua que sa famille s'était réfugiée dans une ferme qu'il possédait et avait pris la voiture, mais qu'une amie de sa femme, Mrs. Haze, une femme exquise résidant au 342, Lawn Street, se proposait de m'héberger. Une dame qui habitait en face de chez Mrs. Haze avait prêté à McCoo sa limousine, une guimbarde au toit carré démodée à souhait et pilotée par un Noir jovial. L'unique raison qui m'avait poussé à venir s'étant envolée, le susdit arrangement me parut totalement farfelu. Bon, d'accord, sa maison allait devoir être totalement reconstruite, et alors ? Ne l'avait-il pas suffisamment assurée ? J'étais furieux, las et dépité, mais courtoisie européenne oblige, je dus me résigner à me laisser conduire jusqu'à Lawn Street dans cette voiture de croque-mort, redoutant que McCoo n'aille inventer autrement un moyen encore plus ingénieux de se débarrasser de moi. Je le vis repartir à grandes enjambées, et mon chauffeur secoua la tête en gloussant discrètement. En route, je décidai de ne rester à Ramsdale sous aucun prétexte et de m'enfuir le jour même pour les Bermudes, les Bahamas ou l'Érèbe. Depuis quelque temps, je sentais ruisseler le long de mon échine des perspectives de douceur sur des plages en Technicolor, et le cousin de McCoo avait brusquement détourné ce courant de pensée avec sa suggestion, qui partait sans doute d'une bonne intention mais se révélait désormais totalement inepte.

À propos de tournants brusques : lorsque nous nous engageâmes dans Lawn Street, la voiture fit une embardée et nous faillîmes écraser un chien importun (un de ces chiens de banlieue qui se tiennent à l'affût des voitures). Un peu plus loin apparut la résidence Haze, une horrible bâtisse blanche en bois à l'allure vieillotte et minable, plus grise que blanche — tout à fait le genre d'endroit où l'on peut s'attendre à trouver en guise de douche un tuyau en caoutchouc adaptable au robinet de la baignoire. Je donnai un pourboire au chauffeur en espérant qu'il reparte immédiatement afin de pouvoir moi-même rebrousser chemin sans me faire remarquer et retourner à l'hôtel pour reprendre ma valise ; mais le type se contenta de passer de l'autre côté de la rue où une vieille dame l'appelait de son porche. Que pouvais-je faire ? J'appuyai sur le bouton de la sonnette.

Une domestique noire me fit entrer — et me laissa planté sur le paillasson tandis qu'elle retournait précipitamment à la cuisine où quelque chose brûlait qui n'aurait pas dû brûler.

Le vestibule était agrémenté d'un carillon de porte, d'un machin en bois aux yeux blancs provenant de quelque magasin de souvenirs mexicains et de cette insipide idole chère à la petite bourgeoisie friande d'art, *L'Arlésienne* de Van Gogh. À droite, une porte entrebâillée laissait voir un coin de salon avec une vitrine d'angle pleine de babioles mexicaines et un canapé à rayures contre un mur. Il y avait un escalier au fond du vestibule et, tandis que je me tenais là à m'éponger le front (ce ne fut qu'à ce moment-là que je me rendis compte qu'il avait fait si chaud dehors) et à regarder, parce qu'il fallait bien regarder quelque chose, une vieille balle de tennis grise posée sur un coffre en chêne, me parvint du palier de l'étage la voix de contralto de Mrs. Haze qui, par-dessus la rampe, demandait d'un ton mélodieux : « Est-ce *monsieur** Humbert ? » Quelques cendres de cigarette tombèrent également de là-haut. Bientôt, la dame en personne — sandales, pantalon bordeaux, chemisier de soie jaune, visage quasi carré, dans cet ordre — descendit les marches, tapotant encore sa cigarette avec son index.

Je ferais mieux, je crois, de la décrire tout de suite afin de me débarrasser de ce pensum. La pauvre dame était âgée d'environ trente-cinq ans, elle avait le front luisant, les sourcils épilés et des traits ordinaires mais non dépourvus de charme qui rappelaient un peu, en beaucoup moins bien certes, ceux de Marlene Dietrich. Tout en palpant son chignon châtain, elle me fit entrer dans le salon et nous parlâmes une minute de l'incendie chez les McCoo et du rare privilège que c'était de vivre à Ramsdale. Ses yeux verts comme la mer et très écartés avaient une étrange façon de se promener partout sur vous, sans jamais croiser les vôtres. Son sourire se réduisait à un simple soubresaut de l'un de ses sourcils ; elle déroulait à tout instant son corps lové sur le canapé sans s'arrêter de parler et se précipitait d'un geste spasmodique vers l'un des trois cendriers et le garde-cendre tout proche (où croupissait le trognon brunâtre d'une pomme) ; puis aussitôt elle se laissait retomber en arrière, une jambe repliée sous elle. Elle appartenait visiblement à cette catégorie de femmes dont le langage châtié peut faire écho à quelque club de livres ou de bridge, ou encore à quelque conformisme implacable, mais jamais à leur âme ; ces femmes dénuées de tout sens de l'humour ; suprêmement indifférentes au fond d'elles-mêmes à cette douzaine de sujets qui régissent les conversations de salon, mais qui exigent néanmoins que l'on respecte le protocole de ces conversations dont la cellophane ensoleillée dissimule mal des frustrations peu ragoûtantes. J'étais parfaitement conscient que si, par quelque coup du sort, je devenais un jour son pensionnaire, elle entreprendrait méthodiquement de faire de moi ce qu'elle avait probablement toujours souhaité faire d'un éventuel pensionnaire, et je risquais de me trouver impliqué à nouveau dans une de ces idylles dont je n'étais que trop familier.

Mais il était hors de question que je m'installe là. Je ne pouvais être heureux dans ce type de maison avec ces revues en mauvais état qui traînaient sur toutes les chaises et cet horrible aménagement hybride où se côtoyaient la bouffonnerie du « mobilier fonctionnel moderne » et le tragique des fauteuils à bascule délabrés et des tables-lampadaires branlantes aux ampoules éternellement grillées. On me fit monter à l'étage, puis tourner à gauche — dans « ma » chambre. Je l'examinai à travers la brume de mon rejet catégorique ; mais je ne manquai pas d'observer au-dessus de « mon » lit la *Sonate à Kreutzer* de René Prinet [1]. Et elle avait le toupet de qualifier cette chambre de bonne de « semi-studio » ! Fichons le camp d'ici tout de suite, me dis-je

1. Tableau datant de 1898 et repris dans une publicité de parfum dans les années cinquante.

fermement en moi-même tout en feignant de réfléchir au prix dérisoire, ne présageant rien de bon, que mon hôtesse mélancolique demandait pour la pension et le pucier.

Pourtant, avec mes bonnes manières européennes, je fus contraint d'endurer encore un temps ce supplice. Nous traversâmes le palier pour passer du côté droit de la maison (là où « nous avons nos chambres, Lo et moi » — Lo étant apparemment la bonne), et l'amant-pensionnaire, cet homme très méticuleux, eut peine à dissimuler un frisson lorsqu'on lui présenta l'unique salle de bains, une minuscule pièce oblongue entre le palier et la chambre de « Lo », avec des affaires mouillées qui pendaient mollement au-dessus de la baignoire douteuse (le point d'interrogation d'un cheveu à l'intérieur) ; et, comme prévu, il y avait ce serpent en caoutchouc et son pendant — une housse rosâtre recouvrant pudiquement l'abattant des toilettes.

« Vous n'êtes pas très favorablement impressionné, à ce que je vois », dit la dame, laissant reposer sa main un instant sur ma manche : il y avait en elle un mélange de hardiesse désinvolte — trop-plein de ce que l'on appelle je pense « de l'assurance » —, de timidité et de tristesse, ce qui, avec sa façon détachée de choisir ses mots, lui donnait une intonation aussi peu naturelle que celle d'un professeur de « diction ». « Ce n'est pas un intérieur impeccable, je le reconnais, poursuivit l'infortunée chérie, mais je vous assure [elle regarda mes lèvres] que vous y serez très, très bien, croyez-moi. Laissez-moi vous montrer le jardin » (elle dit cela d'un ton plus gai, avec une sorte de sursaut enjôleur dans la voix).

À contrecœur, je redescendis dans son sillage jusqu'au rez-de-chaussée ; puis nous traversâmes la cuisine à l'extrémité du vestibule, du côté droit de la maison — côté où se trouvaient également la salle à manger et le salon (en dessous de « ma » chambre, côté gauche, il n'y avait qu'un garage). Dans la cuisine, la domestique noire, une femme assez jeune et opulente, dit, tout en prenant son grand sac à main noir et luisant accroché à la poignée de la porte qui ouvrait sur le porche de derrière : « Je m'en vais maintenant, Mrs. Haze. — Très bien, Louise, répondit Mrs. Haze en soupirant. Je vous réglerai vendredi. » Nous passâmes dans un petit office et entrâmes dans la salle à manger jouxtant le salon que nous avions déjà admiré. Je remarquai une socquette blanche sur le plancher. Poussant un grognement de désapprobation, Mrs. Haze se pencha sans s'arrêter et la lança dans un cabinet contigu à l'office. Nous jetâmes un rapide coup d'œil à une table en acajou où trônait au milieu une coupe de fruits ne contenant rien d'autre que le noyau encore tout luisant d'une prune. Je cherchai à tâtons dans ma poche l'indicateur des chemins de fer et l'extirpai furtivement pour trouver un train le plus vite possible. Je marchais toujours derrière Mrs. Haze lorsque soudain, au-delà de la salle à manger que nous traversions, il y eut une explosion de verdure — « la piazza », dit mon guide d'un ton chantant, et alors, sans que rien ne l'eût laissé présager, une vague bleue s'enfla sous mon cœur et je vis, allongée dans une flaque de soleil, à demi nue, se redressant et pivotant sur ses genoux, ma petite amie de la Côte d'Azur qui me dévisageait par-dessus ses lunettes sombres.

C'était la même enfant — les mêmes épaules frêles couleur de miel, le même dos nu souple et soyeux, la même chevelure châtain. Un fichu noir à pois noué autour de sa poitrine dissimulait à mes yeux de babouin vieillissant mais pas au regard de ma jeune mémoire, les seins juvéniles que j'avais caressés un jour immortel. Et, telle la nourrice d'une petite princesse de conte de fées (perdue, kidnappée, retrouvée dans des haillons de bohémienne à travers lesquels sa nudité souriait au roi et à ses chiens), je reconnus le minuscule grain de beauté bistre sur son flanc. Avec un mélange d'effroi et de ravissement (le roi pleurant de joie, les trompettes beuglant, la nourrice ivre), je revis son charmant abdomen rentré où s'étaient brièvement recueillies mes lèvres descendantes ; et ces hanches puériles sur lesquelles j'avais baisé l'empreinte crénelée laissée par l'élastique de son short — dans la frénésie de cet ultime jour immortel derrière les « Roches Roses ». Les vingt-cinq années que j'avais vécues depuis se condensèrent en un point palpitant, puis s'évanouirent.

J'éprouve une difficulté extrême à exprimer avec la force qui convient cet éclair, ce frisson, l'impact de cette reconnaissance passionnée. Durant ce bref instant baigné de soleil où mon regard glissa sur l'enfant agenouillée (ses yeux clignaient au-dessus de ces austères lunettes sombres — il allait me guérir de tous mes maux, le petit Herr Doktor), alors que je passais à côté d'elle dans mon travesti d'adulte (un superbe gaillard

83

débordant de virilité qui débarquait tout droit d'Hollywood), mon âme frappée de torpeur parvint cependant à absorber les moindres détails de son éclatante beauté, et je les comparai aux traits de ma défunte petite mariée. Par la suite, bien sûr, elle, cette *nouvelle**, cette Lolita, ma petite Lolita, allait complètement éclipser son prototype. Ce que je veux souligner, c'est que ma découverte de cette fille était la conséquence fatale de cette « principauté au bord de la mer » dans mon passé tourmenté. Tout ce qui s'était passé entre les deux événements n'avait été qu'une série de tâtonnements et de bourdes, des rudiments de joie factices. Ces deux événements partageaient tant de choses en commun qu'ils n'en constituaient qu'un seul et unique pour moi.

Je n'ai aucune illusion, pourtant. Mes juges considéreront tout cela comme une petite mascarade montée par un fou dépravé trop attiré par le *fruit vert. Au fond, ça m'est bien égal*. Ce que je sais, moi, c'est que, pendant que cette grognasse de Haze et moi descendions les marches conduisant au jardin extatique, mes genoux n'étaient plus que le reflet de genoux dans une eau ondoyante, et que mes lèvres étaient sèches comme le sable, et que...

« C'était ma fille Lo, dit-elle, et voici mes lis.

— Oui, dis-je, oui. Tout cela est ravissant, tout à fait ravissant ! »

11

Pièce à conviction numéro deux : un agenda de poche relié en similicuir noir, avec ce millésime mirifique 1947, imprimé *en escalier**, dans le coin supérieur gauche. Je parle de cet article coquet produit par la compagnie Blank Blank de Blankton, dans le Massachusetts, comme s'il était réellement devant moi. En fait il fut détruit il y a cinq ans et ce que nous examinons maintenant (grâce à l'obligeante sollicitude d'une mémoire photographique) n'est que sa fugitive matérialisation, un frêle phénix encore au nid.

Je me souviens de tout cela avec une telle précision parce que, en fait, je l'écrivis deux fois. Je commençai d'abord par consigner chaque entrée au crayon (avec moult gommages et corrections) sur les feuilles de ce que l'on appelle en jargon vulgaire un bloc-notes ; puis je le recopiai de mon écriture la plus petite, la plus satanique, dans le petit carnet noir mentionné à l'instant, en utilisant des abréviations évidentes.

Le 30 mai est un jour de jeûne officiel dans le New Hampshire mais pas dans les Carolines. Ce jour-là, une épidémie de « grippe intestinale » (ne me demandez pas ce que c'est) contraignit Ramsdale à fermer ses écoles pour tout l'été. Le lecteur peut vérifier les données météorologiques dans le *Journal* de Ramsdale de 1947. Quelques jours auparavant, j'avais établi mes quartiers chez les Haze, et l'agenda que je me propose maintenant de dévider (un peu à la manière de ces espions qui débitent par cœur le contenu des notes qu'ils ont avalées) couvre la plus grande partie du mois de juin.

Jeudi. Journée très chaude. De mon poste d'observation (la fenêtre de la salle de bains), j'ai vu Dolores décrocher des affaires d'une corde à linge dans la lumière vert pomme derrière la maison. Je suis sorti nonchalamment. Elle portait une chemise écossaise, un jean et des chaussures de tennis. Chaque geste qu'elle faisait sous le soleil ocellé pinçait la corde la plus secrète et la plus sensible de mon corps abject. Au bout d'un moment elle s'est assise à côté de moi sur la dernière marche du porche de derrière et s'est mise à ramasser des cailloux entre ses pieds — des cailloux, grand Dieu, ensuite un tesson de bouteille de lait incurvé comme une lèvre hargneuse — et à les jeter contre une boîte de conserve. *Ping*. Tu n'y arriveras pas la prochaine fois — tu vas la rater — quel supplice — la prochaine fois. *Ping*. Peau magnifique — oh, magnifique : tendre et basanée, sans la moindre imperfection. Les sundaes donnent de l'acné. L'hypersécrétion de cette substance huileuse appelée sébum qui nourrit le follicule des poils de la peau provoque une irritation qui peut provoquer des infections. Mais les nymphettes n'ont pas d'acné même si elles se gorgent de nourriture trop riche. Seigneur, quel supplice, ce chatoiement soyeux au-dessus de sa tempe qui se mue imperceptiblement en cheveux bruns éclatants. Et le petit os qui palpite sur le côté de sa cheville constellée de grains de poussière. « La petite McCoo ? Ginny McCoo ? Oh, c'est une mocheté. Et une peste. Et elle boite. Elle a failli mourir de la polio. » *Ping*. La résille luisante du duvet sur son avant-bras. Lorsqu'elle s'est relevée pour rentrer le linge, j'ai eu la bonne fortune de pouvoir adorer de loin le fond délavé de son jean retroussé. Surgissant soudain de la pelouse, l'insipide Mrs. Haze, équipée d'un appareil photo, s'est dressée tel l'arbre postiche d'un fakir, et, après quelques réajustements héliotropiques — yeux tristes relevés, yeux gais baissés —, elle a eu le toupet de me prendre en photo, Humbert le Bel, assis sur les marches, clignant des yeux.

Vendredi. Je l'ai vue partir quelque part avec une petite brune prénommée Rose. Pourquoi donc sa façon de marcher — ce n'est qu'une enfant, notez bien, une simple enfant ! — m'excite-t-elle si abominablement ? Analysons-la. Les pieds légèrement rentrés. Une sorte de tortillement élastique en dessous du genou qui se prolonge jusqu'à la chute de chaque pas. Une démarche un tantinet traînante. Très infantile, infiniment racoleuse. Humbert Humbert est aussi intensément troublé par le langage argotique de la petite, par sa voix aigre et puissante. Plus tard, je l'ai entendue qui lançait à Rose des sottises grossières par-dessus la clôture. Tout cela vibrait en moi à rythme accéléré. Pause. « Il faut que j'y aille maintenant, petite môme. »

Samedi. (Début peut-être remanié.) Je sais que c'est pure folie de tenir ce journal mais je prends un singulier plaisir à le faire ; et seule une épouse aimante saurait déchiffrer mon gribouillis microscopique. Je me permets donc de noter, avec un sanglot, qu'aujourd'hui ma L. prenait un bain de soleil sur la prétendue « piazza », mais que sa mère et une autre femme rôdaient tout le temps alentour. Bien sûr, j'aurais pu m'asseoir là dans un fauteuil à bascule et faire semblant de lire. Par prudence, je demeurai à l'écart de crainte que le tremblement horrible, insane, ridicule et pitoyable qui me paralysait ne m'empêche de faire mon *entrée** avec un semblant de désinvolture.

Dimanche. L'onde de chaleur ne nous quitte pas ; semaine particulièrement fructueuse. Équipé cette fois d'un journal obèse et d'une nouvelle pipe, j'ai investi en bon stratège le fauteuil à bascule de la piazza bien avant que L. n'arrive. À mon grand dépit, elle est venue avec sa mère, vêtue tout comme elle d'un bikini noir, aussi neuf que ma pipe. Ma doucette, ma sucrée s'est immobilisée un instant près de moi — elle voulait les bandes dessinées — et elle exhalait presque exactement la même odeur que l'autre, celle de la Côte d'Azur, mais en plus intense encore, avec des harmoniques plus tenaces — une odeur torride qui a aussitôt mis ma virilité en émoi — mais déjà elle m'avait arraché des mains la section convoitée et s'était retirée sur sa natte à côté de sa phocine maman. Là, ma petite beauté s'est allongée sur le ventre, me révélant, révélant aux mille yeux grands ouverts de mon sang ocellé, ses omoplates légèrement relevées, et le ruban de velours le long de son échine incurvée, et le renflement de ses fesses étroites et fermes enveloppées de noir, et la grève de ses cuisses d'écolière. L'élève de cinquième se délectait en silence de ses bandes dessinées vert, rouge et bleu. C'était la nymphette la plus adorable dont Priape, vert, rouge et bleu, ait pu rêver lui-même. Contemplant ce spectacle, à travers les strates prismatiques de lumière, les lèvres sèches, focalisant mon désir et me balançant insensiblement sous mon journal, je sentis qu'il me suffisait peut-être de me concentrer méthodiquement sur l'image que j'avais d'elle pour atteindre sur-le-champ l'extase du gueux ; mais, tels ces prédateurs qui préfèrent une proie en mouvement à une proie immobile, je souhaitais faire coïncider cette pitoyable issue avec un de ces nombreux gestes puérils que faisait de temps à autre la gamine en lisant, comme lorsqu'elle essayait de se gratter le milieu du dos, révélant ainsi une aisselle piquetée — mais la grosse Haze a soudain tout gâché en se tournant vers moi, en me demandant du feu et en se lançant dans un simulacre de conversation à propos d'un livre saugrenu écrit par quelque plumitif à la mode.

Lundi. Delectatio morosa. Mes dolentes journées ne sont que spleen et douleurs. Nous (la mère Haze, Dolores et moi-même) devions aller cet après-midi au Our Glass Lake pour nous baigner et nous griller au soleil ; mais l'aube de nacre a dégénéré en pluie à midi, et Lo a fait une scène.

On a établi que l'âge moyen de la puberté chez les filles était treize ans et neuf mois à New York et à Chicago. Selon les individus, l'âge varie entre dix ans ou même plus tôt et dix-sept ans. Virginia n'avait pas tout à fait quatorze ans lorsque Harry Edgar l'a possédée. Il lui donnait des cours d'algèbre. *Je m'imagine cela**. Ils passèrent leur lune de miel à Petersburg en Floride. « Monsieur Poe-poe », comme ce garçon appelait le poète-poète dans une des classes de M. Humbert Humbert à Paris.

Je possède toutes les caractéristiques qui, selon les auteurs traitant des goûts sexuels des enfants, éveillent des réactions libidineuses chez une petite fille : la mâchoire bien dessinée, la voix grave et sonore, les mains musclées, les épaules larges. De plus, je ressemble, paraît-il, à un chanteur de charme ou à un acteur pour qui Lo a le béguin.

Mardi. Pluie. Lac des Pluies. Maman partie faire des courses. L., je le savais, était quelque part tout près. Suite à quelques manœuvres subreptices, je l'ai rencontrée dans la chambre de sa mère. En train de soulever avec passablement de difficulté la paupière de son œil gauche afin d'en déloger une poussière quelconque. Robe à carreaux. Bien que j'adore cette fragrance brune et enivrante qui émane d'elle, j'estime qu'elle devrait tout de même se laver les cheveux de temps en temps. L'espace de quelques secondes, nous nous sommes retrouvés immergés tous les deux dans le même bain vert et chaud du miroir qui réfléchissait la cime d'un peuplier et nous deux sur fond de ciel. Je l'ai prise avec brusquerie par les épaules, ai serré ensuite tendrement ses tempes entre mes mains et l'ai fait pivoter. « C'est juste là, a-t-elle dit, je la sens bien. — Une paysanne suisse se servirait de l'extrémité de sa langue. — Elle lécherait ? — Voui. J'échaye ? — D'accord », dit-elle. J'ai délicatement pressé mon dard palpitant le long de son globe oculaire mobile et salé.

« Génial, dit-elle la paupière nictitante. Oui, elle est partie. — L'autre maintenant ? — Imbécile, il n'y a rien... » mais elle s'interrompit soudain en remarquant mes lèvres suceuses qui s'approchaient. « D'accord », dit-elle obligeamment, et le sinistre Humbert, se penchant sur ce chaud visage cuivré levé vers lui, pressa sa bouche contre la paupière battante. Elle éclata de rire et sortit de la pièce en m'effleurant au passage. Mon cœur eut la sensation d'être partout à la fois. Jamais de ma vie — pas même lorsque je caressais ma jouvencelle amante en France — jamais...

La nuit. Jamais je n'ai éprouvé un tel supplice. J'aimerais décrire son visage, ses manières — et j'en suis incapable parce que le désir que j'éprouve à son égard m'aveugle lorsqu'elle est près de moi. Sacrebleu, je ne suis pas habitué à frayer avec les nymphettes. Quand je ferme les yeux, je ne vois qu'une fraction immobilisée d'elle-même, une photo de plateau, un brusque éclair de douce beauté sous-jacente, comme par exemple lorsqu'elle est assise en train de lacer sa chaussure et relève le genou sous sa jupe écossaise. « Dolores Haze, *ne montrez pas vos zhambes** » (comme dit sa mère qui croit connaître le français).

Poète à *mes heures**, je composai un madrigal en hommage aux cils fuligineux de ses yeux rêveurs gris pâle, aux cinq taches de son asymétriques sur son nez retroussé, au duvet blond sur ses membres hâlés ; mais je le déchirai et ne puis m'en souvenir aujourd'hui. Je ne puis décrire les traits de Lo qu'en termes d'une banalité navrante (reprise du journal) : je pourrais dire que ses cheveux sont châtains et ses lèvres aussi rouges qu'un bonbon copieusement léché, la lèvre inférieure charnue à souhait — oh, que ne suis-je une romancière : elle, au moins, pourrait la faire poser en costume d'Ève sous une lumière nue ! Las, je ne suis que Humbert Humbert, un grand type un peu maigrichon mais bien charpenté, à la poitrine velue, avec des sourcils noirs et touffus et un curieux accent, qui dissimule derrière son sourire alangui de petit garçon un plein cloaque de monstres pourrissants. Et elle n'a rien elle non plus de ces fragiles enfants que décrivent les romancières en jupon. C'est l'ambivalence de cette nymphette — de toute nymphette, peut-être — qui me fait perdre la tête ; ce mélange chez ma petite Lolita de puérilité tendre et rêveuse et de vulgarité troublante emprunté à ces publicités et à ces illustrations de revue où fleurissent ces mignonnes gamines au nez retroussé, emprunté aussi à ces soubrettes adolescentes du Vieux Continent avec leur teint rose et vaporeux (fleurant la marguerite froissée et la sueur) et aux très jeunes courtisanes déguisées en enfants dans les bordels de province ; et tout cela vient se mêler encore à la tendresse exquise et sans tache qui sourd à travers le musc et la fange, la crasse et la mort, oh, mon Dieu, mon Dieu ! Et le plus singulier dans tout cela, c'est qu'elle, cette Lolita, ma Lolita, a réincarné l'antique désir de l'auteur, de sorte que, par-dessus tout, il y a... Lolita.

Mercredi. « Dites, si vous vous arrangiez pour que maman nous emmène, vous et moi, au Our Glass Lake demain. » Voilà textuellement ce que m'a dit, en un murmure voluptueux, ma dulcinée de douze ans tandis que nous nous croisions par hasard sur le porche de devant, elle rentrant, moi sortant. Le reflet du soleil de l'après-midi, un diamant blanc étincelant autour duquel fusaient d'innombrables traits iridescents, palpitait sur l'échine arrondie d'une voiture en stationnement. Le feuillage d'un orme volumineux promenait ses ombres veloutées sur les murs en bois de la maison. Deux peupliers frissonnaient et tremblaient. On percevait la rumeur confuse de la circulation au loin ; un enfant appelait : « Nancy, Nan-cy ! » Dans la maison, Lolita avait mis son disque favori, « Little Carmen », que je me plaisais à surnommer « Dwarf Conductors[1] », jeu de mots fallacieux qui déclenchait chez elle des grognements de dérision feinte.

Jeudi. Hier soir on s'est installé sur la piazza, cette grognasse de Haze, Lolita et moi. Le chaud crépuscule s'était assombri pour se muer en ténèbres amoureuses. La vieille rombière avait fini de relater avec un luxe de détails l'intrigue d'un film qu'elle avait vu avec L. durant l'hiver. Le boxeur était tombé bien bas lorsqu'il avait rencontré l'aimable vieux prêtre (lequel avait été lui aussi boxeur au temps de son athlétique jeunesse et était encore en mesure de rosser un pécheur). Nous étions assis sur des coussins empilés à même le sol, et L. était entre la mégère et moi (elle avait réussi à se glisser là, la mignonne). À mon tour, je me lançai dans le récit hilarant de mes aventures arctiques. La muse de l'invention me tendit un fusil et je tirai sur un ours blanc qui s'assit en disant : Ah ! Pendant tout ce temps,

1. « Petite Carmen ou Petits camionneurs »/« Conducteurs ou receveurs nains ».

93

je sentais avec une acuité intense la proximité de L. et, tandis que je parlais, je me démenais dans l'obscurité charitable et mettais à profit chacun de mes gestes invisibles pour lui toucher la main, l'épaule et la ballerine de laine et de tulle avec laquelle elle jouait et qu'elle n'arrêtait pas de me coller contre les genoux ; et pour couronner le tout, une fois que j'eus complètement emberlificoté ma brasillante doucette dans la trame de mes caresses éthérées, j'osai caresser sa jambe nue le long de son tibia aussi duveteux qu'une groseille, gloussant de mes propres plaisanteries, tout tremblant, et m'efforçant de dissimuler mes frémissements, et une fois ou deux je sentis sous mes lèvres lestes la brûlure de ses cheveux tandis que je dardais vers elle mon groin sous prétexte de quelque aparté humoristique et caressais son hochet. Elle aussi se trémoussait passablement si bien que sa mère finit par lui dire d'un ton sec d'arrêter ses singeries et envoya valser la poupée dans l'obscurité, j'éclatai de rire et interpellai la mère Haze par-dessus les jambes de Lo à seule fin de laisser ma main remonter lentement le long du dos fluet de ma nymphette et de palper sa peau à travers sa chemise de garçon.

Mais je savais que c'était sans espoir, et j'étais si ravagé par le désir, si horriblement serré dans mes vêtements que je fus presque soulagé lorsque la voix tranquille de sa mère annonça dans le noir : « Et maintenant nous pensons tous que Lo devrait aller se coucher. — Et moi je pense que vous êtes infecte, dit Lo. — Ce qui veut dire qu'il n'y aura pas de pique-nique demain, dit Haze. — On est libre dans ce pays », dit

Lo. Elle s'en alla, furieuse, en poussant un « hourra » digne du Bronx, je m'attardai, mû seulement par la force de l'inertie, tandis que Haze fumait sa dixième cigarette de la soirée et se plaignait de Lo.

Vous vous rendez compte qu'elle avait été insolente dès l'âge d'un an : elle jetait ses jouets hors de son berceau, l'infâme bambine, si bien que sa pauvre mère n'arrêtait pas de les ramasser ! Maintenant qu'elle avait douze ans, c'était une vraie teigne, dit Haze. Tout ce qu'elle attendait de la vie, c'était de pouvoir un jour parader et se pavaner en majorette ou en danseuse de jitterbug. Ses notes étaient lamentables, cependant elle était mieux intégrée dans sa nouvelle école qu'à Pisky (Pisky était la petite ville du Middle West d'où venait la famille Haze. La maison de Ramsdale où Mrs. Haze était venue s'installer avec sa fille il y a moins de deux ans avait appartenu à sa défunte belle-mère). « Qu'est-ce qui la rendait malheureuse là-bas ? — Oh, ne m'en parlez pas, dit Haze, j'ai subi les mêmes humiliations quand j'étais gamine, pauvre de moi : les garçons qui vous tordent les bras, qui vous bousculent avec des piles de livres, vous tirent les cheveux, vous broient les seins, vous soulèvent les jupes. Certes, les sautes d'humeur sont généralement très courantes au moment de la croissance, mais Lo exagère. Elle est maussade et fuyante. Insolente et rebelle. Elle a planté un stylo dans le postérieur de Viola, une camarade de classe d'origine italienne. Savez-vous ce que j'aimerais, *monsieur** ? Si vous étiez encore ici à l'automne, je vous demanderais de l'aider à faire ses devoirs — vous avez l'air de tout connaître, la géographie, les mathématiques, le français. — Oh, tout, répondit le *monsieur**. — Je dois donc en conclure, s'empressa de dire Haze, que vous serez toujours ici ! » J'avais envie de crier que j'étais disposé à rester jusqu'à la fin des temps si seulement je pouvais espérer caresser ma future élève de temps à autre. Mais je me méfiais de Haze. Je me contentai donc de pousser un grognement et de m'étirer les membres de façon non concomitante (*le mot juste**) et bientôt je remontai dans ma chambre. Cependant, la mégère n'était pas disposée à en rester là, manifestement. À peine m'étais-je allongé sur ma couche froide, pressant des deux mains le spectre embaumé de Lolita contre mon visage, que j'entendis mon infatigable logeuse se glisser furtivement jusqu'à ma porte et chuchoter à travers le trou de la serrure — simplement pour savoir, dit-elle, si j'avais fini de lire la revue *Glance and Gulp* que j'avais empruntée l'autre jour. Lo cria de sa chambre que c'était elle qui l'avait. Tonnerre de Dieu, nous sommes une vraie bibliothèque de prêt dans cette maison.

Vendredi. Je me demande ce que diraient mes éditeurs universitaires si je citais dans mon manuel les mots de Ronsard, « *la vermeillette fente** », ou ceux de Remy Belleau, « *un petit mont feutré de mousse délicate, tracé sur le milieu d'un fillet escarlatte** », et autres joyeusetés. Je risque de succomber à une autre dépression nerveuse si je reste plus longtemps dans cette maison, sous l'empire de cette insupportable tentation, à côté de ma doucette — oui, ma doucette — ma vie, mon épousée. A-t-elle déjà été initiée par mère nature au Mystère de la Ménarche ? Cette sensation de ballonnement. La Malédiction des Irlandais. La chute du toit. Grand-mère rend visite. « M. Utérus (je cite là une revue d'adolescentes) commence à construire une paroi épaisse et douillette au cas où un bébé viendrait y faire sa couche. » L'homoncule dément dans sa cellule capitonnée.

À propos : s'il devait m'arriver un jour de commettre un crime grave... Notez le « si ». La tentation devrait être quelque chose de plus intense que ce qui m'est arrivé avec Valeria. Vous noterez combien j'étais maladroit à l'époque. Si vous décidez un jour de me faire griller sur la chaise électrique, souvenez-vous que seul un accès de folie saurait me donner l'énergie primaire de me comporter en brute (tout cela a peut-être été remanié). Parfois, il m'arrive de vouloir tuer dans mes rêves. Mais vous savez ce qui se passe ? Je tiens par exemple un pistolet à la main. Je le braque par exemple sur un ennemi falot, modérément intéressé. Oh, je presse la détente comme il faut, mais les balles que dégurgite l'une après l'autre le canon pantois tombent piteusement sur le plancher. Mon seul souci dans ces rêves est de dissimuler ce fiasco à mon adversaire, lequel commence peu à peu à s'impatienter.

Ce soir pendant le dîner, la vieille bique m'a dit, en lançant de côté un éclair de moquerie maternelle en direction de Lo (je venais tout juste de décrire, avec une faconde désinvolte, la délicieuse moustache en brosse que j'hésitais encore à faire pousser) : « Vaut mieux pas, ça risquerait de faire tourner complètement la tête à quelqu'un que je connais. » Lo repoussa aussitôt son assiette de poisson bouilli, manquant presque de renverser son verre de lait, et sortit d'un bond de la salle à manger. « Cela vous ennuierait-il beaucoup, dixit Haze, de venir vous baigner avec nous demain dans Our Glass Lake si Lo demande pardon pour sa mauvaise conduite ? »

Plus tard, j'entendis des portes qui claquaient bruyamment et tout un tas d'autres bruits provenant de cavernes vibrantes où deux rivales se déchiraient à belles dents.

Elle n'a pas demandé pardon. Plus question d'aller au lac. Ç'aurait pu être amusant.

Samedi. Depuis quelques jours déjà, je laissais ma porte entrouverte pendant que j'écrivais dans ma chambre ; mais ce n'est qu'aujourd'hui que le piège a fonctionné. Avec force contorsions, grattements, traînements de pieds — afin de dissimuler sa gêne de me rendre ainsi visite sans y avoir été conviée — Lo est entrée et, après avoir papillonné dans la pièce, elle a commencé à s'intéresser aux arabesques cauchemardesques que j'avais griffonnées sur une feuille de papier. Oh non : ce n'était pas le résultat de quelque pause inspirée entre deux paragraphes comme peut s'en réserver un littérateur ; c'étaient les hiéroglyphes hideux (qu'elle ne pouvait déchiffrer) de ma concupiscence fatale. Tandis qu'elle penchait ses boucles brunes au-dessus du bureau où j'étais assis, Humbert le Rauque passa le bras autour d'elle, se comportant misérablement comme s'il existait entre eux deux une relation de sang ; et mon innocente petite visiteuse, tout en continuant d'examiner de ses yeux un tantinet myopes le bout de papier qu'elle tenait dans les mains, se laissa tomber sur mon genou dans une position semi-assise. Son adorable profil, ses lèvres entrouvertes, ses cheveux brûlants n'étaient qu'à quelque sept ou huit centimètres de ma canine dénudée ; et je sentais la chaleur de ses membres à travers la toile rugueuse de ses vêtements de garçon manqué. Tout à coup je compris que je pouvais baiser sa gorge ou la commissure de ses lèvres en toute impunité. Je compris qu'elle me laisserait faire et fermerait même les yeux comme l'enseigne Hollywood. Une double glace à la vanille nappée de chocolat chaud — à peine plus inhabituel que cela. Je ne puis expliquer à mon docte lecteur (dont les sourcils doivent se retrouver maintenant, je le crains, à l'autre pôle de sa tête dégarnie), je ne puis lui expliquer comment j'acquis cette certitude ; peut-être que mon oreille de primate avait inconsciemment décelé quelque infime changement dans le rythme de sa respiration — car maintenant elle ne regardait plus vraiment mon gribouillis mais attendait avec un mélange de calme et de curiosité — oh, ma limpide nymphette ! — que le séduisant pensionnaire fasse ce qu'il mourait d'envie de faire. Je me dis qu'une enfant moderne, une lectrice avide de revues de cinéma, une fille experte en gros plans de rêve, pourrait ne pas trouver trop étrange qu'un ami d'un certain âge, beau et intensément viril... trop tard. Voilà soudain que la maison était ébranlée par la voix volubile de Louise qui décrivait à Mrs. Haze, tout juste rentrée, la bestiole morte que Leslie Tomson et elle avaient trouvée dans le sous-sol, et la petite Lolita n'était pas fille à manquer un tel récit.

Dimanche. Changeante, irritable, gaie, gauche, gracieuse mais de cette grâce âpre qui est le privilège de la folâtre gamine de douze ans, atrocement désirable de la tête aux pieds (toute la Nouvelle-Angleterre pour la plume d'une romancière !), depuis les barrettes et le catogan noir retenant ses cheveux, jusqu'à la petite cicatrice sur la partie inférieure de son mollet lisse (là où un patineur lui avait donné un coup de pied à Pisky), à une dizaine de centimètres au-dessus de sa socquette blanche et rugueuse. Partie avec sa mère chez les Hamilton — pour y célébrer un anniversaire ou quelque chose du genre. Robe de vichy à jupe très ample. Ses petits bessons paraissent déjà bien formés. Précoce mignonne !

Lundi. Matin pluvieux. « *Ces matins gris si doux**... » Mon pyjama blanc est orné dans le dos d'un motif lilas. Je ressemble à l'une de ces pâles araignées tuméfiées que l'on voit dans les jardins anciens. Je suis assis au milieu d'une toile lumineuse et tire d'un petit coup sec sur tel ou tel fil. En l'occurrence, ma toile est tendue partout à travers la maison, et j'écoute, assis dans mon fauteuil tel un sorcier rusé. Lo est-elle dans sa chambre ? Je tire doucement sur la soie. Non, elle n'y est pas. Je viens d'entendre le staccato du cylindre de papier hygiénique que l'on tourne ; mais le filament tendu n'a capté aucun bruit de pas entre la salle de bains et sa chambre. Est-elle encore en train de se brosser les dents (seul geste d'hygiène que Lo exécute avec un réel empressement) ? Non. La porte de la salle de bains vient de claquer, il faut donc aller chercher ailleurs dans la maison la jolie proie aux couleurs chaudes. Dévidons un fil de soie le long de l'escalier. Je m'assure ainsi qu'elle n'est pas dans la cuisine — qu'elle ne claque pas la porte du réfrigérateur ou ne hurle pas contre sa mère honnie (laquelle, roucoulant et gloussant avec retenue, est en train, j'imagine, de savourer sa troisième conversation téléphonique de la matinée). Bon, furetons et espérons. Avec l'agilité d'un rai de lumière, je me faufile en pensée jusqu'au salon et trouve la radio muette (et maman toujours en train de causer à mi-voix avec Mrs. Chatfield ou Mrs. Hamilton, toute souriante, les joues rouges, recouvrant le téléphone de sa main libre, niant implicitement qu'elle dément ces amusantes allégations, locations, locataire, chuchotant d'un ton confidentiel comme elle ne le fait jamais lorsqu'elle se trouve en face de quelqu'un, elle habituellement si tranchante). Ainsi donc ma nymphette n'est nulle part dans la maison ! Partie ! Ce que j'avais pris pour une trame prismatique se révèle n'être qu'une vieille toile grise, la maison est vide, elle est morte. Mais voici que j'entends soudain le doux et délicieux gloussement de Lolita à travers ma porte entrouverte. « Ne le dites pas à maman : j'ai mangé tout votre bacon. » Elle s'est déjà envolée lorsque je me rue hors de ma chambre. Lolita, où es-tu ? Le plateau de mon petit déjeuner, amoureusement préparé par ma logeuse, me dévisage d'un regard édenté, attendant qu'on le rentre. Lola, Lolita !

Mardi. Les nuages sont de nouveau venus faire obstacle au pique-nique au bord de ce lac décidément inaccessible. Le Destin se mettrait-il de la partie ? Hier, j'ai essayé un nouveau caleçon de bain devant le miroir.

Mercredi. Dans l'après-midi, Haze (chaussures sans chichis, robe faite sur mesure) a annoncé qu'elle prenait la voiture et allait acheter au centre-ville un cadeau pour l'amie d'une amie à elle, aurais-je l'obligeance de l'accompagner car j'avais un goût si raffiné en matière de textures et de parfums. « Choisissez votre séduction favorite », ronronna-t-elle. Que pouvait faire Humbert, lui qui était dans le commerce du parfum ? Elle m'avait mis le grappin dessus — nous étions entre le porche de devant et sa voiture. « Dépêchez-vous », dit-elle, tandis que je m'efforçais de plier mon grand corps en deux et de me glisser à l'intérieur (tout en cherchant vainement le moyen d'échapper au traquenard). Elle avait déjà mis le moteur en marche et pestait en termes élégants contre un camion qui reculait et tournait devant la maison (il venait tout juste de livrer un nouveau fauteuil roulant chez la vieille Miss Opposite qui était infirme), lorsque la voix aiguë de ma Lolita retentit à la fenêtre du salon : « Hé, vous ! Où est-ce que vous allez ? Je viens aussi ! Attendez ! — Ne faites pas attention à elle », glapit Haze (calant le moteur) ; déconfiture de ma jolie conductrice ; Lo tirait déjà sur la portière de mon côté. « C'est intolérable », dit Haze, s'interrompant aussitôt ; cependant Lo avait déjà trouvé le moyen de monter dans la voiture, toute frissonnante de joie. « Poussez votre postérieur, vous là, dit Lo. — Lola ! » s'écria Haze (me lançant un regard en coin et espérant que j'allais jeter dehors l'impertinente Lo). « Que voilà », dit Lo (et ce n'était pas la première fois qu'elle le disait) en basculant en arrière, tout comme moi, tandis que la voiture démarrait en trombe. « C'est intolérable, dit Haze passant brutalement en seconde, qu'une gosse puisse être si grossière. Et si insistante. Alors qu'elle sait pertinemment qu'elle est indésirable. Et qu'elle a besoin de prendre un bain. »

L'articulation de mes doigts frôlait le jean de la gamine. Elle était pieds nus ; ses ongles de pieds gardaient les vestiges d'un vernis rouge cerise et il y avait un bout de sparadrap en travers de son gros orteil ; grand Dieu, que n'aurais-je donné pour pouvoir baiser là tout de suite ces pieds de petit singe aux longs orteils, à l'ossature délicate ! Sa main se glissa tout à coup dans la mienne et, à l'insu de notre chaperon, je tins, je caressai, je pressai sa petite menotte chaude jusqu'au magasin. Notre chauffeur, dont les ailes de son nez marlenesque brillaient, ayant déjà perdu ou consumé leur ration de poudre, n'arrêtait pas de soliloquer avec élégance sur les aléas de la circulation locale, et elle souriait de profil, faisait la moue de profil, et de profil faisait papilloter ses cils fardés, tandis que moi, je priais et espérais ne jamais atteindre ce magasin, mais je ne fus pas exaucé.

Je n'ai rien d'autre à signaler sinon que, *primo*, la grosse Haze fit asseoir la petite Haze à l'arrière pendant le trajet du retour, et que, *secundo*, la dame décida de garder pour elle le Choix de Humbert et d'en humecter l'arrière de ses gracieuses oreilles.

Jeudi. Nous avons droit à la grêle et à la tempête après ce début de mois tropical. Dans un volume de

The Young People's Encyclopedia, j'ai trouvé une carte des États-Unis qu'une main enfantine avait commencé à recopier au crayon sur une feuille de papier pelure au verso de laquelle, là où se profilait le contour inachevé de la Floride et du golfe du Mexique, courait une liste ronéotypée de noms, ceux de ses condisciples à l'école de Ramsdale, de toute évidence. C'est un poème que je connais déjà par cœur.

> *Angel, Grace*
> *Austin, Floyd*
> *Beale, Jack*
> *Buck, Daniel*
> *Byron, Marguerite*
> *Campbell, Alice*
> *Carmine, Rose*
> *Chatfield, Phyllis*
> *Clarke, Gordon*
> *Cowan, John*
> *Cowan, Marion*
> *Duncan, Walter*
> *Falter, Ted*
> *Fantasia, Stella*
> *Flashman, Irving*
> *Fox, George*
> *Glave, Mabel*
> *Goodale, Donald*
> *Green, Lucinda*
> *Hamilton, Mary Rose*
> *Haze, Dolores*
> *Honeck, Rosaline*

Knight, Kenneth
McCoo, Virginia
McCrystal, Vivian
McFate, Aubrey
Miranda, Anthony
Miranda, Viola
Rosato, Emil
Schlenker, Lena
Scott, Donald
Sheridan, Agnes
Sherva, Oleg
Smith, Hazel
Talbot, Edgar
Talbot, Edwin
Wain, Lull
Williams, Ralph
Windmuller, Louise

Un poème, un authentique poème en vérité ! C'était si étrange et si délicieux de découvrir cette « Haze, Dolores » (elle-même !) dans cette charmille d'un genre très particulier, avec ces deux roses comme gardes du corps — une princesse de conte de fées entre ses deux demoiselles d'honneur. J'essaie d'analyser le frisson de délice que fait courir le long de mon échine ce nom perdu au milieu des autres. Qu'est-ce donc qui m'excite ainsi jusqu'au bord des larmes (larmes brûlantes, opalescentes, épaisses comme seuls savent en verser les poètes et les amants) ? Qu'est-ce donc ? Serait-ce le tendre anonymat de ce nom sous son voile formel (« Dolores ») et cette transposition abstraite du prénom et du nom de famille, qui fait penser à une paire de gants pâles tout neufs ou encore à un masque ? « Masque » est-il le mot clé ? Est-ce parce qu'on éprouve toujours un intense plaisir à s'extasier devant le mystère semi-translucide, le tcharchaf flottant, à travers lequel vous sourient rien qu'à vous en passant la chair et le regard que vous seul avez le privilège de connaître ? Ou est-ce parce qu'il m'est si facile d'imaginer le reste de cette classe haute en couleur autour de ma dolente et nébuleuse doucette : Grace et ses boutons bourgeonnants ; Ginny qui traîne la jambe ; Gordon, l'onaniste aux traits tirés ; Duncan, le pitre nauséabond ; Agnes qui se ronge les ongles ; Viola avec ses points noirs et sa poitrine ballottante ; la jolie Rosaline ; la sombre Mary Rose ; l'adorable Stella qui s'est laissé caresser par des inconnus ; Ralph, le petit dur chapardeur ; Irving, que je plains beaucoup[1]. Et elle est là, perdue au milieu de tout ça, en train de ronger un crayon, haïe de ses professeurs, tous les yeux des garçons braqués sur ses cheveux et son cou, ma Lolita à moi.

Vendredi. J'aimerais tant que se produise un affreux désastre. Un tremblement de terre. Une explosion spectaculaire. Sa mère se trouve horriblement mais instantanément et définitivement éliminée, de même que tout le reste de la population à des kilomètres à la ronde. Lolita gémit dans mes bras. Profitant de ma liberté, je la possède au milieu des ruines. Sa surprise, mes expli-

---

1. Parce qu'il est le seul Juif de la classe, comme l a souligné Nabokov

cations, manifestations, ululements. Fantasmes oiseux et insensés ! Un Humbert plus audacieux eût joué avec elle à des petits jeux horribles et dégoûtants (hier, par exemple, lorsqu'elle est revenue dans ma chambre pour me montrer ses esquisses faites en classe de dessin) ; il aurait pu la soudoyer — et cela impunément. Un type plus simple et plus pratique que moi s'en serait sagement tenu à divers substituts commerciaux — encore faut-il savoir où aller, moi je ne sais pas. En dépit de mes apparences viriles, je suis affreusement timide. Mon âme romanesque devient toute moite et tremblante à la seule pensée que je pourrais rencontrer quelque mésaventure odieuse et indécente. Ces monstres marins libidineux. « *Mais allez-y, allez-y !** » Annabel sautillant à cloche-pied pour enfiler son short, moi pris de nausée et furieux, m'efforçant de la masquer.

Même date, plus tard, beaucoup plus tard. J'ai allumé la lumière pour transcrire un rêve. Lequel avait un antécédent évident. Au cours du dîner, Haze avait proclamé d'un air bienveillant que, puisque la météorologie promettait un week-end ensoleillé, nous irions au lac dimanche après l'office. Une fois au lit, tandis que je m'abandonnais à des fantasmes érotiques avant d'essayer de m'endormir, je tramai un plan sans faille pour tirer profit du pique-nique à venir. Je savais pertinemment que la mère Haze détestait ma doucette qui avait le béguin pour moi. Je planifiai donc cette journée au lac de manière à satisfaire la mère. J'allais parler à elle seule ; mais, au moment propice, je dirais que j'avais oublié ma montre-bracelet ou mes lunettes de soleil dans cette clairière là-bas — et plongerais dans les bois avec ma nymphette. Sur ces entrefaites, la réalité prit le large, et la Quête des Lunettes se mua en une gentille petite orgie avec une Lolita singulièrement experte, gaie, corrompue et complaisante, qui se conduisait — la raison ne le savait que trop — comme elle était incapable de se conduire normalement. À trois heures du matin, j'avalai un somnifère et bientôt, en un rêve qui n'était pas une suite mais une parodie de l'autre, je vis, avec une clarté éloquente, le lac auquel je n'avais encore jamais rendu visite : il était tout recouvert d'une couche vitreuse de glace émeraude, et un Esquimau au visage grêlé tentait vainement de la briser avec une pioche, en dépit du fait que des mimosas et des lauriers-roses d'importation fleurissaient sur les rives graveleuses. Je suis sûr que le docteur Blanche Schwarzmann m'aurait offert un sac de shillings pour pouvoir ajouter ce libidirêve à sa collection. Malheureusement, le reste se révéla franchement éclectique. La grosse Haze et la petite Haze faisaient de l'équitation autour du lac, et moi aussi qui allais bondissant docilement, à califourchon, jambes arquées bien qu'il n'y eût pas de cheval entre elles, seulement l'air élastique — une de ces petites omissions dues à la distraction du marchand de rêves.

Samedi. Mon cœur bat encore la chamade. Je me trémousse et pousse encore de petits grognements de confusion rétrospective.

Vue dorsale. Bref aperçu de peau luisante entre T-shirt et short blanc de gymnastique. Penchée pardessus un rebord de fenêtre, en train d'arracher les

108

feuilles d'un peuplier à l'extérieur, et tout accaparée par une conversation tumultueuse avec un petit livreur de journaux en dessous (Kenneth Knight, je pense) qui, en un tir précis et sonore, venait de propulser le *Journal* de Ramsdale sur le porche. Je commençai à me couler vers elle — à « m'écrouler » vers elle, comme disent les pantomimistes. Mes bras et mes jambes étaient des surfaces convexes entre lesquelles — et non pas sur lesquelles — je progressais lentement, usant d'un moyen de locomotion neutre : Humbert l'Araignée blessée. J'ai dû mettre des heures pour l'atteindre : j'avais l'impression de la voir par le mauvais bout d'un télescope ; le regard fixé sur sa petite croupe tendue, je me traînais tel un paralytique, les membres mous et difformes, avec une concentration terrible. Je me trouvai enfin juste derrière elle mais j'eus alors la mauvaise idée de clabauder un peu — tout en la secouant par la peau du cou et en la chahutant pour dissimuler mon vrai *manège**, si bien qu'elle finit par dire en une brève plainte stridente : « Ça suffit comme ça ! » — d'un ton extrêmement grossier, la vilaine petite guenon, et alors, avec un rictus hideux, Humbert l'Humble battit tristement en retraite tandis qu'elle continuait de balancer des vannes en direction de la rue.

Mais écoutez bien ce qui s'est passé ensuite. Après le déjeuner, alors que j'étais installé dans une chaise longue en train de lire, deux petites mains prestes se posèrent soudain sur mes yeux : elle s'était approchée lentement derrière moi comme si elle rejouait, en une séquence chorégraphique, ma manœuvre du matin. Ses doigts, occupés qu'ils étaient à masquer le soleil, étaient d'un pourpre lumineux ; poussant des petits hoquets de rire, elle se tortillait d'un côté et de l'autre tandis que je tendais le bras en arrière et sur le côté sans abandonner pour autant ma position allongée. Ma main effleura ses jambes agiles et riantes, le livre glissa de mes genoux tel un traîneau, et Mrs. Haze arriva à pas lents et dit d'un ton indulgent : « N'hésitez pas à lui donner une bonne claque si elle trouble vos méditations savantes. Comme j'aime ce jardin [nul point d'exclamation dans sa voix]. N'est-il pas divin sous le soleil [pas de point d'interrogation non plus]. » Et l'odieuse mégère, esquissant un geste de contentement feint, s'assit lourdement sur l'herbe et tourna les yeux vers le ciel, arc-boutée en arrière sur ses mains en éventail, et bientôt une vieille balle de tennis grise rebondit au-dessus d'elle, et on entendit la voix de Lo dans la maison qui disait d'un air hautain : « *Pardonnez**, maman. Ce n'était pas vous que je visais. » Bien sûr que non, ma brûlante et soyeuse doucette.

12

Cela s'avéra être la dernière de quelque vingt entrées. Le démon a beau être inventif, on verra en lisant ces notes que le stratagème était chaque jour le même. D'abord il me tentait — puis il contrariait mes desseins, me laissant une douleur sourde à la racine même de mon être. Je savais exactement ce que je voulais faire, et comment le faire, sans compromettre la chasteté d'une enfant ; après tout, ce n'était pas l'expérience qui me manquait dans ma vie de pédophile ; n'avais-je pas possédé visuellement des nymphettes ocellées dans des jardins publics ? n'avais-je pas insinué mon anatomie circonspecte et bestiale dans les recoins les plus chauds d'autobus urbains bourrés de monde et grouillant d'écolières suspendues aux poignées de cuir ? Mais depuis près de trois semaines j'avais été contrecarré dans toutes mes misérables machinations. La responsable de ces interruptions était habituellement cette satanée Haze (laquelle, comme ne manquera pas de le noter le lecteur, redoutait davantage que Lo prenne plaisir en ma compagnie que de m'en voir prendre avec Lo). La passion que j'avais conçue pour cette nymphette — pour la toute première nymphette qui était enfin à portée de mes timides et maladroites griffes endolories — aurait sûrement fini par m'expédier dans quelque maison de santé si le démon n'avait pas compris enfin qu'il devait m'accorder quelque soulagement s'il voulait faire de moi son hochet pendant quelque temps encore.

Le lecteur a aussi remarqué l'étrange mirage du lac. Il eût été logique de la part d'Aubrey McFate (comme j'aime à baptiser ce démon personnel) de m'aménager quelque petite gâterie sur la plage promise, dans l'hypothétique forêt. En fait, la promesse qu'avait faite Mrs. Haze était frauduleuse : elle avait omis de m'informer que Mary Rose Hamilton (une petite beauté ténébreuse à sa façon) devait venir elle aussi, et que les deux nymphettes allaient chuchoter à l'écart, jouer à l'écart et folâtrer toutes les deux, tandis que Mrs. Haze et son séduisant locataire converseraient paisiblement à demi nus, loin des regards indiscrets. Soit dit en passant, il y eut malgré tout des regards indiscrets et les gens jasèrent. Comme la vie est étrange ! Nous nous empressons de nous aliéner les hasards que nous nous promettions de flatter. Avant mon arrivée, ma logeuse avait projeté d'inviter une vieille fille, une certaine Miss Phalen, dont la mère avait été cuisinière dans la famille de Mrs. Haze, à venir s'installer dans la maison avec Lolita et moi, tandis que Mrs. Haze, une femme carriériste dans le fond, irait en quête d'un emploi avantageux dans la ville la plus proche. Mrs. Haze s'était représenté très clairement la situation : ce cher Herr Humbert avec ses lunettes et son dos voûté débarquant d'Europe centrale avec ses malles et prenant la poussière dans son coin derrière une pile de vieux livres ; la petite fille disgracieuse et mal-aimée surveillée de près par Miss Phalen qui avait déjà eu ma Lo autrefois sous son aile de vautour (Lo ne pouvait s'empêcher de frissonner d'indignation lorsqu'elle se rappelait cet été de 1944) ; et Mrs. Haze elle-même embauchée comme hôtesse d'accueil dans une grande métropole élégante. Mais un événement d'une grande simplicité vint contrarier ce programme. Miss Phalen se cassa la hanche à Savannah en Géorgie le jour même de mon arrivée à Ramsdale.

13

Le dimanche qui suivit le samedi évoqué plus haut se révéla être aussi radieux que l'avait prédit le type de la météo. En replaçant les affaires du petit déjeuner sur la chaise à l'extérieur de ma chambre pour que mon aimable logeuse vienne les reprendre quand cela lui chanterait, je parvins à reconstituer la situation suivante en prêtant l'oreille par-dessus la rampe de l'escalier, depuis le palier que j'avais traversé sans faire de bruit dans mes vieilles pantoufles — seule vieillerie que je possédais.

Il y avait eu une nouvelle dispute. Mrs. Hamilton avait téléphoné que sa fille « faisait de la température ». Mrs. Haze informa sa propre fille que le pique-nique allait devoir être remis à plus tard. La brûlante petite Haze informa à son tour la grosse et froide Haze que, dans ces conditions, elle ne l'accompagnerait pas à l'église. La mère dit très bien et partit.

J'étais sorti sur le palier juste après m'être rasé, le lobe de mes oreilles encore couvert de savon à barbe, et toujours en pyjama — le blanc qui était orné de bleuets dans le dos (et non celui avec les lilas) ; je m'empressai d'essuyer le savon, de me parfumer les cheveux et les aisselles, de passer une robe de chambre de soie violette et, fredonnant nerveusement, je descendis l'escalier à la recherche de Lo.

Je tiens à ce que mes doctes lecteurs participent à la scène que je suis sur le point de rejouer ; je veux qu'ils l'examinent dans ses moindres détails et jugent par eux-mêmes combien cet événement, aussi capiteux qu'un vin, demeure décent et chaste, à la condition qu'on le considère avec une « sympathie impartiale », pour reprendre les termes utilisés par mon avocat lors d'un entretien en tête à tête. Bon, c'est parti. La tâche qui m'attend n'est pas aisée.

Personnage principal : Humbert le Fredonneur. Temps : un dimanche matin de juin. Lieu : salon baigné de soleil. Accessoires : vieux canapé à rayures rose bonbon, revues, phonographe, bibelots mexicains (feu Mr. Harold E. Haze — Dieu bénisse le brave homme — avait engendré ma doucette à l'heure de la sieste dans une chambre badigeonnée de bleu pendant un voyage de noces à Veracruz, et la maison grouillait de souvenirs, parmi eux Dolores). Ce jour-là, elle portait une jolie robe en tissu imprimé que j'avais déjà vue une fois sur elle, jupe ample, corsage moulant, manches courtes, rose, carreaux d'un rose plus sombre, et, pour compléter cette harmonie de couleurs, elle s'était fardé les lèvres et tenait dans la coupe de ses mains une pomme d'un rouge édénique, superbe et banale à la fois. Elle n'était pas chaussée cependant pour aller à l'église. Et son sac à main blanc du dimanche gisait abandonné près du phonographe.

Mon cœur battit comme un tambour lorsqu'elle s'assit, sa jupe fraîche ballonnant puis s'affaissant, sur le canapé près de moi, et se mit à jouer avec son fruit lustré. Elle le lançait dans l'air pailleté de soleil et le rattrapait — il faisait un *plop* lisse en retombant dans la coupe de ses mains.

Humbert Humbert intercepta la pomme.

« Rendez-la-moi », supplia-t-elle, montrant ses paumes rouges et marbrées. J'exhibai Délicieuse. Elle s'en saisit et mordit dedans, et mon cœur était comme une boule de neige sous une mince peau écarlate, et, avec une agilité de singe si typique de cette nymphette américaine, elle m'arracha prestement la revue que j'avais ouverte et tenais dans ma poigne abstraite (dommage qu'on n'ait pas filmé le motif étrange, l'entrelacs monogrammatique de nos gestes tantôt simultanés, tantôt superposés). D'un geste rapide, à peine gênée par la pomme défigurée qu'elle tenait à la main, Lo feuilleta violemment la revue en quête de quelque chose qu'elle désirait montrer à Humbert. Elle le trouva enfin. Feignant d'être intéressé, j'approchai ma tête si près que ses cheveux caressèrent ma tempe et son bras effleura ma joue tandis qu'elle s'essuyait les lèvres du revers du poignet. En raison de la brume lustrée à travers laquelle je regardais l'image, il me fallut un certain temps avant de réagir, tandis que ses genoux nus frottaient ou claquaient impatiemment l'un contre l'autre. Apparut alors indistinctement : un peintre surréaliste en train de se reposer sur une plage, étendu de tout son long sur le dos, et près de lui, dans la même position, une réplique en plâtre de la Vénus de Milo, à demi enfouie dans le sable. Photo de la Semaine, disait la légende. D'un geste brusque, je subtilisai cette chose affreusement obscène. L'instant d'après, feignant de vouloir la récupérer, elle se jeta sur moi. Je la saisis par son mince poignet noueux. La revue tomba sur le plancher tel un volatile effarouché. À force de se débattre, elle finit par se libérer, eut un mouvement de recul et se laissa retomber dans le coin droit du canapé. Puis, avec une simplicité désarmante, l'impudente enfant allongea ses jambes en travers de mes genoux.

J'étais alors dans un état d'excitation qui frisait la démence ; mais j'avais aussi la ruse du fou. Assis là sur le sofa, je parvins, suite à une série de manœuvres furtives, à accorder mon désir masqué aux mouvements de ses membres candides. Ce ne fut pas chose aisée que de distraire l'attention de la jouvencelle tandis que j'exécutais les obscurs ajustements indispensables au succès de l'entreprise. Parlant d'un ton volubile, prenant du retard sur ma propre respiration, puis rattrapant celle-ci, simulant une soudaine rage de dents pour expliquer les hiatus dans mon bavardage — et fixant pendant tout ce temps mon œil intérieur de détraqué sur mon objectif radieux et lointain, j'accentuai prudemment la friction magique qui abolissait, dans un sens illusoire sinon factuel, la texture physiquement immuable mais psychologiquement très friable de la frontière matérielle (pyjama et robe de chambre) qui séparait le poids des deux jambes bronzées posées en travers de mes genoux de la tumeur cachée d'une passion indicible. Étant tombé, au fil de mon bavardage, sur quelque chose de commode et de mécanique, je récitai, en les écorchant quelque peu, les paroles d'une chanson stupide en vogue à l'époque — Ô Carmen, ma petite Carmen, la-la-la, la-la-la, ces la-la-la nuits, et les astres et les gares, et les bars et les barmen ; je n'arrêtais pas de répéter ce bla-bla-bla automatique et la maintenais ainsi sous ce charme (charme en raison du bredouillement) très spécial, craignant mortellement pendant tout ce temps qu'une intervention divine ne vienne m'interrompre, subtiliser le fardeau rutilant dans lequel, en raison de la sensation qu'il me procurait, tout mon être semblait se concentrer, et pendant la première minute environ, cette angoisse me contraignit à besogner plus hâtivement que la jouissance savamment modulée ne l'eût estimé souhaitable. Les astres qui scintillaient, et les gares qui brasillaient, et les bars et les barmen, furent bientôt repris en chœur par elle ; sa voix s'appropria et corrigea la mélodie que j'avais mutilée. Elle était musicienne et exquise comme une pomme. Ses jambes, qui reposaient en travers de mes genoux ardents, se contractaient imperceptiblement ; je les caressais ; et elle, Lola la petite minette, étendue presque de tout son long dans le coin droit, continuait de se prélasser, dévorant son fruit immémorial, chantant à travers la pulpe juteuse, perdant sa pantoufle, frottant le talon de son pied déchaussé qu'agrémentait une socquette tire-bouchonnée contre la pile de vieilles revues entassées à ma gauche sur le sofa — et chaque mouvement qu'elle faisait, chaque contorsion ou ondulation, m'aidait à dissimuler et à perfectionner le secret système de correspondance tactile entre la belle et la bête — entre ma bête muselée sur le point d'éclater et la beauté de son corps creusé de fossettes enveloppé dans cette chaste robe en coton.

Sous la pointe baladeuse de mes doigts, je sentais les poils minuscules se hérisser imperceptiblement le long de ses mollets. Je me laissai aller à la touffeur âcre mais tonique qui, telle une brume d'été, flottait autour de la petite Haze. Faites qu'elle reste, faites qu'elle reste... Tandis qu'elle bandait son corps pour jeter le trognon de sa pomme abolie dans le garde-cendre, son jeune fardeau, ses jambes candidement impudiques et sa croupe ronde se déplacèrent sur mes genoux tendus, tourmentés, qui besognaient subrepticement ; et tout à coup un changement mystérieux s'opéra dans tous mes sens. J'accédai à une sphère d'existence où rien ne comptait plus que l'infusion de joie qui macérait à l'intérieur de mon corps. Ce qui n'était au début qu'un délicieux étirement de mes racines les plus intimes se mua en un fourmillement radieux, lequel avait atteint maintenant cet incomparable palier de sécurité, de confiance et de fiabilité que l'on ne retrouve nulle part ailleurs à l'état conscient. Rien ne pouvant plus désormais distraire cette béatitude ardente et profonde de la convulsion ultime vers laquelle elle s'acheminait, je sentis que je pouvais ralentir afin de prolonger la félicité. Lolita avait été définitivement solipsisée. Le soleil implicite palpitait dans les peupliers plantés là pour l'occasion ; nous étions fantastiquement et divinement seuls ; je l'observais, toute rose, pailletée d'or, qui se profilait derrière le voile de ma délectation maîtrisée dont elle demeurait inconsciente, étrangère, et le soleil jouait sur ses lèvres, et ses lèvres formaient encore apparemment les mots de la chansonnette Carmen-Barmen, lesquels ne parvenaient plus à franchir le seuil de ma conscience. Tout était prêt maintenant. Les nerfs du plaisir étaient désormais à vif. Les corpuscules de Krause commençaient à entrer dans leur phase de frénésie. La moindre pression allait suffire à donner le branle au paradis tout entier. Je n'étais plus Humbert le Roquet, ce corniaud aux yeux tristes étreignant la botte qui allait bientôt le flanquer dehors. Je ne craignais plus les tribulations du ridicule, les contingences du châtiment. Dans ce sérail de mon cru, j'étais un Turc robuste et radieux, pleinement conscient de sa liberté, différant délibérément le moment de jouir enfin de la plus jeune et de la plus frêle de ses esclaves. Suspendu au bord de cet abîme de volupté (un chef-d'œuvre de plénitude physiologique comparable à certaines techniques artistiques), je continuais de répéter au hasard certains mots après elle — barmen, alarmante, ma charmante, ma carmen, a-men, aha-ah-men — comme quelqu'un qui cause et rit dans son sommeil, tandis que ma main ravie remontait lentement le long de sa jambe ensoleillée aussi loin que le permettait l'ombre de la décence. La veille, elle s'était cognée contre le gros coffre du vestibule et — « Regarde, regarde ! — soupirai-je — regarde ce que tu as fait, ce que tu t'es fait, ah, regarde » ; car il y avait, je le jure, une ecchymose violette et jaunâtre sur sa charmante cuisse de nymphette que mon énorme main velue massait et enveloppait lentement — et comme ses sous-vêtements étaient plutôt sommaires, rien ne semblait plus pouvoir empêcher mon pouce musclé d'atteindre le creux de son aine brûlante — comme quand on chatouille et caresse une enfant agitée d'un rire nerveux — rien de plus — et elle s'écria : « Oh, ce n'est rien du tout », avec soudain un accent strident dans la voix, et elle se démena, se contorsionna et rejeta la tête en arrière, ses dents effleurant sa lèvre inférieure luisante tandis qu'elle se détournait à demi, et alors, messieurs du jury, ma bouche gémissante toucha presque son cou nu pendant que j'écrasais contre sa fesse gauche le dernier spasme de l'extase la plus longue qu'ait connue homme ou monstre.

Aussitôt après (comme si nous nous étions battus et que j'avais soudain relâché mon étreinte), elle roula sur le côté et se redressa d'un bond sur ses pieds — sur son pied, plutôt — afin de répondre au formidable vacarme du téléphone qui sonnait depuis peut-être une éternité, qui sait. Debout là devant moi, clignant des yeux, les joues en feu, les cheveux en désordre, elle effleurait du regard mon corps et les meubles avec un égal détachement, et, tandis qu'elle écoutait ou parlait (à sa mère qui lui disait de venir déjeuner avec elle chez les Chatfield — ni Lo ni Hum ne savaient encore ce que l'ennuyeuse Haze était en train de tramer), elle n'arrêtait pas de taper sur le rebord de la table avec la pantoufle qu'elle tenait à la main. Dieu soit loué, elle n'avait rien remarqué !

Avec un mouchoir de soie multicolore, où ses yeux à l'écoute se posèrent en passant, j'essuyai la sueur de mon front, et ensuite, submergé par l'euphorie du contentement, je rectifiai ma simarre royale. Elle était encore au téléphone en train de parlementer avec sa mère (ma petite Carmen voulait qu'on vienne la chercher en voiture) lorsque, chantant de plus en plus fort,

je montai fièrement à l'étage et déclenchai un maels-
tröm d'eau chaude dans la baignoire.

Au point où nous en sommes, il vaut peut-être mieux
que je donne les paroles complètes de cette chanson
populaire — pour autant que je m'en souvienne du
moins — que je n'ai jamais sue correctement, je crois.
Les voici :

Ô ma Carmen, ma petite carmen !
La-la-la, la-la-la ces la-la-la nuits,
Et les astres, et les gares, les bars et les barmen —
Et, ô ma charmante, nos horribles conflits.
Et la la-la-la ville où nous allions amènes,
Bras dessus, bras dessous ; notre ultime escarmouche,
Le pistolet avec lequel je t'ai tuée,
Ô ma Carmen,
Le pistolet qu'en ce moment je touche.

(J'imagine qu'il dégaina son 7,65 et colla un pru-
neau dans l'œil de sa môme.)

14

Je déjeunai en ville — il y avait des années que je
n'avais eu si faim. La maison était encore sans vie,
sans Lo, lorsque je rentrai d'un pas nonchalant. Je
passai l'après-midi à rêvasser, à manigancer, à ruminer
béatement mon expérience du matin.

J'étais fier de moi. J'avais ravi le suc d'un spasme sans attenter à la morale d'une mineure. Absolument pas de mal à ça. Le prestidigitateur avait versé du lait, de la mélasse, du champagne spumescent dans le sac à main blanc tout neuf d'une jeune demoiselle ; et, miracle, le sac était intact. J'avais échafaudé si subtilement mon rêve ignoble, ardent, infâme, que Lolita était toujours saine et sauve — et moi aussi. Ce n'était pas elle que j'avais possédée frénétiquement mais ma propre création, une autre Lolita imaginaire — plus réelle peut-être que Lolita elle-même ; qui se superposait à elle, l'enchâssait ; qui flottait entre elle et moi, et était dépourvue de volonté, de conscience — en fait de toute vie qui lui fût propre.

La chère enfant ignorait tout. Je ne lui avais rien fait. Et rien ne m'empêchait de répéter ce divertissement qui ne l'affectait pas plus que si elle eût été une simple image photographique ondulant sur un écran et moi un humble bossu souillant son corps dans l'obscurité. L'après-midi se traîna indéfiniment dans un silence confit, et les grands arbres débordant de sève semblaient être dans le secret ; et un désir, encore plus puissant qu'avant, se mit à me harceler de nouveau. Faites qu'elle revienne bientôt, suppliai-je, m'adressant à un Dieu d'emprunt, et pendant que maman est dans la cuisine, faites, de grâce, que la séance du canapé se reproduise, je l'adore si horriblement.

Non : « horriblement » n'est pas le mot. L'exaltation dont me comblait la vision de délices renouvelées n'était pas horrible mais pathétique. Pathétique est l'épithète adéquate. Pathétique — parce que, en dépit du feu insatiable de mon appétit vénérien, j'avais l'intention, avec une volonté et une prévoyance des plus ferventes, de protéger la pureté de cette enfant de douze ans.

Et voyez à présent comment je fus payé de mes peines. Lolita ne refit plus son apparition à la maison — elle était partie au cinéma avec les Chatfield. La table fut mise avec plus d'élégance que d'habitude : repas aux chandelles, s'il vous plaît. Enveloppée dans cette atmosphère sentimentale à souhait, Mrs. Haze effleura doucement l'argenterie des deux côtés de son assiette comme si elle caressait les touches d'un piano, et elle sourit au-dessus de son assiette vide (elle était au régime) et dit qu'elle espérait que j'aimerais la salade (recette puisée dans un magazine féminin). Elle espérait aussi que j'aimerais le rôti froid. Elle avait passé une merveilleuse journée. Mrs. Chatfield était une personne charmante. Phyllis, sa fille, partait en camp de vacances demain. Pour trois semaines. Lolita irait la rejoindre jeudi, c'était décidé. Au lieu d'attendre jusqu'en juillet, comme c'était prévu initialement. Et elle y resterait après le retour de Phyllis. Jusqu'à la rentrée des classes. Mirifique perspective, mon cœur.

Oh, je restai totalement pantois — allais-je donc perdre ma doucette au moment même où je l'avais faite secrètement mienne ? Pour justifier mon humeur sinistre, je dus avoir recours au même mal de dents que j'avais déjà simulé le matin même. Ce devait être une énorme molaire, avec un abcès aussi gros qu'une marasque.

« Nous avons un excellent dentiste, dit Haze. C'est notre voisin, en fait. Le docteur Quilty. L'oncle ou le cousin du dramaturge, je crois. Vous pensez que ça va passer ? Eh bien, comme vous voulez. À l'automne, je ferai "mettre un mors" à la petite, pour reprendre la formule de ma mère. Ça l'assagira peut-être un peu. Elle vous a effroyablement dérangé ces derniers jours, je le crains. Et nous allons avoir droit à quelques séances houleuses d'ici son départ. Elle a refusé catégoriquement d'y aller, et j'avoue que je l'ai laissée avec les Chatfield parce que je n'avais pas le courage pour le moment de me retrouver seule avec elle. Le film va peut-être la calmer. Phyllis est une fille tout à fait adorable, et je ne vois absolument pas pourquoi Lo la déteste. Vraiment, *monsieur**, je suis absolument navrée pour cette maudite dent. Ce serait tellement plus raisonnable de me laisser téléphoner à Ivor Quilty tôt demain matin si elle continue encore à vous faire mal. D'ailleurs, entre nous soit dit, je crois qu'un camp de vacances c'est tellement plus sain et — enfin, tellement plus raisonnable, comme je le disais, que de se morfondre sur une pelouse de banlieue, d'emprunter le rouge à lèvres de maman, de harceler les messieurs timides et studieux, et de piquer des crises à la moindre provocation.

— Êtes-vous sûre, finis-je par dire, qu'elle sera heureuse là-bas ? (faiblard, lamentablement faiblard !)

— Il faudra bien qu'elle s'y fasse, dit Haze. Et elle ne va pas faire que s'amuser, non plus. Le camp est dirigé par Shirley Holmes — vous savez, celle qui a écrit *Campfire Girl*. La vie de camp va apprendre à Dolores

Haze à se développer dans plusieurs domaines : santé, savoir, caractère. Et surtout à acquérir un sens plus affiné de ses responsabilités vis-à-vis des autres. Et si nous prenions ces bougies et allions nous asseoir un instant dans la piazza, à moins que vous ne préfériez aller vous coucher et couver cette dent ? »

Couver cette dent.

15

Le lendemain, elles se rendirent en voiture au centre-ville pour acheter ce qu'il fallait pour le camp ; toute acquisition d'articles vestimentaires produisait un effet miraculeux sur Lo. Au dîner, elle semblait avoir retrouvé son air sarcastique habituel. Aussitôt après, elle monta dans sa chambre pour se plonger dans les magazines de bandes dessinées achetés en prévision des jours de pluie au Camp Q (lorsque arriva le jeudi, elle les avait si copieusement feuilletés qu'elle les laissa à la maison). Je me retirai moi aussi dans ma tanière et écrivis des lettres. Je projetais maintenant de partir au bord de la mer et ensuite, à la rentrée des classes, de reprendre mon existence chez les Haze ; car je savais déjà que je ne pouvais vivre sans la petite. Le mardi, elles retournèrent faire des emplettes, et on me demanda de répondre au téléphone si la directrice du camp télé-phonait pendant leur absence. Ce qu'elle fit ; et un mois plus tard environ, nous eûmes l'occasion d'évoquer notre charmant entretien. Ce mardi-là, Lo prit son dîner dans sa chambre. Elle avait pleuré après une de ses habituelles disputes avec sa mère et, comme cela s'était produit en de précédentes occasions, elle n'avait pas voulu que je voie ses yeux gonflés : elle avait une de ces peaux délicates qui, après une bonne crise de larmes, prennent une carnation vaporeuse et enflammée, et un charme morbide. Je regrettai amèrement qu'elle ait pu se méprendre à ce point sur mes goûts esthétiques, car j'adore littéralement cette touche de rose botticellien, cette coloration érubescente autour des lèvres, ces cils humides et emmêlés ; il va sans dire que son timide caprice me priva en maintes occasions d'une consolation spécieuse. Les choses n'étaient cependant pas aussi simples que je le pensais. Tandis que nous étions assis dans l'obscurité de la véranda (un vent impertinent avait soufflé les bougies rouges de ma logeuse), Haze, poussant un rire las, confessa avoir dit à Lo que son très cher Humbert approuvait sans réserve cette idée du camp, « et maintenant, ajouta Haze, la gosse fait une crise ; prétexte : vous et moi voulons nous débarrasser d'elle ; la vraie raison : je lui ai dit que demain nous allions échanger certains vêtements de nuit beaucoup trop jolis qu'elle m'a forcée à lui acheter et prendre à la place quelque chose de plus ordinaire. Vous comprenez, elle se prend pour une starlette ; moi, je la considère comme une gosse vigoureuse et en bonne santé mais totalement dénuée de charme. Voilà, j'imagine, la source de tous nos ennuis ».

Le mercredi, je parvins à accrocher Lo au passage l'espace de quelques secondes : elle était sur le palier, vêtue d'un sweat-shirt et d'un short blanc taché de vert, en train de farfouiller dans une malle. Je dis quelque chose qui se voulait gentil et drôle mais elle se contenta de pousser un petit grognement sans me regarder. En désespoir de cause, Humbert agonisant lui donna gauchement une petite tape sur le coccyx, et elle le frappa, fort cruellement, avec un des embauchoirs de feu Mr. Haze. « Faux jeton », dit-elle tandis que je descendais piteusement l'escalier en feignant force repentir. Elle ne daigna pas venir dîner avec Hum et mum : elle prit un shampooing et alla se coucher avec ses livres ineptes. Et le jeudi, l'impassible Mrs. Haze la conduisit au Camp Q.

Pour reprendre la formule chère à des auteurs plus illustres que moi : « Que le lecteur imagine... », etc. À bien y réfléchir, je ferais aussi bien de donner à ces imaginations un coup de pied au postérieur. Je savais que j'étais tombé amoureux à tout jamais de Lolita ; mais je savais aussi qu'elle ne resterait pas Lolita à tout jamais. Elle allait avoir treize ans le 1er janvier. Dans deux ans environ, elle allait cesser d'être une nymphette et devenir une « jeune fille », et ensuite une « étudiante » — l'horreur suprême. L'expression « à tout jamais » ne se référait qu'à ma propre passion, qu'à l'éternelle Lolita telle qu'elle se reflétait dans mon sang. La Lolita dont les crêtes iliaques ne s'étaient pas encore épanouies, la Lolita que je pouvais toucher et sentir et entendre et voir aujourd'hui, la Lolita à la voix stridente, aux cheveux d'un brun ardent — avec leur frange et leurs ondulations sur les côtés et leurs boucles derrière —, au cou brûlant et moite, et au vocabulaire vulgaire — « dégueu », « super », « formid », « cinglé », « corniaud » —, c'était cette Lolita, ma Lolita, que le pauvre Catulle allait perdre à tout jamais. Comment donc pouvais-je me résigner à ne pas la voir pendant deux longs mois d'insomnies estivales ? Deux mois sur les deux années qui restaient de son nymphage ! Fallait-il que je me déguise en une lugubre demoiselle archaïque, Mlle Humbert la grande perche, et plante ma tente juste à la lisière du Camp Q, dans l'espoir que ses nymphettes rousselettes viennent hurler : « Et si nous adoptions cette pauvre réfugiée à la voix grave », qu'elles traînent la triste Berthe *au Grand Pied**, souriant timidement, jusqu'à leur foyer rustique. Berthe va dormir avec Dolores Haze !

Rêves oiseux et stériles. Deux mois de beauté, deux mois de tendresse, allaient être gaspillés à tout jamais, et je ne pouvais rien y faire, *mais rien**, absolument rien.

Cependant, ce jeudi m'offrit dans sa cupule une goutte de miel précieux. Haze devait aller la conduire au camp tôt le matin. Divers bruits de départ parvenant jusqu'à moi, je me roulai hors du lit et me penchai à la fenêtre. La voiture palpitait déjà sous les peupliers. Sur le trottoir, Louise abritait ses yeux derrière sa main en visière comme si déjà la petite voyageuse partait au galop dans le soleil rasant du matin. Le geste s'avéra prématuré. « Dépêche-toi ! » cria Haze. Ma Lolita, qui était à demi installée et se préparait à claquer la portière, à baisser la vitre, à adresser un signe d'adieu à Louise et aux peupliers (qu'elle ne devait jamais revoir ni l'une ni les autres), interrompit le cours du destin :

elle leva les yeux — et revint à toute vitesse à la maison (tandis que Haze la rappelait furieusement). L'instant d'après, j'entendis ma doucette monter l'escalier en courant. Mon cœur se dilata si violemment qu'il faillit m'annihiler. Je remontai le pantalon de mon pyjama, ouvris la porte d'un geste brusque : au même instant, Lolita arriva en piaffant, toute haletante dans sa robe du dimanche, et elle fut soudain dans mes bras, sa bouche innocente se dissolvant sous la pression féroce de noires mâchoires masculines, ma palpitante doucette ! L'instant d'après, je l'entendis — pleine de vie, toujours vierge — dévaler bruyamment l'escalier. Le destin reprit son cours. La jambe blonde se replia, la portière claqua — claqua à nouveau — et d'un violent coup de volant, Haze, dont les lèvres rouges comme du caoutchouc se contorsionnaient sous un flux de paroles rageuses, inaudibles, emporta ma doucette en un éclair, tandis qu'à l'insu de la mère, de la fille et de Louise, la vieille Miss Opposite, une infirme, agitait la main, timidement mais en cadence, depuis sa véranda couverte de vigne vierge.

16

Le creux de ma main était encore plein de l'ivoire compact de son corps — plein de son dos galbé de préadolescente, de ce frôlement de sa peau lisse comme l'ivoire à travers la robe mince que j'avais froissée tout le long du dos tandis que je la tenais. Je pénétrai d'un pas décidé dans sa chambre en désordre, ouvris toute grande la porte du placard et plongeai dans un monceau d'effets chiffonnés qui avaient été en contact avec elle. Il y avait en particulier un bout d'étoffe rose, sordide, déchiré, dont la couture exhalait une odeur légèrement âcre. J'enveloppai dedans l'énorme cœur congestionné de Humbert. Un chaos poignant s'enfla en moi — mais je dus renoncer à tout cela et recouvrer précipitamment mes esprits quand je pris soudain conscience de la voix veloutée de la bonne qui m'appelait discrètement de l'escalier. Elle avait un message pour moi, dit-elle ; et, répondant à mes remerciements automatiques par un aimable « pas de quoi », la brave Louise déposa dans ma main une lettre non affranchie et étonnamment propre.

Ceci est une confession : je vous aime [ainsi commençait la lettre ; et pendant un bref instant d'aveuglement, je crus reconnaître dans ce griffonnage hystérique le gribouillis d'une écolière]. Dimanche dernier à l'église — méchant garçon, vous avez refusé de venir voir nos jolis vitraux tout neufs ! —, oui, ce n'est que dimanche dernier, mon très cher, que j'ai demandé au Seigneur ce que je devais faire, et qu'il me fut répondu d'agir comme je le fais maintenant. Il n'y a pas d'alternative, vous comprenez. Je vous ai aimé dès l'instant où je vous ai vu. Je suis une femme passionnée et solitaire, et vous êtes l'amour de ma vie.

Maintenant, mon cher, mon très cher ami, *mon cher, cher monsieur**, vous avez lu cela ; maintenant vous savez. Alors, je vous en prie, faites vos valises et partez de suite. C'est votre logeuse qui vous l'ordonne. Je congédie un locataire. Je vous jette à la porte. Partez ! Fichez le camp ! *Departez !** Je serai de retour à l'heure du dîner, si je fais du cent trente à l'heure à l'aller et au retour et n'ai pas d'accident (mais qu'est-ce que cela pourrait bien faire ?), et je ne souhaite pas vous retrouver à la maison. Je vous en prie, je vous en conjure, partez tout de suite, maintenant, ne vous donnez pas la peine de lire ce message absurde jusqu'à la fin. Partez. Adieu.

La situation est très simple, *chéri**. Bien sûr, je sais pertinemment que je ne suis rien pour vous, absolument rien. Oh, certes, vous aimez parler avec moi (charrier la pauvre femme que je suis), vous avez fini par vous attacher à notre accueillante maison, aux livres que j'aime, à mon ravissant jardin, et même aux manières tapageuses de Lo — mais je ne suis rien pour vous. Pas vrai ? Bien sûr que c'est vrai. Absolument rien pour vous. Mais si, après avoir lu ma « confession », vous décidiez, avec votre romantisme d'Européen ténébreux, que je suis assez séduisante pour que vous en profitiez pour me faire des avances, alors vous seriez un criminel — pire encore qu'un kidnappeur qui viole une enfant. Vous voyez, *chéri**. Si vous décidiez de rester, si, je dis bien si, je vous trouvais à la maison (ce qui ne sera pas le cas, je le sais — et c'est pourquoi je puis continuer de divaguer ainsi), le fait que vous soyez resté ne pourrait signifier qu'une seule chose : que vous voulez de moi autant que je veux de vous ; comme partenaire à vie ; et que vous êtes disposé à associer votre destin au mien à tout jamais, et à être un père pour ma petite fille.

Permettez-moi de délirer et de divaguer pendant quelques fractions de secondes encore, très cher ami, puisque, je le sais, vous avez déjà déchiré cette lettre et en avez jeté les fragments (illisibles) dans le vortex des toilettes. Mon cher ami, *mon très, très cher**, vous ne sauriez imaginer l'univers d'amour que j'ai construit pour vous durant ce miraculeux mois de juin ! Je connais votre réserve, toute « britannique ». Votre discrétion héritée du vieux continent, votre sens de la bienséance vont sans doute être heurtés par la hardiesse d'une fille américaine ! Vous qui savez dissimuler vos sentiments les plus intenses devez me considérer comme une petite minette sans pudeur d'oser ainsi ouvrir tout grand mon pauvre cœur meurtri. Au cours des années passées, j'ai connu bien des déceptions. Mr. Haze était une personne merveilleuse, une âme pure, mais il avait malheureusement vingt ans de plus que moi, et — enfin, mieux vaut ne pas parler du passé. Mon très cher ami, votre curiosité doit être amplement satisfaite si vous avez passé outre à ma requête et lu cette lettre jusqu'à son misérable terme. Peu importe. Détruisez-la et partez. N'oubliez pas de laisser la clé sur le bureau de votre chambre. Et un semblant d'adresse afin que je puisse vous rembourser les douze dollars que je vous dois jusqu'à la fin du mois. Au revoir, chéri. Priez pour moi – s'il vous arrive de prier.

C. H.

Ce que je présente ici est tout ce que je me rappelle de cette lettre, et ce que je me rappelle, je me le rappelle mot pour mot (y compris l'exécrable français). Elle était au moins deux fois plus longue. J'ai omis un passage lyrique que je sautai plus ou moins à l'époque concernant le frère de Lolita, mort à l'âge de deux ans alors que celle-ci en avait quatre, et que j'aurais tant aimé. Voyons voir, qu'est-ce que je peux dire d'autre ? Ah, oui. Il se peut que le « vortex des toilettes » (où aboutit en effet la lettre) soit ma propre contribution prosaïque. Elle me supplia probablement d'allumer un bûcher exprès pour la consumer.

Mon premier réflexe fut un réflexe de répulsion et de défiance. Le second fut plus serein, comme si la main apaisante d'un ami retombait sur mon épaule et m'adjurait de prendre mon temps. Ce que je fis. Sortant de mon hébétude, je découvris que j'étais encore dans la chambre de Lo. Une publicité pleine page arrachée à un magazine glacé était affichée au mur au-dessus du lit, entre la binette d'un chanteur de charme et les cils d'une actrice de cinéma. Elle représentait un jeune marié aux cheveux noirs dont les yeux d'Irlandais brillaient d'une sorte de regard vide. Il posait dans une robe de chambre du créateur Trucmuche et tenait un plateau ressemblant à un pont créé par Machin Chouette, sur lequel était servi un petit déjeuner pour deux. La légende, rédigée par le révérend Thomas Morell, désignait ce personnage sous le nom de « héros conquérant ». La dame totalement conquise (mais absente de la photo) était vraisemblablement en train de se relever dans le lit et de s'adosser à des oreillers en attendant de recevoir sa moitié de plateau. On voyait mal comment son compagnon de lit allait passer sous le pont sans rencontrer quelque mésaventure déplaisante. Lo avait dessiné une flèche facétieuse pointée vers le visage blême de l'amant et elle avait écrit, en grosses lettres : H. H. Et en effet, malgré quelques années d'écart, la ressemblance était frappante. Il y avait une autre photo en dessous, une publicité en couleurs aussi. Un dramaturge de renom fumait une Drome d'un air solennel. Il fumait toujours des Dromes. La ressemblance était mince. Et en dessous il y avait le lit chaste de Lo, jonché de « bandes dessinées ». L'émail du montant du lit s'était écaillé, laissant des marques noires plus ou moins rondes sur le blanc. Après m'être assuré que Louise était partie, je me glissai dans le lit de Lo et relus la lettre.

17

Messieurs du jury ! Je ne jurerais pas que certaines considérations afférentes à la présente affaire — qu'on me passe l'expression — n'avaient pas effleuré mon esprit auparavant. Mon esprit ne les avait pas retenues sous quelque forme logique que ce soit ou par rapport à quelques circonstances clairement mémorisées ; mais je ne jurerais pas — je le répète — que je ne les avais pas caressées (pour forger une autre expression) dans la pénombre de ma pensée, dans les ténèbres de ma passion. Il se peut qu'en certaines occasions — il a dû se faire qu'en certaines occasions, si je connais bien mon Humbert — j'aie envisagé avec détachement l'idée que je pourrais épouser une veuve d'âge mûr (Charlotte Haze, par exemple) n'ayant aucun parent dans ce vaste monde décidément bien gris, à seule fin de pouvoir faire ce que je voulais avec son enfant (Lo, Lola, Lolita). Je suis même prêt à avouer à mes bourreaux qu'une fois ou deux peut-être j'avais jeté le regard froid du commissaire-priseur sur les lèvres de corail, les cheveux de bronze et le dangereux décolleté de Charlotte, et avais tenté vaguement de caser celle-ci dans quelque fantasme plausible. J'avoue cela sous la torture. Torture imaginaire, peut-être, mais d'autant plus horrible. J'aimerais pouvoir ouvrir une digression et vous en dire davantage sur les accès de *pavor nocturnus* qui hantaient hideusement mes nuits d'adolescent après qu'une certaine expression m'eut frappé au hasard de mes lectures, comme par exemple *peine forte et dure** (quel génie de la souffrance a bien pu inventer ça !) ou encore des mots effrayants, mystérieux, insidieux comme « traumatisme », « événement traumatique » ou même « imposte ». Mais mon récit n'est déjà que trop décousu comme cela.

Au bout d'un moment, je détruisis la lettre et me rendis dans ma chambre où je ruminai, m'ébouriffai les cheveux, posai dans mon peignoir violet, gémis entre mes dents serrées, et soudain — soudain, messieurs du jury, je sentis se dessiner (à travers le rictus qui tordait mes lèvres) un sourire dostoïevskien pareil à un soleil effroyable et lointain. Je me représentai (dans des conditions de visibilité nouvelles et parfaites) toutes les caresses fortuites que l'époux de sa mère pourrait prodiguer à sa Lolita. Je la presserais contre moi trois fois par jour, tous les jours. Tous mes maux seraient éliminés, je recouvrerais la santé. « Te serrer gentiment sur un genou affable et imprimer sur ta joue délicate un baiser paternel [1]... » Cultivé, le brave Humbert !

Alors, avec d'infinies précautions, sur la pointe des pieds de l'imagination, pour ainsi dire, j'essayai de me représenter Charlotte dans le rôle de l'épouse. Bon Dieu, je saurais bien m'astreindre à lui apporter ce pamplemousse parcimonieusement coupé en deux, ce petit déjeuner sans sucre.

Humbert Humbert, transpirant sous la lumière blanche et crue, invectivé et foulé aux pieds par des policiers tout couverts de sueur, est maintenant disposé à faire une nouvelle « déposition » (*quel mot !**) tandis qu'il retourne sa conscience comme un gant et en arrache la doublure la plus intime. Loin de moi l'intention d'épouser la pauvre Charlotte à seule fin de l'éliminer

---

1. Vers tirés du chant III de *Childe Harold's Pilgrimage* (*Le chevalier Harold*) de Byron.

ensuite de quelque façon vulgaire, horrible, autant que dangereuse, de l'assassiner par exemple en mettant cinq cachets de bichlorure de mercure dans son sherry préprandial ou quelque chose du genre ; cependant, j'avoue qu'une pensée pharmacopéeienne subtilement voisine carillonna bel et bien dans mon cerveau sonore et embrumé. Pourquoi me limiter à la prude caresse masquée que j'avais déjà expérimentée ? D'autres visions de débauche s'offrirent à moi avec des bercements et des sourires charmeurs. Je m'imaginai en train d'administrer un puissant soporifique à la mère et à la fille en vue de pouvoir caresser cette dernière toute la nuit en toute impunité. La maison bourdonnait du ronflement de Charlotte, tandis que Lolita respirait à peine dans son sommeil, aussi paisible qu'une enfant sur un tableau. « Maman, je te jure que Kenny ne m'a même pas touchée. — Tu mens, Dolores Haze, ou bien c'était un incube. » Non, je n'irais pas jusque-là.

Ainsi complotait et rêvait Humbert le Cube — et le rouge soleil du désir et de la décision (les deux choses qui créent un monde vivant) s'éleva de plus en plus haut, tandis que sur une succession de balcons une ribambelle de libertins tenant à la main un verre pétillant portaient un toast aux nuits de félicité passées et à venir. Puis, métaphoriquement parlant, je brisai le verre et m'imaginai crânement (car, déjà, j'étais grisé par ces visions et sous-estimais la placidité de ma nature) comment, finalement, j'allais pouvoir, à grand renfort de chantage — non, le mot est trop fort —, de cabotinage, contraindre la grosse Haze à me laisser fréquenter la petite Haze en la menaçant de la quitter, elle, la vieille colombe énamourée, si elle tentait de m'empêcher de jouer avec ma belle-fille légitime. En un mot, devant une si Mirifique Proposition, devant des perspectives si vastes et si variées, j'étais aussi désemparé que l'eût été Adam assistant à l'avant-première de l'histoire orientale à ses débuts, dans le mirage de son verger de pommiers.

Et maintenant veuillez noter l'importante remarque suivante : l'artiste en moi vient de prendre le pas sur le gentleman. C'est au prix d'un prodigieux effort de volonté que dans ce mémoire je suis parvenu à accorder mon style au ton du journal que je tenais à l'époque où Mrs. Haze ne constituait pour moi qu'un obstacle. Ce journal n'est plus ; mais j'ai estimé que c'était mon devoir en tant qu'artiste d'en préserver les intonations, si fausses et si brutales qu'elles paraissent maintenant. Par bonheur, mon récit a atteint un stade où je puis cesser d'insulter la pauvre Charlotte simplement par amour de la vraisemblance rétrospective.

Désireux d'épargner à la pauvre Charlotte deux ou trois heures de suspense sur une route sinueuse (et de lui éviter, peut-être, une collision frontale qui ferait voler en éclats nos rêves respectifs), je fis une tentative fort attentionnée mais infructueuse pour la joindre au camp par téléphone. Elle était repartie une demi-heure plus tôt, et lorsque j'entendis à la place Lolita, je lui dis — tremblant et débordant d'orgueil d'avoir su dompter le destin — que j'allais épouser sa mère. Je dus répéter cela deux fois parce que quelque chose l'empêchait de prêter attention à ce que je racontais.

« Ça alors, c'est chouette, dit-elle en riant. Quand est-ce qu'a lieu le mariage ? Attendez une seconde, ce bâtard – ce sale bâtard a pris ma socquette. Écoutez... » et elle avait l'impression, ajouta-t-elle, qu'elle allait drôlement s'amuser... et je compris en raccrochant que quelques heures dans ce camp avaient suffi à éclipser l'image du séduisant Humbert Humbert dans l'esprit de Lolita au profit de nouvelles impressions. Mais qu'est-ce que ça pouvait faire maintenant ? Après le mariage, j'allais la récupérer dès qu'un laps de temps décent se serait écoulé. « La fleur d'oranger aurait à peine eu le temps de se flétrir sur la tombe », comme aurait pu dire un poète. Mais je ne suis pas poète. Je ne suis qu'un mémorialiste très consciencieux.

Après le départ de Louise, j'inspectai le réfrigérateur et, le trouvant beaucoup trop puritain, je me rendis en ville à pied et achetai les victuailles les plus riches que je pus trouver. J'achetai également un alcool de marque et deux ou trois sortes de vitamines. À l'aide de ces stimulants et de mes ressources naturelles, j'étais presque assuré d'échapper à l'embarras auquel mon indifférence risquait de se trouver exposée lorsqu'elle allait devoir déployer une puissante et impatiente ardeur. À maintes reprises, l'ingénieux Humbert se représenta Charlotte telle qu'elle pouvait apparaître dans le peep-show d'une imagination virile. Elle était soignée et bien faite, je ne pouvais pas dire le contraire, et c'était la grande sœur de ma Lolita — voilà une notion que je pouvais exploiter avec profit à la condition de ne pas évoquer de manière trop réaliste ses lourdes hanches, ses genoux ronds, sa poitrine mûre, la peau rose et rêche de son cou (« rêche » en comparaison de la soie et du miel) et tous les autres éléments de cette chose fade et pitoyable : une belle femme.

Le soleil fit sa ronde habituelle autour de la maison tandis que l'après-midi mûrissait et déclinait vers le soir. Je bus un verre. Puis un autre. Et encore un autre. Le gin et le jus d'ananas, ma mixture préférée, redoublent toujours mon énergie. Je décidai de m'occuper de notre pelouse négligée. *Une petite attention**. Elle était infestée de pissenlits, et un satané chien — je déteste les chiens — avait souillé les dalles où s'était dressé jadis un cadran solaire. Le soleil de la plupart des pissenlits s'était mué en lune. Le gin et Lolita dansaient en moi, et je faillis basculer par-dessus les chaises pliantes que j'essayais de déloger. Zèbres incarnats ! Il est des éructations qui retentissent comme des applaudissements — c'était le cas des miennes, en tout cas. Une palissade antique à l'arrière du jardin nous séparait des réceptacles à ordures et des lilas du voisin ; mais il n'y avait rien entre l'extrémité de notre pelouse de devant (qui descendait en pente d'un côté de la maison) et la rue. Ainsi, je fus en mesure d'épier (avec le sourire satisfait de celui qui se prépare à accomplir une bonne action) le retour de Charlotte : cette dent mériterait d'être extraite tout de suite. Tandis que je tanguais et roulais avec la tondeuse à main, les bouts d'herbe gazouillant visuellement dans le soleil couchant, je ne perdais pas de vue cette section de notre rue de banlieue. Dans le virage, elle débouchait de dessous une voûte d'arbres gigantesques et ombreux, puis descendait vite, très vite vers nous, en pente raide, passait devant la maison en brique couverte de lierre et la pelouse pentue (infiniment mieux soignée que la nôtre) de la vieille Miss Opposite et disparaissait derrière notre propre porche de devant que je ne pouvais voir de là où j'étais, travaillant et rotant tout mon soûl. Les pissenlits périrent. Une odeur de sève repoussante se mêlait à l'ananas. Deux petites filles, Marion et Mabel, dont j'épiais mécaniquement les allées et venues depuis quelque temps (mais qui pouvait remplacer ma Lolita ?), remontèrent vers l'avenue (d'où cascadait notre Lawn Street), l'une poussant une bicyclette, l'autre picorant dans un sac en papier, parlant toutes deux à tue-tête de leurs voix nimbées de soleil. Leslie, le chauffeur-jardinier de la vieille Miss Opposite, un Noir très affable et athlétique, m'adressa un sourire de loin et cria, cria de nouveau, joignant le geste à la parole, que j'étais bigrement énergique aujourd'hui. Le stupide chien du brocanteur prospère qui habitait la maison d'à côté courut après une voiture bleue — pas celle de Charlotte. La plus jolie des deux gamines (Mabel, je crois), short, soutien-gorge-brassière sans grand-chose à soutenir, cheveux étincelants — une nymphette, par Pan ! —, redescendit la rue en courant et en froissant son sac en papier et fut dissimulée aux yeux de ce Bouc vert par la façade de la résidence de Mr. et Mrs. Humbert. Un break surgit de l'ombrage feuillu de l'avenue, traînant encore sur son toit des lambeaux d'ombre qui ne tardèrent pas à s'éclipser, et il passa en un éclair devant la maison à une allure démentielle, piloté par un conducteur en sweat-shirt qui se retenait au toit de la main gauche tandis que le chien du brocanteur galopait à côté. Il y eut une pause souriante — et aussitôt, la poitrine palpitante, j'assistai au retour de la Berline bleue. Je la vis descendre doucement la côte et disparaître derrière le coin de la maison. J'entraperçus le pâle et paisible profil de Charlotte. Je m'avisai que, tant qu'elle ne serait pas montée à l'étage, elle ne saurait pas si j'étais parti ou non. Une minute plus tard, elle apparut à la fenêtre de la chambre de Lo, le visage empreint d'une intense expression d'angoisse, et elle me vit. Montant les marches quatre à quatre, je parvins à atteindre ladite chambre avant qu'elle ne l'eût quittée.

18

Lorsque la mariée est veuve et le marié veuf aussi ; lorsque la première vit dans Notre Grande Petite Ville depuis à peine deux ans, et le second depuis à peine un mois ; quand *Monsieur** veut boucler cette satanée affaire aussi vite que possible et que *Madame** se soumet avec un sourire compréhensif ; alors, cher lecteur, le mariage est généralement une « paisible » formalité. La mariée peut faire l'économie d'une tiare de fleurs d'oranger pour retenir son voile écourté, et elle ne met pas non plus d'orchidée blanche dans son livre de prières. La fille de la mariée aurait pu ajouter aux cérémonies qui unirent H. et H. une touche de vif vermeil ; mais comme je savais que je ne pouvais encore me permettre d'être trop tendre avec Lolita maintenant prise au piège, je reconnus qu'il était inutile d'arracher la gamine aux délices du Camp Q.

Ma Charlotte *soi-disant** solitaire et passionnée était dans la vie de tous les jours terre à terre et grégaire. De plus, je découvris que, bien qu'elle fût incapable de contrôler son cœur ou ses cris, elle n'en demeurait pas moins une femme de principes. Sitôt devenue pour ainsi dire ma maîtresse (malgré les stimulants, son « *chéri** nerveux et ardent » – un *chéri** héroïque ! – éprouva au début quelques difficultés, mais il la dédommagea amplement en la gratifiant d'un fabuleux assortiment de cajoleries typiquement européennes), la brave Charlotte me questionna sur mes rapports avec Dieu. J'aurais pu répondre qu'à cet égard je n'avais pas d'idées préconçues ; au lieu de ça, je dis – payant mon tribut à une pieuse platitude – que je croyais en un esprit cosmique. Posant le regard sur ses ongles, elle me demanda aussi s'il n'y avait pas dans ma famille certaine filiation étrange. Je la contrai en lui demandant si elle consentirait encore à m'épouser dans le cas où le grand-père maternel de mon père eût été, disons, un Turc. Elle dit que cela n'avait absolument aucune importance ; mais que si elle découvrait un jour que je ne croyais pas en Notre Dieu chrétien, elle se suiciderait. Elle dit cela avec une telle solennité que j'en eus la chair de poule. C'est alors que je me rendis compte que c'était une femme de principes.

Oh, elle avait des manières très affectées : elle disait « pardon » chaque fois qu'un léger renvoi venait interrompre le flot de ses paroles, disait hanveloppe au lieu d'enveloppe, et quand elle parlait de moi à une de ses amies elle m'appelait Mr. Humbert. J'estimai que cela lui ferait plaisir si, en entrant dans sa communauté, je traînais un semblant de prestige derrière moi. Le jour de notre mariage, une petite interview de moi parut dans le carnet mondain du *Journal* de Ramsdale, accompagnée d'une photographie de Charlotte avec un sourcil relevé et son nom estropié (« Hazer »). Malgré ce contretemps, la publicité réchauffa son pauvre cœur en porcelaine — et fit carillonner mes cascabelles d'une horrible félicité. À force de s'impliquer dans les activités de la paroisse et aussi de faire la connaissance des femmes les plus respectables parmi les mères des condisciples de Lo, Charlotte avait acquis, en une vingtaine de mois, le statut de citoyenne sinon notable du moins acceptable, mais jamais encore elle n'avait figuré sous cette *rubrique** éblouissante, et ce fut moi, Mr. Edgar H. Humbert (j'ajoutai « Edgar » par bravade), « écrivain et explorateur », qui lui valus cet honneur. Le frère de McCoo, lorsqu'il nota mes paroles, me demanda ce que j'avais écrit. Je ne me souviens plus de ce que je lui dis mais, sous sa plume, cela devint « plusieurs livres sur Peacock, Rainbow et autres poètes ». L'article signalait aussi que Charlotte et moi nous connaissions depuis plusieurs années et que j'étais un cousin éloigné de son premier mari. Je laissai entendre que j'avais eu une idylle avec elle dix ans auparavant mais ce détail fut passé sous silence. Je dis à Charlotte que ces chroniques mondaines se devaient de contenir un chatoiement d'erreurs.

Poursuivons cet étrange récit. Lorsqu'il me fut donné de concrétiser ma promotion et de passer du statut de locataire à celui d'amant, n'éprouvai-je qu'amertume et dégoût ? Non. Mr. Humbert reconnaît avoir ressenti une légère titillation de vanité, un semblant de tendresse, et même un soupçon de remords courir le long de la lame de sa dague de conspirateur. Jamais je n'aurais cru que Mrs. Haze, aussi ridicule que distinguée, nourrissant une foi aveugle en la sagesse de son église et de son club de livres, affectant une préciosité dans l'élocution, affichant une attitude cruelle, froide et méprisante envers une adorable enfant de douze ans aux bras duveteux, pouvait se transformer en une créature touchante, désemparée, dès que je poserais la main sur elle, ce que je fis sur le seuil de la chambre de Lolita où elle battit en retraite toute tremblante en répétant : « Non, non, je vous en supplie, non. »

Cette transformation ne fit qu'accroître ses charmes. Son sourire, qui avait été pour le moins forcé, acquit désormais l'éclat de l'adoration totale — et cet éclat exprimait un je-ne-sais-quoi de doux et de moite où je retrouvais avec émerveillement une ressemblance avec cet air désemparé, inepte, charmant qu'avait Lo lorsqu'elle contemplait d'un air hilare quelque nouvelle décoction chez le marchand de soda ou admirait silencieusement mes habits coûteux qui semblaient toujours sortir de chez le tailleur. J'étais profondément fasciné quand je voyais Charlotte faire assaut de jérémiades parentales avec une autre dame et esquisser cette grimace nationale de résignation féminine (les yeux au ciel, les lèvres retombant aux deux extrémités) que j'avais vu Lolita faire elle-même, dans son style enfantin. Nous prenions plusieurs whiskies-soda avant de nous coucher, ce qui me permettait d'évoquer l'image de la fille en caressant la mère. C'était ici dans ce ventre blanc que ma nymphette avait été, en 1934, un petit poisson tout recroquevillé. Ces cheveux soigneusement teints, et si stériles à mon odorat et à mon toucher, prenaient à certains moments dans le lit à baldaquin éclairé par la lampe la coloration sinon la texture des boucles de Lolita. Je ne cessais de me dire, en maniant mon épouse toute neuve grandeur nature, que, biologiquement parlant, j'étais plus proche de Lolita que je ne le serais jamais ; qu'à l'âge de Lolita, Lotte avait été une écolière aussi désirable que l'était sa fille, et que le serait un jour la fille de Lolita. À ma demande, mon épouse exhuma de dessous une collection de chaussures (Mr. Haze avait une passion pour ces choses-là, semble-t-il) un album vieux de trente ans dans lequel je pus voir à quoi ressemblait Lotte enfant ; et, en dépit de l'éclairage défectueux et des robes dépourvues de charme, je parvins à entrevoir une première et pâle version de la silhouette, des jambes, des pommettes, du nez retroussé de Lolita. Lottelita, Lolitchen.

Ainsi je réussis à glisser un regard indiscret à travers les haies des ans et jusque dans de petites fenêtres blafardes. Et lorsque, à grand renfort de caresses piteusement ardentes, naïvement lascives, la dame au noble mamelon et à la cuisse massive me préparait chaque soir à accomplir mon devoir, c'était encore le parfum d'une nymphette qu'en désespoir de cause je tentais de déceler tandis que j'aboyais à travers les taillis de forêts sombres et putrescentes.

Vous ne pouvez vous imaginer à quel point ma pauvre épouse était douce, touchante. Au petit déjeuner, dans la clarté déprimante de la cuisine, avec ses chromes luisants, son calendrier des Quincailleries Réunies et son ravissant coin-repas (à l'image de ce vénérable café où, lorsqu'ils étaient étudiants, Charlotte et Humbert aimaient roucouler de concert), elle se tenait là béatement assise dans son peignoir rouge, les coudes posés sur la table plastifiée, la joue appuyée contre son poing, et me dévorait des yeux avec une tendresse intolérable pendant que je consommais mon jambon et mes œufs. Le visage de Humbert avait beau être convulsé par la névralgie, à ses yeux il éclipsait néanmoins en beauté et en animation le soleil et l'ombre des feuilles qui chatoyaient sur le réfrigérateur blanc. Mon exaspération olympienne était à ses yeux le silence de l'amour. Mon modeste revenu allié au sien encore plus modeste lui fit l'effet d'une éblouissante fortune ; non point parce que nos comptes associés suffisaient maintenant à satisfaire la plupart des besoins d'un couple de petits-bourgeois, mais parce que mon argent lui-même reflétait à ses yeux l'éclat magique de ma virilité, et elle considérait notre compte commun un peu comme l'un de ces boulevards du sud qui, à midi, sont plongés dans une ombre compacte d'un côté et déploient de l'autre une bande lisse de soleil, et cela jusqu'à l'horizon où se profilent des montagnes roses.

Pendant les cinquante jours que dura notre cohabitation, Charlotte parvint à caser les activités d'un
nombre égal d'années. La pauvre femme se consacra
à maintes occupations auxquelles elle avait renoncé
depuis longtemps ou qui ne l'avaient jamais beaucoup
intéressée, comme si (pour prolonger ces intonations
proustiennes) en épousant la mère de l'enfant que
j'aimais j'avais permis à ma femme de retrouver par
procuration un regain de jeunesse. Avec l'enthousiasme d'une jeune mariée ordinaire, elle entreprit de
« pomponner la maison ». Familiarisé que je l'étais
avec ses moindres recoins — depuis l'époque où de
ma chaise je suivais mentalement le parcours de Lolita
à travers la maison —, j'avais établi depuis longtemps
une sorte de relation émotionnelle avec elle, avec sa
laideur et sa crasse même, de sorte que maintenant je
sentais presque cette misérable chose se recroquevil-
ler d'horreur à la perspective de devoir subir le bain
d'écru, d'ocre, de mastic-tabac que Charlotte projetait
de lui donner. Elle n'alla pas jusque-là, Dieu merci,
mais elle dépensa néanmoins des trésors d'énergie à
laver les stores, à encaustiquer les jalousies, à acheter
de nouveaux stores et de nouvelles jalousies, à les
rendre au magasin, à les remplacer par d'autres, et ainsi
de suite, dans un éternel clair-obscur de sourires et de
froncements de sourcils, de doutes et de moues. Elle
taquina les cretonnes et les chintz ; elle changea les
couleurs du sofa — ce sofa sacré où avait éclaté en
moi jadis au ralenti une bulle de paradis. Elle réorga-
nisa les meubles — et elle fut ravie lorsqu'elle découvrit, dans un traité pour femmes d'intérieur, qu'« il est

permis de séparer deux commodes de salon et leurs lampes assorties ». Avec l'auteur de *Your Home Is You*, elle se prit d'aversion pour les petites chaises malingres et les tables fluettes. Elle croyait qu'une pièce pourvue de larges baies vitrées et d'une surface généreuse de riches lambris était l'exemple même de la pièce masculine, tandis que la pièce féminine était caractérisée par des fenêtres d'apparence plus délicate et des boiseries plus frêles. Les romans que je l'avais vue lire en m'installant chez elle cédèrent maintenant la place à des catalogues illustrés et à des guides d'aménagement intérieur. Pour notre lit conjugal, elle commanda à une firme sise au 4640 Roosevelt Bd. à Philadelphie « un matelas damassé à ressorts, modèle 312 » — quoique l'ancien me parût assez souple et résistant pour ce qu'il avait à supporter.

Originaire du Middle West, tout comme son défunt mari, elle n'avait pas vécu assez longtemps dans l'humble mais prétentieuse ville de Ramsdale, perle d'un État de l'Est, pour faire la connaissance de tous les gens bien. Elle connaissait un peu le jovial dentiste qui habitait dans une sorte de château en bois tout délabré derrière notre pelouse. Elle avait rencontré lors d'un thé à la paroisse l'épouse « hautaine » du brocanteur local, lequel possédait l'horrible maison blanche de style « colonial » au coin de l'avenue. De temps à autre, elle « rendait visite » à la vieille Miss Opposite ; mais les matrones les plus patriciennes parmi celles qu'elle allait voir, ou qu'elle rencontrait lors des garden-parties, ou avec lesquelles elle bavardait au téléphone — des dames raffinées comme Mrs. Glave,

Mrs. Sheridan, Mrs. McCrystal, Mrs. Knight et d'autres encore, ne semblaient que rarement passer voir ma pauvre Charlotte délaissée. En fait, le seul couple avec lequel elle avait des relations de franche cordialité dépourvues de toute *arrière-pensée** ou de tout calcul était les Farlow qui venaient de rentrer d'un voyage d'affaires au Chili juste à temps pour assister à notre mariage, en compagnie des Chatfield, des McCoo et de quelques autres (mais pas de Mrs. Junk [1] et encore moins de Mrs. Talbot, plus fière encore). John Farlow, négociant en articles de sport, était un quadragénaire placide, placidement athlétique, placidement prospère, et possédait un bureau à Parkington, à soixante kilomètres de là : ce fut lui qui me procura les cartouches pour ce colt et qui me montra comment m'en servir, un dimanche au cours d'une promenade dans les bois ; il était aussi avocat à ses heures, comme il disait en souriant, et s'était occupé de certaines affaires de Charlotte. Jane, sa femme (et sa cousine germaine), était une jeunesse tout en jambes et en bras, avec des lunettes d'arlequin, deux boxers, deux seins pointus et une grosse bouche rouge. Elle peignait — des paysages et des portraits — et je me rappelle clairement avoir admiré, en sirotant des cocktails, le portrait qu'elle avait fait d'une de ses nièces, la petite Rosaline Honeck, un amour de petite rose en uniforme de girl-scout, béret de drap vert, ceinture verte en tissu tressé, adorables boucles descendant jusqu'aux épaules — et John, sortant sa pipe de sa

1. Mme Brocanteur

bouche, avait alors dit qu'il était bien dommage que Dolly (ma Dolita) et Rosaline fussent si critiques l'une de l'autre à l'école, mais qu'il espérait, comme nous tous, qu'elles s'entendraient mieux lorsqu'elles reviendraient de leurs camps respectifs. Nous discutâmes de l'école. Elle avait ses bons et ses mauvais côtés. « Bien sûr, trop de commerçants ici sont italiens, dit John, mais par ailleurs nous échappons encore jusqu'ici aux... — J'aurais tant aimé, le coupa Jane en riant, que Dolly et Rosaline passent l'été ensemble. » Tout à coup, j'imaginai Lo rentrant du camp — basanée, brûlante, engourdie, droguée — et je faillis fondre en larmes, en proie à la passion et à l'impatience.

19

Encore quelques mots à propos de Mrs. Humbert pendant que nous y sommes (un horrible accident va survenir très bientôt). J'avais remarqué depuis le début son caractère possessif, mais je n'avais jamais pensé qu'elle serait aussi furieusement jalouse de tous les événements de ma vie auxquels elle n'avait pas été associée. Elle manifesta une curiosité farouche et insatiable envers mon passé. Elle voulut que je ressuscite toutes mes amours d'antan à seule fin de me contraindre à les insulter, à les fouler aux pieds et à les renier totalement comme un apostat, anéantissant ainsi mon passé. Elle me demanda de lui parler de mon mariage avec Valeria, laquelle était bien sûr une vraie godiche ; mais il me fallut aussi inventer une longue série de maîtresses ou disserter atrocement sur elles afin de satisfaire la délectation morbide de Charlotte. Pour lui faire plaisir, je dus lui présenter un catalogue illustré de ces conquêtes, toutes merveilleusement différenciées, conformément aux règles de ces publicités américaines représentant des écoliers avec un contingentement subtil de races où le seul et unique gamin aux yeux ronds et au teint chocolat — bien isolé mais mignon à croquer — se tient pratiquement au milieu du premier rang. J'exhibai donc mes femmes et les fis minauder et se tortiller des hanches — la blonde langoureuse, la brunette passionnée, la rousse sensuelle — comme dans un défilé de bordel. Plus je les faisais communes et banales, et plus Mrs. Humbert se réjouissait du spectacle.

Jamais de toute ma vie je n'avais avoué tant de choses et reçu tant d'aveux. La sincérité et la candeur avec lesquelles elle évoqua ce qu'elle appelait sa « vie amoureuse », depuis les premières séances de pelotage jusqu'au corps-à-corps conjugal, contrastaient de manière frappante, éthiquement parlant, avec mes compositions lestes, mais techniquement les deux séries étaient du même genre car également influencées par le même fatras (feuilletons à l'eau de rose, psychanalyse et petits romans bon marché) d'où moi je tirais mes personnages et elle son mode d'expression. Je fus terriblement amusé par certaines habitudes sexuelles très particulières qu'avait eues ce cher Harold Haze, au dire de Charlotte, qui trouva mon hilarité indécente ; hormis cela, son autobiographie s'avéra aussi peu intéressante que l'eût été son autopsie. Jamais je n'ai vu de femme plus rayonnante de santé qu'elle, en dépit de ses cures d'amaigrissement.

Elle parlait rarement de ma Lolita — plus rarement, en fait, que du bébé blond et flou de sexe masculin, dont la photo ornait, à l'exclusion de toute autre, notre sinistre chambre. Dans une de ses rêveries insipides, elle prophétisa que l'âme du poupon décédé allait revenir sur terre sous la forme de l'enfant auquel elle allait donner naissance dans le présent mariage. Et bien que je n'eusse aucune envie particulière de pourvoir la lignée Humbert d'une copie conforme des œuvres de Harold (j'avais fini par considérer Lolita, avec un frisson incestueux, comme ma propre fille), je me dis qu'un accouchement prolongé, avec une bonne césarienne et autres complications, dans la chaude sécurité d'une chambre de maternité vers le printemps prochain, me permettrait d'être seul avec ma Lolita pendant quelques semaines peut-être — et de gaver la flaccide nymphette de somnifères.

Oh, elle détestait littéralement sa fille ! Je fus surtout frappé par la méchanceté avec laquelle elle s'était plu à répondre avec une diligence extrême aux questionnaires contenus dans un livre inepte qu'elle possédait (*A Guide to Your Child's Development*), édité à Chicago. Cette bouffonnerie se répétait d'année en année, et maman était censée dresser une sorte d'inventaire à chaque anniversaire de son enfant. Lors du douzième anniversaire de Lo, le 1er janvier 1947, Charlotte Haze, née Becker, avait souligné les qualificatifs suivants, dix

sur un total de quarante, dans la rubrique « La personnalité de votre enfant » : agressive, turbulente, critique,
méfiante, impatiente, irritable, indiscrète, indolente,
négative (souligné deux fois) et têtue. Elle avait laissé
de côté les trente adjectifs restants, parmi lesquels on
trouvait : gaie, serviable, énergique et ainsi de suite.
C'était vraiment exaspérant. Avec une brutalité peu
conforme à sa nature, douce par ailleurs, ma tendre
épouse attaquait et bannissait les moindres objets ayant
appartenu à Lolita qui s'étaient égaillés dans diverses
parties de la maison où ils se fossilisaient comme
autant de Jeannot Lapins hypnotisés. La bonne dame
ne se douta jamais qu'un matin, alors que des brûlures
d'estomac (causées par certaine expérience que j'avais
faite pour améliorer ses sauces) m'avaient empêché de
l'accompagner à l'église, je la trompai avec une des
socquettes de Lolita. Et je ne parle pas de son attitude
à l'égard des lettres de ma délicieuse doucette !

    Chers Mummy et Hummy,
    J'espère que vous allez bien. Merci beaucoup
    pour les bonbons. Je [raturé puis récrit] je viens
    de perdre mon chandail neuf dans les bois. Il fait
    froid ici depuis quelques jours. Je passe du temps.
    Affectueusement.

                                        Dolly

  « La petite idiote, dit Mrs. Humbert, elle a sauté un
mot avant "temps". Ce chandail était en pure laine, et

154

je préférerais que tu ne lui envoies pas de bonbons sans me consulter. »

20

Il y avait un lac de forêt (Hourglass Lake — orthographié différemment de ce que je pensais [1]) à quelques kilomètres de Ramsdale, et pendant la semaine de canicule qu'il y eut à la fin du mois de juillet nous nous y rendîmes tous les jours. Je me vois maintenant dans l'obligation de décrire avec de fastidieux détails l'ultime baignade que nous y fîmes, un mardi matin tropical.

Nous avions laissé la voiture dans un parking non loin de la route et cheminions le long d'un sentier aménagé à travers la forêt de pins et qui menait au lac quand Charlotte fit remarquer que Jane Farlow, toujours en quête d'effets de lumière insolites (Jane appartenait à la vieille école de peinture), avait surpris Leslie en train de faire trempette « en tenue d'ébène » (comme avait dit John avec humour) à cinq heures du matin le dimanche précédent.

« L'eau devait être très froide, dis-je.

— Là n'est pas la question, dit la très chère condamnée avec son esprit logique. Il est débile, tu ne comprends donc pas. Et, ajouta-t-elle (adoptant ce mode

---

1. *Hourglass* signifie « sablier ».

d'expression affecté qui commençait à avoir quelque effet sur ma santé), j'ai très nettement le sentiment que notre Louise est amoureuse de ce crétin. »

Le sentiment. « Nous avons le sentiment que Dolly pourrait faire mieux », etc. (extrait d'un vieux bulletin scolaire).

Les Humbert, chaussés de sandales et vêtus de peignoirs, poursuivirent leur chemin.

« Tu veux que je te dise, Hum : je nourris un rêve des plus ambitieux », déclara lady Hum, baissant la tête — comme embarrassée par le rêve — et communiant avec le sol mordoré. « J'aimerais pouvoir mettre la main sur une vraie domestique stylée comme la petite Allemande dont ont parlé les Talbot ; et l'héberger à la maison.

— Pas de place, dis-je.

— Allons, dit-elle avec son petit sourire narquois, allons donc, *chéri**, tu sous-estimes les possibilités de la résidence Humbert. On la mettrait dans la chambre de Lo. De toute façon, j'avais l'intention de transformer ce cagibi en chambre d'amis. C'est la pièce la plus froide et la plus répugnante de la maison.

— Qu'est-ce que tu racontes là ? » demandai-je, sentant la peau de mes pommettes se tendre à tout rompre (je prends la peine de noter cela seulement parce que la peau de ma fille réagissait de la même manière lorsqu'elle éprouvait un sentiment similaire : incrédulité, dégoût, irritation).

« Serais-tu troublé par quelque association romantique ? s'enquit mon épouse — évoquant sa première reddition.

— Diable non, dis-je. Je me demandais seulement ou tu comptes mettre ta fille lorsque tu recevras ta bonne ou tes amis.

— Ah », dit Mrs. Humbert, rêveuse, souriante, allongeant le « ah » en même temps qu'elle haussait un sourcil et expulsait doucement l'air de ses poumons. « Je regrette mais la petite Lo n'entre pas, mais absolument pas, en ligne de compte. En quittant le camp, la petite Lo va aller tout droit dans une excellente pension où on lui inculquera une discipline stricte et une solide éducation religieuse. Et après cela — l'université de Beardsley. J'ai tout prévu, inutile de t'inquiéter. »

Elle ajouta qu'elle allait devoir, elle, Mrs. Humbert, surmonter son habituelle indolence et écrire à la sœur de Miss Phalen qui enseignait à St. Algebra. Le lac émergea alors, éblouissant. Je lui dis que j'avais oublié mes lunettes de soleil dans la voiture et que je la rattraperais.

J'avais toujours cru que le geste consistant à se tordre les mains était un geste fictif — peut-être l'obscure survivance de quelque rite médiéval ; mais, tandis que je plongeais dans les bois pour m'abandonner un instant au désespoir et à une méditation désespérée, ce fut le geste (« Seigneur, voyez ces chaînes ! ») qui eût le mieux exprimé le muet accablement de mon âme.

Si Charlotte avait été Valeria, j'aurais su comment traiter la situation ; la « maltraiter » elle, pour être plus exact. Dans le bon vieux temps, il me suffisait de tordre le fragile poignet de la grosse Valetchka (celui sur lequel elle était tombée lors d'une chute de bicyclette) pour la contraindre à changer d'avis sur-le-champ ;

mais, avec Charlotte, toute solution de ce genre était impensable. Charlotte, l'insipide Charlotte américaine, me terrorisait. Je m'étais lourdement trompé en m'imaginant le cœur léger que je saurais la mater grâce à la passion qu'elle me vouait. Je n'osais rien faire qui pût nuire à l'image de moi qu'elle avait entrepris d'adorer. Je l'avais flattée bassement lorsqu'elle n'était encore que l'horrible duègne de ma doucette, et il y avait encore quelque chose de servile dans mon attitude envers elle. Le seul atout dont je disposais, c'était qu'elle ignorait tout de mon monstrueux amour pour Lo. Elle avait été agacée de voir Lo s'enticher de moi ; mais elle était incapable de deviner mes propres sentiments. À Valeria, j'aurais pu dire : « Écoute, grosse bêtasse, *c'est moi qui décide** ce qui est bon pour Dolores Humbert. » À Charlotte, je ne pouvais même pas dire (même d'un ton calme et doucereux) : « Excuse-moi, chérie, je ne suis pas d'accord. Donnons une nouvelle chance à la petite. Laisse-moi, tu veux, lui servir de précepteur pendant un an ou deux. Un jour, tu m'as dit toi-même... » En fait, je ne pouvais rien dire du tout à Charlotte à propos de la petite sans me trahir. Oh, vous ne pouvez imaginer (je n'avais jamais imaginé) ce que sont ces femmes de principes ! Charlotte, qui ne discernait pas ce qu'il y avait de faux dans les conventions et les règles de comportement quotidiennes, ou encore dans les nourritures, les livres et les personnes dont elle s'infatuait, était capable de déceler immédiatement toute intonation fausse dans ce que je pouvais dire pour garder Lo près de nous. Elle était pareille à ces musiciens qui, dans la vie privée, peuvent être des rustres odieux, totalement dénués de tact et de goût ; mais qui, en musique, sauront percevoir une fausse note avec une sûreté de jugement diabolique. Pour briser la volonté de Charlotte, il allait me falloir lui briser le cœur. Et si je lui brisais le cœur, alors l'image qu'elle avait de moi allait se briser elle aussi. Si je lui disais : « Laisse-moi jouir comme je l'entends de Lolita, et aide-moi à garder la chose secrète, sinon on se sépare de suite », elle allait devenir aussi pâle qu'une femme en verre fumé et répondre posément : « Très bien, quoi que tu puisses ajouter ou retrancher, tout est fini. » Et tout serait fini en effet.

Telle était donc l'impasse où je me trouvais. Je me revois encore arrivant au parking, pompant dans le creux de ma main une eau au goût de rouille, la buvant avec autant d'avidité que si j'eusse espéré en tirer une sagesse magique, la jeunesse, la liberté, une concubine miniature. L'espace de quelques instants, je demeurai assis au bord d'une des tables rustiques, sous les pins susurrants, drapé dans mon peignoir pourpre, jambes ballantes. Non loin de là, deux petites gamines en shorts et soutiens-gorge-brassières sortirent d'un cabinet tacheté de soleil et portant l'inscription « Dames ». Mâchonnant laborieusement, distraitement, un chewing-gum, Mabel (ou une doublure de Mabel) enfourcha une bicyclette, et Marion, secouant ses cheveux pour chasser les mouches, s'installa à l'arrière en écartant bien les jambes ; oscillant, elles s'évanouirent lentement, distraitement, dans la lumière et l'ombre. Lolita ! Le père et sa fille se dissolvant dans la profondeur de ces bois ! La solution, naturellement, était de supprimer Mrs. Humbert. Mais comment ?

Nul homme ne peut accomplir le meurtre parfait ; en revanche, le hasard peut y parvenir. Il y eut cette célèbre élimination d'une certaine Mme Lacour à Arles dans le midi de la France, à la fin du siècle dernier. Un individu barbu non identifié d'un mètre quatre-vingts qui, ainsi que l'on crut le comprendre plus tard, avait été en secret l'amant de la dame, s'approcha d'elle dans une rue grouillant de monde, peu de temps après qu'elle eut épousé le colonel Lacour, et lui donna trois coups de poignard mortels dans le dos, tandis que le colonel, un petit homme à l'allure de bouledogue, se cramponnait au bras du meurtrier. Par une coïncidence miraculeuse et magnifique, juste au moment où l'exécutant était en train de desserrer les mâchoires du petit mari irascible (et tandis que plusieurs badauds se rapprochaient du groupe), un Italien loufoque habitant la maison la plus proche de la scène mit accidentellement le feu à une sorte d'explosif qu'il tripotait, et aussitôt la rue fut plongée dans un pandémonium de fumée, de chutes de briques et de gens en fuite. L'explosion ne blessa personne (si ce n'est qu'elle envoya au tapis le courageux colonel Lacour) ; mais l'amant vindicatif de la dame s'enfuit comme tous les autres — et vécut heureux jusqu'à la fin de ses jours.

Voyez plutôt ce qui se passe lorsque l'exécutant manigance lui-même le meurtre parfait.

Je redescendis au lac Hourglass. L'endroit où nous et quelques autres couples « respectables » (les Farlow, les Chatfield) nous nous baignions était une sorte de petite crique ; ma chère Charlotte l'appréciait parce que c'était presque « une plage privée ». Le principal lieu de baignade (ou plutôt de « noyade », comme avait eu l'occasion de le dire le *Journal* de Ramsdale) était situé dans la partie gauche (côté est) du sablier, et était invisible de notre crique miniature. À notre droite, les pins cédaient la place à une zone marécageuse qui décrivait une large courbe et se muait de nouveau en forêt de l'autre côté.

Je vins m'asseoir si silencieusement à côté de ma femme qu'elle sursauta.

« On y va ? demanda-t-elle.

— Oui, dans un instant. Laisse-moi cogiter une minute. »

Je cogitai. Une minute et plus s'écoula.

« Très bien. Allons-y.

— Est-ce que je faisais partie de tes cogitations ?

— Pour sûr que oui.

— Encore heureux », dit Charlotte en entrant dans l'eau, laquelle atteignit bientôt la chair de poule de ses cuisses massives ; joignant alors ses deux mains tendues, serrant bien les lèvres, le visage enlaidi par son bonnet de caoutchouc noir, Charlotte se jeta en avant dans un gros éclaboussement.

Lentement, nous nous éloignâmes du bord, glissant dans l'eau miroitante du lac.

Sur la rive opposée, à mille pas de là au moins (à condition de pouvoir marcher sur l'eau), j'aperçus les silhouettes minuscules de deux hommes qui s'affairaient sur leur portion de rivage avec l'énergie de castors. Je savais parfaitement qui ils étaient : un policier en retraite d'origine polonaise et un plombier également-ment en retraite qui possédait presque tout le bois de ce côté-là du lac. Et je savais aussi qu'ils étaient en train de construire un embarcadère, pour le simple et triste plaisir de le faire. Les coups qui parvenaient jusqu'à nous semblaient tellement plus puissants que ces bras et ces outils de nains que l'on apercevait d'ici ; en fait, on soupçonnait le réalisateur de ces effets acrosoniques d'être brouillé avec le marionnettiste, d'autant que le fracas retentissant de chaque minuscule coup arrivait bien après sa version visuelle.

La brève portion de sable blanc constituant « notre » plage — d'où nous nous étions éloignés maintenant quelque peu pour atteindre des eaux plus profondes — était déserte les matins en semaine. Il n'y avait personne alentour à part ces deux silhouettes minuscules très occupées de l'autre côté, et aussi un avion privé rouge foncé qui ronronnait au-dessus de nos têtes et disparut bientôt dans l'azur. Le cadre était vraiment parfait pour un petit meurtre rapide et spumescent ; raffinement suprême, le serviteur de la loi et celui de l'eau étaient juste assez proches pour assister à un accident et juste assez éloignés pour ne pas entrevoir un crime. Ils étaient assez près pour entendre un baigneur affolé se débattre dans l'eau et hurler qu'on vienne l'aider à sauver sa femme en train de se noyer ; et ils étaient trop loin pour s'apercevoir (s'ils avaient la malencontreuse idée de regarder trop tôt) que non seulement le baigneur n'était pas affolé mais qu'il achevait en fait de noyer sa femme sous ses pieds. Je n'en étais pas encore là ; je tiens seulement à montrer combien l'acte était aisé, le cadre idéal ! Ainsi donc, Charlotte continuait à nager avec sa pointilleuse gaucherie (elle était une bien piètre sirène) mais non sans éprouver un certain plaisir solennel (son triton n'était-il pas à ses côtés ?) ; et tandis que, avec la froide lucidité d'une réminiscence future (vous savez, comme quand on essaie de voir les choses telles qu'on se souviendra de les avoir vues), j'observais la blancheur luisante de son visage humide si peu bronzé malgré tous ses efforts, et ses lèvres pâles, son front nu et convexe, le bonnet noir très serré, et l'épais cou mouillé, je me dis qu'il me suffisait de me laisser distancer, de bien prendre ma respiration, puis de la saisir par la cheville et de plonger rapidement avec mon cadavre captif. Je dis « cadavre » parce que la surprise, la panique et le manque d'expérience la forceraient à inhaler instantanément et mortellement plusieurs litres d'eau du lac, tandis que moi je serais en mesure de retenir mon souffle au moins une bonne minute sous l'eau, les yeux ouverts. Ce geste fatal balaya comme la queue d'une étoile filante la noirceur du crime que je méditais. C'était une sorte d'horrible ballet silencieux, le danseur agrippant le pied de la ballerine et filant telle une flèche à travers la pénombre liquide. Je pouvais remonter à la surface pour avaler une gorgée d'air tout en continuant de la maintenir sous l'eau, et plonger à nouveau autant de fois qu'il faudrait, et je ne prendrais le risque de crier à l'aide qu'une fois que le rideau serait retombé sur elle. Et quand, une bonne vingtaine de minutes plus tard, les deux marionnettes grossissant à vue d'œil arriveraient à bord de leur barque, repeinte d'un seul côté seulement, la pauvre Mrs. Humbert Humbert, victime d'une crampe ou d'un infarctus du myocarde, ou des deux à la fois, se trouverait plantée la tête en bas dans la vase noirâtre, quelque dix mètres sous la surface riante du lac Hourglass.

Facile, n'est-ce pas ? Mais vous savez quoi, braves gens — je ne pouvais me résoudre à le faire !

Elle nageait à côté de moi, phoque confiant et maladroit, et toute la logique de la passion hurlait à mon oreille : Maintenant, c'est le moment ! Mais, braves gens, j'étais incapable de le faire ! Sans rien dire, je revins vers le rivage et, gravement, obligeamment, elle fit demi-tour elle aussi, et l'enfer continuait de me hurler sa supplique, et je ne pouvais toujours pas me résoudre à noyer la pauvre créature opulente et visqueuse. Le hurlement se fit de plus en plus lointain tandis que je me rendais à la triste réalité et comprenais que ni demain, ni vendredi, ni aucun jour, ni aucune nuit, je ne pourrais me résoudre à lui ôter la vie. Oh, je voyais très bien comment j'aurais pu frapper Valeria à la poitrine et lui tordre les seins, ou encore lui faire mal d'une manière ou d'une autre — et je n'avais aucune peine non plus à m'imaginer en train de tirer une balle dans le bas-ventre de son amant et de lui faire dire « Aïe ! » et de le contraindre à s'asseoir. Mais j'étais incapable de tuer Charlotte — d'autant que, tout bien considéré, la situation n'était pas aussi désespérée, peut-être, qu'elle semblait l'être à première moue cet affreux matin-là. Et puis même si je parvenais à l'attraper par son pied puissant et piaffant ; même si je voyais son regard stupéfait, si j'entendais sa voix horrible ; et même si je menais l'épreuve jusqu'à son terme, son spectre continuerait de me hanter toute ma vie. Peut-être que si cela s'était passé en 1447 plutôt qu'en 1947, j'aurais pu tromper ma nature paisible en lui administrant le classique poison extrait d'une agate creuse, ou quelque tendre philtre létal. Mais en notre âge bourgeois et inquisiteur, l'affaire ne se fût pas passée comme dans les palais d'antan, richement tendus de brocart. Qui veut être assassin, de nos jours, doit être un homme de science. Non, non, je n'étais ni l'un ni l'autre. Mesdames et messieurs les jurés, la majorité des pervers sexuels qui brûlent d'avoir avec une gamine quelque relation physique palpitante capable de les faire gémir de plaisir, sans aller nécessairement jusqu'au coït, sont des êtres insignifiants, inadéquats, passifs, timorés, qui demandent seulement à la société de leur permettre de poursuivre leurs activités pratiquement inoffensives, prétendument aberrantes, de se livrer en toute intimité à leurs petites perversions sexuelles brûlantes et moites sans que la police et la société ne leur tombent dessus. Nous ne sommes pas des monstres sexuels ! Nous ne violons pas comme le font ces braves soldats. Nous sommes des hommes infortunés et doux, aux yeux de chien battu, suffisamment intégrés socialement pour maîtriser nos pulsions en présence des adultes, mais prêts à sacrifier des années et des années de notre vie pour pouvoir toucher une nymphette ne serait-ce qu'une seule fois. Nous ne sommes pas des tueurs, assurément. Les poètes ne tuent point. Oh, ma pauvre Charlotte, ne me hais pas dans ton ciel éternel, dans cette éternelle alchimie de l'asphalte, du caoutchouc, du métal et de la pierre — mais d'où, grâce à Dieu, l'eau était absente, absente !

Néanmoins, il s'en fallut de peu, pour être honnête. Et voilà maintenant où je voulais en venir avec ma parabole du crime parfait.

Nous nous assîmes sur nos serviettes sous le soleil assoiffé. Elle regarda autour d'elle, dégrafa son soutien-gorge et se retourna sur le ventre afin de livrer son dos à ce festin solaire. Elle me dit qu'elle m'aimait. Elle poussa un profond soupir. Elle étendit un bras et fouilla dans la poche de son peignoir pour prendre ses cigarettes. Elle s'assit sur son séant et fuma. Elle examina son épaule droite. Elle me gratifia d'un pesant baiser, bouche ouverte, crachant la fumée. Tout à coup, dévalant la dune de sable derrière nous, une pierre roula de dessous les buissons et les pins, puis une autre.

« Ces sales petits voyeurs, dit Charlotte, serrant son vaste soutien-gorge contre sa poitrine et se retournant à nouveau sur le ventre. Il va falloir que j'en parle à Peter Krestovski. »

Il y eut un froissement, un bruit de pas, au débouché de la piste, et Jane Farlow débarqua à grands pas avec son chevalet et tout son attirail.

« Vous nous avez fait peur », dit Charlotte.

Jane expliqua qu'elle s'était installée là-haut, dans un havre de verdure, pour épier la nature (on fusille généralement les espions), essayant de mettre la dernière touche à un paysage lacustre, mais ça ne valait rien, elle n'avait absolument aucun talent (ce qui était tout à fait vrai) — « Et vous, Humbert, n'avez-vous jamais essayé de peindre ? » Charlotte, qui était un peu jalouse de Jane, demanda si John allait venir.

Mais bien sûr. Il venait déjeuner à la maison aujourd'hui. Il l'avait déposée en se rendant à Parkington et allait la reprendre d'une minute à l'autre. C'était une matinée grandiose. Elle avait toujours le sentiment d'être traître vis-à-vis de Cavall et Melampus lorsqu'elle les laissait attachés par un temps si merveilleux. Elle s'assit sur le sable blanc entre Charlotte et moi. Elle était en short. Ses longues jambes bronzées me laissaient aussi froid que celles d'une jument alezane. Elle découvrait ses gencives chaque fois qu'elle souriait.

« J'ai failli vous mettre tous les deux dans mon lac, dit-elle. J'ai même remarqué quelque chose que vous n'avez pas vu. Vous [s'adressant à Humbert], vous aviez votre montre-bracelet au poignet, oui, mon bon monsieur.

— Waterproof », susurra Charlotte, faisant une bouche de poisson.

Jane prit mon poignet sur son genou et examina le cadeau de Charlotte, puis elle reposa la main de Humbert sur le sable, paume en l'air.

« Vous pouviez tout voir d'où vous étiez », fit remarquer Charlotte avec coquetterie.

Jane soupira. « Une fois, dit-elle, j'ai vu deux enfants, un garçon et une fille, ici même, au coucher du soleil, en train de faire l'amour. Leurs ombres étaient gigantesques. Et puis il y a eu Mr. Tomson un matin à l'aube, comme je vous ai dit. La prochaine fois, je m'attends à voir ce gros vieil Ivor en costume d'ivoire. C'est un drôle de phénomène, ce type-là. La dernière fois, il m'a raconté une histoire totalement obscène à propos de son neveu. Il semblerait...

— Salut vous autres », dit la voix de John.

21

L'habitude que j'avais de rester silencieux quand j'étais irrité, ou, plus exactement, la froideur ophidienne de mon silence irrité, plongeait Valeria dans une frayeur insane autrefois. Elle se mettait à geindre et à pleurnicher en disant : « *Ce qui me rend folle, c'est que je ne sais à quoi tu penses quand tu es comme ça*.* » J'avais beau rester silencieux avec Charlotte — cela ne l'empêchait pas de continuer à jacasser, ou à caresser mon silence sous le menton. Une femme surprenante ! Si je me retirais dans mon ancienne chambre, transformée maintenant en authentique « studio », et marmonnais que j'avais après tout un opus savant à écrire, Charlotte n'en continuait pas moins, toute guillerette, à décorer notre nid, à babiller au téléphone et à écrire des lettres. Depuis ma fenêtre, à travers le friselis laqué des feuilles de peupliers, je la vis traverser la rue et poster béatement sa lettre à la sœur de Miss Phalen.

La semaine qui suivit notre dernière visite aux sables inertes du lac Hourglass, avec ses intermittences d'averses et d'ombres, fut l'une des plus sinistres dont je me souvienne. Vinrent ensuite deux ou trois pâles rayons d'espoir — avant l'ultime éclaircie.

Je m'avisai alors qu'étant pourvu d'un cerveau en excellent état je ferais mieux de m'en servir. Si je n'osais me mêler des projets de ma femme concernant sa fille (laquelle devenait chaque jour plus chaude et plus bronzée dans le doux climat de son insoutenable absence), il m'était assurément possible de concocter une stratégie quelconque pour m'affirmer d'une quelconque façon qui fût exploitable plus tard en quelque occasion particulière. Un soir, Charlotte me procura elle-même cette occasion.

« J'ai une surprise pour toi, dit-elle en me regardant avec des yeux pleins de tendresse par-dessus une cuillerée de soupe. Cet automne, on va aller tous les deux en Angleterre. »

J'avalai ma propre cuillerée de soupe, essuyai mes lèvres avec une serviette en papier rose (oh, comment oublier le linge frais et fastueux de l'hôtel Mirana !) et dis :

« J'ai moi aussi une surprise pour toi, ma chère. Il n'est pas question que nous allions ensemble en Angleterre.

— Pourquoi, qu'est-ce qu'il y a ? » dit-elle, regardant — plus surprise que je ne m'y attendais — mes mains (sans m'en rendre compte, je pliais, déchirais, écrasais, pliais de nouveau l'innocente serviette en papier). Mon visage souriant la rassura quelque peu, cependant.

« Ce qu'il y a, c'est très simple, répliquai-je. Même dans les ménages les plus harmonieux, comme l'est le nôtre, toutes les décisions ne sont pas prises par le partenaire féminin. Il est certaines choses qu'il appartient au mari de décider. Je n'ai aucune peine à imaginer le frisson que doit éprouver une fille américaine en bonne santé comme toi en traversant l'Atlantique sur le même paquebot que lady Bumble — ou Sam Bumble, le roi de la Viande congelée, ou quelque traînée hollywoodienne. Et je ne doute pas que toi et moi ferions une jolie publicité pour l'agence de voyages si l'on nous montrait en train de contempler — toi, franchement ébahie, moi, réprimant mon admiration envieuse — les Sentinelles du Palais, les Gardes Écarlates ou les Mangeurs de Castors [1], je ne sais comment on les appelle. Mais il se trouve que je suis allergique à l'Europe, y compris à cette bonne vieille et joyeuse Angleterre. Comme tu le sais, je ne garde que de tristes souvenirs du vieux et croupissant continent. Nulle publicité en couleurs dans tes magazines ne pourra rien y changer.

— Mon chéri, dit Charlotte. Vraiment, je...

— Non, attends un instant. La présente affaire n'est que secondaire. Ce qui m'intéresse, c'est une tendance générale. Lorsque tu as voulu que je passe mes après-midi à me griller au soleil au bord du lac au lieu de faire mon travail, j'ai cédé de bonne grâce et suis devenu pour te faire plaisir un bel Apollon tout bronzé, renonçant à mon statut d'intellectuel et, disons-le, d'éducateur. Lorsque tu m'emmènes à tes parties de

1. Le mot exact en anglais est *Beefeaters* (mangeurs de bœuf), et non *Beaver Eaters* (mangeurs de castors).

bridge arrosées de bourbon avec les charmants Farlow, je suis fidèlement. Non, attends, je t'en prie. Quand tu décores ta maison, je ne me mêle pas de tes projets. Quand tu décides — quand tu décides toutes sortes de choses, il m'arrive d'être, disons, en désaccord partiel ou total — mais je ne dis rien. Je passe sur les détails. Je ne puis rester indifférent à la tendance générale. J'adore me plier à tes quatre volontés, mais tout jeu possède ses propres règles. Je ne suis pas fâché. Je ne suis pas fâché du tout. Ne fais pas cela. Mais je suis une moitié de ce ménage, et j'ai voix au chapitre, une voix faible, certes, mais distincte. »

Elle était venue de mon côté, était tombée à genoux et secouait la tête lentement mais avec une certaine véhémence et s'agrippait à mon pantalon. Elle dit qu'elle ne s'en doutait absolument pas. Elle dit que j'étais son maître et son dieu. Elle dit que Louise était partie, alors faisons l'amour tout de suite. Elle dit qu'elle en mourrait si je ne lui pardonnais pas.

Ce petit incident me plongea dans un ravissement extrême. Je lui dis calmement qu'il ne s'agissait pas de demander pardon mais de changer ses façons de faire ; et je résolus de pousser mon avantage et de passer beaucoup de temps, distant et taciturne, à travailler à mon livre — ou du moins à faire semblant d'y travailler.

Le « lit pliant » de mon ancienne chambre avait depuis longtemps été transformé en canapé, ce qu'il avait toujours été en somme, et Charlotte m'avait averti depuis le tout début de notre cohabitation que la pièce allait peu à peu être transformée en « tanière d'écrivain ». Quelques jours après l'incident britannique, tandis que j'étais assis dans un nouveau fauteuil très confortable avec un gros volume sur mes genoux, Charlotte frappa d'un petit coup sec avec son annulaire et entra d'un pas nonchalant. Ses gestes étaient si différents de ceux de ma Lolita lorsque celle-ci venait me rendre visite dans son cher blue-jean tout sale, fleurant bon les vergers au pays des nymphettes ; gauche et féerique, et aussi vaguement dépravée, les boutons de son corsage défaits en bas. Laissez-moi vous dire quelque chose, cependant. Derrière l'impudence de la petite Haze et l'aplomb de la grosse Haze, courait un filet de vie timide qui avait le même goût, murmurait d'égale façon. Un grand médecin français a dit un jour à mon père que chez les proches parents les moindres gargouillis gastriques ont la même « voix ».

Ainsi donc, Charlotte entra nonchalamment. Elle sentait que tout ne tournait pas rond entre nous. J'avais fait semblant de m'endormir le soir précédent, et le soir d'avant, dès que nous nous étions couchés, et je m'étais levé à l'aube.

Elle demanda tendrement si elle « ne m'interrompait » pas.

« Pas pour l'instant », dis-je, retournant le volume C de *The Girls' Encyclopedia* pour examiner une image imprimée « en frise » comme disent les imprimeurs.

Charlotte s'approcha d'une petite table en imitation acajou munie d'un tiroir. Elle posa la main dessus. Certes, la petite table était laide mais elle ne lui avait rien fait.

« J'ai toujours voulu te demander, dit-elle (d'un air sérieux, sans flagornerie), pourquoi ce truc-là était fermé à clé. Tu tiens à garder cette table dans cette pièce ? Elle est affreusement rustique.

— Laisse-la tranquille », dis-je. Je faisais du Camping en Scandinavie.

« Est-ce qu'il y a une clé ?

— Cachée.

— Oh, Hum...

— J'y ai mis en sûreté mes lettres d'amour. »

Elle me lança un de ces regards de biche blessée qui m'irritaient tant, et alors, ne sachant trop si j'étais sérieux, ni comment poursuivre la conversation, elle resta plantée là pendant plusieurs pages (Campus, Canada, Candid Camera [1], Candy) à regarder non pas par la fenêtre mais la fenêtre elle-même, tapotant la vitre avec le bout effilé de ses ongles rose et amande.

Bientôt (à Canoeing ou Canvasback [2]), elle s'approcha lentement de mon fauteuil et se laissa tomber pesamment, tweedemment sur l'accoudoir, m'inondant du même parfum qu'utilisait ma première épouse. « Sa Seigneurie aimerait-elle passer l'automne ici ? » demanda-t-elle, désignant du petit doigt un paysage automnal dans un État conservateur de l'Est. « Pourquoi ? » (lentement et très distinctement). Elle haussa les épaules. (Il est probable que Harold Haze aimait prendre des vacances à cette époque-là de l'année.

---

1. Caméra invisible.
2. Fuligules aux yeux rouges.

Ouverture de la chasse. Simple réflexe conditionné de la part de Charlotte.)

« Je crois savoir où c'est, dit-elle, le doigt toujours pointé sur la photo. Je me souviens d'un hôtel, The Enchanted Hunters [1], un nom plein d'un charme désuet, tu ne trouves pas ? Et la nourriture est une vraie merveille. Et tout le monde te laisse tranquille. »

Elle frotta sa joue contre ma tempe. Valeria avait très vite renoncé à ce geste.

« Y a-t-il quelque chose de spécial que tu aimerais pour le dîner, chéri ? John et Jane vont passer dans la soirée. »

Je répondis par un grognement. Elle me donna un baiser dans le creux du menton et, annonçant gaiement qu'elle allait faire un gâteau (j'étais censé adorer les gâteaux, mythe qui remontait à l'époque où j'étais son pensionnaire), elle m'abandonna à mon oisiveté.

Reposant soigneusement le livre ouvert à l'endroit où elle s'était assise (il amorça un mouvement de vagues, mais un crayon glissé opportunément arrêta les pages), je vérifiai la cachette de la clé : elle gisait, quelque peu mal à l'aise, sous l'antique et coûteux rasoir mécanique dont je m'étais servi avant qu'elle ne m'en achète un autre bien meilleur et beaucoup moins cher. Était-ce la cachette idéale — là, sous ce rasoir, dans le creux de cet écrin doublé de velours ? L'écrin lui-même se trouvait dans une petite malle où je conservais divers papiers d'affaires. Pouvais-je faire mieux ? Comme il est difficile de cacher quelque chose

1. Chasseurs enchantés.

— surtout quand votre femme n'arrête pas de tripa-touiller les meubles.

22

Ce fut exactement une semaine après notre dernier bain, je crois, que le courrier de midi apporta une réponse de la seconde Miss Phalen. La brave demoi-selle expliquait qu'elle rentrait tout juste à St. Algebra après être allée aux obsèques de sa sœur. « Euphemia n'avait jamais été la même après sa fracture de la hanche. » En ce qui concernait la fille de Mrs. Hum-bert, elle avait le regret de nous informer qu'il était trop tard pour l'inscrire cette année ; mais qu'elle était pratiquement sûre, elle, la dernière des Phalen, que si Mr. et Mrs. Humbert amenaient Dolores en janvier, on trouverait bien le moyen de la prendre.

Le lendemain, après le déjeuner, j'allai voir « notre » médecin, un type affable dont les manières parfaites au chevet de ses patients et la confiance totale qu'il avait en quelques médicaments brevetés dissimulaient tant bien que mal son ignorance ou son manque d'inté-rêt en matière de science médicale. Le fait que Lo allait devoir revenir à Ramsdale constituait pour moi un trésor de bonheur par anticipation. Je voulais être fin prêt pour cet événement. En fait, j'avais commencé ma campagne bien plus tôt, avant même que Charlotte n'eût pris cette cruelle décision. Il fallait que je sois sûr, quand arriverait ma charmante enfant, et cela dès le premier soir, puis les soirs suivants, et jusqu'à ce que St. Algebra me l'enlevât, d'être en mesure d'endormir si totalement deux créatures qu'aucun son ni aucun contact ne pût les réveiller. Pendant tout le mois de juillet, j'avais fait des expériences avec divers soporifiques, les essayant sur Charlotte, grande consommatrice de pilules. La dernière dose que je lui avais administrée (elle pensait que c'était un cachet de bromure inoffensif — pour dulcifier ses nerfs) l'avait mise K-O pendant quatre longues heures. J'avais mis la radio à plein tube. J'avais braqué sur son visage une lampe torche ressemblant à un godemiché. Je l'avais poussée, pincée, lui avais taquiné les côtes — mais rien n'avait troublé le rythme de sa paisible et puissante respiration. Pourtant, lorsque j'avais fait le simple geste de l'embrasser, elle s'était réveillée instantanément, aussi fraîche et vigoureuse qu'une pieuvre (j'échappai de justesse). Ce truc-là ne suffisait pas, me dis-je ; il me fallait trouver quelque chose d'encore plus sûr. Au début, le docteur Byron parut incrédule quand je lui dis que sa dernière prescription n'était pas à la mesure de mon insomnie. Il me suggéra d'essayer à nouveau et tenta un moment de distraire mon attention en me montrant des photos de sa famille. Il avait une fille fascinante de l'âge de Dolly ; mais je ne me laissai pas abuser par sa manœuvre et insistai pour qu'il me prescrive la pilule la plus puissante qu'on pût trouver. Il me suggéra de jouer au golf mais consentit enfin à me donner quelque chose qui, dit-il, « marcherait à coup sûr » ; alors, il se rendit à un petit placard et en sortit une fiole de capsules bleu indigo cerclées d'une bande rouge sombre à une extrémité, qui, dit-il, venaient tout juste d'être mises sur le marché et étaient destinées non pas à des névrosés qu'une simple gorgée d'eau pouvait apaiser à condition qu'elle soit administrée correctement, mais uniquement à de grands artistes insomniaques qui devaient mourir quelques heures afin de pouvoir vivre des siècles. J'adore mystifier les médecins, et, bien qu'exultant intérieurement, je glissai les pilules dans ma poche en haussant les épaules d'un air sceptique. Cela dit, il m'avait fallu jouer serré avec lui. Un jour, ayant stupidement évoqué par inadvertance, à propos de quelque chose d'autre, ma dernière maison de santé, j'eus l'impression de voir le bout de ses oreilles frétiller. Étant peu disposé à dévoiler cette période de mon passé à Charlotte ou à qui que ce soit d'autre, je m'étais empressé d'expliquer qu'autrefois j'avais fait de la recherche parmi les fous en préparation d'un roman. Quoi qu'il en soit, le vieux filou avait une bien délicieuse fillette.

J'étais d'excellente humeur en repartant. Conduisant la voiture de ma femme d'un doigt, je repris tout heureux le chemin de la maison. Ramsdale, après tout, ne manquait pas de charme. Les cigales stridulaient ; l'avenue venait tout juste d'être arrosée. Avançant doucement comme sur un tapis de soie, je tournai et débouchai dans notre petite rue en pente. Tout paraissait si étrangement irréprochable ce jour-là. Si bleu et si vert. Je savais que le soleil brillait parce que ma clé de contact se reflétait dans le pare-brise ; et je savais qu'il était exactement trois heures et demie parce que l'infirmière qui venait chaque après-midi faire des massages à Miss Opposite descendait d'un pas léger, en bas blancs et souliers blancs, l'étroit trottoir. Comme d'habitude, le setter hystérique du brocanteur s'attaqua à moi tandis que je dévalais la côte, et, comme d'habitude, le journal local traînait sur le porche où venait de le jeter Kenny.

La veille, j'avais mis fin au régime de froideur que je m'étais imposé, si bien qu'en ouvrant la porte du salon je lançai un salut enjoué pour signaler mon arrivée. Charlotte, me présentant sa nuque d'une blancheur crémeuse et son chignon cuivré, et vêtue du corsage jaune et du pantalon bordeaux qu'elle avait lorsque je l'avais rencontrée la première fois, était assise devant le secrétaire d'angle en train d'écrire une lettre. Ma main encore posée sur la poignée de la porte, je répétai mon cordial salut. Sa main s'arrêta d'écrire. Charlotte demeura immobile quelques instants ; puis elle se retourna lentement sur sa chaise et posa le coude sur le dossier incurvé. Son visage, défiguré par l'émotion, n'était pas beau à voir tandis qu'elle fixait mes jambes et disait :

« La grognasse de Haze, la grosse vache, la vieille chipie, l'odieuse maman, cette — cette vieille idiote de Haze n'est plus ta dupe. Elle a — elle a... »

Ma belle accusatrice s'interrompit, ravalant son venin et ses larmes. Ce que dit — ou tenta de dire — Humbert Humbert est sans importance. Elle poursuivit :

« Tu es un monstre. Tu es un fourbe ignoble, abominable, criminel. Ne t'approche pas de moi, ou je crie par la fenêtre. N'avance pas ! »

178

On peut de nouveau omettre de citer les vagues balbutiements de H.H., je crois.

« Je pars ce soir. Tout cela est à toi. Seulement, tu ne reverras plus jamais cette misérable gosse. Sors de cette pièce. »

Cher lecteur, j'obtempérai. Je montai à l'ex-semi-studio. Les mains sur les hanches, je m'immobilisai sur le pas de la porte quelques instants, parfaitement calme et olympien, à contempler la petite table violée avec son tiroir ouvert, une clé pendant à la serrure, quatre autres clés de la maison traînant sur la table. Je traversai le palier, pénétrai dans la chambre des Humbert, retirai calmement mon journal intime de dessous son oreiller et le glissai dans ma poche. Puis je commençai à descendre l'escalier mais m'arrêtai à mi-chemin : elle était au téléphone, dont la prise se trouvait juste à l'extérieur de la porte du salon. Je voulais entendre ce qu'elle disait : elle annula une commande pour je ne sais quoi puis retourna dans le salon. Je rajustai ma respiration, traversai le vestibule et me rendis dans la cuisine. Là, j'ouvris une bouteille de whisky. Elle ne résistait pas au whisky. Ensuite, j'entrai dans la salle à manger et de là, à travers la porte entrouverte, contemplai le large dos de Charlotte.

« Tu détruis ma vie et aussi la tienne, dis-je posément. Conduisons-nous en gens civilisés. Tout cela est le fruit de ton hallucination. Tu es folle, Charlotte. Les notes que tu as trouvées étaient les fragments d'un roman. Ton nom et le sien ont été mis là par un pur hasard. Tout simplement parce qu'ils se trouvaient sous la main. Réfléchis bien. Je vais t'apporter un verre. »

Elle ne répondit pas et ne se retourna pas non plus, mais continua d'écrire dans un gribouillage torride ce qu'elle était en train d'écrire. Une troisième lettre, apparemment (deux lettres timbrées étaient déjà étalées sur le secrétaire). Je retournai à la cuisine.

Je préparai deux verres (à la santé de St. Algebra ? de Lo ?) et ouvris le réfrigérateur. Il m'adressa un rugissement violent lorsque j'entrepris d'extraire la glace de son cœur. Récrire tout ça. Le lui faire relire. Elle ne se souviendra pas des détails. Corriger, falsifier. Composer un fragment et le lui montrer, ou le laisser traîner. Pourquoi les robinets geignent-ils si horriblement parfois ? Horrible situation, en vérité. Les petits glaçons en forme d'oreillers — oreillers pour nounours polaires, Lo — émirent des grincements, des craquements, des plaintes atroces tandis que l'eau chaude les décollait de leurs alvéoles. Je posai les verres l'un contre l'autre en les entrechoquant. Je versai le whisky et une goutte d'eau gazeuse. Elle avait formellement prohibé mon gin. Et le réfrigérateur d'émettre un aboiement puis un claquement. Transportant les deux verres, je traversai la salle à manger et lui parlai à travers la porte du salon qui était légèrement entrouverte mais pas assez pour que j'y glisse le coude.

« Je t'ai préparé un verre », dis-je.

Elle ne répondit pas, cette chienne enragée, alors je posai les verres sur le buffet près du téléphone qui venait de se mettre à sonner.

« C'est Leslie. Leslie Tomson, dit Leslie Tomson qui ne détestait pas faire trempette à l'aube. Mrs. Humbert vient de se faire renverser par une voiture, vous feriez bien de venir vite, monsieur. »

Je répondis, d'un ton légèrement irrité peut-être, que ma femme était en parfaite santé, merci, et, sans reposer le combiné, je poussai la porte et dis :

« Il y a un type qui prétend que tu viens de te faire tuer, Charlotte. »

Mais il n'y avait nulle trace de Charlotte dans le salon.

23

Je me précipitai dehors. Notre petite rue escarpée présentait de l'autre côté un spectacle insolite. Une grosse Packard noire toute luisante, coupant en diagonale le trottoir (où un plaid écossais avait été jeté négligemment en tas), avait escaladé la pelouse en pente de Miss Opposite et s'était immobilisée là, éclatante de soleil, ses portières ouvertes comme des ailes, ses roues avant enfoncées au milieu d'un massif d'arbustes à feuilles persistantes. Côté droit de l'anatomie de cette voiture, sur l'herbe fraîchement tondue de la pelouse en pente, un vieux monsieur à la moustache blanche, bien habillé — complet gris à veste croisée, nœud papillon à pois —, était allongé sur le dos, ses longues jambes jointes, tel un gisant de cire. Il me faut rendre par une séquence de mots l'impact d'une vision instantanée ; leur accumulation physique sur la page minimise l'éclair, l'unité incisive de l'impression : le tas du plaid, la voiture, la vieille poupée humaine, l'infirmière de Miss O. qui revenait à toute vitesse en froufroutant, un verre à demi vide à la main, vers la véranda — où l'on peut imaginer que la vénérable recluse décrépite, calée contre des coussins, est en train de hurler mais pas assez fort pour se faire entendre au milieu des jappements rythmiques du setter du brocanteur qui passe d'un groupe à l'autre — quittant un petit attroupement de voisins déjà assemblés sur le trottoir, près du plaid écossais, revenant à la voiture qu'il avait finalement terrassée, puis se dirigeant vers un autre groupe, sur la pelouse, qui se composait de Leslie, de deux policiers et d'un homme râblé portant des lunettes à monture d'écaille. À ce point de notre récit, je crois devoir expliquer que la prompte apparition des agents de police, à peine plus d'une minute après l'accident, était due au fait qu'ils mettaient des contraventions aux voitures stationnées illégalement dans une ruelle transversale deux pâtés de maisons en dessous ; que le type à lunettes était Frederick Beale fils, le conducteur de la Packard ; que son père, un vieil homme de soixante-dix-neuf ans qui venait d'être arrosé par l'infirmière sur sa banquette de gazon — banquier en banqueroute pour ainsi dire —, n'avait pas une syncope mais se remettait paisiblement et méthodiquement d'une légère crise cardiaque ou de son éventualité ; et, pour finir, que le plaid gisant sur le trottoir (dont elle m'avait souvent montré d'un air désapprobateur les lézardes verdâtres) dissimulait les restes déchiquetés de Charlotte Humbert qui avait été renversée et traînée sur plusieurs mètres par la voiture des Beale tandis qu'elle traversait la rue en courant pour glisser trois missives dans la boîte aux lettres, au coin de la pelouse de Miss Opposite. Une jolie gamine vêtue d'une robe rose toute sale les ramassa et me les tendit ; je m'en débarrassai en les réduisant en charpie dans la poche de mon pantalon.

Trois médecins et les Farlow arrivèrent bientôt sur les lieux et prirent les choses en main. Le veuf, un homme doué d'une maîtrise de soi exceptionnelle, ne pleurait pas et ne délirait pas non plus. Il titubait un peu, certes ; mais il n'ouvrit la bouche que pour communiquer les renseignements ou faire les recommandations strictement nécessaires à l'identification, à l'examen et à l'enlèvement d'une femme morte dont le sommet du crâne n'était plus qu'une bouillie d'os, de cervelle, de cheveux cuivrés et de sang. Le soleil était encore d'un rouge éblouissant lorsqu'il fut mis au lit dans la chambre de Dolly par ses deux amis, l'affable John et Jane l'ingénue ; lesquels, pour rester près de lui, se retirèrent dans la chambre des Humbert pour la nuit ; qu'ils ne passèrent peut-être pas aussi innocemment que l'exigeait la solennité de l'occasion, pour autant que je sache.

Je n'ai aucune raison d'insister, dans ce mémoire d'un genre très particulier, sur les formalités pré-funéraires dont il fallut s'occuper, ou sur les funérailles elles-mêmes, qui furent aussi discrètes que l'avait été le mariage lui-même. Mais il convient de noter certains incidents se rapportant à ces quatre ou cinq jours qui suivirent la mort banale de Charlotte.

La première nuit de mon veuvage, j'étais si ivre que je dormis aussi profondément que l'enfant qui avait dormi dans ce même lit. Le lendemain matin, je m'empressai d'examiner les fragments de lettres qui se trouvaient dans ma poche. Ils étaient infiniment trop mélangés les uns aux autres pour être répartis en trois ensembles complets. Je crus comprendre que « ... et tu ferais mieux de le retrouver parce que je ne peux pas acheter... » provenait d'une lettre adressée à Lo ; et d'autres fragments semblaient indiquer que Charlotte méditait de s'enfuir avec Lo à Parkington, ou même de retourner à Pisky, de crainte que le vautour ne subtilise sa précieuse agnelette. D'autres lambeaux ou fragments (jamais je n'aurais cru que j'avais des serres si puissantes) se référaient manifestement à une demande d'inscription adressée non pas à St. A. mais à un autre internat dont on disait qu'il était si sévère, si gris, si sinistre dans ses méthodes (bien qu'il offrît à ses élèves la possibilité de faire du croquet sous les ormes) qu'il avait acquis le surnom de « Maison de redressement pour jeunes filles ». Enfin, la troisième missive s'adressait manifestement à moi. Je déchiffrai des bribes telles que « ... après un an de séparation nous pourrons peut-être... » « ... oh, mon chéri, oh mon... » « ... pire que si tu avais entretenu une maîtresse... » « ... ou je mourrai, peut-être... ». Mais ce que je pus glaner ici et là n'avait guère de sens ; les divers fragments de ces trois missives rédigées à la hâte étaient aussi embrouillés dans la paume de mes mains que l'avait été leur substance dans la tête de la pauvre Charlotte.

Ce jour-là, John devait voir un client et Jane donner à manger à ses chiens, si bien que j'allais être privé temporairement de la compagnie de mes amis. Ces braves gens craignaient que je me suicide si on me laissait seul, et comme il n'y avait pas d'autres amis de disponibles (Miss Opposite était tenue au secret, les McCoo étaient en train de bâtir une autre maison à plusieurs kilomètres de là, et les Chatfield venaient d'être récemment rappelés dans le Maine par quelque problème familial), Leslie et Louise furent chargés de me tenir compagnie sous prétexte de m'aider à trier et empaqueter une multitude d'objets orphelins. En un éclair d'inspiration sublime, je montrai à ces chers Farlow plutôt crédules (nous attendions la venue de Leslie pour son rendez-vous galant et rémunéré avec Louise) une petite photo de Charlotte que j'avais trouvée parmi ses affaires. Debout sur un rocher, elle souriait à travers ses cheveux ébouriffés par le vent. Cette photo avait été prise en avril 1934, printemps mémorable. À l'occasion d'une visite d'affaires aux États-Unis, il m'avait été donné de passer plusieurs mois à Pisky. Nous nous étions rencontrés — et avions eu une folle aventure amoureuse. J'étais alors marié, hélas, et elle était fiancée à Haze, mais après mon retour en Europe, nous avions correspondu par l'intermédiaire d'un ami, décédé depuis. Jane murmura qu'elle avait entendu certaines rumeurs et regarda la photo ; et, tout en continuant de la regarder, elle la tendit à John, qui retira sa pipe de sa bouche et contempla la charmante et leste Charlotte Becker, avant de me rendre ce portrait. Puis ils partirent pour quelques heures. La bienheureuse Louise gloussait et sermonnait son soupirant dans le sous-sol.

À peine les Farlow étaient-ils partis qu'un fonctionnaire au menton bleuissant me rendit visite — et je fis en sorte que l'entrevue fût aussi brève qu'elle pouvait l'être sans froisser ses sentiments ni éveiller ses soupçons. Oui, j'allais consacrer toute ma vie au bien-être de l'enfant. À propos, cette petite croix m'avait été donnée par Charlotte Becker quand nous étions jeunes tous les deux. J'avais une cousine à New York, une vieille fille respectable. On allait trouver là-bas une bonne école privée pour Dolly. Oh, le rusé Humbert !

Pour donner le change à Leslie et Louise et dans l'espoir qu'ils répéteraient la chose à John et Jane (ce qu'ils firent en effet), je passai un appel interurbain tonitruant et merveilleusement exécuté et simulai une conversation avec Shirley Holmes. Lorsque John et Jane revinrent, je les bernai littéralement en leur disant, en un murmure confus et hystérique à souhait, que Lo était partie avec le groupe des cadettes pour une randonnée de cinq jours et qu'on ne pouvait la contacter.

« Seigneur, dit Jane, qu'est-ce qu'on va faire ? »

John dit qu'il n'y avait rien de plus simple : il allait demander à la police de Climax de partir à la recherche des randonneurs — cela ne prendrait même pas une heure. En fait, il connaissait le pays et...

« Écoutez, poursuivit-il, je ferais mieux de prendre la voiture et de m'y rendre tout de suite, et vous, vous pouvez coucher avec Jane » (il n'ajouta pas cela exactement mais Jane appuya sa proposition avec un tel enthousiasme que c'était peut-être implicite).

Je fondis en larmes. Je suppliai John de laisser les choses comme elles étaient. Je leur dis que je ne pouvais supporter d'avoir la gamine éplorée tout près de moi, suspendue à mes basques, elle était si nerveuse, cette expérience risquait d'avoir des conséquences pour son avenir, les psychiatres ont analysé des cas semblables. Il y eut une pause subite.

« C'est vous que ça regarde, bien sûr, dit John d'un ton un peu brusque. Mais, vous comprenez, j'étais l'ami et le conseiller de Charlotte. On aimerait savoir tout de même ce que vous comptez faire de la gamine.

— John, s'écria Jane, ce n'est pas la fille de Harold Haze mais la sienne. Tu ne comprends donc pas ? Humbert est le vrai père de Dolly.

— Je vois, dit John. Excusez-moi. Oui, je vois. Je ne me rendais pas compte. Ça simplifie les choses, bien sûr. À vous de décider de ce qu'il convient de faire. »

Le père éperdu poursuivit et dit qu'il irait chercher sa fragile enfant aussitôt après l'enterrement et qu'il ferait de son mieux pour lui donner du bon temps dans un environnement totalement différent, un petit voyage au Nouveau-Mexique ou en Californie, peut-être — à supposer, bien sûr, qu'il survive.

Je simulai avec un art si consommé le calme de l'accablement total, l'accalmie précédant quelque explosion démente, que les Farlow, parfaits à tous égards, m'installèrent chez eux. Ils avaient une bonne cave, du moins selon les critères de ce pays ; et cela fut bien utile, car je redoutais les insomnies et un certain fantôme.

Maintenant, il me faut expliquer les raisons qui m'incitaient à garder Dolores à l'écart. Bien sûr, aussitôt après que Charlotte eut été éliminée et que, devenu un père libre, je revins dans la maison, engloutis les deux verres de whisky-soda que j'avais préparés, les complétant par une ou deux pintes de mon gin favori, et me rendis à la salle de bains pour échapper aux voisins et aux amis, une seule chose habitait mes pensées et mon pouls — à savoir que, dans quelques heures, Lolita, brûlante, les cheveux bruns, et mienne, mienne enfin, allait se retrouver dans mes bras et verser des larmes que je sécherais de mes baisers plus vite qu'elles ne couleraient. Mais, tandis que je me tenais là devant la glace, les yeux écarquillés et les joues rouges, John Farlow frappa tendrement à la porte pour demander si j'allais bien — et je compris sur-le-champ que ce serait pure folie de ma part de prendre Lolita à la maison avec tous ces importuns qui traînaient partout et complotaient de me l'enlever. En fait, l'imprévisible Lo risquait elle-même — qui sait ? — de manifester quelque méfiance stupide à mon égard, une soudaine répulsion, une crainte diffuse ou je ne sais quoi — et le trophée magique risquait alors de se volatiliser au moment même où je triomphais.

À propos d'importuns, je reçus un autre visiteur — l'ami Beale, le type qui élimina ma femme. Ennuyeux et pompeux, ressemblant à une sorte de bourreau auxiliaire, avec ses mâchoires de bouledogue, ses petits yeux noirs, ses lunettes à monture épaisse et ses formidables narines, il fut introduit par John qui aussitôt se retira, refermant la porte derrière lui avec un tact extrême. Mon visiteur grotesque, tout en expliquant d'un ton suave qu'il avait ses jumeaux dans la classe de ma belle-fille, déroula un grand diagramme qu'il avait fait de l'accident. C'était, comme l'aurait dit ma belle-fille, « un chouette de dessin », avec toutes sortes de flèches et de lignes pointillées impressionnantes tracées avec des encres de toutes les couleurs. La trajectoire de Mrs. H. H. était illustrée en plusieurs endroits par une série de ces petites silhouettes — femme-cadre ou femme-soldat lilliputienne aux allures de poupée — qu'on utilise comme illustrations iconographiques en statistique. Ce trajet entrait en contact de manière très claire et très concluante avec une ligne sinueuse hardiment tracée représentant deux embardées consécutives — la première que fit la voiture des Beale pour éviter le chien du brocanteur (le chien n'étant pas représenté) et la seconde, sorte de prolongement exagéré de la première, pour éviter la tragédie. Une croix très noire indiquait l'endroit où la petite silhouette svelte était finalement venue reposer sur le trottoir. Je cherchai une marque similaire indiquant l'endroit sur la berge où l'énorme père en cire de mon visiteur s'était allongé, mais il n'y en avait pas. Ledit monsieur avait cependant signé le document en tant que témoin juste en dessous des noms de Leslie Tomson, de Miss Opposite et de quelques autres personnes.

Avec son crayon qui voletait agilement et délicatement d'un point à un autre tel un colibri, Frederick fit la preuve devant moi de son absolue innocence et de l'imprudence de ma femme : tandis qu'il tentait d'éviter le chien, elle avait glissé, elle, sur l'asphalte fraîchement arrosé et plongé en avant alors qu'elle aurait dû se jeter en arrière (Fred montra comment d'un brusque petit mouvement de son épaule rembourrée). Je lui dis que ce n'était manifestement pas sa faute, et l'enquête confirma mon jugement.

Soufflant violemment à travers ses narines tendues et noires comme du jais, il secoua simultanément sa tête et ma paluche ; ensuite, faisant montre d'un parfait *savoir-vivre** et d'une générosité digne d'un gentleman, il offrit de régler la facture des pompes funèbres. Il s'attendait que je décline son offre. J'acceptai, laissant échapper un sanglot d'ivresse et de gratitude. Il en resta pantois. Lentement, d'un air incrédule, il répéta ce qu'il venait de dire. Je le remerciai à nouveau, avec encore plus de volubilité qu'auparavant.

Cet étrange entretien eut pour effet d'abolir momentanément l'hébétude de mon âme. Et pas étonnant ! Je venais de voir en fait l'agent du destin. Je venais de palper la dextre du destin — et aussi son épaule rembourrée. Une lumineuse et monstrueuse mutation venait soudain de se produire, et voilà qui en avait été l'instrument. Dans ce subtil concours de circonstances (ménagère pressée, chaussée glissante, chien importun, pente raide, grosse voiture, babouin au volant), je discernais confusément ma vile contribution personnelle. Si je n'avais pas eu la sottise — ou la géniale intuition — de conserver ce journal intime, les fluides engendrés par la colère vindicative et la honte cuisante n'auraient pas aveuglé Charlotte lorsqu'elle s'était ruée vers la boîte aux lettres. Mais, à supposer même qu'ils l'eussent aveuglée, rien peut-être ne serait arrivé mal-

gré tout, si le destin infaillible, ce fantôme de synchro-
nisation, n'avait pas mixé dans son alambic la voiture
et le chien et le soleil et l'ombre et l'humidité et le
faible et le fort et la pierre. Adieu, Marlene ! La solennelle poignée de main de l'adipeux destin (telle que la
reproduisit Beale avant de quitter la pièce) m'arracha
de ma torpeur ; et je pleurai. Mesdames et messieurs
les jurés — je pleurai.

24

Les ormes et les peupliers présentaient leurs dos
ébouriffés au soudain assaut du vent, et un noir cumulus menaçant planait au-dessus du clocher de l'église
blanche de Ramsdale, lorsque je me retournai pour la
dernière fois. Je quittais pour des aventures inconnues
la maison livide où j'avais loué une chambre seulement
dix semaines auparavant. Les stores — des stores en
bambou fonctionnels, bon marché — étaient déjà baissés. Sur les porches ou dans les intérieurs, dixit le
prospectus, leurs riches textures répandent une atmosphère dramatique et moderne. La maison du ciel doit
paraître bien terne en comparaison. Une goutte de pluie
tomba sur les articulations de mes doigts. Je retournai
dans la maison chercher je ne sais plus quoi tandis que
John mettait mes bagages dans la voiture, et c'est alors
que se produisit une chose étrange. Je ne sais si dans
les présentes notes tragiques j'ai suffisamment insisté

sur l'effet profondément troublant qu'exerçaient les charmes — pseudo-celtes, simiesques mais séduisants, virils et infantiles à la fois — de l'auteur sur les femmes de tout âge et de tout milieu. Certes, semblables déclarations faites à la première personne risquent de paraître ridicules. Mais il me faut bien rappeler de temps en temps au lecteur à quoi je ressemble, un peu comme le fait un romancier professionnel qui, ayant donné à l'un de ses personnages une manie ou un chien, se doit d'évoquer ce chien ou cette manie chaque fois que le personnage refait son apparition au cours du livre. Il y a peut-être plus que cela dans le cas présent. Il faut, pour que l'on comprenne bien mon histoire, que l'on garde visuellement à l'esprit mes charmes ténébreux. L'impubère Lo se pâmait devant les appas de Humbert comme elle faisait en entendant une musique hoquetante ; Lotte adulte m'aimait d'une passion possessive et mature que maintenant je déplore et respecte plus que je ne saurais le dire. Jane Farlow, qui avait trente et un ans et était complètement névrosée, avait apparemment conçu aussi un attachement intense à mon endroit. Elle était pourvue d'une certaine grâce, de cette grâce anguleuse qu'ont les sculptures indiennes, avec un teint terre de Sienne brûlée. Ses lèvres étaient pareilles à de gros polypes pourpres, et lorsqu'elle émettait son petit rire glapissant, elle découvrait ses grosses dents ternes et ses gencives pâles.

Elle était très grande, portait soit un pantalon et des sandales, soit une jupe bouffante avec des ballerines, buvait toutes sortes de boissons fortes et en n'importe quelle quantité, avait fait deux fausses couches, écrivait des nouvelles où il était question d'animaux, peignait des paysages lacustres, comme le sait le lecteur, couvait déjà le cancer qui allait la tuer à trente-trois ans, et était désespérément dépourvue à mes yeux de toute séduction. On imagine alors mon émotion lorsque, quelques secondes avant mon départ (nous étions elle et moi dans le vestibule), Jane prit mes tempes entre ses doigts perpétuellement tremblants et, ses yeux bleus et brillants baignés de larmes, essaya, sans succès, de se coller à mes lèvres.

« Bonne chance à vous, dit-elle, et embrassez votre fille pour moi. »

Un roulement de tonnerre retentit à travers toute la maison, et elle ajouta :

« Peut-être qu'un jour, quelque part, en des temps moins funestes, nous nous reverrons » (Jane, où que vous soyez, quoi que vous soyez devenue, dans un espace-temps à rebours ou dans un âme-temps futur, pardonnez-moi tout cela, y compris cette parenthèse).

Et l'instant d'après, voilà que je leur serrais la main à tous les deux dans la rue, cette rue en pente, et que tout voltigeait et tournoyait devant l'imminent déluge blanc, et un camion apportant un matelas de Philadelphie descendait la côte avec assurance et se dirigeait vers une maison vide, et la poussière courait et virevoltait au-dessus de la dalle de pierre où, lorsqu'on avait soulevé le plaid pour moi, Charlotte m'était apparue, pelotonnée sur elle-même, les yeux intacts, ses cils noirs encore humides, emmêlés, comme les tiens, Lolita.

25

On pourrait croire que, tous les obstacles étant maintenant écartés et la perspective de délices illimitées et insensées s'ouvrant devant moi, j'allais me relâcher mentalement, pousser un soupir de soulagement exquis. *Eh bien, pas du tout* !* Au lieu de me prélasser sous les rayons de la Bonne Fortune qui m'avait souri, j'étais obsédé par toutes sortes de craintes et de doutes purement éthiques. Ainsi par exemple : ne risquait-on pas de s'étonner que Lo ait été exclue si systématiquement des cérémonies festives et funéraires dans sa proche famille ? Rappelez-vous — nous ne l'avions pas fait venir pour notre mariage. Autre chose encore : admettant que ce fût le long bras velu du Hasard qui s'était tendu pour éliminer une innocente femme, le Hasard ne risquait-il pas, en un moment de perfidie, d'oublier ce que son besson avait fait, et de remettre prématurément à Lo un message de condoléances ? Certes, l'accident n'avait été mentionné que dans le *Journal* de Ramsdale — et pas dans le *Recorder* de Parkington ni dans l'*Herald* de Climax, Camp Q se trouvant dans un autre État et les décès locaux ne présentant aucun intérêt journalistique au niveau fédéral ; mais je ne pouvais m'empêcher de penser que Dolly Haze avait déjà été informée d'une façon ou d'une autre et qu'au moment même où j'étais en route pour aller la chercher, des amis inconnus de moi la conduisaient à Ramsdale. Toutes ces conjectures et tous ces soucis m'obsédaient moins, cependant, que le fait que Humbert Humbert, citoyen américain de fraîche date, d'origine européenne obscure, n'avait entrepris aucune démarche pour devenir le tuteur légal de la fille (âgée de douze ans et sept mois) de sa défunte épouse. Oserais-je jamais entreprendre pareilles démarches ? J'étais transi d'effroi à l'idée de me voir nu, traqué par des statuts mystérieux sous le regard impitoyable du droit coutumier.

Mon plan était un chef-d'œuvre d'art primitif : j'allais filer jusqu'au Camp Q, dire à Lolita que sa mère était sur le point de subir une grave opération dans un hôpital imaginaire, et poursuivre ensuite ma route d'auberge en auberge avec ma nymphette assoupie tandis que sa mère recouvrait peu à peu la santé et décédait finalement. Mais, au fur et à mesure que je me rapprochais du camp, mon angoisse s'accentuait. Je ne pouvais me faire à l'idée que, peut-être, je ne trouverais pas Lolita là-bas — ou trouverais à sa place une autre Lolita épouvantée exigeant de voir quelque ami de la famille : pas les Farlow, Dieu merci — elle les connaissait à peine —, mais il y avait peut-être d'autres personnes dont je n'avais pas tenu compte, qui sait ? Finalement, je décidai de passer le coup de téléphone interurbain que j'avais si bien simulé quelques jours auparavant. Il pleuvait à verse lorsque je m'arrêtai dans un faubourg boueux de Parkington, juste avant la Fourche, dont une dent contournait la ville et menait à la nationale qui franchissait les collines conduisant au lac Climax et au Camp Q. Je coupai le contact et demeurai assis une bonne minute dans la voiture, m'armant de courage avant de passer ce coup de téléphone, tout en contemplant la pluie, le trottoir inondé, une bouche d'incendie : une chose hideuse, à vrai dire, recouverte d'une épaisse couche de peinture rouge et argentée, tendant les moignons rouges de ses bras pour que les vernisse la pluie, laquelle, pareille à un sang stylisé, ruisselait sur ses chaînes en argent. Pas étonnant que tout arrêt à côté de ces cauchemardesques avortons soit tabou. Je redémarrai et me rendis à une station-service. Une surprise m'attendait lorsque prit fin l'obligeant cliquetis des pièces en tombant et qu'une voix put répondre à la mienne.

Holmes, la directrice du camp, m'informa que Dolly était partie lundi (on était mercredi) faire une randonnée dans les collines avec son groupe et devait rentrer assez tard aujourd'hui. Ne vaudrait-il pas mieux que je vienne demain, et qu'est-ce qu'il y avait exactement... Sans entrer dans les détails, je dis que sa mère avait été hospitalisée, que la situation était grave, qu'il ne fallait pas révéler la gravité à l'enfant et qu'il faudrait qu'elle soit prête à partir avec moi demain après-midi. Les deux voix prirent congé l'une de l'autre en une explosion d'amabilité chaleureuse et, suite à quelque capricieuse défaillance mécanique, toutes mes pièces me furent rendues en une cascade cliquetante comme si j'avais gagné le gros lot, et je faillis pouffer de rire malgré la déception de devoir différer ma félicité. On se demande si cet épanchement inopiné, ce remboursement spasmodique, n'avait pas quelque chose à voir, dans l'esprit de McFate, avec le fait que j'avais inventé cette petite expédition avant même de savoir qu'elle avait effectivement eu lieu.

Que faire maintenant ? Je me rendis dans le centre commercial de Parkington et consacrai tout l'après-midi (le ciel s'était dégagé, la ville mouillée semblait de verre et d'argent) à acheter de jolies choses pour Lo. Seigneur Jésus, que d'absurdes achats inspira à Humbert la prédilection poignante qu'il avait à l'époque pour les tissus écossais, les cotonnades aux couleurs vives, les volants, les manches courtes et bouffantes, les plis soyeux, les corsages collants et les jupes amples et généreuses ! Oh, Lolita, tu es ma petite fille, comme V. était celle de Poe et B. celle de Dante, et quelle est la petite fille qui n'aimerait pas virevolter dans une jupe circulaire et en cache-sexe ? Avais-je quelque chose de spécial en tête ? me demandèrent des voix enjôleuses. Des tenues de bain ?

Nous en avons de toutes les teintes. Rose de rêve, aigue-marine givrée, mauve gland, rouge tulipe, noir olé-olé. Des vêtements de sport, peut-être ? Des combinaisons ? Pas de combinaisons. Lo et moi avons horreur des combinaisons.

L'un de mes guides en la matière fut la fiche anthropométrique rédigée par la mère pour le douzième anniversaire de Lo (le lecteur n'a pas oublié ce livre sur l'éducation des enfants). J'avais le sentiment que Charlotte, mue par quelques obscures aversions ou envies, avait ajouté ici quelques centimètres, là un demi-kilo ; mais comme la nymphette avait vraisemblablement grandi quelque peu au cours de ces sept derniers mois, j'estimai que je pouvais m'en remettre sans hésitation à la plupart de ces mensurations de janvier : tour de hanches, soixante-quatorze centimètres ; tour de cuisses (juste en dessous du sillon fessier), quarante-trois centimètres ; tour de mollet et tour de cou, vingt-huit centimètres ; tour de poitrine, soixante-huit centimètres ; tour de bras sous l'aisselle, vingt centimètres ; tour de ceinture, cinquante-huit centimètres ; taille, un mètre quarante-cinq ; poids, trente-six kilos ; silhouette, linéaire ; QI, 121 ; appendice vermiforme présent, Dieu merci.

Même sans ces mensurations, j'étais naturellement en mesure de me représenter Lolita avec une lucidité hallucinante ; et entretenant en moi ainsi que je le faisais le souvenir d'un picotement contre mon sternum à l'endroit même où le sommet soyeux de sa tête était venu à une ou deux reprises au niveau de mon cœur ; et sentant encore comme je le faisais le poids de son corps tout brûlant sur mes genoux (si bien qu'en un sens « je portais » toujours Lolita en moi comme une femme « porte un enfant »), je ne fus pas surpris de découvrir par la suite que mes calculs avaient été plus ou moins corrects. Comme j'avais étudié par ailleurs un catalogue de mode d'été, ce fut avec un œil averti que j'examinai divers jolis articles, chaussures de sport, de baskets, escarpins en chagrin pour gamines chagrines. La jeune fille trop fardée et de noir vêtue qui entreprit de satisfaire tous mes besoins poignants transforma le savoir parental et la description précise en euphémismes commerciaux, tels que taille « *petite** » par exemple. Une autre femme, beaucoup plus âgée, portant une robe blanche et un épais masque de maquillage, parut étrangement impressionnée par mon érudition en matière de mode junior ; peut-être avais-je une naine pour maîtresse ; aussi, lorsqu'on me montra une jupe avec deux poches « très chou » sur le devant, je posai volontairement une question naïve et typiquement masculine qui me valut une démonstration souriante du fonctionnement de la fermeture Éclair à l'arrière de la jupe. Je m'amusai ensuite comme un fou avec une kyrielle de shorts et de slips — un ballet de petites Lolita fantomatiques, tombant, tourbillonnant comme des pâquerettes partout sur le comptoir. Nous complétâmes l'affaire par quelques pyjamas en coton fort chastes dans le style en vogue à l'époque, « façon commis boucher ». Humbert, le boucher en vogue.

Il y a quelque chose de mythique et d'enchanteur dans ces grands magasins où, à en croire les publicités, une fille qui travaille peut se procurer une garde-robe complète pour rendez-vous amoureux ou d'affaires et où la petite sœur peut rêver du jour où son pull-over en jersey fera baver d'envie les garçons du fond de la classe. Des mannequins en plastique grandeur nature représentent des enfants aux nez retroussés, aux visages bistre, verdâtres, tachetés de marron, faunesques, flottaient partout autour de moi. Je m'aperçus que j'étais le seul client dans ce lieu plutôt étrange où j'évoluais comme un poisson dans un aquarium glauque. Je sentis que des pensées étranges prenaient forme dans l'esprit de ces dames langoureuses qui m'escortaient d'un comptoir à l'autre, d'une corniche rocheuse à une algue, et les ceintures et les bracelets que je choisissais semblaient tomber de leurs mains de sirènes dans une eau transparente. J'achetai un élégant nécessaire de voyage, demandai que l'on y range mes achats et me rendis à l'hôtel le plus proche, fort satisfait de ma journée.

Je ne sais pourquoi, mais quelque chose dans cet après-midi paisible et poétique d'emplettes minutieuses me fit penser à l'hôtel ou à l'auberge au nom alléchant, The Enchanted Hunters, que Charlotte avait mentionné incidemment peu avant ma libération. À l'aide d'un guide touristique, je le localisai dans une bourgade perdue, Briceland, située à quatre heures de route du camp de Lo. J'aurais pu téléphoner mais, craignant que ma voix ne se détraque et ne se perde en un anglais de cuisine rauque et embarrassé, je décidai d'envoyer un télégramme afin de réserver une chambre avec des lits jumeaux pour le lendemain soir. Quel prince charmant comique, gauche, indécis je faisais ! Certains de mes lecteurs vont bien rire quand je leur dirai tout le mal que j'eus à rédiger mon télégramme ! Que devais-je mettre : Humbert et sa fille ? Humberg et sa petite fille ? Homberg et sa fille impubère ? Homburg et son enfant ? L'étrange erreur — ce « g » à la fin — qui apparut finalement dans le message fut peut-être l'écho télépathique de ces miennes hésitations.

Vinrent ensuite, dans le velours d'une nuit d'été, mes angoisses à propos du philtre que j'avais sur moi ! Oh, ce ladre de Hamburg ! N'était-il pas un Chasseur très Enchanté tandis qu'il réfléchissait en lui-même à sa boîte de munitions magiques ? Pour mettre en déroute le monstre de l'insomnie, fallait-il qu'il essaie lui-même l'une de ces capsules améthyste ? Il y en avait quarante en tout — quarante nuits auprès d'une enfant gracile assoupie contre mon flanc palpitant ; pouvais-je me priver d'une seule de ces nuits à seule fin de pouvoir dormir ? Bien sûr que non : chaque minuscule prune, chaque planétarium microscopique avec sa poussière d'étoiles vivantes, était beaucoup trop précieux. Oh, permettez-moi d'être sentimental pour une fois ! Je suis si las d'être cynique.

26

Ce mal de tête quotidien dans l'air opaque de cette prison tombale est troublant, mais il me faut persévérer. J'ai déjà écrit plus de cent pages et ne suis pas rendu bien loin. Mon calendrier devient confus. Cela devait se passer vers le 15 août 1947. Je ne crois pas que je vais pouvoir continuer. Mon cœur, ma tête — tout. Lolita, Lolita, Lolita, Lolita, Lolita, Lolita, Lolita, Lolita, Lolita. Monsieur l'imprimeur, veuillez répéter ce nom jusqu'au bas de la page.

27

Toujours à Parkington. Finalement, je parvins à grappiller une heure de sommeil — dont, tout excité, je fus arraché par une conjonction gratuite et horriblement éprouvante avec un petit hermaphrodite velu, un parfait inconnu. Il était alors six heures du matin, et je me dis soudain que ce serait peut-être une bonne idée d'arriver au camp plus tôt que je ne l'avais dit. De Parkington, j'avais encore cent soixante kilomètres à faire, et il allait y en avoir encore plus jusqu'à Hazy Hills et Briceland. J'avais dit que je viendrais chercher Dolly dans l'après-midi uniquement parce que mon imagination exigeait que la nuit miséricordieuse tombât aussitôt que possible sur mon impatience. Mais j'entrevoyais maintenant toutes sortes de malentendus et frémissais à l'idée que l'attente pouvait lui donner l'occasion de passer quelque coup de téléphone anodin à Ramsdale. Cependant, lorsque, à neuf heures et demie, je voulus me mettre en route, je découvris avec stupeur que ma batterie était à plat, et il n'était pas loin de midi lorsque je quittai enfin Parkington.

J'arrivai à destination aux alentours de deux heures et demie ; je garai ma voiture dans une pinède où, solitaire et renfrogné, un gamin espiègle aux cheveux roux, vêtu d'une chemise verte, était en train de lancer des fers à cheval ; il m'indiqua laconiquement un bureau dans un bungalow aux murs crépis ; frisant l'inanition, je dus supporter pendant plusieurs minutes la commisération indiscrète de la directrice du camp, une femme fanée et malpropre aux cheveux couleur de rouille. Dolly avait fait sa valise et était prête à partir, dit-elle. Elle savait que sa mère était malade mais pas dans un état critique. Est-ce que Mr. Haze, je veux dire Mr. Humbert, désirerait rencontrer les moniteurs du camp ? Ou jeter un coup d'œil aux bungalows où vivent les filles ? Chacun portant le nom d'une créature de Disney. Ou visiter le bâtiment principal ? Ou bien préférait-il qu'on envoie Charlie la chercher ? Les filles achevaient juste d'aménager le réfectoire pour un bal. (Et peut-être allait-elle dire plus tard à qui voudrait l'entendre : « Le pauvre diable n'était que l'ombre de lui-même. »)

Permettez-moi de m'attarder un instant sur cette scène, avec tous ses détails triviaux et funestes : cette sorcière de Holmes établissant un reçu, se grattant la tête, ouvrant un tiroir de son bureau, déversant dans ma paume impatiente des pièces de monnaie, puis étalant soigneusement dessus un billet de banque en disant gaiement : « ... et cinq ! » ; des photos de gamines ; un papillon de jour ou de nuit très coloré, encore vivant, solidement épinglé au mur (« découverte de la nature ») ; le diplôme encadré du diététicien du camp ; mes mains tremblantes ; une fiche tendue par la très efficace Holmes et rendant compte de la conduite de Dolly Haze pendant le mois de juillet (« assez bien ; adore la natation et le canoë ») ; bruissements d'arbres et d'oiseaux, et mon cœur palpitant... Je tournais le dos à la porte ouverte et soudain je sentis

le sang me monter à la tête en entendant la respiration et la voix de Lolita derrière moi. Elle arriva en
traînant sa lourde valise et en la cognant partout.
« Salut ! » dit-elle, et elle resta là immobile à me fixer
de ses petits yeux gais et espiègles, ses douces lèvres
entrouvertes esquissant un sourire un peu niais mais
absolument irrésistible.

Elle était plus mince et plus grande, et, l'espace d'une
seconde, il me sembla que son visage était moins joli
que l'image mentale que je chérissais en moi depuis plus
d'un mois : ses joues paraissaient creuses, et un excès
de lentigo camouflait ses traits rustiques et rosés ; et
cette première impression (infime intermède humain
entre deux pulsations de tigre) suggérait clairement au
veuf Humbert ce qu'il devait faire, ce qu'il voulait, allait
faire : donner à cette petite orpheline blafarde bien que
basanée, *aux yeux battus** (et même ces ombres plom-
bées sous les yeux étaient marquées de taches de rousseur), une solide éducation, une adolescence saine et
heureuse, un foyer décent, de charmantes compagnes de
son âge parmi lesquelles (si le destin daignait me récom-
penser) je pourrais trouver, qui sait, une ravissante petite
Mägdlein exclusivement réservée à Herr Doktor Humbert. Mais en un « Augenblick », comme disent les Alle-
mands, cette ligne de conduite angélique s'effaça, et je
rattrapai ma proie (le temps va plus vite que nos chimères !), et elle redevint ma Lolita — et même plus que
jamais ma Lolita. Je laissai traîner ma main sur sa
chaude chevelure châtain et pris sa valise. Elle était toute
rose et tout miel, vêtue de sa robe en vichy la plus éclatante ornée de petites pommes rouges, et ses bras et ses

jambes étaient d'une teinte mordorée très sombre, zébrés d'égratignures ressemblant à de minuscules lignes en pointillés faites de rubis coagulés, et le haut côtelé de ses socquettes blanches était retourné au niveau dont je me souvenais, et, en raison de sa démarche enfantine, ou parce qu'en mémoire je la revoyais toujours en chaussures à semelles plates, ses derbys brun et blanc paraissaient un peu trop grands ou leurs talons un peu trop hauts pour elle. Adieu, Camp Q, joyeux Camp Q. Adieu, la nourriture insipide et malsaine, adieu, Charlie. Elle prit place à côté de moi dans la voiture brûlante, donna une claque à la mouche leste qui s'était posée sur son adorable genou ; puis, sa bouche mâchonnant violemment un morceau de chewing-gum, elle rabaissa rapidement la vitre de son côté et s'installa de nouveau confortablement. Nous filâmes à vive allure à travers la forêt tachetée et zébrée.

« Comment va maman ? » demanda-t-elle poliment.

Je lui dis que les médecins n'avaient pas encore trouvé ce qui n'allait pas. Quelque chose d'abdominal, en tout cas. D'abominable ? Non, d'abdominal. Nous allions devoir rester dans les parages pendant quelque temps. L'hôpital était à la campagne, près de la gentille bourgade de Lepingville, où avait résidé un grand poète au début du XIXᵉ siècle et où nous allions faire la tournée des cinémas. Elle trouva que c'était une idée géniale et demanda si nous pouvions arriver à Lepingville avant neuf heures du soir.

« On devrait être à Briceland pour le dîner, dis-je, et demain nous visiterons Lepingville. Comment s'est passée la randonnée ? Tu t'es bien amusée au camp ?

— Ouais-ouais.

— Tu regrettes de partir ?

— Nnnon.

— Parle, Lo, arrête de grommeler. Dis-moi quelque chose.

— Quel genre de chose, papa ? (elle laissa le mot s'épanouir sur ses lèvres avec une ironie délibérée).

— N'importe quoi.

— D'accord, si je vous appelle comme ça ? (fixant la route, les yeux mi-clos).

— Bien sûr.

— Je trouve la situation impayable. Quand est-ce que vous êtes tombé amoureux de ma mère ?

— Un jour, Lolita, tu comprendras maintes émotions et maintes situations, comme par exemple l'harmonie, la beauté d'une relation spirituelle entre deux êtres.

— Bof ! » dit la nymphette cynique.

Légère accalmie dans le dialogue, meublée par quelque paysage.

« Regarde toutes ces vaches sur le flanc de cette colline, Lo.

— Je crois que je vais vomir si je vois encore une vache.

— Tu sais, tu m'as terriblement manqué, Lo.

— Je ne peux pas en dire autant. En fait, je vous ai affreusement trompé, mais ça ne fait absolument rien puisque, de toute façon, vous ne vous intéressez plus à moi. Vous conduisez beaucoup plus vite que ma mère, m'sieur. »

Je ralentis, passant d'un cent dix aveugle à un quatre-vingts borgne.

« Pourquoi penses-tu que je ne m'intéresse plus à toi, Lo ?

— Eh bien, quoi, tu ne m'as pas encore embrassée ? »

Expirant, gémissant en mon for intérieur, j'aperçus devant nous un accotement suffisamment large et plongeai, cahotant et oscillant, dans les herbes folles. N'oublie pas que ce n'est qu'une enfant, n'oublie pas que ce n'est...

La voiture s'était à peine immobilisée que Lolita se coula littéralement dans mes bras. Hésitant, n'osant pas me laisser aller — ne me risquant même pas à prendre conscience que cela (cette délicieuse moiteur et ce feu vacillant) était en fait le début de la vie ineffable qu'avec l'assistance efficace du destin j'avais enfin fait naître à force de volonté —, n'osant même pas l'embrasser vraiment, j'effleurai ses lèvres brûlantes, ouvrant les miennes avec une piété extrême, buvant à petites gorgées, rien de salace ; mais elle, frétillant d'impatience, pressa sa bouche si fort contre la mienne que je sentis ses grandes dents de devant et partageai le goût de peppermint qui imprégnait sa salive. Je savais, bien sûr, que ce n'était qu'un jeu innocent de sa part, que la pitrerie d'une jouvencelle tentant d'imiter quelque simulacre d'idylle feinte, et comme (ainsi que vous le dira le psychothérapeute, aussi bien d'ailleurs que le violeur psychopathe) les limites et les règles de ces jeux de petite fille sont fluides, ou en tout cas trop puérils et trop subtils pour que le partenaire adulte les comprenne — j'avais affreusement peur d'aller trop loin et de la voir se raviser en un sursaut de répulsion et d'effroi. Et comme, par-dessus tout, j'avais atrocement hâte de la faire entrer clandestinement dans le repaire hermétique de The Enchanted Hunters et que nous avions encore cent trente kilomètres à faire, une heureuse intuition mit fin à notre étreinte — une fraction de seconde avant qu'une voiture de police de la route ne s'arrête à notre hauteur.

Le chauffeur, la mine rubiconde, les sourcils touffus, nous dévisagea.

« V'z'auriez pas vu une berline bleue, même marque que la vôtre, vous doubler avant le carrefour ?

— Ma foi, non.

— Non, on ne l'a pas vue », dit Lo, se penchant avec empressement contre moi, posant sa main innocente sur mes jambes, « mais vous êtes sûr qu'elle était bleue, parce que... »

Le policier (quelle ombre de nous-mêmes poursuivait-il ?) gratifia la petite demoiselle de son plus beau sourire et fit demi-tour sur la route.

Nous continuâmes notre route.

« L'imbécile ! fit remarquer Lo. C'est toi qu'il aurait dû pincer.

— Seigneur, pourquoi moi ?

— Eh bien, la vitesse est limitée à quatre-vingts dans ce fichu État, et... Non, ne ralentis pas, espèce de bêta. Il est parti maintenant.

— Il nous reste encore un bon bout de chemin à faire, dis-je, et je tiens à ce qu'on arrive avant la nuit. Alors, tâche d'être une bonne petite fille.

— Une méchante, une affreuse petite fille, dit Lo d'un ton serein. Une délinquante juvénile, mais candide et charmante. Le feu était rouge. Je n'ai jamais vu quelqu'un conduire comme ça. »

Nous traversâmes en silence une bourgade silencieuse.

« Dis donc, tu ne crois pas que maman serait folle de rage si elle apprenait que nous sommes amants ?

— Bonté divine, Lo, arrêtons de dire des bêtises.

— Mais, c'est vrai, nous sommes amants, non ?

— Pas que je sache. Je crois que nous allons encore avoir de la pluie. Tu ne veux pas me parler de tes petites fredaines au camp ?

— Tu parles comme un livre, papa.

— Qu'est-ce que tu as fait ? Je veux que tu me le dises.

— Est-ce que tu te choques aisément ?

— Non. Vas-y.

— Enfonçons-nous dans une allée déserte et je te raconterai.

— Lo, je suis sérieux, cesse de faire l'idiote. Eh bien ?

— Eh bien... j'ai participé à toutes les activités qu'on nous proposait.

— *Ensuite* ?

— Ensuite, on m'a appris à avoir une vie heureuse et enrichissante avec les autres et à développer une personnalité saine. À être sage comme une image, en fait.

— Oui, j'ai lu quelque chose du genre dans la brochure.

— On adorait chanter en chœur autour de la grande cheminée en pierre ou sous les maudites étoiles, et chaque fille mêlait sa propre joie de vivre aux voix de ses compagnes.

— Ta mémoire est excellente, Lo, mais je te saurais gré de m'épargner les gros mots. Rien d'autre ?

— J'ai fait mienne la devise des girl-scouts, dit Lo avec enthousiasme. Je consacre ma vie à des actions louables telles que... passons là-dessus, en fait. Mon devoir est... de me rendre utile. Je suis l'amie des animaux de sexe mâle. J'obéis aux ordres. Je suis gaie. C'était une autre voiture de police. Je suis économe et totalement lubrique en pensées, en paroles et en actions.

— J'espère sincèrement que tu n'as rien oublié, spirituelle enfant.

— Ouais. C'est tout. Non... attends voir. Nous faisions cuire des gâteaux dans un four solaire. Tu ne trouves pas ça super ?

— J'aime mieux ça.

— Nous lavions une foultitude de plats et d'assiettes. "Foultitude", c'est l'argot des maîtresses d'école pour dire beaucoup-beaucoup-beaucoup. Ah, oui, une dernière chose encore et pas des moindres, comme dit maman... Voyons voir... qu'est-ce que je voulais dire ? Ah oui, je sais : on a fait des ombres chinoises. C'était rudement chouette.

— *C'est bien tout* ?*

— Oui. Sauf une petite bricole, une chose dont je ne peux tout simplement pas te parler sans rougir jusqu'à la racine des cheveux.

— Est-ce que tu me la diras plus tard ?

— Oui, à la condition qu'on soit dans le noir et que tu veuilles bien que je te le chuchote au creux de l'oreille. Est-ce que tu dors dans ton ancienne chambre ou pelotonné contre maman ?

— Dans l'ancienne chambre. Ta mère va peut-être devoir subir une très grave opération, Lo.

— Arrête-toi devant ce drugstore, tu veux », dit Lo.

Assise sur un haut tabouret, son avant-bras nu et basané coupé par un rai de soleil, Lolita se fit servir un mélange élaboré de différentes glaces surmonté d'un sirop synthétique. Ce fut un blanc-bec boutonneux portant un nœud papillon graisseux qui édifia cette mixture et la lui apporta, et il reluqua avec une évidente concupiscence charnelle ma fragile enfant vêtue de sa fine robe en coton. Mon impatience d'arriver à Briceland et aux Enchanted Hunters devenait véritablement insupportable. Par bonheur, elle engloutit la chose avec sa promptitude habituelle.

« Combien d'argent as-tu ? demandai-je.

— Pas un sou, dit-elle tristement, levant les sourcils et me montrant l'intérieur vide de son porte-monnaie.

— On remédiera à cela en temps utile, répliquai-je d'un ton malicieux. Tu viens ?

— Attends, je me demande s'ils ont des toilettes.

— Je préfère que tu n'y ailles pas, dis-je d'un ton ferme. Je parie que c'est un endroit immonde. Allez, viens. »

C'était une petite fille obéissante malgré tout et je l'embrassai dans le cou lorsque nous nous retrouvâmes dans la voiture.

« Ne fais surtout pas ça, dit-elle en me regardant d'un air de stupéfaction non simulé. Arrête de me baver dessus. Vieux dégoûtant. »

Elle s'essuya le cou contre son épaule relevée.

« Excuse-moi, murmurai-je. Je t'aime beaucoup, c'est tout. »

Roulant sous un ciel morne, nous gravîmes une côte sinueuse puis redescendîmes sur l'autre versant.

« Eh bien, moi aussi je t'aime bien », dit un peu tardivement Lolita d'une voix douce en poussant une sorte de soupir, et elle se blottit un peu plus près de moi.

(Oh, ma Lolita, nous n'arriverons donc jamais là-bas !)

Le crépuscule imprégnait déjà la jolie petite ville de Briceland, son architecture pseudo-coloniale, ses boutiques de souvenirs et ses arbres ombreux d'importation lorsque nous nous mîmes à parcourir les rues éclairées en quête des Enchanted Hunters. L'air, malgré la bruine persistante qui y suspendait ses perles, était tiède et vert, et une file de gens, des enfants et de vieux messieurs pour la plupart, s'était déjà formée devant le guichet d'un cinéma tout dégoulinant de joyaux brasillants.

« Oh, je veux voir ce film. Allons-y aussitôt après le dîner. Oh, je t'en prie !

— Ce n'est pas impossible », dit Humbert d'un air chantant — sachant pertinemment, ce fourbe démoniaque et tumescent, qu'à neuf heures, lorsque son show à lui commencerait, elle serait morte dans ses bras.

« Attention ! » s'écria Lo, se projetant en avant, tandis qu'un satané camion s'arrêtait devant nous à un croisement, ses escarboucles arrière toutes palpitantes.

Si nous n'arrivions pas à l'hôtel bientôt, immédiatement, miraculeusement, dans le prochain pâté de maisons, je sentais que j'allais perdre la maîtrise de la vieille guimbarde des Haze, avec ses essuie-glaces inefficaces et ses freins capricieux ; mais les passants à qui je demandai ma route n'étaient pas du pays ou ils répétaient en fronçant les sourcils : « Enchanted quoi ? » comme si j'étais fou ; ou encore ils se lançaient dans des explications si compliquées, avec moult gestes géométriques, moult généralités géographiques et autres indices strictement locaux (... ensuite prenez vers le sud après avoir dépassé le palais de justice...), qu'il m'était impossible de ne pas m'égarer dans le labyrinthe de leur aimable charabia. Lo, dont les charmantes entrailles prismatiques avaient déjà digéré la sucrerie, brûlait de prendre un solide repas et commençait déjà à s'agiter. Quant à moi, bien que je me fusse habitué depuis longtemps à ce qu'une sorte de destin supplétif (le secrétaire inepte de McFate, si l'on veut) vînt troubler mesquinement le plan magnifique et généreux ourdi par le patron, ces circonvolutions tâtonnantes à travers les avenues de Briceland constituèrent peut-être l'épreuve la plus exaspérante à laquelle j'eusse été confronté jusque-là. Au cours des mois suivants, il m'arriva de rire de mon inexpérience lorsque je me rappelai l'obstination puérile avec laquelle je m'étais braqué sur cette auberge particulière avec ce drôle de nom ; car tout le long de notre parcours, d'innombrables motels affichaient à grand renfort de néons qu'ils avaient des chambres libres, tout disposés qu'ils étaient à recevoir les commis voyageurs, les forçats évadés, les impuissants, les familles nombreuses, aussi bien que les couples les plus corrompus et les plus ardents. Ah, gentils automobilistes qui traversez sans bruit les nuits noires d'été, que de batifolages, que de lubriques contorsions ne verriez-vous pas de vos superbes routes si les Confortables Cabines se trouvaient soudain privées de leurs pigments et devenaient aussi transparentes que des cages en verre !

Le miracle que j'espérais si ardemment finit tout de même par se produire. Un homme et une jeune fille, plus ou moins enlacés dans une voiture sombre stationnée sous des arbres ruisselants, nous dirent que nous étions au cœur du parc, et qu'il nous suffisait de tourner à gauche aux prochains feux et nous y serions. Nous ne vîmes pas de prochains feux — en fait, le parc était aussi noir que les péchés qu'il dissimulait — mais peu après avoir succombé au charme paisible d'un virage en pente douce, les voyageurs distinguèrent un éclat de diamant à travers la brume, puis le miroitement d'un lac — et il apparut soudain, merveilleux et inexorable, sous une futaie spectrale, en haut d'une allée de gravier — le pâle palais des Enchanted Hunters.

Une rangée de voitures en stationnement, pareilles à des porcs devant leur auge, semblait à première vue nous interdire l'accès ; mais soudain, comme par magie, une décapotable impressionnante, resplendissante, rubescente sous la pluie illuminée, se mit en mouvement — elle recula énergiquement, conduite par un homme aux épaules de lutteur — et nous nous glissâmes avec gratitude dans l'espace qu'elle avait laissé. Je regrettai aussitôt ma précipitation car je remarquai que mon prédécesseur avait profité d'une sorte d'abri-garage tout proche où il restait tout l'espace nécessaire pour une autre voiture ; mais j'étais trop impatient pour suivre son exemple.

« Dis donc ! Ç'a l'air sensass », fit remarquer ma vulgaire doucette, tout en reluquant la façade en stuc, tandis qu'elle s'extirpait de la voiture, plongeait dans la bruine bruissante et dégageait prestement, d'une main enfantine, le pli de sa robe qui s'était insinué dans la fente de la pêche — pour citer Robert Browning. Sous les lampes à arc, des répliques agrandies de feuilles de marronniers plongeaient et jouaient contre les colonnes blanches. J'ouvris le coffre arrière. Un Noir bossu et chenu vêtu d'une sorte d'uniforme sortit nos bagages et les roula sans se presser jusque dans le hall. Celui-ci grouillait de vieilles dames et de pasteurs. Lolita s'accroupit sur ses talons pour caresser un cocker au museau blême, aux oreilles noires, tout couvert de taches bleues, qui, sous sa main, tomba en pâmoison sur le tapis orné de motifs floraux — qui pourrait résister, mon cœur — tandis que, m'éclaircissant la gorge, je me frayais un passage à travers la foule jusqu'à la réception. Là, un vieil homme chauve aux allures porcines — tout le monde était vieux dans ce vieil hôtel — scruta mon visage avec un sourire poli, puis il exhiba sans se presser mon télégramme (quelque peu défiguré), se débattit avec quelques soupçons obscurs, tourna la tête pour consulter l'horloge et finit par dire qu'il était vraiment navré, qu'il avait gardé la chambre avec les lits jumeaux jusqu'à six heures et demie et que maintenant elle était prise. Un congrès religieux s'était télescopé, dit-il, avec des floralies à Briceland, et — « Le nom n'est pas Humberg, dis-je d'un ton glacial, ni Humbug, mais Herbert, je veux dire Humbert, et n'importe quelle chambre fera l'affaire, il suffit d'apporter un lit d'enfant pour ma petite fille. Elle a dix ans et elle est très fatiguée ».

Le vieux bonhomme au teint rosé guigna avec bonhomie en direction de Lo — laquelle était encore accroupie en train d'écouter de profil, lèvres entrouvertes, ce que la maîtresse du chien, une dame à l'âge canonique enveloppée de voiles violets, lui racontait depuis les profondeurs d'une bergère recouverte de cretonne.

Si l'obscène personnage avait encore quelques doutes, ceux-ci furent dissipés par cette vision quasi florale. Il dit qu'il avait peut-être encore une chambre, qu'il en avait une, en fait... mais avec un grand lit. Quant au lit d'enfant...

« Monsieur Potts, est-ce qu'il nous reste des lits d'enfant ? » Potts, rose et chauve lui aussi, avec des poils blancs qui sortaient de ses oreilles et autres orifices, allait voir ce qu'on pouvait faire. Il arriva et dit quelque chose pendant que je dévissais mon stylo. L'impatient Humbert !

« Nos grands lits sont en fait pour trois personnes, dit Potts d'un ton rassurant, me bordant moi et ma gamine. Un soir qu'il y avait beaucoup de monde, nous avons fait dormir ensemble trois dames et une enfant comme la vôtre. Je crois qu'une des dames était un homme déguisé [ma propre scolie]. Cependant — n'y aurait-il pas un lit d'enfant de libre dans la chambre 49, monsieur Swine ?

— Je crois qu'on l'a donné aux Swoon, dit Swine, le premier goret à face de clown.

— On se débrouillera d'une façon ou d'une autre, dis-je. Ma femme viendra peut-être nous rejoindre plus tard... mais même si c'est le cas, on se débrouillera, je crois. »

Les deux cochons roses comptaient maintenant parmi mes meilleurs amis. De ma lente et limpide écriture de criminel, j'écrivis : Dr Edgar H. Humbert et sa fille, 342 Lawn Street, Ramsdale. On me montra une clé (la 342 !) l'espace d'un instant (prestidigitateur montrant l'objet qu'il est sur le point de faire disparaître) — puis on la remit à l'oncle Tom. Lo, abandonnant le chien comme elle allait m'abandonner un jour, se redressa ; une goutte de pluie tomba sur la tombe de Charlotte ; une superbe jeune fille noire fit coulisser la porte de l'ascenseur; et l'enfant condamnée entra, suivie de son père qui s'éclaircissait la gorge et de Tom l'écrevisse qui portait les bagages.

Parodie d'un couloir d'hôtel. Parodie de silence et de mort.

« Zut alors, c'est le numéro de notre maison », dit gaiement Lo.

Il y avait un grand lit, une glace, un grand lit dans la glace, une porte de placard avec une glace, une porte de salle de bains idem, une fenêtre bleu de nuit, un lit qui se réfléchissait dedans, le même dans la glace du placard, deux chaises, une table avec un dessus en verre, deux tables de chevet, un grand lit : un énorme lit à panneaux, pour être exact, couvert d'une courte-pointe en chenille rose de Toscane, avec à droite et à gauche une lampe rose coiffée d'un abat-jour à volants.

Je fus tenté de mettre un billet de cinq dollars dans cette paume sépia, mais, estimant que cette largesse risquait d'être mal interprétée, je n'y mis qu'une pièce de vingt-cinq cents. Puis une autre. Il se retira. Clic. *Enfin seuls**.

« Est-ce qu'on va dormir tous les deux dans la même chambre ? » dit Lo, ses traits assumant soudain ce petit air dynamique qui lui était propre — aucunement contrariée ni dégoûtée (bien que visiblement à deux doigts de l'être) mais seulement dynamique — lorsqu'elle voulait lester une question d'une significa-tion brutale.

« Je leur ai demandé de mettre un lit d'enfant. Je le prendrai moi-même si tu veux.

— Tu es fou, dit Lo.

— Pourquoi cela, ma chérie ?

— Parce que mon cherrri, quand ma mère cherrrie apprendra ça, elle demandera le divorce et m'étran-glera. »

Dynamique, rien de plus. Sans prendre la chose vraiment très au sérieux.

« Maintenant, écoute-moi bien », dis-je en m'as-seyant tandis qu'elle restait debout tout près de moi et se regardait toute contente d'elle, plutôt agréablement surprise de voir à quoi elle ressemblait, emplissant de sa propre nitescence rosée le miroir surpris et ravi de la porte du placard.

« Maintenant, écoute-moi bien, Lo. Réglons cette affaire une fois pour toutes. À partir de maintenant, je suis à toutes fins utiles ton père. J'éprouve un grand sentiment de tendresse envers toi. En l'absence de ta mère, je suis responsable de toi. Nous ne sommes pas riches, et au cours de nos déplacements, nous allons être obligés... nous allons devoir passer beaucoup de temps ensemble. Deux personnes qui partagent la même chambre finissent inévitablement par contracter une sorte de... comment dirais-je... une sorte de...

— Le mot juste est inceste », dit Lo — et elle entra dans le placard, en ressortit aussitôt en poussant un petit rire juvénile et doré, ouvrit la porte adjacente, et après avoir prudemment regardé à l'intérieur, de ses étranges yeux gris fumé, de peur de commettre une autre bévue, elle s'enferma dans la salle de bains.

J'ouvris la fenêtre, enlevai impétueusement ma chemise trempée de sueur, me changeai, vérifiai le flacon de pilules dans la poche de ma veste, tournai la clé de...

Elle revint nonchalamment. Je tentai de l'embrasser — d'un air détaché —, pudique manifestation de tendresse avant le dîner.

Elle dit : « Écoute, arrêtons de nous bécoter et allons manger quelque chose. »

C'est alors que j'exhibai ma surprise.

Oh, la sublime doucette ! Elle se dirigea vers la valise ouverte, comme la traquant à distance, se déplaçant en une sorte de ralenti, couvant du regard ce lointain trésor sur le porte-bagages. (Se pouvait-il qu'il y eût quelque imperfection, me demandai-je, dans ses grands yeux gris, ou était-ce que nous étions tous les deux plongés dans la même brume enchantée ?) Elle s'approcha, levant frivolement ses talons un peu trop hauts et ployant ses jolis genoux de garçonnet, tandis qu'elle traversait l'espace en expansion avec la lenteur de quelqu'un qui marche sous l'eau ou vole en rêve. Puis elle souleva par ses moignons un gilet de couleur cuivrée, charmant et fort coûteux, l'étirant lentement entre ses mains silencieuses tel le chasseur d'oiseaux ébahi qui retient son souffle en contemplant l'oiseau prodigieux qu'il déploie en le tenant par le bout de ses ailes flamboyantes. Puis (tandis que j'étais là à l'attendre) elle retira de la boîte au trésor le lent serpent d'une ceinture éclatante et l'essaya.

Alors, radieuse et détendue, elle se coula dans mes bras impatients et me caressa de ses yeux tendres, mystérieux, impurs, indifférents, crépusculaires... se comportant en vérité comme la plus vulgaire des catins. Car c'est ce genre de personnes qu'imitent les nymphettes — tandis que nous gémissons et nous consumons.

« Qu'est-ce qu'il y a de bal à s'emmrasser ? » marmonnai-je (ne contrôlant plus mes paroles) le nez enfoui dans ses cheveux.

« Tu ne t'y prends pas comme il faut, si tu veux le savoir.

— Faut voir comme il fait fort.

— Chaque chose en son temps », répliqua-t-elle, coupant court à mes contrepèteries.

Seva escendes, pulsata, brulans, kitzelans, dementissima. Elevator clatterans, pausa, clatterans, populus

220

in corridoro. Hanc nisi mors mihi adimet nemo ! Jun-
cea puellula, jo pensavo fondissime, nobserva nihil
quidquam ; mais, bien sûr, une minute de plus et
j'aurais pu commettre quelque horrible bévue ; heureusement, elle retourna à son coffre au trésor.

De la salle de bains où il me fallut un bon moment
avant de rétrograder en vitesse normale à des fins prosaïques, et tandis que je me tenais là debout, tambou-
rinant, retenant mon souffle, j'entendis les « ho » et
les « super » de la petite fille ravie.

Elle n'avait utilisé le savon que parce que c'était un
échantillon gratuit.

« Allons, viens, ma chérie, si tu as aussi faim que
moi. »

Et tous deux de se diriger vers l'ascenseur, la fille
balançant son vieux sac blanc, le père marchant devant
(nota bene : jamais derrière, ce n'est pas une dame).
Tandis que nous attendions (côte à côte) que l'on nous
fasse descendre, elle rejeta la tête en arrière, bâilla sans
retenue et agita ses boucles.

« À quelle heure vous faisait-on lever au camp ?

— À six heures — elle étouffa un autre bâillement
— et demie — bâillement à décrocher les mâchoires,
frisson parcourant tout son corps. Et demie », répéta-
t-elle, sa gorge se gonflant à nouveau.

La salle à manger nous accueillit avec des relents
de friture et un sourire flétri. C'était une salle vaste et
prétentieuse ornée de fresques sentimentales représentant des chasseurs enchantés, en diverses postures et
attitudes d'enchantement, au milieu d'un fouillis
d'animaux blafards, de dryades et d'arbres. Quelques

vieilles dames dispersées çà et là, deux pasteurs et un homme en veste de sport finissaient leur repas en silence. La salle à manger fermait à neuf heures, et les serveuses au visage impassible, vêtues de vert, avaient hâte, Dieu merci, de se débarrasser de nous.

« Tu ne trouves pas qu'il ressemble comme une goutte d'eau à Quilty ? » dit Lo à voix basse, son coude basané et osseux se retenant de désigner, bien qu'il brûlât manifestement de le faire, le convive solitaire vêtu de sa veste écossaise criarde à l'autre bout de la pièce.

« À notre gros dentiste de Ramsdale ? »

Lo retint dans sa bouche la gorgée d'eau qu'elle venait de boire et reposa son verre brandillant.

« Mais non, dit-elle, postillonnant d'hilarité. Je voulais parler de cet écrivain sur la publicité des Dromes. »

Oh, Fama ! Oh, Femina !

Lorsque, sans ménagement, l'on nous servit le dessert — une énorme part de clafoutis aux cerises pour la jeune demoiselle et, pour son protecteur, une glace à la vanille dont elle s'empressa de dévorer l'essentiel après son clafoutis — je sortis un petit flacon contenant les Pilules Pourpres de Papa. Quand je repense à ces fresques nauséeuses, à cet instant étrange et monstrueux, je ne puis expliquer mon comportement d'alors que par la mécanique de ce vide onirique dans lequel gravite un esprit égaré ; mais à l'époque, tout cela me parut simple et inévitable. Jetant un regard à la ronde, je m'assurai que tous les convives étaient partis, enlevai le bouchon, et, en un geste assuré, versai le philtre dans la paume de ma main. Devant une glace, j'avais soigneusement répété ce geste qui consistait à plaquer ma main vide contre ma bouche ouverte et à avaler une pilule (fictive). Comme je m'y attendais, elle se jeta sur le flacon rempli de ces belles capsules dodues de toutes les couleurs et lestées du Sommeil de Vénus.

« Les bleues ! s'exclama-t-elle. Les violettes. Que contiennent-elles ?

— Des ciels d'été, dis-je, des prunes, des figues et du sang vineux d'empereurs.

— Non, sérieusement — je t'en prie.

— Oh, ce ne sont que des pilules pourpres. De la vitamine X. Ça rend aussi fort qu'un bœuf ou un baudet. Tu veux en essayer une ? »

Lolita tendit la main, hochant vigoureusement la tête.

J'espérais que la drogue allait vite faire de l'effet. Je ne fus pas déçu. Elle avait eu une longue journée, elle avait fait du canoë le matin avec Barbara dont la sœur était surveillante de baignades, ainsi que commença à me le dire l'adorable et accessible nymphette entre deux bâillements étouffés allant en crescendo qui faillirent lui décrocher la mâchoire — oh, comme elle faisait vite de l'effet cette potion magique ! — et elle avait eu d'autres activités encore. Le film qui s'était profilé vaguement à l'horizon de son esprit était bien sûr oublié lorsque, marchant sur l'eau, nous sortîmes de la salle à manger. Une fois dans l'ascenseur, elle se pencha contre moi, souriant timidement — tu ne veux pas que je te raconte ? — fermant à demi ses yeux aux paupières sombres. « On s'endort, hein ? » dit l'oncle Tom qui faisait monter le paisible monsieur francoirlandais et sa fille ainsi que deux femmes fanées, expertes en matière de roses. Elles regardèrent avec bienveillance ma frêle roselette basanée, chancelante, hébétée. Il me fallut presque la porter jusque dans notre chambre. Là, elle s'assit sur le rebord du lit, se balançant légèrement, parlant avec des intonations traînantes de tourterelle alanguie.

« Si je te dis — si je te dis, tu me promets [somnolente, toute somnolente — dodelinant de la tête, les yeux révulsés], tu me promets de ne pas me faire de reproches ?

— Plus tard, Lo. Au lit maintenant. Je te laisse, va te coucher. Je te donne dix minutes.

— Oh, j'ai été une si vilaine fille, poursuivit-elle, secouant ses cheveux, défaisant de ses doigts indolents un ruban de velours. Il faut que je te dise...

— Demain, Lo. Va te coucher, va te coucher — pour l'amour du ciel, au lit. »

Je mis la clé dans ma poche et descendis l'escalier.

28

Gentes dames du jury ! J'implore votre indulgence ! Permettez-moi de prendre une toute petite minute de votre précieux temps ! *Le grand moment** était donc enfin arrivé. J'avais laissé ma Lolita toujours assise sur le rebord du lit abyssal, levant le pied l'air endormi, tripatouillant ses lacets et montrant ce faisant la face

interne de sa cuisse jusqu'à l'entrejambe de son slip
— elle avait toujours été singulièrement étourdie, ou
impudique, ou les deux à la fois, dans sa façon d'exhiber ses jambes. Telle était donc la vision hermétique
de Lo que j'avais enfermée à clé — après m'être assuré
que la porte n'avait pas de verrou à l'intérieur. La clé,
avec sa pendeloque numérotée en bois sculpté, devint
aussitôt le sésame pesant d'un avenir fabuleux et cap-
tivant. Cette clé était mienne, elle faisait partie inté-
grante de mon poing chaud et velu. Dans quelques
minutes — disons vingt minutes, une demi-heure,
sicher ist sicher comme aimait à dire mon oncle
Gustave — j'allais m'introduire dans cette chambre
« 342 » et trouver ma nymphette, ma belle, mon épousée, captive dans son sommeil de cristal. Mesdames et
messieurs les jurés ! Si ma félicité avait pu parler, elle
aurait empli d'une clameur assourdissante cet hôtel
désuet. Et mon seul regret aujourd'hui, c'est de ne pas
avoir déposé tranquillement la clé du « 342 » à la
réception et quitté la ville, le pays, le continent, l'hémi-
sphère — que dis-je, le globe — dès ce soir-là.

Permettez-moi d'expliquer. Je n'étais pas indûment
troublé par les vagues aveux de culpabilité qu'elle avait
faits. J'étais toujours fermement résolu à poursuivre
ma politique et à épargner sa pureté en opérant seulement en tapinois sous couvert de la nuit, uniquement
sur un petit corps nu et totalement anesthésié. Décence
et déférence demeuraient ma devise — même si cette
« pureté » (totalement décriée par la science moderne,
soit dit en passant) avait été quelque peu mise à mal
à la suite de quelque expérience érotique juvénile, de

nature homosexuelle vraisemblablement, dans son satané camp. Moi, Jean-Jacques Humbert, avec mes façons désuètes de citoyen du vieux continent, je m'étais certes mis en tête, dès le jour où je l'avais rencontrée, qu'elle était aussi inviolée que l'était la notion stéréotypée d'« enfant normale » depuis la regrettable disparition de l'ancien monde d'avant Jésus-Christ et de toutes ses fascinantes pratiques. En cette époque éclairée, nous ne sommes plus entourés de ces petites fleurs serviles que l'on peut cueillir au vol entre le négoce et le bain comme cela se faisait au temps des Romains ; et nous n'utilisons plus recto verso, comme le faisaient entre le mouton et le sorbet de rose de respectables Orientaux, en des temps plus fastueux encore, leurs courtisanes naines. Tout cela pour dire que le lien qui existait autrefois entre le monde des adultes et celui des enfants a été totalement brisé à notre époque par de nouvelles coutumes et de nouvelles lois. Bien que je me fusse frotté en amateur à la psychiatrie et au travail social, je savais en fait très peu de chose sur les enfants. Après tout Lolita n'avait que douze ans, et j'avais beau tenir compte de l'époque et du lieu autant que je le pouvais — me représenter même le comportement grossier des écoliers américains —, il me semblait toujours cependant que ce qui pouvait se passer parmi ces mômes impudents se passait à un âge plus avancé et dans un environnement différent. C'est pourquoi (pour reprendre le fil de cette explication) le moraliste en moi avait esquivé le problème en décidant de s'en tenir à des notions conventionnelles quant à ce que devaient être des filles de douze ans. Le pédiatre en moi (un imposteur, comme le sont la plupart de ces gens — mais peu importe) régurgita son brouet néofreudien et se représenta une Dolly rêveuse et mythomane en pleine phase de « latence ». Enfin, le sensualiste en moi (un monstre énorme et insane) ne voyait aucun inconvénient à ce que sa proie fût quelque peu dépravée. Mais quelque part derrière cette furieuse félicité des ombres désemparées conféraient — et je regrette infiniment de ne pas leur avoir prêté attention ! Oyez, chers humains ! J'aurais dû comprendre que Lolita s'était déjà montrée très différente de l'innocente Annabel, et que le mal nymphéen qui suintait par tous les pores de cette troublante enfant que j'avais apprêtée pour satisfaire ma délectation secrète allait rendre le secret impossible et mortelle la délectation. J'aurais dû savoir (à travers les signes que m'adressait je ne sais quoi en Lolita — la vraie petite Lolita ou quelque ange hagard derrière son dos) que, de l'extase escomptée, il n'allait rien résulter d'autre que de la souffrance et de l'horreur. Oh, messieurs les jurés, gentlemen ailés !

Et elle était mienne, elle était mienne, la clé était dans ma main, ma main était dans ma poche, elle était mienne. Au cours des évocations et des machinations auxquelles j'avais consacré tant d'insomnies, j'avais éliminé peu à peu tout le flou superflu, et à force d'entasser strate sur strate de visions diaphanes, j'étais parvenu à concevoir une image définitive. Nue, à l'exception d'une socquette et de son bracelet à breloques, étalée de tout son long sur le lit, là où mon philtre l'avait terrassée — c'est ainsi que je me la représentais à l'avance ; elle serrait encore dans sa main un ruban à cheveux en velours ; son corps couleur de miel, avec l'image blanche d'un maillot de bain rudimentaire dessinée en négatif sur son bronzage, me révélait ses pâles bourgeons mammaires ; dans la lumière rosée de la lampe, un petit duvet pubien luisait sur sa motte dodue. La clé glacée avec son brûlant appendice en bois était dans ma poche.

J'errai à travers diverses pièces communes, splendeur en bas, désolation en haut : car le spectacle de la luxure est toujours désolant ; la luxure n'est jamais tout à fait sûre — même lorsque la victime veloutée est enfermée à clé dans vos oubliettes — que quelque démon rival ou quelque dieu influent ne risque pas encore d'abolir votre triomphe mûrement préparé. Pour dire les choses prosaïquement, j'avais besoin de boire un coup ; mais il n'y avait pas de bar dans ce vénérable endroit qui grouillait de philistins en sueur et d'objets d'époque.

Je me rendis sans me presser vers les toilettes des messieurs. Là, un individu en habit noir d'ecclésiastique — un « joyeux drille », *comme on dit** — qui vérifiait avec les bons offices de Vienne si la chose était toujours là, me demanda si j'avais aimé le discours du docteur Boyd, et il parut interloqué lorsque, moi (Sa Majesté Sigmund II), je lui dis que Boyd n'était décidément pas un boy-scout. Sur quoi, je jetai adroitement la serviette en papier avec laquelle j'avais essuyé l'extrémité sensible de mes doigts dans le réceptacle prévu à cet effet, et sortis dans le hall. M'accoudant confortablement au comptoir, je demandai à Mr. Potts s'il était bien sûr que ma femme n'avait pas téléphoné, et qu'en était-il de ce lit d'enfant ? Il répondit qu'elle n'avait pas téléphoné (elle était morte, bien sûr) et qu'on nous installerait le lit d'enfant demain si nous décidions de rester. Le brouhaha d'une multitude de voix parlant horticulture et éternité s'échappait d'une vaste pièce remplie de monde ayant pour nom Le Hall des Chasseurs. Le Salon Framboise, une autre pièce baignée de lumière et meublée de petites tables étincelantes et aussi d'une plus grande chargée de « rafraîchissements », était encore déserte hormis une hôtesse d'accueil (de la race de ces femmes usées, au rire vide et vitreux, qui s'expriment comme Charlotte) ; elle ondoya vers moi pour me demander si j'étais Mr. Braddock, car si c'était le cas, Miss Beard [1] me cherchait. « Quel drôle de nom pour une femme », dis-je, et je m'éloignai d'un pas nonchalant.

Mon sang arc-en-ciel fluait et refluait dans mon cœur. J'allais lui accorder jusqu'à neuf heures et demie à la petite. En retournant dans le hall d'entrée, je me rendis compte qu'il s'était produit un changement : un certain nombre de personnes en robes florales ou en habits noirs s'étaient rassemblées en petits groupes ici et là, et un hasard espiègle me permit d'apercevoir une enfant délicieuse de l'âge de Lolita, portant une robe semblable à la sienne mais d'un blanc virginal, et il y avait un ruban blanc dans ses cheveux noirs. Elle n'était pas jolie, mais c'était une nymphette, et ses pâles jambes ivoire et son cou de lis constituèrent pen-

1. « *Beard* » veut dire « barbe ».

dant un instant mémorable un contrepoint des plus exquis (en termes de musique spinale) au désir que j'éprouvais pour Lolita, brune et rose, émoustillée et souillée. La pâle enfant remarqua mon regard (qui était en fait parfaitement désinvolte et débonnaire), et, se sentant stupidement gênée, perdit toute contenance, roula des yeux, porta le dos de la main contre sa joue, tira sur l'ourlet de sa jupe et tourna finalement ses minces omoplates mobiles vers moi tout en se lançant dans un bavardage factice avec sa mère, une femme aux allures bovines.

Je quittai le hall beuglant et m'immobilisai dehors sur les marches blanches à regarder les centaines de moucherons poudrés qui tourbillonnaient autour des lampes dans la nuit noire et détrempée, remplie d'ondulations et d'émoi. Tout ce que je m'apprêtais à faire — tout ce que j'allais oser faire — allait être si peu de chose...

Tout à coup je me rendis compte que, sous le porche à colonnades dans l'obscurité, quelqu'un était assis près de moi dans un fauteuil. Je ne le voyais pas vraiment mais ce qui le trahit, ce fut le crissement de quelque chose qu'on dévissait, suivi d'un gargouillis discret puis de la note finale d'un bouchon qu'on revissait placidement. J'allais m'éloigner lorsque la voix s'adressa à moi :

« Par Satan, où l'avez-vous trouvée ?

— Je vous demande pardon ?

— Je disais : ce temps a l'air de se lever ?

— Apparemment, oui.

–– Qui est la gosse ?

— Ma fille.

— Vous m'ennuyez — c'est faux.

— Je vous demande pardon ?

— Je disais : tout le mois de juillet fut chaud. Où est sa mère ?

— Elle est morte.

— Je vois. Désolé. Au fait, pourquoi vous ne déjeuneriez pas tous les deux avec moi demain ? Cette odieuse foule sera partie d'ici là.

— Nous aussi nous serons partis. Bonne nuit.

— Désolé. Je suis plutôt ivre. Bonne nuit. Votre petite gamine a besoin de beaucoup de sommeil. Le sommeil est une rose, comme disent les Persans. Une cigarette ?

— Pas maintenant. »

Il gratta une allumette mais, à cause de son ivresse ou de celle du vent, la flamme ne l'éclaira pas, lui, mais une autre personne, un très vieux monsieur, l'un de ces hôtes permanents des vieux hôtels — ainsi que la tache blanche de son fauteuil à bascule. Personne ne dit rien et l'obscurité reprit son emplacement initial. Puis j'entendis le patriarche tousser et se purger de quelque muqueuse sépulcrale.

Je quittai le porche. Une demi-heure s'était écoulée en tout. J'aurais dû solliciter une gorgée. Je commençais à avoir les nerfs à fleur de peau. Si la corde d'un violon est capable de souffrir, alors j'étais cette corde. Mais il eût été inconvenant de manifester quelque empressement que ce soit. Tandis que je me frayais un chemin à travers une constellation de gens figés dans un coin du hall, il y eut un éclair aveuglant — et le rayonnant docteur Braddock, deux matrones empanachées d'orchidées, la petite fille en blanc, et vraisemblablement les crocs découverts de Humbert Humbert se faufilant entre la gamine aux airs de petite mariée et l'ecclésiastique enchanté, furent immortalisés — pour autant que l'on peut estimer immortels la texture et le texte imprimé des journaux d'une petite bourgade. Un groupe gazouillant s'était formé près de l'ascenseur. Je choisis de nouveau l'escalier. Le 342 était près de la sortie de secours. On pouvait encore — mais la clé était déjà dans la serrure, et moi bientôt dans la chambre.

29

La lumière de la salle de bains filtrait par la porte entrouverte ; de plus, une lueur squelettique diffusée par les lampes à arc dehors se glissait à travers les stores vénitiens ; ces rayons entrecroisés fouillaient l'obscurité de la chambre et révélaient la situation suivante.

Ma Lolita, vêtue d'une de ses vieilles chemises de nuit, était couchée sur le côté au milieu du lit, me tournant le dos. Son corps légèrement voilé et ses membres nus dessinaient un Z. Elle avait mis les deux oreillers sous sa tête sombre et ébouriffée ; une bande de lumière pâle passait en travers de ses vertèbres supérieures.

J'eus l'impression de me dépouiller de mes vêtements et de me glisser dans mon pyjama avec cette fantastique instantanéité que laisse supposer, dans une scène de cinéma, la coupure de la séance de déshabillage ; et j'avais déjà placé mon genou sur le rebord du lit quand Lolita tourna la tête et me dévisagea à travers les ombres zébrées.

L'intrus ne s'attendait évidemment pas à cela. Tout le pil-spiel (un petit manège plutôt sordide, *entre nous soit dit**) avait eu pour unique objet de provoquer un sommeil si profond qu'un régiment tout entier n'aurait pu le troubler, et voilà qu'elle me dévisageait et m'appelait « Barbara » d'une voix pâteuse. Barbara, vêtue de mon pyjama qui était beaucoup trop étroit pour elle, demeura immobile en équilibre au-dessus de la petite somnambule volubile. Doucement, poussant un soupir désespéré, Dolly se retourna de l'autre côté, reprenant sa position initiale. Pendant deux bonnes minutes, j'attendis et demeurai rigide au bord de l'abîme, comme ce tailleur qui s'apprêtait à sauter de la tour Eiffel avec un parachute de sa fabrication il y a une quarantaine d'années. Sa respiration faible avait le rythme du sommeil. Finalement, je me hissai sur l'étroite marge du lit qui me restait, ramenai furtivement les petites bribes de draps qui s'entassaient au sud de mes talons glacés comme la pierre — et Lolita releva la tête et me regarda bouche bée.

Comme me l'apprit plus tard un pharmacien obligeant, la pilule pourpre ne faisait même pas partie de la grande et noble famille des barbituriques, et bien qu'elle eût été capable de déclencher le sommeil chez

233

un névrosé convaincu qu'il s'agissait d'une drogue puissante, c'était un sédatif trop anodin pour avoir un effet prolongé sur une nymphette lasse mais vigilante. Le médecin de Ramsdale était-il un charlatan ou un vieux coquin méfiant ? Cela n'a, cela n'avait, aucune réelle importance. L'important était que l'on m'avait trompé. Lorsque Lolita ouvrit à nouveau les yeux, je compris que, même si la drogue faisait son effet plus tard dans la nuit, la sécurité sur laquelle j'avais compté était chimérique. Sa tête se détourna lentement et retomba sur son amas peu équitable d'oreillers. Je demeurai totalement immobile sur ma margelle, couvant des yeux ses cheveux ébouriffés, la phosphorescence de sa chair nymphique, là où une moitié de hanche et d'épaule se profilait indistinctement, et m'efforçant de mesurer la profondeur de son sommeil au rythme de sa respiration. Il s'écoula tout un moment sans que rien ne se produisît, et je me dis que je pouvais prendre le risque de m'approcher un peu plus de cette phosphorescence aussi ensorceleuse que ravissante ; mais à peine m'étais-je approché de ses tièdes confins que sa respiration s'interrompit, et j'eus l'odieuse impression que la petite Dolores était complètement éveillée et risquait d'éclater en hurlements si je la touchais avec telle et telle partie de mon ignominie. Cher lecteur, je vous en prie : quelque exaspération que vous inspire le héros de mon livre, cet homme au cœur tendre, à la sensibilité morbide, à la circonspection infinie, ne sautez pas ces pages essentielles ! Imaginez-moi ; je n'existerai pas si vous ne m'imaginez pas ; essayez de discerner en moi la biche tremblante qui se tapit dans la forêt de mon iniquité ; sourions un peu, même. Après tout, il n'y a pas de mal à sourire. Par exemple (j'ai failli écrire « prexemple »), je ne savais où poser ma tête, et des brûlures d'estomac (ils appellent ça des frites à la française, *grand Dieu*!*) vinrent s'ajouter à mon tourment.

Ma nymphette, elle, dormait de nouveau à poings fermés, mais je n'osais toujours pas entreprendre mon périple enchanté. *La petite dormeuse ou l'amant ridicule**. Demain j'allais la gaver de ces anciennes pilules qui avaient si bien assommé sa maman. Dans la boîte à gants — ou dans la valise ? Devais-je attendre encore une bonne heure et reprendre ensuite mes reptations ? La nympholeptie est une science exacte. Un contact effectif conclurait la chose en une seconde. Un interstice d'un millimètre en prendrait dix. Attendons.

Il n'y a rien de plus bruyant qu'un hôtel américain ; et, notez que celui-ci se targuait d'être un établissement à l'ancienne, calme, douillet, familial — « la vie de château » et autres fariboles. Le fracas de la grille de l'ascenseur — à quelque vingt mètres au nord-est de ma tête mais aussi sonore que s'il eût été à l'intérieur de ma tempe gauche — alternait avec le claquement et le grondement de la machine dans ses diverses évolutions, et il se poursuivit bien après minuit. De temps à autre, juste à l'est de mon oreille gauche (en supposant toujours que je reposais sur le dos, n'osant braquer mon côté le plus vil vers la hanche nébuleuse de ma compagne de lit), le couloir crépitait d'exclamations enjouées, sonores et ineptes que parachevait une salve de bonne nuit. Quand ce vacarme cessa, des toilettes juste au nord de mon cervelet prirent le relais. C'étaient des toilettes viriles, énergiques, à la voix de baryton, et on les fit fonctionner plusieurs fois. Leur gargouillement, leur jaillissement, et leur long chuintement post-orgasmique ébranlèrent le mur derrière moi. Puis quelqu'un en direction du sud se mit à vomir de manière phénoménale, toussant et rendant pour ainsi dire son âme avec son alcool, et ses toilettes cascadèrent comme les chutes du Niagara, tout contre notre salle de bains. Et quand finalement toutes ces cataractes eurent pris fin et que les chasseurs enchantés furent profondément endormis, l'avenue en dessous de la fenêtre de mon insomnie, à l'ouest de ma veille — une allée compassée, vénérable, éminemment résidentielle, plantée d'arbres gigantesques —, dégénéra en un odieux repaire de camions cyclopéens rugissant à travers la nuit humide et venteuse.

Et, à moins de quinze centimètres de moi et de ma vie ardente, gisait la nébuleuse Lolita ! Après une longue et impassible attente, mes tentacules se déplacèrent de nouveau vers elle, et cette fois le craquement du matelas ne la réveilla pas. Je parvins à rapprocher mon anatomie rapace si près d'elle que l'aura de son épaule nue picota ma joue comme un souffle chaud. Et soudain, elle se releva, soupira, marmonna avec une rapidité insane quelque chose à propos de bateaux, tira sur les draps et sombra de nouveau dans les opulentes ténèbres de sa jeune inconscience. Tandis qu'elle s'agitait, au cœur de cet intarissable flux de sommeil — tout à l'heure auburn, lunaire à présent —, son bras me frappa en travers du visage. Je la retins l'espace d'un instant. Elle se libéra de l'ombre de mon étreinte — pas consciemment, ni violemment, sans répulsion personnelle, mais avec ce murmure neutre et plaintif que pousse un enfant qui exige son repos naturel. Et les choses étaient revenues à leur point de départ : Lolita, présentant son dos lové à Humbert, Humbert la tête posée sur l'oreiller de sa main et brûlant de désir et de dyspepsie.

Celle-ci me contraignit à faire une incursion jusqu'à la salle de bains pour avaler une gorgée d'eau, le meilleur remède que je connaisse dans mon cas, à l'exception peut-être des radis trempés dans du lait ; et lorsque je pénétrai à nouveau dans l'étrange forteresse zébrée de rayures pâles où les habits de Lolita. anciens et nouveaux, se vautraient en diverses attitudes d'enchantement sur des meubles qui semblaient vaguement flotter à la dérive, mon inénarrable fille se dressa sur son séant et, d'une voix claire, exigea à boire à son tour. Elle prit le gobelet en carton dans sa main fantomatique et en avala d'un trait le contenu avec gratitude, braquant ses longs cils vers le gobelet, et ensuite, d'un geste infantile lesté d'un charme plus intense qu'aucune caresse charnelle, la petite Lolita s'essuya les lèvres contre mon épaule. Elle retomba sur son oreiller (j'avais subtilisé le mien pendant qu'elle buvait) et se rendormit aussitôt.

Je n'avais pas osé lui offrir une seconde ration de ma drogue, n'ayant pas abandonné tout espoir de voir la première consolider son sommeil. J'ébauchai une manœuvre d'approche, conscient que je risquais d'essuyer un échec, sachant pertinemment que je ferais mieux d'attendre mais incapable d'attendre. Mon oreiller avait l'odeur de ses cheveux. Je rampai vers ma phosphorescente doucette, m'arrêtant et battant en retraite chaque fois que je pensais qu'elle bougeait ou allait bouger. Une brise venue du pays des merveilles avait commencé à affecter mes pensées, et maintenant celles-ci semblaient s'imprimer en italique, comme si la surface où elles se reflétaient était ridée par le fantasme de cette brise. À plusieurs reprises ma conscience se plissa dans le mauvais sens, mon corps agité entra dans la sphère du sommeil et en ressortit encore tout agité, et une fois ou deux je me surpris en train de sombrer dans un ronflement mélancolique. Des brumes de tendresse enveloppaient des cimes de désir. Par moments, il me sembla que la proie enchantée allait rencontrer à mi-chemin le chasseur enchanté, que sa hanche rampait lentement vers moi sous le sable mou d'une plage fabuleuse et isolée ; mais aussitôt son corps flou creusé de fossettes bougeait, et je savais alors qu'elle était plus éloignée de moi que jamais.

Si je m'attarde un peu longuement sur les frémissements et les tâtonnements de cette nuit lointaine, c'est parce que je tiens à prouver que je ne suis pas, que je n'ai jamais été, et n'aurais jamais pu être, une brute crapuleuse. Les contrées paisibles et irréelles à travers lesquelles je rampais étaient le patrimoine des poètes — et non le terrain de chasse du crime. Eussé-je atteint mon but, mon extase eût été une ivresse de douceur, une sorte de combustion interne dont Lolita, même au cas où elle eût été parfaitement éveillée, eût à peine senti le rayonnement. Mais j'espérais encore qu'elle allait peu à peu sombrer dans un abîme de stupeur et que j'allais pouvoir goûter de sa petite personne plus que cette phosphorescence. Et c'est ainsi qu'entre deux approximations hésitantes, cédant à une aberration sensorielle qui la métamorphosait en ocelles de lune ou en un buisson de fleurs cotonneux, je rêvais que je reprenais connaissance, rêvais que je me tenais aux aguets.

Dans les premières heures du petit matin, la nuit agitée de l'hôtel connut une accalmie. Puis, vers quatre heures, les toilettes du couloir cascadèrent et leur porte claqua. Un peu après cinq heures, un monologue qui se répercutait en échos commença à monter, en plusieurs épisodes, de quelque cour ou place de parking. Ce n'était pas vraiment un monologue puisque le bonimenteur s'arrêtait toutes les deux ou trois secondes pour écouter (vraisemblablement) un autre type, mais cette autre voix n'arrivait pas jusqu'à moi de sorte que ce que j'entendais n'avait aucun sens. Pourtant, les intonations banales de cette voix hâtèrent la venue de l'aube, et la chambre était déjà colorée de gris lilas lorsque plusieurs toilettes zélées entrèrent en action les unes après les autres, et que l'ascenseur cliquetant et geignant reprit ses navettes pour faire descendre les lève-tôt et les descend-tôt, et je m'assoupis lamentablement pendant quelques minutes, et Charlotte était une sirène nageant dans un bassin verdâtre, et quelque part dans le couloir le docteur Boyd disait « Bien le bonjour à vous » d'une voix suave, et les oiseaux s'affairaient dans les arbres, et, sur ce, Lolita bâilla.

Nobles et frigides dames du jury ! J'avais imaginé que des mois, des années peut-être, s'écouleraient avant que j'ose me dévoiler devant Dolores Haze ; or, à six heures elle était complètement éveillée et à six heures un quart nous étions techniquement amants. Je vais vous dire quelque chose de très étrange : ce fut elle qui me séduisit.

En entendant son premier bâillement matinal, je simulai de profil un sommeil grandiose. Je ne savais tout simplement que faire. Allait-elle être choquée de me trouver à ses côtés et non dans quelque lit d'appoint ? Allait-elle ramasser ses vêtements et s'enfermer dans la salle de bains ? Allait-elle exiger d'être conduite immédiatement à Ramsdale — au chevet de sa mère — ou encore à son camp ? Mais ma Lolita était une gamine enjouée. Je sentis ses yeux posés sur moi, et lorsqu'elle poussa enfin ce gloussement que je chérissais tant, je sus que ses yeux riaient. Elle se tourna de mon côté, et ses chauds cheveux bruns vinrent frôler ma clavicule. Je mimai un médiocre simulacre de réveil. Nous restâmes tranquillement allongés. Je caressai tendrement ses cheveux et tendrement nous nous embrassâmes. Comble de délire et d'embarras pour moi, elle fit preuve de raffinements assez comiques : son baiser avait je ne sais quoi de papillonnant et de butinant qui me porta à conclure qu'elle avait été initiée à un âge précoce par une petite lesbienne. Ce n'est pas un gamin comme Charlie qui aurait pu lui enseigner cela. Comme pour s'assurer que j'étais rassasié et avais appris la leçon, elle s'écarta et me regarda attentivement. Ses pommettes étaient rouges, sa lèvre inférieure charnue luisait, ma dissolution était proche. Soudain, en une explosion de jubilation frénétique (la marque de la nymphette !), elle appliqua sa bouche contre mon oreille — mais il fallut tout un moment à mon esprit avant de pouvoir séparer en mots intelligibles la tornade brûlante de son murmure, et elle rit, écarta ses cheveux de son visage et revint à l'assaut, et l'étrange impression de vivre dans un monde de rêve totalement, frénétiquement nouveau, où tout était permis, s'empara peu à peu de moi tandis que je commençais à comprendre ce qu'elle suggérait. Je répondis que je ne savais pas à quel jeu elle jouait avec Charlie. « Tu veux dire que tu n'as jamais... ? » — après moult grimaces, ses yeux se figèrent en un regard d'incrédulité et de dégoût. « Tu n'as jamais... », reprit-elle. Je temporisai en fouillant un peu mon museau contre elle. « Pas de ça, je t'en prie », dit-elle en geignant d'un ton nasillard, écartant promptement son épaule brune de mes lèvres. (Très bizarrement — et cela allait durer fort longtemps — elle considérait toutes les caresses à l'exception des baisers sur la bouche ou de l'acte d'amour proprement dit comme « anormales » ou d'une « sentimentalité à l'eau de rose ».)

« Tu veux dire, persista-t-elle, agenouillée maintenant au-dessus de moi, que tu ne l'as jamais fait quand tu étais gosse ?

— Jamais, répondis-je en toute sincérité.

— OK, dit Lolita, voici comment on s'y prend. »

Je ne vais cependant pas importuner mes doctes lecteurs avec le récit détaillé des présomptions de

Lolita. Je me contenterai de dire que je ne perçus pas la moindre trace de pudeur chez cette ravissante jeune fille aux formes à peine naissantes que les nouvelles méthodes d'éducation mixte, les mœurs juvéniles, le charivari des feux de camp et je ne sais quoi encore avaient totalement et irrémédiablement dépravée. Elle considérait l'acte sexuel comme appartenant uniquement au monde furtif des jeunes, un monde inconnu des adultes. Tout ce que faisaient les adultes pour procréer ne la concernait en aucune façon. La petite Lo manipula ma vie de manière énergique, prosaïque, comme si c'était un gadget insensible déconnecté de moi. Toute impatiente qu'elle fût de me faire admirer l'univers des vilains garnements, elle ne s'attendait manifestement pas à certaines discrépances entre la vie d'un garnement et la mienne. Seul l'orgueil la retint de renoncer ; car, dans l'état étrange où je me trouvais, je m'appliquai à simuler une stupidité suprême et la laissai faire ce qu'elle voulait — du moins aussi longtemps que je pus le supporter. Mais à vrai dire tout cela est hors de propos ; je ne m'intéresse pas le moins du monde à ce que l'on appelle communément le « sexe ». N'importe qui peut imaginer ces éléments d'animalité. Je suis mû par une ambition plus noble : fixer une fois pour toutes la périlleuse magie des nymphettes.

Il me faut avancer avec précaution. Il me faut parler à voix basse. Ô toi, chroniqueur judiciaire chevronné, vieil huissier obséquieux, toi policier populaire autrefois mais maintenant emprisonné au secret après avoir été l'ornement, des lustres durant, de ce passage piétons à la sortie de l'école, toi abject professeur émérite à qui un garçon fait la lecture ! Il serait imprudent, n'est-ce pas, de vous laisser tous tomber follement amoureux de ma Lolita ! Si j'avais été peintre, si la direction des Enchanted Hunters avait perdu la tête un jour d'été et m'avait confié la tâche de redécorer la salle à manger avec des fresques de mon cru, voici ce que j'aurais pu imaginer, permettez-moi de citer quelques fragments :

Il y aurait eu un lac. Il y aurait eu une tonnelle couverte de fleurs flamboyantes. Il y aurait eu des études d'après nature — un tigre poursuivant un oiseau du paradis, un serpent suffoquant en train d'enfourner tout cru le tronc d'un cochon écorché vif. Il y aurait eu un sultan, le visage figé dans une agonie extrême (démentie, en vérité, par sa caresse moulante), aidant une petite esclave callipyge à gravir une colonne d'onyx. Il y aurait eu ces lumineux globules d'incandescence gonadique que l'on voit monter le long des parois opalescentes des juke-box. Il y aurait eu toutes sortes d'activités de plein air de la part du groupe intermédiaire, Canotage, Coiffure, Cotillon, sur la rive ensoleillée du lac. Il y aurait eu des peupliers, des pommiers, un dimanche de banlieue. Il y aurait eu une opale de feu en train de se dissoudre dans une flaque auréolée de rides, un dernier spasme, une dernière touche de couleur, un rouge cuisant, un rose endolori, un soupir, une enfant grimaçante.

31

Si j'essaie de décrire ces choses, ce n'est pas pour les revivre dans ma présente et infinie détresse, mais pour séparer la part d'enfer de celle de paradis dans cet univers étrange, horrible, confondant — l'amour des nymphettes. La bestialité et la beauté fusionnèrent en un certain point, et c'est cette frontière que j'aimerais fixer, mais j'ai l'impression d'échouer totalement. Pourquoi ?

La loi romaine stipulant qu'une fille peut se marier à douze ans fut adoptée par l'Église et est encore en vigueur, de façon plus ou moins tacite, dans certains États américains. Et quinze ans est partout l'âge légal. Il n'y a rien de mal, disent les deux hémisphères, à ce qu'un rustre quadragénaire, béni par le prêtre local et gorgé de boisson, se défasse de ses habits de fête trempés de sueur et darde jusqu'à la garde sa jeune épousée. « Dans des climats tempérés aussi stimulants que ceux

244

de Saint-Louis, Chicago et Cincinnati, dit une vieille revue dénichée dans la bibliothèque de cette prison, les filles deviennent pubères à la fin de leur douzième année. » Dolores Haze naquit à moins de cinq cents kilomètres de la stimulante ville de Cincinnati. Je n'ai fait qu'obéir à la nature. Je suis le chien fidèle de la nature. Pourquoi alors ce sentiment d'horreur dont je ne puis me défaire ? Lui ai-je subtilisé sa fleur ? Sensibles dames du jury, je n'étais même pas son premier amant.

32

Elle me raconta comment elle avait été débauchée. Nous mangions des bananes insipides et pâteuses, des pêches talées et de délicieuses pommes chips, et *die Kleine* me raconta tout. Son récit volubile mais décousu fut ponctué de *moues** drolatiques. Comme je pense l'avoir déjà fait observer, je me rappelle surtout une certaine grimace s'articulant autour d'un « pouah ! » : bouche gélatineuse tordue de côté et roulements d'yeux où s'alliaient couramment mais comiquement le dégoût, la résignation et l'indulgence envers la fragilité des jeunes.

Son stupéfiant récit débuta par une évocation préliminaire de sa camarade de tente de l'été précédent, à un autre camp, un établissement « très sélect », précisa-t-elle. Cette camarade de tente (« une vraie gamine des rues », « à moitié folle », mais une « chic fille ») lui enseigna diverses manipulations. Au début, par loyauté, Lo refusa de me dire son nom.

« S'agissait-il de Grace Angel ? » demandai-je.

Elle fit non de la tête. Non, il ne s'agissait pas d'elle, c'était la fille d'un gros bonnet. Il...

« Alors peut-être Rose Carmine ?

— Non, bien sûr que non. Son père...

— N'était-ce pas par hasard Agnes Sheridan ? »

Elle ravala sa salive et fit non de la tête — puis, marquant un temps d'arrêt, elle se ravisa.

« Dis donc, comment ça se fait que tu connaisses toutes ces nanas ? »

Je lui expliquai.

« C'est donc ça, dit-elle. Je reconnais qu'elles sont assez dévergondées toutes ces filles de l'école, mais pas à ce point. Si tu veux le savoir, elle s'appelait Elizabeth Talbot, elle est maintenant dans une école privée pour rupins, son père est P-DG. »

Je me rappelai avec un étrange pincement de cœur la manie qu'avait la pauvre Charlotte de glisser dans ses papotages mondains de petits traits élégants comme « quand ma fille faisait de la randonnée l'année passée avec la fille Talbot ».

Je demandai si l'une ou l'autre des mères avait été au courant de ces divertissements saphiques.

« Évidemment pas », dit la langoureuse Lolita en soufflant, feignant l'effroi et le soulagement, pressant contre sa poitrine une main animée de frémissements simulés.

J'étais, cependant, davantage intéressé par son expérience hétérosexuelle. Elle était entrée en sixième à onze ans, peu après avoir quitté le Middle West pour Ramsdale. Que voulait-elle dire par « assez dévergondées » ?

Eh bien, les jumelles Miranda couchaient dans le même lit depuis des années, et Donald Scott, qui était le type le plus bête de l'école, avait fait ça avec Hazel Smith dans le garage de son oncle, et Kenneth Knight — qui était le plus intelligent — aimait s'exhiber à tout bout de champ, et...

« Venons-en au Camp Q », dis-je. Et bientôt, je sus toute l'histoire.

Barbara Burke, une robuste blonde de deux ans plus âgée que Lo et de loin la meilleure nageuse du camp, possédait un canoë très spécial qu'elle partageait avec Lo — « parce que j'étais la seule fille capable de rallier Willow Island » (quelque épreuve de natation, j'imagine). Chaque matin pendant tout le mois de juillet — chaque satané matin, cher lecteur, notez-le bien —, Barbara et Lo portaient le canoë jusqu'à Onyx ou Eryx (deux petits lacs au milieu de la forêt) avec l'aide de Charlie Holmes, le fils de la directrice du camp, âgé de treize ans — seul mâle à plusieurs kilomètres à la ronde (hormis un humble vieillard sourd comme un pot, qui servait d'homme à tout faire, et un fermier conduisant une vieille Ford et vendant parfois des œufs aux campeurs comme le font tous les fermiers) ; chaque matin, donc, ô, mon cher lecteur, les trois enfants prenaient un raccourci à travers la somptueuse forêt innocente qui regorgeait de tous les emblèmes de la jeunesse, rosée, chants d'oiseaux, et alors, en un certain endroit, au milieu du sous-bois luxuriant, on postait Lo en sentinelle, tandis que Barbara et le garçon copulaient derrière un buisson.

Au début, Lo n'avait pas voulu « essayer de voir comment c'était », mais la curiosité et la camaraderie avaient fini par l'emporter, et bientôt elle et Barbara le faisaient chacune leur tour avec le silencieux, le grossier, le bourru mais infatigable Charlie qui avait autant de sex-appeal qu'une carotte crue mais arborait une fascinante collection de contraceptifs qu'il repêchait dans un troisième lac tout proche, infiniment plus vaste et plus populeux, le lac Climax, ainsi nommé d'après la jeune et très prospère cité industrielle du même nom. Lolita, tout en reconnaissant que c'était « assez rigolo » et « bon pour le teint », éprouvait, je suis heureux de le dire, le plus profond mépris pour l'esprit et les manières de Charlie. Cet immonde voyou n'était d'ailleurs pas parvenu à éveiller les sens de la petite. Je crois en fait qu'il les avait plutôt anesthésiés, même si ç'avait été « rigolo ».

Il était déjà près de dix heures. Avec le reflux du désir, un sentiment d'épouvante blafarde, accentué par la pâleur réaliste d'un jour gris et névralgique, s'empara de moi et gronda à l'intérieur de mes tempes. Brune, gracile et nue, Lo était debout, tournant vers moi ses fesses étroites et blanches, son visage boudeur dirigé vers le miroir d'une porte, mains sur les hanches, ses pieds (chaussés des nouvelles pantoufles recouvertes de fourrure de chat) bien écartés, et, à travers une mèche de cheveux qui pendait devant ses yeux, elle faisait des grimaces vulgaires dans le miroir. Depuis le couloir nous parvenaient les voix roucoulantes des femmes noires en train de faire le ménage, et bientôt quelqu'un tenta timidement d'ouvrir la porte de notre chambre. J'expédiai Lo dans la salle de bains et lui ordonnai de se doucher et de bien se savonner, elle en avait besoin. Le lit n'était pas beau à voir, avec ses reliefs de chips. Elle essaya un ensemble en drap bleu marine, puis un corsage sans manches avec une jupe à carreaux tourbillonnante, mais le premier était trop étroit et le second trop ample, et quand je la suppliai de se presser (la situation commençait à me faire peur), Lo envoya vicieusement valser dans un coin ces jolis présents que je lui avais faits et remit la même robe que la veille. Lorsqu'elle fut enfin prête, je lui donnai un ravissant sac à main tout neuf en simili-vachette (dans lequel j'avais glissé un bon nombre de pièces d'un cent et deux pièces de dix cents flambant neuves) et lui dis d'aller s'acheter un magazine dans le hall.

« Je descends dans une minute, dis-je. Et si j'étais toi, ma chérie, je ne parlerais pas aux gens que je ne connais pas. »

Hormis mes piètres petits cadeaux, il n'y avait pas grand-chose à mettre dans les valises, mais je fus contraint de passer un dangereux laps de temps (que faisait-elle en bas ?) à arranger le lit de manière qu'il évoquât non pas les saturnales d'un ancien forçat avec deux vieilles catins adipeuses mais le nid, récemment abandonné, d'un père agité et de sa fille quelque peu masculine. Puis je finis de m'habiller et demandai au chasseur chenu de monter prendre les valises.

Tout allait bien. Elle était assise là, dans le hall, enfoncée dans les profondeurs d'un fauteuil rouge sang bien rembourré, plongée dans la lecture d'un magazine de cinéma à sensation. Un type de mon âge vêtu de tweed (le style de l'endroit s'était transformé depuis la veille au soir et il régnait maintenant une fausse atmosphère de gentilhommière) contemplait ma Lolita par-dessus son cigare éteint et son journal périmé. Elle portait les socquettes blanches et les derbys bicolores de sa condition, ainsi que cette éclatante robe imprimée à encolure carrée ; une éclaboussure de lumière blafarde faisait ressortir le duvet doré de ses membres chauds et hâlés. Elle était assise là, les jambes négligemment croisées l'une sur l'autre, et ses yeux pâles balayaient les lignes en battant de temps en temps des paupières. La femme de Bill adorait déjà son Bill de loin bien avant qu'ils ne se connaissent : en fait, elle admirait en secret le célèbre jeune acteur tandis qu'il consommait des sundaes chez Schwab, au drugstore. Que pouvait-il y avoir de plus enfantin que ce nez retroussé, ce visage couvert de taches de rousseur ou cette tache violacée sur son cou nu là où un vampire de conte de fée s'était repu, ou encore ce mouvement inconscient de sa langue explorant un début d'érubescence rose autour de ses lèvres gonflées ? Quoi de plus inoffensif que la lecture des aventures de Jill, une énergique starlette qui confectionnait ses propres vêtements et fréquentait la grande littérature ? Quoi de plus innocent que cette raie dans ses luisants cheveux châtains avec cette moirure soyeuse sur la tempe ? Quoi de plus naïf... Mais quelle concupiscence abjecte le lascif individu — j'ignorais son identité, mais, à bien y réfléchir, il ressemblait à mon oncle suisse, Gustave, lui aussi

250

un grand admirateur du *découvert** — n'aurait-il pas éprouvée s'il avait su que chacun de mes nerfs était encore nimbé et oint par l'empreinte de ce petit corps — le corps de quelque immortel démon déguisé en fillette.

Est-ce que Mr. Swoon, le cochon rose, était absolument sûr que ma femme n'avait pas téléphoné ? Absolument sûr. Si elle appelait, aurait-il l'obligeance de lui dire que nous avions poussé jusque chez tante Clare ? Il le lui dirait, pas de problème. Je réglai la note et allai tirer Lo de son fauteuil. Elle lut jusqu'à la voiture. Sans s'arrêter de lire, elle se laissa conduire jusqu'à un prétendu café à quelques pâtés de maisons vers le sud. Oh, elle ne se fit pas prier pour manger. Elle posa même son magazine à côté d'elle pour se restaurer, mais son enjouement habituel avait fait place à une étrange morosité. Conscient que la petite Lo pouvait être très désagréable, je m'armai de courage et souris, en attendant que l'orage éclate. Je ne m'étais ni baigné, ni rasé, et n'étais pas allé à la selle. Mes nerfs étaient à vif. Je n'appréciai pas la façon dont ma petite maîtresse haussa les épaules et dilata ses narines quand j'essayai de faire banalement un brin de causette. Est-ce que Phyllis avait été au courant avant de rejoindre ses parents dans le Maine ? demandai-je en souriant. « Écoute, dit Lo en faisant une grimace pleurnicharde, arrêtons de parler de ça. » Puis j'essayai — sans plus de succès, même si je n'arrêtais pas de me lécher les babines — de l'intéresser à la carte routière. Notre destination, je tiens à le rappeler à mon patient lecteur dont Lo aurait bien dû imiter le tempérament placide, était la joyeuse cité de Lepingville, quelque part à proximité d'un hypothétique hôpital. Cette destination était en elle-même parfaitement arbitraire (comme allaient l'être tant d'autres, hélas), et je tremblais d'effroi en me demandant comment conserver le caractère plausible de tout cet arrangement, et quels autres objectifs plausibles inventer après que nous aurions vu tous les films projetés à Lepingville. Humbert se sentait de moins en moins à l'aise. C'était un sentiment très particulier : une gêne hideuse, oppressante, comme si j'étais attablé avec le petit fantôme de quelqu'un que je venais de tuer.

Tandis que Lo revenait vers la voiture, une expression de douleur passa en un éclair sur son visage, puis refit son apparition, plus éloquente encore, lorsqu'elle s'installa à côté de moi. La seconde fois, elle la reproduisit manifestement à mon intention. Stupidement, je lui demandai ce qu'il y avait. « Rien, espèce de brute, répliqua-t-elle. — Espèce de quoi ? » demandai-je. Elle ne répondit rien. « Vous quittez Briceland. » La loquace Lo demeurait muette. Je sentis descendre le long de mon échine de froides araignées d'effroi. Ce n'était qu'une orpheline. Ce n'était qu'une enfant abandonnée, absolument seule au monde, avec qui un adulte répugnant, aux membres lourds, avait copulé énergiquement à trois reprises ce matin même. Que la réalisation d'un rêve d'une vie entière ait surpassé ou non toute attente, elle avait aussi en un sens dépassé les bornes — et sombré dans le cauchemar. J'avais été négligent, stupide et ignoble. Et permettez-moi d'être tout à fait franc : quelque part dans les abîmes de cet obscur tumulte, j'éprouvais de nouveau les convulsions du désir, tant mon appétit pour cette misérable nymphette était monstrueux. Aux affres de la culpabilité se mêlait la pensée atroce que son humeur risquait de m'empêcher de faire de nouveau l'amour avec elle quand j'aurais trouvé une jolie route de campagne où me garer en paix. Autrement dit, le pauvre Humbert Humbert était horriblement malheureux, et tandis qu'il roulait imperturbablement et sans raison particulière vers Lepingville, il se creusait la tête, cherchant quelque trait d'esprit sous l'aile étincelante duquel il pourrait oser se retourner vers sa compagne de siège. Ce fut elle, finalement, qui rompit le silence :

« Oh, un écureuil écrasé, dit-elle. Quel dommage.

— Oui, n'est-ce pas ? (l'empressé, l'optimiste Hum).

— Arrêtons-nous à la prochaine station-service, poursuivit Lo. Je veux aller aux toilettes.

— On s'arrêtera où tu veux », dis-je. Et alors, tandis qu'un charmant bosquet solitaire et sourcilleux (des chênes, me dis-je ; les arbres d'Amérique défiaient pour lors mes connaissances) commençait à escorter notre voiture véloce de son écho verdoyant, une route rouge bordée de fougères à notre droite tourna la tête avant de s'enfoncer obliquement dans la forêt, et je suggérai que nous pourrions peut-être...

« Continue, s'écria Lo d'un ton strident.

— OK. Ne t'emballe pas. » (Couchée, pauvre bête, couchée.)

Je jetai un coup d'œil vers elle. Dieu merci, l'enfant souriait.

« Espèce de crétin, dit-elle en me gratifiant d'un sourire exquis. Espèce de créature immonde. J'étais pure et fraîche comme une pâquerette, et regarde ce que tu m'as fait. Je devrais appeler la police et leur dire que tu m'as violée. Oh, vicieux, vieux vicieux. »

Plaisantait-elle ? Ses paroles stupides résonnaient d'une note inquiétante et hystérique. Bientôt, faisant avec ses lèvres une sorte de crépitement mouillé, elle se mit à se plaindre de certaines douleurs, elle dit qu'elle ne pouvait pas se tenir assise, que j'avais déchiré quelque chose en elle. La sueur se mit à ruisseler dans mon cou, et nous faillîmes écraser je ne sais quel petit animal qui traversait la route la queue en l'air, et mon acariâtre compagne me traita de nouveau d'un vilain nom. Lorsque nous nous arrêtâmes à la station-service, elle sortit précipitamment de la voiture sans dire un mot et demeura un long moment absente. Un aimable vieux monsieur au nez cassé essuya lentement, amoureusement, mon pare-brise — ils font cela de différentes manières selon les garages, les uns avec une peau de chamois, les autres avec une brosse enduite de savon, ce type-là utilisa une éponge rose.

Elle refit enfin son apparition. « Écoute, dit-elle de cette voix impersonnelle qui me faisait si mal, donne-moi quelques pièces de dix et de vingt-cinq cents. Je veux téléphoner à ma mère à l'hôpital. Quel est le numéro ?

— Monte, dis-je. Tu ne peux pas appeler ce numéro.

— Pourquoi ?

— Monte et claque la portière. »

Elle monta et claqua la portière. Le vieux garagiste lui adressa un sourire radieux. Je démarrai en trombe et repris la route.

« Pourquoi est-ce que je ne peux pas téléphoner à ma mère si j'en ai envie ?

— Parce que, répondis-je, ta mère est morte. »

33

Dans la joyeuse cité de Lepingville, je lui achetai quatre albums de bandes dessinées, une boîte de bonbons, une boîte de serviettes hygiéniques, deux cocas, une trousse de manucure, une pendulette de voyage avec un écran lumineux, une bague avec une vraie topaze, une raquette de tennis, des patins à roulettes avec des bottines blanches, des jumelles, un poste radio portatif, du chewing-gum, un imperméable transparent, des lunettes de soleil, d'autres vêtements encore — des pull-overs chics, des shorts, toutes sortes de robes d'été. À l'hôtel, nous prîmes des chambres séparées, mais, au milieu de la nuit, elle vint me rejoindre dans la mienne en sanglotant, et nous nous réconciliâmes fort gentiment. Elle n'avait, voyez-vous, absolument nulle part où aller.

Deuxième partie

1

Ce fut alors que commença notre grand voyage à travers tous les États-Unis. Très vite, parmi toutes les autres formes d'hébergement touristique, j'en vins à accorder la préférence au Motel Fonctionnel — refuges propres, nets et sûrs, endroits rêvés pour dormir, se disputer, se réconcilier, et aussi pour les amours illicites et insatiables. Au début, craignant d'éveiller le soupçon, je n'hésitais pas à louer les deux parties d'un bungalow double, chaque partie contenant un grand lit. Je me demandai à quelle sorte de ménage à quatre pouvait être destiné cet arrangement, étant donné que la cloison incomplète qui séparait le bungalow ou la chambre en deux nids d'amour communicants ne pouvait garantir qu'une pharisaïque parodie d'intimité. Bientôt, les possibilités mêmes que suggérait cette franche promiscuité (deux jeunes couples changeant gaiement de partenaires ou un enfant feignant de dormir afin de pouvoir être le témoin auriculaire de la scène primitive) me rendirent plus hardi, et de temps à autre il m'arriva de prendre un bungalow avec un grand lit et un lit de camp ou simplement avec des lits jumeaux — cellule carcérale digne du paradis —, les stores jaunes baissés pour créer l'illusion d'être à Venise un matin de grand soleil alors qu'on était en fait en Pennsylvanie et qu'il pleuvait.

Nous connûmes* — pour emprunter une intonation flaubertienne — les cottages en pierre sous les immenses arbres chateaubriandesques, le bungalow en brique, en adobe, le motel en stuc, implantés sur des terrains que le guide de l'Automobile Association qualifie d'« ombreux », de « spacieux » ou encore de « paysagés ». Les cabanes en rondins, avec finition en pin noueux, évoquaient aux yeux de Lo des pilons de poulet frit, en raison de leur éclat roux. Nous n'eûmes que mépris pour les rustiques Kabins en bois blanchies à la chaux, avec leurs relents d'égouts ou quelque autre puanteur sinistre et honteuse, et qui n'ont pas grand-chose à offrir (sinon de « bons lits »), et une patronne rembrunie craignant toujours que sa largesse (« ... ma foi, je pourrais vous donner... ») ne soit repoussée.

Nous connûmes* (ceci est d'une royale drôlerie) la fallacieuse séduction de leurs noms, toujours les mêmes — tous ces Sunset Motels, U-Beam Cottages, Hillcrest Courts, Pine View Courts, Mountain View Courts, Skyline Courts, Park Plaza Courts, Green Acres, Mac's Courts. Parfois, il y avait une mention spéciale dans la présentation, quelque chose du genre : « Enfants bienvenus, minous tolérés » (tu es bienvenue, tu es tolérée). Les salles de bains se réduisaient le plus souvent à des douches aux murs carrelés, équipées d'une infinie variété de mécanismes d'arrosage ayant tous en commun une caractéristique éminemment peu laodicéenne, à savoir une propension, quand on les utilisait, à devenir soudain affreusement brûlants ou bien d'un froid aveuglant selon que votre voisin ouvrait le robinet d'eau froide ou d'eau chaude, vous privant ainsi du nécessaire complément pour cette douche que vous aviez si savamment dosée. Certains motels avaient des instructions collées au-dessus des toilettes (où, sur le réservoir, étaient empilées les serviettes au mépris de toute hygiène) priant les clients de ne pas jeter dans la cuvette de détritus, de canettes de bière, de cartons, de bébés mort-nés ; d'autres affichaient sous verre des notices intitulées par exemple Suggestions à nos clients (Équitation : *Il vous arrivera souvent de voir des cavaliers descendre la grand-rue et rentrant de leur chevauchée romantique au clair de lune.* « Souvent à trois heures du matin », dit en gloussant la peu romantique Lo).

*Nous connûmes** les différents types de gérants de motels : le criminel repenti, l'instituteur en retraite et l'homme d'affaires malheureux, pour les hommes ; et toute la gamme, de la mamma, à la fausse mondaine et à la maquerelle, pour les femmes. Et parfois, dans la nuit monstrueusement chaude et moite, des trains hurlaient avec une mélancolie sinistre et déchirante, poussant un cri désespéré où se mêlaient puissance et hystérie.

Nous évitâmes les Chambres d'Hôtes, cousines à la mode de campagne des Chambres Mortuaires, établissements désuets, guindés et dépourvus de douches, dont les petites chambres, meublées de coiffeuses compliquées, étaient peintes en rose et blanc de manière déprimante et exhibaient les photographies des rejetons de la propriétaire à toutes les phases de leur mue. Mais je consentis, de temps en temps, à céder à la prédilection que vouait Lo aux « vrais » hôtels. Tandis que je la caressais à l'intérieur de la voiture stationnée dans le silence d'une route secondaire mystérieuse et patinée par le crépuscule, elle choisissait dans le guide quelque établissement hautement recommandé, au bord d'un lac, qui offrait toutes sortes de choses amplifiées par la lampe de poche qu'elle promenait sur elles, comme par exemple une clientèle conviviale, des snacks entre les repas, des barbecues en plein air — mais qui, dans mon esprit, évoquaient d'odieuses visions de potaches puants en sweat-shirts pressant une joue incandescente contre la sienne, tandis que le pauvre docteur Humbert, n'étreignant rien d'autre que deux genoux virils, allait administrer à ses hémorroïdes un traitement par le froid sur l'herbe humide. Terriblement alléchantes étaient aussi pour elle ces Auberges « Coloniales », qui promettaient, en plus de leur « atmosphère accueillante » et de leurs baies panoramiques, « une profusion illimitée de nourriture super-extra ». Le souvenir toujours vivace du fastueux hôtel de mon père m'incitait parfois à rechercher un établissement du même genre dans l'étrange campagne à travers laquelle nous voyagions. Je ne tardai pas à me décourager ; mais Lo persistait à suivre à la trace les publicités gastronomiques, tandis que, moi, j'éprouvais un frisson de plaisir, et pas uniquement pour des raisons d'économie, lorsque apparaissaient le long de la route des pancartes telles que « Timber Hotel, *Gratuit pour les enfants de moins de 14 ans* ». Cela étant, je tressaille en me rappelant ce *soi-disant** lieu de villégiature « de grand standing » dans un État du Middle West, qui faisait la publicité de ses médianoches « à frigidaire ouvert », et où le gérant, intrigué par mon accent, me demanda le nom de jeune fille de ma défunte épouse et aussi de ma défunte mère. Les deux jours passés dans cet établissement me coûtèrent cent vingt-quatre dollars ! Et te souviens-tu, Miranda, de ce repaire de brigands « ultra chic », avec café gratuit le matin et eau glacée courante, interdit aux enfants de moins de seize ans (et donc aux Lolita, naturellement) ?

Dès notre arrivée dans l'un ou l'autre de ces motels plus humbles qui devinrent nos gîtes habituels, elle faisait vrombir le ventilateur électrique ou m'incitait à mettre une pièce de vingt-cinq cents dans la radio, ou encore elle lisait toutes les instructions et demandait en geignant pourquoi elle ne pouvait pas aller faire de l'équitation sur quelque piste hautement recommandée ou se baigner dans telle piscine chauffée du coin remplie d'eau minérale. La plupart du temps, avec cette nonchalance maussade qu'elle cultivait, Lo s'affalait, prostrée et abominablement désirable, dans un fauteuil rouge à ressort ou dans une chaise longue verte, ou encore dans un transat recouvert de toile rayée, équipé d'un repose-pied et d'un dais, ou dans un siège suspendu, ou dans toute autre espèce de siège de jardin sous un parasol dans un patio, et il fallait des heures de cajoleries, de menaces et de promesses pour qu'elle consentît à me prêter ses membres bruns l'espace de quelques secondes dans le secret d'une chambre à cinq dollars avant d'entreprendre quoi que ce soit qui lui parût préférable à ma pauvre joie.

Alliant naïveté et fourberie, charme et vulgarité, bouderies bleues et hilarité rose, Lolita pouvait être une gamine affreusement exaspérante quand elle le voulait. Je n'étais pas vraiment préparé à ses accès de mélancolie erratique, à ses intenses et véhémentes récriminations, à ce style avachi, l'œil lourd, l'air abruti, que l'on qualifie de glandeur — une sorte de clownerie diffuse qu'elle prenait pour cette effronterie propre aux petits loubards. Mentalement, je découvris qu'elle était une petite fille horriblement conventionnelle. Le *jazz-not* doucereux, le quadrille, les sundaes gluants nappés de chocolat, les comédies musicales, les magazines de cinéma et tutti quanti — tels étaient les articles les plus évidents sur la liste des choses qu'elle adorait. Dieu sait combien de pièces de vingt-cinq cents je glissai dans les magnifiques juke-box qui accompagnaient en musique chacun de nos repas ! J'entends encore les voix nasillardes de ces êtres invisibles qui lui faisaient la sérénade, des gens portant des noms comme Sammy, Jo, Eddy, Tony, Peggy, Guy, Patty et Rex, et les tubes sentimentaux, tous aussi semblables à mon oreille que l'étaient à mon palais ses différentes sucreries. Elle prenait pour parole d'évangile toutes les publicités et toutes les recommandations qui paraissaient dans *Movie Love* ou *Screen Land* — Starasil Supprime l'Acné, ou « Attention, les filles, vous qui laissez flotter votre chemise par-dessus votre jean, Jill dit que vous ne devriez pas ». Si un panneau de signalisation disait : VISITEZ NOTRE BOUTIQUE

DE SOUVENIRS, il fallait absolument que nous la visitions, que nous achetions ses curiosités indiennes, ses poupées, ses bijoux en cuivre, ses confiseries aux cactus. Les mots « nouveautés et souvenirs » la mettaient littéralement en transe par leur cadence trochaïque. Qu'une enseigne de café proclamât Boissons Glacées, et elle était automatiquement séduite, même si toutes les boissons étaient partout glacées. Elle était la cible parfaite de toutes les pubs : la consommatrice idéale, le sujet et l'objet de n'importe quelle affiche répugnante. Et elle entreprit — sans succès — de fréquenter seulement les restaurants où le saint esprit de Huncan Dines[1] était descendu sur les ravissantes serviettes en papier et sur les salades coiffées de cottage cheese.

À l'époque, ni elle ni moi n'avions encore imaginé le système de gratifications financières qui, un peu plus tard, allait faire de tels ravages sur mes nerfs et sur sa morale. Je m'en remettais à trois autres méthodes pour garder soumise et d'humeur acceptable ma pubescente concubine. Quelques années auparavant, elle avait passé un été pluvieux sous le regard bouffi de Miss Phalen dans une maison de ferme délabrée des Appalaches qui, dans un passé fort lointain, avait appartenu à je ne sais quel Haze racorni. Elle se dressait encore au milieu de ses arpents luxuriants de verges d'or à la lisière d'une forêt sans fleurs, au bout d'un chemin éternellement boueux, à trente kilomètres du hameau le plus proche. Le souvenir de cette maison aux allures d'épouvantail, de cette solitude, des vieilles prairies

---

1. Pour « Duncan Hines », auteur de guides touristiques.

détrempées, du vent, de cette étendue désolée et gorgée d'eau, inspirait à Lo un dégoût suprême qui lui tordait la bouche et boursouflait sa langue à demi sortie. Et c'était là, je la prévins, qu'elle irait vivre en exil avec moi pendant des mois et des années si nécessaire, à étudier sous ma férule le français et le latin, si son « attitude présente » ne changeait pas. Charlotte, je commençais à te comprendre !

Chaque fois que, pour mettre un terme à ses tornades de mauvaise humeur, je faisais demi-tour au milieu de la chaussée, impliquant par là que j'allais la conduire tout droit à cette demeure sombre et lugubre, Lo, avec sa crédulité enfantine, criait non ! et s'accrochait frénétiquement à ma main qui tenait le volant. Cependant, plus nous nous éloignions vers l'ouest et moins la menace devenait tangible, et il me fallut adopter d'autres méthodes de persuasion.

Parmi toutes ces méthodes, celle que je me rappelle avec les gémissements de honte les plus intenses, c'est la menace de l'envoyer en maison de redressement. Dès le début de notre union, je fus assez malin pour me rendre compte qu'il me fallait m'assurer de sa totale coopération afin de garder secrètes nos relations, qu'il fallait que cela devienne chez elle une seconde nature, quels que fussent ses griefs à mon égard, quels que fussent les autres plaisirs qu'elle pouvait rechercher.

« Viens embrasser ton vieux papa, disais-je, et cesse de bouder comme une sotte. Autrefois, quand j'étais encore le mec de tes rêves [le lecteur notera combien je me donnais de peine pour parler la langue de Lo], tu te pâmais en entendant les disques de l'idole palpitante et larmoyante de tes labadens (Lo : "De mes quoi ? Tu ne peux pas parler comme tout le monde ?") Cette idole chère à tes camarades avait la même voix, pensais-tu, que l'ami Humbert. Mais maintenant, je suis seulement ton vieux papa, un papa de rêve protégeant sa fille de rêve.

« Ma *chère Dolores**! Je veux te protéger, ma chérie, de toutes les horreurs qui surviennent aux petites filles dans les hangars à charbon et les impasses, et aussi, hélas, *comme vous le savez trop bien ma gentille**, dans les bois à airelles lors des mois estivaux les plus égrillards. Contre vents et marées, je demeurerai ton tuteur, et si tu es gentille, j'espère qu'une cour de justice pourra légaliser cette tutelle d'ici peu. Oublions, cependant, Dolores Haze, la terminologie pseudo-légale, une terminologie qui reconnaît comme rationnelle l'expression "cohabitation lubrique et lascive". Je ne suis pas un débauché sexuel, un dangereux criminel prenant des libertés indécentes avec une enfant. Le psychopathe, ce fut ce violeur de Charlie Holmes ; je suis le thérapeute — petit distinguo subtil mais qui a son importance. Je suis ton papounet, Lo. Regarde, j'ai ici un livre savant à propos des jeunes filles. Regarde ce qu'il dit, ma chérie. Je cite : la fille normale — normale, note bien —, la fille normale est généralement très soucieuse de plaire à son père. Elle entrevoit en lui le précurseur de l'insaisissable mâle de ses rêves ("insaisissable" me plaît, par Polonius[1] !). La

---

1. Personnage de *Hamlet*.

mère perspicace (et ta pauvre mère eût été perspicace, si elle avait vécu) encouragera cette relation entre le père et la fille, comprenant — excuse le style éculé — que sa fille façonne sa conception idéale de l'amour et des hommes en fonction de ses rapports avec son père. Or donc, quels rapports suggère — recommande — ce livre mutin ? Je cite de nouveau : chez les Siciliens, les rapports sexuels entre un père et sa fille sont considérés comme allant de soi, et la fille qui consent à de tels rapports n'encourt nullement la désapprobation de la société à laquelle elle appartient. Je suis un grand admirateur des Siciliens, d'excellents athlètes, d'excellents musiciens, des gens d'une droiture parfaite, Lo, et de merveilleux amants. Mais trêve de digression. L'autre jour encore, nous avons lu dans les journaux l'histoire ridicule de cet adulte inculpé d'outrage aux mœurs et qui reconnaissait avoir violé la loi Mann [1] et déplacé d'un État à l'autre une fillette de neuf ans à des fins immorales, quoi que veuille dire cette expression. Dolores, ma doucette ! Tu n'as pas neuf ans mais bientôt treize ans, et je te déconseille vivement de te considérer comme mon esclave itinérante, et je déplore l'affreux calembour auquel se prête la loi Mann, revanche que prennent les Dieux de la Sémantique contre les Philistins collet monté. Je suis ton père, et je parle la même langue que toi, et je t'aime.

« Voyons voir enfin ce qui se passerait si toi, une mineure accusée d'avoir compromis la vertu d'un

1. Loi fédérale de 1910 interdisant que l'on déplace une femme d'un État à l'autre à des fins immorales.

adulte dans une auberge respectable, ce qui se passerait donc si tu te plaignais à la police d'avoir été kidnappée et violée par moi ? Supposons qu'ils te croient. Une mineure qui permet à une personne de plus de vingt et un ans de la connaître charnellement fait que sa victime tombe sous l'accusation de viol caractérisé, ou de sodomie avec circonstances atténuantes, selon la technique utilisée ; et la peine maximale est de dix ans. Je vais donc en prison. D'accord, je vais en prison. Mais qu'advient-il de toi, mon orpheline ? Eh bien, tu as plus de chance que moi. Tu deviens la pupille du bureau de l'Assistance publique — ce qui, je le crains, paraît passablement sinistre. Une brave gardienne à la mine grave, genre Miss Phalen mais en plus stricte et à la sobriété exemplaire, te confisquera ton rouge à lèvres et tes jolis habits. Fini de courir la prétentaine ! Je ne sais pas si tu as entendu parler des lois concernant les enfants dépendants, abandonnés, incorrigibles et délinquants. Tandis que je m'agripperai aux barreaux, toi, heureuse enfant abandonnée, on te donnera le choix entre divers domiciles, tous plus ou moins identiques, le centre de correction, la maison de redressement, le centre de détention pour mineurs, ou l'un de ces admirables hospices pour jeunes filles où l'on tricote des choses, chante des cantiques et mange des crêpes rances le dimanche. Rétive comme tu l'es, c'est là que tu aboutiras, Lolita — ma petite Lolita, cette chère Lolita quittera son Catulle et ira là-bas. Pour dire les choses plus simplement, ma mignonne, si nous sommes pris, on te fera subir une analyse et on te placera dans une institution, *c'est tout**. Tu vivras, ma Lolita vivra (viens ici, ma fleur brune) avec trente-neuf autres imbéciles dans un dortoir sale (non, laisse-moi poursuivre, je t'en prie) sous la surveillance de gardiennes hideuses. Telle est la situation, tel est le choix. Ne penses-tu pas, dans ces conditions, que Dolores Haze ferait mieux de s'en tenir à son vieux papa ? »

À force de lui rebattre les oreilles, je parvins à la terroriser, elle qui, en dépit de sa vivacité et de ses airs bravaches, de ses traits spirituels, n'était pas aussi intelligente que pouvait le suggérer son QI. Mais si je réussis à établir ce climat de secret et de culpabilité partagés, je parvins infiniment moins bien à la maintenir de bonne humeur. Tous les matins pendant l'année que dura notre périple, il me fallut imaginer quelque objectif, quelque point particulier dans l'espace et le temps pour la maintenir en haleine, pour qu'elle survive jusqu'à l'heure du coucher. Sinon, le squelette de sa journée, privé de toute finalité susceptible de lui donner forme et soutien, s'affaissait et s'effondrait. L'objectif en question pouvait être n'importe quoi : un phare en Virginie, une grotte naturelle aménagée en café en Arkansas, une collection de fusils et de violons quelque part en Oklahoma, une réplique de la grotte de Lourdes en Louisiane, de misérables photographies de l'époque des chercheurs d'or dans le musée local d'une station touristique des Rocheuses, absolument n'importe quoi — mais il fallait que cet objectif soit là, devant nous, comme une étoile stationnaire, même si, vraisemblablement, Lo allait feindre l'écœurement dès que nous arriverions.

En mettant en branle la géographie des États-Unis, je fis de mon mieux pendant des heures et des heures pour lui donner l'impression de « voir du pays », de rouler vers quelque destination précise, vers quelque plaisir inhabituel. Je n'ai jamais vu de routes aussi lisses et aussi plaisantes que celles qui rayonnaient maintenant devant nous, à travers le patchwork confus des quarante-huit États. Nous avalâmes ces longues routes nationales avec voracité, dans un silence recueilli nous glissâmes sur leurs noirs et luisants parquets de danse. Non seulement Lo n'avait que dédain pour le cadre naturel mais elle protestait furieusement quand j'attirais son attention sur tel ou tel détail enchanteur du paysage ; détails que j'appris moi-même à discerner seulement après avoir été exposé un long moment à la beauté subtile et omniprésente en marge de notre voyage par ailleurs peu gratifiant. Au début, par un étrange paradoxe de réflexion picturale, la campagne nord-américaine des basses terres avait produit en moi comme un choc de reconnaissance amusée à cause des décors peints sur ces toiles cirées que l'on importait autrefois d'Amérique pour les accrocher au-dessus des tables de toilette dans les chambres d'enfants en Europe centrale ; à l'heure du coucher, elles fascinaient un enfant gagné par le sommeil en raison des perspectives vertes et rustiques qu'elles offraient — arbres crépus et opaques, grange, bétail, ruisseau, blancheur mate de vagues vergers en fleur, avec peut-être un mur en pierre ou des collines de gouache verdâtre. Mais peu à peu les modèles de ces rusticités élémentaires devinrent de plus en plus étrangers à mes yeux au fur et à mesure que j'apprenais à les mieux connaître. Au-delà de la plaine cultivée, au-delà des toits miniatures, il y avait chaque fois une lente suffusion de beauté inutile, un soleil bas dans une brume platine avec une teinte chaude de pêche pelée envahissant le bord supérieur d'un nuage gris tourte-relle à deux dimensions qui se fondait dans le brouil-lard sensuel au loin. Il y avait parfois une rangée d'arbres espacés qui se découpaient contre l'horizon, et des midis brûlants et paisibles au-dessus d'une éten-due de trèfle, et des nuages à la Claude Lorrain accro-chés au loin dans l'azur brumeux et dont on ne voyait clairement que les cumulus contre la pâmoison neutre de l'arrière-plan. Ou ce pouvait être encore un horizon austère à la Greco, lourd d'une pluie d'encre, et la vision fugitive de quelque paysan au cou de momie, et partout alentour des sillons d'eau de vif-argent alter-nant avec des rubans de maïs d'un vert cru, le tout s'ouvrant en éventail, quelque part au Kansas.

De temps à autre, dans la vaste étendue de ces plai-nes, d'énormes arbres avançaient à notre rencontre pour s'agglutiner timidement au bord de la route et fournir un peu d'ombre bienveillante au-dessus d'une table de pique-nique, avec ici et là, jonchant le sol brunâtre, des taches de soleil, des gobelets en carton aplatis, des samares et des bâtonnets à glace abandon-nés. Grande utilisatrice des commodités le long de la route, ma Lo peu regardante s'extasiait devant les écri-teaux : Mecs-Nanas, Jean-Jeanne, Jack-Jill et même Cerfs-Biches ; perdu dans un rêve d'artiste, je contem-plais pendant ce temps l'éclat cru des pompes à essence contre la verte splendeur des chênes, ou une colline lointaine qui se détachait — meurtrie mais encore indomptée — au-dessus des étendues de culture qui tentaient de l'absorber.

La nuit, de hauts camions constellés de feux multicolores et ressemblant à des arbres de Noël gigantesques et redoutables surgissaient dans l'obscurité et croisaient en un bruit de tonnerre la petite berline attardée. Et de nouveau le lendemain un ciel peu peuplé, dont le bleu se laissait gagner par la chaleur, fondait au-dessus de nos têtes, et Lo réclamait à boire, et ses joues se creusaient vigoureusement sur la paille, et la voiture était une fournaise à l'intérieur quand nous remontions dedans, et la route miroitait devant nous, une voiture changeait de forme au loin comme sous l'effet d'un mirage dans l'éclat éblouissant du revêtement, elle semblait un instant suspendue, carrée et haute comme celles d'antan, dans la brume de chaleur. Et tandis que nous poursuivions notre route vers l'ouest, apparaissaient des taches d'« armoises » selon l'expression du garagiste, puis les contours mystérieux de collines plates comme des tables, puis encore des escarpements rouges tachetés de genièvres noirs comme l'encre, et encore une chaîne de montagnes passant imperceptiblement du bistre au bleu et du bleu au rêve, et le désert nous accueillait alors avec un grand vent opiniâtre, de la poussière, des arbustes gris et épineux et de hideux lambeaux de papier hygiénique mimant de pâles fleurs au milieu des piquants de tiges flétries, tordues par le vent, tout le long de la route ; au milieu de celle-ci se tenaient parfois d'innocentes vaches, immobilisées dans une certaine position (queue à gauche, cils blancs à droite), au mépris de toutes les règles humaines en matière de circulation.

Mon avocat m'a suggéré de fournir une description claire et sincère de l'itinéraire que nous avons suivi, et je crois qu'au point où j'en suis je ne puis me soustraire à cette corvée. En gros, au cours de cette folle année (d'août 1947 à août 1948), notre itinéraire débuta par une série de crochets et de spirales en Nouvelle-Angleterre, puis il descendit vers le sud en faisant maints détours, maintes allées et venues, tantôt vers l'est, tantôt vers l'ouest ; il plongea dans les profondeurs de *ce qu'on appelle** Dixieland, évita la Floride parce que les Farlow y étaient, vira vers l'ouest, zigzagua à travers les plaines à maïs et les plaines à coton (tout cela n'est pas très clair, je le crains, Clarence, mais je ne prenais pas de notes et ne dispose pour vérifier ces souvenirs que d'un guide touristique en trois volumes affreusement mutilés, presque un symbole de mon passé déchiqueté, en lambeaux) ; il traversa et retraversa les Rocheuses, erra quelque temps à travers les déserts du Sud où nous passâmes l'hiver ; atteignit le Pacifique, tourna vers le nord à travers les pâles flocons lilas d'arbustes en fleur bordant des routes de forêt ; atteignit presque la frontière canadienne ; et repartit vers l'est, traversant bonnes et mauvaises terres, retrouvant l'agriculture à grande échelle, évitant, malgré les remontrances stridentes de Lo, le pays natal de la petite Lo, dans une région riche en maïs, en charbon et en cochons ; pour retrouver enfin le bercail de l'Est, et venir mourir dans la ville universitaire de Beardsley.

2

En lisant ce qui va suivre, le lecteur ferait bien de garder à l'esprit non seulement le circuit retracé ci-dessus dans ses grandes lignes, avec ses multiples détours et pièges à touristes, ses circuits secondaires et ses circonvolutions fantasques, mais aussi le fait que notre voyage, loin d'avoir été une indolente *partie de plaisir**, constitua un développement téléologique pénible et tortueux dont la seule *raison d'être** (ces clichés sont symptomatiques) était de maintenir ma compagne d'assez bonne humeur entre chaque baiser.

En feuilletant ce guide touristique très abîmé, je revois confusément ce Jardin de Magnolias, dans un État du Sud, qui me coûta quatre dollars et que l'on doit visiter pour trois raisons, à en croire la publicité dans le guide : parce que John Galsworthy (une espèce d'écrivain mort et oublié) a proclamé que c'était le jardin le plus beau du monde ; parce que le guide Baedeker de 1900 lui avait attribué une étoile ; et, enfin, parce que. devinez, ô lecteur, mon frère !... parce que les enfants (et sapristi ma Lolita n'était-elle pas une enfant !) « déambuleront éblouis et pleins de révérence à travers cette préfiguration du Paradis, se pénétrant d'une beauté qui peut marquer une vie tout entière ». « Pas la mienne », dit la taciturne Lo, et elle s'installa sur un banc avec sur ses adorables genoux le contenu de deux journaux du dimanche.

Nous parcourûmes et reparcourûmes dans tous les sens toute la gamme des restaurants routiers américains, depuis l'humble Eat avec son enseigne à tête de cerf (trace sombre d'une longue larme coulant du larmier), ses cartes postales « humoristiques » genre « Kurort [1] » postérieur, ses additions de clients empalées sur une pointe, ses pastilles à la menthe, ses lunettes de soleil, ses images de sundaes célestes conçues par des publicistes, sa moitié de gâteau au chocolat sous une cloche de verre, et plusieurs mouches horriblement expertes zigzaguant au-dessus du gluant sucrier à bec verseur sur l'ignoble comptoir ; et jusqu'à l'établissement très cher avec ses lumières tamisées, son linge de table minable et ridicule, ses garçons ineptes (anciens forçats ou étudiants), le dos rouan d'une actrice de cinéma, les sourcils de zibeline de son amant du jour, et un orchestre de zazous avec trompettes.

Nous inspectâmes la stalagmite la plus grosse du monde dans une grotte où trois États du Sud-Est tiennent une réunion de famille ; tarif en fonction de l'âge ; adultes un dollar, enfants pubères soixante cents. Un obélisque en granit commémorant la bataille de Blue Licks, avec de vieux ossements et de la poterie indienne dans le musée d'à côté, Lo dix cents, très raisonnable. L'actuelle cabane en rondins simulant courageusement l'ancienne où naquit Lincoln. Un rocher, avec une plaque, en mémoire de l'auteur du

1. Station thermale, en allemand.

poème « Trees [1] » (nous sommes maintenant à Poplar Cove, en Caroline du Nord, que nous avons atteint par une route qualifiée rageusement par mon aimable et tolérant guide, généralement si discret, de « route très étroite, très mal entretenue », ce à quoi je souscris, bien que je ne sois pas kilmerite). Depuis un canot à moteur de location piloté par un Russe blanc d'un certain âge mais encore d'une beauté repoussante, un baron nous dit-on (Lo, cette petite imbécile, avait les paumes toutes moites), qui avait connu en Californie ce bon vieux Maximovitch et Valeria, nous aperçûmes cette inaccessible « colonie de milliardaires » sur une île, quelque part au large des côtes de la Géorgie. Nous inspectâmes également : une collection de cartes postales représentant des hôtels européens dans le musée d'une station balnéaire du Mississippi consacré aux hobbies, et là, je découvris avec une chaude bouffée d'orgueil une photo en couleurs du Mirana de mon père, avec ses stores rayés, son drapeau flottant au-dessus des palmiers retouchés au pinceau. « Et alors ! » dit Lo, lorgnant le propriétaire bronzé d'une voiture de luxe qui nous avait suivis dans la Hobby House. Reliques de l'ère du coton. Une forêt de l'Arkansas, et, sur l'épaule brune de Lo, une boursouflure turgide et violacée (œuvre de quelque moucheron) que je soulageai de son beau poison transparent entre les longs ongles de mes pouces puis suçai jusqu'à me gaver de son sang épicé. Bourbon Street (dans une ville appelée La Nouvelle-Orléans) dont les trottoirs, disait mon

---

1. Joyce Kilmer, poète sentimental américain.

guide, « offrent parfois [le "parfois" me plaisait] le spectacle pittoresque de négrillons toujours prêts [ce "toujours" me plaisait encore davantage] à faire des claquettes pour quelques pièces de monnaie » (quelle rigolade), tandis que « ses innombrables petits night-clubs intimes grouillent de visiteurs » (croustillant). Souvenirs du temps des pionniers. Demeures d'avant la guerre de Sécession avec balcons ornés de volutes en fer et escaliers sculptés à la main semblables à ceux que les héroïnes de cinéma, leurs épaules baisées par le soleil, descendent quatre à quatre en somptueux Technicolor tout en relevant le bas de leurs jupes à volants entre leurs deux petites mains en un geste étudié, tandis que la négresse dévouée hoche la tête sur le palier à l'étage. La fondation Menninger, une clinique psychiatrique, rien que pour le plaisir. Une tache d'argile superbement érodée ; et des fleurs de yuccas, si pures, si cireuses, mais infestées de mouches blanches et rampantes. Independence, dans le Missouri, point de départ de l'ancienne piste de l'Oregon ; et Abilene, dans le Kansas, berceau du fameux rodéo Wild Bill Quelque chose. Montagnes lointaines. Montagnes toutes proches. D'autres montagnes encore ; beautés bleuâtres toujours inaccessibles, ou bien se muant en théories interminables de collines désertiques ; chaînes du Sud-Est, fiasco altitudinaire, rien à voir avec les Alpes ; colosses de roche grise veinée de neige qui transpercent le ciel et vous fendent le cœur, piques implacables surgissant de nulle part au détour de la route ; énormités boisées, striées d'un subtil entrelacs de sapins sombres, interrompues ici et là par des houppettes de trembles pâles ; formations roses et lilas, pharaoniques, phalliques, « décidément trop préhistoriques » (dixit Lo, blasée) ; buttes de lave noire ; montagnes vernales à l'échine lanugineuse d'éléphant nouveau-né ; montagnes pré-automnales, recroquevillées sur elles-mêmes, rentrant leurs pesants membres égyptiens sous les replis de leur peluche fauve et mitée ; collines beiges, émaillées de chênes ronds et verts ; une ultime montagne rousse entourée à ses pieds d'un riche tapis de luzerne.

Et nous inspectâmes aussi : Little Iceberg Lake, quelque part au Colorado, et les névés, et les coussinets de minuscules fleurs alpestres, et encore de la neige ; sur laquelle Lo, avec sa casquette à visière rouge, essaya de glisser, se mit à crier, se fit bombarder de boules de neige par des jeunes gens et leur rendit la pareille *comme on dit**. Squelettes de trembles calcinés, plaques de fleurs bleues en forme de flèches. Divers éléments d'une route touristique. Des centaines de routes touristiques, des milliers de Bear Creeks, Soda Springs, Painted Canyons. Texas, plaine ravagée par la sécheresse. Crystal Chamber dans la grotte la plus longue du monde, entrée libre pour les enfants de moins de douze ans, Lo une jeune captive. Une collection de sculptures artisanales par une dame du coin, fermée un misérable lundi matin, poussière, vent, terre gaste. Conception Park, dans une ville sur la frontière mexicaine que je n'osai franchir. Là-bas et ailleurs, des centaines de colibris gris au crépuscule sondant la gorge de fleurs sombres. Shakespeare, une ville fantôme du Nouveau-Mexique, où ce vilain garnement de

Bill le Russe fut pendu en grande pompe il y a soixante-dix ans. Élevages de poissons. Demeures troglodytes. La momie d'un enfant (contemporain de Béatrice la Florentine). Notre vingtième Hell's Canyon. Notre cinquantième Gateway vers je ne sais quel site, dixit ce guide touristique qui avait depuis longtemps perdu sa couverture. Une tique au creux de mon aine. Toujours les trois mêmes vieillards, avec leurs chapeaux et leurs bretelles, passant l'après-midi d'été à lézarder sous les arbres près de la fontaine publique. Une perspective brumeuse et bleue par-delà le garde-fou d'un col de montagne, et, vus de dos, les membres d'une famille admirant le spectacle (et Lo disant en un murmure chaud, heureux, sauvage, intense, plein d'espoir, désespéré : « Regarde, les McCrystal, je t'en prie, allons leur parler, je t'en prie » — allons leur parler, lecteur ! — « je t'en prie ! Je ferai tout ce que tu veux, oh, s'il te plaît... »). Danses rituelles indiennes, strictement commerciales. ART : American Refrigerator Transit Company. Arizona prévisible, habitations de pueblos, pictogrammes aborigènes, une empreinte de dinosaure dans un canyon du désert laissée là il y a trente millions d'années, quand j'étais un enfant. Un grand garçon pâle et efflanqué d'un mètre quatre-vingts avec une pomme d'Adam constamment en action, lorgnant Lo et sa taille découverte d'un brun orangé que je baisai cinq minutes après, Jack. L'hiver dans le désert, le printemps dans les contreforts des montagnes, les amandiers en fleur. Reno, morne cité du Nevada, dont la vie nocturne est, dit-on, « cosmopolite et sage ». Un vignoble en Californie, avec une église construite en forme de barrique de vin. Death Valley. Scotty's Castle. Œuvres d'art collectionnées par un certain Rogers sur une période de plusieurs années. Les villas hideuses d'actrices superbes. L'empreinte du pied de R. L. Stevenson sur un volcan éteint. Mission Dolores : un bon titre pour un livre. Festons de grès sculptés par les vagues. Un homme terrassé par une prodigieuse crise d'épilepsie dans le parc d'État de Russian Gulch. Crater Lake, bleu, très bleu. Un vivier dans l'Idaho et le pénitencier de l'État. Le sombre parc de Yellowstone avec ses sources d'eau chaude multicolores, ses geysers miniatures, ses arcs-en-ciel de boue effervescente — tous les symboles de ma passion. Un troupeau d'antilopes dans une réserve de bêtes sauvages. Notre centième grotte, adultes un dollar, Lolita cinquante cents. Un château construit par un marquis français dans le Dakota du Nord. Le Corn Palace dans le Dakota du Sud ; et les gigantesques têtes des présidents sculptées dans le granit vertigineux. La Femme à Barbe lut notre destinée et depuis elle connut l'hyménée. Un zoo dans l'Indiana où vivait une grande bande de singes sur une réplique en béton du vaisseau amiral de Christophe Colomb. Des milliards d'éphémères morts ou moribonds et empestant le poisson dans toutes les vitrines de toutes les gargotes le long d'un rivage morne et sablonneux. Des mouettes bien grasses perchées sur de gros galets, observées depuis le bac *City of Cheboygan*, dont la fumée brune et laineuse faisait un grand arc au-dessus de l'ombre verte qu'elle projetait sur l'aigue-marine du lac. Un motel dont les tuyaux de ventilation passaient sous les égouts de la ville. La maison de Lincoln, en grande partie factice, avec des livres de salon et du mobilier d'époque que la plupart des visiteurs considéraient religieusement comme des objets personnels.

Nous eûmes des disputes, mineures et majeures. Les plus importantes se produisirent : à Lacework Cabins, en Virginie ; sur Park Avenue, à Little Rock, près d'une école ; au Col Milner, à 3 570 m d'altitude, au Colorado ; au coin de Seventh Street et Central Avenue à Phoenix, en Arizona ; sur Third Street, à Los Angeles, parce que tous les tickets pour la visite d'un studio quelconque étaient déjà vendus ; à un motel nommé Poplar Shade dans l'Utah, où six arbres pubescents étaient à peine plus grands que ma Lolita, et où elle demanda *à propos de rien**, combien de temps pensais-je que nous allions vivre dans des cabanes étouffantes, à faire des choses dégoûtantes tous les deux, au lieu de nous comporter comme des gens normaux ? Sur N. Broadway, à Burns dans l'Oregon, au coin de W. Washington, en face de Safeway, une épicerie. Dans quelque petite ville de la Sun Valley dans l'Idaho, devant un hôtel en brique, des briques pâles et rouges subtilement panachées, avec, de l'autre côté, un peuplier projetant ses ombres liquides sur le monument aux morts du patelin. Dans une steppe d'armoises, entre Pinedale et Farson. Quelque part dans le Nebraska, sur Main Street, près de la First National Bank, créée en 1889, avec en point de mire un passage à niveau au loin dans la rue, et, derrière, les tuyaux d'orgue blancs d'un silo multiple. Et sur McEwen St., au coin de Wheaton Ave., dans une ville du Michigan partageant le prénom du manant.

Nous connûmes cet étrange anthropoïde qui grouille au bord des routes, L'Auto-stoppeur, *Homo pollex*[1] en termes scientifiques, sous toutes ses formes et sous-espèces : le modeste soldat, tiré à quatre épingles, attendant paisiblement, et paisiblement conscient de l'attrait viatique qu'exerce le kaki ; l'écolier souhaitant aller deux rues plus loin ; le tueur désirant se rendre deux mille kilomètres plus loin ; le vieux monsieur, mystérieux et nerveux, avec sa valise toute neuve et sa moustache bien taillée ; un trio de Mexicains optimistes ; l'étudiant qui exhibe avec une égale fierté la crasse de tout un été de travail au grand air et le nom de sa célèbre université lequel s'affiche en arc de cercle sur le devant de son sweat-shirt ; la dame en détresse dont la batterie l'a laissée en plan ; les jeunes vauriens bien léchés, aux cheveux luisants, aux yeux fuyants, au visage blême, en chemises et en vestes criardes, pointant vigoureusement, priapiquement presque, leur pouce tendu afin d'aguicher les femmes solitaires ou les voyageurs de commerce niais par des fantasmes libidineux.

« Prenons-le », plaidait souvent Lo, frottant ses genoux l'un contre l'autre comme elle savait si bien le faire, tandis que quelque *pollex* particulièrement dégoûtant, un homme de mon âge et de ma carrure, avec la *face à claques** d'un acteur en chômage, mar-

---

1. Pouce en latin.

chait à reculons, sur la trajectoire de notre voiture, pratiquement.

Oh, il me fallut la surveiller de près, ma Lo, ma languide petite Lo ! En raison peut-être de ses exercices amoureux quotidiens et malgré son physique encore très enfantin, elle irradiait une sorte de nitescence langoureuse qui plongeait les garagistes, les garçons d'hôtel, les vacanciers, les ruffians au volant de luxueuses voitures, les béjaunes boucanés au bord de piscines bleues, dans des accès de concupiscence qui auraient pu titiller mon orgueil s'ils n'avaient exacerbé ma jalousie. Car la petite Lo était consciente de sa nitescence, et je la surprenais souvent *coulant un regard** en direction de quelque mâle empressé, quelque type armé d'un pistolet à graisse, avec des avant-bras musclés et mordorés et une montre au poignet, et je n'avais pas plus tôt tourné le dos pour aller acheter une sucette pour cette même Lo que je l'entendais elle et le séduisant mécanicien entamer un vrai duo amoureux à grand renfort de plaisanteries.

Lorsque, au cours de nos arrêts un peu plus prolongés, je me relaxais après une matinée particulièrement violente au lit, et que je lui permettais par pure bonté de mon cœur apaisé — l'indulgent Humbert ! — de visiter la roseraie ou la bibliothèque pour enfants de l'autre côté de la rue en compagnie de la peu accorte Mary, la petite fille des voisins au motel, et du frère de Mary âgé de huit ans, Lo rentrait une heure en retard, avec Mary pieds nus traînant loin derrière et le petit garçon qui s'était mué entre-temps en deux répugnants potaches dégingandés aux cheveux dorés, tout en muscles et en blennorragie. Le lecteur n'aura aucune peine à imaginer ce que je répondais à ma mignonne lorsqu'elle me demandait — d'un ton mal assuré, j'en conviens — si elle pouvait aller avec Carl et Al que voici à la piste de patins à roulettes.

Je me rappelle la première fois que, par un après-midi venteux et poussiéreux, je l'autorisai enfin à se rendre à une telle piste. Elle me dit cruellement que ce ne serait pas drôle si je l'accompagnais, car cette heure-là de la journée était réservée aux jeunes. À force de marchandage, nous parvînmes à un compromis : je restai dans la voiture, au milieu d'autres voitures (vides) le nez tourné vers la piste en plein air recouverte d'une bâche, où une cinquantaine de jeunes gens, en couples pour la plupart, faisaient un carrousel à n'en plus finir sur une musique mécanique, et le vent donnait aux arbres des tons argentés. Dolly portait un blue-jean et des bottines blanches, comme la plupart des autres filles. Je n'arrêtais pas de compter les révolutions de la foule roulante — et tout à coup elle n'était plus là. Lorsqu'elle repassa enfin, elle était avec trois loubards que, peu de temps avant, j'avais entendus à l'extérieur de la piste éplucher les petites patineuses — et se gausser d'une adorable enfant toute en jambes qui était arrivée en short rouge et non en blue-jean ou en pantalon comme les autres.

Aux stations de contrôle sur les routes à l'entrée de l'Arizona ou de la Californie, le cousin germain d'un policier nous dévisageait avec une telle intensité que mon pauvre cœur défaillait. « Pas de miel ? » demandait-il, et chaque fois ma délicieuse petite bécasse était prise de fou rire. Je garde encore, vibrant tout le long de mon nerf optique, des images de Lo à cheval, simple maillon dans la chaîne d'une randonnée guidée le long d'une piste cavalière : Lo caracolant au pas, avec devant elle une vieille écuyère et derrière le libidineux employé du ranch-hôtel, un vrai péquenaud ; et moi derrière lui, haïssant son dos adipeux, enveloppé d'une chemise à fleurs, avec plus de ferveur encore qu'un automobiliste maudit le camion qui se traîne sur une route de montagne. Ou encore, dans un chalet de ski, je la voyais s'envoler loin de moi, céleste et solitaire, dans un télésiège éthéré, montant toujours plus haut, jusqu'à un sommet scintillant où des athlètes hilares, torse nu, l'attendaient, elle, oui, elle.

Dans chacune des villes où nous nous arrêtions, je m'enquérais, avec ma courtoisie toute européenne, des ressources locales — où étaient les piscines, les musées, les écoles du pays, combien il y avait d'enfants dans l'école la plus proche et ainsi de suite ; et à l'heure des cars scolaires, souriant et clignant des yeux (je ne me serais pas aperçu de ce *tic nerveux** si Lo, la première, n'avait pas eu la cruauté de l'imiter), je me garais à un endroit stratégique, avec mon écolière ambulante assise à côté de moi dans la voiture, pour regarder les enfants qui sortaient de l'école — un merveilleux spectacle dont je ne me lassais pas. Ce genre de chose commença bientôt à ennuyer ma Lolita qu'un rien ennuyait, et, n'ayant que peu de sympathie pour les caprices des autres, comme tous les enfants, elle m'insultait et stigmatisait le désir que j'avais de me faire caresser par elle tandis que de petites brunettes aux yeux bleus en shorts bleus, des rousses en boléros verts et de vaporeuses blondes aux allures de garçons vêtues de blue-jeans délavés passaient devant nous dans la lumière du soleil.

En guise de compromis, je l'encourageai sans réserve, quand le lieu et le temps s'y prêtaient, à fréquenter les piscines en compagnie d'autres filles. Elle adorait l'eau éclatante et était une plongeuse émérite. Douillettement enveloppé dans un peignoir, je m'installais dans l'ombre opulente de l'après-midi après avoir modestement fait trempette, et je demeurais là assis, avec un livre fantoche ou une pochette de bonbons, ou les deux à la fois, ou rien d'autre que mes glandes frissonnantes, et je la regardais faire des cabrioles, coiffée d'un bonnet de caoutchouc, couverte de perles, uniment bronzée, aussi rieuse qu'une réclame, dans son étroit slip en satin et son soutien-gorge à fronces. Pubescente poupée ! Avec quelle fatuité je m'émerveillais qu'elle fût mienne, mienne, mienne, et, accompagné par la plainte morne des tourterelles, je me remémorais la récente pâmoison matitudinale et tramais déjà celle de la soirée, et, les yeux mi-clos sous la morsure du soleil, je comparais Lolita à toutes les autres nymphettes que le hasard parcimonieux rassemblait autour d'elle pour satisfaire ma délectation et mon jugement anthologiques ; et aujourd'hui, la main sur mon cœur malade, j'ose affirmer qu'aucune de ces filles n'a jamais été plus désirable qu'elle, ou, si ce fut le cas, cela n'arriva que deux ou trois fois au plus, sous une certaine lumière, grâce à certain cocktail de parfums dans l'air — une fois, dans un cas désespéré impliquant une pâle petite Espagnole, fille d'un aristocrate à la mâchoire carrée, et une autre fois — *mais je divague**.

Bien sûr, il me fallait toujours être sur mes gardes, pleinement conscient, dans ma clairvoyante jalousie, du danger que représentaient ces divertissements éblouissants. Il suffisait que je me détourne un instant — pour faire quelques pas par exemple le matin et aller vérifier si notre bungalow était enfin prêt après qu'on eut changé draps et serviettes — et en me retournant, hello Othello, je retrouvais ma rime, *les yeux perdus**, trempant et battant dans l'eau ses pieds aux longs orteils tout en se prélassant sur le bord en pierre, flanquée de chaque côté d'un *brun adolescent** accroupi qui, pendant des mois, n'allait pas cesser de *se tordre** — ô Baudelaire ! — en rêves récurrents en songeant à la beauté fauve de Lolita et au vif-argent scintillant au creux de son ventre de bébé.

J'essayai de lui apprendre à jouer au tennis afin que nous puissions avoir davantage de loisirs en commun ; mais, bien que j'eusse été un bon joueur dans ma prime jeunesse, je me révélai inepte en tant qu'instructeur ; si bien qu'en Californie je lui fis prendre un certain nombre de leçons fort coûteuses avec un entraîneur réputé, un vieux type baraqué et tout ridé, entouré d'un harem de ramasseurs de balles ; en dehors du court, il avait l'air d'une véritable épave humaine, mais lorsque, parfois, au cours d'une leçon, pour garder la balle en jeu, il la renvoyait à son élève d'un coup de raquette vibrant, telle une exquise fleur de printemps, cette délicatesse divine d'absolu pouvoir me rappelait que, trente ans plus tôt, je l'avais vu à Cannes battre le grand Gobbert à plates coutures ! Avant qu'elle ne commence à prendre ces leçons, je pensais qu'elle n'apprendrait jamais à jouer. Sur le court de tel ou tel hôtel, j'entraînais Lo et essayais de revivre l'époque où, dans une bourrasque brûlante, une poussière aveuglante et une lassitude étrange, je lançais balle après balle à la gaie, l'innocente, l'élégante Annabel (reflet de bracelet, jupe blanche plissée, ruban de velours dans les cheveux). Chaque conseil que je persistais à prodiguer à Lo ne faisait qu'accroître sa fureur maussade. Bizarrement, elle préférait, plutôt que de jouer avec moi — du moins jusqu'à notre arrivée en Californie —, faire des parties de baballe désordonnées — courir après la balle au lieu de jouer vraiment — avec une fille de son âge fluette, faible, fabuleusement jolie, dans le style *ange gauche**. Spectateur plein de sollicitude, je m'approchais de l'autre enfant et humais son discret parfum musqué tout en lui touchant l'avant-bras, en prenant son poignet noueux et en poussant sa cuisse fraîche dans un sens ou dans l'autre afin de lui montrer la bonne position pour le revers. Pendant ce temps, Lo, penchée en avant, laissait retomber ses boucles brunes gorgées de soleil, fichant sa raquette dans le sol tel un infirme sa canne, et elle protestait contre mon intrusion en poussant un pouah de dégoût. Je les abandonnais à leur partie et, un foulard de soie noué autour du cou, continuais de regarder, comparant leurs corps en mouvement ; cela se passait en Arizona, je crois — et les jours étaient ouatés d'une chaleur paresseuse, et la maladroite Lo tentait de smasher la balle, la loupait, jurait, envoyait un simulacre de service en plein dans le filet, et montrait le juvénile duvet humide et luisant de son aisselle tandis qu'elle brandissait sa raquette de désespoir, et sa partenaire, plus godiche encore, se précipitait diligemment vers chacune des balles sans en rattraper aucune ; mais toutes les deux s'amusaient comme des folles et annonçaient chaque fois de leurs voix claires et sonores le score exact de leurs inepties.

Un jour, je me souviens, ayant proposé de leur apporter des boissons fraîches de l'hôtel, je remontai le sentier couvert de gravier puis revins avec deux grands verres remplis de jus d'ananas, de glace et d'eau gazeuse ; et soudain, voyant que le court de tennis était désert, une brusque sensation de vide dans ma poitrine me cloua sur place. Je me penchai pour poser les verres sur un banc et, Dieu sait pourquoi, je vis, avec une sorte de netteté glacée, le visage de Charlotte figé dans la mort, et je regardai autour de moi et aperçus Lo en short blanc qui s'éloignait à travers les ombres mouchetées d'une allée de jardin en compagnie d'un grand type qui portait deux raquettes de tennis. Je me lançai à leur poursuite, mais, tandis que je me frayais péniblement un chemin entre les massifs d'arbustes, je vis Lo, dans une vision alternée comme si le cours de la vie bifurquait constamment, vêtue d'un pantalon, et sa compagne, en short, qui faisaient laborieusement les cent pas sur un petit espace envahi de mauvaises herbes et battaient paresseusement les buissons avec leurs raquettes, à la recherche de leur dernière balle perdue.

Si je dresse l'inventaire de ces petits riens enso-
leillés, c'est surtout pour prouver à mes juges que je
fis tout ce qui était en mon pouvoir pour donner à
ma Lolita du très bon temps. Comme c'était charmant
de la voir, elle, une enfant, montrer à une autre enfant
quelques-uns de ses rares talents, comme par exemple
cette technique très spéciale de sauter à la corde. Sa
main droite tenant son bras gauche derrière son dos
privé de bronzage, la nymphette subalterne, une adorable gamine diaphane, écarquillait des yeux à l'instar
du soleil paonnant qui était tout yeux sur le gravier
sous les arbres en fleur, tandis qu'au milieu de ce
paradis ocellé, ma petite polissonne couverte de taches
de son sautait, répétait les gestes de tant d'autres filles
que j'avais contemplées avec jubilation sur les trottoirs et les remparts de l'antique Europe irradiés de
soleil, copieusement arrosés et fleurant l'humidité.
Bientôt, elle rendait la corde à sa petite amie espagnole et la regardait à son tour répéter la leçon, relevant ses cheveux sur son front, bras croisés, et posant
le bout d'un pied sur les orteils de l'autre, ou laissant pendre ses mains le long de ses hanches encore
étroites, et je m'assurais que le satané personnel avait
enfin achevé de faire le ménage de notre cottage ;
sur ce, lançant un sourire à la timide et brune petite
demoiselle d'honneur de ma princesse et plongeant
par-derrière mes doigts paternels dans les profondeurs
des cheveux de Lo, puis les serrant gentiment mais
fermement autour de sa nuque, je conduisais ma rétive
dulcinée à notre petit home pour une brève union
avant le dîner.

« Quel chat vous a griffé, pauvre de vous ? » me demandait parfois à l'« auberge », au cours d'un dîner convivial qui allait être suivi d'une soirée dansante promise à Lo, une jolie femme dans la fleur de l'âge et bien en chair appartenant à cette catégorie de femmes repoussantes qui me trouvaient particulièrement séduisant. C'était une des raisons pour lesquelles j'essayais de me tenir autant que possible à l'écart de la foule, tandis que Lo, de son côté, faisait tout ce qui était en son pouvoir pour attirer dans son orbite autant de témoins potentiels qu'elle pouvait.

Elle se mettait, métaphoriquement parlant, à agiter sa petite queue, tout son popotin en fait comme font les petites chiennes — tandis que quelque inconnu souriant béatement nous accostait et amorçait joyeusement la conversation par une étude comparée des plaques d'immatriculation. « Vous êtes loin de chez vous ! » Des parents curieux, essayant de tirer les vers du nez à Lo à mon sujet, lui suggéraient d'aller au cinéma avec leurs enfants. Nous l'avons échappé belle parfois. L'incident de la cataracte me poursuivit bien sûr dans tous nos caravansérails. Mais je ne m'étais pas rendu compte de la minceur gaufrée de leur substance murale jusqu'à un certain soir où, après que j'eus aimé trop bruyamment, le toussotement viril d'un voisin emplit le silence aussi clairement que l'eût fait le mien ; et le lendemain matin, tandis que je prenais mon petit déjeuner au milk-bar (Lo était une lève-tard, et j'aimais lui apporter un pot de café bien chaud au lit), mon voisin de la veille, un vieil imbécile portant des lunettes vulgaires sur son long nez vertueux et le badge

de quelque congrès à son revers, s'arrangea bizarrement pour entamer avec moi une conversation au cours
de laquelle il demanda si ma bourgeoise rechignait
comme la sienne à se lever le matin quand elle n'était
pas à la ferme ; si je n'avais pas été à demi suffoqué
par la pensée du hideux danger que je frôlais, j'eusse
été transporté de joie en voyant l'étrange mine surprise
sur son visage hâlé avec cette bouche lippue lorsque
je répondis sèchement, en me laissant glisser de mon
tabouret, que, Dieu merci, j'étais veuf.

C'était un tel délice d'apporter ce café à Lo, puis
de le lui refuser jusqu'à ce qu'elle eût accompli son
devoir du matin. Et j'étais un ami si prévenant, un
père si passionné, un si bon pédiatre, attentif à tous les
besoins du corps de ma petite brunette auburn ! Mon
seul grief contre la nature était de ne pouvoir retourner
Lolita comme un gant et plaquer mes lèvres voraces
contre sa jeune matrice, son cœur inconnu, son foie
nacré, les raisins de mer de ses poumons, ses deux
jolis reins. Certains après-midi particulièrement tropi-
caux, dans la moite intimité de la sieste, j'aimais le
frais contact d'un fauteuil en cuir contre mon opulente
nudité pendant que je la prenais sur mes genoux. Elle
se tenait assise là, une gosse tout à fait ordinaire en
train de se gratter le nez, plongée dans la lecture des
rubriques les plus prosaïques d'un journal, aussi indifférente à mon extase que si elle eût été assise sur
quelque objet quelconque, une chaussure, une poupée,
la poignée d'une raquette de tennis, qu'elle eût été
trop indolente pour enlever. Ses yeux suivaient, sur les
bandes dessinées, les aventures de ses personnages

favoris : il y avait une minette débraillée mais bien croquée avec des pommettes saillantes et des gestes anguleux, qu'il m'arrivait aussi d'apprécier moi-même ; elle aimait aussi examiner les résultats photographiques de collisions frontales ; elle ne doutait pas un seul instant de la réalité spatiale, temporelle, circonstancielle censée correspondre aux images publicitaires des pin-up aux cuisses nues ; et elle était étrangement fascinée par les photographies des mariées du cru, en grande tenue de cérémonie, bouquets à la main et lunettes sur le nez.

Une mouche se posait et rampait dans le voisinage de son nombril ou explorait ses tendres et pâles aréoles. Elle essayait de l'attraper dans le creux de sa main (la méthode de Charlotte) puis passait à la rubrique Explorons votre esprit.

« Explorons votre esprit. Ne pensez-vous pas que les crimes sexuels diminueraient si les enfants se soumettaient à quelques interdits ? Interdit de jouer autour des toilettes publiques. Interdit d'accepter des bonbons et de monter en voiture avec des inconnus. Si on vous prend en voiture, notez le numéro d'immatriculation.

— ... et la marque des bonbons », me hasardai-je à ajouter.

Elle poursuivit, sa joue (fuyante) contre la mienne (pressante) ; et encore, notez-le bien, ô lecteur, c'était là un bon jour !

« Si vous n'avez pas de crayon mais êtes en âge de lire...

— Nous, citai-je facétieusement, mariniers médiévaux, avons placé dans cette bouteille...

294

— Si, répéta-t-elle, vous n'avez pas de crayon mais êtes en âge de lire et d'écrire — c'est bien ce que ce type veut dire, non, espèce d'imbécile — arrangez-vous pour graver le numéro sur le bord de la route.

— Avec tes petites griffes, Lolita. »

3

Elle était entrée dans mon univers, mon Humberland d'ombre et de jais, avec une curiosité imprudente ; elle l'examina avec un haussement d'épaules qui trahissait un dégoût amusé ; et il me semblait maintenant qu'elle était prête à s'en détourner avec un sentiment frisant tout simplement la répulsion. Pas une seule fois elle ne vibra sous mes caresses, et un strident « qu'est-ce qui te prend ? » était tout ce que je récoltais pour ma peine. Au pays des merveilles que j'avais à lui offrir, ma petite sotte préférait les films les plus fades, les sucreries les plus écœurantes. Dire qu'entre un Hamburger et un Humburger elle optait — invariablement, avec une précision glacée — pour le premier. Il n'y a rien de plus atrocement cruel qu'une enfant adorée. Est-ce que j'ai mentionné le nom de ce milk-bar que je viens de visiter à l'instant ? C'était, je vous le donne en mille, La Reine Frigide. Avec un sourire un peu triste, je la surnommai Ma Frigide Princesse. Elle ne remarqua pas la plaisanterie désabusée.

Ô, lecteur, ne me regardez pas de cet air outré, je ne cherche aucunement à vous donner l'impression que je ne parvins pas à être heureux. Le lecteur doit comprendre que le voyageur enchanté, maître et esclave d'une nymphette, se situe, pour ainsi dire, au-delà du bonheur. Car il n'existe pas sur terre de félicité plus grande que de caresser une nymphette. C'est une félicité, incomparable *hors concours**, qui appartient à une autre classe, à un autre niveau de sensibilité. En dépit de nos querelles, malgré son humeur acariâtre, malgré aussi toutes les histoires et les grimaces qu'elle faisait, ou encore la vulgarité, le danger, l'horrible désespoir liés à tout cela, je demeurais profondément enraciné dans mon paradis d'élection — un paradis dont les ciels avaient la couleur des flammes de l'enfer — mais qui n'en demeurait pas moins un paradis.

Le talentueux psychiatre qui étudie mon cas — et que le docteur Humbert a désormais plongé, j'en suis convaincu, dans un état de fascination léporine — a sans doute hâte de me voir emmener ma Lolita au bord de la mer afin d'y trouver enfin la « gratification » du désir de toute une vie, et la délivrance de cette obsession « subconsciente » due à une idylle enfantine inachevée avec l'initiale petite Miss Lee.

Eh bien, camarade, permettez-moi de vous dire que j'ai effectivement cherché une plage, mais je dois aussi avouer qu'au moment où nous atteignîmes son mirage d'eau grise, ma compagne de voyage m'avait déjà accordé tant de délices que la quête d'un Royaume au Bord de la Mer, d'une Côte d'Azur Sublimée, ou je ne sais quoi encore, loin d'être un impératif de l'inconscient, s'était muée en fait en une recherche rationnelle d'un frisson purement théorique. Les anges le savaient et arrangèrent les choses en conséquence. Une visite à une crique plausible sur la côte atlantique fut totalement gâchée par un temps infect. Un ciel épais et mouillé, des vagues boueuses, l'impression d'être entouré par une brume infinie mais étrangement prosaïque — quoi de plus opposé à ce charme piquant, à cette opportunité de saphir et à cette contingence aguichante qui avaient caractérisé mon idylle de la Côte d'Azur ? Les quelques plages semi-tropicales du golfe du Mexique que nous connûmes, bien qu'étincelantes à souhait, étaient étoilées et éclaboussées de bestioles venimeuses et balayées par des ouragans. Finalement, sur une plage californienne, face au spectre du Pacifique, je découvris un brin d'intimité perverse dans une sorte de grotte d'où l'on pouvait entendre les cris d'un groupe de girl-scouts en train de prendre leur premier bain dans les vagues sur une autre partie de la plage, derrière des arbres pourrissants ; mais le brouillard était aussi glacé qu'une couverture humide, et le sable était graveleux et collant, et Lo avait la chair de poule et était toute couverte de sable, et pour la première fois de ma vie j'éprouvai aussi peu de désir pour elle que pour un lamantin. Mes doctes lecteurs vont peut-être reprendre courage si je leur dis que même si nous avions découvert quelque part un coin sympathique au bord de la mer, c'eût été trop tard, car ma vraie libération était survenue bien plus tôt : au moment précis, en fait, où Annabel Haze, alias Dolores Lee, alias Loliita, m'était apparue, brune et dorée, à genoux, les yeux levés, sur cette misérable véranda, dans un cadre balnéaire quelque peu fictif, déloyal, mais éminemment gratifiant (bien qu'il n'y eût rien d'autre qu'un lac insignifiant dans les environs).

Voilà pour ce qui est de ces sensations particulières, influencées, sinon occasionnées en fait, par les préceptes de la psychiatrie moderne. En conséquence de quoi, je me tins à l'écart — je maintins ma Lolita à l'écart — des plages qui étaient ou trop désolées lorsqu'elles étaient désertes, ou trop populeuses lorsqu'elles étaient embrasées. Cependant, en souvenir, j'imagine, de l'époque où je hantais sans espoir les parcs publics d'Europe, je demeurais toujours vivement intéressé par les activités de plein air et désireux de trouver des terrains de jeu adéquats à l'air libre là même où j'avais enduré de si honteuses privations. Une fois de plus, j'allais être frustré. La déconvenue que je dois évoquer maintenant (tandis que je transforme imperceptiblement mon récit en une évocation de la terreur et du risque continuels qui rongeaient ma félicité) ne devrait en aucune façon entacher les mérites des grands espaces lyriques, épiques, tragiques mais jamais arcadiens de l'Amérique. Ils sont beaux, d'une beauté déchirante, ces grands espaces, gardant cet air d'abandon extatique, candide, jamais encore glorifié, que mes villages suisses laqués, brillants comme des jouets, et mes Alpes chantées à l'envi ne possèdent plus. D'innombrables amoureux se sont enlacés et baisés sur le gazon bien tondu des montagnes du vieux continent, sur la mousse rembourrée, au bord d'un ru hygiénique tout proche, sur des bancs rustiques sous les chênes lardés d'initiales, et à l'abri de tant et tant de *cabanes** dans autant de forêts de hêtres. Mais dans les étendues sauvages de l'Amérique, l'amateur d'idylles au grand air aura bien de la peine à se livrer au plus ancien des crimes et des passe-temps. Les plantes venimeuses brûlent les fesses de votre bien-aimée, des insectes anonymes piquent les vôtres ; des choses pointues sur le sol de la forêt lardent vos genoux, des insectes les siens ; et partout alentour rôde sans fin le bruissement d'éventuels serpents — *que dis-je**, de dragons à demi disparus ! — tandis que les graines de fleurs féroces s'accrochent comme des crabes à la chaussette noire retenue par son élastique aussi bien qu'à la socquette blanche en accordéon.

J'exagère un peu. Un jour d'été, à midi, juste en dessous de la limite des arbres, dans un endroit où des fleurs aux couleurs célestes, que je serais tenté d'appe-ler des pieds-d'alouette, poussaient par milliers le long d'un gazouillant ruisseau de montagne, nous par-vînmes à trouver, Lolita et moi, un coin romantique et isolé, une trentaine de mètres au-dessus du col où nous avions laissé notre voiture. La pente semblait ne pas avoir été piétinée par qui que ce soit. Un ultime pin haletant faisait une pause bien méritée sur le rocher qu'il avait atteint. Une marmotte poussa un sifflement hostile à notre adresse et se retira. Sous le plaid que j'avais déployé pour Lo, des fleurs séchées crépitaient doucement. Vénus vint et s'en fut. La falaise déchi-quetée surplombant la partie supérieure de l'éboulis ainsi qu'un enchevêtrement d'arbustes qui croissaient en dessous de nous semblaient nous protéger à la fois du soleil et de l'homme. Hélas, je n'avais pas tenu compte d'un discret sentier de traverse qui montait vicieusement en zigzag parmi les arbustes et les rochers à quelques pas de nous.

Jamais nous ne fûmes aussi près d'être découverts, et on ne s'étonnera pas que cette expérience ait refréné à jamais mes ardeurs envers les amours champêtres.

Je me souviens que l'opération était terminée, bien terminée, et qu'elle pleurait dans mes bras — une tempête de sanglots salutaire après l'un de ces accès de mauvaise humeur devenus si fréquents chez elle au cours de cette année, par ailleurs admirable ! Je venais d'annuler quelque stupide promesse qu'elle m'avait forcé à faire en un moment de passion aveugle et impatiente, et elle était allongée là de tout son long en train de sangloter, de pincer ma main caressante, et, moi, je riais de bonheur, et l'horreur atroce, incroyable, insupportable, et j'imagine éternelle, que j'éprouve maintenant n'était encore qu'un point de jais dans le saphir de ma félicité ; nous étions donc ainsi allongés, lorsque, glacé par un de ces chocs soudains qui ont fini par faire sortir de son sillon mon pauvre cœur, je croisai les regards sombres et impassibles de deux enfants étranges et gracieux, faunelet et nymphette, que leur chevelure brune et aplatie et leurs joues blêmes proclamaient être frère et sœur, sinon jumeaux. Ils étaient là accroupis à nous regarder bouche bée, vêtus tous les deux d'une tenue de sport bleue, se fondant parmi les fleurs de montagne. Je tirai sur le plaid en un effort désespéré pour nous cacher — et au même instant, au milieu du sous-bois à quelques pas de là, une chose qui ressemblait à un immense ballon de plage à pois entama un mouvement tournant qui se transforma bientôt en la silhouette d'une dame corpulente aux cheveux fuligineux et courts qui se redressait peu à peu et qui, d'un geste mécanique, ajouta un lis sauvage à son bouquet, tout en nous dévisageant pardessus son épaule, par-delà ses charmants enfants de cobalt ciselé.

Maintenant que j'ai sur la conscience une sale affaire bien différente, je sais que je suis un homme courageux, mais à l'époque je n'en avais pas encore conscience, et je me rappelle avoir été surpris par mon propre sang-froid. Chuchotant un ordre placide comme on en adresse même dans les pires situations à un animal dressé, servile, affolé et taché de sueur (quel fol espoir ou folle haine fait palpiter les flancs du jeune fauve, quelles étoiles noires transpercent le cœur du dompteur !), je demandai à Lo de se relever et nous repartîmes d'un pas digne, puis dégringolâmes sans dignité aucune jusqu'à notre voiture. Un break pimpant était garé derrière, et un séduisant Assyrien avec une barbichette aux reflets noirs et bleus, *un monsieur très bien**, en chemise de soie et en pantalon magenta, le mari de la corpulente botaniste vraisemblablement, était en train de photographier gravement la pancarte indiquant l'altitude du col. Celle-ci dépassait aisément les trois mille mètres et j'étais tout essoufflé ; crissant et dérapant, nous démarrâmes en trombe, tandis que Lo se débattait toujours avec ses vêtements et m'injuriait en des termes que jamais je n'aurais imaginé que des petites filles pouvaient connaître, et encore moins utiliser.

Survinrent encore d'autres incidents désagréables. Il y eut, par exemple, l'épisode du cinéma, un jour. À l'époque, Lo vouait encore au cinéma une véritable passion (qui allait dégénérer en une tiédeur condescendante au cours de sa seconde année d'école secondaire). Nous vîmes, voluptueusement et sans discernement, oh, je ne sais pas, cent cinquante à deux cents programmes au cours de cette seule année, et pendant quelques-unes de nos périodes d'engouement cinématographique les plus denses il nous arriva souvent de voir des actualités jusqu'à une demi-douzaine de fois, car la même semaine elles accompagnaient des films différents, nous poursuivant ainsi de ville en ville. Les genres de films que préférait Lo étaient, dans l'ordre : les comédies musicales, les films policiers, les westerns. Dans les premiers, de vrais chanteurs et de vrais danseurs faisaient sur scène des carrières irréelles dans un univers hermétique pour l'essentiel à tout chagrin et d'où étaient bannies la mort et la vérité ; dans la scène finale, le père de la fille entichée de music-hall, cheveux blancs, larme à l'œil, techniquement immortel, oubliant sa réticence initiale, finissait toujours par applaudir l'apothéose de sa progéniture sur cette légendaire Broadway. Le monde du crime était un monde à part : là, des journalistes héroïques étaient torturés, les factures de téléphone se chiffraient en milliards, et des flics pathologiquement intrépides (j'allais leur donner moins de peine) mais d'une remarquable incompétence en tant que tireurs, pourchassaient les membres de la pègre à travers égouts et entrepôts. Enfin, il y avait le paysage acajou, les dresseurs de chevaux au visage rubicond et aux yeux bleus, la jolie institutrice collet monté arrivant à Roaring Gulch, le cheval qui se cabre, la spectaculaire débâcle du bétail, le revolver qu'on pointe à travers la vitre fracassée, le fantastique pugilat, la montagne de meubles poussiéreux et démodés qui s'effondre, la table qu'on utilise comme une arme, la voltige opportune, la main clouée au sol cherchant encore à tâtons le poignard tombé par terre, le grogne-ment, le délicieux craquement du poing contre un men-ton, le coup de pied dans le ventre, le plaquage de haut vol ; et aussitôt après une pléthore de souffrances qui eût expédié Hercule à l'hôpital (j'en sais quelque chose maintenant), mais nulle autre trace qu'une ecchymose plutôt seyante sur la joue bronzée du héros à présent émoustillé enlaçant sa superbe mariée du Far West. Je me souviens d'une matinée dans un petit cinéma étouf-fant bourré d'enfants et empuanti par les exhalaisons chaudes du pop-corn. Une lune jaune luisait au-dessus du chanteur de charme qui, foulard autour du cou, doigt sur sa corde de guitare, avait le pied posé sur une bûche de pin, et j'avais innocemment enlacé l'épaule de Lo et approché mon maxillaire de sa tempe lorsque deux harpies derrière nous se mirent à marmonner des choses des plus insolites — je ne sais pas si j'avais très bien compris, mais ce que je crus comprendre m'incita à retirer ma main affectueuse, et, bien sûr, le reste du spectacle ne fut pour moi que brouillard.

Je me souviens d'un autre choc, associé dans mon souvenir à une petite bourgade que nous traversions un soir, sur le chemin du retour. Une trentaine de kilomètres plus tôt, j'avais eu le malheur de dire à Lo que l'établissement où elle allait aller en tant qu'externe à Beardsley était une école très chic et non mixte, imperméable à toutes les inepties modernes, sur quoi Lo m'avait gratifié d'une de ces furieuses harangues dont elle avait le secret et où se mêlaient supplication et insulte, affirmation péremptoire et double discours, grossièreté brutale et désespoir puéril, dans une parodie de logique exaspérante qui m'obligeait à fournir une parodie d'explication. Pris au piège de ses vociférations (Cause toujours... Je serais une cruche si je te prenais au sérieux... Sale type... Pas d'ordres à recevoir de toi... Je te méprise... et ainsi de suite), je traversai la ville endormie à quatre-vingts à l'heure, maintenant l'allure limpide et susurrante que j'avais sur la grand-route, et deux agents de police braquèrent leur projecteur sur la voiture et me dirent de me garer. Je fis taire Lo qui continuait de déblatérer sans pouvoir s'arrêter. Les deux hommes nous dévisagèrent elle et moi avec une curiosité malveillante. Soudain, arborant ses multiples fossettes, elle leur adressa un sourire radieux comme jamais elle n'en adressait à mon orchidienne masculinité ; car, en un sens, ma petite Lo avait encore plus peur que moi de la loi — et après que les aimables agents nous eurent absous et que nous fûmes repartis en roulant servilement à petite vitesse, elle ferma les yeux et battit des paupières feignant un mol abattement.

Ici, j'ai un étrange aveu à faire. Vous allez rire — mais, je vous assure, je ne parvins jamais à savoir exactement quelle était la situation sur le plan légal.

Je ne le sais toujours pas. Oh, j'ai réussi à glaner quelques détails ici et là. L'Alabama interdit à un tuteur de changer le lieu de résidence de son ou de sa pupille sans une ordonnance du tribunal ; le Minnesota, à qui je tire mon chapeau, stipule que lorsqu'un parent assume la responsabilité et la garde d'un enfant âgé de moins de quatorze ans, les autorités judiciaires ne s'en mêlent pas. Question : le beau-père d'une gamine pubescente et d'une ensorceleuse beauté, beau-père en titre depuis un mois seulement, veuf névrosé d'âge mûr et de fortune modeste mais indépendante, traînant derrière lui les garde-fous de l'Europe, un divorce et quelques asiles d'aliénés, peut-il être considéré comme un proche parent et partant comme un tuteur naturel ? Et dans le cas contraire, devais-je, pouvais-je raisonnablement prendre le risque d'informer quelque bureau de l'Assistance publique et présenter une requête (comment présente-t-on une requête ?) et laisser un agent du tribunal enquêter sur mon humble et douteuse personne et sur la dangereuse Dolores Haze ? Les nombreux livres sur le mariage, le viol, l'adoption, et cætera, que je consultai d'un œil coupable dans les bibliothèques municipales de tout un tas de villes, grandes et petites, ne m'apprirent rien mais ils insinuaient de manière troublante que l'État est le tuteur ultime des enfants mineurs. Dans un volume impressionnant traitant de l'aspect juridique du mariage, Pilvin et Zapel, si je me souviens bien de leurs noms, ne considéraient absolument pas le cas du beau-père ayant sur les bras et les genoux une fille orpheline de mère. Mon alliée le plus fiable, une monographie sur l'assis-

305

tance sociale (Chicago, 1936), qu'une innocente vieille demoiselle exhuma pour moi à grand-peine des profondeurs d'une réserve poussiéreuse, disait : « Aucun principe n'exige que tout mineur doive avoir un tuteur ; le tribunal est passif et il entre en lice lorsque la situation de l'enfant devient manifestement périlleuse. » J'en conclus donc que le tuteur n'était nommé que lorsqu'il en exprimait solennellement et formellement le désir ; mais il pouvait s'écouler des mois avant qu'on lui notifiât l'ordre de comparaître devant le tribunal et de déployer ses ailes grises, et, dans l'intervalle, la belle enfant démoniaque était livrée à elle-même, ce qui, après tout, était le cas de Dolores Haze. Venait alors la comparution. Quelques questions du magistrat, quelques réponses rassurantes de l'avocat, un sourire, un acquiescement, une bruine légère dehors, et la tutelle était prononcée. Et pourtant je n'osais pas. Ne t'approche pas, fais le mort, recroqueville-toi dans ton trou. Les tribunaux n'affichaient un zèle intempestif que lorsque quelque litige financier était en jeu : deux tuteurs gourmands, une orpheline spoliée, une tierce personne encore plus gourmande. Mais ici tout était parfaitement en ordre, un inventaire avait été dressé et les modestes biens de la mère attendaient, intacts, que Dolores Haze grandisse. La meilleure politique semblait être de m'abstenir de toute démarche. Mais si je faisais trop le mort, quelque trouble-fête, quelque société charitable ne risquaient-ils pas de s'en mêler ?

L'ami Farlow, qui se piquait d'être avocat et aurait dû être en mesure de me donner quelque solide conseil, était trop pris par le cancer de Jane pour faire plus que ce qu'il avait promis de faire — à savoir, s'occuper des maigres biens de Charlotte tandis que je me remettais très lentement du choc de sa mort. Je l'avais tant et si bien convaincu que Dolores était mon enfant naturelle que je n'avais pas à craindre qu'il se fasse de la bile à propos de cette situation. Comme le lecteur n'a pu manquer de s'en rendre compte, je suis un piètre homme d'affaires ; mais ni l'ignorance ni l'indolence n'auraient dû m'empêcher de solliciter ailleurs les conseils de professionnels. Ce qui me retint, ce fut l'affreux sentiment que si je taquinais le destin si peu que ce fût et tentais de rationaliser le don fantastique de Lo, ce don allait brusquement m'être confisqué tel ce palais en haut d'une montagne qui, dans ce conte oriental, disparaissait chaque fois qu'un acquéreur potentiel demandait à son gardien pourquoi, le soir, on apercevait nettement de loin une bande de soleil entre le rocher noir et les fondations.

Je me dis qu'à Beardsley (la ville où se trouvait l'université de jeunes filles de Beardsley) j'aurais accès à des ouvrages de référence que je n'avais pas encore pu étudier, tels que le traité de Woerner *Sur le code de tutelle aux États-Unis* et certaines publications du Bureau fédéral pour la Protection de l'Enfant. Je décidai aussi que, pour Lo, tout était préférable à l'oisiveté débilitante dans laquelle elle vivait. Je pouvais la convaincre de faire un certain nombre de choses — dont la liste risquerait bien de stupéfier un éducateur professionnel ; mais j'avais beau supplier et m'emporter, j'étais incapable de lui faire lire d'autres livres que ces satanés albums de bandes dessinées ou ces histoires dans les magazines féminins américains. Toute prose un tantinet plus élevée tenait pour elle du pensum scolaire, et bien qu'elle fût théoriquement disposée à apprécier *La fille des steppes* ou *Les Mille et Une Nuits* ou encore *Petites femmes*, elle ne tenait absolument pas à gâcher ses « vacances » à lire des livres aussi intellectuels.

J'estime aujourd'hui que ce fut une grave erreur de repartir vers l'est et de l'envoyer dans cette école privée de Beardsley, au lieu de franchir la frontière mexicaine alors qu'il en était encore temps, de se faire tout petits pendant quelques années et de jouir d'une félicité subtropicale jusqu'à ce que je puisse épouser en toute tranquillité ma petite créole, car je dois avouer que, selon l'état de mes glandes et de mes ganglions, je pouvais, dans une même journée, passer d'un extrême de folie à l'autre — de la pensée que vers 1950 j'allais devoir me défaire d'une façon ou d'une autre d'une adolescente difficile dont la magie nymphitique se serait évaporée — à la pensée que je parviendrais peut-être en définitive, la patience et la chance aidant, à lui faire procréer une nymphette, une Lolita II, qui aurait mon sang dans ses veines délicates et n'aurait que huit à neuf ans vers 1960, alors que je serais encore *dans la force de l'âge** ; en fait, la télescopie de ma conscience ou de mon inconscience était assez puissante pour me permettre de distinguer à l'horizon du temps un *vieillard encore vert** — ou était-ce une pourriture verte ? — un docteur Humbert excentrique, tendre, salivant, exerçant sur une Lolita III suprêmement adorable l'art d'être grand-père.

308

À l'époque de ce frénétique voyage, je ne doutais pas un seul instant d'avoir lamentablement échoué en tant que père de Lolita I. Je fis de mon mieux ; je lus et relus un livre dont le titre avait une connotation involontairement biblique, *Know Your Own Daughter*[1], que j'avais trouvé dans le magasin même où j'avais acheté à Lo, pour son treizième anniversaire, un exemplaire de luxe avec des illustrations « ravissantes », commercialement parlant, de *La petite sirène* d'Andersen. Mais même dans nos meilleurs moments, lorsque, par un jour pluvieux, nous étions assis en train de lire (le regard de Lo allant et venant entre la fenêtre et sa montre-bracelet), ou que nous prenions un paisible mais solide repas dans un café-restaurant plein de monde, ou jouions à un jeu de cartes puéril, ou allions faire des emplettes, ou regardions silencieusement, en compagnie d'autres automobilistes et de leurs enfants, quelque voiture éventrée et maculée de sang, et le soulier d'une jeune femme dans le fossé (Lo, comme nous poursuivions notre route : « C'était exactement le type de mocassins que j'essayais de décrire à cet abruti dans le magasin ») ; dans toutes ces circonstances fortuites, j'avais l'impression d'être aussi peu plausible en tant que père qu'elle l'était en tant que fille. Notre odyssée coupable avait-elle pour effet d'altérer nos talents d'imitateurs ? Un domicile fixe et la discipline quotidienne de l'école allaient-ils provoquer automatiquement une amélioration ?

En choisissant Beardsley, je fus guidé non seulement par le fait qu'il y avait là une école de filles relative-

---

1. *Connaissez votre propre fille*, littéralement.

ment convenable, mais aussi par la présence de l'université de jeunes filles. Dans mon désir de me *caser**, de me fixer à quelque surface bigarrée où pourraient se fondre mes rayures, je songeai à un homme que je connaissais dans le département de français de l'université de Beardsley ; il avait la bonté d'utiliser mon manuel dans ses cours et avait essayé une fois de me faire venir pour donner une conférence. Je n'avais aucune intention de céder à ses invites, car, ainsi que je l'ai indiqué quelque part au cours de ces confessions, il y a peu de physiques que je déteste autant que le pelvis lourd et affaissé, les mollets épais et le teint déplorable de l'étudiante ordinaire (en qui je vois, peut-être, le cercueil de la chair féminine grossière dans lequel mes nymphettes sont enterrées vivantes) ; mais je désirais ardemment acquérir un label, un milieu et un simulacre, et d'ailleurs, comme on va le voir clairement bientôt, il y avait une raison particulière, plutôt bouffonne, qui me poussait à considérer la compagnie du vieux Gaston Godin comme une protection des plus sûres.

Il y avait enfin la question financière. Mon revenu se lézardait sous la pression de notre joyeuse odyssée. Certes, je m'en tenais aux motels les moins chers ; mais, de temps à autre, un hôtel au luxe tapageur, ou un ranch de vacances prétentieux venait mutiler notre budget ; par ailleurs, il fallut dépenser des sommes ahurissantes en excursions et en vêtements pour Lo, et le vieux tacot des Haze, quoique encore vigoureux et d'un dévouement sans pareil, nécessitait sans cesse des réparations, majeures et mineures. Dans l'une de nos cartes routières, qui, par je ne sais quel hasard, a survécu parmi les papiers que les autorités m'ont si gentiment permis d'utiliser pour rédiger ma déposition, je retrouve quelques notes griffonnées qui me permettent de faire le bilan financier suivant. Au cours de cette extravagante année 1947-1948, d'un mois d'août à l'autre, l'hébergement et la nourriture nous coûtèrent environ 5 500 dollars ; l'essence, l'huile et les réparations, 1 234 dollars, et divers extras encore presque autant ; de sorte que, pendant les 150 jours environ de déplacements effectifs (nous couvrîmes près de 43 000 km !) auxquels il faut ajouter quelque 200 jours de haltes interpolées, ce modeste *rentier** dépensa environ 8 000 dollars, ou disons plutôt 10 000 car, étant donné mon manque d'esprit pratique, j'ai sûrement oublié un certain nombre de choses.

Ainsi donc nous revînmes vers l'est, moi plus harassé que ragaillardi par la satisfaction de ma passion, et elle resplendissante de santé, sa guirlande bi-iliaque encore aussi ténue que celle d'un gamin, bien qu'elle eût pris cinq centimètres et quatre kilos. Nous étions allés partout. En fait, nous n'avions rien vu. Et aujourd'hui je me surprends à penser que notre long voyage n'avait fait que souiller d'une sinueuse traînée de bave ce pays immense, admirable, confiant, plein de rêves, qui, rétrospectivement, se résumait pour nous désormais à une collection de cartes écornées, de guides touristiques disloqués, de vieux pneus, et à ses sanglots la nuit — chaque nuit, chaque nuit — dès l'instant où je feignais de dormir.

4

Lorsque, à travers le décor de lumière et d'ombre, nous débarquâmes au 14 Thayer Street, un petit garçon à la mine grave nous attendait avec les clés et un message de Gaston qui avait loué la maison pour nous. Ma Lo, sans même jeter le moindre regard à son nouvel environnement, alluma mécaniquement la radio vers laquelle son instinct l'avait guidée et s'allongea sur le canapé du salon avec un tas de vieilles revues qu'elle avait déterrées avec toujours ce même flair précis et aveugle en plongeant la main dans l'anatomie inférieure d'une table lampadaire.

Le choix de notre lieu de résidence m'importait peu, du moment que je pouvais enfermer ma Lolita quelque part ; mais, dans mon échange de correspondance avec ce vague, trop vague Gaston, je m'étais vaguement imaginé, je crois, une maison en brique couverte de lierre. En fait, l'endroit avait une affligeante ressemblance avec la résidence Haze (qui n'était qu'à 640 km de là) : c'était le même genre de construction en bois terne et grise avec un toit de bardeaux et des stores en toile également ternes et verts ; et les pièces, bien que plus petites et meublées de façon plus homogène tout en peluche et en plaqué, étaient disposées pratiquement dans le même ordre. Mon bureau se révéla être, cependant, une pièce beaucoup plus grande, tapissée du sol au plafond de quelque deux mille ouvrages de chimie, science que mon propriétaire (en congé sabbatique pour le moment) enseignait à l'université de Beardsley.

J'avais espéré que l'école de jeunes filles de Beardsley, un externat fort coûteux, avec en prime le déjeuner du midi et un somptueux gymnase, saurait non seulement cultiver tous ces jeunes corps mais offrir également à leurs esprits un semblant d'éducation formelle. Gaston Godin, qui se trompait souvent dans ses jugements sur l'habitus américain, m'avait averti, par une de ces boutades qu'affectionnent les étrangers, que l'école risquait d'être une de ces institutions où les jeunes filles apprennent « non pas à épeler très bien mais à sentir très bon ». Elles ne parvenaient même pas à accomplir cela, je crois.

Lors de ma première entrevue avec Miss Pratt, la directrice, celle-ci me fit des compliments sur les « jolis yeux bleus » de mon enfant (bleue ! Lolita !) et sur l'amitié que je portais personnellement à ce « génie français » (un génie ! Gaston !) — puis, après avoir remis Dolly entre les mains de Miss Cormorant, elle plissa le front d'un air de *recueillement** et dit :

« Nous n'avons aucune envie, Mr. Humbird, de voir nos élèves devenir des rats de bibliothèque ou débiter les noms de toutes les capitales d'Europe que personne ne connaît de toute façon, ou apprendre par cœur les dates de batailles oubliées depuis longtemps. Ce qui nous intéresse, c'est d'aider l'enfant à s'adapter à la vie en société. C'est pourquoi nous mettons l'accent sur les quatre notions suivantes : le théâtre, la discussion, la danse, les rencontres. Nous sommes confrontés à certains faits. Votre exquise Dolly va bientôt entrer dans un âge où les rencontres avec les garçons, l'étiquette de ces rencontres, les vêtements qu'il faut porter, le carnet de rendez-vous, seront aussi importants pour elle que, disons, les affaires, les relations d'affaires, le succès en affaires, le sont pour vous, ou autant que l'est pour moi [sourire] le bonheur de mes filles. Dorothy Humbird est déjà impliquée dans tout un système de vie sociale qui est fait, que cela nous plaise ou non, de marchands de hot dogs, de drugstores de quartier, de milk-shakes et de cocas, de cinémas, de quadrilles, de booms nocturnes, et même de séances de coiffure ! Bien sûr, il est certaines de ces activités que nous désapprouvons à Beardsley ; et il en est d'autres que nous réorientons dans des directions plus constructives. Mais nous nous efforçons de tourner le dos au brouillard et d'affronter hardiment la lumière du soleil. Pour me résumer, tout en adoptant certaines techniques d'enseignement, nous sommes davantage intéressés par la communication que par la composition. En d'autres termes, sans vouloir faire injure à Shakespeare et à d'autres, nous tenons à ce que nos filles communiquent librement avec ce monde bien vivant qui les entoure au lieu de se plonger dans de vieux bouquins moisis. Nous tâtonnons peut-être encore, mais nous le faisons intelligemment, comme un gynécologue qui tâte une tumeur. Nous pensons en termes organismiques et organisationnels, docteur Humburg. Nous avons banni une quantité de sujets inutiles que l'on présentait traditionnellement aux jeunes filles, et qui ne laissaient aucune place, autrefois, aux connaissances, aux compétences et aux attitudes dont elles auront besoin pour organiser leurs vies et aussi — comme pourrait ajouter le cynique — celles de leurs maris. Disons les choses autrement, Mr. Humberson : la position d'une étoile est certes importante, mais l'emplacement le plus pratique pour un réfrigérateur dans une cuisine peut être plus important encore pour la ménagère en herbe. Vous n'attendez rien d'autre de l'école pour l'enfant, dites-vous, qu'une solide éducation. Mais qu'entend-on par éducation ? Autrefois, cela se bornait pour l'essentiel à un processus verbal ; en fait, un ou une enfant à qui l'on avait fait apprendre par cœur une bonne encyclopédie en savait autant sinon davantage que ce que pouvait lui enseigner une école. Vous rendez-vous compte, docteur Hummer, que pour l'enfant préadolescent d'aujourd'hui, les dates du Moyen Âge sont infiniment moins vitales que l'heure du rendez-vous du week-end [pétillement dans l'œil] ? — pour reprendre la plaisanterie que s'est permise l'autre jour la psychanalyste de l'université de Beardsley. Nous ne vivons pas seulement dans un monde intellectuel mais aussi dans un monde matériel. Les mots, s'ils ne sont pas fondés sur l'expérience, ne veulent rien dire. Qu'est-ce que Dorothy Hummerson peut bien avoir à faire de la Grèce et de l'Orient avec leurs harems et leurs esclaves ? »

Ce programme m'horrifia quelque peu, mais je m'entretins avec deux dames intelligentes qui avaient eu quelque rapport avec l'école, et elles affirmèrent que les filles faisaient pas mal de lectures sérieuses et que le refrain sur la « communication » était un baratin plus ou moins destiné à donner à l'école de Beardsley, plutôt vieux jeu, une touche moderne lucrative, bien qu'elle demeurât en fait aussi compassée qu'une crevette.

Une autre raison qui m'attirait vers cette école en particulier va sans doute sembler amusante à certains lecteurs, mais elle était très importante pour moi, car je suis ainsi fait. De l'autre côté de notre rue, juste en face de notre maison, je remarquai qu'il y avait une brèche occupée par un terrain vague envahi de mauvaises herbes avec ici et là des buissons aux couleurs vives, un tas de briques et quelques planches qui traînaient, et aussi l'écume mauve et chromée de chétives fleurs d'automne comme on en trouve au bord des routes ; et à travers cette brèche on pouvait voir un tronçon chatoyant de School Rd., parallèle à Thayer St., et, juste derrière, la cour de récréation de l'école. Outre le bien-être psychologique que cette disposition des lieux me promettait en gardant adjacentes aux miennes les activités diurnes de Dolly, j'entrevis aussitôt le plaisir que j'aurais à contempler de ma chambre-bureau, au moyen de jumelles puissantes, le pourcentage statistiquement inévitable de nymphettes parmi les autres gamines jouant autour de Dolly pendant les récréations ; malheureusement, le jour même de la rentrée scolaire, des ouvriers vinrent installer une clôture quelque part à l'intérieur de cette brèche, et en un rien de temps une construction en bois jaunâtre se dressa vicieusement derrière la clôture, masquant complètement ma perspective magique ; et dès qu'ils eurent empilé une quantité suffisante de matériaux

pour gâcher le tout, ces absurdes maçons interrom-
pirent leurs travaux pour ne plus jamais réapparaître.

5

Dans une rue portant un nom comme Thayer Street,
parmi le vert, le fauve et l'or résidentiels d'une vénérable petite ville universitaire, on pouvait être sûr
d'entendre quelques aimables voisins vous saluer d'un
glapissant bonjour. Je me félicitais de l'exacte température de mes relations avec eux : jamais impoli, toujours distant. Mon voisin côté ouest, un homme d'affaires ou un professeur d'université peut-être, ou les deux
à la fois, me parlait de temps en temps tout en coiffant
quelques fleurs de fin de saison ou en arrosant sa voiture,
ou, à une date ultérieure, en dégivrant son allée (et tant
pis si tous ces verbes sont impropres), mais mes grognements laconiques, juste assez distincts pour être inter-
prétés comme des acquiescements conventionnels ou
des questions bouche-trous, empêchaient que la familiarité ne s'installe. Des deux maisons qui flanquaient
le bout de terrain vague broussailleux de l'autre côté de
la rue, l'une était fermée et l'autre contenait deux professeurs d'anglais, Miss Lester, cheveux courts et cotte
de tweed, et Miss Fabian à la féminité fanée, dont le seul
sujet de conversation lorsqu'elles parlaient brièvement
avec moi sur le trottoir était (Dieu les bénisse pour leur
tact !) la juvénile beauté de ma fille et le charme candide

de Gaston Godin. Ma voisine côté est, de loin la plus dangereuse, était une originale au nez pointu dont le défunt frère avait été responsable des locaux et des espaces verts à l'université. Je la revois harponnant Dolly, tandis que je me tenais derrière la fenêtre du salon à attendre fébrilement le retour de l'école de ma bien-aimée. L'odieuse vieille fille, feignant de dissimuler sa curiosité morbide derrière le masque d'une suavité bien-veillante, se tenait là arc-boutée sur son frêle parapluie (la neige fondue s'était arrêtée de tomber, un soleil froid et humide venait de pointer furtivement), et Dolly, son manteau brun ouvert malgré le froid piquant, serrant contre son ventre un gros échafaudage de livres, ses genoux rosis au-dessus de ses lourdes bottes en caout-chouc, un petit sourire penaud et effarouché planant fugitivement sur son petit visage au nez retroussé, qui — en raison peut-être de la pâle lumière d'hiver — avait l'air presque banal, avec un je-ne-sais-quoi de rustique, d'allemand, de *mägleinesque*, tandis qu'elle restait là à répondre aux questions de Miss East : « Et où donc est ta maman, ma chérie ? Et quelle est la profession de ton pauvre papa ? Et où habitiez-vous avant ? » Une autre fois la répugnante créature m'accosta en me saluant d'un ton plaintif — mais je me dérobai ; et quelques jours plus tard nous reçûmes d'elle un petit mot dans une enveloppe bordée de bleu, un subtil mélange de poison et de mélasse, conviant Dolly à venir chez elle un dimanche et à se blottir dans un fauteuil pour par-courir les « monceaux de jolis livres que ma chère maman m'a donnés quand j'étais petite, plutôt que de mettre la radio à tue-tête jusqu'à des heures indues ».

Il me fallut aussi être prudent avec une certaine Mrs. Holigan, femme de ménage et cuisinière tout à la fois, dont j'avais hérité avec l'aspirateur des locataires précédents. Dolly déjeunait à l'école, ce qui m'épargnait ce souci, et j'avais acquis l'habitude de lui servir un petit déjeuner consistant et de faire réchauffer le dîner que préparait Mrs. Holigan avant de partir. Cette femme aimable et inoffensive avait, Dieu merci, l'œil un peu bouffi et ne remarquait pas les détails, et j'étais devenu très expert dans l'art de faire le lit ; néanmoins, j'étais continuellement obsédé par la crainte d'avoir oublié quelque tache fatale quelque part, ou, dans les rares occasions où la présence de Holigan se trouvait coïncider avec celle de la candide Lo, je craignais de voir celle-ci s'abandonner à un élan de compassion joviale au cours d'un bavardage intime dans la cuisine. J'avais souvent l'impression que nous vivions dans une maison de verre pleine de lumière et qu'à tout instant quelque visage parcheminé, aux lèvres fines, allait apparaître à une fenêtre aux rideaux imprudemment ouverts pour se repaître gratis d'un spectacle que le *voyeur** le plus blasé eût payé à prix d'or.

6

Un mot à propos de Gaston Godin. La principale raison pour laquelle j'appréciais — ou du moins tolérais avec soulagement — sa compagnie, c'était le charme d'absolue sécurité que sa corpulente personne jetait sur mon secret. Non pas qu'il fût au courant ; je n'avais pas de raison particulière de me confier à lui, et il était beaucoup trop distrait et centré sur lui-même pour remarquer ou suspecter quoi que ce soit qui pût l'amener à m'interroger franchement et moi à lui répondre tout aussi franchement. Héraut bienveillant, il dit du bien de moi aux Beardsléyens. S'il avait découvert *mes goûts** et le statut de Lolita, il n'eût été intéressé que pour autant que cela eût éclairé quelque peu la simplicité de mon attitude envers lui, attitude qui était aussi dépourvue de déférence que d'allusions paillardes ; car, en dépit de son esprit terne et de sa mémoire floue, il se rendait compte peut-être que j'en savais plus sur lui que les bourgeois de Beardsley. C'était un célibataire mélancolique, aux traits flasques et avachis, dont le corps allait se rétrécissant de bas en haut jusqu'aux épaules étroites, dissymétriques, et jusqu'au cône de son crâne piriforme recouvert d'un côté de cheveux noirs et lisses et parsemé de l'autre de quelques mèches plaquées. Mais la partie inférieure de son corps était énorme, et il déambulait avec une sorte de circonspection éléphantine, sur des jambes d'une grosseur phénoménale. Il était toujours vêtu de noir, et même sa cravate était noire ; il prenait rarement de bains ; son anglais était grand-guignolesque. Et pourtant, tout le monde le considérait comme une personne suprêmement adorable, adorablement fantasque ! Les voisins le choyaient ; il connaissait par leurs noms tous les petits garçons du voisinage (il habitait à quelques pâtés de maisons de chez moi) et demandait à quelques-uns d'entre eux de nettoyer son trottoir, de brûler les feuilles mortes dans son jardin de derrière, d'aller chercher du bois dans son abri, et même d'exécuter de menus travaux ménagers, et il leur donnait des crottes de chocolat, avec de vraies liqueurs à l'intérieur — dans l'intimité d'une tanière en sous-sol, meublée à l'orientale, dont les murs, moisis et recouverts de tapis, étaient ornés d'amusantes panoplies de dagues et de pistolets qui se déployaient parmi les tuyaux d'eau chaude habilement camouflés. À l'étage, il avait un studio — il peignait un peu, le vieux charlatan. Il avait décoré le pan de mur incliné (ce n'était guère qu'une mansarde) de grandes photos d'André Gide, de Tchaïkovski, de Norman Douglas tous aussi pensifs les uns que les autres, de deux autres écrivains anglais célèbres, de Nijinski (cuisses à l'air et feuilles de vigne), d'Harold D. Doublename (un tendre professeur gauchiste enseignant dans une université du Middle West) et de Marcel Proust. Tous ces malheureux semblaient être sur le point de vous tomber dessus depuis leur plan incliné. Il avait aussi un album avec des instantanés de tous les Jacky et Dicky du voisinage, et lorsqu'il m'arrivait de le feuilleter et de faire quelque remarque en passant, Gaston plissait ses grosses lèvres et murmurait en faisant une moue nostalgique : « *Oui, ils sont gentils**. » Ses yeux marron se baladaient partout sur les divers objets composant ce bric-à-brac artistique et sentimental, ainsi que sur ses propres *toiles** banales (yeux d'un primitivisme conventionnel, guitares découpées en tranches, mamelons bleus et motifs géométriques de l'époque), et, esquissant un vague geste en direction d'une coupe en bois peint ou d'un vase veiné, il disait : « *Prenez donc une de ces poires. La bonne dame d'en face m'en offre plus que je n'en peux savourer**. » Ou encore : « *Mississe Taille Lore vient de me donner ces dahlias, belles fleurs que j'exècre**. » (Grave, triste, lesté de toute la lassitude du monde.)

Pour des raisons évidentes, je préférais ma maison à la sienne pour les parties d'échecs que nous faisions deux ou trois fois par semaine. Assis tel un vieux poussah disloqué, ses mains dodues posées sur les genoux, il regardait fixement l'échiquier comme si c'eût été un cadavre. Il méditait pendant dix minutes en respirant bruyamment — puis faisait un coup perdant. Il arrivait aussi que le brave homme, après avoir réfléchi plus mûrement encore, lançât : *Au roi* !* en poussant un aboiement paresseux de vieux chien sur fond de gargouillis, qui faisait ballotter ses bajoues ; et alors il levait ses sourcils circonflexes et poussait un profond soupir tandis que je lui faisais remarquer qu'il était échec.

Parfois, depuis le coin où nous étions assis dans mon bureau glacé, il m'arrivait d'entendre les pieds nus de Lo qui répétait des techniques de danse dans le salon au rez-de-chaussée ; mais les sens centrifuges de Gaston étaient benoîtement émoussés, et il demeurait insensible à ces rythmes nus — et un, et deux, et un, et deux, et un, et deux, le poids du corps reporté sur la jambe droite bien raide, jambe levée et jetée de côté, et un, et deux, et c'était seulement lorsqu'elle se mettait à sauter, ouvrant les jambes à la crête du saut, repliant une jambe, tendant l'autre, volant, et retombant sur la pointe des pieds — c'était alors seulement que mon pâle, pompeux et morose adversaire se frottait la tête ou la joue comme s'il confondait ces bruits sourds et lointains avec les terrifiants assauts de ma redoutable reine.

Parfois Lola entrait d'un pas traînant tandis que nous examinions l'échiquier — et c'était toujours un régal de voir Gaston, son regard éléphantesque toujours braqué sur les pions, se relever cérémonieusement pour lui serrer la main, relâchant aussitôt les doigts flasques de Lo, puis, sans même la regarder une seule fois, se laisser retomber sur sa chaise et basculer dans le piège que je lui avais tendu. Une fois vers Noël, alors que je ne l'avais pas vu depuis une quinzaine de jours, il me demanda : « *Et toutes vos fillettes, elles vont bien* ?* » d'où je conclus qu'il avait multiplié mon unique Lolita par le nombre des styles vestimentaires que son œil ténébreux toujours baissé avait entraperçus au cours des nombreuses apparitions successives de ma nymphette : blue-jean, jupe, short, peignoir matelassé.

Je regrette de m'attarder si longuement sur ce pauvre homme (malheureusement, un an plus tard, au cours d'un voyage en Europe d'où il ne revint pas, il fut impliqué dans une *sale histoire**, à Naples comme par hasard !). Je ne me serais sans doute pas donné la peine de le mentionner si sa présence à Beardsley n'avait eu un impact si étrange sur mon cas. J'ai besoin de lui pour ma défense. Imaginez ce brave Gaston, absolument dépourvu de talent, médiocre professeur, piètre érudit, vieil homosexuel maussade, repoussant et bedonnant, méprisant souverainement « the American way of life », ignorant triomphalement la langue anglaise — imaginez-le dans cette Nouvelle-Angleterre puritaine, courtisé par les vieux et caressé par les jeunes — oh, s'en donnant à cœur joie et trompant tout son monde ; et moi j'étais là.

7

C'est avec un certain dégoût que je me vois maintenant contraint d'évoquer une chute brutale de la conscience morale de Lolita. Bien qu'elle n'eût jamais pris une part bien active aux ardeurs qu'elle suscitait, jamais non plus elle n'avait placé le goût du lucre au premier plan. Mais j'étais faible, j'étais peu sage, ma nymphette d'écolière me tenait captif. Au fur et à mesure que l'élément humain diminuait, la passion, la tendresse et la torture ne faisaient que s'accroître ; et elle en profita.

Son argent de poche hebdomadaire, qu'elle percevait à la condition de remplir ses obligations élémentaires, était de vingt et un cents au début de la période de Beardsley — et atteignit un dollar et cinq cents avant la fin. C'était là un arrangement plus que généreux compte tenu du fait que je lui offrais constamment toutes sortes de petits cadeaux et qu'il lui suffisait de lever le petit doigt pour avoir n'importe quelle sucrerie ou voir n'importe quel film sous la lune — même si, bien sûr, il m'arrivait d'exiger affectueusement un baiser supplémentaire, ou même tout un assortiment de caresses variées, quand je savais qu'elle convoitait passionnément tel ou tel divertissement juvénile. Pourtant, il n'était pas facile de traiter avec elle. C'était sans enthousiasme qu'elle gagnait ses trois cents — ou ses trois pièces de cinq cents — par jour ; et elle se montra une négociatrice cruelle chaque fois qu'il était en son pouvoir de me refuser certains philtres dévastateurs, étranges, paradisiaques, languides, dont je ne pouvais me passer pendant plus de quelques jours, et que, en raison de la nature même de cette langueur d'amour, je ne pouvais extorquer de force. Consciente de la magie et de la puissance de ses lèvres douces, elle parvint — au cours d'une seule année scolaire ! — à faire monter les enchères jusqu'à trois et même quatre dollars pour une étreinte particulière. Ô lecteur ! Ne riez pas, tandis que vous m'imaginez cloué au pilori du plaisir en train de dégorger bruyamment des pièces de dix et de vingt-cinq cents, et aussi de bons gros dollars en argent, à la manière de quelque machine sonore, tintinnabulante et totalement démente vomissant ses richesses ; et, en marge de cette épilepsie tressautante, elle serrait fermement une pleine poignée de pièces dans sa petite main que je desserrais de force aussitôt après, de toute façon, sauf quand elle parvenait à m'échapper, s'empressant d'aller cacher son butin. Et de même que, tous les deux ou trois jours, j'allais musarder partout autour de l'école, errer d'un pas comateux dans les drugstores, glisser un œil dans les ruelles brumeuses et écouter le rire de plus en plus lointain d'une fille entre les battements de mon cœur et la chute des feuilles, de même, de temps à autre, j'allais piller sa chambre, scruter les bouts de papier déchirés dans la corbeille décorée de roses peintes, et regarder sous l'oreiller du lit virginal que je venais de faire moi-même. Un jour, je trouvai huit billets d'un dollar dans l'un de ses livres (*L'île au trésor* — ça tombait bien), et une autre fois un trou dans le mur derrière *La mère* de Whistler livra la jolie somme de vingt-quatre dollars plus de la petite monnaie — disons vingt-quatre dollars et soixante cents — dont je m'emparai discrètement — sur quoi, le lendemain, elle accusa devant moi l'honnête Mrs. Holigan d'être une sale voleuse. Finalement, elle se montra à la hauteur de son QI et trouva pour son pécule une cachette plus sûre que je ne parvins jamais à découvrir ; mais, à l'époque, j'avais réduit les tarifs de façon draconienne en l'obligeant à payer de pénible et nauséeuse façon la permission de participer au spectacle théâtral de l'école ; car, ce que je craignais le plus, ce n'était pas qu'elle finisse par me ruiner, mais qu'elle parvînt à amasser assez d'argent pour s'enfuir. Je crois que la pauvre enfant, avec ses yeux farouches, s'était imaginé qu'il lui suffisait d'avoir une cinquantaine de dollars dans son sac pour pouvoir atteindre Broadway ou Hollywood — ou la cuisine répugnante d'un café-restaurant (On cherche une serveuse) dans quelque sinistre État de l'ex-Prairie, le vent soufflant, les étoiles clignotant, et partout des voitures, des bars, des barmen, le tout souillé, déchiré, mort.

8

Je fis de mon mieux, monsieur le Président, pour résoudre le problème des garçons. Oh, il m'arrivait même souvent de lire dans le *Star* de Beardsley une prétendue Tribune des jeunes, afin de savoir comment me comporter !

> Un mot à l'adresse des papas. Évitez de terroriser l'ami de votre fille. Vous avez peut-être quelque peine à admettre que maintenant les garçons la trouvent séduisante. Pour vous, ce n'est encore qu'une petite fille. Pour les garçons, elle est charmante et drôle, adorable et gaie. Elle leur plaît. Aujourd'hui, vous décrochez de gros contrats dans votre bureau de P-DG, mais hier vous n'étiez que Jim, le petit écolier qui portait les livres d'école de Jane. Vous n'avez pas oublié ? Ne souhaitez-vous pas que votre fille, maintenant que son tour est venu, jouisse de l'admiration et de la compagnie des garçons qu'elle aime ? Allez-vous leur interdire de s'amuser innocemment ensemble ?

S'amuser innocemment ? Grands dieux !

> Pourquoi ne pas accueillir ces jeunes garçons comme des invités chez vous ? Pourquoi ne pas

bavarder avec eux ? Les faire sortir de leur coquille, les faire rire et les mettre à l'aise ?

Bienvenue dans ce bordel, jeune homme.

Si elle transgresse les règles, ne laissez pas votre colère éclater devant son complice dans le crime. Attendez d'être seul avec elle pour manifester votre irritation. Et ne donnez plus l'impression aux garçons qu'elle est la fille d'un vieil ogre.

Pour commencer, le vieil ogre dressa une liste intitulée « formellement interdit » et une autre intitulée « accordé à regret ». Formellement interdits étaient les rendez-vous, avec un, deux, voire trois partenaires — l'étape suivante étant bien sûr l'orgie collective. Elle avait le droit d'aller chez le confiseur avec ses amies, de glousser et de bavasser avec les jeunes mâles qui se trouvaient là, tandis que j'attendais dans la voiture à une distance discrète ; et je lui promis que si son groupe (puissamment chaperonné, cela va sans dire) était invité au bal annuel de l'académie Butler de garçons par un groupe socialement acceptable, j'essaierais peut-être de voir s'il était opportun de permettre à une fille de quatorze ans de revêtir sa première « robe du soir » (toilette dans laquelle les adolescentes aux bras fluets ressemblent à des flamants roses). De plus, je lui promis d'organiser une boum chez nous à laquelle elle pourrait convier ses amies les plus jolies et les garçons les plus convenables qu'elle aurait rencontrés d'ici là au bal de l'académie Butler. Mais je fus catégorique et dis que tant que prévaudrait mon régime, elle n'aurait jamais, absolument jamais, le droit d'aller au cinéma avec un jeune blondin en rut, ni de participer à des séances de pelotage dans une voiture, ni d'aller à des boums mixtes chez des camarades de classe, ni de bavarder au téléphone avec un garçon hors de ma présence, ne fût-ce même que pour « discuter simplement de ses relations avec une de mes amies ».

Tout cela rendit Lo furieuse — elle me qualifia de sale escroc et pis encore — et je me serais probablement mis en colère si je n'avais bientôt découvert, à mon très grand soulagement, que ce qui la révoltait vraiment c'était de se voir privée par moi non pas d'un plaisir spécifique mais d'un droit général. Je contrecarrais, voyez-vous, le programme conventionnel, les divertissements habituels, les « choses qu'on fait », les usages de la jeunesse ; car il n'y a rien de plus conservateur qu'un enfant, qu'une gamine surtout, fût-elle la nymphette la plus fauve, la plus rousse, la plus mythopoétique courant dans les vergers brumeux d'octobre.

Comprenez-moi bien. Je ne saurais affirmer avec certitude qu'au cours de l'hiver elle ne parvint pas à avoir, de manière fortuite, des contacts inconvenants avec des jeunes gens inconnus ; certes, j'avais beau contrôler de près ses loisirs, il se produisait constamment des fuites temporelles inexpliquées que venaient combler après coup des explications par trop élaborées ; certes, les griffes acérées de ma jalousie s'accrochaient constamment à la fine dentelle de la duplicité nymphique ; mais j'avais le sentiment très net — sentiment dont je puis aujourd'hui garantir le bien-fondé

— qu'il n'y avait aucune raison sérieuse de m'inquiéter. Cette conviction ne s'appuyait nullement sur le fait que je ne trouvai jamais, parmi les figurants masculins qui papillonnaient quelque part en arrière-plan, de jeune gorge compacte et palpable à étrangler ; mais sur le fait que pour moi il était « miraculeusement évident » (une des expressions favorites de ma tante Sybil) que toutes les variétés de potaches — depuis le benêt transpirant qu'électrise le simple fait « de se tenir par la main », jusqu'au violeur autosuffisant, tout couvert de pustules et pilotant un bolide — plongeaient dans un égal ennui ma jeune maîtresse sophistiquée. « Tout ce foin autour des garçons me donne la nausée », avait-elle griffonné à l'intérieur d'un livre d'école, et il y avait juste en dessous, écrit de la main de Mona (Mona ne va pas tarder à entrer en scène maintenant), ce perfide mot d'esprit : « Et tu mets Rigger dans le même sac ? » (Il ne va pas tarder à entrer en scène lui aussi.)

Ils demeurent donc sans visage ces blancs-becs que j'aperçus par hasard en sa compagnie. Il y eut par exemple le Chandail Rouge qui, un jour, le jour où nous eûmes notre première neige, la raccompagna à la maison ; depuis la fenêtre du salon, je les observai qui bavardaient près de notre porche. Elle portait son premier manteau à col de fourrure ; il y avait une petite casquette marron sur ma coupe de cheveux favorite — frange sur le devant, volutes sur les côtés et boucles naturelles à l'arrière — et ses mocassins noirs d'humidité et ses socquettes blanches n'avaient jamais été aussi peu soignés. Elle serrait ses livres contre sa poitrine tout en parlant et en écoutant, selon son habitude, et ses pieds n'arrêtaient pas de bouger : elle se tenait debout, la pointe de son pied droit posée sur son pied gauche, ramenait le pied droit en arrière, croisait les chevilles, se balançait légèrement, esquissait quelques pas, puis recommençait toute la séquence depuis le début. Il y avait le Coupe-Vent qui s'entretint avec elle un dimanche après-midi devant un restaurant tandis que sa mère et sa sœur tentaient de m'entraîner dans leur sillage pour bavarder ; je les suivis en traînant les pieds et en me retournant pour surveiller mon unique amour. Elle cultivait tout un tas de maniérismes conventionnels, comme par exemple cette façon polie qu'ont les adolescents de vous montrer, en inclinant la tête, qu'ils « se tordent » littéralement de rire ; ainsi (devinant mon appel), sans se départir de son hilarité irrésistible mais feinte, elle fit deux pas en marchant à reculons puis se retourna et vint vers moi avec un sourire las. D'un autre côté, j'appréciais beaucoup — peut-être parce que cela me rappelait son inoubliable aveu initial — sa façon de soupirer « oh, mon Dieu ! » en semblant se soumettre au destin d'un air comique et nostalgique à la fois, ou encore sa façon de pousser un long « non-on » d'une voix basse et profonde frisant le grognement, quand le destin avait effectivement frappé. Par-dessus tout — puisque nous parlons de mouvement et de jeunesse — j'adorais la voir monter et dévaler Thayer Street avec légèreté sur sa jeune et magnifique bicyclette : elle partait en danseuse, pédalait fort, puis retombant sur la selle dans une position langoureuse se laissait aller en roue libre sur sa lancée ; et elle s'arrêtait alors à notre boîte aux lettres et, toujours en selle, feuilletait une revue qu'elle avait trouvée là, puis la remettait en place, et, pressant la langue contre le coin de sa lèvre supérieure, prenait de l'élan en poussant sur son pied et piquait de nouveau un sprint à travers l'ombre pâle et le soleil.

Elle me semblait somme toute mieux adaptée à son environnement que je ne l'avais espéré en observant ma petite esclave gâtée et la conduite erratique qu'elle affichait naïvement comme des breloques l'hiver précédent en Californie. Même si je ne parvins jamais à m'habituer à cet état d'anxiété permanent où vivent les coupables, les grands de ce monde, les cœurs tendres, j'avais cependant l'impression d'être passé maître dans l'art du mimétisme. Tandis que je reposais sur mon lit étroit dans mon studio, après une séance d'adoration et de désespoir dans la chambre glacée de Lolita, j'aimais passer en revue la journée écoulée et examiner ma propre image qui rôdait plus qu'elle ne défilait devant l'œil rouge de mon esprit. Je voyais le docteur Humbert, élégant et ténébreux, de type légèrement celtique, de confession anglicane probablement, sinon romaine, qui regardait sa fille partir à l'école. Je le voyais saluer d'un sourire alangui et d'un battement de ses sourcils noirs et épais, gracieusement arqués comme dans les publicités, la bonne Mrs. Holigan qui puait comme la peste (et qui, à la première occasion, allait se diriger tout droit vers le gin du maître, je le savais). En compagnie de Mr. West, bourreau en retraite ou auteur de tracts religieux — peu importait ! —, j'aperçus le voisin, son nom m'échappe, je pense qu'ils sont français ou suisses, qui méditait derrière les fenêtres candides de son bureau, penché sur une machine à écrire, le profil plutôt décharné, le front pâle barré d'une petite mèche à la Hitler. Le week-end, on pouvait voir le professeur H., vêtu d'un pardessus de bonne coupe et portant des gants marron, en train de se rendre sans se presser, en compagnie de sa fille, à l'auberge Walton (célèbre pour ses lapins en porcelaine enrubannés de violet et ses boîtes de chocolat au milieu desquels on s'asseyait pour attendre « une table pour deux » où traînaient encore les miettes de votre prédécesseur). On le voyait certains jours en semaine, vers une heure de l'après-midi, qui saluait dignement Miss East aux yeux d'Argus tout en sortant la voiture du garage, louvoyant autour des satanées plantes vertes et regagnant la route glissante en contre-bas. Levant un œil froid d'un livre en direction de la pendule, dans la bibliothèque, véritablement étouffante, de l'université de Beardsley, parmi de corpulentes jeunes femmes figées et pétrifiées au milieu de cet étalage de connaissances humaines. Traversant le campus avec l'aumônier de l'université, le révérend Rigger (qui enseignait aussi la Bible à l'école de Beardsley). « Quelqu'un m'a dit que sa mère était une actrice célèbre, tuée dans un accident d'avion. Oh ? J'ai dû mal comprendre. Est-ce Dieu possible ? Je vois. Comme c'est triste. » (Tiens, tiens, serait-elle en train de sublimer sa mère ?) Poussant lentement mon petit landau à travers le labyrinthe du supermarché, dans le sillage du professeur O., lui aussi un veuf amène et peu pressé, aux yeux de chèvre. En bras de chemise en train de dégager la neige avec une pelle, un volumineux cache-nez noir et blanc autour du cou. Suivant dans la maison, sans manifester de précipitation rapace (prenant même le temps d'essuyer mes pieds sur le paillasson), mon écolière de fille. Conduisant Dolly chez le dentiste — une jolie infirmière lui adressant un sourire radieux — vieux magazines — *ne montrez pas vos zhambes**. On pouvait voir Mr. Edgar H. Humbert dîner en ville avec Dolly, mangeant son steak à l'européenne, fourchette dans la main gauche, couteau dans la main droite. Assister, en double, à un concert : deux Français encalminés, aux traits marmoréens, assis l'un à côté de l'autre, la petite fille mélomane de M. H. H. à la droite de son père, et le petit garçon, également mélomane, du professeur O. (qui passe une soirée hygiénique à Providence) à gauche de M. G. G. En train d'ouvrir le garage, un carré de lumière engloutissant la voiture puis s'éteignant. Vêtu d'un pyjama de couleurs vives, rabaissant brutalement le store dans la chambre de Dolly. Le samedi matin, à l'abri des regards, pesant solennellement dans la salle de bains la gamine décolorée par l'hiver. Aperçu et entendu le dimanche matin, il n'est pas pratiquant en fin de compte, et disant ne rentre pas trop tard à Dolly qui part pour le court de tennis couvert. Ouvrant la porte à une camarade d'école de Dolly étrangement observatrice : « Première fois que je vois un homme en veston d'intérieur, monsieur — sauf dans les films, bien sûr. »

9

Ses amies, que j'avais hâte de rencontrer, se révélèrent dans l'ensemble décevantes. Il y eut Opal Quelque-Chose, et Linda Hall, et Avis Chapman, et Eva Rosen, et Mona Dahl (tous ces noms, hormis un seul, sont bien sûr des approximations). Opal était une créature timide, informe, toute en fossettes et affublée de lunettes, qui raffolait de Dolly, mais était tyrannisée par elle. Avec Linda Hall, la championne de tennis de l'école, Dolly disputait des simples au moins deux fois par semaine : je pense que Linda était une authentique nymphette, mais pour des raisons que j'ignore elle ne venait pas — n'était pas autorisée à venir — chez nous ; de sorte que je ne me souviens d'elle que comme d'un éclair de soleil naturel sur un court de tennis en salle. Parmi les autres, aucune, à l'exception d'Eva Rosen, ne pouvait prétendre au titre de nymphette. Avis était une enfant grassouillette et trapue avec des jambes poilues, tandis que Mona, bien qu'elle fût d'une beauté fruste et sensuelle et n'eût qu'un an de plus que ma maîtresse vieillissante, avait depuis longtemps cessé d'être une nymphette, à supposer qu'elle en eût jamais été une. Eva Rosen, une petite réfugiée venue de France, était quant à elle le type même de l'enfant à la beauté sans éclat mais qui révèle à l'amateur perspicace quelques-uns des éléments fondamentaux constitutifs du charme nymphique, comme par exemple une parfaite silhouette pubescente, des yeux languides et des pommettes hautes. Ses cheveux cuivrés avaient le lustre soyeux de ceux de Lolita, et son visage délicat au teint laiteux, avec ses lèvres roses et ses cils argentés, avait des traits moins sexy que ceux de ses semblables — le grand clan des rouquines de toutes races ; elle n'arborait pas non plus leur uniforme vert mais portait, si je me souviens bien, beaucoup de noir et de cerise foncé — par exemple un pull-over noir très seyant et des souliers noirs à talons hauts, et aussi un vernis à ongles grenat. Je parlais français avec elle (au grand dam de Lo). Les intonations de la gamine étaient encore d'une pureté admirable, mais pour tout ce qui se rapportait au vocabulaire de l'école et du jeu elle avait recours à l'américain courant, et ses propos se teintaient alors d'un léger accent de Brooklyn, ce qui était plutôt comique dans la bouche d'une petite Parisienne fréquentant une école ultra-chic de la Nouvelle-Angleterre aux prétentions faussement britanniques. Bien que « l'oncle de cette petite Française » fût « millionnaire », Lo laissa malheureusement tomber Eva pour je ne sais quelle raison avant que j'eusse eu le temps de savourer à mon humble façon sa fragrante présence dans l'accueillante résidence Humbert. Le lecteur sait combien je tenais à avoir un essaim de demoiselles d'honneur, de nymphettes comme prix de consolation, autour de ma Lolita. Je m'appliquai pendant quelque temps à intéresser mes sens à Mona Dahl qui était souvent chez nous, notamment pendant le trimestre de printemps, alors qu'elle et Lolita se prenaient de passion pour le théâtre. Je me suis souvent demandé quels secrets cette outrageuse traîtresse de Dolores Haze avait confiés à Mona à l'époque où elle me livrait distraitement, en réponse à mes demandes pressantes et rémunérées à prix d'or, divers détails franchement incroyables à propos d'une aventure qu'avait eue Mona au bord de la mer avec un fusilier marin. C'était typique de Lo de choisir comme amie intime cette jeune femelle élégante, froide, lascive, expérimentée, qu'un jour j'entendis (tout de travers, jura Lo) dire gaiement dans le vestibule à Lo — qui venait de faire remarquer que son pull (celui de Lo) était en laine vierge : « C'est bien la seule chose en toi qui le soit, petite môme... » Elle avait une voix étrangement rauque, des cheveux foncés sans éclat artificiellement ondulés, des boucles d'oreilles, des yeux protubérants marron ambré et des lèvres pulpeuses. Lo disait que les professeurs lui avaient reproché de s'affubler de trop de bijoux et de colifichets. Ses mains tremblaient. Elle était affligée d'un QI de 150. Et je sais aussi qu'elle avait un énorme grain de beauté marron chocolat sur son dos de femme que j'avais inspecté le soir où elle et Lo avaient mis des robes vaporeuses et décolletées, aux tons pastel, pour un bal à l'académie Butler.

J'anticipe un peu, mais je ne puis empêcher ma mémoire de parcourir tout le clavier de cette année scolaire. Devant les efforts que je déployais pour découvrir le genre de garçons que fréquentait Lo, Miss Dahl demeurait gracieusement évasive. Lo, qui était allée jouer au tennis au country club de Linda, avait téléphoné qu'elle risquait d'être une bonne demi-heure en retard, aurais-je la gentillesse, alors, de tenir compagnie à Mona qui allait venir répéter avec elle une scène de *La mégère apprivoisée*. La belle Mona, usant de toutes les modulations, de toutes les inflexions de voix et de comportement dont elle était capable, et me dévisageant avec peut-être — est-ce que je me trompais ? — une discrète lueur d'ironie cristalline dans le regard, répondit : « Eh bien, pour tout vous dire, monsieur, Dolly ne s'intéresse pas aux jeunes garçons. En fait, nous sommes rivales. Nous avons le béguin, elle et moi, pour le révérend Rigger. » (C'était une blague — j'ai déjà évoqué ce géant mélancolique à la mâchoire chevaline : je l'aurais tué tant il me fit périr d'ennui avec ses impressions de Suisse lors d'un thé de parents d'élèves que je suis incapable de situer correctement dans le temps.)

Comment s'était passé le bal ? Oh, ç'avait été formid. Fort quoi ? Super. Sensationnel, en un mot. Est-ce que Lo avait beaucoup dansé ? Oh, sans exagération, autant qu'elle avait pu le supporter. Et que pensait-elle, langoureuse Mona, de Lo ? Monsieur ? Estimait-elle que Lo se débrouillait bien à l'école ? Pour ça, on pouvait dire que c'était une sacrée fille. Mais son comportement général était... ? Oh, c'était une chic fille. Mais encore ? « Oh, c'est un ange », conclut Mona avec un brusque soupir, et elle ramassa un livre qu'elle trouva sous la main, et, changeant d'expression, fronçant le front hypocritement, me demanda : « Parlez-moi donc de Ball Zack, monsieur. Est-ce qu'il est aussi bien qu'on le dit ? » Elle s'approcha si près de mon fauteuil que je parvins à flairer à travers les couches de lotions et de crèmes les effluves insipides de sa peau. Une idée étrange et soudaine me traversa l'esprit : Lo jouait-elle les entremetteuses ? Si c'était le cas, elle avait trouvé le mauvais substitut. Fuyant le regard froid de Mona, je parlai littérature pendant une minute. Puis Dolly arriva — et nous dévisagea de ses petits yeux pâles et plissés. J'abandonnai les deux amies à leur sort. L'un des carrés treillissés de la croisée pleine de toiles d'araignée à l'angle de l'escalier était vitré de rubis, et cette blessure à vif au milieu des rectangles non souillés, et sa position asymétrique — comme si un cavalier se déplaçait sur l'échiquier depuis le haut — ne manquaient jamais de me troubler étrangement

10

Quelquefois... Allons, Bert, combien de fois ? Pouvez-vous vous rappeler quatre ou cinq de ces occasions, davantage peut-être ? Ou bien aucun cœur humain n'aurait-il pu survivre à deux ou trois ? Quelquefois (je n'ai rien à dire en réponse à votre question), tandis que Lolita faisait ses devoirs à la va-vite en suçant un crayon, négligemment assise en travers d'une chauffeuse les deux jambes par-dessus l'accoudoir, je me départais de toute ma retenue professorale, balayais toutes nos querelles, oubliais toute ma fierté masculine

— et rampais littéralement sur les genoux jusqu'à ton fauteuil, ma chère Lolita ! Tu me jetais un drôle de regard — qui ressemblait à un point d'interrogation gris et velu : « Oh, non, encore » (incrédulité, exaspération) ; car tu ne daignas jamais admettre que je puisse, sans nourrir quelques desseins spécifiques, désirer enfouir mon visage dans ta jupe écossaise, ma doucette ! La fragilité de tes charmants bras nus — comme je brûlais de les enlacer, tes quatre membres adorables et limpides, ma pouliche ployée, et de prendre ta tête entre mes mains indignes, d'étirer la peau de tes tempes en arrière des deux côtés, de baiser tes yeux bridés, et — « De grâââce, fiche-moi la paix, tu veux, disait-elle, pour l'amour du ciel, fiche-moi la paix ». Je me relevais alors et tu me suivais du regard, tordant délibérément ton petit visage pour singer mon *tic nerveux**. Mais qu'importe, qu'importe, je ne suis qu'une brute, qu'importe, poursuivons ce misérable récit.

11

Un lundi matin, en décembre je crois, Pratt me demanda de venir lui parler. Le dernier bulletin de Dolly avait été lamentable, je le savais. Mais au lieu de me contenter de quelque explication plausible de ce genre pour justifier cette convocation, j'imaginai toutes sortes d'horreurs et il me fallut absorber une pinte de mon gin favori avant d'avoir le courage d'affronter cette entre-vue. Lentement, cœur et pomme d'Adam en écharpe, je gravis les marches de l'échafaud.

Femme éléphantesque aux cheveux gris, négligée, avec un large nez épaté et de petits yeux dissimulés derrière des lunettes cerclées de noir — « Asseyez-vous », dit-elle, en désignant un pouf fruste et humiliant, tandis qu'elle se juchait avec une pétulance pesante sur l'accoudoir d'un fauteuil de chêne. Pendant quelques brefs instants, elle me dévisagea avec une curiosité sou-riante. Elle avait fait la même chose lors de notre pre-mière rencontre, je m'en souvenais, mais je pouvais me permettre alors de la regarder en retour d'un air renfro-gné. Son regard me quitta. Elle sombra dans ses pensées — factices probablement. Tout en réfléchissant, elle se mit à frotter, pli sur pli, sa jupe de flanelle gris foncé au niveau des genoux pour faire disparaître une trace de craie ou de je ne sais quoi. Puis elle dit, sans s'arrêter de frotter et sans lever les yeux :

« Permettez-moi de vous poser une question abrupte, Mr. Haze. Ne seriez-vous pas un de ces papas vieux jeu comme on en trouve sur le vieux continent ?

— Eh bien, non, dis-je, conservateur, peut-être, mais pas ce qu'on pourrait appeler vieux jeu. »

Elle soupira, fronça les sourcils, puis claqua ses deux grosses mains dodues l'une contre l'autre comme pour dire allons droit aux faits, puis elle darda de nou-veau sur moi ses yeux de fouine.

« Dolly Haze est une enfant charmante, dit-elle, mais les prémices de la maturation sexuelle semblent lui causer quelques problèmes. »

Je courbai légèrement l'échine. Que pouvais-je faire d'autre ?

« Elle continue d'osciller », dit Miss Pratt, montrant comment avec ses mains couvertes de taches de vieillesse, « entre les zones anale et génitale de son développement. Elle est, pour l'essentiel, une adorable...

— Je vous demande pardon, dis-je, quelles zones ?

— Voilà l'Européen vieux jeu qui refait surface ! » s'écria Pratt, m'administrant une petite tape sur ma montre-bracelet et découvrant soudain son dentier. « Je veux dire simplement que les pulsions biologiques et psychologiques — vous fumez ? — ne se conjuguent pas chez Dolly, ne constituent pas, si je puis m'exprimer ainsi, un ensemble harmonieux. » Ses mains encerclèrent un melon invisible l'espace d'un instant.

« Elle est charmante, brillante bien qu'étourdie » (respirant lourdement, et sans quitter son perchoir, la femme prit le temps de consulter, sur le bureau à sa droite, le bulletin de l'adorable enfant). « Ses notes vont de mal en pis. Écoutez, Mr. Haze, je me demande si... » Feignant de nouveau de méditer.

« Eh bien, poursuivit-elle d'un ton enjoué, moi, je fume, et, comme aimait à dire ce cher docteur Pierce, je ne m'en vante pas mais j'adore ça. » Elle alluma sa cigarette et la fumée qu'elle exhala de ses narines lui fit comme une paire de défenses.

« Laissez-moi vous donner quelques détails, ça ne prendra que quelques instants. Voyons voir [fouillant parmi ses papiers]. Elle est arrogante envers Miss Redcock et affreusement insolente avec Miss Cormorant. Voici maintenant l'un de nos rapports d'enquête particuliers : Adore chanter avec les autres en classe bien que son esprit semble vagabonder. Croise ses jambes et marque la cadence avec la gauche. Vocabulaire qu'elle affectionne : un répertoire de 242 mots appartenant à l'argot le plus commun des adolescents, entrelardé d'un certain nombre de termes polysyllabiques d'origine européenne de toute évidence. Soupire constamment en classe. Voyons voir. Oui. On en vient maintenant à la dernière semaine de novembre. Soupire beaucoup en classe. Mastique du chewing-gum avec impétuosité. Ne se ronge pas les ongles même si, compte tenu de son comportement général, on s'attendrait — scientifiquement parlant, s'entend — qu'elle le fasse. Menstruations bien établies, au dire du sujet. N'appartient pour l'instant à aucune organisation religieuse. À propos, Mr. Haze, sa mère était... ? Oh, je vois. Et vous êtes... ? Ça ne regarde personne sinon Dieu, je suppose. Autre chose que nous aimerions savoir. Je crois comprendre qu'on n'exige d'elle aucune tâche régulière à la maison. Alors, comme ça, on traite notre Dolly comme une princesse, Mr. Haze ? Bon, qu'avons-nous encore ? Manipule les livres avec grâce. Voix agréable. Pouffe de rire assez souvent. Un peu rêveuse. Se permet des facéties bien à elle, transposant par exemple les premières lettres des noms de certains de ses professeurs. Cheveux châtain clair et foncé, luisants — excusez [riant], je ne vous apprends rien, je suppose. Nez non obstrué, pieds cambrés, yeux — attendez voir, j'avais ici quelque part un rapport encore plus récent. Ahah, le voilà. Miss Gold dit qu'au tennis Dolly tient une forme excellente, superbe même, bien meilleure que celle de Linda Hall, mais que sa concentration et ses scores sont seulement "passables sinon médiocres". Miss Cormorant ne parvient pas à déterminer si Dolly maîtrise exceptionnellement ou pas du tout ses émotions. Miss Horn signale qu'elle — je veux dire Dolly — est incapable d'exprimer verbalement ses émotions, tandis que pour Miss Cole Dolly possède un équilibre métabolique prodigieux. Miss Molar pense que Dolly est myope et devrait voir un bon ophtalmologiste, mais Miss Redcock prétend que la gamine feint d'avoir la vue basse pour faire oublier ses insuffisances sur le plan scolaire. Et pour conclure, Mr. Haze, nos enquêteurs s'interrogent sur un point vraiment crucial. J'aimerais maintenant vous poser une question. J'aimerais savoir si votre pauvre femme, ou vous-même, ou quelqu'un d'autre dans la famille — je crois savoir qu'elle a plusieurs tantes et un grand-père maternel en Californie... oh, avait ! — je suis désolée — bref, on se demande tous si quelqu'un de la famille a appris à Dolly les mécanismes de la reproduction chez les mammifères. Notre impression générale est que, malgré ses quinze ans, Dolly affiche une indifférence morbide envers les questions sexuelles ou, pour être exact, réprime sa curiosité afin de masquer son ignorance et de protéger son amour-propre. D'accord — quatorze. Voyez-vous, Mr. Haze, l'école de Beardsley ne croit pas aux abeilles et aux fleurs, aux cigognes et aux inséparables, mais elle croit très fort en revanche à la nécessité de mettre ses élèves en condition de s'accoupler de manière mutuellement satisfaisante et d'élever des enfants comme il faut.

Nous avons le sentiment que Dolly pourrait faire d'excellents progrès si seulement elle s'investissait dans son travail. Le rapport de Miss Cormorant est significatif à cet égard. Dolly a tendance à être impudente, et c'est un euphémisme. Mais tout le monde estime, *primo*, que vous devriez demander à votre médecin de famille de lui parler des choses de la vie et, *secundo*, que vous devriez l'autoriser à nouer des liens d'amitié avec les frères de ses camarades de classe dans le cadre du Junior Club, ou dans l'organisation du docteur Rigger, ou encore dans les charmantes maisons de nos parents.

— Elle peut rencontrer des garçons dans sa propre maison, non moins charmante, dis-je.

— Je l'espère pour elle, dit Pratt avec empressement. Lorsque nous l'avons interrogée sur ses problèmes personnels, Dolly a refusé de discuter de la situation chez elle, mais nous avons parlé à certaines de ses amies et à dire vrai — eh bien, par exemple, nous insistons pour que vous reveniez sur votre décision de lui interdire de participer aux activités du groupe théâtral. Il faut absolument que vous lui permettiez de jouer dans *Les chasseurs enchantés*. Elle s'est révélée une si exquise petite nymphe lors des essais préalables, et au printemps prochain l'auteur doit passer quelques jours à l'université de Beardsley et assistera peut-être à une ou deux répétitions dans notre nouvel auditorium. C'est tout ça, voyez-vous, qui fait le charme d'être jeune, beau et plein de vie. Il faut que vous compreniez...

— Je me suis toujours considéré, dis-je, comme un père très compréhensif.

— Oh, sans doute, sans doute, mais Miss Cormorant estime, et j'ai tendance à être de son avis, que Dolly est hantée par des obsessions sexuelles pour lesquelles elle ne trouve aucun exutoire, et qu'elle aime à taquiner, à martyriser d'autres filles, ou même les plus jeunes parmi nos professeurs parce qu'elles ont des rendez-vous innocents avec des garçons. »

Je haussai les épaules. Émigré miteux.

« Examinons ensemble la question, Mr. Haze. Qu'est-ce qui peut bien ne pas aller chez cette enfant ?

— Elle me semble tout à fait normale et heureuse », dis-je (l'heure du désastre venait-elle enfin de sonner ? étais-je démasqué ? avaient-ils fait appel à quelque hypnotiseur ?).

« Ce qui me préoccupe », dit Miss Pratt en jetant un coup d'œil à sa montre et en récapitulant une nouvelle fois toute l'affaire, « c'est que les professeurs aussi bien que les élèves trouvent Dolly hostile, insatisfaite, méfiante — et tout le monde se demande pourquoi vous êtes si fermement opposé à tous ces divertissements naturels qu'affectionnent tous les enfants normaux.

— Vous voulez parler des jeux sexuels ? demandai-je d'un air désinvolte, vieux rat traqué que j'étais, rongé par le désespoir.

— Certes, j'apprécie beaucoup cette terminologie civilisée, dit Pratt en souriant. Mais ce n'est pas vraiment cela le problème. Sous les auspices de l'école de Beardsley, le théâtre, la danse et autres activités naturelles ne constituent pas techniquement parlant des

jeux sexuels, même si les filles rencontrent des garçons, peut-être est-ce cela qui vous choque.

— D'accord, dis-je, mon pouf exhalant un soupir
las. Je me rends. Elle peut participer à cette pièce. À
la condition que les rôles masculins soient tenus par
des filles.

— Je suis toujours fascinée, dit Pratt, par la façon
admirable qu'ont les étrangers — ou du moins les
Américains naturalisés — d'utiliser notre langue si
pleine de ressources. Je suis sûre que Miss Gold, qui
dirige le groupe théâtral, sera ravie. Je note que c'est
une des rares enseignantes qui semble apprécier Dolly
— ou plutôt qui semble pouvoir la contrôler. Voilà qui
règle, je crois, les questions générales ; on en vient
maintenant à un point particulier. Et nous voilà de
nouveau dans l'embarras. »

Pratt marqua une pause brutale puis passa son index
sous ses narines avec une telle vigueur que son nez
exécuta une sorte de danse guerrière.

« J'ai mon franc-parler, dit-elle, mais les conventions sont ce qu'elles sont, et j'ai de la peine à... Si
vous permettez, je n'irai pas par quatre chemins... Les
Walker, qui habitent dans ce que nous appelons ici le
Manoir du Duc, vous savez, cette grande maison grise
sur la colline — ils envoient leurs deux filles dans
notre école, et nous avons aussi chez nous la nièce du
président Moore, une enfant absolument délicieuse,
sans compter un certain nombre d'autres enfants de
notables. Eh bien, compte tenu des circonstances, il
est assez choquant, vous comprenez, d'entendre Dolly,
malgré ses airs de petite dame, utiliser des mots que

vous, en tant qu'étranger, ignorez sans doute ou ne comprenez pas. Il vaudrait peut-être mieux... Voulez-vous que je fasse venir Dolly ici tout de suite pour qu'on en discute ? Non ? Voyez-vous — oh, très bien, allons droit au fait. Dolly a écrit un mot obscène de quatre lettres, qui, au dire de notre docteur Cutler, est un terme populaire mexicain qui signifie urinoir, elle l'a écrit avec son rouge à lèvres sur quelques brochures d'hygiène que Miss Redcock[1], qui se marie en juin, a distribuées parmi les filles, et nous avons estimé qu'elle devait rester après l'école — au moins une demi-heure. Mais si vous voulez...

— Non, dis-je, je ne veux pas aller contre les règles. Je lui parlerai plus tard. Je tirerai cette affaire au clair.

— Bonne idée, dit la femme en se relevant de son accoudoir. Peut-être que nous pourrons nous revoir bientôt, et si les choses ne s'arrangent pas on pourrait demander au docteur Cutler de l'analyser. »

Devais-je épouser Pratt et l'étrangler ?

« ... Et peut-être que votre médecin de famille aime-rait lui faire subir un examen médical — un simple contrôle de routine. Elle est dans la classe Mushroom[2] — la dernière le long du couloir. »

Peut-être convient-il d'expliquer que l'école de Beardsley imitait une célèbre école de filles en Angle-terre et donnait des surnoms « traditionnels » à ses différentes classes : Mushroom, Room-In 8, B-room, Room-BA[3] et ainsi de suite. Dans Mushroom, qui sen-

---

1. L'un des sens de ce nom est « bitte rouge ».
2. Champignon.
3. Noms facétieux : « Room-In-8 » peut se lire *ruminate* (ruminer),

348

tait mauvais, il y avait une reproduction sépia de *L'âge de l'innocence* de Reynolds au-dessus du tableau et plusieurs rangées de pupitres disgracieux. Ma Lolita, assise à l'un de ces pupitres, était en train de lire le chapitre sur le « Dialogue » dans le livre de Baker, *Dramatic Technique*, et tout était très calme, et il y avait une autre fille à la nuque très nue, d'une blancheur de porcelaine, et à la ravissante chevelure platine, qui était assise devant et lisait aussi, totalement plongée dans son propre univers, et qui n'arrêtait pas de tortiller une boucle soyeuse autour d'un doigt, et je m'assis à côté de Dolly juste derrière cette nuque et ces cheveux, déboutonnai mon manteau et, pour soixante-cinq cents plus la permission de jouer dans la pièce de l'école, j'obtins de Lolita qu'elle passât sa main, tachée d'encre et de craie, rouge aux articulations, en dessous du pupitre. Oh, certes, c'était une folle imprudence de ma part, mais, après le supplice que je venais d'endurer, il me fallait absolument profiter de ce concours de circonstances qui, je le savais, ne se présenterait plus jamais.

12

Vers Noël, elle attrapa un mauvais refroidissement et fut examinée par une amie de Miss Lester, un certain

« B-room », *Bee room* (salle des abeilles), « Room-BA : évidente référence à une danse ».

docteur Ilse Tristramson (salut, Ilse, vous avez été un ange de discrétion, et avez palpé ma colombe avec une douceur exquise). Elle diagnostiqua une bronchite, tapota Lo dans le dos (dont la fièvre avait hérissé toute l'efflorescence) et lui prescrivit de rester au lit une semaine ou plus. Au début elle « fit de la température » selon l'expression consacrée, et je ne pus résister à l'exquise caloricité de voluptés inattendues — Venus febriculosa — même si ce fut une Lolita très languissante qui gémit, toussa et grelotta dans mes bras. Et dès qu'elle fut rétablie, j'organisai une boum avec des garçons.

Peut-être avais-je un peu trop bu en prévision de cette épreuve. Peut-être me ridiculisai-je. Les filles avaient décoré et branché un petit sapin — coutume allemande, sauf que les ampoules en couleurs avaient remplacé les bougies de cire. On sélectionna des disques et on les enfourna les uns après les autres dans le phonographe de mon propriétaire. Dolly, très chic, portait une jolie robe grise au corsage moulant et à la jupe évasée. Fredonnant quelque chose, je me retirai dans mon bureau à l'étage — et toutes les dix ou vingt minutes je redescendis comme un idiot juste quelques secondes ; pour prendre ostensiblement ma pipe sur la cheminée ou pour débusquer le journal ; et à chaque nouvelle visite ces simples gestes devinrent plus difficiles à exécuter, et cela me rappela l'époque affreusement lointaine où je devais m'armer de courage pour pénétrer d'un air naturel dans telle pièce de la maison de Ramsdale où « La Petite Carmen » froufroutait sur le phono.

La boum ne fut pas un succès. Des trois filles invitées, l'une ne se présenta même pas, et l'un des garçons amena son cousin Roy, de sorte qu'il y eut deux garçons en trop, et les deux cousins connaissaient tous les pas de danse, alors que les autres types savaient à peine danser, et une bonne partie de la soirée se passa à mettre la cuisine sens dessus dessous puis à palabrer interminablement pour savoir à quel jeu de cartes jouer, et, un peu plus tard, deux filles et quatre garçons s'assirent par terre dans le salon, fenêtres grandes ouvertes, et s'amusèrent à un jeu de devinettes que personne ne parvint à faire comprendre à Opal, tandis que Mona et Roy, un garçon svelte et séduisant, buvaient du ginger-ale dans la cuisine, assis sur la table, jambes pendantes, tout en discutant impétueusement de la Prédestination et de la Loi des Probabilités. Quand ils furent tous partis, ma Lo dit pouah, ferma les yeux et s'affala dans un fauteuil les membres en éventail pour exprimer son dégoût absolu et son épuisement, et elle jura qu'elle n'avait jamais vu de garçons si répugnants. Pour cette remarque, je lui achetai une raquette de tennis toute neuve.

Janvier fut humide et chaud, et février trompa le forsythia : personne dans toute la ville n'avait jamais vu un temps pareil. Il y eut une profusion d'autres cadeaux. Pour son anniversaire, je lui achetai une bicyclette, cette charmante machine aux allures de biche que j'ai déjà évoquée — et y ajoutai *A History of Modern American Painting* : son style vélocipédique, j'entends sa méthode d'approche, ce mouvement de hanche quand elle montait, cette grâce et tout le reste, tout cela me procura un plaisir suprême ; mais toutes les tentatives que je fis pour affiner son goût en matière de peinture échouèrent ; elle voulait savoir si le type qui faisait la sieste sur la meule de foin de Doris Lee était le père de la fille faussement voluptueuse, aux allures de garçon manqué, au premier plan, et elle n'arrivait pas à comprendre pourquoi je disais que Grant Wood ou Peter Hurd étaient bons, et Reginald Marsh ou Frederick Waugh détestables.

13

Lorsque le printemps eut paré Thayer Street de jaune, de vert et de rose, Lolita était déjà irrévocablement gagnée par la fièvre du théâtre. Pratt, que j'aperçus par hasard un dimanche en train de déjeuner avec des gens à l'auberge Walton, croisa de loin mon regard et fit semblant d'applaudir gentiment et discrètement tandis que Lo regardait ailleurs. J'exècre le théâtre et le considère, historiquement parlant, comme une forme primitive et putride ; une forme qui rappelle les rites de l'âge de pierre et autres insanités communautaires malgré de rares injections de génie individuel, telles que, disons par exemple, la poésie élisabéthaine qu'un lecteur en chambre déleste automatiquement de toutes ses scories. Étant moi-même très occupé à l'époque par mes propres travaux littéraires, je ne me donnai pas la peine de lire le texte complet des *Chasseurs enchantés*, la petite pièce dans laquelle Dolores Haze s'était vu attribuer le rôle d'une fille de paysan qui s'imagine être une sorcière sylvestre, ou Diane, ou je ne sais quoi, et qui, s'étant procuré un livre sur l'hypnotisme, plonge un certain nombre de chasseurs égarés dans diverses transes comiques avant de succomber à son tour au charme d'un poète vagabond (Mona Dahl). C'est ce que je glanai du moins à partir des fragments du script, tout froissés et lamentablement dactylographiés, que Lo sema à travers toute la maison. La coïncidence de ce titre avec le nom d'une auberge mémorable me procura un plaisir quelque peu nostalgique : je me dis, désabusé, que je ferais mieux de ne pas attirer l'attention de ma propre enchanteresse là-dessus, de crainte de me voir impudemment accusé de mièvrerie, ce qui m'eût blessé encore plus que le fait qu'elle n'avait pas remarqué elle-même la coïncidence. Je m'imaginai que cette petite pièce n'était qu'une nouvelle version, quasi anonyme, de quelque banale légende. Rien n'empêchait, bien sûr, de supposer que le fondateur de l'hôtel, en quête d'un nom attrayant, eût été spontanément et uniquement influencé par la fantaisie fortuite du peintre de seconde zone qu'il avait engagé pour exécuter la fresque murale, et que, subséquemment, le nom de l'hôtel ait pu suggérer le titre de la pièce. Mais avec mon esprit crédule, simpliste, bienveillant, j'intervertis complètement la séquence des événements, et sans vraiment accorder trop d'importance à toute cette affaire, je supposai que la fresque murale, l'enseigne et le titre avaient tous trois été tirés d'une source commune, de quelque tradition locale que moi, ignorant tout du folklore de la Nouvelle-Angleterre, je n'étais pas censé connaître. Aussi restai-je sous l'impression (tout cela, comprenez-vous, ne me faisait ni froid ni chaud, gravitait hors de toute orbite de quelque importance) que cette maudite petite pièce était un de ces divertissements maintes fois adaptés et réadaptés à l'usage des jeunes, tels que *Hansel et Gretel* de Richard Roe, ou *La Belle au bois dormant* de Dorothy Doe, ou *Les nouveaux habits de l'empereur* de Maurice Vermont et Marion Rumpelmeyer [1] — ces fadaises que l'on trouve dans des anthologies comme *Plays for School Actors* ou *Let's Have a Play !* En d'autres termes, j'ignorais — et l'aurais-je su que ça ne m'aurait rien fait — que *Les chasseurs enchantés* était en fait une composition tout à fait récente et techniquement originale créée pour la première fois il y avait trois ou quatre mois par une compagnie d'avant-garde de New York. Selon moi, il s'agissait apparemment — à en juger par le rôle de ma charmeuse — d'une sorte de divertissement assez pitoyable, plein d'échos de Lenormand, de Maeterlinck et de divers doux rêveurs britanniques. En casquettes rouges et vêtus tous de la même façon, les chasseurs, dont l'un était banquier, l'autre plombier, un troisième policier, un quatrième entrepreneur des pompes funèbres, un cinquième assureur, un sixième forçat évadé (vous voyez d'ici les possibilités !), subissaient toute une série de transformations mentales dans le vallon de Dolly, et ne se souvenaient de leurs vies

1. Noms fictifs.

réelles que comme de simples rêves ou cauchemars d'où la petite Diane les avait arrachés ; mais un septième chasseur (en casquette verte cette fois, l'imbécile) était un jeune poète qui prétendait, au grand dam de Diane, qu'elle-même, l'enchanteresse, ainsi que toutes les festivités offertes (ballet de nymphes, lutins et monstres) étaient son invention à lui, le poète. Je crois savoir qu'en définitive Dolores, pieds nus, proprement écœurée par ces rodomontades, devait conduire le fanfaron — Mona, vêtue d'un pantalon écossais — à la ferme paternelle au-delà de la forêt périlleuse afin de lui prouver qu'elle n'était pas une affabulation de poète mais une gamine rustre, les pieds fermement plantés dans la terre brune — et un baiser de dernière minute était censé appuyer le message profond de la pièce, à savoir que mirage et réalité se fondent dans l'amour. J'estimai qu'il était plus sage de ne pas critiquer la chose devant Lo : elle était si sainement absorbée par des « problèmes d'expression », et elle joignait ses étroites mains florentines de si charmante façon, battant des paupières et me suppliant de ne pas venir aux répétitions, à l'instar de certains parents ridicules, parce qu'elle tenait à m'impressionner par une première éblouissante — et parce que, de toute façon, je n'arrêtais pas de l'interrompre, disais ce qu'il ne fallait pas et lui faisais perdre ses moyens en présence d'autres gens.

Il y eut une répétition très spéciale... mon cœur, mon pauvre cœur... il y eut un jour de mai plein de joie et d'effervescence — tout se déroula en un éclair, à mon insu, sans laisser de trace dans ma mémoire, et lorsque je revis ensuite Lo, tard dans l'après-midi, en équilibre sur sa bicyclette, pressant sa paume contre l'écorce humide d'un jeune bouleau en bordure de notre gazon, je fus si bouleversé par la tendresse radieuse de son sourire que je crus, l'espace d'un instant, que tous nos tourments s'étaient envolés. « Te souviens-tu, dit-elle, du nom de cet hôtel, tu sais bien [plissant le nez], allons, tu sais — avec ces colonnes blanches et ce cygne en marbre dans le hall d'entrée ? Allons, tu sais très bien [soufflant bruyamment] – l'hôtel où tu m'as violée. OK, ça suffit. Eh bien, n'était-ce pas [chuchotant presque] The Enchanted Hunters ? Oh, je ne me trompe pas ? [songeuse] Tu es sûr ? » — et partant d'un gros rire vernal, amoureux, elle donna une bonne tape contre le tronc luisant et remonta la côte à toute vitesse, jusqu'en haut de la rue, et redescendit, en roue libre, les pieds immobiles sur les pédales, le corps alangui, une main rêvassant au creux de ses cuisses voilées d'un imprimé à fleurs.

14

Puisque cela était censé aller de pair avec sa passion pour la danse et le théâtre, j'avais autorisé Lo à prendre des leçons de piano avec une certaine Miss L'Empereur (comme nous pouvons commodément l'appeler, nous autres intellectuels français) qui habitait à environ un kilomètre et demi de Beardsley dans une petite maison blanche aux volets bleus où Lo se rendait, deux fois par semaine, d'un saut de bicyclette. Un vendredi soir, vers la fin du mois de mai (et une semaine environ après la répétition très spéciale à laquelle Lo avait refusé que j'assiste), le téléphone sonna dans mon bureau où j'étais en train d'annihiler l'aile royale de Gustave — de Gaston, je veux dire —, et Miss L'Empereur demanda si Lo allait venir mardi prochain car elle avait manqué les leçons de mardi et d'aujourd'hui. Je lui dis qu'elle irait bien sûr — et poursuivis la partie. Comme peut aisément l'imaginer le lecteur, mes facultés étaient maintenant altérées, et un ou deux coups plus tard, alors que c'était à Gaston de jouer, je remarquai à travers la brume de mon total désarroi qu'il pouvait prendre ma reine ; il s'en rendit compte lui aussi, mais, pensant que c'était peut-être un piège que lui tendait son adversaire retors, il hésita une bonne minute, souffla et ahana, agita ses bajoues, m'adressa même de furtifs coups d'œil, et esquissa des estocades hésitantes avec ses doigts grassouillets réunis en faisceaux — mourant d'envie de prendre cette succulente reine mais n'osant le faire — et soudain il fondit sur elle (qui sait si cela ne lui apprit pas certaines audaces futures ?) et je passai une heure fastidieuse à décrocher un match nul. Il finit son cognac et partit bientôt d'un pas pesant, enchanté de ce résultat (*mon pauvre ami, je ne vous ai jamais revu et quoiqu'il y ait bien peu de chances que vous voyiez mon livre, permettez-moi de vous dire que je vous serre la main bien cordialement, et que toutes mes fillettes vous saluent**). Je trouvai Dolores Haze assise à la table de la cuisine en train de dévorer une part de tarte, les yeux rivés sur son script. Elle les leva et croisa mon regard avec une vacuité quasi céleste. Elle demeura étonnamment imperturbable quand je lui fis part de ma découverte, et elle dit *d'un petit air faussement contrit** qu'elle savait qu'elle était une vilaine fille, mais qu'elle avait tout bonnement été incapable de résister à l'enchantement, qu'elle avait utilisé ces heures de musique — Ô Lecteur, Cher Lecteur ! — à répéter avec Mona dans un parc voisin la scène de la forêt magique. « Parfait », dis-je — et je me dirigeai tout droit vers le téléphone. Ce fut la mère de Mona qui répondit : « Oh oui, elle est là » et elle battit en retraite avec un petit rire neutre de plaisir poli, tout maternel, pour crier à la cantonade : « Roy au téléphone ! », et l'instant d'après Mona arriva, froufroutante, et entreprit sans plus attendre, d'une voix basse et monotone non dépourvue de tendresse, d'admonester Roy pour quelque chose qu'il avait dit ou fait, mais je l'interrompis et Mona dit aussitôt de sa voix de contralto la plus humble et la plus sexy : « oui, monsieur », « bien sûr, monsieur », « c'est moi qui suis à blâmer, monsieur, dans cette malencontreuse affaire » (quelle élocution ! quel sang-froid !), « je vous assure, je suis vraiment navrée » — et patati et patata comme disent ces petites traînées.

Je redescendis alors au rez-de-chaussée en m'éclaircissant la voix, le cœur en écharpe. Lo était maintenant dans le salon, installée dans son fauteuil préféré, rembourré à souhait. La voyant avachie là en train de mordiller la petite peau d'un ongle et de se moquer de moi avec ses yeux vaporeux et insensibles tout en continuant de faire osciller un tabouret sur lequel, jambe allongée, elle avait posé le talon de son pied nu, je me rendis compte soudain avec un haut-le-cœur combien elle avait changé depuis notre première rencontre il y avait deux ans. Ou n'était-ce survenu que ces deux dernières semaines ? La *tendresse** ? Pardi, voilà un mythe éculé. Elle demeurait assise là sous le foyer de ma rage incandescente. Le brouillard de ma concupiscence avait été balayé, laissant place seulement à cette horrible lucidité. Oh, elle avait changé. Elle avait maintenant le teint de ces écolières négligées et vulgaires qui, avec des doigts malpropres, appliquent sur leur visage mal lavé des cosmétiques empruntés à droite et à gauche et acceptent sans renâcler que n'importe quelle texture souillée, n'importe quel épiderme pustuleux entre en contact avec leur peau. La douceur veloutée et tendre de la sienne était autrefois si adorable, si éclatante de larmes, lorsque, pour m'amuser, je faisais rouler sur mon genou sa tête ébouriffée. Une rougeur grossière s'était maintenant substituée à cette fluorescence candide. Ce genre d'inflammation que l'on appelait localement « rhume de lapin » avait peint d'un rose flamboyant les arêtes de ses narines dédaigneuses. Saisi par une sorte de terreur, je baissai les yeux, et mon regard glissa machinalement le long de la face inférieure de sa cuisse nue bien tendue — ses jambes étaient devenues si polies et si musclées ! Elle continuait de me dévisager de ses yeux d'un gris de verre fumé, légèrement injectés de sang et très écartés, et je crus voir poindre en eux la pensée furtive qu'après tout Mona avait peut-être raison, et qu'elle, Lo la petite orpheline, pouvait me dénoncer sans que cela lui porte préjudice. Je me trompais lourdement. J'étais complètement fou ! Tout en elle avait ce même caractère impénétrable et exaspérant — la robustesse de ses jambes galbées, le talon sale de sa socquette blanche, le chandail épais qu'elle portait malgré la chaleur lourde qui régnait dans la pièce, son odeur de femelle, et surtout ce visage fermé avec cette étrange érubescence et ces lèvres fraîchement fardées. Le rouge avait déteint sur ses dents de devant, et je fus assailli par un souvenir abject — je revis soudain non pas Monique mais une autre jeune prostituée dans un bobinard, il y avait bien longtemps, qui m'avait été soufflée par quelqu'un d'autre avant que j'eusse eu le temps de décider si le simple fait qu'elle fût jeune justifiait que je prenne le risque de contracter quelque épouvantable maladie, et qui avait exactement ces *pommettes** rouges et protubérantes et une *maman** au ciel, et de grosses dents de devant, et un vilain bout de ruban rouge dans ses cheveux d'un brun rustique.

« Eh bien, parle, dit Lo. Tu as eu la confirmation que tu cherchais ?

— Oh, oui, dis-je. C'était parfait. Oui. Et je ne doute pas que vous ayez concocté tout cela entre vous. En fait, je suis convaincu que tu lui as tout raconté à propos de nous.

— Oh, ouais ? »

Je contrôlai ma respiration et dis : « Dolores, cela doit cesser sur-le-champ. Je suis prêt à t'arracher de

Beardsley et à t'enfermer tu sais où, mais il faut que cela cesse. Je suis prêt à t'emmener loin d'ici, le temps de faire une valise. Cela doit cesser, sinon tout peut arriver.

— Tout peut arriver, ah, oui ? »

Je retirai brusquement le tabouret qu'elle balançait avec son talon, et son pied retomba sur le plancher en faisant un bruit sourd.

« Eh là, s'écria-t-elle, on se calme.

— Pour commencer, tu montes dans ta chambre », m'écriai-je à mon tour — et en même temps je l'empoignai et la forçai à se lever. Dès cet instant, je cessai de contenir ma voix, et nous continuâmes à hurler l'un après l'autre, et elle dit des choses indignes d'être imprimées. Elle dit qu'elle me haïssait. Elle me fit de monstrueuses grimaces, gonflant ses joues et faisant un floc d'une sonorité diabolique. Elle prétendit que j'avais essayé plusieurs fois de la violer quand j'étais pensionnaire chez sa mère. Elle était sûre que j'avais assassiné sa mère, dit-elle. Elle déclara qu'elle allait coucher avec le premier type qui le lui demanderait et que je ne pourrais pas l'en empêcher. Je la sommai de monter dans sa chambre et de me révéler toutes ses cachettes. Ce fut une scène tonitruante et odieuse. Je la retenais par son petit poignet noueux qu'elle n'arrêtait pas de tourner et de tordre dans tous les sens, cherchant secrètement un point faible pour se dégager d'un coup au moment favorable, mais je la tenais solidement et lui faisais même très mal, torture pour laquelle j'espère que mon cœur pourrira, et, à une ou deux reprises, elle secoua son bras avec une telle violence que je craignis de voir son poignet se briser, et elle me regardait toujours pendant ce temps-là de ses yeux inoubliables où une rage froide le disputait à des larmes brûlantes, et nos voix couvraient la sonnerie du téléphone, et lorsque je pris conscience de ce bruit elle s'échappa aussitôt.

J'ai l'impression de partager avec les personnages de cinéma les faveurs de la machina telephonica et de son dieu inopiné. Cette fois, c'était une voisine courroucée. La fenêtre du salon côté est se trouvait grande ouverte, bien que le store fût miséricordieusement baissé ; et, dehors, la nuit noire et humide d'un printemps aigrelet de Nouvelle-Angleterre nous avait épiés, le souffle coupé. J'avais toujours pensé que ce genre de vieille fille à l'esprit mal placé et ressemblant à un églefin était le résultat de fantastiques croisements littéraires dans le roman moderne ; mais maintenant je suis convaincu que la prude et lubrique Miss East — ou plutôt, pour faire éclater au grand jour son vrai nom, Miss Fenton Lebone — s'était avancée aux trois quarts hors de la fenêtre de sa chambre pour ne pas perdre une miette de notre querelle.

« ... Ce raffut..., criailla l'écouteur, est totalement dénué de..., nous n'habitons pas ici dans un immeuble malfamé. Je trouve absolument inadmissible... »

Je présentai mes excuses pour le tapage que faisaient les amis de ma fille. Les jeunes, vous savez ce que c'est — et la coupai au beau milieu d'un criaillement en reposant le combiné.

En bas, la contre-porte grillagée claqua. Lo ? Échappée ?

À travers la croisée de l'escalier, j'aperçus un petit spectre impétueux qui se glissait à travers les arbustes ; un point argenté dans le noir — l'axe d'une roue de bicyclette — remua, frissonna, et la voilà partie.

Notre voiture passait la nuit, comme par hasard, dans un garage en ville. Je n'avais d'autre alternative que de poursuivre à pied la fugitive ailée. Même maintenant, après le flux et le reflux de plus de trois années, je ne puis évoquer cette rue baignée par une nuit printanière, cette rue déjà si feuillue, sans un spasme de panique. Miss Lester promenait le teckel hydropique de Miss Fabian devant leur porche éclairé. Mr. Hyde faillit le renverser. Trois pas en marchant, trois en courant. Une pluie tiède se mit à tambouriner sur les feuilles des marronniers. Au carrefour suivant, un garçon indistinct, pressant Lolita contre une grille en fer, l'étreignait et l'embrassait — non, erreur, ce n'était pas elle. Mes serres encore toutes frissonnantes, je repris ma course folle.

À environ huit cents mètres à l'est du numéro quatorze, Thayer Street s'empêtre dans une ruelle privée et une rue transversale ; cette dernière conduit à la ville proprement dite ; devant le premier drugstore, j'aperçus — avec quel soulagement mélodieux ! — la jolie bicyclette de Lolita qui attendait sa propriétaire. Je poussai la porte au lieu de la tirer, tirai, poussai, tirai et entrai. Attention ! À dix pas de là, derrière la vitre d'une cabine téléphonique (la divinité membraneuse ne nous quittait pas), Lolita serrait le combiné au creux de ses mains, le corps légèrement penché d'un air confidentiel ; elle plissa les yeux en me voyant, se détourna avec son trésor, raccrocha précipitamment et ressortit d'un air théâtral.

« J'essayais de te joindre à la maison, dit-elle gaiement. Une décision importante vient d'être prise. Mais d'abord, paye-moi à boire, papa. »

Elle regarda la pâle et apathique serveuse mettre la glace, verser le coca, ajouter le sirop de cerise — et mon cœur débordait de douleur amoureuse. Ce poignet puéril. Mon adorable enfant. Vous avez une enfant adorable, Mr. Humbert. Nous l'admirons toujours en la voyant passer. Mr. Pim regarda Pippa engloutir ce breuvage [1].

J'ai toujours admiré l'œuvre ormonde du sublime Dublinois [2]. Et entre-temps la pluie s'était muée en voluptueuse averse.

« Écoute », dit-elle tout en avançant sur sa bicyclette à côté de moi, laissant traîner un pied sur le trottoir qui luisait d'un éclat sombre, « écoute, j'ai décidé quelque chose. Je veux quitter l'école. Je déteste cette école. Je déteste la pièce, si, je t'assure ! Je ne veux plus y retourner. Trouvons-en une autre. Partons tout de suite. Repartons pour un long voyage. Mais cette fois nous irons là où moi je veux aller, d'accord ? »

J'acquiesçai d'un mouvement de tête. Ma Lolita.

« C'est moi qui choisis ? *C'est entendu* * ? » demanda-t-elle, oscillant légèrement à côté de moi.

---

1. Allusion à la pièce d'A. A. Milne « *Mr. Pim Passes By* » et au poème de Browning « *Pippa Passes* ».
2. Joyce, bien sûr.

Elle n'utilisait le français que lorsqu'elle était une bonne petite fille.

« OK. *Entendu**. Et maintenant, hop hop hop, Lenore [1], sinon tu vas être toute mouillée. » (Une tornade de sanglots gonflait ma poitrine.)

Elle découvrit ses dents et, reprenant son adorable style de petite écolière, se pencha sur son guidon et repartit à vive allure, mon oiselle.

La main soigneusement manucurée de Miss Lester retint la porte d'un porche pour laisser passer un vieux chien dandinant *qui prenait son temps**.

Lo m'attendait près du bouleau spectral.

« Je suis trempée, cria-t-elle à tue-tête. Tu es content ? Au diable cette pièce ! Tu vois ce que je veux dire ? »

La griffe d'une invisible sorcière referma une fenêtre d'un coup sec à l'étage d'une maison.

Dans notre vestibule, illuminé par des lampes accueillantes, ma Lolita se dépouilla de son chandail, secoua ses cheveux étincelant de gemmes, tendit vers moi deux bras nus, leva un genou :

« Porte-moi là-haut, s'il te plaît. Je me sens toute romantique ce soir. »

Les physiologistes seront peut-être heureux d'apprendre, ici, que je suis capable — cas des plus singuliers, je présume — de répandre des torrents de larmes tout au long de l'autre tempête.

---

1. Allusion au poème de Poe portant ce titre ainsi qu'à l'un des personnages d'une ballade dramatique d'August Gottfried Bürger.

15

Les garnitures des freins furent changées, les durites débouchées, les soupapes rodées, et un certain nombre d'autres réparations et améliorations furent financées par papa Humbert qui, s'il n'avait pas l'esprit très porté sur la mécanique, n'en était pas moins prudent, de sorte que la voiture de la défunte Mrs. Humbert était en assez bon état lorsque nous fûmes prêts à entreprendre un nouveau voyage.

Nous avions promis à l'école de Beardsley, cette chère vieille école de Beardsley, d'être de retour dès l'expiration de mon contrat à Hollywood (je laissai entendre que l'ingénieux Humbert allait être consultant principal pour la réalisation d'un film sur l'« existentialisme », sujet encore brûlant à l'époque). En fait, je caressais le projet de m'infiltrer discrètement à travers la frontière mexicaine — j'étais plus hardi maintenant que l'an dernier — et de décider là-bas quel sort réserver à ma petite concubine qui faisait maintenant un mètre cinquante-deux et pesait quarante-cinq kilos. Nous avions exhumé nos guides touristiques et nos cartes. Elle avait tracé notre itinéraire avec un enthousiasme inouï. Était-ce sous l'effet de ces répétitions théâtrales qu'elle avait maintenant perdu ses airs juvéniles et blasés et conçu un désir si adorable d'explorer les richesses de la réalité ? En ce dimanche matin pâle mais chaud où nous abandonnâmes la maison stupéfaite du professeur Chem [1] et longeâmes Main Street à vive allure en direction de la route à quatre voies, j'éprouvai cette sensation de légèreté étrange que l'on associe aux rêves. La robe en coton rayée noir et blanc de mon Adorée, sa sémillante casquette bleue, ses socquettes blanches et ses mocassins marron ne s'harmonisaient pas parfaitement avec la grosse aigue-marine finement taillée accrochée à la chaînette en argent qui enjolivait son cou — cadeau que je lui avais fait à l'occasion d'une averse printanière. Nous passâmes devant le New Hotel, et elle éclata de rire. « Un sou pour tes pensées », dis-je, et aussitôt elle tendit la paume de sa main, mais au même instant je dus freiner assez brusquement à un feu rouge. Tandis que nous nous arrêtions, une autre voiture vint s'immobiliser doucement près de nous, et une jeune femme athlétique et d'une éclatante beauté (où l'avais-je vue ?) avec un teint florissant et des cheveux cuivrés et brillants qui lui descendaient jusqu'aux épaules, salua Lo d'un retentissant « Bonjour ! » — puis, s'adressant à moi avec effusion, édusion (touché !), en accentuant certains mots, elle dit : « Quel *dommage* que vous ayez *arraché* Dolly à la pièce — vous auriez dû *entendre* les compliments *dithyrambiques* de l'auteur après cette fameuse répétition... » « C'est vert, imbécile », dit Lo à voix basse, et, simultanément, agitant joyeusement en signe d'adieu un bras orné de bracelets, Jeanne

---

1. Pour « Chemistry » ; le propriétaire de la maison était, on s'en souvient, professeur de chimie.

d'Arc (dans une représentation que nous avions vue au théâtre local) nous distança impétueusement et tourna en faisant une embardée dans Campus Avenue.

« Qui était-ce au juste ? Vermont ou Rumpelmeyer ?

— Non, Edusa Gold, la nana qui nous fait répéter.

— Je ne voulais pas parler d'elle. Qui est-ce au juste qui a concocté cette pièce ?

— Oh ! Oui, bien sûr. Une vieille rombière, Clare Quelquechose, je crois. Il y avait des tas de vieilles là-bas.

— Alors, comme ça, elle t'a complimentée ?

— Complimentée, mon œil — elle a baisé mon front pur » — et alors ma doucette poussa cet aboiement hilare qu'elle affectait dernièrement, manie qu'elle avait peut-être acquise sur les planches.

« Tu es une créature bizarre, Lolita, dis-je — en substance du moins. Naturellement, je suis ravi que tu aies renoncé à cette absurde aventure théâtrale. Mais je m'étonne que tu aies laissé tomber toute cette affaire une semaine seulement avant son apothéose naturelle. Oh, Lolita, tu devrais faire attention à ne pas te laisser aller à de tels renoncements. Je me rappelle que tu as abandonné Ramsdale pour le camp, et le camp pour une joyeuse randonnée, et je pourrais citer d'autres brusques retournements d'humeur chez toi. Il faut que tu fasses attention. Il est des choses auxquelles on ne devrait jamais renoncer. Il faut que tu persévères. Tu devrais essayer d'être un peu plus gentille avec moi, Lolita. Tu devrais aussi surveiller ton régime. Ton tour de cuisse ne devrait pas excéder quarante-quatre centimètres, tu sais. Plus pourrait être fatal (je disais ça pour rire, bien sûr). Nous voilà partis pour un long et agréable voyage. Je me souviens... »

16

Je me souviens avec quelle jubilation je me suis penché un jour, lors de mon enfance européenne, sur une carte de l'Amérique du Nord où les mots « Appalachian Mountains » couraient en caractères gras depuis l'Alabama jusqu'au Nouveau-Brunswick, si bien que toute la région qu'ils recouvraient — le Tennessee, les Virginies, la Pennsylvanie, l'État de New York, le Vermont, le New Hampshire et le Maine — apparaissait à mon imagination comme une Suisse gigantesque ou même le Tibet — montagnes à perte de vue, succession de pics adamantins, conifères géants, *le montagnard émigré** splendidement enveloppé dans une peau d'ours, *Felix tigris goldsmithi*[1], et Peaux-Rouges sous les catalpas. Que tout cela se résumât en définitive à une chétive pelouse de banlieue et à un incinérateur d'ordures tout fumant me parut scandaleux. Adieu, les Appalaches ! En les quittant, nous traversâmes l'Ohio puis les trois États commençant par un « I » et le Nebraska — ah, cette première bouffée de l'Ouest ! Nous voyageâmes sans trop nous

1. « Tigre de Goldsmith » en latin taxinomique, allusion à une pièce d'Oliver Goldsmith.

presser, disposant de plus d'une semaine pour atteindre Wace, la ligne de partage des eaux, où elle désirait ardemment voir les danses rituelles qui allaient marquer l'ouverture de la Grotte Magique, et d'au moins trois semaines pour arriver à Elphinstone, perle d'un État de l'Ouest, où elle rêvait d'escalader la Roche Rouge d'où s'était récemment précipitée une actrice de cinéma d'âge mûr après une dispute bien arrosée avec son gigolo.

Nous fûmes de nouveau accueillis dans des motels soupçonneux par des inscriptions qui disaient :

« Nous espérons que vous allez vous sentir ici chez vous. *Toute* l'installation a été soigneusement vérifiée lors de votre arrivée. Nous avons pris bonne note de votre numéro d'immatriculation. Utilisez l'eau avec parcimonie. Nous nous réservons le droit d'éjecter sans préavis toute personne indésirable. Prière de ne pas jeter d'ordures d'aucune sorte dans la cuvette des toilettes. Merci. On espère vous revoir bientôt. La Direction. P-S. Nous considérons nos clients comme les gens les plus formidables du monde. »

Dans ces établissements exécrables, nous payions dix dollars pour des lits jumeaux, les mouches faisaient la queue dehors à la contre-porte grillagée et parvenaient même à se faufiler à l'intérieur, les cendres de nos prédécesseurs fumaient encore dans les cendriers, un cheveu de femme traînait sur l'oreiller, on entendait le voisin pendre son veston dans son placard, les cintres étaient fixés à leurs barres de façon ingénieuse par des anneaux en fer pour prévenir les larcins, et, insulte suprême, les tableaux au-dessus des lits jumeaux étaient parfaitement identiques. Je notai aussi que la mode commerciale était en train de changer. Les bungalows avaient tendance à se rejoindre et à former peu à peu des caravansérails, et à ma grande surprise (Lo s'en moquait, mais ceci intéressera peut-être le lecteur), voilà qu'on ajoutait un étage, qu'un hall d'entrée commençait à se concrétiser, et que les voitures se trouvaient reléguées dans un garage collectif, le motel redevenant ainsi un bon vieil hôtel traditionnel.

J'invite à présent le lecteur à ne pas se moquer de moi et de ma confusion mentale. Il est facile pour lui comme pour moi de déchiffrer maintenant une destinée passée ; mais une destinée en gestation n'a rien de commun, croyez-moi, avec l'une ou l'autre de ces histoires policières où la seule chose que vous ayez à faire est de garder l'œil sur les indices. Un jour, quand j'étais jeune, j'ai lu un récit policier français où les indices étaient purement et simplement en italique ; mais ce n'est pas la façon d'agir de McFate — même si l'on finit par apprendre à reconnaître certaines indications obscures.

Par exemple : je ne jurerais pas qu'il n'y eut pas au moins une occasion, au tout début de l'étape du Middle West ou même avant, où elle parvint à faire passer quelque information à une ou plusieurs personnes inconnues, ou même à entrer directement en contact avec elles. Nous nous étions arrêtés à une station-service placée sous le signe de Pégase[1], et elle avait dis-

1. Marque des stations Mobil Oil.

crètement quitté son siège et s'était enfuie derrière le bâtiment, momentanément dissimulée à mon regard par le capot relevé, sous lequel je m'étais penché pour surveiller les manipulations du garagiste. Naturellement enclin à l'indulgence, je me contentai de hocher benoîtement la tête bien que de telles visites fussent, à proprement parler, taboues, car, pour des raisons insondables, je sentais instinctivement que les toilettes — comme aussi les téléphones — étaient des endroits où ma destinée risquait de gripper. Nous possédons tous ces objets fatidiques — ce peut être un paysage récurrent pour l'un, un nombre pour l'autre — que les dieux ont choisis avec soin pour attirer des événements chargés d'une signification toute particulière pour nous : ici, John toujours trébuchera ; là, le cœur de Jane toujours se brisera.

Bref, après que ma voiture eut été vérifiée et que je l'eus déplacée des pompes pour permettre à une camionnette de faire le plein, l'absence de Lo commença à assumer un volume croissant et à me paraître pesante dans la grisaille et le vent. Ce n'était pas la première fois, ni non plus la dernière, que je contemplais, l'esprit torturé par un malaise aussi lancinant, ces banalités statiques qui paraissent presque surprises, tels des péquenauds ébahis, de se trouver dans le champ de vision du voyageur en panne : cette poubelle verte, ces pneus très noirs avec leurs flancs très blancs attendant le chaland, ces bidons d'huile étincelants, cette glacière rouge avec son assortiment de boissons, les quatre, cinq, sept bouteilles vides qui, à l'intérieur de leurs cellules en bois, font comme une grille inachevée de mots croisés, cet insecte escaladant patiemment la face interne de la fenêtre du bureau. De la musique radiophonique s'échappait de la porte ouverte, et comme le rythme n'était pas synchronisé avec les pulsations, les battements et autres gesticulations de la végétation agitée par le vent, on avait l'impression de voir un vieux film muet se dérouler seul de son côté tandis que le piano ou le violon suivait une ligne mélodique tout à fait étrangère au frisson de la feuille, à l'oscillation de la branche. L'écho du dernier sanglot de Charlotte vibra en moi de façon incongrue lorsque Lolita, sa robe voletant de manière asynchrone par rapport à la musique, déboucha d'une direction totalement inattendue. Elle avait trouvé les toilettes occupées et était passée de l'autre côté à l'enseigne de la Conque, dans le pâté de maisons suivant. Ils n'étaient pas peu fiers de leurs toilettes là-bas, aussi propres que les vôtres, disaient-ils. Ces cartes postales prétimbrées étaient, disaient-ils, à votre disposition pour tous vos commentaires. Pas de cartes postales. Pas de savon. Rien. Pas de commentaires.

Ce jour-là ou le suivant, après un trajet ennuyeux à travers un paysage de cultures vivrières, nous atteignîmes une agréable bourgade et descendîmes à Chestnut Court — jolis bungalows, pelouses vertes et humides, pommiers, vieille balançoire, avec en prime un formidable coucher de soleil auquel l'enfant exténuée ne prêta aucune attention. Elle avait voulu passer par Kasbeam parce que ce n'était qu'à cinquante kilomètres au nord de sa ville natale mais le lendemain matin je la trouvai totalement apathique, n'éprouvant aucun désir de revoir le trottoir où elle avait joué à la marelle quelque cinq ans plus tôt. Pour des raisons évidentes, je redoutais plutôt ce détour, même si nous étions convenus de nous faire tout petits — de rester dans la voiture et de ne pas chercher à voir d'anciens amis. Mon soulagement de la voir abandonner ce projet fut gâché à l'idée que si elle avait deviné ma totale opposition, comme l'an dernier, aux perspectives nostalgiques qu'offrait Pisky, elle n'y eût pas renoncé aussi aisément. Lorsque je mentionnai cela en poussant un soupir, elle soupira à son tour et se plaignit de ne pas être dans son assiette. Elle voulait rester au lit au moins jusqu'à l'heure du thé, avec tout un tas de revues, et si alors elle se sentait mieux elle suggérait que nous poursuivions tout simplement notre route vers l'ouest. Je dois dire qu'elle était délicieuse et très langoureuse, et elle avait une fringale de fruits frais, aussi décidai-je d'aller lui chercher un succulent pique-nique à Kasbeam pour son déjeuner. Depuis la fenêtre de notre bungalow situé sur la crête boisée d'une colline, on voyait la route qui descendait en lacet et courait ensuite aussi droite qu'une raie dans les cheveux entre deux rangées de marronniers en direction de la coquette ville que l'on apercevait au loin, tel un village de poupées, singulièrement nette dans la limpidité du matin. On apercevait une fillette à bicyclette qui ressemblait à un lutin chevauchant un insecte, et aussi un chien, un peu trop gros en proportion, le tout aussi distinct que ces pèlerins et ces mules gravissant des routes tortueuses d'une pâleur cireuse dans des tableaux anciens, avec des collines bleutées et de petits personnages rouges.

374

Étant enclin, comme la plupart des Européens, à me servir de mes jambes lorsque je peux éviter de prendre la voiture, je descendis à la ville à pied sans me presser, et finis par rencontrer la cycliste — une fillette empâtée et très ordinaire avec des nattes, suivie d'un énorme saint-bernard aux orbites semblables à des pensées. À Kasbeam, un très vieux coiffeur me coupa très mal les cheveux : il ne cessa de parler d'un de ses fils qui jouait au base-ball, et, à chaque explosive, postillonna dans mon cou, et il n'arrêtait pas d'essuyer ses lunettes sur mon peignoir, ou interrompait le ballet tremblotant de ses ciseaux pour me montrer des coupures de journaux jaunies, et j'étais si peu attentif que ce fut pour moi un choc quand soudain, alors qu'il me montrait une photographie encadrée perdue au milieu d'antiques lotions grises, je compris que le jeune joueur de base-ball moustachu était mort depuis trente ans.

Je bus une tasse de café très chaud mais insipide, achetai un régime de bananes pour mon petit singe, et passai encore une dizaine de minutes dans une épicerie fine. Une bonne heure et demie avait dû s'écouler lorsque, petit pèlerin rentrant au bercail, je réapparus sur la route sinueuse conduisant à Chestnut Castle.

La fillette que j'avais vue en me rendant en ville avait maintenant les bras chargés de linge et aidait un homme difforme dont la grosse tête et les traits grossiers me firent penser au personnage de la comédie populaire italienne *Bertoldo*[1]. Ils étaient en train de

1. Célèbre clown de la légende populaire italienne, personnage d'une collection de contes du XVIe siècle, *Vita di Bertoldo,* de Giulio Ceasare Croce.

faire le ménage des bungalows qui, à Chestnut Crest, étaient au nombre de douze environ, agréablement espacés parmi l'exubérante verdure. Il était midi, et, en un dernier claquement des contre-portes, la plupart d'entre eux s'étaient déjà débarrassés de leurs occupants. Un très vieux couple, quasi momifié, dans une voiture de modèle très récent, était en train de s'extraire très lentement d'un des garages contigus ; un capot rouge dépassait d'un autre un peu comme une brayette ; et tout près de notre bungalow, un beau jeune homme bien bâti, avec une crinière noire et des yeux bleus, était en train de charger un réfrigérateur portable dans un break. Pour je ne sais quelle raison, il m'adressa un sourire penaud lorsque je passai à côté de lui. Dans l'espace herbu en face, sous des arbres luxuriants projetant des ombres membrues, le saint-bernard de tout à l'heure gardait la bicyclette de sa maîtresse, et tout près de là une jeune femme, dans un état de grossesse avancée, avait installé un bébé extatique sur une balançoire et le balançait doucement, tandis qu'un moutard de deux ou trois ans, fou de jalousie, importunait son monde en essayant de pousser ou de tirer la planche de la balançoire ; il finit par se faire renverser et se mit à brailler très fort, affalé sur l'herbe de tout son long, tandis que sa mère continuait de sourire béatement sans regarder ni l'un ni l'autre de ses enfants présents. Si je me souviens aussi clairement de tous ces détails, c'est probablement parce que j'allais passer systématiquement en revue mes impressions juste quelques minutes plus tard ; et d'ailleurs, depuis cet horrible soir à Beardsley, quelque chose en moi était constamment en alerte. Aussi refusai-je alors de me laisser distraire par le sentiment de bien-être que ma promenade avait engendré — par la jeune brise d'été qui enveloppait ma nuque, par le crissement souple du gravier humide, par le petit rogaton juteux que j'avais réussi à déloger d'une dent creuse, et même par le plaisant fardeau de mes provisions que l'état général de mon cœur aurait dû m'interdire de porter ; mais même ma misérable pompe semblait fonctionner à merveille, et, pour citer ce bon vieux Ronsard, je me sentais *adolori d'amoureuse langueur** lorsque j'atteignis le bungalow où j'avais laissé ma Dolores.

À ma grande surprise, je la trouvai habillée. Elle était assise sur le rebord du lit, vêtue d'un pantalon et d'un T-shirt, et me regardait comme si elle avait de la peine à me remettre. La minceur de son T-shirt flottant faisait ressortir, plutôt qu'il ne masquait, la forme douce et candide de ses petits seins, et cette candeur m'irrita. Elle n'avait pas fait sa toilette ; pourtant ses lèvres venaient tout juste d'être fardées ou plutôt barbouillées, et ses larges dents luisaient comme de l'ivoire taché de vin, ou des jetons de poker rosâtres. Et elle était assise là, les mains jointes sur ses genoux, rêveuse, débordant d'une nitescence diabolique qui n'avait absolument rien à voir avec moi.

Je laissai tomber lourdement mon pesant sac de provisions et restai planté là à regarder les chevilles nues de ses pieds chaussés de sandales, puis son visage stupide, et de nouveau ses pieds de pécheresse. « Tu es sortie », dis-je (les sandales étaient pleines de gravier).

« J'viens de me lever », répliqua-t-elle, et, interceptant mon regard plongeant, elle ajouta : « J'suis sortie une seconde. Pour voir si tu revenais. »

Elle remarqua alors les bananes et allongea son corps en direction de la table.

Quel soupçon particulier pouvais-je nourrir ? Aucun, en fait — mais ces yeux terreux et lunaires, cette chaleur étrange qui émanait d'elle ! Je ne dis rien. Je regardai la route qui serpentait si distinctement dans le cadre de la fenêtre... Pour qui eût voulu trahir ma confiance, c'était là un splendide poste d'observation. Lo s'attaqua aux fruits avec un appétit qui allait croissant. Tout à coup je me rappelai le sourire doucereux du type d'à côté. Je me précipitai dehors. Toutes les voitures avaient disparu à l'exception du break ; sa jeune femme enceinte était justement en train de monter dedans avec son bébé et l'autre enfant plus ou moins éliminé.

« Qu'est-ce qu'il y a, où tu vas ? » s'écria Lo depuis le porche.

Je ne dis rien. Je repoussai son petit corps moelleux vers l'intérieur de la pièce et entrai après elle. Je lui arrachai son T-shirt. Je défis la fermeture Éclair masquant le reste. Je lui ôtai ses sandales d'un geste brusque. Je pourchassai sauvagement l'ombre de son infidélité ; mais le fumet que je suivais à la trace était si ténu qu'il ne se distinguait pratiquement pas de la chimère d'un fou.

17

*Gros** Gaston, avec sa préciosité naturelle, avait adoré faire des cadeaux — cadeaux précieux sortant un tout petit peu de l'ordinaire, ou du moins le croyait-il précieusement. Remarquant un soir que la boîte contenant les pions de mon jeu d'échecs était cassée, il m'envoya le lendemain matin, par un de ses bambins, un écrin en cuivre : le couvercle était orné d'un motif oriental fort élaboré et se fermait solidement à clé. Au premier coup d'œil, je reconnus une de ces cassettes de pacotille, appelées pour des raisons obscures « luizettas », que l'on achète à Alger ou ailleurs, et dont on ne sait que faire ensuite. Elle s'avéra beaucoup trop plate pour contenir mes pions volumineux, mais je la gardai — la réservant à un tout autre usage.

Afin de briser quelque trame du destin dans laquelle je sentais confusément que je me laissais piéger, j'avais décidé — bien que cela ennuyât manifestement Lolita — de passer une autre nuit à Chesnut Court ; complètement réveillé dès quatre heures du matin, je m'assurai que Lo était toujours bien endormie (bouche ouverte, figée dans une sorte de stupeur maussade due à la vie étrangement insane que nous avions tous concoctée pour elle) et vérifiai que le précieux contenu de la « luizetta » était en sécurité. Il y avait là, douillettement enveloppé dans une écharpe de laine blanche, un colt de poche : calibre 32, chargeur de huit cartouches, longueur à peine inférieure au neuvième de celle de Lolita, crosse en noyer quadrillé, finition bronzée. Je l'avais reçu en héritage de feu Harold Haze, avec un catalogue de 1938 qui, entre autres choses, déclarait gaiement : « D'un usage particulièrement commode à la maison et en voiture ou encore sur la personne. » Il reposait là, prêt à être utilisé instantanément sur la ou les personnes, chargé et armé avec le cran d'arrêt à la sûreté, pour prévenir toute décharge intempestive. N'oublions pas que le pistolet est le symbole freudien du membre antérieur central du père ancestral.

J'étais maintenant heureux de l'avoir avec moi — et plus heureux encore d'avoir appris à l'utiliser deux ans auparavant, dans la forêt de pins autour du lac de verre de Charlotte qui était aussi le mien. Farlow, en compagnie de qui j'avais parcouru ces bois reculés, était un tireur hors pair, et, avec son 38, il était même parvenu à atteindre un colibri, bien que, je dois le reconnaître, il ne restât pas grand-chose comme preuve — juste un peu de duvet iridescent. Un ex-policier solidement charpenté du nom de Krestovski, qui dans les années vingt avait abattu à coups de fusil deux forçats évadés, se joignit à nous et tua un minuscule pivert — totalement hors de saison, soit dit en passant. À côté de ces deux chasseurs, je n'étais bien sûr qu'un novice et ratais à chaque coup ma cible, mais je finis néanmoins par blesser un écureuil lors d'une séance suivante où j'étais sorti seul. « Tiens-toi tranquille », murmurai-je à mon petit copain compact et ultra-léger, puis je bus un petit verre de gin à sa santé.

18

Le lecteur va maintenant devoir oublier Marronniers[1] et Colts, et nous accompagner plus loin vers l'ouest. Les jours suivants furent marqués par un certain nombre de gros orages — ou peut-être n'y en eut-il qu'un seul qui progressait à travers le pays en faisant de pesants sauts de grenouille et dont nous ne parvenions pas à nous défaire, pas plus d'ailleurs que nous n'arrivions à nous défaire du détective Trapp : car ce fut pendant ces jours-là que le problème de la Décapotable Rouge Aztèque se présenta à moi et éclipsa totalement le thème des amants de Lo.

Bizarre ! C'est bizarre, mais moi qui étais jaloux de tous les hommes que nous rencontrions j'interprétai tout de travers les signes avant-coureurs de la catastrophe. Peut-être avais-je été endormi par le comportement chaste de Lo pendant l'hiver, et d'ailleurs il eût été trop stupide même pour un fou de supposer qu'un autre Humbert, accompagné d'une pyrotechnie jupitérienne, suivait jalousement Humbert et la nymphette de Humbert à travers ces grandes plaines hideuses. Je conjecturai, *donc**, que le Yak Rouge qui, kilomètre

---

1. Le nom du motel où ils étaient descendus voulait dire « marronniers ».

après kilomètre, nous suivait sans relâche à une distance discrète était piloté par un détective engagé par quelque fâcheux afin de vérifier ce que faisait exactement Humbert Humbert de sa belle-fille mineure. Comme cela m'arrive parfois en périodes de perturbations électriques et d'éclairs crépitants, j'eus des hallucinations. Peut-être n'étaient-ce pas seulement des hallucinations. Je ne sais ce qu'elle ou lui ou tous les deux avaient mis dans mon alcool mais une nuit j'eus sincèrement l'impression que quelqu'un frappait à la porte de notre bungalow, alors j'ouvris brusquement et remarquai deux choses : que j'étais nu comme un ver et qu'un homme se tenait en face de moi, ruisselant de blancheur dans l'obscurité dégoulinante, cachant son visage derrière le masque de Jutting Chin, un policier grotesque dans une bande dessinée. Il étouffa un éclat de rire et décampa, et je revins en titubant dans la chambre et me rendormis aussitôt, et je me demande encore aujourd'hui si cette visite ne fut pas en fait un rêve provoqué par quelque drogue : j'ai minutieusement étudié le type d'humour qu'affectionnait Trapp, et je ne serais pas surpris que cette visite en eût été un échantillon plausible. Facétie rudimentaire, certes, et terriblement cruelle ! Dire que quelqu'un faisait de l'argent en vendant ces masques de monstres et de débiles populaires. Ai-je réellement vu le lendemain matin deux gamins en train de fouiller dans une poubelle et d'essayer le masque de Jutting Chin ? Je me le demande. Tout cela ne fut peut-être que pure coïncidence — provoquée vraisemblablement par les conditions atmosphériques.

Comme je suis un assassin doté d'une mémoire sensationnelle mais fragmentaire et peu orthodoxe, je ne puis vous dire, mesdames et messieurs, le jour exact où j'acquis la conviction absolue que la décapotable rouge nous suivait. Je me rappelle très bien, en revanche, la première fois que je vis fort distinctement son conducteur. Un après-midi que je poursuivais lentement ma route à travers des torrents de pluie et n'arrêtais pas d'apercevoir ce spectre rouge qui ruisselait et frissonnait de désir dans mon rétroviseur, le déluge se calma soudain et se réduisit à un simple crépitement, avant de s'interrompre totalement. Un flot de soleil balaya la route en un bruissement mouillé, et comme j'avais besoin de nouvelles lunettes de soleil, je m'arrêtai à une station-service. Ce qui m'arrivait était une calamité, un cancer, et je n'y pouvais rien, alors je ne tins tout simplement pas compte du fait que notre paisible poursuivant, décapoté, s'arrêtait à quelque distance derrière nous à un café ou un bar arborant une enseigne stupide : The Bustle : A Deceitful Seatful [1]. Après avoir pourvu aux besoins de ma voiture, je pénétrai dans le bureau pour acheter ces lunettes et payer l'essence. Tandis que je signais un traveller's check et me demandais mentalement où je me trouvais exactement, je regardai par hasard par une fenêtre latérale et découvris une chose horrible. Un homme aux larges épaules et au crâne dégarni, en veston beige et pantalon marron foncé, écoutait Lo qui, penchée hors de la voiture, lui parlait très vite en agi-

1. Mot à mot : « La Tournure : Un fondement trompeur ».

tant la main de haut en bas, doigts tendus, comme elle avait l'habitude de le faire quand elle était très sérieuse ou catégorique. Ce qui me frappa le plus et me parut insupportable fut — comment dire ? — cette intimité volubile de Lo, comme s'ils se connaissaient déjà — oh, depuis des semaines et des semaines. Je le vis se gratter la joue et hocher la tête, se tourner et regagner sa décapotable : c'était un homme de mon âge, baraqué et plutôt trapu, ressemblant légèrement à Gustave Trapp, un cousin de mon père vivant en Suisse — même visage uniment bronzé, un peu plus empâté que le mien, avec une petite moustache noire et une bouche en bouton de rose fort dépravée. Quand je remontai dans la voiture, Lolita examinait une carte routière.

« Que t'a demandé cet homme, Lo ?

— Quel homme ? Oh, cet homme. Ah, oui. Oh, je ne sais pas. Il voulait savoir si j'avais une carte. Il a perdu son chemin, j'imagine. »

Nous reprîmes notre route et je dis alors :

« Écoute, Lo. Je ne sais pas si tu mens ou pas, et je ne sais pas si tu es folle ou pas, et cela m'indiffère pour l'instant ; mais cet individu nous a suivis toute la journée, et sa voiture était au motel hier, et je crois que c'est un flic. Tu sais parfaitement ce qui se passera et où tu iras si la police vient à découvrir le pot aux roses. Maintenant je veux que tu me répètes mot pour mot ce qu'il t'a dit et ce que tu lui as dit. »

Elle rit.

« Si c'est vraiment un flic, dit-elle d'une voix stridente mais non sans une certaine logique, la pire chose que nous puissions faire serait de lui montrer qu'on a peur. Ne fais pas attention à lui, *papa*.

— A-t-il demandé où nous allions ?

— Oh, il le sait très bien (elle se moquait de moi).

— En tout cas, dis-je, de guerre lasse, j'ai maintenant vu sa figure. Elle n'est pas jolie. Il ressemble exactement à un de mes cousins, un dénommé Trapp[1].

— Peut-être que c'est Trapp. Si j'étais toi... Oh, regarde, tous les neuf sont en train de passer au zéro. Quand j'étais petite, poursuivit-elle de façon plutôt inattendue, je pensais que les chiffres s'arrêteraient et reviendraient aux neuf si maman consentait à revenir en marche arrière. »

C'était la première fois, je crois, qu'elle parlait spontanément de son enfance pré-humbertienne ; peut-être que le théâtre lui avait enseigné ce truc ; et nous continuâmes en silence notre route, sans être suivis.

Mais le lendemain, telle la douleur d'un malade incurable qui se réveille dès que le médicament et l'espoir ont cessé d'agir, elle était de nouveau là derrière nous, cette brute luisante et rutilante. Il y avait fort peu de circulation ce jour-là sur la route ; personne ne dépassait personne ; et personne n'essayait de s'intercaler entre notre humble voiture bleue et son impérieuse ombre rouge — comme si l'on avait jeté un sort sur cet intervalle, cette zone d'une bouffonnerie et d'une magie sataniques dont la précision et la stabilité mêmes possédaient une vertu hyaline, quasi artistique. Le conducteur derrière moi, avec ses épaules

1. *Trap* veut dire « piège » en anglais.

rembourrées et ses moustaches à la Trapp, ressemblait à un mannequin dans une vitrine, et sa décapotable ne paraissait se déplacer qu'au moyen d'un invisible cordon de soie silencieuse qui la reliait à notre véhicule minable. Comme nous étions infiniment moins puissants que sa splendide machine laquée, je ne tentai même pas de le semer. *O lente currite noctis equi !* Ô cauchemars, courez doucement[1] ! Nous gravîmes de longues côtes et redescendîmes, respectâmes les limitations de vitesse, épargnâmes les enfants peu pressés, reproduisîmes à grande échelle les noires torsions des courbes sur leurs boucliers jaunes, mais peu importait notre itinéraire ou notre style de conduite, l'intervalle enchanté maintenait intacte sa course fluide, mathématique, semblable à un mirage, équivalent routier du tapis magique. Et pendant tout ce temps, j'avais conscience d'un flamboiement secret à ma droite, du regard hilare de Lolita, de sa joue embrasée.

Au beau milieu d'un embrouillamini de rues cauchemardesque — à quatre heures et demie de l'après-midi, dans une ville industrielle —, un policier fut l'agent du hasard qui vint rompre le charme. Il me fit signe d'avancer, puis d'un autre geste de la main m'amputa de mon ombre. Une vingtaine de voitures s'engouffrèrent entre nous, alors je fonçai et tournai prestement dans une ruelle. Un moineau se posa avec

---

1. La phrase latine signifie littéralement : « Ô, courez lentement, chevaux de la nuit. » Dans sa traduction fantaisiste, Humbert joue sur le mot *nightmare* qui signifie « cauchemar » mais est constitué des mots *night* (nuit) et *mare* (jument).

une énorme miette de pain dans le bec, il fut attaqué par un autre et perdit la miette.

Quand je rejoignis la grand-route, après une série de haltes sinistres et quelques détours délibérés, notre ombre avait disparu.

Lola grogna et dit : « Si ce type est ce que tu crois, c'est stupide de le semer.

— J'ai d'autres théories maintenant, dis-je.

— Tu devrais — euh — les vérifier, mon très cher papa, en — euh — en maintenant le contact avec lui », dit Lo, se contorsionnant dans les volutes de son propre sarcasme, et elle ajouta de sa voix ordinaire : « Pouah, ce que tu peux être mesquin ! »

Nous passâmes une nuit sinistre dans un bungalow parfaitement infect, sous l'amplitude sonore de la pluie, tandis que le tonnerre au-dessus de nos têtes poursuivait son tintamarre quasi préhistorique.

« Je ne suis pas une *lady* et je n'aime pas les éclairs », dit Lo, dont les frayeurs que lui causaient les orages et les éclairs me procuraient un réconfort pathétique.

Nous prîmes notre petit déjeuner dans la bourgade de Soda, pop.1 001.

« À en juger par le dernier chiffre, fis-je remarquer, Face de Lune est déjà ici.

— Ton humour, mon très cher papa, est absolument hilarant », dit Lo.

Nous étions arrivés dans le pays des armoises, et il y eut un jour ou deux de répit exquis (j'avais été un imbécile, tout allait bien, mon malaise n'était qu'une flatuosité captive), et bientôt les mesas cédèrent la place à d'authentiques montagnes, et nous entrâmes à Wace le jour prévu.

Ô, désastre. Il y avait eu confusion, elle avait mal lu la date dans le guide touristique, et les cérémonies de la Grotte Magique étaient passées ! Elle prit bravement la chose, je dois le reconnaître — et lorsque nous découvrîmes que Wace, avec ses faux airs de station thermale, possédait un théâtre d'été en pleine activité, nous nous dirigeâmes tout naturellement vers lui par une douce soirée de la mi-juin. Je serais bien incapable de vous raconter l'intrigue de la pièce que nous avons vue. Quelque fadaise, en tout cas, avec des jeux de lumière convenus et une jeune première médiocre. Le seul détail qui me plut fut une guirlande de sept petites grâces, plus ou moins immobiles, joliment fardées, aux membres nus — sept filles pubescentes et perplexes, enveloppées de tulle de couleur, recrutées localement (à en juger par les éclats d'agitation partisane ici et là dans l'auditoire), et qui étaient censées représenter un arc-en-ciel vivant, lequel demeura sur scène tout au long du dernier acte et s'estompa peu à peu de manière affriolante derrière un nombre croissant de voiles. Je me souviens de m'être dit que cette idée d'utiliser des enfants pour représenter des couleurs avait été empruntée par les auteurs Clare Quilty et Vivian Darkbloom à un passage de James Joyce, et que deux des couleurs étaient d'une beauté purement insoutenable — Orange, qui ne tenait pas en place, et Émeraude, qui, lorsque ses yeux se furent habitués à l'obscurité totale de la fosse où nous étions pesamment prostrés, se mit soudain à sourire à sa mère ou à son protecteur.

Dès que le spectacle fut terminé et que les applaudissements — bruit insupportable pour mes nerfs —
se mirent à cascader tout autour de moi, j'entrepris de
tirer et de pousser Lo vers la sortie, mû par mon
empressement amoureux bien naturel à la ramener à
notre bungalow bleu néon dans la nuit sidérée et étoi-
lée : je dis toujours que la nature est sidérée par
les spectacles qu'elle voit. Cependant, Dolly-Lo traînait les pieds derrière, plongée dans une sorte d'hébétude rosée, fermant à demi ses yeux ravis, son sens
de la vue éclipsant tous les autres sens au point que
ses mains indolentes avaient en fait de la peine à se
rejoindre pour applaudir comme elles continuaient
encore de le faire mécaniquement. J'avais déjà vu ce
genre de comportement chez des enfants mais c'était
là, sacrebleu, une enfant très spéciale qui regardait l'air
rayonnant de ses petits yeux myopes la scène déjà
lointaine sur laquelle j'entraperçus brièvement les deux
auteurs — le smoking d'un homme et les épaules nues
d'une femme extrêmement grande, avec des cheveux
noirs et un profil de faucon.

« Tu m'as encore fait mal au poignet, espèce de
brute, dit Lolita à voix basse en se glissant sur le siège
de la voiture.

— Je suis affreusement désolé, ma doucette, mon
ultraviolette doucette », dis-je, tentant en vain de saisir
son coude, et j'enchaînai, question de changer de sujet
— d'inverser le sens du destin, oh mon Dieu, oh mon
Dieu : « Vivian est un sacré morceau de femme. Je suis
sûr que nous l'avons vue hier dans le restaurant de
Soda-pop.

« — Tu es d'une stupidité révoltante par moments, dit Lo. D'abord, tu as confondu les deux auteurs, Vivian, c'est l'homme, la nana, c'est Clare ; et ensuite, elle a quarante ans, elle est mariée et a du sang noir.

— Je pensais, dis-je pour la taquiner, que Quilty était un de tes anciens soupirants au temps où tu m'aimais, à Ramsdale, ce cher vieux Ramsdale.

— Quoi ? rétorqua Lo, les traits en mouvement. Ce gros dentiste ? Tu dois me confondre avec une autre petite dévergondée. »

Et je me dis en moi-même que décidément ces petites dévergondées oublient tout, tout, tandis que nous, les vieux soupirants, chérissons chaque centimètre de leur nymphescence.

19

En accord avec Lo qui avait été mise au courant, instructions avaient été données au receveur de Beardsley de faire suivre notre courrier en poste restante, d'abord à Wace puis à Elphinstone. Le lendemain matin, nous nous rendîmes à la première de ces postes et dûmes prendre notre tour dans une file d'attente assez courte mais qui progressait lentement. Lo examina le trombinoscope des individus recherchés par la police. Le beau Bryan Bryanski, alias Anthony Bryan, alias Tony Brown, yeux noisette, teint clair, recherché pour kidnapping. La fraude postale, tel était le faux pas commis par un vieux monsieur aux yeux tristes, et, comme si cela ne suffisait pas, il était affligé d'une déformation des arcades plantaires. Le sombre Sullivan faisait l'objet d'une mise en garde : Sujet vraisemblablement armé qui doit être considéré comme extrêmement dangereux. Si vous voulez faire un film à partir de mon livre, faites en sorte que l'un de ces visages vienne se fondre doucement avec le mien pendant que je regarde. Et il y avait également un cliché barbouillé d'une fille disparue, âgée de quatorze ans, qui, lors de sa disparition, portait des souliers marron, ça rime. Prière de contacter le shérif Buller.

Oublions mon courrier ; celui de Dolly comprenait son bulletin scolaire et une enveloppe d'une allure insolite. Sans hésiter, j'ouvris celle-ci et examinai son contenu. Je crus comprendre qu'on s'attendait à ma réaction, car Lo ne parut pas se formaliser et se dirigea lentement vers le kiosque à journaux près de la sortie.

« Dolly-Lo : Eh bien, la pièce fut un grand succès. Les trois chiens se sont tenus tranquilles, Cutler les ayant quelque peu drogués, je suppose, et Linda connaissait par cœur toutes tes répliques. Elle a bien joué, elle a fait preuve de vivacité et de maîtrise, mais elle n'avait pas cette sorte de *dynamisme*, cette *vitalité tranquille*, ce charme qui caractérisaient la petite Diane que moi — et l'auteur — aimions tant ; d'ailleurs, l'auteur n'était pas là pour nous applaudir comme la dernière fois, et un épouvantable orage dehors éclipsa totalement notre modeste tonnerre en coulisse. Oh, mon Dieu, comme le temps passe vite. Maintenant que tout est fini, l'école, la pièce, cette sale histoire avec Roy, la grossesse de ma mère (notre bébé n'a pas vécu, hélas !), tout cela paraît si loin, même si je porte encore pour ainsi dire les traces du maquillage sur mon visage.

« Nous partons pour New York après-demain, et, malgré mon envie de me défiler, je crains bien de devoir accompagner mes parents en Europe. J'ai quelque chose de pire encore à t'annoncer. Dolly-Lo ! Il se peut que je ne sois plus à Beardsley quand tu reviendras, à supposer que tu reviennes. Pour différentes raisons, l'une étant qui tu sais et l'autre n'étant pas qui tu crois savoir, papa veut que j'aille à l'école à Paris pendant un an tandis que lui et Fullbright seront dans le coin[1].

« Comme on pouvait le prévoir, le pauvre Poète a trébuché dans la scène III en arrivant à ce stupide petit bout-rimé en français. Tu te souviens ? *Ne manque pas de dire à ton amant, Chimène, comme le lac est beau car il faut qu'il t'y mène**. Drôlement verni, ce beau ! *Qu'il t'y** — il y a de quoi se décrocher la mâchoire ! Allons, sois sage, Lollikins ! Affectueux baisers de la part de ton Poète, et tous mes respects au Gouverneur. Ta petite Mona. P-S. Pour différentes raisons, ma correspondance se trouve être sévèrement surveillée. Tu ferais donc bien d'attendre que je t'écrive d'Europe. » (Elle ne le fit jamais, pour autant que je le sache. Cette lettre contenait un brin de malveillance et de mystère qu'aujourd'hui je suis trop fatigué pour analyser. Je l'ai retrouvée plus tard entre les pages d'un des guides touristiques, et je la donne ici *à titre documentaire**. Je la lus deux fois.)

---

1. Son père s'est manifestement vu accorder une bourse Fullbright.

392

Je levai les yeux de la lettre et étais sur le point de...
Lola n'était plus là. Tandis que je succombais aux
sortilèges de Mona, Lo avait haussé les épaules et
s'était éclipsée. « N'auriez-vous pas vu... » demandai-je à un bossu qui balayait le sol près de l'entrée.
Il l'avait vue, en effet, le vieux vicieux. Elle avait sans
doute aperçu une amie et s'était précipitée dehors. Je
me précipitai dehors moi aussi. Je m'arrêtai — ce
qu'elle n'avait pas fait. Je repris ma course. Je m'arrêtai de nouveau. Ça devait finir par arriver. Elle s'était
échappée pour de bon.

Pendant les années qui ont suivi, je me suis souvent
demandé pourquoi elle ne s'était pas échappée pour
de bon ce jour-là. Était-ce à cause du pouvoir rétenteur
de ses nouveaux habits d'été enfermés à clé dans ma
voiture ? D'une certaine parcelle d'immaturité dans
quelque vaste projet d'ensemble ? Était-ce simplement
parce que, tout bien considéré, mieux valait se servir
de moi pour se faire transporter jusqu'à Elphinstone
— le terminus secret, de toute façon ? Toujours est-il
que j'étais tout à fait persuadé qu'elle m'avait quitté
pour de bon. Les montagnes mauves sur leur quant-
à-soi qui encerclaient à demi la ville me semblaient
grouiller de Lolita haletantes, cabriolantes, riantes,
haletantes qui se dissolvaient dans la brume de leurs
cimes. Au bout d'une rue transversale, au loin, se
dessinait un gros W en pierres blanches sur un talus
abrupt qui semblait être l'emblème même de ma
détresse [1].

1. Le mot anglais est *woe* ; il partage l'initiale de Wace.

La jolie poste toute neuve dont je venais de sortir était coincée entre un cinéma en sommeil et une conjuration de peupliers. Il était neuf heures, heure des montagnes. J'étais sur la rue principale. Je la longeai, côté bleu, tout en surveillant le trottoir d'en face transfiguré par la lumière du matin, un de ces jeunes et fragiles matins d'été, avec ici et là des éclairs de verre, qui semblait vaguement vaciller, se pâmer presque, face à la perspective d'un midi affreusement torride. Passant de l'autre côté, je flânai et feuilletai, si j'ose dire, un long pâté de maisons : Pharmacie, Agence immobilière, Boutique de vêtements, Pièces détachées, Café, Articles de sport, Agence immobilière, Meubles, Appareils ménagers, Compagnie du téléphone, Pressing, Épicerie. Monsieur l'agent, monsieur l'agent, ma fille s'est enfuie. De mèche avec un détective ; amoureuse d'un maître chanteur. Elle a abusé de ma totale impuissance. Je glissai un œil dans tous les magasins. Était-il opportun, me demandai-je intérieurement, de m'adresser à l'un ou à l'autre des rares piétons ? Je ne le fis pas. Je restai assis tout un moment dans la voiture en stationnement. J'inspectai le jardin public côté est. Je retournai à la Boutique de vêtements et au magasin de Pièces détachées. Je tentai de me convaincre, en un furieux accès de sarcasme — *un ricanement** —, que j'étais stupide de la suspecter, qu'elle allait réapparaître dans une minute.

Ce qu'elle fit en effet.

Je me retournai brusquement et repoussai la main qu'elle avait posée sur ma manche avec un sourire timide et niais.

« Monte dans la voiture », dis-je.

Elle obéit et je continuai à faire les cent pas, agitant en moi des pensées sans nom, essayant de concevoir une stratégie capable de déjouer sa duplicité.

Bientôt elle sortit de la voiture et se retrouva de nouveau près de moi. Mon oreille se remit peu à peu à l'écoute de radio Lo, et je me rendis compte qu'elle me disait avoir rencontré une de ses anciennes amies.

« Ah oui ? Qui donc ?

— Une fille de Beardsley.

— Très bien. Je connais le nom de toutes tes camarades de classe. Alice Adams ?

— Cette fille n'était pas dans ma classe.

— Très bien. J'ai là la liste complète de toutes les élèves. Son nom, s'il te plaît.

— Elle n'était pas dans mon école. C'est une fille de Beardsley, voilà tout.

— Très bien. J'ai aussi l'annuaire de Beardsley. On va consulter tous les Brown.

— Je ne connais que son prénom.

— Mary ou Jane ?

— Non — Dolly comme moi.

— Nous voici donc dans une impasse (le miroir contre lequel on vient s'écraser le nez). Très bien. Prenons les choses autrement. Tu as été absente pendant vingt-huit minutes. Qu'ont fait les deux Dolly ?

— Nous sommes allées dans un drugstore.

— Et là vous avez pris...

— Oh, deux cocas, c'est tout.

— Attention, Dolly. On peut vérifier ça, tu le sais.

— C'est du moins ce qu'elle a pris. Moi, j'ai bu un verre d'eau.

— Très bien. Était-ce dans cet endroit-là ?

— Ouais.

— Très bien, allons-y, on va cuisiner le serveur de sodas.

— Attends une seconde. Je me demande si ce n'était pas un peu plus loin — juste au coin de la rue.

— Suis-moi quand même. Entre, je t'en prie. Voyons voir (ouvrant un annuaire téléphonique retenu par une chaînette). Deuil et Dignité. Non, pas encore. Nous y voilà : Drugstore-Détaillant. Drugstore du Belvédère. Pharmacie Larkin. Et deux autres encore. C'est tout ce qu'il semble y avoir à Wace comme distributeurs de sodas — du moins dans le quartier des affaires. Eh bien, on va tous les vérifier.

— Va au diable, dit-elle.

— La grossièreté ne te mènera nulle part, Lo.

— OK, dit-elle. Tu veux me piéger mais tu ne pourras pas. Bon, d'accord, on n'a pas bu de soda. On a seulement bavardé et regardé des robes dans des vitrines.

— Quelles vitrines ? Celle là-bas, par exemple ?

— Oui, celle là-bas, par exemple.

— Oh, Lo ! Allons la voir de plus près. »

Elle valait le coup d'œil. Un jeune type tout fringant était en train de passer l'aspirateur sur une espèce de tapis où se dressaient deux silhouettes qui donnaient l'impression d'avoir été ravagées à l'instant par quelque explosion. L'une était nue comme un ver, sans perruque et sans bras. Sa taille relativement petite et sa pose souriante et satisfaite laissaient supposer qu'elle avait représenté, habillée, et représenterait encore, une fois rhabillée, une enfant de la taille de Lolita. Mais dans son état présent, elle était asexuée. À côté d'elle, se tenait une mariée voilée beaucoup plus grande, *virgo intacta* en parfait état, sauf qu'il lui manquait un bras. Par terre, aux pieds des deux damoiselles, à l'endroit même où le jeune homme rampait à grand-peine avec son aspirateur, gisaient en éventail trois bras fluets, ainsi qu'une perruque blonde. Deux des bras étaient bizarrement tordus et semblaient évoquer un geste convulsif d'épouvante ou de supplication.

« Regarde, Lo, dis-je tranquillement. Regarde bien. N'est-ce pas là un symbole plutôt approprié de quelque chose ? Cependant, poursuivis-je tandis que nous remontions dans la voiture, j'ai pris certaines précautions. J'ai noté là sur ce bloc-notes (ouvrant délicatement la boîte à gants) le numéro d'immatriculation de la voiture de notre ami. »

Imbécile que j'étais, je ne l'avais pas appris par cœur. Tout ce que je gardais en mémoire, c'était la première lettre et le chiffre de la fin, comme si tout l'amphithéâtre des six signes s'estompait en totalité derrière une vitre concave en verre fumé, trop opaque pour que l'on puisse déchiffrer la séquence centrale mais suffisamment transparente pour permettre de distinguer ses bords extrêmes — un P majuscule et un 6. Il me faut entrer dans tous ces détails (qui en eux-mêmes ne peuvent intéresser qu'un psychologue professionnel) parce que autrement le lecteur (ah, que ne puis-je l'imaginer sous les traits d'un intellectuel à la barbe blonde, suçant entre ses lèvres roses *la pomme de sa canne** tout en dévorant des yeux mon manuscrit !) pourrait ne pas comprendre l'intensité du choc que je reçus en remarquant que le P avait acquis la tournure d'un B et que le 6 avait été complètement effacé. Le reste, souillé de ratures, qui trahissaient le va-et-vient rapide et confus d'une petite gomme à l'extrémité d'un crayon, et parmi lesquelles on distinguait des bribes de numéros effacés ou reconstitués par la main d'un enfant, n'offrait à toute tentative d'interprétation logique qu'un entrelacs de fils de fer barbelés. Tout ce que je me rappelais, c'était le nom de l'État — limitrophe de celui où se trouvait Beardsley.

Je ne dis rien Je remis le bloc-notes en place, fermai la boîte à gants et, reprenant la route, sortis de Wace. Lo s'était saisie des bandes dessinées qui traînaient sur le siège arrière et, un coude hâlé hors de la portière, le buste flottant dans un corsage blanc, s'était plongée dans la présente aventure de quelque clown ou corniaud. À cinq ou six kilomètres de Wace, je m'enfonçai dans l'ombre d'une aire de pique-nique où le matin avait déposé ses copeaux de lumière sur une table vide ; Lo leva les yeux avec un timide sourire d'étonnement et je lui flanquai, du revers de la main, sans dire un mot, une gifle magistrale qui l'atteignit en plein sur le petit os dur de sa pommette chaude.

Vinrent ensuite le remords, les délices poignantes de l'expiation et des larmes, l'amour servile, le désespoir de la réconciliation sensuelle. Dans la nuit de velours, au Mirana Motel (Mirana !), je couvris de baisers la plante jaunâtre de ses pieds aux longs doigts, je m'immolai... Mais à quoi bon ? Nous étions tous les deux perdus. Et, bientôt, j'allais connaître un nouveau cycle de persécution.

Dans une rue de Wace, à la périphérie de la ville... Oh, je suis absolument certain que ce n'était pas une illusion. Dans une rue de Wace, j'avais entraperçu la Décapotable Rouge Aztèque, ou sa sœur jumelle. Elle contenait, au lieu de Trapp, quatre ou cinq jeunes gens bruyants de divers sexes — mais je ne dis rien. Après Wace, la situation changea du tout au tout. Pendant un jour ou deux, je me dis, en me gargarisant mentalement de cette certitude, que nous n'étions pas suivis et ne l'avions jamais été ; et ensuite, je compris peu à peu, révulsé, que Trapp avait changé de tactique et était toujours là, dans telle ou telle voiture de location.

Véritable Protée de la route, il passait avec une facilité déconcertante d'un véhicule à l'autre. Cette technique impliquait l'existence de garages spécialisés en trafic d'« automobile-poste », mais je ne parvins jamais à découvrir les relais qu'il utilisait. Il parut affectionner d'abord l'espèce Chevrolet, débutant par une décapotable crème campus qu'il troqua ensuite pour une petite berline bleu horizon avant de s'estomper dans le gris embrun puis le gris bois flottant. Après quoi il se tourna vers d'autres marques et passa par toutes les teintes du pâle et terne arc-en-ciel d'un nuancier, et un jour je me surpris en train de chercher à cerner la subtile différence entre notre propre Melmoth[1] bleu de rêve et l'Oldsmobile bleu azur qu'il avait louée ; les gris demeurèrent cependant son cryptochromisme préféré, et moi, en proie à des cauchemars atroces, je m'évertuai en vain à faire la différence entre des fantômes tels que le gris coquillage de Chrysler, le gris chardon de Chevrolet, le gris français de Dodge...

Ainsi contraint de rester constamment à l'affût de sa petite moustache et de sa chemise ouverte — ou de son crâne un peu dégarni et de ses larges épaules —, je fus amené à faire une étude approfondie de toutes les voitures sur la route — devant, derrière, à côté, dans le même sens ou en sens inverse —, de tous les véhicules sous le soleil capriquant : l'automobile du paisible vacancier avec sa boîte de mouchoirs en papier Tender Touch dans la lunette arrière ; la vieille guimbarde fonçant à tombeau ouvert avec sa cargaison d'enfants blêmes, la tête d'un chien hirsute dépassant de la portière et un garde-boue froissé ; la berline du célibataire encombrée de costumes suspendus à des cintres ; l'énorme caravane pansue zigzaguant devant sans se soucier le moins du monde de la furieuse file indienne bouillonnant derrière ; la voiture avec sa jeune passagère poliment perchée au milieu de la banquette avant afin d'être plus proche du jeune conducteur ; la voiture transportant sur son toit un bateau rouge la quille en l'air... La voiture grise ralentissant devant nous, la voiture grise nous rattrapant.

1. Il n'existe pas de voitures de cette marque. Le mot renvoie au volumineux roman gothique de Charles Robert Maturin, *Melmoth the Wanderer* (*Melmoth, l'homme errant*, 1820).

Nous étions dans les montagnes, quelque part entre Snow et Champion, et descendions une côte quasi imperceptible lorsque j'aperçus de nouveau distinctement le Détective Amoureux Trapp. La brume grise derrière nous s'était épaissie et concentrée pour acquérir finalement la compacité d'une berline bleu outremer. Tout à coup, comme si la voiture que je conduisais répondait aux émois de mon pauvre cœur, nous nous mîmes à déraper d'un côté puis de l'autre, tandis que quelque chose en dessous de nous faisait un flop-flop penaud.

« Tu es à plat, mon petit monsieur », dit gaiement Lo.

Je m'arrêtai — au bord d'un précipice. Elle croisa les bras et posa le pied sur le tableau de bord. Je descendis examiner la roue arrière droite. La base du pneu était hideusement et piteusement aplatie. Trapp s'était arrêté à une cinquantaine de mètres derrière nous. Avec la distance, son visage goguenard ressemblait à une tache de graisse. C'était l'occasion ou jamais. Je me mis à marcher vers lui — avec l'idée brillante de lui demander un cric bien que j'en eusse un. Il recula un peu. Mon gros orteil buta contre une pierre — et tout le monde de partir d'un grand éclat de rire. C'est alors qu'un gigantesque camion se profila derrière Trapp puis passa à côté de moi en un bruit de tonnerre — et aussitôt après, je l'entendis klaxonner d'un ton convulsif. Instinctivement je me retournai — et vis ma propre voiture qui s'éloignait lentement, imperceptiblement. Je me rendis compte que Lo s'était installée stupidement au volant et que le moteur tournait manifestement — alors que je me souvenais de l'avoir éteint mais sans prendre la précaution de mettre le frein à main ; et pendant le bref intervalle de temps systolique qu'il me fallut pour atteindre la machine grinçante, qui s'immobilisa enfin, je compris soudain que durant les deux dernières années la petite Lo avait eu tout le temps d'apprendre les rudiments de la conduite. J'ouvris brusquement la portière, convaincu, sacrebleu, qu'elle avait démarré la voiture pour m'empêcher d'arriver jusqu'à Trapp. Sa combine s'avéra inutile, cependant, car, tandis que je la poursuivais elle, lui avait fait un demi-tour énergique et avait disparu. Je soufflai un instant. Lo s'étonna que je ne la remercie pas — la voiture s'était mise à avancer toute seule et... Devant mon mutisme, elle s'absorba dans l'étude de la carte. Je redescendis de la voiture et me livrai au « supplice de la roue », comme aimait à dire Charlotte. Peut-être étais-je en train de perdre la tête.

Nous poursuivîmes notre voyage grotesque. Après une descente sinistre et superflue, nous repartîmes pour une lente ascension. Dans une rampe escarpée, je me retrouvai derrière le gigantesque camion qui nous avait dépassés. Il grimpait les lacets en grognant farouchement, impossible à doubler. De la cabine s'échappa un petit objet oblong d'argent poli — l'enveloppe intérieure d'un chewing-gum — qui vint se plaquer contre notre pare-brise. Une idée me traversa l'esprit : si j'étais effectivement en train de perdre la tête, je pourrais bien finir par assassiner quelqu'un. En fait — dit Humbert les pieds encore bien au sec à Humbert en train de couler — il serait peut-être judicieux de préparer les choses — de sortir l'arme de sa boîte et de la glisser dans ma poche — afin de mettre à profit l'instant de démence lorsqu'il se présenterait.

<h1 style="text-align:center">20</h1>

En autorisant Lolita à étudier l'art dramatique, je lui avais permis, tendre imbécile, de cultiver la perfidie. Il s'avérait maintenant qu'elle ne s'était pas contentée d'apprendre les réponses à des questions consistant par exemple à définir le conflit principal dans *Hedda Gabler*, ou à désigner les scènes clés dans *L'amour sous les tilleuls*[1], ou encore à analyser l'atmosphère générale dans *La cerisaie* ; il s'était agi ni plus ni moins que d'apprendre à me trahir. Comme je maudissais maintenant ces exercices de simulation sensuelle que je l'avais vue si souvent pratiquer dans notre salon à Beardsley, l'observant de quelque point stratégique tandis qu'elle, semblable à un sujet hypnotisé ou à une prêtresse présidant à quelque rite mystique, exécutait des versions sophistiquées de pantomimes enfantines en faisant semblant d'écouter un gémissement dans l'obscurité, de voir pour la première fois une jeune marâtre toute neuve, de goûter quelque chose qu'elle haïssait, comme du babeurre, de humer l'herbe foulée

---

1. *Love Under the Lindens*, titre inventé par Humbert où l'on retrouve une référence à *Desire Under the Elms* d'Eugene O'Neill et au célèbre boulevard de Berlin.

dans un verger luxuriant, ou encore de toucher des mirages d'objets de ses mains espiègles et fines de petite fille. J'ai encore dans mes papiers une feuille ronéotée proposant les exercices suivants :

> Exercices tactiles. Imaginez que vous ramassez et tenez dans vos mains : une balle de ping-pong, une pomme, une datte gluante, une balle de tennis toute neuve et pelucheuse comme de la flanelle, une pomme de terre brûlante, un glaçon, un petit chat, un petit chien, un fer à cheval, une plume, une lampe de poche.
>
> Pétrissez entre vos doigts les objets imaginaires suivants : un morceau de pain, de la gomme, la tempe endolorie d'un ami, un échantillon de velours, un pétale de rose.
>
> Vous êtes une petite aveugle. Palpez le visage des personnages suivants : un adolescent grec, Cyrano, le Père Noël, un bébé, un faune rieur, un inconnu endormi, votre père.

Mais comme elle était jolie lorsqu'elle s'employait à tisser ces sortilèges délicats, à exécuter rêveusement ses tours de magie et ses leçons ! Certains soirs aventureux, à Beardsley, je l'avais même fait danser devant moi en lui promettant quelque gâterie ou cadeau, et même si ces sauts banals qu'elle faisait, jambes écartées, ressemblaient davantage à ceux d'une pom-pom girl qu'aux mouvements langoureux et saccadés d'un *petit rat** parisien, le rythme de ses membres pas encore tout à fait nubiles m'avait procuré du plaisir.

Mais tout cela n'était rien, absolument rien, en comparaison de cet indescriptible picotement d'exaltation que j'avais éprouvé en la voyant jouer au tennis — cette impression excitante et frénétique de vaciller à l'extrême bord d'une eurythmie et d'une splendeur surnaturelles.

Malgré son âge avancé, elle était plus nymphette que jamais avec ses membres à la carnation abricot, ses vêtements de tennis d'adolescente ! Vénérables gentlemen ailés ! Nul au-delà n'est acceptable s'il ne la restitue pas telle qu'elle était alors, dans cette station du Colorado entre Snow et Elphinstone, avec tout comme il faut : le short ample et blanc de petit garçon, la taille fine, le ventre abricot, le cache-cœur dont les rubans remontaient derrière pour encercler son cou et se terminer par un nœud flottant, ce qui laissait découvertes ses adorables épaules abricot d'une jeunesse exaspérante marquées par cette pubescence et cette ossature tendrement ciselée, et ce dos satiné dont la chute allait se rétrécissant. Sa casquette avait une visière blanche. Sa raquette m'avait coûté une petite fortune. Idiot, triple idiot ! J'aurais pu la filmer ! Je l'aurais maintenant avec moi, devant mes yeux, dans la cabine de projection de ma douleur et de mon désespoir.

Avant de commencer à servir, elle s'immobilisait et se décontractait l'espace d'une mesure ou deux de temps strié de blanc, et souvent elle faisait rebondir la balle deux ou trois fois, ou tapait du pied par terre, toujours détendue, toujours plutôt floue quant au score, toujours gaie, elle qui l'était si rarement dans la sombre existence qu'elle menait à la maison. Son jeu de tennis représentait le point le plus sublime auquel une jeune créature puisse, à ma connaissance, élever l'art du faux-semblant, bien que cela ne fût sans doute pour elle que l'exacte géométrie de la réalité élémentaire.

L'exquise clarté de tous ses mouvements avait sa contrepartie acoustique dans le bruit pur et sonore de chacun de ses coups. La balle lorsqu'elle pénétrait dans son aura d'influence devenait étrangement plus blanche, sa résilience étonnamment plus riche, et l'instrument de précision auquel la soumettait Lo semblait démesurément préhensile et circonspect à l'instant où s'effectuait le contact tenace. Son jeu était en fait une imitation absolument parfaite d'un tennis de très haut niveau — mais sans avoir pour autant de résultats utilitaires. Comme me l'avait dit la sœur d'Edusa, Electra Gold, une merveilleuse jeune monitrice, un jour que j'étais assis sur un banc dur et palpitant en train de regarder Dolores Haze jouer sans conviction avec Linda Hall (et se faire battre par elle) : « Dolly a un aimant dans les cordes de sa raquette, mais pourquoi diable est-elle si polie ? » Ah, Electra, quelle importance, quand on possède une telle grâce ! La toute première fois que je la vis jouer, je me souviens d'avoir été submergé par un spasme presque douloureux de plénitude esthétique. Ma Lolita, en amorçant le cycle ample et élastique de son service, avait une façon inimitable de lever le genou gauche replié et, pendant une seconde, l'on voyait naître et flotter dans le soleil une trame d'équilibre vital formée par ce pied dressé sur sa pointe, cette aisselle immaculée, ce bras bruni et cette raquette rejetée loin en arrière, tandis que, découvrant ses dents luisantes, elle souriait au petit globe suspendu si haut au zénith de ce cosmos gracieux et puissant qu'elle avait créé à seule fin de s'abattre sur lui d'un coup sec et sonore de sa cravache d'or.

Son service était un miracle de beauté, d'authenticité, de jeunesse, couronné qu'il était par une trajectoire d'une pureté classique, mais, en dépit de son impétuosité, il était relativement facile à retourner, son long et élégant rebond étant dépourvu d'effet et de mordant.

Aujourd'hui, à la pensée que j'aurais pu immortaliser tous ses coups, tous ses enchantements, sur des fragments de celluloïd, je ne puis réprimer un râle de frustration. C'eût été tellement mieux que les clichés que j'ai brûlés ! Sa volée haute était à son service ce qu'est l'envoi à la ballade ; car elle avait été entraînée, ma dulcinée, à trottiner aussitôt jusqu'au filet sur ses pieds impétueux et agiles, chaussés de blanc. Son coup droit et son revers étaient aussi élégants l'un que l'autre : ils étaient l'image parfaite l'un de l'autre — mes reins frissonnent encore quand je repense à ces détonations de pistolet que réitéraient les échos brefs et les cris d'Electra. L'une des perles du jeu de Dolly était une demi-volée courte que Ned Litam lui avait enseignée en Californie.

Elle préférait le théâtre à la natation, et la natation au tennis, et pourtant je prétends que si je n'avais pas brisé quelque chose en elle — non que je m'en sois rendu compte alors ! — elle aurait eu non seulement ce style parfait mais en plus la volonté de gagner, et serait devenue une vraie petite championne. Dolores, deux raquettes sous le bras, à Wimbledon. Dolores faisant la promotion d'une cigarette Dromedary. Dolores devenant professionnelle. Dolores jouant le rôle d'une jeune championne dans un film. Dolores en compagnie de son entraîneur de mari, ce vieux Humbert grisonnant, humble et muet.

Il n'y avait rien de faux ni de trompeur dans l'esprit de son jeu — sauf à considérer sa joyeuse indifférence envers le résultat comme une ruse de nymphette. Elle qui, dans la vie de tous les jours, savait être si cruelle et rusée, manifestait dans la façon de placer sa balle une innocence, une candeur, une gentillesse telles que cela permettait à un joueur résolu mais de seconde catégorie, si maladroit et inepte fût-il, de s'assurer la victoire à force d'estocades et de balles coupées. Malgré sa petite taille, elle couvrait les 98 m^2 de sa moitié de court avec une étonnante facilité, une fois du moins qu'elle était entrée dans le rythme d'un échange et tant qu'elle pouvait le diriger à sa guise ; mais toute attaque brusque ou tout changement de tactique soudain de la part de son adversaire la laissait désemparée. Lors de la balle de match, son second service, qui — c'était bien d'elle — était encore plus puissant et plus travaillé même que le premier (car elle n'avait aucune de ces inhibitions qui entravent les gagnants trop prudents), heurtait en un bruit sonore le filet tendu comme une corde de harpe — et ricochait hors du court. Le joyau poli de son amorti était happé et détourné par son adversaire qui semblait avoir quatre jambes et brandissait une pagaie tordue. Ses coups droits spectaculaires et ses adorables volées atterrissaient candidement aux pieds de son vis-à-vis. Elle n'arrêtait pas de renvoyer des balles faciles dans le filet — et feignait gaiement d'être consternée en se laissant tomber à genoux à la manière d'une danseuse étoile, ses mèches retombant sur son front. Sa grâce et son brio étaient si stériles qu'elle ne parvenait même pas à triompher de moi, avec mon souffle court et mon lift désuet.

Je dois être, je pense, tout particulièrement sensible à la magie des jeux. Lors de mes séances d'échecs avec Gaston, je me représentais l'échiquier comme une flaque carrée d'eau limpide avec ici et là de rares coquillages et « strata-gemmes » luisant d'un éclat rosé sur la mosaïque lisse du fond, qui, aux yeux de mon adversaire confus, n'était que limon et encre de seiche. De même, le souvenir des premiers rudiments de tennis que j'avais infligés à Lolita — avant la révélation que furent pour elle les leçons du grand Californien — demeurait oppressant et affligeant dans mon esprit — non seulement à cause de l'exaspération irritante et désespérante que déclenchait chez elle chacune de mes suggestions — mais parce que la précieuse symétrie du court, au lieu de refléter les harmonies latentes en elle, était complètement brouillée par la gaucherie et la lassitude de l'enfant hostile que je mésentraînais. Les choses étaient différentes désormais, et ce jour-là, dans l'air pur de Champion, dans l'État du Colorado, sur cet admirable court au bas de l'escalier de pierre très raide qui remontait à l'hôtel de Champion où nous avions passé la nuit, il me sembla que je pouvais trouver un brin de repos, après le cauchemar de ses trahisons secrètes, dans l'innocence de son style, de son âme, de sa grâce intrinsèque.

Elle frappait des coups forts et plats, avec ce mouvement ample et tranquille qui lui était habituel, me lançant une série de longues balles rasantes — toutes coordonnées de manière si franche et rythmée que cela réduisait pratiquement mon jeu de jambes à une flânerie cadencée — les joueurs d'élite comprendront ce que je veux dire. Mon service assez lourdement coupé que m'avait appris mon père, lequel le tenait de Decugis ou Borman, deux grands champions qui comptaient parmi ses plus vieux amis, aurait sérieusement inquiété ma Lo, à supposer que j'eusse voulu l'inquiéter. Mais qui aurait songé à contrarier une si lumineuse enfant ? Ai-je déjà signalé que son bras nu portait le 8 de la vaccination ? Que je l'aimais éperdument ? Qu'elle n'avait que quatorze ans ?

Un papillon indiscret passa en plongeant entre nous.

Deux personnes en short de tennis, un rouquin qui était mon cadet d'une huitaine d'années tout au plus, avec des tibias luisants empourprés par un coup de soleil, et une fille brune indolente à la bouche maussade et au regard dur, environ deux ans plus âgée que Lolita, surgirent de nulle part. Ainsi qu'il est d'usage chez les néophytes consciencieux, leurs raquettes étaient enveloppées de housses et corsetées de cadres, et ils les portaient non pas comme des extensions naturelles et confortables de certains muscles spécialisés, mais comme des massues, des espingoles ou des vilebrequins, ou encore l'épouvantable fardeau de mes péchés. S'asseyant sans vergogne sur un banc adjacent au court à côté de mon précieux veston, ils admirèrent bruyamment une série d'environ cinquante échanges de balle que Lo m'aida innocemment à promouvoir et à maintenir — jusqu'au moment où la série fut interrompue par une syncope qui coupa le souffle à Lo lorsque son smash haut sortit du court, sur quoi ma flavescente idole se répandit en rires ensorceleurs.

Ayant alors très soif, je me rendis à la borne-fontaine ; là, le Rouquin s'approcha de moi et proposa en toute humilité que nous fassions un double mixte. « Je m'appelle Bill Mead, dit-il ; puis il ajouta : Et voici Fay Page, une actrice. Ma fiancée » (pointant sa raquette stupidement encapuchonnée en direction de l'élégante Fay qui déjà parlait à Dolly). Je m'apprêtais à répondre : « Désolé, mais... » (car je ne supporte pas de voir ma pouliche exposée aux coups d'estoc et de taille de butors minables), lorsqu'un cri étrangement mélodieux vint distraire mon attention : un chasseur de l'hôtel dévalait les marches et se dirigeait vers notre court en me faisant de grands signes. On m'appelait, de toute urgence s'il vous plaît, en longue distance — c'était si urgent que l'on gardait la ligne pour moi. Très bien. J'enfilai mon veston (la poche intérieure alourdie par le pistolet) et dis à Lo que j'allais revenir dans une minute. Elle était en train de ramasser une balle — entre son pied et sa raquette à la manière européenne, une des rares jolies choses que je lui avais apprises — et elle sourit — elle me sourit !

Pendant que je suivais le garçon et gravissais les marches menant à l'hôtel, un calme atroce maintenait mon cœur à flot. Cette fois, pour reprendre une expression où la révélation, le châtiment, la torture, la mort, l'éternité apparaissent sous la forme d'une formule singulièrement repoussante, ça y était. Je l'avais laissée en de fort médiocres mains, mais cela importait assez peu maintenant. J'allais me battre, bien sûr. Oh, j'allais me battre. Plutôt tout détruire que de renoncer à elle. Oui, drôlement raide cet escalier.

À la réception, un homme compassé, au nez romain, et dont le passé très obscur, je me permets de le suggérer, eût mérité une enquête, me tendit un message écrit de sa propre main. Finalement on n'avait pas gardé la ligne. Le message disait :

« Mr. Humbert. La directrice de l'école de Birdsley (*sic* !) a téléphoné. Résidence d'été — Birdsley 2-8282. Veuillez rappeler tout de suite. Très important. »

Je me recroquevillai à l'intérieur d'une cabine, avalai une petite pilule, et me débattis pendant une vingtaine de minutes avec des fantômes spatiaux. Un quatuor de propositions devint peu à peu audible : soprano, ce numéro était inconnu à Beardsley ; alto, Miss Pratt était en route vers l'Angleterre ; ténor, l'école de Beardsley n'avait pas téléphoné ; basse, comment aurait-on pu le faire, puisque personne ne savait que j'étais ce jour-là à Champion, Colorado ? Sous la pointe de mon aiguillon, le Romain prit la peine de vérifier s'il y avait eu un appel en longue distance. Il n'y en avait eu aucun. Il n'était pas exclu que quelqu'un ait simulé un appel longue distance depuis un téléphone local. Je le remerciai. Il répondit : Pas de quoi. Après une visite aux gazouillantes toilettes des messieurs et une autre au bar pour avaler un verre d'alcool fort, je pris le chemin du retour.

Depuis la terrasse supérieure je vis, loin en dessous, sur le court de tennis qui ne semblait pas plus grand que l'ardoise mal essuyée d'un écolier, la flavescente Lolita en train de jouer un double. Elle se déplaçait comme un ange gracieux entre trois horribles infirmes tout droit sortis d'un tableau de Bosch. L'un d'eux, son partenaire, lui donna une tape facétieuse sur le derrière avec sa raquette en changeant de côté. Il avait une tête étonnamment ronde et portait un pantalon marron tout à fait incongru. Il y eut une soudaine effervescence : il me vit, jeta sa raquette — ma raquette ! — et décampa en gravissant le talus. Battant des coudes et des poignets de manière faussement comique comme s'il était pourvu d'ailes rudimentaires, il remonta, jambes arquées, jusqu'à la rue où l'attendait sa voiture grise. L'instant d'après lui et sa grise machine avaient disparu. Quand j'arrivai en bas de l'escalier, le trio restant s'affairait à ramasser et à trier les balles.

« Mr. Mead, qui était cette personne ? »

Bill et Fay, la mine solennelle, secouèrent la tête.

Cet absurde intrus s'était imposé pour faire un double, n'est-ce pas, Dolly ?

Dolly. La poignée de ma raquette était encore d'une tiédeur répugnante. Avant de regagner l'hôtel, je poussai Lo dans une petite allée à demi enfouie sous des arbustes odoriférants, avec des fleurs pareilles à des fumerolles, et j'étais sur le point d'éclater en mûrs sanglots et de supplier son impassible rêve de la manière la plus abjecte qui soit de me fournir des éclaircissements, si fallacieux fussent-ils, quant à la lente horreur qui m'enveloppait, lorsque nous nous retrouvâmes derrière les deux Mead convulsés — vous savez, comme dans les vieilles comédies, lorsque des gens parfaitement assortis se rencontrent au milieu d'un décor idyllique. Bill et Fay étaient tous les deux tordus de rire — nous étions arrivés à la fin de leur petite plaisanterie. Ça n'avait en fait aucune importance.

Parlant elle aussi comme si cela n'avait vraiment aucune importance, et faisant de toute évidence comme si la vie poursuivait automatiquement son cours avec tout son cortège de plaisirs, Lolita dit qu'elle voulait se changer et se mettre en maillot de bain, et passer le reste de l'après-midi à la piscine. C'était une journée superbe. Lolita !

21

« Lo ! Lola ! Lolita ! » Je m'entends encore crier son nom depuis une porte ouverte face au soleil, tandis que l'acoustique du temps, la coupole du temps, lestait mon cri rauque et révélateur d'un tel luxe d'angoisse, de passion et de douleur qu'il eût été tout à fait capable d'arracher la fermeture Éclair de son linceul en nylon si elle avait été morte. Lolita ! Je la retrouvai enfin au milieu d'une terrasse de gazon tondu très court — elle était sortie sans attendre que je sois prêt. Oh Lolita ! Elle était là en train de jouer avec un foutu chien, pas avec moi. L'animal, une espèce de terrier, relâchait une petite balle rouge et humide puis la rattrapait et la rajustait entre ses mâchoires ; il plaquait quelques rapides accords sur le gazon élastique avec ses pattes de devant, puis décampait d'un bond. Je voulais seulement savoir où elle était, je ne pouvais pas me baigner avec un cœur dans cet état, mais qui s'en souciait — et elle était là, et j'étais là moi aussi dans mon peignoir — alors je cessai d'appeler ; mais soudain je ne sais quoi dans la chorégraphie de ses gestes me frappa tandis qu'elle batifolait de-ci de-là dans son bikini rouge aztèque... il y avait dans ses cabrioles une sorte d'extase, de folie trop exubérante à mon goût. Le chien lui-même semblait intrigué par l'extravagance de ses réactions. Je portai doucement la main à ma poitrine tout en examinant la situation. La piscine bleu turquoise à quelque distance derrière la pelouse n'était plus derrière cette pelouse mais à l'intérieur même de mon thorax, et mes organes nageaient dedans tels des excréments dans l'eau bleue de la mer à Nice. L'un des baigneurs avait quitté la piscine et, à demi dissimulé derrière l'ombre ocellée des arbres, il était totalement immobile, tenant les extrémités de sa serviette autour de son cou et suivant Lolita de ses yeux d'ambre. Il était debout, camouflé par le soleil et l'ombre, défiguré par eux et masqué par sa propre nudité, ses cheveux noirs tout mouillés, ou du moins ce qu'il en restait, collés contre sa tête ronde, sa petite moustache faisant une tache humide, la toison de sa poitrine étalée comme un trophée symétrique, son nombril tout palpitant, ses cuisses hirsutes dégoulinant de gouttelettes éclatantes, son étroit maillot de bain noir mouillé et tout bouffi débordant de vigueur là où sa grosse et grasse poche ventrale était ramenée en arrière comme un bouclier rembourré par-dessus sa bestialité inversée. Et tandis que je scrutais son visage ovale brun noisette, je me rendis compte que je l'avais reconnu simplement parce que j'avais retrouvé chez lui la réplique parfaite du comportement de ma fille — cette même béatitude grimaçante que rendait hideuse sa virilité. Et je savais aussi que l'enfant, mon enfant, savait qu'il regardait, qu'elle appréciait la concupiscence de son regard et se répandait à dessein en cabrioles et démonstrations de joie, la vile et adorable goton. Essayant en vain de se saisir de la balle, elle s'affala sur le dos, et ses jambes juvéniles et obscènes se mirent à pédaler en l'air furieusement ; de là où j'étais, je pouvais sentir le musc de son excitation, et je vis soudain (pétrifié par une sorte de dégoût sacré) que l'homme fermait les yeux et découvrait ses petites dents, ses dents horriblement petites et régulières, tout en s'adossant à un arbre dans lequel frissonnait une multitude de Priapes diaprés. Aussitôt après, une merveilleuse transformation s'opéra. Il n'était plus un satyre mais ce cousin suisse ridicule et d'un naturel accommodant, le Gustave Trapp que j'ai mentionné à plusieurs reprises, et qui aimait à combattre les effets désagréables de ses « bringues » (il buvait de la bière avec du lait, ce gros porc) par des prouesses d'haltérophilie — grognant et titubant sur une plage au bord d'un lac, dans son costume de bain complet en tout point sauf qu'une épaule était crânement dénudée. Ce Trapp-ci m'aperçut de loin et alors, se frottant la nuque avec sa serviette, il s'en revint vers la piscine d'un air faussement désinvolte. Et, comme si le soleil avait abandonné la partie, Lo se détendit et se releva doucement, indifférente à la balle que le terrier déposait devant elle. Qui peut deviner combien de déchirements l'on cause à un chien en cessant de batifoler avec lui ? Je commençai à dire quelque chose, puis je m'assis sur l'herbe en proie à une douleur totalement monstrueuse qui étreignait ma poitrine et je vomis un torrent de choses marron et vertes que je ne me rappelais absolument pas avoir absorbées.

Je vis les yeux de Lolita, qui me parurent plus calculateurs qu'effrayés. J'entendis Lo expliquer à une aimable dame que son père avait un malaise. Puis je demeurai tout un long moment allongé dans une chaise longue, à avaler des lampées de gin. Et le lendemain matin je me sentis d'attaque pour reprendre la route (ce qu'aucun médecin ne voulut croire par la suite).

22

Le bungalow de deux pièces que nous avions réservé au Silver Spur Court d'Elphinstone se révéla être une cabane en rondins de pin brunis et patinés, genre d'établissement qu'autrefois, à l'époque de notre premier voyage insouciant, Lolita affectionnait tant ; oh, comme tout était bien différent maintenant ! Je ne parle pas de Trapp ou des différents Trapp. Après tout — bon, à dire vrai... Après tout, messieurs, il devenait de plus en plus évident que ces détectives tous identiques dans ces voitures qui passaient par toutes les couleurs de l'arc-en-ciel n'étaient que des chimères engendrées par ma manie de la persécution, que des images récurrentes résultant de coïncidences et de ressemblances fortuites. *Soyons logiques**, coqueriqua la composante gauloise de mon cerveau — laquelle entreprit aussitôt de battre en brèche l'idée qu'il pût y avoir un commis voyageur ou un gangster de vaudeville entiché de Lolita, assisté de larbins, qui me persécutait et me jouait de mauvais tours, et profitait de maintes façons de mes étranges rapports avec la loi. Je me souviens d'avoir fredonné quelque chose pour dissiper ma panique. Je me souviens même d'avoir imaginé une explication pour le coup de téléphone de « Birdsley »... Mais si je pouvais ignorer Trapp, comme j'avais ignoré mes convulsions sur la pelouse à Champion, je ne pouvais rien faire pour apaiser mon angoisse à l'idée que Lolita, à l'aube même d'une ère nouvelle, demeurait si cruellement, si lamentablement insaisissable et ravissante alors que mon alambic me disait qu'elle devrait cesser d'être une nymphette, cesser de me torturer.

Un tourment supplémentaire, horrible et parfaitement gratuit, était en train de se tramer amoureusement à mon intention à Elphinstone. Lo avait été maussade et silencieuse au cours de la dernière étape — trois cents kilomètres de montagne que ne vinrent polluer nuls limiers gris fumée, nuls bouffons zigzaguants. Elle jeta à peine un coup d'œil au célèbre rocher, de forme bizarre et magnifiquement embrasé, qui se profilait au-dessus des montagnes et avait servi de tremplin vers le nirvana pour une show-girl capricieuse. La ville, de construction ou de reconstruction récente, s'étalait sur le fond plat d'une vallée profonde de 2 300 mètres ; j'espérais que Lo ne tarderait pas à s'en lasser et que nous pourrions alors filer en Californie et à la frontière mexicaine, vers des baies mythiques, des déserts de saguaros, des fatamorganas. José Lizzarrabengoa projetait, si vous vous souvenez, d'emmener Carmen aux *États-Unis**. Je m'imaginai une compétition de tennis en Amérique centrale à laquelle Dolores Haze et plusieurs championnes scolaires californiennes participeraient avec brio. Dans les tournées de démonstration, à ces hauteurs riantes, plus question de faire la différence entre sport et passeport. Pourquoi espérais-je que nous serions heureux à l'étranger ? Un changement d'environnement est le miroir aux alouettes traditionnel auquel se fient les amours et les poumons dont le sort est scellé.

Mrs. Hays, l'énergique veuve aux yeux bleus et au rouge à lèvres de couleur brique qui gérait le motel, me demanda si je n'étais pas suisse par hasard, parce que sa sœur avait épousé un moniteur de ski suisse. Oui, en effet, mais ma fille était, en revanche, à moitié irlandaise. Je signai le registre, Hays me donna la clé et un sourire scintillant, puis, toujours scintillante, m'indiqua où garer la voiture ; Lo finit par s'extraire péniblement de son siège et frissonna légèrement : l'air lumineux du soir était franchement piquant. En entrant dans le bungalow, elle s'assit sur une chaise devant une table de jeu, enfouit son visage dans le creux de son bras et dit qu'elle ne se sentait pas bien. Pure simulation, me dis-je, sans doute pour fuir mes caresses ; j'avais la gorge sèche tant je brûlais de passion ; mais, lorsque je tentai de la câliner, elle se mit à geindre d'une voix monotone tout à fait inhabituelle. Lolita malade. Lolita mourante. Sa peau était brûlante ! Je pris sa température, par voie orale, puis consultai une formule griffonnée sur un bloc-notes et après avoir réduit les degrés Fahrenheit, pour moi dénués de signification, en ces centigrades familiers de mon enfance, je découvris qu'elle avait 40,4, ce qui au moins voulait dire quelque chose. Je n'étais pas sans savoir que les petites nymphes hystériques pouvaient atteindre toutes sortes de températures — excédant même parfois un niveau fatal. Je lui aurais bien administré une gorgée de vin chaud épicé et deux comprimés d'aspirine, et je l'aurais bien couverte de baisers pour faire tomber la fièvre si, en examinant son adorable luette, l'un des joyaux de son corps, je n'avais vu qu'elle était d'un rouge ardent. Je la déshabillai. Son haleine était douce-amère. Sa rose brune avait le goût du sang. Elle tremblait de la tête aux pieds. Elle se plaignit d'une raideur douloureuse dans les vertèbres supérieures — et je pensai à la poliomyélite comme tout bon parent américain. Abandonnant tout espoir de faire l'amour, je l'enveloppai dans un plaid et la transportai dans la voiture. Entre-temps, l'aimable Mrs. Hays avait prévenu le médecin du coin. « Vous avez de la chance que ce soit arrivé ici », dit-elle ; car non seulement Blue était le meilleur praticien de la région, mais l'hôpital d'Elphinstone était le plus moderne qu'on pût trouver, malgré sa capacité d'accueil limitée. Poursuivi par un

Erlkönig [1] hétérosexuel, je me dirigeai vers ledit établissement, à moitié aveuglé par un coucher de soleil royal côté plaine et guidé par une petite vieille, une sorcière de poche, la fille de l'Erlkönig peut-être, que m'avait prêtée Mrs. Hays, et que je ne devais jamais revoir. Le docteur Blue, dont la science était, sans nul doute, inférieure à sa réputation, m'assura que c'était une infection virale, et lorsque je mentionnai sa grippe relativement récente, il dit sèchement qu'il s'agissait d'un autre microbe, qu'il avait quarante cas similaires sur les bras ; tout cela me fit penser aux « fièvres » des anciens. Je me demandai s'il fallait mentionner, avec un gloussement désinvolte, que ma fille de quinze ans avait été victime d'un accident mineur en escaladant une clôture peu commode avec son petit ami, mais étant donné mon état d'ivresse, je décidai d'attendre plus tard pour divulguer cette information si cela s'avérait nécessaire. J'indiquai à une blonde secrétaire vacharde et peu souriante que ma fille avait « pratiquement seize ans ». Tandis que j'avais le dos tourné, on m'enleva ma fille ! J'insistai vainement pour que l'on me permette de passer la nuit sur un paillasson (marqué « bienvenue ») dans un coin de leur satané hôpital. Je gravis en courant des escaliers constructivistes, j'essayai de localiser ma petite chérie afin de lui dire qu'elle ferait bien de ne pas jaser, surtout si, comme nous tous, elle n'avait pas les idées bien en place. À un certain moment, je me montrai affreusement grossier avec une infirmière très jeune et très insolente, aux rondeurs fessières très développées

1. Allusion au poème de Goethe, « *Erlkönig* » (« Roi des Aulnes »).

et aux yeux noirs et ardents — d'ascendance basque, ainsi que je l'appris. Son père était un berger d'importation, un dresseur de chiens bergers. Finalement, je retournai à la voiture et demeurai là tapi dans l'obscurité pendant je ne sais combien d'heures, traumatisé par ma solitude nouvelle, à regarder bouche bée tantôt le bâtiment carré et trapu de l'hôpital faiblement éclairé, accroupi au milieu de son esplanade de gazon, tantôt le lavis d'étoiles et les remparts argentés et déchiquetés de la *haute montagne** où en ce moment le père de Mary, Joseph Lore le solitaire, rêvait d'Oloron, Lagore, Rolas — *que sais-je** !* — ou séduisait une brebis. De telles pensées vagabondes et capiteuses m'ont toujours été d'un grand secours en période de tension inhabituelle, et ce fut seulement lorsque, en dépit de généreuses libations, je me sentis pour ainsi dire engourdi par cette nuit interminable, que je songeai à regagner le motel. La vieille avait disparu, et je n'étais pas très sûr de mon chemin. De larges routes gravillonnées sillonnaient en tous sens des ombres rectangulaires et somnolentes. Je crus distinguer la silhouette d'une potence sur ce qui devait être une cour de récréation ; et sur un autre espace, une sorte de terrain vague, se dressait, sous un dôme de silence, le pâle temple de quelque secte locale. Je retrouvai enfin la grand-route, et ensuite le motel où des millions de « sorcières noires », ces insectes si bien nommés, grouillaient autour des arabesques au néon du panneau affichant « Complet » ; et lorsque, à trois heures du matin, après une de ces douches chaudes inopportunes qui, tel quelque acide mordant, ne servent qu'à fixer le désespoir et la lassitude d'un homme, je m'allongeai sur son lit qui embaumait la châtaigne et la rose, et le peppermint, et aussi ce parfum français très subtil et très particulier que je lui avais permis d'utiliser depuis peu, je me révélai incapable d'assimiler le simple fait que pour la première fois en deux ans j'étais séparé de ma Lolita. Soudain il m'apparut que sa maladie était en quelque sorte l'aboutissement d'un thème — qu'elle avait le même goût et la même tonalité que cette série d'impressions composites qui m'avaient intrigué et tourmenté pendant tout notre voyage ; je m'imaginai cet agent secret, ou cet amant secret, ce plaisantin, cette hallucination, quel qu'il fût, en train de rôder partout dans l'hôpital — et l'aurore s'était à peine « réchauffé les mains », comme disent les cueilleurs de lavande dans mon pays natal, que je me retrouvai devant cette forteresse et tentai en vain d'y pénétrer à nouveau, frappant à ses vertes portes, l'estomac vide, les boyaux pleins, désespéré.

Cela se passait un mardi, et le mercredi ou le jeudi, l'adorable petite, réagissant merveilleusement à quelque « sérum » (sperme de sterne ou caca de dugong), allait beaucoup mieux, et le médecin dit que dans un ou deux jours elle « trottinerait » de nouveau.

Des huit visites que je lui rendis, seule la dernière reste gravée avec netteté dans mon esprit. Cette visite n'avait pas été un mince exploit car je me sentais complètement vidé par l'infection qui déjà opérait sur moi aussi. Personne ne saura l'effort que je dus faire pour porter ce bouquet, ce fardeau d'amour, ces livres pour lesquels j'avais fait cent kilomètres en voiture : *Les œuvres dramatiques* de Browning, *L'histoire de la danse, Clowns et colombines, Le ballet russe, Fleurs des Rocheuses, Anthologie de la guilde du théâtre, Le tennis* de Helen Wills, laquelle, à quinze ans, avait remporté le championnat national du simple dames catégorie junior. Comme je m'approchais en titubant de la porte de la chambre de ma fille, une chambre individuelle qui me coûtait treize dollars par jour, Mary Lore, l'horrible jeune infirmière à mi-temps, qui avait conçu à mon endroit une aversion mal dissimulée, sortit avec un plateau où traînaient les dépouilles d'un petit déjeuner, le déposa brusquement avec fracas sur une chaise dans le couloir, puis, se trémoussant le popotin, retourna précipitamment dans la chambre — pour avertir sans doute sa pauvre petite Dolores que son vieux père tyrannique débarquait en se traînant sur ses semelles de crêpe, avec des bouquins et un bouquet : j'avais composé ce dernier de fleurs sauvages et de jolies feuilles que j'avais ramassées de mes mains gantées en haut d'un col de montagne au lever du soleil (je ne dormis pratiquement pas pendant toute cette semaine fatidique).

On nourrissait bien ma Carmencita ? Je regardai distraitement le plateau. Sur l'assiette maculée de jaune d'œuf, il y avait une enveloppe froissée. Elle avait contenu quelque chose car un bord était déchiré, mais il n'y avait aucune adresse dessus — rien en fait, sinon des armoiries factices et le nom « Ponderosa Lodge » écrit en lettres vertes ; au même instant, j'exécutai un *chassé-croisé** avec Mary, qui ressortait d'un air affairé — c'est étonnant comme elles marchent vite et sont peu efficaces ces jeunes infirmières fessues. Elle lança un regard noir en direction de l'enveloppe que j'avais reposée défroissée.

« Pas touche, dit-elle, pointant le menton vers le plateau. Ça pourrait vous brûler les doigts. »

Je ne daignai pas répondre. Je me bornai à dire :

« *Je croyais que c'était un** bill [1] — pas un *billet doux**. » Puis, entrant dans la chambre ensoleillée, je dis à Lolita : « *Bonjour, mon petit**. »

« Dolores », dit Mary Lore, entrant avec moi, devant moi, à travers moi, la grassouillette gourgandine, et battant des paupières et se mettant à plier très rapidement une couverture blanche en flanelle, paupières toujours battantes : « Dolores, votre papa s'imagine que vous recevez des lettres de mon petit ami. C'est moi (tapotant avec suffisance la petite croix dorée qu'elle portait) qui les reçois. Et mon papa peut causer le français aussi bien que le vôtre. »

Elle quitta la pièce. Dolores reposait innocemment, si rose, si rousse, les lèvres fraîchement peintes, les cheveux brossés et brillants, les bras nus allongés sur le couvre-lit bien tendu, et elle me regardait ou regardait dans le vide, l'air rayonnant. Sur la table de chevet, à côté d'une serviette en papier et d'un crayon, sa bague de topaze brasillait au soleil.

« Quel sinistre bouquet d'enterrement, dit-elle. Merci quand même. Et fais-moi plaisir, arrête de jacter en français. Ça dérange tout le monde. »

Et la jeune et gironde dévergondée de rerentrer toujours aussi pressée, empestant l'urine et l'ail, avec

1 Une facture.

le *Deseret News*, que sa jolie patiente accepta avec empressement, sans prêter attention aux volumes somptueusement illustrés que j'avais apportés.

« Ma sœur Ann, dit Mary (à retardement), travaille à l'hôtel Ponderosa. »

Pauvre Barbe-Bleue. La férocité de ces frères. *Est-ce que tu ne m'aimes plus, ma Carmen* ?* Elle ne m'avait jamais aimé. Je compris alors que mon amour était plus désespéré que jamais — et je compris aussi que les deux filles conspiraient, complotaient en basque ou en zem-firien [1] contre mon amour sans espoir. J'irais même jusqu'à dire que Lo jouait double jeu puisqu'elle se moquait aussi de la sentimentale Mary à qui elle avait dit, je suppose, qu'elle voulait vivre avec son jeune oncle boute-en-train et non avec le cruel bougon que j'étais. Et une autre infirmière que je ne parvins jamais à identifier, et l'idiot du village qui trimballait lits et cercueils dans l'ascenseur, et ces stupides inséparables verts dans leur cage dans la salle d'attente — tous faisaient partie du complot, du sordide complot. Mary s'imaginait, je suppose, que professeur Humbertoldi, ce père de vaudeville, faisait obstacle à l'idylle entre Dolores et son père de substitution, le ventripotent Roméo (car tu étais un gros plein de lard, Rom, tu sais, malgré toute cette « neige » et cet « élixir de joie »).

J'avais mal à la gorge. Ravalant ma salive, je me plantai devant la fenêtre et contemplai les montagnes, le rocher romantique là-haut dans le ciel souriant qui complotait.

---

1. Référence à l'héroïne du long poème de Pouchkine, *Les Tsiganes*

« Ma Carmen, dis-je (il m'arrivait parfois de l'appeler ainsi), on va quitter cette ville primitive et affligeante dès que tu sortiras du lit.

— À propos, je veux tous mes vêtements, dit la petite Gitane, relevant les genoux et passant à une autre page.

— ... Parce que, poursuivis-je, nous n'avons vraiment aucune raison de rester ici.

— Nous n'avons aucune raison de rester où que ce soit », dit Lolita.

Je me laissai tomber doucement dans un fauteuil recouvert de cretonne et, ouvrant le séduisant ouvrage de botanique, essayai, dans le silence bourdonnant de fièvre de cette chambre, d'identifier mes fleurs. Cela s'avéra impossible. Bientôt une sonnerie musicale tinta doucement quelque part dans le couloir.

Je pense qu'il n'y avait pas plus d'une douzaine de malades (dont trois ou quatre aliénés mentaux, ainsi que me l'avait appris Lo d'un ton enjoué quelques jours plus tôt) dans cet hôpital prétentieux, et le personnel avait bien trop de loisirs. Pourtant — parce que, précisément, c'était un établissement prétentieux — les règlements étaient stricts. Il est vrai aussi que j'arrivais toujours à la mauvaise heure. Mary la visionnaire (la prochaine fois ce sera *une belle dame toute en bleu** flottant à travers Roaring Gulch) me tira par la manche, non sans une secrète effusion de *malice** rêveuse, pour me faire sortir. Je regardai sa main ; elle retomba. Comme je repartais, de mon plein gré qui plus est, Dolores Haze me rappela de lui apporter le lendemain matin... Elle ne se souvenait pas où étaient toutes les affaires qu'elle voulait... « Apporte-moi, cria-t-elle (déjà hors de vue, la porte tournant sur ses gonds, se refermant, fermée), la valise grise toute neuve et la malle de maman » ; mais le lendemain matin je frissonnais, je picolais, je rendais l'âme dans le lit de motel qu'elle n'avait utilisé que quelques minutes, et je ne pus mieux faire, compte tenu des circonstances circulaires et grossissantes, que de faire porter les deux bagages par le galant de la veuve, un robuste et aimable camionneur. Je m'imaginai Lo en train d'exhiber ses trésors devant Mary... Certes, je délirais un peu — et le lendemain j'étais encore une vibration plutôt qu'un solide, car lorsque je regardai la pelouse adjacente par la fenêtre de la salle de bains, j'aperçus la jeune et superbe bicyclette de Dolly arc-boutée là sur sa béquille, la gracieuse roue avant regardant non pas vers moi mais dans la direction opposée, comme elle avait coutume de le faire, un moineau perché sur la selle — mais c'était en fait la bicyclette de ma logeuse, alors avec un petit sourire, secouant ma pauvre tête en songeant à ces douces chimères, je regagnai mon lit en titubant et demeurai allongé aussi paisible qu'un saint —

Saint, *oui-da ! Tandis que la brune Dolores,*
Sur un carré de verdure ensoleillée
Avec Sanchicha lisant des histoires
Dans une revue de cinéma [1]...

— qui était représenté par de nombreux spécimens partout où débarquait Dolores, et il y eut une grande fête

---

1. Parodie de la quatrième strophe du poème de Browning « *Soliloquy of the Spanish Cloister* ».

nationale en ville à en juger par les pétards, de véritables bombes, qui explosèrent sans discontinuer, et à deux heures moins cinq de l'après-midi j'entendis le son de lèvres siffleuses s'approcher de la porte entrouverte de mon bungalow, puis un coup sourd frappé contre elle.

C'était le gros Frank. Il s'immobilisa dans l'encadrement de la porte ouverte, une main posée contre le chambranle, légèrement penché en avant.

Salut. Lore, l'infirmière, était au téléphone. Elle voulait savoir si j'allais mieux et si je viendrais aujourd'hui.

Frank, à vingt pas de distance, semblait être une montagne de santé ; à cinq pas, comme maintenant, il n'était qu'une mosaïque rougeâtre de cicatrices — une bombe l'avait projeté à travers un mur quelque part à l'étranger ; mais en dépit de ses blessures sans nom il était capable de piloter un énorme camion, de pêcher, de chasser, de boire, et aussi de flirter allégrement avec les sirènes de la route. Ce jour-là, soit parce que c'était un si grand jour de fête, soit qu'il voulait tout simplement divertir un malade, il avait enlevé le gant qu'il portait habituellement à la main gauche (celle qui était appuyée contre le montant de la porte) et révéla sous les yeux fascinés du patient que non seulement il n'avait plus ni quatrième ni cinquième doigts, mais qu'il y avait, délicieusement tatouée sur le dos de sa main infirme, une fille nue, avec des mamelons cinabre et un delta indigo, l'index et le majeur représentant ses jambes tandis que le poignet supportait sa tête couronnée de fleurs. Oh, charmante... appuyée contre le chambranle, comme une petite fée espiègle.

Je priai Frank de dire à Mary Lore que j'allais rester au lit toute la journée et que je contacterais ma fille demain dans la journée si je me sentais probablement polynésien [1].

Il remarqua la direction qu'avait prise mon regard et fit tressauter amoureusement la hanche droite de la fille.

« D'acc-d'acc », dit Frank d'un ton chantant, et il donna une tape contre le chambranle, partit en sifflant porter mon message, tandis que je continuais à boire, et le lendemain matin la fièvre avait disparu, et bien que je fusse aussi flasque qu'un crapaud, je passai la robe de chambre violette par-dessus mon pyjama jaune maïs et me rendis à la réception pour téléphoner. Tout allait bien. Une voix enjouée m'informa que oui, tout allait bien, ma fille était sortie la veille, vers deux heures, son oncle, Mr. Gustave, était venu la chercher avec un jeune petit cocker et un sourire pour tout le monde, et une Caddy Lack noire, et il avait réglé en espèces la note de Dolly, et il leur avait dit de me dire de ne pas m'inquiéter, de rester bien au chaud, qu'ils étaient au ranch de grand-père comme prévu.

Elphinstone était alors, et l'est toujours j'espère, une jolie petite ville. Elle se déployait, voyez-vous, comme une maquette, avec ses jeunes arbres et ses maisons aux toits rouges posés tout au fond de la vallée, et je crois avoir déjà mentionné son école modèle et son temple, et les vastes espaces rectangulaires délimités par les rues, dont certains, bizarrement, n'étaient que

1. Incohérence due à son délire.

des pâturages sans prétention où paissait une mule ou une licorne dans la jeune brume de ce matin de juillet. Très amusant : à un virage en épingle où crissa le gravier, j'emboutis au passage une voiture en stationnement, mais je dis télestiquement à moi-même — et télépathiquement (espérai-je) à son propriétaire gesticulant — que j'allais revenir plus tard, adresse École de Bird, à Bird, dans l'État de New Bird, le gin maintenant mon cœur en vie mais stupéfiant mon cerveau, et après quelques éclipses et absences typiques des séquences oniriques, je me retrouvai à la réception de l'hôpital, m'évertuant à rosser le médecin et vociférant contre des gens sous des chaises, et réclamant à cor et à cri Mary qui heureusement pour elle n'était pas là ; des mains brutales tirèrent sur ma robe de chambre, déchirant une poche, et je ne sais trop comment mais je me retrouvai assis je crois sur un patient chauve à la tête brune que j'avais pris pour le docteur Blue, et qui finit par se relever en faisant remarquer avec un accent grotesque : « Et alors, qui est névrosé, je vous le demande un peu ? » — à la suite de quoi une infirmière rachitique et revêche me tendit sept jolis, très jolis livres et le plaid écossais impeccablement plié, en exigeant un reçu ; et dans le silence soudain je remarquai la présence dans l'entrée d'un policier à qui mon collègue automobiliste me montrait du doigt, alors je signai docilement le reçu très symbolique, abandonnant ainsi ma Lolita à tous ces babouins. Mais que pouvais-je faire d'autre ? J'étais habité par une seule et unique pensée : « La liberté, c'est tout ce qui importe pour le moment. » Un faux pas — et l'on risquait de me forcer à expliquer toute une vie de crime. Aussi fis-je semblant de sortir d'un étourdissement. Je réglai à mon compère automobiliste la somme qu'il jugeait raisonnable. Au docteur Blue, qui me caressait à présent la main, je parlai, les yeux pleins de larmes, de l'alcool avec lequel je ravigotais trop généreusement un cœur capricieux mais pas nécessairement malade. Je présentai mes excuses à l'hôpital dans son ensemble d'un geste si démonstratif que je faillis m'écrouler, me permettant d'ajouter cependant que je n'étais pas particulièrement en bons termes avec le reste du clan Humbert. En moi-même, je murmurai que j'avais encore mon pistolet et étais encore un homme libre — libre de pourchasser le fugitif, libre d'exterminer mon frère.

23

Seize cents kilomètres de route aussi lisse qu'un ruban de soie séparaient Kasbeam, où, à ma connaissance, le diable rouge avait été programmé pour faire sa première apparition, et la fatale Elphinstone que nous avions atteinte environ une semaine avant la fête de l'Indépendance. Il nous avait fallu presque tout le mois de juin pour couvrir cette distance car nous avions rarement fait plus de deux cents kilomètres par jour quand nous nous déplacions, passant le reste du temps, jusqu'à cinq jours dans un cas, dans divers lieux de relâche, tous également programmés sans aucun doute. C'était le long de ce trajet, par conséquent, qu'il fallait rechercher la trace du démon ; et c'est à cette tâche que je me consacrai, après plusieurs journées indescriptibles que je passai à parcourir dans tous les sens les routes qui rayonnaient implacablement tout autour d'Elphinstone.

Imaginez-moi, cher lecteur, avec ma timidité, ma répugnance pour toute forme d'ostentation, mon sens inné du *comme il faut**, imaginez-moi masquant la frénésie de mon chagrin derrière un rire doucereux et chevrotant tout en concoctant quelque prétexte futile à seule fin de pouvoir feuilleter le registre de l'hôtel : « Oh, disais-je par exemple, je suis presque certain d'avoir passé une nuit ici — permettez-moi de consulter les entrées de la mi-juin — non, je vois que je fais erreur finalement — quel drôle de nom pour une ville, Kawtagain[1]. Merci beaucoup. » Ou encore : « J'avais un client qui séjournait ici — j'ai égaré son adresse — puis-je... ? » Mais de temps à autre, notamment lorsque le gérant de l'endroit se trouvait être un certain type d'homme lugubre, on refusait de me laisser consulter personnellement le registre.

J'ai ici un mémento : entre le 3 juillet et le 18 novembre, date à laquelle je retournai à Beardsley pour quelques jours, je signai le registre de 342 hôtels, motels et pensions de famille, sans toujours passer la nuit. Ce chiffre comprend plusieurs étapes entre Chestnut et Beardsley, parmi lesquelles, dans un cas,

---

1. Pour *caught again* (pris à nouveau, repris).

le registre me laissa entrevoir l'ombre du démon (« N. Petit Larousse, Ill. ») ; je dus répartir mes enquêtes soigneusement dans le temps et dans l'espace pour ne point éveiller l'attention ; et, dans une cinquantaine d'endroits au moins, je me contentai de me renseigner à la réception — mais c'était là une quête futile, aussi préférai-je établir un fond de vraisemblance et de bonne foi en commençant par payer une chambre dont je n'avais nul besoin. Sur les quelque 300 registres examinés au cours de mon enquête, au moins 20 me fournirent un indice : le démon musardant s'était arrêté encore plus souvent que nous, ou bien alors — il en était tout à fait capable — il avait signé, pour le plaisir, plusieurs registres supplémentaires afin de m'accabler d'insinuations moqueuses. Il n'était descendu en fait qu'une seule fois dans le même motel que nous, à quelques pas de l'oreiller de Lolita. Dans certains cas, il avait établi ses quartiers dans le même pâté de maisons ou dans une rue voisine ; à plusieurs reprises, il était demeuré à l'affût dans un lieu intermédiaire entre deux points prévus d'avance. Avec quelle netteté je revoyais encore Lolita, juste avant notre départ de Beardsley, à plat ventre sur le tapis du salon, en train d'étudier guides touristiques et cartes routières, et de tracer les étapes et de marquer les haltes avec son rouge à lèvres !

Je découvris tout de suite qu'il avait prévu mes investigations et semé des pseudonymes insultants à mon intention. À la réception du premier motel que je visitai, Ponderosa Lodge, son épigramme, perdue au milieu d'une douzaine d'inscriptions manifestement humaines, disait : Dr Gratiano Forbeson, Mirandola, NY. Ces échos de comédie italienne ne pouvaient manquer de me frapper, bien sûr. La gérante daigna m'informer que le monsieur était resté alité pendant cinq jours avec un mauvais rhume, qu'il avait laissé sa voiture à réparer dans un garage quelque part et qu'il était reparti le 4 juillet. Oui, la dénommée Ann Lore avait travaillé autrefois à l'hôtel, mais elle avait maintenant épousé un épicier de Cedar City. Par une nuit de lune, je tendis une embuscade à Mary, automate en souliers blancs, dans une rue solitaire ; elle était sur le point de hurler, mais je parvins à l'humaniser en me mettant tout simplement à genoux devant elle et en implorant son aide à grand renfort de glapissements pieux. Elle n'était au courant de rien, elle le jurait. Qui était Gratiano Forbeson ? Elle parut hésiter. Je sortis brusquement un billet de cent dollars. Elle le tendit en direction de la lune. « C'est votre frère », finit-elle par murmurer. J'arrachai le billet de sa main froide comme la lune, et, lançant un juron en français, tournai les talons et déguerpis. Cela me fit comprendre que je ne pouvais compter que sur moi seul. Aucun détective ne pouvait découvrir les indices que Trapp avait accommodés à ma manière et à mon esprit. Je ne pouvais m'attendre, bien sûr, qu'il laisse un jour son vrai nom et sa vraie adresse ; mais j'espérais néanmoins qu'il finisse par déraper sur le verglas de sa propre subtilité, en se risquant, disons, à introduire une tache de couleur plus riche et plus personnelle qu'il n'était strictement nécessaire, ou en dévoilant trop de choses à travers l'addition qualitative d'éléments quantitatifs qui, pris séparément, révélaient trop peu. Il réussit au moins une chose : à m'empêtrer totalement moi et mon angoisse trépidante dans son jeu démoniaque. Avec une habileté infinie, il roulait et tanguait, rétablissait l'équilibre de manière incroyable, me laissant toujours l'espoir sportif — si je puis me permettre un tel terme pour parler de trahison, de violence, de désolation, d'horreur et de haine — qu'à la prochaine occasion il pourrait bien se trahir. Il ne le fit jamais — même si, sacrebleu, il s'en fallut de peu parfois. Tous autant que nous sommes, nous admirons l'acrobate pailleté empreint d'une grâce classique qui marche avec une précision méticuleuse sur une corde raide dans la lumière talquée ; mais combien plus consommé est l'art de l'équilibriste marchant sur une corde souple vêtu comme un épouvantail à moineaux et imitant un ivrogne grotesque ! J'en sais quelque chose.

Les indices qu'il laissait ne permettaient pas d'établir son identité mais reflétaient sa personnalité, ou du moins une certaine personnalité homogène et frappante ; son genre, son type d'humour — dans ses meilleurs moments du moins —, la tonalité de son esprit n'étaient pas sans affinités avec les miens. Il me singeait et se moquait de moi. Ses allusions étaient hautement intellectuelles. Il était cultivé. Il connaissait le français. Il était expert en logodédalie et en logomancie. Il était amateur d'érudition sexuelle. Il avait une écriture féminine. Il savait changer de nom mais il ne pouvait déguiser ses *t*, ses *w* et ses *l* très particuliers, quoi qu'il fît pour les incliner. Quelquepart Island était l'un de ses lieux de résidence préférés. Il n'utilisait pas de stylo, ce qui signifiait en soi, comme tout psychanalyste vous le dira, que le patient était un ondiniste refoulé. On espère, avec compassion, qu'il y a des naïades dans le Styx.

Son trait dominant était sa passion pour le supplice de Tantale. Seigneur, comme ce pauvre type était taquin ! Il mit mon érudition à dure épreuve. Je suis suffisamment fier de savoir quelques petites choses pour avoir la modestie de reconnaître que je ne sais pas tout ; et je dois reconnaître que certains éléments de cette érudite et cryptogrammique traque m'ont échappé. Quel frisson de triomphe et de dégoût secouait ma frêle carcasse lorsque, au milieu de noms ordinaires et innocents dans le registre d'un hôtel, sa diabolique énigme m'éjaculait en pleine figure ! Je remarquai que chaque fois qu'il sentait que ses devinettes devenaient trop abstruses, même pour un expert comme moi, il m'appâtait au moyen d'une énigme facile pour me ramener sur la voie. « Arsène Lupin » était évident pour un Français qui se rappelait les histoires policières de sa jeunesse ; et il n'était nul besoin d'être un spécialiste de Coleridge pour apprécier la pointe banale « A. Person, Porlock, England ». Certains pseudonymes étaient d'un goût horrible mais n'en trahissaient pas moins la patte d'un homme cultivé — pas un policier, ni un homme de main ordinaire, encore moins un voyageur de commerce paillard — comme par exemple « Arthur Rainbow » — manifestement un travesti de l'auteur du *Bateau bleu** — permettez-moi de rire un peu moi aussi, messieurs — et « Morris Schmetterling », le célèbre auteur de *L'oiseau ivre* (*touché**, lecteur !). Ce stupide mais drôle « D. Orgon, Elmira, NY » était de Molière, bien sûr, et comme j'avais tenté tout récemment d'intéresser Lolita à une célèbre pièce du XVIIIe siècle, je saluai comme un vieil ami « Harry Bumper, Sheridan, Wyo ». Une encyclopédie ordinaire me renseigna sur l'identité de cet étrange personnage « Phineas Quimby, Lebanon, NH [1] » ; et tout bon freudien portant un nom allemand et manifestant quelque intérêt pour la prostitution religieuse devrait pouvoir reconnaître au premier coup d'œil la signification implicite de « Dr Kitzler, Eryx, Miss ». Pas de difficulté jusqu'ici. Ce genre d'amusette était mesquin mais somme toute impersonnel et donc inoffensif. Je répugne en revanche à évoquer plusieurs entrées qui, si elles retinrent mon attention comme étant des indices indubitables *per se*, ne laissèrent pas de m'intriguer quant à leur signification profonde, car j'ai le sentiment de cheminer à tâtons à travers une frontière brumeuse où des fantômes verbaux risquent à tout instant de se muer en vacanciers de chair et d'os. Qui était « Johnny Randall, Ramble, Ohio [2] » ? Ou s'agissait-il d'une personne réelle qui se trouvait avoir la même écriture que « N.S. Aristoff, Catagela, NY [3] » ? Où était le venin dans « Catagela » ? Et que

---

1. Référence au personnage de la légende de la Toison d'or et à Phineas Quimby, pionnier de la psychiatrie américaine, né à Lebanon, New Hampshire.
2. Nabokov lui-même n'était pas sûr de l'identité, de la réalité de ce personnage.
3. Catagela est le nom comique d'une ville dans la pièce d'Aristophane *Les Acharniens*. Le mot grec signifie « se moquer ».

dire de « James Mavor Morell, Hoaxton, England[1] » ?
« Aristophane », « hoax », — bon, d'accord, pourtant
je laissais passer quelque chose, mais quoi ?

À travers tout cet imbroglio de pseudonymes transparaissait une tournure d'esprit qui me causait des
palpitations extrêmement douloureuses lorsque je la
rencontrais. Un nom comme « G. Trapp, Geneva, NY »
témoignait de la perfidie de Lolita. « Aubrey Beardsley, Quelquepart Island » suggérait de manière plus
transparente encore que le message téléphonique
confus ne l'avait fait qu'il allait falloir chercher le point
de départ de toute cette affaire dans l'Est. « Lucas
Picador, Merrymay, Pa. » insinuait que ma Carmen
avait traîtreusement divulgué mes pitoyables mots tendres à l'imposteur. « Will Brown, Dolores, Colo. »
était, en vérité, d'une cruauté horrible. Le macabre
« Harold Haze, Tombstone, Arizona » (qui en d'autres
temps eût flatté mon sens de l'humour) impliquait une
familiarité avec le passé de la fille qui, l'espace d'un
instant, me fit supposer de manière cauchemardesque
que la proie que je pourchassais était un vieil ami de
la famille, peut-être un ancien soupirant de Charlotte,
peut-être un redresseur de torts (« Donald Quix, Sierra,
Nev. »). Mais le stylet le plus pénétrant fut la notation
anagrammatique contenue dans le registre de Chestnut
Lodge, « Ted Hunter, Cane, NH[2] ».

Les numéros d'immatriculation confus laissés par
tous ces Person, Orgon, Morell, Trapp ne m'apprirent

1. James Mavor Morell est l'un des principaux personnages de la pièce
de G. B. Shaw *Candida. Hoax* signifie « canular » en anglais.
2. Anagramme de *enchanted hunter*.

qu'une chose, à savoir que les gérants de motels ne prennent pas la peine de vérifier si les numéros des voitures de leurs hôtes sont correctement notés. Les références — indiquées de manière incomplète ou incorrecte — aux voitures que le démon avait louées pour de brèves étapes entre Wace et Elphinstone étaient évidemment inutilisables ; le numéro de la première Aztèque était un chatoiement de chiffres changeants, les uns transposés, les autres modifiés ou omis, mais ils constituaient bizarrement des combinaisons non dépourvues de liens entre eux (par exemple « WS 1564 », « SH 1616[1] », « Q32888 » ou encore « CU 88322[2] ») mais si astucieusement controuvés qu'ils ne laissèrent jamais entrevoir leur dénominateur commun.

Il me vint alors une idée : il n'était pas impossible qu'après qu'il eut refilé cette décapotable à des complices à Wace et adopté le système d'automobile-poste, ses successeurs aient été moins prudents et qu'ils aient inscrit à la réception de quelque hôtel l'archétype de ces combinaisons de chiffres. Mais si la traque du démon le long d'une route que je savais qu'il avait empruntée était une entreprise si complexe, si incertaine et si vaine, toute tentative que je pouvais faire pour localiser des automobilistes inconnus empruntant des itinéraires également inconnus n'était-elle pas vouée à l'échec ?

---

1. Références à William Shakespeare (1564-1616).
2. L'addition de ces chiffres fait cinquante-deux, nombre de cartes dans un jeu.

24

Lorsque je regagnai enfin Beardsley, au terme de la récapitulation éprouvante que je n'ai maintenant que trop longuement évoquée, une image complète avait pris forme dans mon esprit ; et par un processus — toujours risqué — d'élimination, j'avais réduit cette image à l'unique source concrète que la cogitation morbide et la mémoire torpide pouvaient lui donner.

À part le révérend Rigor Mortis (comme l'avaient surnommé les filles) et un vieux monsieur qui enseignait l'allemand et le latin en tant que matières facultatives, aucun professeur de sexe masculin n'enseignait de manière régulière à l'école de Beardsley. Mais à deux reprises, un assistant du département d'art de l'université de Beardsley était venu montrer aux élèves à l'aide d'une lanterne magique des photos représentant des châteaux français et des tableaux du XIXᵉ siècle. J'avais manifesté le désir d'assister à ces projections et à ces conférences, mais Dolly, comme à son habitude, m'avait demandé de ne pas le faire, un point c'est tout. Je me souvenais aussi que Gaston avait dit, précisément à propos de ce conférencier, que c'était un *garçon** brillant ; mais rien de plus ; la mémoire refusait de me divulguer le nom de l'amateur de châteaux.

Au jour fixé pour l'exécution, je traversai le campus de l'université de Beardsley, couvert de neige fondue, et me rendis au bureau des renseignements dans Maker Hall. Là j'appris que le nom du type était Riggs (pas tellement différent de celui de l'aumônier), qu'il était célibataire, et que dans dix minutes il allait sortir du « Musée » où il faisait cours. Dans le couloir menant à l'auditorium, je m'assis sur un étrange banc en marbre offert par Cecilia Dalrymple Ramble. Pendant que j'attendais là, dans un état d'inconfort prostatique, ivre, à court de sommeil, tenant fermement mon revolver au fond de ma poche d'imperméable, je me dis soudain que je sombrais dans la démence et que j'allais faire quelque chose de stupide. Il n'y avait pas une chance sur un million pour qu'Albert Riggs, maître assistant, pût cacher ma Lolita dans sa maison de Beardsley, au 24 Pritchard Road. Ça ne pouvait pas être lui le traître. C'était absolument insensé. Je perdais mon temps et aussi la raison. Ils étaient, elle et lui, en Californie, et pas ici.

Bientôt, je remarquai une vague agitation derrière de blanches statues ; une porte — pas celle sur laquelle j'avais les yeux fixés — s'ouvrit brusquement, et au milieu d'un essaim d'étudiantes une tête quelque peu dégarnie et deux yeux marron tout brillants dansèrent, s'avancèrent.

C'était un parfait inconnu pour moi mais il prétendit que nous nous étions rencontrés à une garden-party à l'école de Beardsley. Comment allait ma délicieuse petite joueuse de tennis ? Il avait un autre cours. À bientôt.

Il y eut une autre tentative d'identification qui, elle, fut exécutée de manière moins expéditive : réagissant à une annonce parue dans l'une des revues de Lo, je me risquai à entrer en contact avec un détective privé, un ex-pugiliste, et, afin simplement de lui donner une idée de la méthode adoptée par le démon, je lui communiquai les divers noms et adresses que j'avais recueillis. Il exigea des arrhes substantielles et pendant deux ans — deux ans, lecteur ! — l'imbécile s'employa à vérifier ces données absurdes. J'avais rompu depuis longtemps toute relation d'argent avec lui lorsqu'un jour il réapparut et m'informa triomphalement qu'il y avait un Indien de quatre-vingts ans nommé Bill Brown qui vivait à Dolores, Colorado.

25

Ce livre a pour sujet Lolita ; et maintenant que je suis arrivé à la section que l'on pourrait intituler « *Dolores disparue** » (si un autre martyr de combustion interne ne m'avait devancé), il serait déplacé d'analyser les trois années arides qui suivirent. Certes, quelques repères pertinents méritent d'être signalés, mais l'impression générale que je souhaite créer s'apparente à celle que produiraient l'arrachement brutal en plein vol d'une porte latérale de la vie, et un souffle de temps noir et mugissant noyant de ses rafales cinglantes le cri du désastre solitaire.

Si étrange que cela puisse paraître, je rêvais rarement sinon jamais à Lolita telle que je me la rappelais

— telle que je me la représentais constamment, de manière obsédante, dans ma conscience éveillée durant mes cauchemars diurnes et mes insomnies. Soyons plus précis : elle hanta, certes, mon sommeil mais elle y apparaissait sous un déguisement ridicule, tantôt sous les traits de Valeria, tantôt sous ceux de Charlotte, ou comme un croisement des deux. Ce spectre complexe s'avançait vers moi, effeuillant ses combinaisons l'une après l'autre, dans une atmosphère de tristesse et de dégoût extrêmes, et s'étendait d'un air médiocrement séducteur sur quelque planche étroite ou quelque divan peu confortable, la chair béante comme la valve en caoutchouc d'une vessie de ballon de football. Et chaque fois je me retrouvais, dentier disloqué ou désespérément égaré, dans d'horribles *chambres garnies** où l'on me divertissait par d'ennuyeuses séances de vivisection qui s'achevaient toutes de la même façon : Charlotte ou Valeria pleuraient dans mes bras sanguinolents et je les embrassais tendrement de mes lèvres fraternelles dans un imbroglio onirique fait de breloques viennoises à l'encan, de pitié, d'impuissance et de perruques brunes appartenant à de vieilles femmes tragiques qui venaient d'être gazées.

Un jour, je retirai de la voiture un tas de revues pour adolescentes que je m'empressai de détruire. Vous voyez le genre. Typiques de l'âge de pierre quant au fond ; modernes, ou pour le moins mycéniennes, quant à l'hygiène. Une actrice superbe et trop mûre avec d'énormes cils et une lèvre inférieure rouge et pulpeuse, en train de faire la promotion d'un shampooing. Pubs et dadas. Les jeunes écolières raffolent des jupes plissées

— *que c'était loin, tout cela** ! C'est le devoir de votre hôtesse de vous fournir des peignoirs. Les détails superflus ternissent l'éclat de votre conversation. Nous avons tous connu des « rongeuses » — ces filles qui se rongent la peau des ongles pendant la soirée dansante du bureau. Tout homme, sauf s'il est d'un certain âge ou très important, devrait enlever ses gants avant de serrer la main d'une femme. Portez la nouvelle et Titillante Gaine Ventre Plat et l'amour sera votre récompense. Elle souligne la taille et pince les hanches. Tristan dans les alcôves d'Hollywood. Oui, oui ! Joe-Roe : l'énigme conjugale qui fait paniquer les nigauds. Mettez-vous en beauté en un clin d'œil et à bas prix. Bandes dessinées. Vilaine fille cheveux noirs père poupin cigare ; gentille fille cheveux roux papa élégant moustache taillée. Ou encore cette série répugnante avec ce gros babouin et sa femme, une minette gnomique. *Et moi qui t'offrais mon génie**... Je n'avais pas oublié ces vers absurdes et néanmoins charmants que j'aimais composer lorsqu'elle était enfant : « Absurde, disait-elle d'un air moqueur, est le mot juste. »

L'Écu et l'Écureuil, les Laps et leurs Lapins
Ont des us obscurs et des mœurs de rapins.
Les mâles colibris font des fusées fantoches.
Le serpent pour marcher tient ses mains dans ses
poches.

Il était plus difficile de renoncer à certains autres souvenirs d'elle. Jusqu'à la fin de 1949, je chéris, idolâtrai et souillai de mes baisers et de mes larmes de triton une paire de chaussures de tennis, une chemise de garçon qu'elle avait portée, d'antiques bluejeans que j'avais trouvés dans le coffre arrière, une casquette fripée d'écolière, et autres fastueux trésors. Puis, lorsque je compris que mon esprit était en train de craquer, je rassemblai ces effets hétéroclites, leur adjoignis tout ce qui avait été entreposé à Beardsley — une caisse de livres, sa bicyclette, de vieux manteaux, des caoutchoucs — et le jour de son quinzième anniversaire j'adressai le tout anonymement par la poste à un orphelinat de jeunes filles situé au bord d'un lac battu par le vent, à la frontière canadienne.

Si j'étais allé voir un hypnotiseur compétent, il est tout à fait possible qu'il eût été en mesure d'extraire de moi et de disposer en un canevas logique certains souvenirs accidentels que j'ai disséminés à travers la trame de mon livre avec infiniment plus d'ostentation qu'ils ne se présentent à mon esprit maintenant que je sais ce qu'il me faut rechercher dans le passé. À l'époque j'avais tout bonnement l'impression de perdre contact avec la réalité ; et après avoir passé le reste de l'hiver et une bonne partie du printemps suivant dans une maison de santé du Québec où j'avais séjourné auparavant, je décidai d'abord de régler certaines affaires personnelles à New York avant de me rendre en Californie pour y entreprendre une enquête approfondie.

Voici quelque chose que je composai dans ma retraite :

Perdue : Dolores Haze. Signalement :
Bouche écarlate, cheveux noisette ;
Âge : cinq mille trois cents jours (bientôt quinze ans !)
Profession : néant, ou starlette.

Où donc te caches-tu, Dolores Haze ?
Pourquoi te cacher, mon oiseau ?
(J'erre, je divague, ce dédale m'oppresse,
Comment sortir ? dit l'étourneau.)

Où chevauches-tu, Dolores ? Quel tapis
Magique vers quel astre t'emporte ?
Quelle marque a-t-elle — Antilope, Okapi ? —
La voiture tapie à ta porte ?

Qui donc est ton Adonis ? Un bouffon
En cape bleue, quelque énergumène ?
Oh, les beaux jours, et les golfes profonds,
Les autos, les bars, ma Carmen !

Oh, Dolores, ce juke-box me rend fou !
Danses-tu encore, ma mignonne ?
(Tous deux en blue-jeans, en T-shirts à trous,
Et moi dans mon coin qui bouillonne).

Heureux es-tu, MacFatum, vieux babouin,
Errant avec ta femme-enfant,

Besognant ta Manon dans tous les coins
Sauvages où lutinent des faons.

Ma Dolly, ma folie ! Tes yeux de vair
Toujours ouverts sous mes baisers.
Connaissez-vous le parfum Soleil vert ?
Venez-vous des Champs-Élysées ?

L'autre soir, un air froid d'opéra m'alita.
Son fêlé — bien fol est qui s'y fie !
Il neige. Le décor s'écroule, Lolita !
Lolita, qu'ai-je fait de ta vie[1] ?

C'est fini, je me meurs, ma Lo, mon rêve !
De haine, de remords, je meurs.
Et de nouveau mon poing velu je lève,
Et de nouveau j'entends tes pleurs.

Monsieur l'agent ! Regardez, ils s'en vont —
Sous la pluie, où le drugstore luit !
Ses socquettes sont blanches, j'aime ma Lison !
Dolores est son nom, elle fuit.

Monsieur l'agent, ils filent incognito —
Dolores Haze et son amant !
Dégainez votre arme, suivez cette auto.
Presto, à couvert maintenant.

1. Échos du *Roi s'amuse* de Victor Hugo. Ce quatrain est en français
dans le texte original.

Disparue, disparue, Haze, Dolores.
Son œil gris-rêve toujours est dur.
Quarante-cinq kilos, à peine, la traîtresse,
Un mètre cinquante-cinq, elle mesure.

Dolores Haze, ma voiture claudique,
Cette dernière étape m'achève.
Ils me jetteront dans une décharge publique,
Le reste est rouille, étoile et rêve.

En psychanalysant ce poème, je me rends compte que c'est en fait le chef-d'œuvre d'un détraqué. Les rimes nues, rigides, épouvantables correspondent très exactement à certaines figures et à certains paysages terrifiants et dépourvus de perspective, à certaines parties plusieurs fois grossies de figures et de paysages, comme en dessinent les psychopathes au cours de tests concoctés par leurs dompteurs retors. J'écrivis beaucoup d'autres poèmes. Je me plongeai dans la poésie des autres. Mais pas une seule seconde je n'oubliai le fardeau de la vengeance.

Je serais un coquin si je disais, et le lecteur serait un imbécile s'il croyait, que le choc provoqué par la perte de Lolita me guérit de ma pédonévrose. Mon amour pour elle avait beau se transformer, ma maudite nature, elle, était incapable de le faire. Sur les terrains de jeu et sur les plages, mon œil morne et furtif cherchait encore malgré moi l'éclair d'un bras ou d'une jambe de nymphette, les indices sibyllins permettant d'identifier les soubrettes de Lolita et ses demoiselles d'honneur avec leurs bouquets de roses. Cependant, une vision vitale s'était flétrie en moi : jamais plus je n'entretins l'idée que je pourrais connaître à nouveau la félicité en compagnie d'une petite pucelle, spécifique ou synthétique, dans quelque lieu reculé ; jamais mon imagination ne planta ses crocs dans les sœurettes de Lolita, au fond de criques lointaines d'îles fantasmagoriques. Tout cela était bel et bien terminé, pour le moment du moins. D'un autre côté, hélas, ces deux années de monstrueuse volupté avaient laissé en moi certaines habitudes de luxure : je craignais que le vide dans lequel je vivais ne finisse par me faire sombrer dans l'abîme de liberté d'une soudaine démence le jour où je me trouverais confronté à une tentation fortuite dans quelque ruelle entre l'école et le souper. La solitude était en train de me corrompre peu à peu. J'avais besoin de compagnie et d'attention. Mon cœur n'était qu'un organe hystérique peu fiable. C'est ainsi que Rita entra en scène.

26

Elle avait le double de l'âge de Lolita et les trois quarts du mien : adulte gracile pesant à peine cinquante kilos, elle avait des cheveux bruns, une peau pâle, des yeux asymétriques tout à fait charmants, un profil anguleux dessiné à grands traits, et un dos souple à

l'*ensellure** des plus séduisantes — je crois qu'elle
avait du sang espagnol ou babylonien. Je la cueillis un
soir de débauche en mai, quelque part entre Montréal
et New York, ou plus exactement entre Toyslestown et
Blake, dans un bar luisant d'un éclat crépusculaire, à
l'enseigne de l'écaille martre [1], où elle était gentiment
ivre : elle prétendit que nous étions allés à l'école
ensemble, et elle posa sa petite main tremblante sur
ma patte de babouin. Mes sens n'étaient que très modérément excités mais je décidai de la prendre à l'essai ;
ce que je fis — et je l'adoptai comme compagne per-
manente. Elle était si gentille, Rita, elle prenait si bien
la plaisanterie, que je suis persuadé qu'elle se serait
donnée à n'importe quelle créature ou illusion pathétique, à un vieil arbre brisé ou un porc-épic en deuil,
par simple réflexe de camaraderie et de compassion.

Lorsque je fis sa connaissance, elle venait récemment de divorcer de son troisième mari — et plus
récemment encore avait été abandonnée par son septième *cavalier servant** —, les autres, les intérimaires,
étant trop nombreux et trop changeants pour qu'on en
dresse la liste. Son frère était — et l'est toujours, vraisemblablement — un homme très en vue, un de ces
politiciens au teint terreux, portant bretelles et cravate
peinte à la main, qui était à la fois maire et bienfaiteur
de sa ville natale, une cité pratiquant les jeux de ballon, lisant la Bible et faisant le commerce du grain.
Depuis huit ans, il donnait à sa merveilleuse petite sœur

---

1. Le mot anglais désignant ce papillon est *tigermoth* ; d'où la référence
à Blake dans la ligne précédente et à son célèbre poème « *The Tiger* ».

plusieurs centaines de dollars par mois à la condition expresse qu'elle ne mît jamais, au grand jamais, les pieds dans la merveilleuse petite ville de Grainball. Or, allez savoir bon Dieu pourquoi, me dit-elle en poussant des soupirs d'étonnement, chacun de ses nouveaux petits amis ne trouvait rien de mieux à faire que de l'entraîner d'abord vers Grainball : la petite ville exerçait une attraction fatale ; et elle n'avait pas le temps de dire « ouf » qu'elle se retrouvait à nouveau happée dans l'orbite lunaire de la ville et sillonnait le périphérique illuminé par des projecteurs — « tournant en rond comme un satané bombyx du mûrier », pour reprendre son expression.

Elle avait un chouette de petit coupé ; c'est avec lui que nous nous rendîmes en Californie afin d'accorder quelque repos à mon vénérable véhicule. Cent quarante à l'heure, telle était sa vitesse naturelle. Cette chère Rita ! Nous bourlinguâmes ensemble pendant deux nébuleuses années, de l'été 1950 jusqu'à l'été 1952, et ce fut la Rita la plus exquise, la plus simplette, la plus gentille, la plus stupide qu'on puisse imaginer. Valetchka était un Schlegel et Charlotte un Hegel en comparaison. Je n'ai aucune raison au monde de m'attarder sur elle en marge de ce sinistre mémoire, mais permettez-moi de dire (salut, Rita — où que tu sois, ivre ou avec la gueule de bois, Rita, salut !) que ce fut la compagne la plus apaisante, la plus compréhensive que j'aie jamais eue, et qu'elle m'épargna sans doute l'asile de fous. Je lui dis que je voulais retrouver la piste d'une fille et flinguer son tyranneau. Rita approuva solennellement le projet — et au cours d'une enquête qu'elle entreprit de son côté (bien qu'elle ne connût rien à l'affaire), dans les environs de San Humbertino, elle se trouva elle-même compromise avec un escroc plutôt exécrable ; j'eus le plus grand mal du monde à la tirer de là — éprouvée, meurtrie mais toujours effrontée. Puis un jour elle proposa de jouer à la roulette russe avec mon satané automatique ; je lui dis qu'on ne pouvait pas, que ce n'était pas un revolver, et nous nous battîmes pour le prendre, et finalement le coup partit tout seul, déclenchant un minuscule jet d'eau chaude des plus comiques qui gicla du trou fait par la balle dans le mur du bungalow ; j'entends encore ses hurlements de rire.

La courbure bizarrement prépubescente de son dos, sa peau de riz, ses lents baisers langoureux de colombine m'empêchèrent de faire des bêtises. Ce ne sont pas les aptitudes artistiques qui constituent des traits sexuels secondaires, comme l'ont prétendu certains charlatans et chamans ; c'est tout le contraire : le sexe n'est que l'ancelle de l'art. Il me faut évoquer une bringue assez mystérieuse et qui eut des répercussions intéressantes. J'avais abandonné ma recherche : le démon était en Tartarie ou bien il se consumait dans mon cervelet (mon imagination et mon chagrin attisant les flammes) mais, à coup sûr, il n'était pas en train de faire faire à Dolores Haze un championnat de tennis sur la côte pacifique. En revenant vers l'est, nous nous retrouvâmes un après-midi dans un hôtel hideux, un de ces hôtels où se tiennent des congrès et déambulent en titubant de gros bonshommes roses étiquetés qui n'ont à la bouche que prénoms, négoce et boisson — la chère Rita et moi nous réveillâmes et découvrîmes une troisième personne dans notre chambre, un jeune type blond, un albinos presque, avec des cils blancs et de grandes oreilles transparentes, que jamais, ni Rita ni moi, ne nous rappelions avoir vu de notre triste vie. Tout transpirant dans ses épais sous-vêtements sales et encore chaussé de vieilles bottes de l'armée, il était allongé sur le grand lit de l'autre côté de ma chaste Rita et ronflait. L'une de ses dents de devant manquait, des pustules ambrées fleurissaient sur son front. Ritochka enveloppa sa sinueuse nudité dans mon imperméable — la première chose qui lui tomba sous la main ; j'enfilai un pantalon à rayures rose bonbon ; après quoi nous examinâmes la situation. Cinq verres avaient été utilisés, ce qui, en guise d'indices, représentait une surabondance de biens. La porte était mal fermée. Un pull-over ainsi qu'un pantalon informe de couleur fauve gisaient sur le plancher. Secouant leur propriétaire, nous le forçâmes à recouvrer un semblant de conscience. Il était totalement amnésique. Parlant avec un accent qui, au dire de Rita, était typique de Brooklyn, il insinua d'un air ronchon que, par quelque artifice, nous l'avions dépossédé de son (insignifiante) identité. Nous l'obligeâmes sans ménagement à se rhabiller et le laissâmes à l'hôpital le plus proche, nous rendant compte en route que, comme par hasard, au terme de girations irréfléchies, nous nous retrouvions à Grainball. Six mois plus tard, Rita écrivit au médecin pour avoir des nouvelles. Jack Humbertson, comme on avait eu le mauvais goût de le surnommer, était toujours coupé de son propre passé. Oh, Mnémosyne, toi la plus exquise et la plus espiègle des muses !

Je n'aurais pas mentionné cet incident si cela n'avait entraîné tout un enchaînement d'idées qui m'amenèrent à publier dans la *Cantrip Review* un article sur « Mimir[1] et Mémoire » dans lequel je proposai, entre autres choses que les bienveillants lecteurs de cette splendide revue jugèrent originales et importantes, une théorie du temps perceptif fondée sur la circulation du sang et qui dépendait sur le plan des concepts (pour résumer l'affaire en quelques mots) de l'aptitude de l'esprit à prendre conscience non seulement de la matière mais aussi de sa propre identité, et à raccorder ainsi, sans solution de continuité, deux pôles (le futur stockable et le passé stocké). Suite à cette aventure éditoriale — qui mit la note finale à l'impression qu'avaient laissée mes *travaux** antérieurs — on m'invita à aller passer un an à l'université de Cantrip, alors qu'à l'époque nous vivions, Rita et moi, à New York, à six cents kilomètres de là, dans un petit appartement d'où l'on voyait des enfants tout luisants loin en dessous en train de prendre une douche sous les jets d'eau d'une charmille dans Central Park. Pendant mon séjour à Cantrip, de septembre 1951 à juin 1952, je logeai dans une résidence spécialement réservée aux poètes et aux philosophes, tandis que Rita, que je préférais ne pas montrer en public, végétait — de manière peu décente, j'ai le regret de le dire — dans un hôtel de routiers où je lui rendais visite deux fois par semaine. Puis elle s'éclipsa — avec plus d'huma-

1. Géant de la mythologie scandinave qui vivait près d'un puits dont l'eau lui permettait de connaître le passé et l'avenir.

nité que ses devancières ne l'avaient fait : un mois plus tard, je la retrouvai dans une prison du coin. Elle était *très digne**, avait été opérée de l'appendicite, et elle réussit à me faire croire que les superbes fourrures bleutées qu'on l'accusait d'avoir volées à Mrs. Roland MacCrum avaient été en fait un cadeau spontané, quoique passablement arrosé, de Roland lui-même. Je parvins à la tirer de là sans avoir recours à son irritable frère, et peu après nous regagnâmes le quartier ouest de Central Park, via Briceland où nous nous étions arrêtés quelques heures l'année précédente.

Une étrange envie de revivre les heures que j'avais passées là avec Lolita s'était emparée de moi. J'entrais alors dans une nouvelle phase de mon existence, ayant renoncé à tout espoir de retrouver sa trace et celle de son ravisseur. Maintenant, je préférais m'en remettre aux anciens décors pour préserver ce qui pouvait encore l'être du passé — *souvenir, souvenir que me veux-tu* ?*. L'automne tintinnabulait dans l'air. Le professeur Hamburg, en réponse à la carte postale qu'il envoya pour réserver des lits jumeaux, reçut une prompte expression de regret. Ils étaient complets. Ils avaient bien en sous-sol une chambre à quatre lits, sans salle de bains, mais ils pensaient que je n'en voudrais pas. Leur papier à lettres portait en en-tête :

LES CHASSEURS ENCHANTÉS

Proche des églises   Chiens interdits
Toutes les boissons autorisées par la loi

Je me demandai si la dernière affirmation corres-
pondait à la réalité. Toutes ? Avaient-ils, par exemple,
de la grenadine de trottoir ? Je me demandai aussi si
un chasseur, enchanté ou pas, ne risquait pas d'avoir
davantage besoin d'un pointer que d'un prie-Dieu, et
alors, avec un spasme de douleur, je me rappelai une
scène digne d'un grand artiste : *petite nymphe accrou-*
pie* ; mais peut-être ce cocker soyeux avait-il été bap-
tisé. Non — je compris que je ne pourrais pas endurer
la torture de revoir ce hall d'entrée. Il existait un bien
meilleur moyen de retrouver le temps perdu ailleurs
dans cette douce ville automnale de Briceland haute
en couleur. Laissant Rita dans un bar, je me dirigeai
vers la bibliothèque municipale. Une vieille fille
gazouillante se fit un plaisir de m'aider à déterrer la
mi-août 1947 de la collection reliée de la *Briceland*
Gazette, et bientôt, installé dans une niche retirée sous
une ampoule nue, je me mis à tourner les pages énormes et fragiles d'un volume noir comme un cercueil
et presque aussi grand que Lolita.

Lecteur ! *Bruder !* Quel stupide Hamburg que cet
Hamburg-là ! Son système hypersensible répugnant à
se retrouver confronté à la scène réelle, il pensait au
moins pouvoir en goûter une partie secrète — ce qui
n'est pas sans rappeler ce dixième ou vingtième soldat
qui, dans la file de violeurs, jette le châle noir sur le
visage blême de la fille pour ne pas voir ces yeux insoutenables pendant qu'il prend son plaisir militaire dans
le triste village saccagé. Ce que je convoitais, moi,
c'était l'image imprimée qui avait absorbé par un heureux hasard mon image interlope pendant que le photo-

graphe de la *Gazette* se concentrait sur le docteur Brad-dock et son groupe. J'espérais ardemment retrouver là, soigneusement conservé, le portrait de l'artiste en jeune, plus jeune, brute. Un innocent appareil photo me sur-prenant tandis que je m'acheminais d'un air sinistre vers le lit de Lolita — quel aimant pour Mnémosyne ! Je ne puis expliquer tout à fait la nature exacte de cette pulsion qui me rongeait. Elle n'était pas sans rapport, j'imagine, avec cette curiosité débile qui vous pousse à examiner à la loupe de sombres petites silhouettes — des natures mortes, pour ainsi dire, et tout le monde sur le point de vomir — autour d'une exécution au petit matin, l'expression du patient étant impossible à distinguer sur la page imprimée. Toujours est-il que je haletais et qu'un coin du livre des morts ne cessait de me rentrer dans l'estomac tandis que je parcourais, survolais les pages... *Force brute* et *La possédée* [1] allaient passer le diman-che 24 dans les deux cinémas. Mr. Purdom, commis-saire-priseur indépendant pour le tabac, prétendait que depuis 1925 il ne fumait rien d'autre que des Omen Faustum. Hank le baraqué et sa petite femme, tout jeu-nes mariés, allaient être les invités d'honneur de Mr. et Mrs. Reginald G. Gore, 58 Inchkeith Ave. Certains para-sites atteignent le sixième de la taille de leur hôte. Dun-kerque fut fortifiée au Xe siècle. Socquettes de demoi-selle, 39 cents. Derbys, 3 dollars 98 cents. Le vin, le vin, le vin, disait avec humour l'auteur de *Dark Age* qui refu-sait de se faire photographier, fait peut-être l'affaire d'un rossignol persan, mais moi je préfère tous les jours

---

1. Films de Jules Dassin et Curtis Bernhardt respectivement.

la pluie, la pluie, la pluie sur le toit de bardeaux pour faire éclore les roses et s'épanouir l'inspiration. Les fossettes sont causées par l'adhérence de la peau aux tissus sous-cutanés. Les Grecs repoussent une violente offensive de la guérilla — et, ah, enfin, une petite silhouette blanche, et le docteur Braddock en noir, mais par la faute de quelque épaule spectrale qui se frottait contre son ample corps — je ne pus rien distinguer de ma petite personne.

J'allai retrouver Rita qui, avec son petit sourire de *vin triste**, me présenta un vieux nabot ratatiné et farouchement ivre en disant que c'était — rappelle-moi donc ton nom, l'ami ! — un de ses anciens copains d'école. Il essaya de la retenir et au cours de la petite bagarre qui s'ensuivit je me blessai le pouce contre la tête dure du bonhomme. Dans le parc silencieux et bariolé où je la promenai et lui fis un peu prendre l'air, elle sanglota et dit que j'allais bientôt, très bientôt, la quitter comme tout le monde avant moi, et je lui chantai une ballade française mélancolique et bricolai quelques rimes fugitives pour l'amuser :

L'endroit avait pour nom Les Chasseurs enchantés.
Question : Diane, quelles teintures indiennes ton val boisé
a-t-il avalisées pour faire du lac Image
un bain de sang devant l'hôtel aux bleus ramages ?

Et elle dit : « Pourquoi bleu alors qu'il est blanc, pourquoi bleu, grand Dieu ? » et elle se remit à pleurer, et je la reconduisis à la voiture et nous repartîmes pour New York, et bientôt elle recouvra un semblant de bonheur là-haut dans la brume sur la petite terrasse de notre appartement. Je m'aperçois que j'ai curieusement confondu deux événements, ma visite à Briceland en compagnie de Rita tandis que nous nous rendions à Cantrip, et notre second passage à Briceland en revenant vers New York, mais l'artiste mnémonique ne saurait dédaigner de telles suffusions de couleurs fluentes.

27

Ma boîte aux lettres dans l'entrée était de celles qui permettent de vous faire une idée de leur contenu à travers une fente vitrée. Plusieurs fois déjà, par quelque prodige, une lumière diaprée tombant à travers la vitre sur quelque écriture inconnue avait déformé celle-ci au point de la faire ressembler à celle de Lolita, et j'avais alors failli m'effondrer tandis que je m'arc-boutais contre une urne adjacente, la mienne presque. Chaque fois que cela s'était produit — chaque fois que son griffonnage adorable, loufoque, puéril s'était mué de manière horrible en l'écriture insipide de l'un de mes rares correspondants — je m'étais souvenu, avec un plaisir mêlé d'angoisse, de ces occasions où, dans mon naïf passé prédolorien, il m'était arrivé d'être abusé par l'éclat adamantin d'une fenêtre, de l'autre côté de la rue, dans laquelle mon œil fouineur, ce périscope toujours en éveil de mon vice honteux, distinguait à distance une nymphette à demi nue totalement figée, en train de peigner ses cheveux semblables à ceux d'Alice au Pays des Merveilles. Par sa perfection même, ce fantasme féroce me plongeait dans le brasier d'une volupté tout aussi parfaite, justement parce que la vision était hors d'atteinte et qu'aucune possibilité de passage à l'acte ne venait la ternir et l'associer dans mon esprit à quelque tabou ; en fait, il se peut que l'attrait qu'exerce sur moi l'immaturité réside non pas tant dans la limpidité de cette grâce pure, fraîche, illicite, féerique, des jeunes enfants, que dans la sécurité que procure une situation où d'infinies perfections viennent combler le vide entre le peu qui est donné et le trésor promis — le trésor gris-rose éternellement hors d'atteinte. *Mes fenêtres*!* Suspendu au-dessus des taches rouges du soleil couchant et de la nuit naissante, grinçant des dents, je pressais contre la balustrade d'un balcon palpitant tous les démons de mon désir : celui-ci était sur le point de prendre son essor dans la moiteur ocre et noire du crépuscule ; ce qu'il faisait en effet — et aussitôt l'image illuminée se mettait à bouger et Ève redevenait une côte, et il n'y avait rien d'autre dans l'encadrement de la fenêtre qu'un homme obèse partiellement vêtu en train de lire son journal.

Comme il m'arrivait parfois de remporter la victoire dans cette course entre mon imagination et la réalité de la nature, la déconvenue était supportable. La souffrance devenait insupportable lorsque le hasard entrait

en lice et me privait du sourire qui m'était destiné.
« *Savez-vous qu'à dix ans ma petite était folle de
vous ?** » dit une femme avec qui je m'entretenais lors
d'un thé à Paris, et la *petite** venait de se marier, à des
kilomètres de là, et je ne me souvenais même pas si,
douze ans plus tôt, je l'avais jamais remarquée dans
ce jardin, à côté de ces courts de tennis. Et de même
maintenant, cette perspective radieuse, cette promesse
de réalité, une promesse qui ne devait pas être simulée
de manière attrayante seulement mais aussi tenue
noblement — tout cela, le hasard me le refusa — le
hasard et le fait que ma pâle épistolière bien-aimée ait
adopté des caractères plus petits. Mon imagination
était à la fois proustianisée et procustianisée ; car ce
matin-là en particulier, à la fin du mois de septembre
1952, alors que j'étais descendu pour prendre à tâtons
mon courrier, le concierge bilieux tiré à quatre épingles
avec qui j'étais en termes exécrables commença à se
plaindre qu'un homme qui avait raccompagné Rita à
la maison récemment avait été « malade comme un
chien » sur le perron de l'immeuble. Tandis que je
l'écoutais et lui donnais un pourboire, et écoutais
ensuite une version édulcorée et plus polie de l'incident, j'eus l'impression que l'une des deux lettres
apportées par ce satané courrier était de la mère de
Rita, une petite femme complètement folle à qui un
jour nous avions rendu visite à Cape Cod et qui n'arrêtait pas de m'écrire à mes diverses adresses pour dire
combien nous étions bien assortis sa fille et moi, et
comme ce serait merveilleux que nous nous mariions ;

l'autre lettre, que j'ouvris et parcourus rapidement dans l'ascenseur, était de John Farlow.

J'ai maintes fois constaté combien nous sommes enclins à doter nos amis de cette stabilité de caractère qu'acquièrent les personnages littéraires dans l'esprit du lecteur. Nous avons beau ouvrir encore et encore *Le roi Lear*, jamais nous ne verrons le bon roi en grande bacchanale taper bruyamment sur la table avec sa chope, tous ses chagrins oubliés, à l'occasion de joyeuses retrouvailles avec ses trois filles et leurs chiens de salon. Jamais Emma ne se rétablira, ranimée par les sels sympathiques contenus dans les larmes opportunes du père de Flaubert. Quelque évolution que puisse subir tel ou tel personnage populaire entre les couvertures du livre, son destin est tracé une fois pour toutes dans nos esprits ; de la même façon, nous nous attendons que nos amis suivent tel ou tel schéma de comportement logique et conventionnel que nous leur avons tracé. Ainsi X ne composera-t-il jamais la musique immortelle qui détonnerait par rapport aux symphonies de second ordre auxquelles il nous a accoutumés. Y ne commettra jamais de meurtre. En aucune circonstance Z ne saurait nous trahir. Tout est parfaitement bien réglé dans nos esprits, et moins nous voyons telle personne en particulier et plus nous sommes heureux de constater, chaque fois que nous entendons parler d'elle, à quel point elle se conforme servilement à la notion que nous avons d'elle. Tout écart dans les destins que nous avons décrétés nous semblerait non seulement anormal mais immoral. Nous préférerions ne pas avoir connu du tout notre voisin, le marchand de hot dogs en retraite, s'il s'avérait qu'il vient de produire le plus merveilleux recueil de poésies qu'ait connu son époque.

Je dis tout cela pour expliquer combien je fus stupéfait par la lettre hystérique de Farlow. Je savais que sa femme était morte mais je pensais bien sûr qu'il allait rester, tout au long de son veuvage dévot, l'homme terne, pondéré et fiable qu'il avait toujours été. Il expliquait maintenant dans sa lettre qu'après être brièvement revenu aux États-Unis il était retourné en Amérique du Sud et avait décidé de remettre toutes les affaires dont il avait la charge à Ramsdale entre les mains de Jack Windmuller, un homme de loi résidant dans cette même ville et que nous connaissions tous les deux. Il paraissait singulièrement soulagé de se débarrasser des « affaires compliquées » des Haze. Il avait épousé une jeune Espagnole. Il avait cessé de fumer et avait pris quinze kilos. Elle était toute jeune et championne de ski. Ils allaient en Inde pour leur « honeymonsoon [1] ». Comme il était sur le point de « fonder une famille », pour reprendre ses termes, il n'allait plus avoir le temps désormais de s'occuper de mes affaires qu'il considérait « très étranges et très crispantes ». Des fâcheux — toute une clique de fâcheux, apparemment — l'avaient informé que l'on ne savait pas où était la petite Dolly Haze, et que je vivais en Californie avec une divorcée notoire. Son propre beau-père était un comte, et il était extrê-

1. Mot valise en anglais : *honeymoon* (lune de miel) et *monsoon* (mousson).

mement fortuné. Les gens qui louaient la résidence Haze depuis quelques années souhaitaient maintenant l'acheter. Il me conseillait de produire Dolly au plus vite. Il s'était cassé la jambe. Il joignait une photo de lui avec une petite brunette vêtue de laine blanche, échangeant entre eux des sourires radieux au milieu des neiges du Chili.

Je me revois encore en train d'ouvrir machinalement la porte de mon appartement et de commencer à dire : Eh bien, on va pouvoir enfin les retrouver — lorsque l'autre lettre se mit à me parler d'une petite voix détachée :

Cher papa,
Comment ça va ? Je suis mariée. Je vais avoir un bébé. Je crois que ça va être un gros bébé. Je crois qu'il arrivera juste pour Noël. Cette lettre n'est pas facile à écrire. Je deviens folle parce que nous n'avons pas de quoi payer nos dettes pour partir d'ici. On a promis à Dick un boulot important en Alaska dans un secteur de la mécanique dont il est spécialiste, je n'en sais pas plus mais c'est vraiment formidable. Excuse-moi de ne pas te communiquer notre adresse mais tu es peut-être encore en colère après moi, et il ne faut pas que Dick sache. Cette ville est quelque chose. Le smog est si épais qu'on ne voit pas les crétins. Je t'en prie, papa, envoie-nous un chèque. On pourrait s'en tirer avec trois ou quatre cents dollars ou même moins, on prendra ce que tu nous donneras, tu pourrais vendre mes vieilles affaires,

parce qu'une fois qu'on sera là-bas le fric coulera à flots. Écris, je t'en prie. Je suis passée par des moments tristes et difficiles.

Dans l'attente de ta lettre,

DOLLY
(Mrs. RICHARD F. SCHILLER)

28

Voilà que je me retrouvais de nouveau sur les routes, de nouveau au volant de la vieille berline bleue, de nouveau seul. Rita n'avait toujours pas quitté les bras de Morphée quand je lus cette lettre et me débattis contre les montagnes de souffrance qu'elle soulevait en moi. Je la regardai sourire dans son sommeil, déposai un baiser sur son front moite et la quittai à tout jamais après avoir attaché un tendre message d'adieu sur son nombril avec du papier collant — de crainte qu'elle ne le trouve pas autrement.

« Seul », ai-je dit ? *Pas tout à fait**. J'avais mon noir petit copain avec moi, et dès que j'eus atteint un endroit retiré, je répétai la scène de la mort violente de Mr. Richard F. Schiller. Ayant retrouvé un de mes très vieux et très sales pull-overs gris à l'arrière de la voiture, je le suspendis à une branche, dans une clairière sans voix où j'étais arrivé par un chemin forestier après avoir quitté la grand-route maintenant éloignée. L'exécution de la sentence fut quelque peu gâchée par une certaine raideur apparente dans le mécanisme de la détente, et je me demandai si je ne devrais pas me procurer de l'huile pour cette mystérieuse chose mais décidai finalement que je n'avais pas de temps à perdre. Et le vieux pull-over occis de retourner dans la voiture, maintenant criblé de trous supplémentaires ; après avoir rechargé mon Copain, je poursuivis ma route.

La lettre était datée du 18 septembre 1952 (on était le 22), et l'adresse qu'elle avait indiquée était « Poste restante, Coalmont » (pas « Virginie », pas « Pennsylvanie », pas « Tennessee » — et pas Coalmont non plus de toute façon — j'ai tout camouflé, mon amour). Renseignements pris, il s'avéra qu'il s'agissait d'une petite communauté industrielle à quelque treize cents kilomètres de New York. Au départ, j'avais projeté de rouler toute la journée et toute la nuit, mais je finis par me raviser et me reposai quelques heures vers l'aube dans une chambre de motel, quelques kilomètres avant d'atteindre la ville. Après mûre réflexion, j'avais conclu que le démon, ce Schiller, devait être un marchand de voitures et qu'il avait dû faire la connaissance de ma Lolita en la prenant en auto-stop à Beardsley — le jour où elle avait eu une crevaison en se rendant à bicyclette chez Miss Emperor — et que, depuis, il avait rencontré quelques difficultés. J'avais eu beau changer les contours du cadavre de ce pull-over criblé qui traînait sur la banquette arrière de la voiture, il avait conservé néanmoins divers profils caractéristiques de Trapp-Schiller — l'obscène et grossière bonhomie de son corps, aussi décidai-je en appuyant sur le téton de mon réveil avant que celui-ci n'explosât à l'heure prévue, six heures du matin, de m'habiller avec une élégance et un charme exceptionnels afin de neutraliser cette sensation de corruption vulgaire. Puis, avec cette minutie austère et romantique du gentleman qui s'apprête à se battre en duel, je vérifiai que mes papiers étaient bien en ordre, pris un bain et parfumai mon corps délicat, me rasai le visage et la poitrine, choisis une chemise de soie et un caleçon propre, enfilai des socquettes transparentes couleur taupe, et me félicitai d'avoir pris avec moi dans ma malle des vêtements d'un goût exquis — un gilet avec des boutons de nacre, par exemple, une cravate pâle en cachemire et ainsi de suite.

Je fus incapable, hélas, de garder mon petit déjeuner, mais je préférai ne voir dans cet incident corporel qu'un vulgaire contretemps, je m'essuyai la bouche avec un mouchoir à la texture fine que j'avais extrait de ma manche, et, avec un bloc de glace bleue à la place du cœur, sur la langue une pilule et dans ma poche revolver la mort compacte, je pénétrai d'un pas souple dans une cabine téléphonique à Coalmont (Ah-ah-ah, fit la petite porte) et téléphonai au seul Schiller — Paul, Ameublement — qu'il y eût dans l'annuaire abominablement déchiré. Paul le Rauque me dit qu'il connaissait effectivement Richard, fils d'un de ses cousins, et que son adresse était, voyons voir, 10 Killer Street (je ne me donne pas trop de peine pour mes pseudonymes [1]). Ah-ah-ah, fit la petite porte.

1. Référence à *killer* (tueur, meurtrier).

Au 10 Killer Street, un immeuble, j'interviewai un certain nombre de vieillards déprimés et deux nymphettes aux longs cheveux d'un blond vénitien, repoussantes de saleté (sans conviction, rien que pour le plaisir, la vieille bête en moi était à la recherche de quelque gamine légèrement vêtue que je pourrais serrer un instant contre moi une fois que l'exécution serait terminée, que plus rien alors ne compterait, et que tout serait permis). Oui, Dick Skiller avait bien habité là, mais il avait déménagé lorsqu'il s'était marié. Personne ne connaissait son adresse. « Ils sauront peut-être au magasin », dit une voix de basse qui montait d'une bouche d'égout béante près de laquelle je me tenais en compagnie des deux fillettes aux bras fluets et aux pieds nus et de leurs nébuleuses grand-mères. J'entrai dans le mauvais magasin et un vieux nègre circonspect secoua la tête sans me laisser le temps de demander quoi que ce soit. Je traversai la rue et me rendis dans une épicerie lugubre et là, une voix de femme interpellée à ma demande par un client émergea de quelque abîme ligneux creusé dans le plancher, l'homologue de la bouche d'égout, et s'écria : Hunter [1] Road, dernière maison.

Hunter Road était à plusieurs kilomètres de là, dans un quartier plus sinistre encore où tout n'était que décharges et fossés, jardins potagers grouillant de vers, cabanons, bruine grise, boue rouge, sans compter plusieurs cheminées fumantes au loin. Je m'arrêtai à la dernière « maison » — une baraque en bois, avec, un

_____
1. Chasseur.

peu à l'écart de la route, deux ou trois autres baraques semblables plantées au milieu d'un terrain vague plein de mauvaises herbes flétries. Des bruits de marteau montaient de derrière la maison, et pendant plusieurs minutes je demeurai immobile dans ma vieille voiture, vieux et frêle moi-même, ayant atteint le terme de mon voyage, mon objectif gris, *finis**, mes amis, *finis**, mes démons. Il était environ deux heures. Mon pouls battait à 40 un instant et à 100 l'instant d'après. La bruine crépitait contre le capot de la voiture. Mon pistolet avait migré vers la poche droite de mon pantalon. Un roquet minable sortit de derrière la maison, s'arrêta tout surpris et se mit à japper après moi sans agressivité, paupières serrées, son ventre poilu tout couvert de boue, puis il folâtra alentour et jappa de nouveau.

29

Je descendis de la voiture et claquai la portière. Ce claquement retentit avec une telle franchise, une telle banalité dans le vide de ce jour sans soleil ! *Ouah,* commenta sommairement le chien. J'appuyai sur le bouton de la sonnette que je sentis vibrer à travers tout mon corps. *Personne. Je resonne. Repersonne**. De quelles profondeurs surgissait ce re-non-sens ? Ouah, dit le chien. Un mouvement précipité et un bruit de pas, et la porte de faire ouf-ouah.

Cinq centimètres plus grande environ. Lunettes à montures roses. Nouvelle coiffure tout en hauteur, nouvelles oreilles. Comme c'était simple ! L'instant, la mort que je n'avais cessé de m'imaginer depuis trois ans était aussi simple qu'un morceau de bois sec. Elle était franchement et démesurément enceinte. Sa tête avait l'air plus petite (deux secondes seulement s'étaient écoulées en fait, mais permettez-moi de leur conférer toute la durée ligneuse que peut supporter la vie), et ses joues pâles couvertes de taches de rousseur étaient creuses, et ses mollets et ses bras nus avaient perdu tout leur hâle, de sorte qu'on voyait les petits poils. Elle portait une robe en coton marron et sans manches et des pantoufles de feutre très sales.

« Eeeh ben ! » dit-elle en soufflant d'un ton à la fois accueillant et surpris, après avoir marqué un petit temps d'arrêt.

« Ton mari est à la maison ? » dis-je en croassant, la main dans la poche.

Je ne pouvais pas la tuer, elle, bien sûr, comme certains l'ont pensé. Je l'aimais, vous comprenez. Ç'avait été le coup de foudre, le coup fatal, l'amour ad vitam eternam.

« Entre », dit-elle d'un ton enjoué et impétueux. Dolly Schiller s'aplatit du mieux qu'elle put (se dressant même un peu sur la pointe des pieds) contre le bois mort et craquelé de la porte afin de me laisser passer, et elle fut momentanément crucifiée, ses yeux baissés tournés vers le seuil comme s'ils souriaient à celui-ci, ses joues creuses faisant ressortir ses *pommettes** rondes, ses bras, aussi blancs que du lait étendu d'eau, plaqués contre le bois. Je passai sans toucher son bébé proéminent. Fragrance lolitienne, avec un petit relent de friture en plus. Je claquai des dents comme un imbécile. « Non, toi tu restes dehors » (s'adressant au chien). Elle referma la porte et nous suivit, son ventre et moi, dans le salon de sa maison de poupée.

« Dick est là-bas », dit-elle, tendant une raquette de tennis invisible, invitant mon regard à quitter la triste chambre-salon où nous étions, à traverser toute la cuisine et à sortir par la porte de derrière dans l'encadrement de laquelle, par le jeu d'une perspective quelque peu primitive, un jeune inconnu aux cheveux bruns vêtu d'une salopette, bénéficiant sur-le-champ d'une remise de peine, était perché sur une échelle le dos tourné vers moi en train de rafistoler quelque chose près de la baraque ou sur la baraque de son voisin, un type plus empâté et manchot qui d'en bas le regardait.

Elle m'expliqua ce lointain tableau, comme pour s'excuser (« Les hommes seront toujours les mêmes ») ; fallait-il qu'elle l'appelle ?

Non.

Debout au milieu de la pièce en pente et poussant des « hum » interrogatifs, elle exécuta avec ses poignets et ses mains des gestes familiers de bayadère javanaise, me proposant, en une brève et cocasse parodie de mondanité, de choisir entre un fauteuil à bascule et le divan (leur lit après dix heures du soir). Je dis « familiers » parce qu'un jour lors de sa surprise-partie à Beardsley elle m'avait accueilli avec cette même danse des poignets. Nous nous assîmes tous deux sur le divan. Étrange : malgré l'affadissement bien réel de ses charmes, je vis très clairement soudain, mais trop tard, infiniment trop tard, combien elle ressemblait — avait toujours ressemblé — à la Vénus rousse de Botticelli — le même nez délicat, la même beauté vaporeuse. Dans ma poche, mes doigts relâchèrent doucement mon arme inutilisée et emmaillotèrent quelque peu l'extrémité dans le mouchoir qui lui servait de nid.

« Ce n'est pas le type que je cherche », dis-je.

Ses yeux perdirent aussitôt l'air diffus et accueillant qu'ils avaient. Son front se plissa comme dans les jours les plus amers d'antan.

« Ce n'est pas qui ?

— Où est-il ? Vite !

— Écoute, dit-elle, inclinant la tête d'un côté et la hochant dans cette même position. Écoute, tu ne vas pas ramener ça sur le tapis.

— Mais bien sûr que si », dis-je, et, l'espace d'un instant — ce fut, paradoxalement, le seul instant bénit, supportable de toute l'interview —, nous montâmes tous les deux sur nos grands chevaux comme si elle était toujours mienne.

Elle se maîtrisa, la sage fille.

Dick ne savait rien de toute cette sale histoire. Il croyait que j'étais son père. Il croyait qu'elle s'était enfuie d'une bonne famille bourgeoise pour faire la plonge dans un café-restaurant. Il croyait n'importe quoi. Pourquoi avais-je besoin de rendre les choses plus difficiles qu'elles ne l'étaient en remuant toute cette boue ?

Mais, dis-je, il fallait se montrer raisonnable, se comporter comme une petite fille raisonnable (avec son tambour nu sous ce mince tissu marron), il fallait qu'elle comprenne que si elle voulait obtenir l'aide que j'étais venu lui apporter, il fallait au moins que je puisse me faire une idée claire de la situation.

« Allons, son nom ! »

Elle pensait que j'avais deviné depuis long-temps. C'était (dit-elle avec un sourire mélancolique et espiègle) un nom si époustouflant. Jamais je ne le croirais. Elle avait de la peine à y croire elle-même.

Son nom, ma nymphe d'automne.

C'était si peu important, dit-elle. Elle me suggérait de changer de sujet. Est-ce que je voulais une cigarette ?

Non. Son nom.

Elle secoua la tête d'un air très déterminé. Elle trou-vait qu'il n'était plus temps d'en faire tout un plat, d'ail-leurs jamais je ne croirais l'inimaginable, l'incroyable...

Je lui dis que je ferais mieux de repartir, mes amitiés, heureux de l'avoir vue.

Il était vraiment inutile d'insister, dit-elle, elle n'avouerait jamais, mais d'un autre côté, après tout... « Tu veux vraiment savoir qui c'était ? Eh bien, c'était... »

Et doucement, confidentiellement, arquant ses sour-cils fins et plissant ses lèvres sèches, elle prononça en une sorte de sifflement étouffé, d'un air quelque peu moqueur, quelque peu affecté, mais non dépourvu de tendresse, le nom que le lecteur perspicace a deviné depuis longtemps.

Waterproof. Pourquoi une vision fugitive du lac Hourglass traversa-t-elle alors mon esprit ? Moi aussi je le savais, sans le savoir, depuis toujours. Il n'y eut ni choc ni surprise. La fusion se produisit paisiblement, et tout se mit en ordre et retrouva sa place dans l'entrelacs de branches que j'ai tissé tout au long de ce mémoire à seule fin de faire tomber les fruits mûrs à l'instant voulu ; oui, dans le but express et pervers de rendre — elle parlait toujours mais je me tenais coi, me dissolvant dans ma quiétude dorée —, de rendre cette quiétude dorée et monstrueuse par le biais d'une reconnaissance logique patente, reconnaissance dont mon lecteur le plus hostile devrait faire l'expérience maintenant.

Elle parlait, disais-je. Ses paroles coulaient en un flot paisible. C'était le seul homme qu'elle eût véritablement aimé à la folie. Et Dick ? Oh, Dick, c'était un ange, ils étaient très heureux ensemble, mais ce n'était pas ça qu'elle voulait dire. Et moi, je n'avais jamais compté, bien sûr ?

Elle me regarda fixement comme si elle prenait soudain conscience du fait incroyable — et bizarrement agaçant, confondant et oiseux — que ce quadragénaire distant, élégant, mince, débile, en veste de velours, assis à côté d'elle, avait connu et adoré tous les pores et tous les follicules de son corps pubère. Dans ses yeux d'un gris délavé curieusement habillés de lunettes, notre misérable idylle se refléta un instant, fut pesée et écartée comme une surprise-partie ennuyeuse, un pique-nique pluvieux auquel seuls étaient venus les raseurs les plus assommants, comme un pensum, comme une légère pellicule de boue séchée recouvrant son enfance.

Je parvins juste à temps à mettre mon genou hors de portée de sa main et à esquiver la petite tape qu'elle esquissa — l'un des gestes qu'elle avait acquis.

Elle me demanda de ne pas être si obtus. Ce qui était fait était fait. Elle estimait que j'avais été un bon père pour elle — elle m'accordait au moins ça. Poursuivez, Dolly Schiller.

Eh bien, est-ce que je savais qu'il avait connu sa mère ? Que c'était pour ainsi dire un vieil ami de la famille ? Qu'il avait passé quelque temps chez son oncle à Ramsdale ? — oh, il y avait des années de ça — et parlé au club de maman, et qu'il l'avait attrapée, elle, Dolly, et tirée par son bras nu et prise sur ses genoux devant tout le monde, et l'avait embrassée sur la joue, elle avait alors dix ans et était furieuse contre lui ? Est-ce que je savais qu'il nous avait vus, elle et moi, à cette auberge où il était en train d'écrire la pièce qu'elle devait répéter à Beardsley deux ans plus tard ? Est-ce que je savais... Elle avait été vraiment odieuse de me faire croire que Clare était une vieille femme, peut-être une parente à lui ou une de ses anciennes maîtresses — et oh, l'alerte avait été chaude quand le *Journal* de Wace avait publié sa photo.

La *Gazette de Briceland* ne l'avait pas publiée. Oui, très drôle.

Oui, dit-elle, ce monde n'était qu'une succession de gags, si quelqu'un écrivait sa biographie personne ne voudrait y croire.

Sur ces entrefaites, de brusques bruits domestiques parvinrent de la cuisine où Dick et Bill venaient d'entrer d'un pas pesant en quête d'une bière. Ils aperçurent le visiteur à travers la porte, et Dick pénétra dans le salon.

« Dick, je te présente papa ! » hurla Dolly d'une voix tonitruante qui me parut totalement étrangère, nouvelle, joyeuse, vieille, triste, parce que le brave type, jeune vétéran d'une guerre lointaine, était dur d'oreille.

Yeux bleus arctiques, cheveux noirs, joues rubicondes, menton pas rasé. Nous nous serrâmes la main. Bill, homme discret mais manifestement très fier des merveilles qu'il accomplissait avec son unique main, apporta les canettes de bière qu'il venait d'ouvrir. Il voulut se retirer. L'exquise courtoisie des gens simples. On le persuada de rester. Publicité pour une bière. En fait, je préférais que ça se passe ainsi, et les Schiller aussi. J'abandonnai le divan pour m'asseoir dans le fauteuil à bascule fébrile. Dolly, tout en mastiquant avec avidité, me bourra de pâte de guimauve et de chips. Les hommes contemplèrent son père fragile, *frileux**, minuscule, très européen, encore jeune mais maladif, avec son veston de velours et son gilet beige. un vicomte, peut-être.

Ils croyaient que j'étais venu m'installer à demeure, et Dick, avec un impressionnant froncement de sourcils qui dénotait un effort mental laborieux, émit l'idée que Dolly et lui pourraient coucher dans la cuisine sur un matelas d'appoint. J'agitai une main légère et dis à Dolly, qui transmit le message à Dick au moyen d'un hurlement particulier, que je passais seulement dire bonjour et que je me rendais à Readsburg où j'allais être reçu par quelques amis et admirateurs. Quelqu'un fit alors remarquer qu'un des rares pouces qui restaient à Bill saignait (pas si bon bricoleur que ça, finalement).

Comme elle était féminine et somme toute inédite cette faille ombreuse entre les seins pâles de Dolly lorsqu'elle se pencha sur la main du type ! Elle l'emmena dans la cuisine pour le rafistoler. Pendant quelques minutes, trois ou quatre petites éternités qui débordèrent littéralement de cordialité factice, Dick et moi demeurâmes seuls. Il était assis sur une chaise dure et se frottait les avant-bras en fronçant les sourcils. J'éprouvai une vague envie d'écraser entre mes longues griffes d'agate les points noirs qui constellaient les ailes de son nez en sueur. Il avait de jolis yeux tristes avec de beaux cils, et des dents très blanches. Sa pomme d'Adam était grosse et velue. Pourquoi ne se rasent-ils pas mieux, ces jeunes types musclés ? Lui et sa Dolly avaient fait l'amour sur ce divan sans restriction aucune au moins cent quatre-vingts fois, et même probablement beaucoup plus ; et avant cela — depuis combien de temps le connaissait-elle ? Pas de rancune. Chose curieuse — je n'éprouvais pas du tout de rancune, rien que du chagrin et une envie de vomir. Il se frottait le nez maintenant. J'étais sûr que lorsqu'il allait enfin ouvrir la bouche, il allait dire (secouant légèrement la tête) : « Ouais, c'est une fille sensass, monsieur Haze. Pour ça oui. Et elle va faire une mère de famille sensass. » Il ouvrit la bouche — et but une petite gorgée de bière. Cela lui permit de se donner une contenance — il continua de boire à petits traits et finit par avoir de l'écume sur les lèvres. C'était un ange. Il avait tenu au creux de sa main les petits seins florentins. Ses ongles étaient noirs et cassés, mais ses phalanges, ses métacarpiens, son poignet bien proportionné étaient, et de loin, infiniment plus gracieux que les miens : j'ai horriblement brutalisé trop de corps avec mes pauvres mains difformes pour être fier d'elles. Quelques qualificatifs français, des articulations de doigts dignes d'un cul-terreux du Dorset, les bouts de doigts aplatis d'un tailleur autrichien — voilà qui résume Humbert Humbert.

Parfait. S'il se taisait, je pouvais me taire moi aussi. En fait, j'aurais supporté de me reposer un peu dans ce fauteuil à bascule circonspect et mort de peur, avant de reprendre la route et de me rendre à la tanière de la bête où qu'elle fût — et une fois là de décalotter le prépuce du pistolet et de savourer alors l'orgasme de la détente sous mon doigt rageur : j'ai toujours été un fidèle disciple du guérisseur viennois. Mais bientôt j'eus pitié du pauvre Dick que j'empêchais cruellement, par quelque charme hypnoïde, de faire la seule remarque qui lui vînt à l'esprit (« C'est une fille sensass... »).

« Alors, comme ça, vous allez au Canada ? » dis-je.

Dans la cuisine, Dolly riait de quelque chose que Bill avait dit ou fait.

« Alors, comme ça, vous allez au Canada ? criai-je. Non, pas au Canada — criai-je à nouveau — je veux dire en Alaska, bien sûr. »

Il serra son verre et répliqua en hochant la tête gravement : « Ouais, je crois qu'il s'est blessé sur une arête coupante. Il a perdu le bras droit en Italie. »

Magnifiques amandiers mauves en fleur. Un bras surréaliste arraché par une explosion et suspendu là-bas dans le mauve pointilliste. Une petite marchande de fleurs tatouée sur la main. Dolly réapparut avec Bill dûment pansé. Je crus comprendre que la brune et pâle beauté ambiguë de Dolly excitait l'infirme. Dick se leva avec un sourire de soulagement. Il croyait que Bill et lui allaient retourner réparer ces fils. Il croyait que Mr. Haze et Dolly avaient des tas de choses à se dire. Il croyait qu'il me reverrait avant mon départ. Pourquoi ces gens croient-ils tant de choses et se rasent-ils si peu, et ont-ils un tel dédain pour les prothèses auditives ?

« Assieds-toi », dit-elle, se frappant bruyamment les flancs avec la paume de ses mains. Je repris place dans le noir fauteuil à bascule.

« Alors comme ça tu m'as trahi ? Où es-tu allée ? Où est-il maintenant ? »

Elle prit sur la cheminée une photo luisante et concave. Vieille femme tout en blanc, corpulente, radieuse, les jambes arquées, portant une robe très courte ; vieil homme en bras de chemise, moustache tombante, chaîne de montre. Ses beaux-parents. Ils vivaient à Juneau avec la famille du frère de Dick.

« Tu es sûr que tu ne veux pas fumer ? »

Elle fumait, elle. Première fois que je la voyais faire ça. *Streng verboten* sous le régime de Humbert le Terrible. Dans une brume bleue, Charlotte Haze se releva avec grâce d'entre les morts. Je le retrouverais par le truchement de l'oncle Ivory [1] si elle refusait.

« Moi, je t'ai trahi ? Non. » Elle pointa le dard de sa cigarette, qu'elle tapotait rapidement avec l'index,

---

1. Ivoire. Référence à l'oncle dentiste de Quilty.

en direction du foyer, exactement comme le faisait sa mère, et ensuite, tout comme sa mère, oh, mon Dieu, elle gratta et enleva avec son ongle un bout de papier à cigarette collé à sa lèvre inférieure. Non. Elle ne m'avait pas trahi. J'étais en pays de connaissance. Edusa l'avait prévenue que Cue[1] aimait les petites filles, qu'une fois même il avait failli être incarcéré en fait (drôle de fait), et il savait qu'elle savait. Oui... Coude dans la main, bouffée, sourire, jet de fumée, dardant sa cigarette. Flot de réminiscences. Lui, il était capable de voir — sourire — à travers les choses et les gens, parce qu'il n'était pas comme moi ni comme elle, c'était un génie. Un mec formidable. Et très drôle. Il s'était tenu les côtes de rire lorsqu'elle lui avait tout raconté à propos d'elle et de moi, et il avait dit qu'il s'en était douté. Étant donné les circonstances, ça ne présentait plus aucun risque de lui dire...

Eh bien, Cue... ils l'appelaient tous Cue...

Le camp où elle était allée il y avait cinq ans. Étrange coïncidence — ... il l'avait emmenée dans un ranch somptueux à environ une journée de route d'Elephant (Elphistone). Ça s'appelait comment ? Oh, une espèce de nom stupide — Duk Duk[2] Ranch — tu sais, un nom complètement stupide — mais, de toute façon, ça ne faisait rien maintenant, parce que l'endroit s'était évaporé, désintégré. Je ne pouvais pas, vraiment pas,

1. Prononciation, en anglais, de la lettre *q* (référence à Quilty et au Camp Q), mais ce mot signifie aussi « réplique » (on se souvient que Quilty est dramaturge).
2. Expression orientale obscène, d'origine persane, voulant dire copulation.

m'imaginer comme ce ranch était luxueux, il y avait tout, absolument tout en fait, même une cascade à l'intérieur. Est-ce que je me souvenais du rouquin avec qui nous (« nous », tiens, tiens) avions joué au tennis un jour ? Eh bien, le ranch appartenait à son frère, qui l'avait refilé à Cue pour l'été. Quand Cue et elle étaient arrivés, les autres leur avaient fait subir les épreuves d'intronisation, leur avaient fait prendre un affreux bain forcé — comme quand on passe l'équateur. Tu vois ce que je veux dire.

Ses yeux roulèrent dans leurs orbites en une parodie de résignation synthétique.

« Poursuis, je t'en prie. »

Eh bien voilà. Il projetait de l'emmener en septembre à Hollywood et de lui faire passer une audition, pour un petit rôle dans la scène du match de tennis de *Golden Guts* — un film adapté d'une de ses pièces — ou peut-être même de lui demander de doubler une des fantastiques starlettes sur le court illuminé par les projecteurs. Hélas, on n'en vint jamais là.

« Où est-il maintenant, ce cochon ? »

Ce n'était pas un cochon. C'était un type formidable à bien des égards. Mais avec lui, c'était drinks et drogues. Et, bien sûr, c'était un drôle de zozo en matière de sexe, et ses amis étaient ses esclaves. Je ne pouvais absolument pas m'imaginer (moi, Humbert, je ne pouvais pas m'imaginer !) les choses qu'ils faisaient tous à Duk Duk Ranch. Elle avait refusé de s'y associer parce qu'elle l'aimait, alors il l'avait flanquée dehors.

« Quelles choses ?

— Oh, des choses bizarres, sales, extravagantes. Par exemple, il prenait deux filles et deux garçons, et trois ou quatre hommes, et il voulait qu'on se mette tout nus et qu'on batifole ensemble pendant qu'une vieille femme filmait la scène. (La Justine de Sade avait douze ans au début.)

— Quelles choses exactement ?

— Oh, des choses... Oh, je — vraiment je » — elle prononça ce « je » comme un cri étouffé, écoutant sourdre en elle la source de sa douleur, et, à court de mots, elle écarta les cinq doigts de sa main anguleuse qu'elle agita en un brusque mouvement de va-et-vient. Non, elle n'en disait pas plus, elle refusait de rentrer dans les détails avec ce bébé dans son ventre.

C'était compréhensible.

« Ça n'a plus d'importance maintenant », dit-elle tapotant un coussin gris avec son poing puis s'allongeant, ventre en l'air, sur le divan. « Des choses invraisemblables, des choses dégoûtantes. J'ai dit non, je refuse de [elle utilisa, avec une totale insouciance vraiment, un terme d'argot répugnant dont la traduction littérale en français serait *souffler**[1]] vos ignobles garçons, parce que je n'aime que vous. Eh bien, il m'a fichue à la porte. »

Il n'y avait pas grand-chose d'autre à ajouter. En cet hiver de 1949, Fay et elle avaient trouvé un boulot. Pendant près de deux ans, elle avait — oh, traîné sa bosse, quoi, travaillé dans la restauration pour des petites boîtes, et puis elle avait rencontré Dick. Non,

---

1. *To blow*, qui signifie « se livrer à une fellation ».

elle ne savait pas où était l'autre. À New York, sans doute. Il était si célèbre qu'elle n'aurait pas eu de peine à le retrouver si elle avait voulu, bien sûr. Fay avait essayé de retourner au Ranch — mais celui-ci avait tout simplement disparu — il avait brûlé dans un incendie, il ne restait rien d'autre qu'un tas de détritus calcinés. C'était si étrange, si étrange...

Elle ferma les yeux et ouvrit la bouche, s'appuyant contre le coussin, un pied chaussé de feutre posé sur le sol. Le plancher était incliné ; une petite bille en acier eût roulé jusque dans la cuisine. Je savais tout ce que je voulais savoir. Je n'avais aucune intention de torturer ma bien-aimée. Quelque part de l'autre côté de la cabane de Bill une radio vespérale chantait la folie et la fatalité, et, elle, elle était allongée là avec ses traits meurtris et ses étroites mains d'adulte labourées de grosses veines et ses bras blancs qui avaient la chair de poule, avec ses oreilles peu proéminentes et ses aisselles négligées, elle était là (ma Lolita !), irrémédiablement ravagée à dix-sept ans avec ce bébé qui déjà rêvait en elle de devenir un gros bonnet et de prendre sa retraite vers 2020 anno domini — et je la dévorais des yeux, et je savais aussi clairement que je sais que je dois mourir que je l'aimais plus que tout ce que j'avais vu ou imaginé sur terre, ou espérais trouver ailleurs. Elle n'était plus que la discrète fragrance de violette et l'écho automnal de la nymphette sur laquelle je m'étais roulé autrefois en poussant de grands cris ; un écho au bord d'une ravine rousse, avec un bosquet lointain sous un ciel blanc, et des feuilles brunes obstruant le ruisseau, et un dernier grillon dans les herbes crépitantes... mais Dieu merci ce n'était pas seulement cet écho que je vénérais. Ce que je choyais naguère parmi les lambrusques enchevêtrées de mon cœur, *mon grand péché radieux**, s'était réduit à son essence même : le vice stérile et égoïste, tout cela je l'annulais et le maudissais. Vous pouvez vous moquer de moi et menacer de faire évacuer le tribunal, mais tant qu'on ne m'aura pas bâillonné et à demi étranglé, je continuerai de crier ma misérable vérité. Je tiens à ce que le monde sache combien j'aimais ma Lolita, cette Lolita, pâle et polluée, et grosse de l'enfant d'un autre, mais gardant encore ses yeux gris, ses cils fuligineux, ses cheveux châtain et amande, toujours Carmencita, toujours mienne ; *Changeons de vie, ma Carmen, allons vivre quelque part où nous ne serons jamais séparés** ; dans l'Ohio ? les espaces sauvages du Massachusetts ? Peu importe que ses petits yeux finissent par s'éteindre en une myopie de poisson, et que s'enflent et se craquellent ses mamelons, et que se défraîchisse et se déchire son jeune delta adorable, velouté, délicat — cela ne saurait m'empêcher d'être dévoré de tendresse à la simple vue de ton cher visage blême, au simple bruit de ta jeune voix rauque, ma Lolita.

« Lolita, dis-je, ça n'a peut-être aucune importance mais il faut que je le dise. La vie est très courte. Entre ici et la vieille voiture que tu connais si bien il n'y a que vingt à vingt-cinq pas. Une distance insignifiante. Fais ces vingt-cinq pas. Maintenant. Tout de suite. Viens comme tu es. Et nous vivrons heureux jusqu'à la fin de nos jours. »

Carmen, voulez-vous venir avec moi* ?

« Tu veux dire, dit-elle ouvrant les yeux et se redressant légèrement, tel le serpent prêt à frapper, tu veux dire que tu nous [nous !] donneras l'argent seulement si je vais avec toi dans un motel. C'est ça que tu veux dire ?

— Non, dis-je, tu m'as mal compris. Je veux que tu quittes ton Dick insignifiant et ce trou immonde, et que tu viennes vivre avec moi et mourir avec moi et tout faire avec moi [dis-je en substance].

— Tu es fou, dit-elle, ses traits convulsés.

— Réfléchis bien, Lolita. Je ne fixe aucune condition. Sauf peut-être — bon, qu'importe (un sursis, voulais-je dire, mais je me retins). D'ailleurs, même si tu refuses, tu recevras ton... *trousseau**.

— Sérieusement ? » demanda Dolly.

Je lui tendis une enveloppe contenant quatre cents dollars en liquide plus un chèque de trois mille six cents dollars.

Hésitante, sceptique, elle reçut *mon petit cadeau** ; et alors son front s'illumina d'un joli rose. « Tu veux dire, dit-elle d'une voix déchirante, que tu nous donnes quatre mille dollars ? » Je portai mes mains à mon visage et fondis en larmes, des larmes plus torrides que toutes celles que j'eusse jamais versées. Je les sentis ruisseler entre mes doigts et jusqu'à mon menton, et me consumer, et mes narines étaient obstruées et je n'arrivais pas à m'arrêter ; c'est alors qu'elle me toucha le poignet.

« Ne me touche pas, sinon je vais mourir, dis-je. Tu es sûre que tu ne veux pas venir avec moi ? N'y a-t-il vraiment aucun espoir pour que tu viennes ? Réponds-moi au moins.

— Non, dit-elle. Non, mon chéri, non. »

Elle ne m'avait jamais encore appelé mon chéri.

« Non, dit-elle, c'est absolument hors de question. J'aimerais encore mieux retourner avec Cue. Ce que je veux dire... »

Elle chercha ses mots. Je les suppléai mentalement (« Lui, il m'a brisé le cœur. Toi, tu as simplement brisé ma vie »).

« Je trouve, poursuivit-elle, zut » — l'enveloppe glissa par terre, elle la ramassa — « oh, je trouve que c'est très chic de ta part de nous donner tout ce fric. Ça résout tout, on va pouvoir partir la semaine prochaine. Arrête de pleurer, je t'en prie. Tu devrais comprendre. Attends, je vais t'apporter une autre bière. Oh, ne pleure pas, j'ai si honte de t'avoir tant trompé, mais c'est comme ça, on n'y peut rien. »

Je m'essuyai le visage et les doigts. Elle sourit en couvant des yeux le *cadeau**. Elle exultait. Elle voulait appeler Dick. Je dis que j'allais devoir partir dans une minute, que je n'avais aucune envie du tout de le voir. Nous essayâmes de trouver un sujet de conversation. Bizarrement, je revoyais encore et toujours — l'image tremblait et luisait d'un éclat soyeux sur ma rétine humide — une radieuse gamine de douze ans, assise sur un seuil de porte, et lançant des cailloux — *ping-ping* — contre un bidon vide. Je faillis dire — cherchant quelque propos désinvolte : « Je me demande parfois ce qu'il est advenu de la petite McCoo, a-t-elle fini par guérir ? » — mais je me ravisai à temps, craignant qu'elle ne réponde : « Je me demande parfois ce qu'il est advenu de la petite Haze... » Finalement, j'en revins aux questions financières. Cette somme, dis-je, représentait plus ou moins la location, tous frais déduits, de la maison de sa mère ; elle dit alors : « Mais je croyais qu'elle avait été vendue il y a plusieurs années ? » Non (je reconnais que je le lui avais dit afin de couper tout lien avec R.) ; un homme de loi allait envoyer plus tard un bilan détaillé de la situation financière ; laquelle était brillante ; certaines petites valeurs boursières que possédait sa mère n'avaient cessé de monter. Oui, il fallait absolument que je m'en aille. Que je m'en aille pour le retrouver et l'exterminer.

À chaque pas qu'elle et son ventre faisaient dans ma direction, je battais en retraite en une sorte de danse empruntée, car je savais qu'il m'eût été impossible de survivre au contact de ses lèvres.

Elle et le chien me raccompagnèrent. Je fus surpris (ceci n'est qu'une figure de rhétorique, je ne le fus pas) de constater que la vue de la vieille voiture dans laquelle elle avait voyagé quand elle était encore enfant et nymphette la laissait à ce point indifférente. Elle se borna à remarquer qu'elle devenait quelque peu livide aux entournures. Je lui dis qu'elle était à elle, que je pouvais prendre le bus. Elle me dit que j'étais idiot, qu'ils allaient aller à Jupiter [1] en avion et acheter une auto là-bas. J'offris de lui racheter celle-ci pour cinq cents dollars.

1. Juneau, capitale de l'Alaska.

« À ce train-là, on va bientôt être millionnaires »,
dit-elle au chien qui exultait de joie.

*Carmencita, lui demandai-je**... « Encore un mot,
dis-je dans mon anglais odieux et précis, es-tu sûre,
absolument sûre que — disons, pas demain, bien sûr,
ni après-demain, mais — eh bien — un jour, n'importe
quel jour, tu ne viendras pas vivre avec moi ? Je créerai
un Dieu tout neuf et lui rendrai grâce en poussant des
cris stridents si tu me donnes cet espoir microscopique
[quelque chose du genre].

— Non, dit-elle en souriant, non.

— Cela aurait tout changé », dit Humbert Humbert.

Alors, je sortis mon automatique — non, mais c'est
le genre de geste stupide que le lecteur pourrait s'imaginer que je fis. L'idée ne m'effleura pas l'esprit.

« Au revoir ! » dit d'un ton chantant ma délicieuse,
immortelle et défunte amante américaine ; car elle est
morte et immortelle si vous lisez ceci. Tel est, en tout
cas, l'accord formel que j'ai passé avec les soi-disant
autorités.

Alors, tandis que je repartais, je l'entendis hurler
d'une voix vibrante pour appeler son Dick ; et le chien
se mit à courir le long de ma voiture en faisant de
grands bonds comme un dauphin obèse, mais il était
trop lourd et trop vieux et ne tarda pas à abandonner
la partie.

Et bientôt je me retrouvai en train de rouler à travers
la bruine du jour agonisant, les essuie-glaces en pleine
action mais incapables de sécher mes larmes.

30

Comme il n'était que quatre heures lorsque je quittai Coalmont (par la nationale X — je ne me souviens plus du numéro), j'aurais pu atteindre Ramsdale à l'aube si je ne m'étais pas laissé tenté par un raccourci. Il fallait que je rejoigne la nationale Y. Ma carte se contentait d'indiquer que juste après Woodbine, que j'atteignis à la tombée de la nuit, je pouvais quitter la route bitumée X et rejoindre la route bitumée Y au moyen d'un chemin de traverse. Ça ne faisait qu'une soixantaine de kilomètres selon ma carte. Autrement, il me fallait suivre la nationale X pendant encore cent soixante kilomètres puis emprunter la nationale Z qui zigzaguait paresseusement avant de rejoindre la nationale Y et ma destination. Malheureusement, le raccourci en question devint de moins en moins praticable, de plus en plus cahoteux et boueux, et lorsque je tentai de faire demi-tour après avoir progressé tortueusement au pas de tortue, à l'aveuglette, pendant une vingtaine de kilomètres, ma vieille Melmoth asthmatique s'enlisa profondément dans l'argile. Tout n'était qu'obscurité et touffeur, et désespoir aussi. Mes phares flottaient au-dessus d'un large fossé plein d'eau. La campagne environnante, pour ce qu'on pouvait en voir, n'était qu'une étendue noire et déserte. J'essayai de me dégager mais mes roues arrière s'enfoncèrent en geignant dans la gadoue et l'angoisse. Maudissant mon sort, j'ôtai mes vêtements élégants, enfilai un autre pantalon et le pull-over criblé de balles, et refis en sens inverse plus de six kilomètres en pataugeant dans la boue jusqu'à une ferme en bord de route. Il se mit à pleuvoir en chemin mais je n'eus pas la force de retourner chercher un imperméable. Pareils incidents m'ont convaincu que mon cœur était fondamentalement sain en dépit de récents diagnostics. Vers minuit, un camion de dépannage vint tirer ma voiture du bourbier. Je retournai tant bien que mal jusqu'à la nationale X et poursuivis ma route. Je fus saisi d'une lassitude extrême une heure plus tard, dans une petite ville anonyme. Je m'arrêtai au bord du trottoir et dans l'obscurité je sortis une flasque obligeante et bus de généreuses lampées.

La pluie avait été congédiée plusieurs kilomètres auparavant. C'était une nuit noire et chaude, quelque part dans les Appalaches. De temps à autre, des voitures passaient à côté de moi, feux rouges s'éloignant, phares blancs s'approchant, mais la ville était morte. Personne à se promener ou à rire sur les trottoirs comme le feraient des bourgeois en train de se détendre dans notre délicieuse, suave et putrescente Europe. J'étais seul à savourer cette innocente nuit et mes terribles pensées. Une corbeille métallique au bord du trottoir se montrait fort pointilleuse sur le choix de son contenu : Balayures. Papier. Ordures ménagères interdites. Un magasin d'appareils photo se signalait en lettres fluorescentes rouge cerise. Un gros thermomètre portant le nom d'un laxatif s'affichait paisiblement à la façade d'un drugstore. La Bijouterie Rubinov et Cie. exposait un assortiment de diamants artificiels qui se reflétaient dans un miroir rouge. Une pendule verte au cadran illuminé flottait dans les profondeurs cotonneuses de la Blanchisserie de Jiffy Jeff. De l'autre côté de la rue, un garage disait dans son sommeil : génuflexion lubricité ; puis rectifiait son lapsus : Gul-flex Lubrification. Un avion, également mué en gemme par Rubinov, passa en ronronnant dans les cieux veloutés. Combien de petites villes n'avais-je pas vues transies au cœur de la nuit ! Et celle-ci n'était pas encore la dernière.

Permettez-moi de m'attarder un peu, il est déjà pratiquement exterminé. Un peu plus loin de l'autre côté de la rue, des néons clignotaient deux fois moins vite que mon cœur : toutes les secondes environ, les contours d'une enseigne de restaurant représentant une grosse cafetière explosaient en une vie émeraude, et chaque fois qu'ils s'éteignaient, des lettres roses épelant les mots « Fine Foods [1] » prenaient le relais, mais la cafetière demeurait encore visible comme une ombre latente taquinant le regard avant sa prochaine résurrection vert émeraude. « On a fait des ombres chinoises. » Cette bourgade furtive n'était pas loin des Enchanted Hunters. De nouveau, je me mis à pleurer, soûlé par l'invraisemblable passé.

---

1. Mot à mot « bonnes nourritures »

31

À cette halte solitaire où, entre Coalmont et Ramsdale (entre l'innocente Dolly Schiller et le jovial oncle
Ivor), je m'arrêtai pour me désaltérer, je passai mon
cas en revue. L'homme que j'étais ainsi que mon
amour m'apparaissaient maintenant avec une simplicité et une netteté extrêmes. Les précédentes tentatives
semblaient floues en comparaison. Quelques années
auparavant, sous la houlette d'un confesseur franco-
phone intelligent à qui, en un accès de curiosité méta-
physique, j'avais confié mon morne athéisme pro-
testant en vue de me livrer à une cure de papisme à
l'ancienne, j'avais espéré déduire de mon sens du
péché l'existence d'un Être suprême. En ces matins
glacés, agrémentés de givre, à Québec, le brave prêtre
s'occupa de moi avec la tendresse et la compréhension
les plus exquises. Je lui dois beaucoup, à lui et à la
vénérable Institution qu'il représentait. Hélas, il y avait
un fait humain élémentaire que j'étais incapable de
transcender, malgré le maigre réconfort spirituel que
je pus obtenir, en dépit aussi des éternités lithopha-
niques qui me furent offertes : rien ne pouvait faire
oublier à ma Lolita la lasciveté infâme que je lui avais
infligée. Tant que l'on ne pourra pas me prouver — à
moi tel que je suis aujourd'hui, avec mon cœur et ma
barbe, et ma putréfaction — que cela est sans consé-

quence aucune à très long terme qu'une enfant nord-américaine nommée Dolores Haze ait été privée de son enfance par un maniaque, tant qu'on ne pourra pas le prouver (et si on le peut, alors la vie n'est qu'une farce), je n'entrevois d'autre cure à mon tourment que le palliatif triste et très local de l'art verbal. Pour citer un poète de jadis [1] :

Le sens moral chez les mortels n'est que la dîme
Que nous payons sur le sens mortel du sublime.

32

Je me rappelle ce jour, lors de notre premier voyage — notre premier cercle du paradis —, où, afin de pouvoir savourer en paix mes fantasmes, je décidai fermement d'ignorer ce que je ne pouvais m'empêcher de deviner, à savoir que je n'étais pour elle ni un amant, ni un bel Apollon, ni un ami, pas même un être humain, mais seulement deux yeux et un pied de muscle congestionné — pour ne mentionner que ce qui peut l'être. Je me rappelle cet autre jour où, ayant retiré la promesse fonctionnelle que je lui avais faite la veille (quelle qu'eût été la chose sur laquelle son petit cœur fantasque avait fixé son choix : une piste de patins à roulettes avec un revêtement en plastique très spécial

1. Poète fictif.

ou un film en matinée auquel elle voulait aller seule), je surpris par hasard depuis la salle de bains, grâce à la complicité fortuite d'un miroir incliné et d'une porte entrouverte, une certaine expression sur son visage... je ne puis la décrire exactement... une expression d'impuissance si parfaite qu'elle semblait se muer en une sorte d'hébétude paisible parce que c'était là tout simplement l'ultime limite de l'injustice et de la frustration — et toute limite présuppose l'existence de quelque chose au-delà — d'où l'illumination neutre. Et si l'on songe que c'étaient là les sourcils froncés et les lèvres entrouvertes d'une enfant, on comprendra peut-être mieux quels abîmes de sensualité calculée, quel désespoir réfléchi, me retinrent de tomber à ses pieds vénérés et de me dissoudre en larmes humaines, et de sacrifier ma jalousie à quelque plaisir que Lolita pouvait escompter de ses fréquentations avec des enfants malpropres et dangereux dans un monde extérieur bien réel pour elle.

Et je garde encore en mémoire d'autres souvenirs étouffés, qui se déploient maintenant et se transforment en monstres de douleur dépourvus de bras et de jambes. Un jour, dans une rue de Beardsley qui s'achevait par un coucher de soleil, elle se tourna vers la petite Eva Rosen (j'emmenais les deux nymphettes à un concert et marchais derrière elles si près que mon corps les touchait presque), elle se tourna, dis-je, vers Eva qui parlait de Milton Pinski, un potache du coin qu'elle connaissait et dont elle disait qu'elle préférait mourir que de l'entendre discuter de musique, et elle, ma

Lolita, lui répondit de manière tellement grave et sereine par cette remarque :

« Tu sais, ce qu'il y a de si affreux quand on meurt, c'est qu'on est complètement seul » ; et, tandis que mes genoux d'automate allaient et venaient, je pris soudain conscience que je ne savais absolument rien des pensées de ma doucette et que, derrière ces affreux clichés juvéniles, il y avait peut-être en elle un jardin et un crépuscule, et la porte d'un palais — des régions sombres et adorables dont l'accès m'était totalement et lucidement interdit, avec mes haillons souillés et mes misérables convulsions ; car j'ai souvent remarqué que, vivant comme nous le faisions, elle et moi, dans un monde où régnait le mal absolu, nous devenions tous les deux étrangement gênés chaque fois que j'essayais de discuter de quelque chose dont elle et un ami plus âgé, elle et un parent, elle et un petit ami en très bonne santé, moi et Annabel, Lolita et un Harold Haze sublime, purifié, analysé, déifié, auraient pu discuter — une idée abstraite, un tableau, Hopkins le tavelé ou Baudelaire le déplumé, Dieu ou Shakespeare, n'importe quel sujet de bon aloi. Rien n'y faisait ! Elle masquait sa vulnérabilité sous une banale armure d'agressivité et d'ennui, tandis que moi, utilisant pour mes commentaires désespérément désinvoltes un ton de voix artificiel qui faisait grincer les dernières dents qui me restaient, je déclenchais dans mon auditoire de telles tornades de grossièretés que cela rendait impossible toute conversation, oh, ma pauvre enfant meurtrie.

Je t'aimais. J'étais un monstre pentapode, mais je t'aimais. J'étais méprisable et brutal, et plein de tur-

pitude, j'étais tout cela, *mais je t'aimais, je t'aimais* !*
Et il y avait des jours où je savais ce que tu ressentais,
et c'était pour moi un supplice infernal, mon enfant.
Petite Lolita, brave Dolly Schiller.

Je me rappelle certains moments, appelons-les des
ıcebergs au paradis, où, après m'être repu d'elle —
flasque et zébré d'azur que j'étais après avoir besogné
de manière fabuleuse, insensée —, je l'enveloppais
dans mes bras en poussant, enfin, un muet gémissement de tendresse humaine (sa peau luisant dans la
lumière fluorescente qui arrivait de la cour dallée à
travers les lattes du store, ses cils fuligineux tout
emmêlés, ses graves yeux gris plus vides que jamais
— l'image parfaite de la petite malade encore stupéfiée
par une drogue après une opération importante) — et
la tendresse s'intensifiait alors pour se muer en honte
et en désespoir, et je consolais et berçais ma gracile et
solitaire Lolita dans mes bras de marbre, et je gémis-
sais dans ses cheveux brûlants, et je la caressais ici
et là et sollicitais silencieusement sa bénédiction, et,
soudain, au paroxysme de cette tendresse humaine
déchirante et désintéressée (mon âme, toute prête à se
repentir, littéralement suspendue à son corps dénudé),
le désir s'enflait de nouveau horriblement de manière
ironique — « oh, non », disait alors Lolita en soupirant,
prenant le ciel à témoin, et l'instant d'après la tendresse
et l'azur — tout cela était anéanti.

En ce milieu du XXe siècle, les opinions concernant
les relations parents-enfants ont été considérablement
perverties par le laïus scolastique et les symboles stan-
dardisés de l'imposture psychanalytique, mais j'espère

que je m'adresse à des lecteurs dépourvus de préjugés. Un jour, lorsque j'entendis le père d'Avis klaxonner dans la rue pour avertir que papa était venu chercher sa petite mignonne et la ramener à la maison, je me sentis obligé de l'inviter au salon où il s'assit une minute, et tandis que nous conversions, Avis, une enfant empâtée, sans attraits, affectueuse, s'approcha de lui et finit par s'installer pesamment sur son genou. Je ne sais plus si j'ai mentionné que Lolita réservait toujours aux étrangers un sourire absolument ensorceleur, plissant tendrement ses yeux veloutés, tous ses traits illuminés d'une douce fulgurance rêveuse, une expression qui, bien sûr, ne voulait rien dire mais était si jolie, si touchante que l'on avait de la peine à ne voir dans cette suavité qu'un simple gène magique illuminant mécaniquement son visage sous l'effet de quelque atavisme emprunté à un antique cérémonial de bienvenue - prostitution hospitalière, risque de dire le lecteur grossier. Ainsi donc, elle se tenait là tandis que Mr. Byrd pérorait en faisant tournoyer son chapeau, et — ah oui, voyez comme je suis stupide, j'ai omis de mentionner la caractéristique essentielle du fameux sourire de Lolita, la voici : ce brasillement tendre, miellé, plein de fossettes, pendant qu'il fusait, n'était jamais destiné à l'étranger présent dans la pièce mais flottait, pour ainsi dire, dans sa propre vacuité lointaine et fleurie, ou encore il se promenait au hasard avec une myopie angélique sur certains objets — et c'était précisément ce qui se passait maintenant : tandis que la petite Avis dodue se blottissait contre son papa, Lolita contemplait d'un air radieux un couteau à fruits qu'elle manipulait distraitement au bord de la table où elle était accoudée, à mille lieues de moi. Soudain, alors qu'Avis se pendait au cou et à l'oreille de son père, lequel enveloppait d'un bras distrait sa grosse progéniture disgracieuse, je vis le sourire de Lolita perdre tout son éclat et devenir l'ombre minuscule et glacée de lui-même, et le couteau à fruits glissa de la table, le manche en argent heurta par malheur sa cheville, ce qui lui coupa le souffle et l'obligea à s'accroupir tête pendante, puis, sautillant sur une jambe, le visage horriblement défiguré par cette grimace préparatoire qu'affichent les enfants juste avant de fondre en larmes, elle partit en courant dans la cuisine — aussitôt suivie et consolée par Avis qui avait un si merveilleux papa rose et grassouillet et un petit frère dodu, et une petite sœur toute neuve, et une maison, et deux chiens souriants, alors que Lolita, elle, n'avait rien. Je connais un pendant parfait à cette petite scène — également dans un décor beardsléyen. Lolita, qui était en train de lire près du feu, s'étira puis, un coude relevé, demanda en grognant : « Au fait, où est-elle enterrée ? — Qui ? — Oh, tu le sais, ma mère assassinée. — Tu sais très bien où est sa tombe », dis-je en me maîtrisant, et je nommai alors le cimetière — juste à la sortie de Ramsdale, entre la voie ferrée et Lakeview Hill. « D'ailleurs, ajoutai-je, le côté tragique de cet accident est quelque peu avili par le qualificatif que tu as cru bon de lui appliquer. Si tu veux vraiment vaincre mentalement l'idée de la mort... — Ra », dit Lo pour hourra, et elle quitta la pièce d'un pas languide, et je demeurai prostré là tout un moment, les yeux brûlants, à contempler le feu.

Puis je ramassai son livre. C'était une de ces fadaises pour adolescents. Il y était question d'une fille morose, Marion, et de sa belle-mère qui, contre toute attente, se trouvait être une jeune rouquine gaie très compréhensive expliquant à Marion que sa défunte mère à elle Marion avait été en fait une femme héroïque car, se sachant mourante, elle avait délibérément dissimulé son grand amour pour sa fille afin que celle-ci n'ait pas à souffrir de sa disparition. J'aurais pu me précipiter dans sa chambre là-haut, les yeux en larmes, mais je ne le fis pas. J'ai toujours préféré l'hygiène mentale de la non-intervention. À présent, souffrant le martyre et adjurant ma mémoire, je me souviens qu'en pareille occasion j'avais pour habitude et pour principe d'ignorer les états mentaux de Lolita alors que je dorlotais mon ignoble petite personne, ce que je fis en la circonstance. Quand ma mère, vêtue d'une robe mouillée et livide, sous la brume cascadante (je me l'imaginais très clairement ainsi), avait gravi à vive allure et pleine d'enthousiasme la crête dominant Moulinet[1] pour y être terrassée par la foudre, je n'étais qu'un bébé, et rétrospectivement je ne parvins jamais à greffer aucun désir ardent un tant soit peu présentable sur un moment quelconque de ma jeunesse, en dépit du harcèlement sauvage auquel me soumirent par la suite les psychothérapeutes durant mes périodes de dépression. Mais je reconnais qu'un homme possédant la force d'imagination qui est la mienne ne saurait prétendre ignorer personnellement les émotions universelles. Peut-être

1. Petit village des Alpes-Maritimes au nord de Menton.

ai-je trop compté aussi sur le caractère anormalement glacé des relations entre Charlotte et sa fille. Mais la chose la plus horrible dans toute cette affaire, la voici. Au cours de notre singulière et bestiale cohabitation, il était devenu peu à peu évident aux yeux de ma conventionnelle Lolita que la plus misérable des vies de famille était préférable à cette parodie d'inceste qui, à la longue, était le mieux que j'eusse à offrir à cette enfant abandonnée.

33

Retour à Ramsdale. Je l'abordai par le côté du lac. Midi l'ensoleillé était tout yeux. Au volant de ma voiture maculée de boue, je distinguai au passage des paillettes d'eau diamantine entre les pins au loin. Je m'engageai dans le cimetière et me promenai parmi les monuments, les uns longs, les autres courts. *Bonzhur*, Charlotte. Sur certaines des tombes, il y avait de petits drapeaux étoilés pâles et transparents qui pendaient dans l'air tranquille sous les conifères. Zut, Ed, pas de veine — cela en référence à G. Edward Grammar, un gérant de société new-yorkais de trente-cinq ans qui venait d'être inculpé du meurtre de son épouse, Dorothy, âgée de trente-trois ans. Méditant le crime parfait, Ed avait asséné des coups de matraque à sa femme et l'avait chargée dans une voiture. L'affaire avait éclaté au grand jour lorsque deux policiers du comté qui étaient en patrouille virent la grosse Chrysler bleue toute neuve de Mrs. Grammar, un cadeau d'anniversaire de son mari, qui dévalait une pente à une allure insensée, juste à l'intérieur de leur juridiction (Dieu bénisse nos braves flics !). La voiture emboutit un poteau au passage, escalada un talus couvert d'onagres, de fraisiers sauvages et de potentilles, puis se retourna. Les roues tournaient encore doucement dans la suave lumière du soleil lorsque les policiers dégagèrent le corps de Mrs. G. On crut d'abord à un banal accident de la route. Hélas, les contusions sur le corps de la femme étaient disproportionnées par rapport aux dégâts mineurs subis par la voiture. Je m'en suis mieux tiré, moi.

Je poursuivis ma route. Comme cela faisait drôle de revoir la svelte église blanche et les ormes gigantesques. Oubliant qu'un piéton solitaire attire davantage l'attention qu'un automobiliste circulant seul dans une rue de banlieue américaine, je laissai ma voiture dans l'avenue afin de passer discrètement à pied devant le 342 Lawn Street. J'avais bien droit à un moment de répit, à un spasme cathartique de régurgitation mentale avant le grand carnage. Les volets blancs de la maison de Junk étaient clos, et quelqu'un avait attaché un ruban à cheveux en velours noir trouvé dans la rue à l'écriteau blanc À VENDRE qui s'inclinait vers le trottoir. Aucun chien n'aboya. Aucun jardinier ne téléphona. Pas de Miss Opposite assise sur le porche recouvert de vigne vierge — mais à la place, au grand dam du piéton solitaire, deux jeunes femmes en tabliers à pois identiques, les cheveux ramenés en queue-decheval, qui s'arrêtèrent de faire ce qu'elles faisaient pour me dévisager : elle était sans doute morte depuis longtemps, et ces jumelles étaient peut-être ses nièces de Philadelphie.

Oserais-je revisiter mon ancienne maison ? Comme dans un récit de Tourgueniev [1], un torrent de musique italienne s'échappait d'une fenêtre ouverte — celle du salon : quelle âme romantique jouait du piano là où nul piano n'avait cascadé ni fusé en ce fameux dimanche ensorcelé, tandis que le soleil jouait sur ses jambes adorées ? Soudain, je remarquai que depuis la pelouse que j'avais tondue une nymphette de neuf ou dix ans à la peau dorée et aux cheveux bruns, vêtue d'un short blanc, me regardait, ses grands yeux bleu-noir remplis d'une fascination sauvage. Je lui dis quelque chose de gentil, sans penser à mal, un compliment à l'européenne, comme tu as de beaux yeux, mais elle battit précipitamment en retraite et la musique s'interrompit brusquement, et un homme sombre à l'air farouche, tout luisant de sueur, sortit et me lança un regard hostile. J'allais me présenter lorsque, saisi d'un embarras soudain comme en un rêve, je pris conscience de mon pantalon crotté, de mon pull-over sale et déchiré, de mon menton hérissé, de mes yeux injectés de sang comme ceux d'un clochard. Sans rien dire, je fis demi-tour et revins clopin-clopant à mon point de départ. Une fleur anémique ressemblant à un aster poussait dans une fissure du trottoir que je me rappelais. Dis-

---

1. Allusion à une scène de la fin du roman de Tourgueniev, *Une nichée de gentilshommes* (1859).

crètement ressuscitée, Miss Opposite sortit en fauteuil roulant, poussée par ses nièces, et s'immobilisa sur son porche, comme s'il se fût agi d'une scène de théâtre, moi occupant le rôle principal. Priant Dieu qu'elle ne m'appelle pas, je me hâtai de rejoindre ma voiture. Comme elle était pentue cette petite rue ! Comme elle était profonde, cette avenue ! Un procès-verbal rouge s'étalait entre l'essuie-glace et le pare-brise ; je le déchirai consciencieusement en deux, en quatre, en huit morceaux.

Sentant que je perdais mon temps, je repris ma voiture et regagnai à vive allure l'hôtel du centre-ville où j'étais arrivé cinq ans plus tôt avec une valise neuve. Je pris une chambre, fixai deux rendez-vous par téléphone, me rasai, me baignai, mis des vêtements noirs et descendis boire un coup au bar. Rien n'avait changé. La salle du bar était imprégnée de cette même lumière diffuse d'une invraisemblable teinte grenat qui caractérisait autrefois en Europe les établissements un peu louches, mais qui était censée créer ici une certaine ambiance dans un hôtel familial. Je m'assis à la même petite table que celle où, au tout début de mon séjour, aussitôt après être devenu le pensionnaire de Charlotte, j'avais jugé bon, pour célébrer l'occasion, de venir partager suavement avec elle une demi-bouteille de champagne, ce qui avait achevé de charmer son pauvre cœur débordant. Tout comme alors, un garçon à face de lune disposait avec un soin stellaire cinquante cerises sur un plateau rond pour un banquet de mariage. Murphy-Fantasia, cette fois. Il était trois heures moins huit. En traversant le hall d'entrée, je dus

contourner un groupe de dames qui avec *mille grâces**
prenaient congé les unes des autres après avoir déjeuné
ensemble. L'une d'elles fondit sur moi en poussant un
cri de reconnaissance strident. C'était une petite femme
corpulente toute vêtue de gris perle, avec une longue
plume grise très fine plantée sur son petit chapeau. Il
s'agissait de Mrs. Chatfield. Elle m'accosta avec un
sourire factice, étincelant d'une curiosité maléfique.
(N'avais-je pas fait par hasard à Dolly ce que Frank
Lasalle, un garagiste quinquagénaire, avait fait en 1948
à une fillette de onze ans, Sally Horner ?) Je parvins
en un rien de temps à maîtriser cette jubilation gourmande. Elle pensait que j'étais en Californie. Comment
allait... ? Je l'informai avec un plaisir exquis que ma
belle-fille venait d'épouser un jeune et brillant ingé-
nieur des mines qui avait un poste ultra-secret dans
le Nord-Ouest. Elle dit qu'elle désapprouvait ces
mariages trop précoces, qu'elle ne permettrait jamais
à Phyllis, qui avait maintenant dix-huit ans...

« Oh oui, bien sûr, dis-je tranquillement. Je me souviens de Phyllis. De Phyllis et du Camp Q. Oui, bien
sûr. À propos, vous a-t-elle jamais raconté comment
Charlie Holmes débauchait les petites pensionnaires de
sa mère là-bas ? »

Le sourire déjà craquelé de Mrs. Chatfield se désin-
tégra alors complètement.

« C'est une honte, s'écria-t-elle, une honte,
Mr. Humbert ! Le pauvre garçon vient de se faire tuer [1]
en Corée. »

---

1. « *Has just been killed* » dans le texte anglais.

Je lui dis, ne trouvait-elle pas que « *just* » en anglais suivi du passé était loin d'exprimer le passé récent aussi élégamment que « *vient de** » en français suivi de l'infinitif ? Mais il fallait que je me sauve, ajoutai-je.

Windmuller avait son cabinet deux rues plus loin. Il m'accueillit par une poignée de main très lente, très enveloppante, puissante, curieuse. Il pensait que j'étais en Californie. N'avais-je pas habité un temps à Beardsley ? Sa fille venait d'entrer à l'université de Beardsley. Et comment allait... ? Je fournis tous les renseignements nécessaires sur Mrs. Schiller. Nous eûmes une agréable conversation d'affaires. Quand je sortis sous le chaud soleil de septembre, j'étais un indigent soulagé.

Maintenant que tout obstacle avait été écarté, je pouvais me consacrer librement à l'objet principal de ma visite à Ramsdale. Avec cet esprit méthodique dont je me suis toujours targué, j'avais gardé le visage de Clare Quilty soigneusement masqué dans mon noir cachot où il attendait que je vienne en compagnie du barbier et du prêtre : « *Réveillez-vous, Laqueue, il est temps de mourir** ! » Je n'ai pas le temps en ce moment d'évoquer la mnémonique de la physiognomique — j'ai rendez-vous avec son oncle et je marche vite — mais permettez-moi de noter ceci : j'avais préservé dans l'alcool d'une mémoire embrumée un visage de crapaud. Dans les rares occasions où j'avais entraperçu ce visage, j'avais remarqué son infime ressemblance avec celui d'un de mes cousins suisses, un négociant en vin jovial et plutôt repoussant. Avec ses haltères et son tricot puant, et ses gros bras velus, et sa tonsure, et sa servante au visage de porc qui faisait également office de concubine, il était malgré tout un vieux forban inoffensif. Trop inoffensif, en fait, pour être confondu avec ma proie. Dans l'état d'esprit où je me trouvais maintenant, il ne me restait plus rien de l'image de Trapp. Celle-ci avait à présent été complètement absorbée par le visage de Clare Quilty — tel qu'il était représenté, avec une précision artistique, sur une photographie de lui qui trônait dans son cadre en forme de chevalet sur le bureau de son oncle.

A Beardsley, le charmant docteur Molnar avait pratiqué sur moi une opération dentaire assez drastique, qui ne m'avait laissé que quelques dents de devant sur mes mâchoires supérieure et inférieure. Les remplaçantes étaient assujetties à un système de plaques maintenu par un invisible appareil en fil de fer qui courait le long de ma gencive supérieure. Tout ce dispositif était un prodige de confort, et mes canines étaient en parfaite santé. Toutefois, pour agrémenter mon dessein secret d'un prétexte plausible, je dis au docteur Quilty que j'avais décidé de me faire enlever toutes les dents, espérant soulager ainsi mes névralgies faciales. Combien me coûterait un dentier complet ? Combien de temps les soins prendraient-ils, à supposer que nous fixions notre premier rendez-vous dans le courant de novembre ? Où était son célèbre neveu maintenant ? Serait-il possible de les arracher toutes en une seule séance dramatique ?

Le docteur Quilty, avec sa blouse blanche, ses cheveux gris coiffés en brosse et ses larges joues plates de politicien, était perché sur le coin de son bureau et balançait un pied d'un air rêveur et charmeur tandis qu'il se lançait dans un grandiose projet a long terme. Il allait me poser d'abord un dentier provisoire en attendant que les gencives se raffermissent. Puis il me ferait un appareil définitif. Il souhaitait jeter un coup d'œil à ma bouche. Il portait des Derbys percés de petits trous. Il n'avait pas rendu visite au gredin depuis 1946, mais il pensait qu'on pouvait le trouver dans le logis ancestral, sur Grimm Road, non loin de Parkington. C'était un rêve grandiose. Son pied se balançait, son regard était inspiré. Cela me coûterait environ six cents dollars. Il se proposait de prendre tout de suite les mesures et de confectionner l'appareil provisoire avant de débuter les opérations. Ma bouche était pour lui une caverne splendide regorgeant de trésors inestimables, mais je lui en interdis l'accès.

« Non, dis-je. À bien y réfléchir, je vais tout faire réaliser par le docteur Molnar. Son prix est plus élevé, mais il est bien sûr meilleur dentiste que vous. »

Je ne sais si aucun de mes lecteurs aura un jour l'occasion de dire cela. C'est une délicieuse sensation onirique. L'oncle de Clare était resté assis sur le bureau, l'air toujours rêveur, mais son pied s'était arrêté de balancer le berceau de l'aguichante perspective. Quant à son assistante, une fille fanée et d'une minceur squelettique, qui avait les yeux tragiques des blondes malchanceuses, elle courut derrière moi afin de pouvoir claquer la porte dans mon sillage.

Introduire le chargeur dans la crosse. Appuyer jusqu'à ce que l'on entende le déclic du chargeur. On l'a bien en main. Capacité : huit balles. Bronzé. Brûlant de se décharger.

34

À Parkington, un pompiste m'expliqua avec une grande clarté comment rejoindre Grimm Road. Souhaitant m'assurer que Quilty était bien chez lui, j'essayai de lui téléphoner mais j'appris que son téléphone privé venait récemment d'être coupé. Cela voulait-il dire qu'il était parti ? Je pris alors la route en direction de Grimm Road, distante de vingt kilomètres au nord de la ville. La nuit avait déjà gommé une bonne partie du paysage et, tandis que je suivais la route étroite et sinueuse, une succession de petits poteaux, d'une blancheur spectrale, équipés de catadioptres, empruntèrent la lumière de mes phares pour m'indiquer tel ou tel virage. Je discernais vaguement une vallée sombre d'un côté de la route et des pentes boisées de l'autre, et devant moi des papillons de nuit, pareils à des flocons de neige déboussolés, émergeaient de l'obscurité et pénétraient dans mon aura fureteuse. Au vingtième kilomètre, comme promis, un pont étrangement encapuchonné m'enveloppa un instant dans son fourreau et, à l'autre bout, un rocher badigeonné à la chaux surgit sur la droite, et à quelques longueurs de voiture plus loin, du même côté, je quittai la grand-route et m'engageai dans Grimm Road, une petite route gravillonnée et pentue. Pendant une minute ou deux, ce ne fut que forêt dense, détrempée, ténébreuse. Puis soudain Pavor Manor, un édifice en bois flanqué d'une tourelle, apparut au milieu d'une clairière circulaire. Ses fenêtres scintillaient de jaune et de rouge ; l'allée était encombrée d'une demi-douzaine de voitures. Je m'arrêtai à l'abri des arbres et abolis mes phares afin de réfléchir tranquillement à ce qu'il convenait de faire maintenant. C.Q. allait être entouré de ses hommes de main et de ses courtisanes. Je ne pouvais m'empêcher de me représenter l'intérieur de ce château festif et délabré à la lumière d'une nouvelle parue dans une des revues de Lolita, « Adolescence troublée » — « orgies » vaporeuses, adulte sinistre fumant un cigare phallique, drogues, gardes du corps. Au moins il était là. J'allais revenir dans la torpeur du matin.

Je retournai paisiblement à la ville dans cette antique et fidèle voiture qui se pliait sereinement, jovialement presque, à mes besoins. Ma Lolita ! Il y avait encore une de ses épingles vieille de trois ans dans les profondeurs de la boîte à gants. Il y avait encore ce pâle fleuve de papillons de nuit que mes phares siphonnaient des profondeurs de l'obscurité. Des granges sombres s'arc-boutaient ici et là au bord de la route. Il y avait encore des gens qui allaient au cinéma. Pendant que je cherchais un gîte pour la nuit, je passai à côté d'un cinéma en plein air. Dans une lueur lunaire, véritablement mystique par opposition à cette nuit massive et sans lune, un fantôme étique leva un pistolet sur un écran géant qui clinait et se rétrécissait au milieu de champs obscurs et engourdis, l'angle oblique de cet univers fuyant transformant l'homme et son bras en une eau de vaisselle trémulante — et l'instant d'après une rangée d'arbres arrêta net la gesticulation.

35

Je quittai Insomnia Lodge le lendemain matin vers huit heures et passai un peu de temps à Parkington. J'étais obsédé à l'idée que je pourrais bâcler l'exécution. Craignant que les balles de l'automatique ne se fussent gâtées pendant une semaine d'inactivité, je les enlevai et introduisis à la place une nouvelle fournée. J'avais donné à mon Copain un tel bain d'huile que je n'arrivais plus maintenant à me défaire de ce produit. Je le bandai avec un bout de chiffon, comme si c'était un membre mutilé, et enveloppai une poignée de balles de rechange dans un autre bout de chiffon.

Un orage m'accompagna pendant presque tout le trajet qui me ramena à Grimm Road, mais lorsque j'atteignis Pavor Manor, le soleil avait refait son apparition, brûlant comme un brave, et les oiseaux s'égosillaient dans les arbres détrempés et fumants. La maison tarabiscotée et délabrée semblait figée dans une sorte de léthargie qui n'était pas sans refléter mon propre état, car, en posant le pied sur le sol élastique et instable, je ne pus m'empêcher de me dire que j'en avais trop fait pour ce qui était de la stimulation alcoolique.

Un silence ironique et circonspect répondit à mon coup de sonnette. Pourtant, le garage était armé de sa

voiture, une décapotable noire en la circonstance.
J'essayai le heurtoir. Re-personne. Avec un grognement irascible, je poussai la porte d'entrée — et, ô
merveille, elle s'ouvrit toute grande comme dans un
conte de fées du Moyen Âge. Après l'avoir refermée
doucement derrière moi, je traversai lentement un hall
spacieux et fort laid ; je glissai un coup d'œil dans un
salon adjacent ; remarquai une quantité de verres sales
qui poussaient à même le plancher ; et je me dis que
le maître de céans dormait encore dans la chambre de
maître.

Ainsi donc, je montai à l'étage d'un pas lourd. De
la main droite, je serrais mon Copain que je tenais
bâillonné dans ma poche, de la gauche, je tapotais la
rampe poisseuse. Des trois chambres que j'inspectai,
l'une avait manifestement été utilisée la nuit passée. Il
y avait un salon-bibliothèque plein de fleurs. Il y avait
une pièce plutôt nue avec des miroirs amples et profonds et une peau d'ours polaire sur le parquet glissant.
Il y avait encore d'autres pièces. Il me vint alors une
idée lumineuse. En prévision de l'instant où le maître
allait rentrer de sa promenade hygiénique dans les bois
ou débucher de quelque tanière secrète, à supposer bien
sûr qu'il revienne, il était peut-être sage pour un tireur
flageolant confronté à une longue tâche d'empêcher
son compagnon de jeu de s'enfermer à double tour
dans l'une ou l'autre pièce. En conséquence, pendant
cinq bonnes minutes, je parcourus la maison — avec
une démence lucide, un calme insensé, chasseur
enchanté et très ivre que j'étais —, tournant toutes les
clés dans toutes les serrures que je trouvais et les glis-

sant dans ma poche avec ma main gauche encore libre. La maison, de construction ancienne, disposait de davantage d'espace d'intimité planifiée que les somptueuses bâtisses modernes où l'on doit utiliser la salle de bains, seul lieu que l'on puisse fermer à clé, pour les besoins furtifs de la procréation planifiée.

À propos de salles de bains — je m'apprêtais à en visiter une troisième lorsque le maître en sortit, laissant derrière lui une cascade sommaire. L'angle d'un couloir ne me cachait que partiellement. Le visage gris, les yeux pochés, les cheveux légèrement ébouriffés mais passablement dégarnis, parfaitement reconnaissable néanmoins, il passa majestueusement à côté de moi dans une robe de chambre violette ressemblant beaucoup à l'une des miennes. Il ne me remarqua pas, ou bien il ne vit en moi que quelque hallucination familière et inoffensive — et, tel un somnambule, poursuivit son chemin en me montrant ses mollets velus et descendit au rez-de-chaussée. Je glissai ma dernière clé dans ma poche et le suivis dans le hall. Il avait entrouvert la bouche et la porte d'entrée et lorgnait dehors à travers une fente éclatante de soleil, comme quelqu'un qui pense avoir entendu un visiteur indécis sonner puis repartir. Alors, continuant d'ignorer le spectre en imperméable qui s'était arrêté au milieu de l'escalier, le maître pénétra dans un boudoir douillet de l'autre côté du hall par rapport au salon ; je traversai celui-ci — m'éloignant du gredin sans me presser, le sachant en sécurité —, et dans une cuisine faisant aussi office de bar je déballai avec précaution mon Copain le crado, en prenant garde à ne pas laisser de taches d'huile sur le chrome — j'avais dû me tromper de produit : il était noir et affreusement sale. Avec ma méticulosité habituelle, je transférai mon Copain dénudé dans une cachette propre sur ma personne et me dirigeai vers le petit boudoir. Je marchais, dis-je, d'un pas élastique — trop élastique peut-être pour réussir ce que j'entreprenais. Mais mon cœur battait avec une alacrité de tigre, et j'écrasai un verre à cocktail sous mes pieds.

Le maître me croisa dans le salon oriental.

« Qui êtes-vous donc ? » demanda-t-il d'une voix rauque et puissante, les mains enfoncées dans les poches de sa robe de chambre, le regard braqué sur un point au nord-est de ma tête. « Ne seriez-vous pas Brewster, par hasard ? »

Il était désormais évident pour tout le monde qu'il était dans le brouillard et totalement à ma soi-disant merci. J'allais pouvoir m'en donner à cœur joie

« C'est exact, répondis-je d'un ton suave. *Je suis Monsieur Brustère**. Avant de commencer, bavardons quelques instants. »

Il prit une mine réjouie. Sa moustache encrassée frétilla. J'enlevai mon imperméable. Je portais un costume noir, une chemise noire, pas de cravate. Nous nous assîmes dans deux bergères profondes.

« Vous savez », dit-il, grattant bruyamment sa joue grise, charnue et râpeuse, et découvrant ses petites dents nacrées en un sourire tors, « vous ne ressemblez pas du tout à Jack Brewster. En fait, la ressemblance n'est pas particulièrement frappante. Quelqu'un m'a dit qu'il avait un frère qui travaillait dans la même compagnie de téléphone. »

514

Quel bonheur de l'avoir pris au piège, après toutes ces années de repentir et de rage... De contempler ces poils noirs sur le dos de ses mains grassouillettes... De promener cent yeux sur ses soieries violettes et sa poitrine hirsute, et d'entrevoir à l'avance les perforations, le gâchis, la mélodie de la souffrance... De savoir que cet escroc semi-animé, sous-humain qui avait sodomisé ma doucette — oh, ma doucette, quel intolérable bonheur c'était !

« Non, je regrette, mais je ne suis ni l'un ni l'autre des Brewster. »

Il pencha la tête, la mine plus réjouie que jamais.

« Cherchez encore, Polichinelle.

— Ah, dit Polichinelle, alors vous n'êtes pas venu m'embêter à propos de ces appels interurbains ?

— Il vous arrive bien d'en faire de temps en temps, non ?

— Je vous demande pardon ? »

Je dis que j'avais dit que je pensais qu'il avait dit qu'il n'avait jamais...

« Les gens, dit-il, les gens en général, je ne vous accuse pas, Brewster, mais c'est insensé, vous savez, cette façon qu'ont les gens d'envahir cette fichue maison sans même se donner la peine de frapper. Ils utilisent le *vaterre** ils utilisent la cuisine, ils utilisent le téléphone. Phil appelle Philadelphie. Pat appelle la Patagonie. Je refuse de payer. Vous avez un drôle d'accent, capitaine.

— Quilty, dis-je, vous souvenez-vous d'une petite fille nommée Dolores Haze, Dolly Haze ? Dolly dite Dolores, Colorado ?

515

« — Bien sûr, il se peut très bien que ce soit elle qui ait passé ces coups de fil. N'importe où. Paradise dans l'État de Washington, Hell Canyon. Qui s'en soucie ?

— Moi, Quilty. Je suis son père, voyez-vous.

— Sottise, dit-il. Vous n'êtes pas son père. Vous êtes un agent littéraire étranger. Un Français a traduit un jour mon *Proud Flesh* par *La fierté de la chair**. Absurde.

– C'était mon enfant, Quilty. »

Dans l'état où il était, rien ne pouvait le décontenancer vraiment, mais son air fanfaron n'était guère convaincant. Une pâle lueur de méfiance alluma un semblant de vie dans ses yeux, lesquels s'éteignirent aussitôt.

« Moi aussi j'aime beaucoup les enfants, dit-il, et les pères sont parmi mes meilleurs amis. »

Il détourna la tête, à la recherche de quelque chose. Il tapota ses poches. Il tenta de se lever de son siège.

« Assis ! » dis-je — beaucoup plus fort apparemment que je ne le souhaitais.

« Inutile de me hurler aux oreilles, protesta-t-il avec ses airs étrangement efféminés. Je voulais seulement une cigarette. Je meurs d'envie de fumer.

— Vous allez mourir de toute façon.

— Oh, et puis zut, dit-il. Vous commencez à m'ennuyer. Que voulez-vous ? Êtes-vous français, mon brave ? *Woolly-woo-boo-are** ? Allons dans la barroommette nous en jeter un... »

Il vit la petite arme qui reposait au creux de ma main comme si je la lui offrais.

« Dites donc ! dit-il d'un ton traînant (singeant maintenant les ploucs du monde de la pègre au cinéma), c'est un chouette de petit pistolet que vous avez là. Combien vous en voulez ? »

Je donnai une tape sur sa main tendue et il trouva le moyen de renverser un coffret posé sur une table basse à côté de lui. Elle éjecta une poignée de cigarettes.

« Les voilà, dit-il gaiement. Vous vous rappelez Kipling : *Une femme est une femme, mais un Caporal est une cigarette**[1] ? Maintenant il nous faut des allumettes.

— Quilty, dis-je. Je veux que vous vous concentriez. Vous allez mourir dans peu de temps. L'au-delà, pour autant que nous le sachions, n'est peut-être qu'une éternité de folie insoutenable. Vous avez fumé votre dernière cigarette hier. Concentrez-vous. Essayez de comprendre ce qui vous arrive. »

Il déchiquetait machinalement sa cigarette, une Drome, et en mâchonnait des petits bouts.

« Je veux bien essayer, dit-il. Vous êtes soit un émigré australien, soit un réfugié allemand. Cette conversation est-elle vraiment indispensable ? Vous êtes ici chez un Gentil, vous savez. Vous feriez peut-être mieux de décamper. Et cessez, je vous prie, de brandir ce pistolet. J'ai un vieux Stern-Luger dans le salon de musique. »

Je pointai mon Copain en direction de son pied qui était chaussé d'une pantoufle et pressai la détente. Il y eut un déclic. Il regarda son pied, le pistolet, de

1. Parodie de *The Betrothed* de Kipling où l'on retrouve le passage suivant : « *And a woman is only a woman, but a good cigar is a smoke.* »

nouveau son pied. Je fis un autre effort horrible, et le coup partit en faisant un bruit ridiculement faible et puéril. La balle pénétra dans l'épaisse moquette rose, et j'eus l'impression paralysante qu'elle s'était enfoncée comme une goutte d'eau et pourrait bien ressortir.

« Vous voyez ce que je veux dire ? dit Quilty. Vous devriez être plus prudent. Pour l'amour du ciel, donnez-moi ce truc-là. »

Il tenta de s'en saisir. Je le repoussai et l'obligeai à se rasseoir dans le fauteuil. La joie capiteuse commençait à retomber. Il était grand temps que je l'extermine, mais encore fallait-il qu'il comprenne pourquoi on l'exterminait. Son état était contagieux, l'arme était flasque et mal assurée dans ma main.

« Concentrez-vous, dis-je, et songez à Dolly Haze, que vous avez kidnappée...

— Ce n'est pas vrai ! s'écria-t-il. Vous vous gourez. Je l'ai arrachée des mains d'un répugnant pervers. Montrez-moi votre plaque de police au lieu de tirer sur mon pied, espèce de brute. Où est-elle cette plaque ? Je ne suis pas responsable des viols des autres. C'est absurde ! Cette folle randonnée fut une machination stupide, je vous l'accorde, mais vous avez récupéré la gamine, non ? Allons, buvons un coup. »

Je lui demandai s'il voulait être exécuté assis ou debout.

« Ah, laissez-moi réfléchir, dit-il. Ce n'est pas une question facile. J'ai commis une erreur, soit dit en passant. Et je le regrette sincèrement. Voyez-vous, je n'ai pris aucun plaisir avec votre Dolly. Je suis pratiquement impuissant, voilà la triste vérité. Mais je lui ai offert de superbes vacances. Elle a rencontré des gens remarquables. Connaissez-vous par hasard... »

Soudain, faisant un bond prodigieux, il me tomba dessus, envoyant valser le pistolet sous une commode. Par bonheur, il était plus impétueux que vigoureux, et je n'eus aucune peine à le repousser dans son fauteuil.

Haletant quelque peu, il croisa les bras sur sa poitrine.

« Vous pouvez être fier de votre coup, dit-il. *Vous voilà dans de beaux draps, mon vieux*.* »

Son français s'améliorait.

Je regardai autour de moi. Peut-être que... Peut-être que je pourrais... À quatre pattes ? Tenter le coup ?

« *Alors, que fait-on* ?* » demanda-t-il en m'observant attentivement.

Je me baissai. Il ne bougea pas. Je me baissai davantage.

« Mon cher monsieur, dit-il, cessez de badiner avec la vie et la mort. Je suis dramaturge. J'ai écrit des tragédies, des comédies, des fantaisies. J'ai tourné, pour mon usage personnel, des films tirés de *Justine* et autres sexcapades du XVIIIe siècle. Je suis l'auteur de cinquante-deux scénarios à succès. Je connais toutes les ficelles. Laissez-moi prendre les choses en main. Il devrait y avoir un tisonnier quelque part, je vais aller le chercher, et après on repêchera votre bien. »

L'air pontifiant, patelin, il s'était relevé avec d'infinies précautions tout en parlant. Je cherchai à tâtons sous la commode tout en essayant de garder l'œil sur lui. Tout à coup, je remarquai qu'il avait remarqué que je semblais ne pas avoir remarqué que mon Copain dépassait de dessous l'autre coin de la commode. Nous reprîmes notre corps-à-corps. Enlacés dans les bras l'un de l'autre, nous nous mîmes à rouler sur le plancher comme deux énormes enfants désemparés. Il était nu et velu comme un bouc sous sa robe de chambre, et je me sentis suffoquer quand il roula sur moi. Je roulai sur lui. Nous roulâmes sur moi. Ils roulèrent sur lui. Nous roulâmes sur nous.

Je présume qu'on lit ce livre sous sa forme imprimée dans les premières années du troisième millénaire (1935 plus quatre-vingts ou quatre-vingt-dix ans, je te souhaite une longue vie, mon amour) ; et les lecteurs un peu âgés se souviendront vraisemblablement en la circonstance de l'inévitable scène des westerns de leur enfance. Dans notre bagarre, il n'y avait pas cependant ces coups de poing capables d'assommer un bœuf, ni ces meubles qui volent. Nous étions lui et moi deux mannequins ventrus, bourrés de coton sale et de chiffons. C'était une bagarre silencieuse, paisible, informe, entre deux hommes de lettres, dont l'un était totalement perturbé par une drogue tandis que l'autre était handicapé par un problème cardiaque et un trop-plein de gin. Lorsque je repris enfin possession de mon arme précieuse et que j'eus réinstallé le scénariste dans sa bergère, nous soufflions tous deux comme jamais ne le font l'éleveur de bovins et celui d'ovins à l'issue de leur combat.

J'entrepris d'inspecter le pistolet — notre sueur avait peut-être endommagé quelque chose — et de reprendre mon souffle avant de passer au clou du spectacle. Pour meubler cette pause, je l'invitai à lire sa propre sentence

— sous la forme poétique que je lui avais donnée. L'expression « justice poétique » est de celles que l'on peut utiliser avec le plus de bonheur en la circonstance. Je lui tendis un feuillet impeccablement dactylographié.

« Oui, dit-il, excellente idée. Un instant, je vais chercher mes lunettes pour lire (il esquissa le geste de se lever).

— Non.

— À votre aise. Faut-il que je lise à haute voix ?

— Oui.

— Bon, allons-y. Je vois que c'est en vers.

Attendu que tu as abusé un pécheur
attendu que tu as abusé
attendu que tu as
attendu que tu as abusé de ma peur...

C'est bon, vous savez. C'est bigrement bon.

... alors que je me tenais nu comme Adam
devant une loi fédérale et ses cinglantes étoiles

Oh, c'est du grand art !

... Attendu que tu as profité d'un péché
quand j'étais déconfit déplumé, moite et tendre
comptant sur la chance
et rêvant mariage dans un État des Rocheuses
que dis-je d'une kyrielle de petites Lolita...

Je n'ai pas saisi ça.

Attendu que tu as pris des licences
Avec ma quintessentielle innocence
attendu que tu m'as trompé —

Un peu répétitif, non ? Où en étais-je ?

Attendu que tu m'as volé ma rédemption
attendu que tu l'as prise
à l'âge où les garçons
étudient d'une main leurs leçons

Ah ! ah ! on devient grivois ?

fillette duveteuse vêtue encore de pavots
grignotant du pop-corn dans la pénombre diaprée
où des Indiens hâlés faisaient des cascades pour de
    l'argent
attendu que tu l'as ravie
à son digne protecteur au front cireux
crachant dans son œil à la paupière lourde
lacérant sa toge flavide laissant à l'aube
le pourceau se rouler sur sa couche de détresse
l'horreur de l'amour et des violettes
le remords le désespoir tandis que toi
tu réduisais en miettes une poupée maussade
rejetant bien loin sa tête
à cause de tout ce que tu as fait
à cause de tout ce que je n'ai pas fait
tu dois mourir

Eh bien, monsieur, c'est un bien beau poème. Votre meilleur, à mon humble avis. »

Il replia le feuillet et me le rendit.

Je lui demandai s'il avait quelque chose de sérieux à dire avant de mourir. L'automatique était de nouveau prêt à utiliser sur la personne. Il le regarda et poussa un grand soupir.

« Écoutez-moi, mon vieux, dit-il. Vous êtes ivre et moi je suis malade. Remettons la chose à plus tard. J'ai besoin de tranquillité. Il faut que je soigne mon impuissance. J'ai des amis qui viennent cet après-midi pour m'emmener à un match. Ce manège burlesque avec ce pistolet commence à devenir affreusement ennuyeux. Nous sommes tous deux des hommes du monde, rompus à tous les arts — qu'il s'agisse de sexe, de vers libre, ou de tir au pigeon. Si vous avez quelque grief contre moi, je suis disposé à vous offrir des dédommagements exceptionnels. Et je n'exclus pas non plus une *rencontre** à l'ancienne, avec épée ou pistolet, à Rio ou ailleurs. Ma mémoire et mon éloquence ne sont pas au mieux de leur forme aujourd'hui mais, entre nous, mon cher Mr. Humbert, vous n'étiez pas un beau-père modèle, et je n'ai pas contraint votre petite protégée à me suivre. C'est elle qui m'a demandé de la recueillir dans un foyer plus heureux. Cette maison n'est pas aussi moderne que ce ranch que nous partagions alors avec des amis très chers. Mais elle est spacieuse, fraîche en été comme en hiver, en un mot confortable, alors, comme j'ai l'intention de me retirer définitivement en Angleterre ou à Florence, je suggère que vous vous y installiez. Elle est à vous, gratis. À la condition que vous cessiez de pointer sur moi ce [il proféra un juron ignoble] pistolet. À propos, je ne sais si vous êtes amateur de bizarreries, mais si c'est le cas, je puis vous offrir, gratis aussi, une petite demoiselle de compagnie, une jeune créature avec trois seins, dont l'un est mignon tout plein, une curiosité fort excitante, une merveille de la nature délicieuse et fort rare. Allons, *soyons raisonnables**. Vous ne réussirez qu'à me blesser horriblement et ensuite vous irez moisir en prison pendant que je récupérerai sous les tropiques. Je puis vous assurer, Brewster, que vous allez être très heureux ici, avec la cave magnifique que je vous laisse, et tous les droits d'auteur sur ma prochaine pièce — je n'ai pas beaucoup d'argent à la banque pour le moment *but I propose to borrow*[1] — vous savez, comme disait le Barde avec ce rhume de cerveau, *to borrow and to borrow and to borrow*. Il y a encore maints autres avantages. Nous avons ici une femme de ménage très fiable et très corruptible, une certaine Mrs. Vibrissa — curieux nom — qui vient du village deux fois par semaine, pas aujourd'hui hélas, elle a des filles et des petites-filles, et je sais deux ou trois choses sur le compte du chef de la police locale qui font de lui mon esclave. Je suis dramaturge. On m'a surnommé le Maeterlinck américain. Maeterlinck-Schmetterling, dis-je. Allons, allons ! Tout cela est très humiliant, et je ne suis pas sûr de faire ce qu'il faut.

---

1. « Je me propose d'emprunter. » Le jeu de mots est intraduisible en français ; Quilty détourne le vers suivant de *Macbeth* : « *To-morrow and to-morrow and to-morrow.* »

Ne prenez jamais d'herculanita[1] avec du rhum. Bon, maintenant, ayez la gentillesse de poser ce pistolet. J'ai un peu connu votre chère épouse. Vous pouvez utiliser ma garde-robe. Oh, encore une chose — vous allez adorer ça. J'ai là-haut une collection absolument exceptionnelle de livres érotiques. Pour vous faire une idée, j'ai l'in-folio de luxe de *Bagration Island* par l'exploratrice et psychanalyste Melanie Weiss, une femme remarquable, une œuvre remarquable — posez ce pistolet — avec quelque huit cents photographies de sexes masculins qu'elle a examinés et mesurés en 1932 sur Bagration, dans la mer de Barda[2], des graphiques très instructifs, tracés avec amour sous des cieux sereins — posez ce pistolet — et je peux m'arranger aussi pour que vous assistiez à des exécutions capitales, fort peu de gens savent que la chaise est peinte en jaune... »

Feu*. Cette fois j'atteignis quelque chose de dur. Le dossier d'un fauteuil à bascule, presque identique à celui de Dolly Schiller — ma balle heurta la surface interne du dossier et le fauteuil partit aussitôt dans un mouvement de balancement si rapide et si enthousiaste que quiconque fût entré dans la pièce eût sans doute été abasourdi par ce double miracle : ce fauteuil se balançant tout seul comme horrifié, et la bergère, où ma cible violette était encore à l'instant, maintenant vidée de tout contenu vivant. Agitant ses doigts en

---

1. Variété d'héroïne sud-américaine très puissante.
2. Lieux imaginaires. Référence au général Bagration qui s'est battu contre Napoléon à Borodino et à une sorte de décoction (barda) issue de la fabrication de la vodka, que l'on donnait au bétail en Russie.

l'air, il donna une rapide impulsion à son derrière et se précipita dans le salon de musique, et l'instant d'après nous tirions et poussions, ahanant à qui mieux mieux de part et d'autre de la porte, laquelle possédait une clé que je n'avais pas vue. De nouveau j'eus le dessus, alors avec la même vivacité que tout à l'heure Clare l'Imprévisible s'assit au piano et plaqua plusieurs accords atrocement bruyants, fondamentalement hystériques, ses mains tendues doigts écartés s'abattant sur le clavier, tandis que ses bajoues tremblaient et que ses narines émettaient sur la bande sonore ces reniflements qui avaient fait défaut à notre bagarre. Sans cesser d'émettre ces invraisemblables bruitages, il tenta vainement d'ouvrir avec son pied une sorte de coffre de marin près du piano. Ma balle suivante l'atteignit quelque part dans le côté, et il se leva de sa chaise de plus en plus haut, comme cet antique, ce gris, cet insane Nijinski, comme le geyser Old Faithful, comme l'un de mes vieux cauchemars, il se dressa à une altitude phénoménale, apparemment du moins, tout en déchirant l'air d'un hurlement — toujours agité par cette riche musique noire — la tête rejetée en arrière, une main pressée contre son front et l'autre étreignant son aisselle comme s'il avait été piqué par un frelon, puis soudain il retomba à genoux et alors, redevenu un homme en robe de chambre tout à fait normal, il se précipita hors de la pièce et retourna dans le hall.

Je me revois en train de le poursuivre à travers le hall en faisant des espèces de sauts de kangourou doubles, triples, bien droit sur mes jambes droites tandis que je bondissais à deux reprises dans son sillage, puis bondissant entre lui et la porte d'entrée en un entrechat guindé afin de lui barrer le chemin, car la porte n'était pas bien fermée.

Prenant soudain un air digne un tantinet morose, il commença à monter le large escalier, alors, changeant de position sans pour autant le suivre dans les marches, je tirai à trois ou quatre reprises coup sur coup, le blessant à chaque embrasement ; et chaque fois que je lui faisais cela, que je lui faisais cette chose horrible, son visage se tordait en une absurde grimace clownesque, comme s'il exagérait la douleur ; il ralentit le pas, roula les yeux en les fermant à demi ; à chaque impact de balle, il poussait un « ah ! » efféminé et frissonnait comme si je le chatouillais, et chaque fois que je l'atteignais avec ces balles lentes, maladroites, aveugles, il disait à voix basse avec un faux accent britannique — tout en continuant de trembloter, de frissonner, de ricaner affreusement, mais en s'exprimant cependant d'un ton étrangement détaché et même affable : « Ah, ça fait très mal, monsieur, assez ! Ah, ça fait atrocement mal, cher ami. Je vous en conjure, cessez. Ah — c'est très douloureux, très très douloureux, je vous assure... Seigneur ! Ah ! C'est abominable, vraiment, vous ne devriez pas... » Ses protestations s'apaisèrent et se turent lorsqu'il atteignit le palier, mais il continuait obstinément d'avancer malgré tout le plomb dont j'avais farci son corps bouffi — alors, affligé, consterné, je compris qu'au lieu de le tuer j'étais en train d'injecter des giclées d'énergie dans les veines du malheureux, à croire que les balles étaient en fait des capsules dans lesquelles dansait un élixir capiteux.

Je rechargeai la chose avec des mains noires et ensanglantées — j'avais touché à quelque chose qu'il avait oint de son sang visqueux. Puis je le rejoignis à l'étage, les clés tintant comme des pièces d'or dans mes poches.

Il errait d'un pas lourd d'une pièce à l'autre, saignant majestueusement, essayant de trouver une fenêtre ouverte, secouant la tête et tentant toujours de me dissuader de l'assassiner. Je le visai à la tête, et il battit en retraite dans la chambre de maître, une éclaboussure de pourpre royal à la place de l'oreille.

« Sortez, sortez d'ici », dit-il en toussant et en crachotant ; et je vis, en un saisissement cauchemardesque, l'individu maculé de sang mais toujours fringant se glisser dans son lit et s'envelopper le corps dans un chaos de draps et de couvertures. Je tirai sur lui à bout portant à travers les couvertures, alors il retomba en arrière, et une grosse bulle rose aux connotations juvéniles apparut sur ses lèvres, s'enfla jusqu'à prendre la taille d'un ballon de jeu, et s'évanouit.

Je crois que je perdis contact avec la réalité pendant une ou deux secondes — oh, rien à voir avec cette excuse que simule le criminel ordinaire : « j'ai tout simplement perdu connaissance » ; au contraire, j'insiste sur le fait que je fus responsable de chacune des gouttes et des bulles de son sang ; mais il se produisit une sorte de métamorphose momentanée comme si je me trouvais soudain dans la chambre conjugale, au chevet de Charlotte malade. Quilty était un homme très malade. C'était une de ses pantoufles que je tenais à la main et non le pistolet — en fait, j'étais assis sur celui-ci. Alors je m'installai un peu plus à mon aise dans une chaise près du lit et consultai ma montre-bracelet. Elle marchait encore, bien que le verre fût brisé. Cette triste besogne avait pris plus d'une heure. Il était enfin calme. Loin de me sentir soulagé, j'avais l'impression qu'un fardeau encore plus pesant que celui dont j'avais cru pouvoir me débarrasser continuait de m'affliger, de m'écraser, de me narguer. Je ne pouvais me résoudre à le toucher pour m'assurer qu'il était bien mort. Il semblait l'être : un quart de son visage disparu, et deux mouches ivres de joie à la perspective d'une aubaine si époustouflante. Mes mains étaient à peine en meilleur état que les siennes. Je me lavai du mieux que je pus dans la salle de bains voisine. À présent, je pouvais partir. Lorsque je sortis sur le palier, je fus stupéfait de constater que le bourdonnement animé que j'avais pris pour de simples sifflements dans mes oreilles était en fait un tohu-bohu de voix et de musique radiophonique provenant du salon du rez-de-chaussée.

Je trouvai là un certain nombre de personnes qui venaient apparemment d'arriver et étaient en train de piller allégrement le bar de Quilty. Il y avait un gros type dans un fauteuil ; et deux jeunes beautés pâles aux cheveux noirs, des sœurs vraisemblablement, une grande et une petite (une enfant presque), étaient assises modestement côte à côte sur un canapé. Un type au visage rubicond et aux yeux saphir arrivait avec deux verres du bar-cuisine où deux ou trois femmes bavardaient tout en faisant tinter des glaçons. Je m'arrêtai sur le seuil de la porte et dis : « Je viens de tuer Clare Quilty. — Vous avez bien fait », dit le type rubicond tout en présentant l'un des verres à l'aînée des deux filles. « Il y a longtemps que quelqu'un aurait dû le faire », fit remarquer le gros type. « Qu'est-ce qu'il dit, Tony ? demanda depuis le bar une blonde fanée. — Il dit qu'il a tué Cue », répondit le type rubicond. Un autre homme non identifié, qui était accroupi dans un coin en train d'examiner des disques, dit en se relevant : « Eh bien, je trouve qu'on devrait tous lui régler son compte un jour. — Et d'ailleurs, dit Tony, il ferait bien de descendre. On ne peut pas l'attendre beaucoup plus longtemps si on veut aller à ce match. — Donnez quelque chose à boire à cet homme, dit le gros type. — Vous voulez une bière ? » dit une femme en pantalon, en me montrant une bière de loin.

Seules les deux filles assises sur le canapé, toutes deux vêtues de noir, la plus jeune triturant l'objet brillant qui ornait son cou blanc, elles seules ne disaient rien mais continuaient de sourire, si jeunes, si lascives. Lorsque la musique s'interrompit un instant, on entendit un bruit soudain dans l'escalier. Tony et moi sortîmes dans le hall. Si incroyable que cela pût paraître, Quilty avait réussi à se traîner en rampant jusque sur le palier, et nous le vîmes battre des bras, ahaner, puis s'effondrer, pour de bon cette fois, en un amas violet.

« Presse-toi, Cue, dit Tony en riant. Je crois qu'il est encore... » Il retourna dans le salon, la musique couvrit le reste de sa phrase.

Tel était donc, me dis-je en moi-même, le dénouement de la pièce ingénieuse que Quilty avait mise en scène pour moi. Le cœur lourd, je quittai la maison et traversai la fournaise ocellée du soleil pour regagner ma voiture. Elle était coincée entre deux autres voitures, et j'eus quelque mal à m'extraire de là.

36

Le reste est un peu fade et flou. Je redescendis la côte à petite vitesse et, poursuivant ma route à cette même allure paresseuse, me retrouvai bientôt en train de rouler dans la direction opposée à Parkington. J'avais laissé mon imperméable dans le boudoir et mon Copain dans la salle de bains. Non, je n'aurais pas aimé vivre dans cette maison-là. Je me demandai sans conviction si quelque chirurgien de génie n'allait pas modifier le cours de sa carrière, voire la destinée humaine tout entière, en ressuscitant le quidam Quilty, Clare l'Obscur. Non que cela m'importât le moins du monde ; tout bien considéré, je préférais oublier toute cette sale affaire — et lorsque j'appris qu'il était effectivement mort, la seule satisfaction que j'en tirai fut le soulagement de savoir que je n'aurais pas à accompagner mentalement pendant des mois une convalescence pénible et dégoûtante interrompue par toutes sortes d'opérations et de rechutes indescriptibles, et peut-être par une visite de lui en personne, moi-même ayant beaucoup de difficultés à ne pas le considérer rationnellement comme un revenant. Thomas n'était pas si bête que ça. C'est bizarre comme le sens tactile, bien qu'infiniment moins précieux pour les humains que la vue, peut devenir dans des moments critiques notre principal, sinon notre seul, levier face à la réalité. J'étais tout couvert de Quilty — suite à la sensation que m'avait laissée cette bagarre avant le carnage.

La route s'étirait maintenant à travers la campagne nue, et l'idée me vint soudain — pas en signe de protestation, ni pour le symbole ou je ne sais quoi, mais simplement pour le plaisir de faire une nouvelle expérience — que maintenant que j'avais violé toutes les lois de l'humanité, je pouvais aussi bien ne pas tenir compte du code de la route. Je passai donc du côté gauche de la chaussée et testai la sensation : la sensation était agréable. C'était une agréable fusion diaphragmatique, accompagnée d'éléments tactiles diffus, le tout accentué par la pensée que rien ne pouvait s'apparenter autant à une totale élimination des lois physiques fondamentales que de rouler délibérément du mauvais côté de la route. D'une certaine façon, il s'agissait d'une velléité purement spirituelle. Doucement, rêveusement, sans jamais dépasser les trente kilomètres à l'heure, je continuai de rouler sur cet étrange côté spéculaire. Il y avait peu de circulation. Les voitures qui me doublaient du côté que je leur avais abandonné me klaxonnaient brutalement. Les voitures qui venaient vers moi tanguaient, faisaient des embardées et poussaient des hurlements d'épouvante. Bientôt je me rendis compte que j'approchais de zones habitées. Le fait de brûler un feu rouge me procura la même sensation que je ressentais quand, enfant, je prenais une gorgée de bourgogne défendu. Entre-temps, les complications se multipliaient. On me suivait et m'escortait. Puis j'aperçus devant moi deux voitures qui se plaçaient de façon à me barrer complètement la route. Je quittai celle-ci en un mouvement gracieux et, après avoir rebondi lourdement deux ou trois fois, escaladai un talus herbu, au milieu de vaches ébahies, avant de m'immobiliser là en tanguant doucement. Sorte de synthèse hégélienne attentionnée reliant deux femmes décédées, en somme.

On n'allait pas tarder à m'extraire de la voiture (Salut, Melmoth, et grand merci, vieille branche) — et j'étais même impatient de m'abandonner aux mains de tous ces gens, de les laisser me déplacer et me transporter sans moi-même faire un geste pour les aider, détendu et serein, de m'abandonner paresseusement, comme un malade, tirant un plaisir fabuleux de mon indolence en même temps que du soutien infaillible qu'allaient m'apporter les policiers et les ambulanciers. Et tandis que j'attendais qu'ils se précipitent et arrivent jusqu'à moi sur ce talus élevé, j'entrevis un ultime mirage d'émerveillement et de désespoir. Un jour, peu après la disparition de Lolita, une crise de nausée abominable m'avait contraint à me garer sur les vestiges fantomatiques d'une vieille route de montagne qui tantôt accompagnait, tantôt traversait une route nationale toute neuve, et était bordée d'une profusion d'asters baignant dans la chaleur apathique d'un après-midi bleu pâle d'été finissant. Après une quinte de toux à me faire cracher les poumons, je me reposai un instant sur un rocher, puis estimant que l'air doucereux pourrait me faire du bien, je fis quelques pas en direction d'un parapet en pierre peu élevé qui bordait la nationale du côté du précipice. De petites sauterelles jaillirent des herbes folles et fanées qui poussaient au bord de la route. Un petit nuage diaphane ouvrait ses bras et se déplaçait en direction d'un autre légèrement plus substantiel appartenant à un système céleste plus léthargique. Lorsque je m'approchai de l'abîme accueillant, je commençai à percevoir une mélodieuse harmonie de sons montant telle une vapeur d'une petite ville minière qui s'étalait à mes pieds dans un repli de la vallée. On distinguait la géométrie des rues entre des rectangles de toits rouges et gris, et des houppes d'arbres verts, et un ruisseau sinueux, et l'éclat minéral et somptueux de la décharge publique, et au-delà de la ville, le lacis des routes sur le damier extravagant des champs sombres ou pâles, et derrière tout cela, de hautes montagnes boisées. Mais il y avait cette incessante vibration vaporeuse de sons superposés, plus éclatante encore que toutes ces couleurs qui menaient douce fête — car il est des couleurs et des ombres qui semblent se plaire en bonne compagnie —, à la fois plus éclatante et plus séduisante à l'oreille que ces couleurs ne l'étaient à l'œil, et elle montait jusqu'à la lèvre de granit où j'essuyais ma bouche dégoûtante. Et bientôt je me rendis compte que tous ces bruits étaient de même nature, qu'aucun autre son que ceux-ci ne montait des rues de la ville transparente, où les femmes étaient à la maison et les hommes absents. Lecteur ! Ce que j'entendais là, c'était la mélodie que faisaient des enfants en train de jouer, rien d'autre, et l'air était si limpide qu'à l'intérieur de cette vapeur de voix entremêlées, majestueuse et infime, lointaine et magiquement proche, candide et divinement énigmatique — on entendait de temps à autre, comme libéré à dessein, l'éclat presque articulé d'un rire enjoué, le claquement d'une batte, ou encore le cliquetis d'un petit chariot d'enfant, mais tout cela était vraiment trop éloigné pour que l'œil pût distinguer quelque mouvement que ce fût dans la délicate eauforte des rues. Immobile au bord de mon abîme vertigineux, j'écoutais cette vibration musicale, ces brefs éclats de cris distincts sur un arrière-fond de murmures chastes, et soudain je compris que le plus poignant et le plus accablant dans tout cela ce n'était pas l'absence de Lolita à mes côtés, mais l'absence de sa voix au cœur de cette harmonie.

Voilà donc mon histoire. Je l'ai relue. Des petits morceaux de moelle y adhèrent encore, et aussi du sang, et de ravissantes mouches d'un vert éclatant. À tel ou tel détour, je sens mon moi insaisissable se dérober, s'enfoncer dans des eaux bien trop sombres et trop profondes pour que j'ose les sonder. J'ai camouflé tout ce que j'ai pu afin de ne blesser personne. Et j'ai envisagé pour moi-même maints pseudonymes avant d'en trouver un particulièrement idoine. Je retrouve dans mes notes « Otto Otto », « Mesmer Mesmer » et « Lambert Lambert », mais, je ne sais pourquoi, je trouve que le nom que j'ai choisi exprime bien mieux la vilenie obscène.

Lorsque, il y a cinquante-six jours, j'entrepris d'écrire *Lolita*, d'abord dans l'unité d'observation pour psychopathes, et ensuite dans cette retraite sépulcrale et néanmoins bien chauffée, je pensais que j'utiliserais ces notes en totalité lors de mon procès, pour sauver non pas ma tête, bien sûr, mais mon âme. À mi-parcours, cependant, je compris que je ne pourrais pas exhiber Lolita tant qu'elle serait en vie. Il se peut que j'utilise des fragments de ce mémoire lors de séances à huis clos, mais la publication devra être différée.

Pour des raisons qui peuvent paraître plus évidentes qu'elles ne le sont vraiment, je suis opposé à la peine capitale ; j'espère que le juge qui prononcera la sentence partagera cette opinion. Eussé-je comparu devant moi-même, j'aurais condamné Humbert à au moins trente-cinq ans pour viol, et rejeté tous les autres chefs d'accusation. Même s'il doit en être ainsi, Dolly Schiller me survivra sans doute de longues années. J'entends donner à la décision que je formule ci-après tout le poids légal et la force exécutoire d'un testament dûment signé : je souhaite que ce mémoire ne soit publié qu'après la mort de Lolita.

Ainsi donc, aucun de nous deux n'est en vie au moment où le lecteur ouvre ce livre. Mais tant que le sang continue de battre dans cette main qui tient la plume, tu appartiens autant que moi à la bienheureuse matière, et je puis encore t'interpeller d'ici jusqu'en Alaska. Sois fidèle à ton Dick. Ne laisse aucun autre type te toucher. N'adresse pas la parole aux inconnus. J'espère que tu aimeras ton bébé. J'espère que ce sera un garçon. J'espère que ton mari d'opérette te traitera toujours bien, parce que autrement mon spectre viendra s'en prendre à lui, comme une fumée noire, comme un colosse dément, pour le déchiqueter jusqu'au moindre nerf. Et ne prends pas C.Q. en pitié. Il fallait choisir entre lui et H.H., et il était indispensable que H.H. survive au moins quelques mois de plus pour te faire vivre à jamais dans l'esprit des générations futures. Je pense aux aurochs et aux anges, au secret des pigments immuables, aux sonnets prophétiques, au refuge de l'art. Telle est la seule immortalité que toi et moi puissions partager, ma Lolita.

À propos d'un livre
intitulé *Lolita*

Après avoir usurpé l'identité du suave John Ray, le personnage qui, dans *Lolita*, rédige l'avant-propos, tout commentaire venant directement de moi risque de paraître au lecteur — de me paraître à moi-même, en fait — comme un pastiche de Vladimir Nabokov parlant de son propre livre. Certains points, cependant, doivent être éclaircis ; et le procédé autobiographique peut inciter le mime et le modèle à se confondre.

Les professeurs de lettres sont enclins à concocter des problèmes tels que les suivants : « Quel est le but recherché par l'auteur ? » ou pire encore : « Qu'est-ce que le type essaie de dire ? » Or il se trouve que je suis de ces auteurs qui, en commençant à travailler sur un livre, n'ont d'autre but que de se débarrasser de ce livre précisément et qui, si on les presse d'en expliquer la genèse et le développement, doivent s'en remettre à des formules aussi archaïques que l'Interaction de l'Inspiration et de la Combinaison — ce qui revient, je le reconnais, à expliquer un tour de prestidigitation en en exécutant un autre.

C'est à Paris, à la fin de 1939 ou au tout début de 1940, à une période où j'étais alité suite à une grave crise de névralgie intercostale, que je ressentis en moi la première petite palpitation de *Lolita*. Si je me souviens bien, le frisson d'inspiration initial fut provoqué bizarrement par un article paru dans un journal à propos d'un singe du Jardin des Plantes qui, après avoir été cajolé pendant des mois par un chercheur scientifique, finit par produire le premier dessin au fusain jamais réalisé par un animal : cette esquisse représentait les barreaux de la cage de la pauvre créature. La pulsion que j'évoque ici n'avait aucun lien textuel avec le courant de pensées qui s'ensuivit, lequel se traduisit cependant par un prototype du présent roman une nouvelle d'une trentaine de pages [1]. Je l'écrivis en russe, la langue dans laquelle j'écrivais des romans depuis 1924 (les meilleurs d'entre eux ne sont pas traduits en anglais, et tous sont interdits en Russie pour des raisons politiques). Le protagoniste était un homme d'Europe centrale, la nymphette anonyme était française, et l'action se déroulait à Paris et en Provence. Je m'étais arrangé pour qu'il épousât la mère de la petite fille, une femme malade qui n'allait pas tarder à mourir, et Arthur (car tel était son nom), après avoir tenté sans succès d'abuser de l'orpheline dans une chambre d'hôtel, se jetait sous les roues d'un camion. À la lumière d'une lampe masquée de papier bleu, un soir pendant la guerre, je lus la nouvelle à un groupe d'amis : Mark Aldanov, deux socialistes révolutionnaires et une doctoresse ; mais je n'étais pas satisfait

1. Nouvelle parue après sa mort sous le titre *L'enchanteur*. Il ne l'avait pas détruite, comme il le prétend plus loin ; il fut même tenté de la publier après le colossal succès de *Lolita*.

de la chose et la détruisis peu après mon arrivée aux États-Unis en 1940.

Vers 1949, à Ithaca, au nord de l'État de New York, la palpitation, qui n'avait jamais tout à fait cessé, se mit à me harceler de plus belle. La combinaison s'allia à l'inspiration avec une ardeur sans précédent et m'incita à traiter ce thème d'une manière nouvelle, en anglais cette fois — la langue de ma première gouvernante à Saint-Pétersbourg, vers 1903, une certaine Miss Rachel Home. La nymphette, qui avait maintenant dans les veines une goutte de sang irlandais, était en fait plus ou moins la même gamine, et le type épousait la mère comme dans le récit initial ; mais pour le reste, tout était nouveau, et mon histoire avait acquis en secret les griffes et les ailes d'un roman.

La composition du livre fut lente, marquée par des interruptions et des détours multiples. Il m'avait fallu quarante ans pour inventer la Russie et l'Europe de l'Ouest, et maintenant il me fallait inventer l'Amérique. La collecte des ingrédients locaux susceptibles d'injecter une dose infime de « réalité » (un des rares mots qui n'ont de sens qu'entre guillemets) dans le brouet de l'imagination individuelle s'avéra, à cinquante ans, un processus beaucoup plus difficile qu'il ne l'avait été dans l'Europe de ma jeunesse à l'époque où la réceptivité et la mémoire étaient au mieux de leurs automatismes. D'autres livres s'interposèrent. À une ou deux reprises, je faillis brûler le brouillon inachevé et conduisis ma Juanita Dark à l'ombre de l'incinérateur qui clinait sur l'innocente pelouse mais chaque fois je fus arrêté dans mon geste par l'idée que le spectre du livre détruit risquait de hanter mes dossiers pendant le restant de mes jours.

Tous les étés, ma femme et moi allons chasser les papillons. Les spécimens sont déposés dans des institutions scientifiques telles que le musée de zoologie comparée de Harvard ou la collection de l'université de Cornell. Les étiquettes épinglées sous ces papillons pour indiquer les lieux de capture seront une aubaine pour certains érudits du XXIe siècle affectionnant les biographies abstruses. Ce fut dans des villes comme Telluride dans le Colorado, Afton dans le Wyoming, Portal en Arizona, et Ashland dans l'Oregon, où nous avions établi nos quartiers, qu'avec passion je repris *Lolita* le soir ou certains jours nuageux. Je finis de recopier la chose à la main pendant le printemps de 1954 et me mis aussitôt en quête d'un éditeur.

Suivant les conseils d'un vieil ami très prudent, j'eus d'abord la bonté de stipuler que le livre allait devoir être publié anonymement. Peu après, je décidai de signer *Lolita*, comprenant que le masque risquait fort de trahir ma propre cause — je crois que je ne regretterai jamais pareille décision. Les quatre éditeurs américains, W, X, Y, Z, à qui le tapuscrit fut offert tour à tour et qui demandèrent à leurs lecteurs d'y jeter un rapide coup d'œil, se montrèrent plus scandalisés par *Lolita* que mon très prudent ami F. P. ne l'avait lui-même prévu.

S'il est vrai que, dans l'Europe antique et même jusqu'au XVIIIe siècle (la France offre des exemples notoires), une franche paillardise n'était pas incompatible avec des éclairs de comédie, ou une robuste satire, ou même la verve de tel grand poète en veine de polis-

544

sonnerie, il n'en demeure pas moins que dans les temps modernes le terme « pornographie » est synonyme de médiocrité, de mercantilisme, et va de pair avec certains procédés très stricts de narration. L'obscénité doit se marier à la banalité parce que chaque forme de plaisir esthétique doit être remplacée en totalité par une stimulation sexuelle élémentaire qui, pour s'exercer directement sur le patient, exige l'emploi du mot traditionnel. Le pornographe est tenu de suivre une série de règles éprouvées et immuables s'il veut s'assurer que son patient sera comblé dans son attente, comme le sont, par exemple les amateurs de romans policiers — un genre où, si l'on n'y prend garde, le lecteur risque de découvrir avec écœurement que le vrai meurtrier est l'originalité artistique (qui voudrait, par exemple, d'un roman policier où il n'y aurait aucun dialogue ?). Ainsi, dans les romans pornographiques, l'action doit-elle être limitée à la copulation des clichés. Le style, la structure, l'imagerie ne doivent jamais distraire le lecteur de sa tiède luxure. Le roman doit se réduire à une succession de scènes sexuelles. Les transitions ne doivent être que de simples sutures de sens, que des ponts logiques de la plus simple facture, que des présentations et des explications brèves, que le lecteur sautera vraisemblablement même si par ailleurs il tient à savoir qu'ils existent sous peine de se sentir floué (une mentalité qui remonte aux poncifs des contes de fées « véridiques » de l'enfance). De plus, les scènes sexuelles du livre doivent aller crescendo, être émaillées de nouvelles variations, de nouvelles combinaisons, de nouveaux sexes, avec un nombre sans cesse croissant de participants (dans une pièce de Sade on fait appel au jardinier), de sorte que la fin du livre doit regorger encore plus de folklore obscène que les premiers chapitres.

Certaines techniques utilisées au début de *Lolita* (le journal de Humbert, par exemple) ont conduit quelques-uns de mes premiers lecteurs à penser à tort qu'il allait s'agir d'un livre licencieux. Ils s'attendaient à une suite de scènes érotiques de plus en plus osées ; et quand celles-ci s'arrêtèrent, les lecteurs s'arrêtèrent aussi, avec un sentiment de lassitude et de désenchantement. C'est l'une des raisons, j'imagine, pour lesquelles certaines des quatre firmes ne lurent pas le tapuscrit jusqu'au bout. Je n'étais nullement intéressé de savoir s'ils l'avaient jugé pornographique ou pas. Leur refus d'acheter le livre était dû non pas à ma façon de traiter le thème mais au thème lui-même, car il y a au moins trois thèmes qui, aux yeux de la plupart des éditeurs américains, sont totalement tabous. Voici les deux autres : un mariage entre un homme de couleur et une femme blanche qui se révèle être une totale et magnifique réussite et se solde par une ribambelle d'enfants et de petits-enfants ; et l'athée invétéré qui mène une existence heureuse et utile, et meurt dans son sommeil à l'âge de cent six ans.

Certaines réactions furent très drôles : un lecteur émit l'idée que sa maison d'édition pourrait envisager de publier le livre si je transformais ma Lolita en un gamin de douze ans et m'arrangeais pour que Humbert, un paysan, le séduise dans une grange, au milieu d'un environnement lugubre et aride, le tout rédigé en phrases courtes, puissantes, « réalistes » (« Le type se comporte comme un cinglé. Nous sommes tous cinglés, j'imagine. Dieu lui-même se comporte comme un cinglé », etc., etc.). Si connu que soit mon mépris pour les symboles et les allégories (mépris dû en bonne partie à ma vieille querelle avec le vaudou freudien et en partie aussi à mon aversion pour les généralisations commises par les mythographes et sociologues littéraires), un lecteur d'édition par ailleurs fort sensé qui feuilleta la première partie crut voir dans *Lolita* une représentation de « La vieille Europe débauchant l'Amérique », alors qu'un autre tourneur de pages y vit « La jeune Amérique débauchant la vieille Europe ». L'éditeur X, dont les conseillers furent si excédés par Humbert qu'ils ne dépassèrent jamais la page 188, eut la candeur de m'écrire que la seconde partie était trop longue. L'éditeur Y regretta quant à lui qu'il n'y eût aucun personnage dans le livre pour racheter les autres. L'éditeur Z dit que s'il imprimait *Lolita,* lui et moi finirions en prison.

On ne saurait exiger d'un écrivain, dans un pays libre, qu'il se soucie du tracé exact de la frontière entre le sensible et le sensuel ; c'est grotesque ; je ne puis qu'admirer, sans pouvoir cependant l'imiter, la justesse de jugement de ceux qui font poser les jeunes et superbes femelles mammifères photographiées dans les magazines où les décolletés sont en général juste assez profonds pour déchaîner le gloussement d'un maître du passé et suffisamment relevés pour ne pas provoquer un froncement de sourcils chez un receveur des postes [1]. Il

---

1. Allusion au fait que la poste fédérale fut longtemps la principale institution responsable de la censure aux États-Unis.

se trouve des lecteurs, sans doute, que titille le vocabulaire mural dont se parent ces énormes romans d'une banalité déplorable, dactylographiés avec leurs seuls pouces par des médiocrités empesées, et que les critiques besogneux qualifient de « puissants » et d'« incisifs ». Il est de bonnes âmes qui qualifieraient *Lolita* de médiocre parce que ce roman ne leur apprend rien. Je ne lis ni n'écris de fiction didactique, et, quoi qu'en dise John Ray, *Lolita* ne trimballe derrière lui aucune morale. À mes yeux, une œuvre de fiction n'existe que dans la mesure où elle suscite en moi ce que j'appellerai crûment une jubilation esthétique, à savoir le sentiment d'être relié quelque part, je ne sais comment, à d'autres modes d'existence où l'art (la curiosité, la tendresse, la gentillesse, l'extase) constitue la norme. Ce genre de livre n'est pas très répandu. Tout le reste n'est que camelote de circonstance ou ce que certains baptisent littérature d'idées, ce qui n'est bien souvent qu'une autre forme de camelote de circonstance se présentant sous l'aspect de gros blocs de plâtre soigneusement transmis d'une époque à l'autre jusqu'au jour où quelqu'un arrive avec un marteau et s'en prend allégrement à Balzac, à Gorki ou à Mann.

Certains lecteurs ont aussi accusé *Lolita* d'antiaméricanisme. Cela me fait infiniment plus de peine que l'accusation idiote d'immoralité. Des considérations de profondeur et de perspective (une pelouse de banlieue, une prairie de montagne) m'ont amené à édifier un certain nombre de décors nord-américains. Il me fallait un milieu exaltant. Rien n'est plus exaltant que le philistinisme vulgaire. Mais pour le philistinisme vulgaire il n'existe pas de différence intrinsèque entre les mœurs paléarctiques et les mœurs néarctiques. N'importe quel prolétaire de Chicago peut être aussi bourgeois (au sens flaubertien du terme) qu'un duc. J'ai choisi les motels américains plutôt que les hôtels suisses ou les auberges anglaises seulement parce que j'essaie d'être un écrivain américain et revendique les mêmes droits que les autres écrivains américains. D'autre part, Humbert, le personnage que j'ai créé, est un étranger et un anarchiste, et il y a maintes choses, en plus des nymphettes, sur lesquelles je suis en désaccord avec lui. Et tous ceux qui ont lu mes romans russes savent que mes anciens mondes — russe, britannique, allemand, français — sont tout aussi fantastiques et personnels que l'est mon nouveau.

De crainte que la petite déclaration que je fais ici ne passe pour une expression de mes ressentiments, je m'empresse d'ajouter qu'en plus des agneaux qui lurent le tapuscrit de *Lolita* ou l'édition Olympia en se demandant : « Qu'avait-il besoin d'écrire cela ? » ou « Qu'ai-je besoin de lire ces histoires d'obsédés ? », il y eut un certain nombre de personnes sages, sensibles et loyales qui comprirent mon livre infiniment mieux que je ne puis ici en expliquer les mécanismes.

Tout écrivain sérieux, me semble-t-il, considère tel ou tel de ses livres parus comme une présence constante et réconfortante. C'est une veilleuse qui continue de brûler sans cesse quelque part dans le sous-sol, et il suffit de donner une chiquenaude à votre thermostat secret pour déclencher une paisible petite explosion de chaleur familière. Cette présence, cette petite flamme discrète du livre dans un lieu retiré et néanmoins toujours accessible constitue un sentiment fort sympathique, et plus le livre s'est plié à la structure et à la couleur dont on rêvait, et plus ample et plus veloutée est la petite flamme. Mais il n'en demeure pas moins qu'il existe certains points, certains petits détours, certains recoins favoris que l'on évoque avec plus d'empressement et que l'on goûte avec plus de tendresse que tout le reste du livre. Je n'ai pas relu *Lolita* depuis que j'en ai corrigé les épreuves au printemps de 1955 mais je trouve que le livre est une présence délicieuse maintenant qu'il traîne paisiblement dans la maison comme un jour d'été que l'on devine radieux derrière la brume. Et chaque fois que je repense ainsi à *Lolita*, le hasard veut que je choisisse presque toujours les mêmes images pour ma délectation particulière : Mr. Taxovitch, la liste des camarades de classe de Lo à l'école de Ramsdale, Charlotte disant « waterproof », Lolita s'avançant au ralenti vers les cadeaux de Humbert, les tableaux ornant la mansarde stylisée de Gaston Godin, le coiffeur de Kasbeam (qui me coûta un mois de travail), Lolita en train de jouer au tennis, l'hôpital d'Elphistone, la pâle, l'adorable, l'irrécupérable Dolly Schiller enceinte mourant à Gray Star (la capitale du livre), ou encore les murmures s'élevant de la petite ville nichée au creux de la vallée jusqu'au sentier de montagne (où j'attrapai le premier spécimen connu de la femelle du *Lycaeides sublivens* Nabokov). Telles sont les lignes de force du roman. Tels sont les points secrets, les coordonnées subliminales autour desquels se trame le roman — même si, j'en suis parfaitement conscient, ces scènes et bien d'autres encore seront lues superficiellement ou passeront inaperçues, ou ne seront même jamais atteintes par ceux qui entreprendront de lire le livre en se disant qu'il s'agit là de quelque chose comme *Fanny Hill* ou *Les amours de Milord Grosvit*. Certes, il est tout à fait vrai que mon roman contient diverses allusions aux pulsions physiologiques d'un pervers. Mais, après tout, nous ne sommes pas des enfants, ni des délinquants juvéniles analphabètes, encore moins ces élèves des *public schools* anglaises qui, après une nuit de frasques homosexuelles, se voient paradoxalement contraints de lire les Anciens dans des versions expurgées.

C'est pur enfantillage que de vouloir étudier une œuvre de fiction en vue d'y puiser des renseignements sur un pays, sur une classe sociale ou encore sur l'auteur. Et pourtant, l'un de mes très rares amis intimes, après avoir lu *Lolita*, manifesta une inquiétude sincère à l'idée que je (moi !) puisse vivre « parmi des gens si déprimants » — alors que le seul inconfort dont je souffrais vraiment était de vivre dans mon atelier au milieu de membres retoqués ou de bustes inachevés.

Après la publication du livre à Paris par l'Olympia Press, un critique américain avança l'idée que *Lolita* était la chronique de mon idylle avec le roman sentimental. L'élégante formule serait plus correcte si l'on remplaçait l'expression « roman sentimental » par « langue anglaise ». Mais ici je sens que ma voix prend des accents beaucoup trop stridents. Aucun de mes amis américains n'a lu mes livres russes, si bien que toute appréciation fondée sur mes seuls romans anglais ne peut être qu'imprécise. Ma tragédie personnelle, qui ne peut ni ne devrait en fait intéresser quiconque, c'est que j'ai dû abandonner mon idiome naturel, ma langue russe déliée, riche, infiniment docile, et adopter un anglais de seconde catégorie, dénué de tous ces accessoires — le miroir déconcertant, la toile de fond en velours noir, les associations et les traditions implicites — que l'illusionniste du cru, queue-de-pie au vent, peut manipuler avec une aisance magique afin de transcender à sa façon l'héritage national.

Le 12 novembre 1956[1].

1. Cet article fut écrit pour *The Anchor Review* (Doubleday, New York) avant la parution de l'édition américaine de *Lolita* chez G.P. Putram's Sons, New York, en 1958.

DU MÊME AUTEUR

CHAMBRE OBSCURE (*Camera Oscura*), *roman*, Grasset, 1934, 1959.

RIRE DANS LA NUIT (*Laughter in the Dark*), nouvelle édition, Grasset 1992.

LA COURSE DU FOU (*The Defense*), *roman*, Fayard, 1934, repris sous le titre LA DÉFENSE LOUJINE, nouvelle traduction, Gallimard, 1964 et 1991. (Folio n° 2217.)

L'AGUET (*The Eye*), *roman*, Fayard, 1935, repris sous le titre LE GUET-TEUR, nouvelle traduction, Gallimard, 1968. (Folio n° 1580.)

LA MÉPRISE (*Despair*), *roman*, Gallimard, 1939, 1959. (Folio n° 2295.)

LA VRAIE VIE DE SEBASTIAN KNIGHT (*The Real Life of Sebastian Knight*), *roman*, Albin Michel, 1951, Gallimard, 1962. (Folio n° 1081.)

NICOLAS GOGOL (*Nikolaï Gogol*), *essai*, La Table Ronde, 1953, nouvelle traduction, Rivages, 1988.

LOLITA (*Lolita*), *roman*, Gallimard, 1959 et 2001. (Folio n° 3532.)

INVITATION AU SUPPLICE (*Invitation to a Beheading*), *roman*, Gallimard, 1960. (Folio n° 1172.)

AUTRES RIVAGES (*Speak, Memory*), *souvenirs*, Gallimard, 1961, édition revue et augmentée, 1989. (Folio n° 2296.)

PNINE (*Pnin*), *roman*, Gallimard, 1962. (Folio n° 2339.)

FEU PÂLE (*Pale Fire*), *roman*, Gallimard, 1965. (Folio n° 2252.)

LE DON (*The Gift*), *roman*, Gallimard, 1962. (Folio n° 2340.)

ROI, DAME, VALET (*King, Queen, Knave*), *roman*, Gallimard, 1971. (Folio n° 702.)

ADA OU L'ARDEUR (*Ada or Ardor : a Family Chronicle*), *roman*, Fayard, 1975. (Folio nº 2587.)

L'EXTERMINATION DES TYRANS (*Tyrans Destroyed and Other Stories*), *nouvelles*, Julliard, 1977.

REGARDE, REGARDE LES ARLEQUINS ! (*Look at the Harlequins !*), *roman*, Fayard, 1978. (Folio nº 2427.)

BRISURE À SENESTRE (*Bend Sinister*), *roman*, Julliard, 1978.

LA TRANSPARENCE DES CHOSES (*Transparent Things*), *roman*, Fayard, 1979. (Folio nº 2532.)

UNE BEAUTÉ RUSSE (*A Russian Beauty*), *nouvelles*, Julliard, 1980.

L'EXPLOIT (*Glory*), *roman*, Julliard, 1981.

MACHENKA (*Mary*), *roman*, Fayard, 1981. (Folio nº 2449.)

MADEMOISELLE O (*Nabokov's Dozen*), *nouvelles*, Julliard, 1983.

LITTÉRATURES I (*Lectures on Literature*), *essais*, Fayard, 1983.

LITTÉRATURES II (*Lectures on Russian Literature*), *essais*, Fayard, 1985.

DÉTAILS D'UN COUCHER DE SOLEIL (*Details of a Sunset*), *nouvelles*, Julliard, 1985.

INTRANSIGEANCES (*Strong Opinions*), *interviews*, Julliard, 1985.

LITTÉRATURES III (*Lectures on Don Quixote*), *essais*, Fayard, 1986.

L'ENCHANTEUR (*The Enchanter*), *roman*, Rivages, 1986.

L'HOMME DE L'U.R.S.S. ET AUTRES PIÈCES (*The Man From the U.S.S.R.*), *théâtre*, Fayard, 1987.

CORRESPONDANCE NABOKOV-WILSON, 1940-1971 (*The Nabokov-Wilson Letters, 1940-1971*), Rivages, 1988.

LA VÉNITIENNE (*The Venitian Lady*), *nouvelles*, Gallimard, 1991. (Folio n° 2493.)

LETTRES CHOISIES, 1940-1977 (*Selected Letters, 1940-1977*), Gallimard, 1992.

LOLITA (scénario) (*Lolita : a Screenplay*), Gallimard, 1997.

POÈMES ET PROBLÈMES (*Poems and Problems*), Gallimard, 1999.

Composition I.G.S. Charente photogravure.
Impression Bussière Camedan Imprimeries
à Saint-Amand (Cher), le 28 septembre 2001.
Dépôt légal : septembre 2001.
1er dépôt légal dans la collection : mai 2001.
Numéro d'imprimeur : 014418/1.
ISBN 2-07-041208-3./Imprimé en France.